SILVIA AVALLONE

Bilder meiner besten Freundin

ROMAN

Aus dem Italienischen von
Michael von Killisch-Horn

Hoffmann und Campe

Die Originalausgabe erschien 2020 unter dem Titel
Un'amicizia bei Mondadori Libri S.p.A., Mailand.

Questo libro è stato tradotto grazie a un contributo
del Minsistero degli Affari Esteri e della Cooperazione Internazionale italiano.

Die Übersetzung wurde vom italienischen Ministerium für
Auswärtige Angelegenheiten und Internationale Zusammenarbeit gefördert.
Der Verlag dankt für die freundliche Unterstützung.

1. Auflage 2021
Copyright © 2020 Mondadori Libri S.p.A.
German edition published in agreement with the Proprietor
through MalaTesta Literary Agency, Milan.
Für die deutschsprachige Ausgabe
© 2021 Hoffmann und Campe Verlag, Hamburg
www.hoffmann-und-campe.de
Umschlaggestaltung: Rothfos & Gabler, Hamburg
Umschlagabbildung: © Shutterstock; Stocksy
Satz: Dörlemann Satz, Lemförde
Gesetzt aus der Apollo
Druck und Bindung: GGP Media GmbH, Pößneck
Printed in Germany
ISBN 978-3-455-01194-4

Ein Unternehmen der
GANSKE VERLAGSGRUPPE

Für meinen Vater

»Wozu leben wir?«
»Ich weiß es nicht.«
»Ich auch nicht. Aber ich bezweifle, dass es ums Gewinnen geht.«

Jonathan Franzen, *Die Korrekturen*

Die Tagebücher

Bologna, 18. Dezember 2019
2 Uhr

Die tiefe Dunkelheit war der Ort, der mir als kleines Mädchen am meisten Angst gemacht hatte. Ich brauchte nur in die Garage hinunterzugehen, ohne auf den Schalter zu drücken, die Kellertür anzulehnen, und schon war sie da, stumm und tief. Auf der Lauer.
In der tiefen Dunkelheit konnte sich jede Gefahr einnisten. Hexen, schreckliche Tiere, Ungeheuer ohne Gesicht, aber auch nichts: die Leere. Ich glaube, das war der Grund, der mich gezwungen hat, so unvernünftig lange bei meiner Mutter zu schlafen, dass ich mich schäme, davon zu sprechen.
Jetzt, mit dreiunddreißig, blicke ich in die tiefe Dunkelheit meines Zimmers, und mir ist, als hörte ich meine alten Tagebücher in dem Versteck ächzen, in dem ich sie begraben habe, nachdem ich dich verloren hatte. Fünf Jahre Gymnasium und eines an der Universität, nacherzählt in flatteriger Handschrift, Posca-Marker und Silberflitter, stumm geschaltet und ruhiggestellt wie in einem abgeschalteten Reaktor.
Seit wir keine Freundinnen mehr sind, habe ich aufgehört, Aufzeichnungen über das Leben zu machen.

*

Ich setze mich auf mein Bett. In einem Anfall von Reife begreife ich, dass der Moment gekommen ist, mich zu erinnern, mich dir zu stellen. Andernfalls werde ich keine kluge Entscheidung treffen, was dich betrifft.

Ich hole die Leiter aus der Abstellkammer, steige zwei Sprossen hinauf und halte inne, weil ich mich wie eine Diebin fühle. Wovon?, frage ich mich. Meiner eigenen Vergangenheit?

Oben angekommen, habe ich Herzrasen. Ich strecke die Hand in den Staub, der den Schrank bedeckt, und hole alle sechs Tagebücher aus der tiefen Dunkelheit hervor.

Ich trage sie zum Nachttisch ins Licht. Sie hier neben mir zu haben ist wie ein Schlag in die Magengrube. Angesichts der rosa, geblümten, goldenen Umschläge empfinde ich das Bedürfnis, die Dinge sofort klarzustellen: Zwischen mir und dir ist kein Frieden möglich, Beatrice.

Ich lege eine Hand auf den lila Umschlag des Notizbuchs 2000–2001, in Versuchung, aber noch unentschlossen, ob ich es öffnen soll oder nicht. Und während ich mit mir selbst kämpfe, entziehen sich meine Finger der Kontrolle und schieben sich von ganz allein zwischen die Seiten. Das Tagebuch klappt auf, und ein verblasstes Polaroid kommt zum Vorschein, eines von denen, die mein Vater aufgenommen hatte.

Ich nehme es und halte es in das Licht der Glühbirne. Ich erkenne mich als kleines Mädchen, mit kurzem Haar, einem Sweatshirt der Misfits und einem verängstigten Lächeln. Und ich erkenne dich, das genaue Gegenteil von mir. Mit der prächtigen Mähne, dem roten Lippenstift und den violetten Fingernägeln; du umarmst mich und lachst laut. Ich ertrage es nicht, dich zu sehen.

Ich drehe das Foto um. Auf der Rückseite steht: »Für immer Freundinnen«. Das Datum: »4. Juni 2001«.

Ich weiß nicht, wann mir das zuletzt passiert ist, aber ich breche in Tränen aus.

TEIL EINS

Bevor alle sie kannten

(2000)

1
Der Jeansdiebstahl

Wenn diese Geschichte einen Anfang haben muss, und sie muss zwangsläufig einen haben, dann will ich mit dem Jeansdiebstahl beginnen. Es ist nicht so wichtig, dass er nicht mit dem chronologischen Beginn der Ereignisse zusammenfällt und dass wir uns an dem Nachmittag bereits kannten. Wir zwei sind dort bei der Flucht auf einem Motorroller geboren worden.

Allerdings muss ich vorher noch etwas Wichtiges klären. Das fällt mir schwer und macht mich nervös, aber es wäre nicht richtig, so zu tun, als wäre die Beatrice, um die es geht, irgendeine Beatrice. Der Leser würde ganz ruhig beginnen, und dann, sobald er entdeckt, dass es sich um dich handelt, zusammenzucken und rufen: »Aber das ist ja *sie*?!« Und er würde sich auf den Arm genommen fühlen. Daher kann ich leider nicht verschweigen, was aus dem jungen Mädchen meiner Tagebücher geworden ist: eine öffentliche Persönlichkeit, eine von den allgegenwärtigen. Ich würde sogar sagen, es gibt niemanden auf der Welt, der allgegenwärtiger ist als du.

*

Die Person, von der ich spreche, ist in der Tat Beatrice Rossetti.
Ja, *sie*.
Aber bevor alle auf dem gesamten Planeten sie kennenlernten und man zu jeder Tages- und Nachtzeit wusste, wo sie war und welche Kleidung sie trug, war Beatrice ein normales Mädchen, war sie meine Freundin.

Die beste, um genau zu sein, die einzige, die ich hatte. Auch wenn sich das niemand vorstellen kann, und ich habe stets darauf geachtet, es für mich zu behalten.

Ich spreche von einer Zeit, die lange zurückliegt, als die Welt noch nicht von ihren Fotos überschwemmt war und ihr Nachname bei seiner bloßen Erwähnung endlose Diskussionen, erbitterte Auseinandersetzungen auslöste. Die Erdpole, die Ozeane, die Landmassen erbebten nicht, sobald sie einen augenzwinkernden Blick, ein Kostüm, ein romantisches Abendessen in Begleitung eines hübschen jungen Mannes oben auf dem Burj Khalifa veröffentlichte. Denn für die überwältigende Mehrheit von uns existierte das Internet gar nicht.

Ich habe niemals die Kontrolle über das Geheimnis verloren, das ich über unsere Freundschaft gebreitet habe. Und wenn ich es heute lüfte, dann nur, um mit mir ins Reine zu kommen. Das Geständnis beginnt und endet im Übrigen hier in diesem privaten Raum mit verschlossener Tür, der für mich immer schon das Schreiben ist.

Es würde mir nie einfallen, es herumzuerzählen oder damit zu prahlen. Und wer würde mir schon glauben? Wenn ich es beispielsweise auch nur meinen Kollegen gegenüber erwähnen würde: »Ich kenne die Rossetti, wir waren zusammen in der Schule«, weiß ich schon, dass sie mich mit bohrenden Fragen bestürmen würden. Und für sie wäre abgemacht, dass es zwischen uns nur ein paar Ciao und ein paar zufällige Blicke gegeben hatte; nicht auszudenken, dass eine wie *sie* und eine wie *ich* Freundinnen werden könnten.

Sie würden pikante, besser noch peinliche Details aus mir herauslocken und ihre Göttlichkeit durch Fangfragen auf Sünde reduzieren: »Sag mal, hat sie sich operieren lassen?« – »Wem hat sie sich hingegeben, um *so berühmt* zu werden?«

Aber sie würden die falsche Person fragen, denn ich kannte nicht »die Rossetti«; ich *weiß*, wer Beatrice ist. Die Auslassungen in den Biographien, die Fragen, denen sie in den Interviews ausgewichen ist, die Lücken und Verluste, von denen sich nirgends eine Spur findet, ich habe sie bewahrt. Zusammen mit unseren Augenblicken kindlichen und himmelschreienden Glücks, die niemanden interessieren, die mir aber heute noch Gänsehaut verursachen.

Nach ihr habe ich andere Freundschaften gesucht, aber ohne mich zu engagieren. In meinem Inneren wusste ich, dass diese Magie aus Geheimnissen und Schlupfwinkeln, in denen wir uns verstecken konnten, zwischen mir, Elisa Cerruti, der vollkommen Unbekannten, und Beatrice Rossetti, der unvorstellbar Berühmten, nur in der neunten Klasse entstehen konnte. Und was kann es für mich, die ich sie verloren habe, schon ändern, wenn alle da draußen sie idealisieren, beweihräuchern, kreuzigen, hassen und so oder so zu kennen glauben?

Sie wissen gar nichts von ihr, denke ich.

Denn sie war *meine* beste Freundin in unverdächtigen Zeiten. Und ich habe die ganze Nacht hindurch bis zum Morgen alle fünf Tagebücher aus dem Gymnasium und das aus dem ersten Universitätsjahr gelesen. Und dann habe ich lange den Schreibtisch vor dem Fenster betrachtet und den Computer, den ich bis heute nur für die Arbeit benutzt habe. Ich bin dagestanden und habe ihn ängstlich angestarrt. Denn als junges Mädchen war ich überzeugt, dass ich gut schreiben könnte, und glaubte, ich würde tatsächlich Schriftstellerin werden. Doch ich habe mein Ziel nicht erreicht. Während Beatrice *ein Traum* geworden ist.

Allerdings spüre ich, dass die Bea, die niemand kennt, darauf drängt, zum Vorschein zu kommen. Ich habe diese Leere so lange in mir getragen, dass es mir egal ist, ob ich ihr gewachsen bin oder nicht. Ich will nichts beweisen. Nur erzählen. Zugeben, dass ich das alles immer noch empfinde: Enttäuschung, Wut, Sehnsucht. Und ich weiß nicht, ob das zu sagen Kapitulation oder Befreiung ist; ich werde es am Ende herausfinden.

Was ich mir jetzt zurückerobern will, ist der Anfang.

*

Also, der Jeansdiebstahl.

Am 11. November 2000 – so steht es im Tagebuch der neunten Klasse –, ein bedrückender Samstag, an dem der Regen gegen die Fensterscheibe schlug und es mich wie alle Gleichaltrigen unausweichlich dazu drängte, rauszugehen, mich zu vergnügen und einen Haufen Freunde zu haben, saß ich deprimiert und untätig in meinem

Zimmer. Auch Beatrice war damals, so absurd das heute klingen mag, nicht sehr beliebt. Sie hatte vermutlich sogar noch weniger Freunde als ich, als sie mich gegen halb drei, nach dem Essen, über das Festnetz anrief.

Und ich war tatsächlich der letzte Strohhalm. Ich lebte seit wenig mehr als vier Monaten in jener Stadt, und ich hatte mich nicht nur nicht integriert, ich hatte mich auch nicht damit abgefunden; ich wollte nur noch sterben.

Nach der Schule hatte ich wie üblich schweigend mit meinem Vater zu Mittag gegessen, dann hatte ich mich in mein Zimmer verkrochen, mir die Stöpsel des Walkmans in die Ohren gesteckt und an der Liste von Adjektiven – »einsam«, »rötlich«, »betagt« – für die Platane in der Mitte des Hinterhofs weitergearbeitet. Schließlich hatte ich die Lust dran verloren, nach Wörtern zu suchen, und das Tagebuch auf den Boden geworfen. Ich saß im Schneidersitz auf dem Bett, fertig mit der Welt, als Papa klopfte. Ich reagierte natürlich nicht. Ich schaltete die Musik aus. Er wartete. Klopfte erneut, und ich reagierte wieder nicht. Das war eine Art Wettstreit, wer sturer war. Bis er die Tür öffnete und mit Sicherheitsabstand hereinschaute. »Da ist eine Mitschülerin von dir am Telefon, sie heißt Beatrice.«

Mir blieb fast das Herz stehen.

»Na los, sie wartet auf dich«, drängte er, da ich mich nicht rührte.

Es war deutlich zu sehen, dass er sich freute; er glaubte, ich würde endlich anfangen, Freundschaften zu schließen, aber er irrte sich. Vor diesem Anruf waren Beatrice und ich alles andere als Freundinnen gewesen. Sie hatte mir zuerst etwas vorgemacht, und dann hatte sie mich nur noch ignoriert. In der Schule hatte sie so getan, als sähe sie mich nicht. Schlimmer als diejenigen, die sich über mich lustig machten: absolute Gleichgültigkeit.

»Gehst du mit mir in die Stadt?«, fragte sie, als ich den Hörer am Ohr hatte.

»Wann?«

»In einer halben bis einer Stunde?«

Mit ihr vor allen über den Corso Italia zu gehen, das hätte mir schon gefallen. Sei auf der Hut, ermahnte ich mich und umklammerte den

Hörer fester. Überleg mal: Du würdest sie nur blamieren. Das muss zwangsläufig eine Falle sein. Und außerdem, entschuldige bitte: Woher nimmt sie das Recht, dich so anzumachen? Ich war wütend. Aber auch, gegen meinen Willen, gerührt.

»Und was machen wir in der Stadt?« Ich fühlte vor.

»Das kann ich dir am Telefon nicht sagen.«

»Warum nicht?«

»Weil es ein Geheimnis ist.«

»Sag es mir, oder ich komm nicht.«

»Nein, sonst machst du nicht mit ...«

Ich schwieg, wartete in Ruhe ab. Sie zögerte, doch schließlich gab sie nach und flüsterte: »Ich will eine Jeans klauen. Ich weiß auch schon, welche.«

Ich hörte auf zu atmen.

»Alleine schaff ich es nicht, ich brauche jemanden, der Schmiere steht«, gab sie zu. »Und ich sag dir was: Das ist nicht irgendeine Jeans ... Sie kostet vierhunderttausend Lire!«, rief sie leise. Ich stellte mir vor, wie sie die Hand vor den Mund hielt, um bei sich zu Hause nicht gehört zu werden. »Wenn du mitkommst, klau ich auch für dich ein Paar. Versprochen.«

Papa steckte den Kopf durch die Tür der Küche, wo er den Tisch abräumte, und warf einen Blick in den Flur, wo ich steif vor dem Telefontischchen stand. Er hätte wer weiß was dafür gegeben, dass ich ausging und mich in der Stadt eingewöhnte, die ich als feindselig empfand. Dabei hatte ich nur einen Wunsch, die Zeit zurückzudrehen, in das Leben davor zurückzukehren und ihn nie mehr zu sehen.

Ich hasste ihn, obwohl er mir nichts getan hatte. Aber das war gerade das Problem, das Nichts. Die nackten Wände des für meine Ankunft frisch geweißelten Zimmers. Das leere Bett, in dem ich jede Nacht die Augen aufriss und vergeblich nach ihrer Hand, nach ihrem Knie suchte. Die Wohnung, in der sie sich nicht mehr unterhielten, sich nicht mehr stritten, mich nicht mehr riefen und beharrlich nicht da waren.

»Ich bin dabei«, antwortete ich schließlich.

Ich stellte mir vor, dass Beatrice lächelte; intuitiv durchschaute sie mich. Klauen war das Letzte, wozu eine wie ich in den Augen aller, aber nicht den ihren, fähig gewesen wäre. Ich habe geschrieben, sie sei damals ein normales Mädchen gewesen, und das stimmt auch, aber sie hatte eine Gabe: Sie verstand zu lesen. Nicht an der Oberfläche, auch nicht im Innern, sondern im Herzen. Worte, Gesten, Gewohnheiten. Gerade sie, die mit ihrem Aussehen ihr Glück würde machen können, wusste, dass die Wahrheit einer Person wie diejenige eines Buchs in dem steckt, was stumm bleibt; und geheim.

»Um halb vier am Eisenstrand. Weißt du, wo er ist?«

»Ja.«

Sie legte auf. Und ich, das Telefonkabel in der Hand, kehrte, auch wenn ich es nicht wollte, auch wenn ich misstrauisch und seit vier Monaten tot war, ins Leben zurück.

*

Der Eisenstrand ist zu weit entfernt, dachte ich, als ich mich in aller Eile anzog, Papa ohne weitere Erklärung ein »Ciao« zumurmelte und das Haus verließ.

Er wurde so genannt wegen des dunkeln Sands, der Überreste einer alten Mine, und er lag mit Sicherheit nicht im Stadtzentrum. Ich hatte ihn zufällig im Juli gefunden, an einem der zahlreichen Nachmittage, an denen ich allein ziellos auf meinem Motorroller herumgefahren war. Er war mir aufgefallen, weil auch im Hochsommer niemand dort war. Es handelte sich um eine Felsbucht, in der das Wasser sofort tief wurde, und er lag trostlos in seiner Verlassenheit da, ein kümmerlicher kleiner Strand, den die Touristen links liegen ließen, zu dem ich mich jedoch sofort hingezogen gefühlt hatte. Aber während an jenem Novembersamstag der Regen meine Hose und meine Jacke völlig durchnässte, konnte ich beim besten Willen nicht begreifen, warum Beatrice sich dort mit mir verabredet hatte.

Weil sie sich meiner schämt, ist doch klar. Oder es ist ein Scherz, und sie wird nicht auftauchen.

An diesem Küstenabschnitt gab es weder Häuser noch Geschäfte, erst recht keine vierhunderttausend Lire teuren Jeans. An jeder Ampel bremste ich, drehte mich um und wurde von der logischen Versuchung gepackt, umzukehren. Doch ich fuhr, unwiderstehlich vorwärtsgetrieben, weiter.

Ich war »die Fremde«. So nannten sie mich in der Schule hinter meinem Rücken, laut genug allerdings, dass ich es hörte. Als käme ich aus Argentinien oder Kenia statt nur aus einer anderen Region. Kaum betrat ich das Klassenzimmer, umringten sie mich schon und kritisierten meine Schuhe, meinen Schulranzen oder mein Haar. Jedes Mal, wenn ich ein *e* oder ein *z* anders aussprach als sie, kicherten sie. Auch Beatrice kicherte. Sie hatte mich nie verteidigt, war nie in der Pause zu mir gekommen. Und was will sie jetzt von mir? Dass ich für sie Schmiere stehe?

Wie blöd ich doch bin.

Ich schlängelte mich die Kurven zum Aussichtspunkt hinauf und ließ in gedrückter Stimmung und mit trüben Gedanken die Ortschaft hinter mir. Es begann zu regnen, stellenweise brach fahles Licht zwischen dicken schwarzen Wolken hervor. Die Straßen, die Häuser, die Strände: alles nass. Unmöglich, dass eine wie sie meine Freundin werden wollte.

Sie schminkte sich und schien jeden Tag direkt vom Friseur zu kommen. Und ich? Vergessen wir es. Jemand hätte mir beibringen müssen, auch auf mein Äußeres Wert zu legen, aber das war nicht geschehen.

Als ich die Kreuzung am Ortsende erreicht hatte, blieb ich am Stoppschild stehen und fühlte mich derart unsichtbar, sogar für meine Verhältnisse, dass ich mich verstohlen im Rückspiegel betrachtete. Mein Gesicht war blass, sommersprossig. Ich hätte ein bisschen Makeup auflegen können, wenn es denn in diesem Haus Schminke geben würde, wenn noch irgendetwas Weibliches vorhanden wäre, aber da war nichts. Ich bog in die Straße, die zur windigen Spitze des Vorgebirges führte, und war mir sicher: Es handelte sich um einen Scherz. Ich würde mich allein dort wiederfinden, einsamer denn je, und würde mich von den Klippen stürzen. Ich war ein Fehler, ich konnte nur Fehler machen.

Doch sie war da.

Auf ihrem neuen SR Replica. Sie wartete auf mich unter dem schweren anthrazitfarbenen Himmel, den Helm zwischen den Händen und in einem dunklen Regenmantel, der sie bis zu den Füßen verbarg und aus dem nur ein Paar Stiefel mit so hohen Pfennigabsätzen hervorschaute, dass kein anderer Sterblicher, welchen Alters auch immer, in der Lage gewesen wäre, an einem Regentag einen Motorroller damit zu fahren. Der Wind ließ die langen Haare, die bis zum Po reichten und im Jahr 2000 weder üppig noch braun, sondern kastanienbraun waren, mit aufgehellten Spitzen, wie es damals Mode war, und mit einem Glätteisen geglättet, wild flattern. Sie hatte mich nicht angelogen, sie hatte mich nicht verraten; sie wollte tatsächlich mit *mir* ausgehen.

Ich verringerte die Geschwindigkeit und bremste ein paar Zentimeter vor ihrem SR meinen gebrauchten Quartz ab, der so ziemlich das Schlimmste war, was mein Vater hatte auftreiben können, und obendrein noch verunstaltet von peinlichen Aufklebern: ein erhobener Mittelfinger über dem hinteren Scheinwerfer, verschiedene Bulldoggen mit Irokesenschnitt und *A* für Anarchie, Punk-Überbleibsel, die nicht auf meinem Mist gewachsen waren.

Mit stockendem Atem, unregelmäßigem Herzschlag, weichen Armen und Knien nahm ich den Helm ab und hob den Blick, und bis jetzt, fast zwanzig Jahre später, hat sich ihr Gesicht meinem Gedächtnis eingeprägt. Es ist nicht wie das von heute, auf den Millionen Werbebildern an den Häuserwänden, den Titelbildern von Zeitschriften oder im Internet. Sondern wie es an jenem fernen Tag meiner Jugend war, dem einzigen, an dem ich sie außer Haus ungeschminkt gesehen habe. Auf dem nicht asphaltierten Parkplatz des Eisenstrands, niemand um uns herum, nur ich und sie von Angesicht zu Angesicht.

Die Haut ihres Gesichts war blass, gerötet und pickelig. Vor allem auf Kinn und Stirn waren die Versuche, sie auszudrücken, und Konstellationen schwarzer Pünktchen zu erkennen. Nicht dass dies ihre offensichtliche Schönheit geschmälert hätte, es waren ihre Gesichtszüge, die ohne die gewohnte Make-up-Maske unvollkommen und rund, ja sogar traurig wirkten. Der leichte Schmollmund mit den von der Kälte aufgesprungenen Lippen war ohne Lippenstift ziemlich nichtssagend. Aber die Augen waren schon damals außergewöhnlich, von einem Smaragdgrün, wie man es in der Natur nicht findet, mit langen Wimpern, die keiner Wimperntusche bedurften, und einem stummen, in ihrem Geheimnis versiegelten Blick; diese Augen, die der ganze Planet kennt oder zu kennen glaubt.

»Dein Motorroller ist scheiße, aber weißt du was, die Aufkleber gefallen mir.« Sie schenkte mir ein strahlend weißes Lächeln, das die Grübchen auf ihren Wangen betonte, ein entwaffnendes Lächeln, mit dem sie jeden um den Finger zu wickeln verstand.

»Ich habe sie nicht draufgeklebt«, erwiderte ich aufrichtig. »Das war mein Bruder.« Was letztlich der einzige Grund war, warum ich sie nicht abgekratzt hatte.

»Ich habe dich vorhin angelogen, aber nur, weil du sonst nicht gekommen wärst. Wir fahren nicht in die Stadt, wir fahren nach Marina di S, und dein Quartz ist zu auffällig. Du musst ihn hierlassen.«

»Hier?« Ich blickte mich um. Um uns herum war nur eine öde Heide mit Erika und Wacholder, die vom Mistral zu Boden gedrückt wurden. Es gab nur das abweisende Meer.

»Ich komm nicht mit. Das sind mindestens zehn Kilometer.«

»Zwölf«, präzisierte sie.

»Das schaffen wir nicht mit einem zweizylindrigen Motorroller. Mein Vater ruft die Polizei, wenn ich vor dem Abendessen nicht zurück bin.«

Das stimmte nicht; wenn ich um Mitternacht nach Hause käme, würde Papa denken, ich sei eine normale Vierzehnjährige, und sich freuen.

»Mein SR schafft achtzig in der Stunde, was denkst du denn? Ich komme schließlich nicht aus Biella wie du. Wenn wir uns beeilen, sind wir um sieben wieder hier. Seit Tagen plane ich das schon. Warum vertraust du mir nicht?«

Weil du mit diesen Absätzen nicht zwölf Kilometer mit achtzig Stundenkilometern fahren kannst. Und weil du mir einmal die Hand auf die Schulter gelegt hast und dann verschwunden bist. Und als du wieder aufgetaucht bist, hast du mich ignoriert und über die Sticheleien der anderen gelacht.

Aber das Schlimmste war, dass ich ihr bereits verziehen hatte.

»Na los, steig auf«, befahl sie mir und rutschte an die Spitze des Sattels, um mir Platz zu machen.

Ich stieg zögerlich von meinem Quartz; er war zwar Schrott, aber auch der einzige Motorroller, den ich hatte, und Papa, so sehr legte er Wert auf Äußerlichkeiten, hätte mir mit Sicherheit keinen schöneren gekauft.

»Was ist, hast du Angst, dass er dir geklaut wird?«, sagte sie lachend.

»Von wem, den Möwen?«

Ich stieg hinter ihr auf, Beatrice gab Vollgas, sie hatte nicht gelogen, ihr SR war getunt. Sie fuhr den Pfad hinunter, der voller Schlaglöcher war, an der Sternwarte und dem Leuchtturm vorbei und im Slalom durch die Macchia, die nach Salz, feuchter Erde und wilden, zwischen den Steineichen versteckten Tieren roch.

Ich überwand meine Verlegenheit, klammerte mich an ihr fest und drückte meinen Oberkörper an ihren Rücken. Bea ließ mich gewähren, weil sie spürte, dass ich Angst hatte. Eine solche Geschwindigkeit war neu für mich. Die Räder rutschten auf dem nassen Asphalt, aber sie beschleunigte. Es fühlte sich an, als wären wir immer kurz davor, hinzustürzen.

Wir kamen auf die Landstraße: eine gerade zweispurige Linie voller Lastwagen und Autos, aber nicht ein Motorroller. Wir brausten mit siebzig Stundenkilometern dahin und überholten alle, so wie der Regionalzug mit den erleuchteten Fenstern dort oben im Norden, wo mein Leben geblieben war.

Im Westen zerriss die Sonne jenseits des Pinienwaldes die Wolken und senkte sich glühend aufs Meer. Im Osten waren die von den Minen ausgehöhlten Hügel bereits dunkel. Wir fuhren im Gleichgewicht auf der ununterbrochenen Linie, die die Fahrbahnen trennt, und die Autofahrer blinkten und hupten, um uns darauf hinzuweisen, dass diese Geschwindigkeit sehr gefährlich und es verboten sei, zu zweit auf einem Motorroller zu fahren. Ich schloss die Augen, ich bereute bereits, ausgegangen zu sein, auf sie gehört zu haben. Da löste Bea eine Hand vom Lenker.

Mit ihrer Hand, die in einem Wollhandschuh steckte, nahm sie meine nackte. Drückte sie.

Wir wussten so gut wie nichts voneinander, ich kannte ihren Schmerz nicht, und sie kannte meinen nicht, aber irgendetwas musste sie geahnt haben, denn ihre Finger schoben sich in meine und streichelten sie, und ich streichelte ihre. Und vielleicht deswegen, oder wegen der Kälte, begannen meine Augen verstohlen zu tränen.

*

Die Boutique hieß Scarlet Rose. Ich bin sicher, dass sie mittlerweile seit Jahren geschlossen ist, aber in jenem Winter in Marina di S war sie unübersehbar, mit sieben leuchtenden Schaufenstern an der Hauptstraße, und alle waren sie bereits gefüllt mit Weihnachtsdekoration. Die Boutique wirkte wie ein Raumschiff, so sehr strahlte sie.

Beatrice und ich blieben eine Weile davor stehen, uns halb zu Tode frierend, und beobachteten die Touristen, die aus Florenz, ja sogar aus Rom gekommen waren, die Regenschirme ausschüttelten und mit Millionen Lire in der Tasche eintraten.

Um uns herum war Marina di S von Leuten überschwemmt wie sonst nur am Wochenende oder in der Hochsaison. Der Menschenstrom war so dicht, dass man nicht durchkam. Von überallher tauchten Popcornwagen, Luftballonverkäufer und Akkordeonspieler auf, denen die abgehetzten Leute, beladen mit ihren Einkäufen, ein paar Münzen in den Hut warfen.

Mich haben diese Badeorte immer deprimiert, die rein touristisch sind und sonst nichts, anziehend nur wegen ihrer Nähe zum Meer. Marina di S war genau das: eine Ansammlung von Häusern um eine Reihe von Geschäften, mit einem kleinen Hafen sowie einem großen Kaufhaus und ohne Geschichte; ein bedeutungsloser Ort, der sich von Zeit zu Zeit herausputzt und nach Brigidini, Krokant und Pizza riecht. Und doch kam es mir an jenem Nachmittag wunderschön vor.

Beatrice hatte mich fest im Griff und drückte sich an mich. Vielleicht fürchtete sie, ich könnte es mir im letzten Moment noch mal überlegen, aber wieso hätte ich das tun sollen. An einem Samstag hier mitten auf der Hauptstraße zu stehen versetzte mich in einen Rausch: Es war das erste Mal, ich Arm in Arm mit einer Gleichaltrigen, unter einer Decke mit ihr. Ich wusste, dass es nur hier möglich war, wo uns keiner kannte, und dass Beatrice vollkommen ungeschminkt war, verborgen unter einem langen schwarzen Umhang statt in eine Wolke aus Glitter gehüllt, denn das war ihr Ziel: inkognito bleiben, aus den Augen, aus dem Sinn. Sie hatte die Kapuze über ihren Kopf gezogen und den Regenmantel geschlossen. Sie nahm ihren ganzen Mut zusammen. Wenn ich jetzt daran zurückdenke, war es wunderbar: Nur wir beide wussten, was dieser Augenblick bedeutete.

Als sie sich entschlossen hatte, zog sie mich vor das dritte Schaufenster; genau in dessen Mitte funkelte, überflutet von Licht, was, wie sogar ich begriff, *die* Jeans sein musste. Auf jedem Quadratzentimeter mit Swarovski-Schmucksteinen besetzt, schmal und eng anliegend wie der Schwanz einer Meerjungfrau. Der Rest der Schaufensterpuppe war nackt, zwangsläufig: Was könnte man einer solchen Hose auch schon hinzufügen?

»Meine Mutter hat gesagt, dass sie sie mir nicht kauft«, erklärte sie, den Blick unverwandt auf sie gerichtet, »auch nicht zu Weihnachten, nicht einmal wenn sie das Einzige wäre, was ich mir wünsche. Sie ist ein gemeines Miststück.« Sie drehte sich zu mir. »Du hast keine Ahnung, was für ein gemeines Miststück meine Mutter ist, niemand weiß das.«

Ich schwieg, dieses Thema war tabu für mich. Ich begriff, dass es das auch für sie sein musste, denn sie fügte nichts mehr hinzu. Nachdem sie kurz überlegt hatte, blickte sie mir direkt in die Augen, mit einer Entschlossenheit, die ich nie vergessen habe.

»Eines Tages werde ich hineingehen und den ganzen Laden kaufen. Mit meinem Geld, das ich mir ganz allein verdient haben werde. Alles werde ich mir nehmen, den Laden plündern, leeren. Das schwör ich dir. Ich habe nie geklaut, und ich werde nie mehr klauen. Aber heute muss ich es tun, als Verteidigung. Verstehst du?«

»Ja«, erwiderte ich. Denn ich hatte tatsächlich das Gefühl, zu verstehen, dass der Jeansdiebstahl eine Frage von Leben und Tod war. Ich nahm mir fest vor, ihr zu helfen, die Jeans zu stehlen, auch auf die Gefahr hin, erwischt, identifiziert und aufs Polizeipräsidium gebracht zu werden. Dann würde mein Vater mich abholen, endlich einmal mich statt meines Bruders, und ich könnte ihn anschreien: »Hast du gesehen, wozu ich fähig bin? Wie schlecht es mir geht? Wie unglücklich ich hier bin? Bitte bring mich zurück nach Biella.«

Beatrice zog den Mantel aus, faltete ihn zusammen, steckte ihn in die Tasche und brachte ihr Haar in Ordnung. Und wie durch ein Wunder veränderte sich vollkommen ihr Aussehen.

Wir traten ein. Die Verkäuferinnen waren alle beschäftigt, was eine von ihnen aber nicht daran hinderte, uns zu bemerken, sich auf Beatrice zuzubewegen und einen überraschten und dann missmutigen Blick auf mich zu richten. Ich kann nicht mehr sagen, wie ich in diesem adrenalingeladenen Augenblick angezogen war. Nicht nur an dem Tag, sondern an jedem einzelnen versenkte ich meine Hände im Schrank und holte heraus, was da war, mit dem einzigen Ziel, mir was überzuziehen und unsichtbar zu werden. Nur dass in einem solchen Laden die Wirkung genau gegensätzlich war. Beatrice betrachtete mich ebenfalls und stellte mit Verspätung fest, dass auch ich, wie mein Quartz, eine Anomalie war.

Aber es gab jetzt kein Zurück mehr. Und niemand auf der Welt, niemand, kann eine Sache durchziehen wie Beatrice. Sie drückte ihre Lippen auf mein Ohr und flüsterte mir zu: »Tu so, als wärst du taubstumm.«

*

Als Erstes muss ich erzählen, wie Beatrice gekleidet war. Nicht nur weil ihre ganze Zukunft, ihr Ruhm und ihr Reichtum von ihrer hexenhaften Fähigkeit abhängen sollten, spurlos hinter ihrer Kleidung zu verschwinden. Sondern weil die Diebstahlsgeschichte und ihre Realisierbarkeit auf ebendieser Verkleidung beruhten.

Sie trug einen hellbeigen Mantel ihrer Mutter, der um die Taille mit einem prächtigen Elfenbeingürtel zusammengebunden war und ihr ein so vornehmes Aussehen verlieh, dass sie mindestens fünf Jahre älter wirkte.

Dazu die bereits erwähnten Stiefel aus weichem, schwarz glänzendem Leder.

Und zu guter Letzt einen bodenlangen Samtrock, ebenfalls schwarz, mit Rüschen und schillernden Einsätzen aus Organza; den Modedesigner weiß ich nicht mehr, aber die Verkäuferin, die uns erspäht hatte, wusste es, und sie ging uns in die Falle. Sie näherte sich Beatrice, sobald sie mit der anderen Kundin fertig war, um ihr zu sagen, der Rock sei wunderschön und wenn sie etwas suche, das sie damit kombinieren könne, sei sie am richtigen Ort. Beatrice schwindelte ihr sofort vor, sie habe ihn in Florenz gekauft, weil sie dort mit mir lebe, ihrer kleinen, bedauernswerten Schwester.

In Wahrheit waren wir damals beide vierzehn, nur dass sie wie zwanzig und ich wie zehn aussah. Von Anfang an stand ganz selbstverständlich fest, dass sie die Hauptperson sein würde, und dieses Gesetz bestimmte unsere ganze Zukunft. Auch den Ausgang unserer Geschichte, dem ich es zu verdanken habe, dass ich hier im Verborgenen schreibe, während sie dort im Mittelpunkt der Welt steht, in aller Munde.

Die Verkäuferin bahnte sich einen Weg zwischen den Ständern hindurch. Beatrice begann damit, dass sie eine Bluse brauchen könnte. Sie zog den Mantel aus und reichte ihn mir mit ihrer Tasche. Sie stützte die Hände auf den Tisch, auf dem Blusen, T-Shirts und Tops lagen. Ich bemerkte, dass ihre Augen ganz grün und begehrlich geworden waren, als wäre sie verzaubert.

»Ich probiere sie alle an«, sagte sie und ging in die Garderobe.

Ich folgte ihr gehorsam, blieb aber draußen. Ich sah undeutlich, wie sie sich entkleidete, einen Arm, eine Schulter. Die nach draußen gestreckte Hand: »Die nicht, die gefällt mir nicht!«, rief sie. »Jetzt die andere!« Gierig, gebieterisch. Dann kam sie heraus. Ging direkt zum Spiegel. Betrachtete sich. »Nein, die steht mir nicht.« Wütend.

Sie ließ sich andere Blusen, Pullover, Strickjacken bringen. »Ach!«, rief sie nach einer Weile hinter dem Vorhang. »Haben Sie auch etwas ausgefallenere Jeans, die ich anprobieren könnte?«

Die Verkäuferin war inzwischen wie benommen. Beatrice hatte vor und in der Garderobe Berge von Kleidungsstücken angehäuft und erzählte ohne Ende, dass ihr Vater ein berühmter Journalist sei, dass ihre Tante in Paris in einem Modeatelier arbeite und dass ich, nun ja, diese seltene Krankheit hätte, die dafür verantwortlich sei, dass ich nicht wachse und nicht spreche, und dass unsere Mutter beinahe depressiv geworden sei. Bea erfand, schmückte aus, sie war eine begnadete Erzählerin. Bis ihr aus dem Schaufenster *die* Jeans gebracht wurde.

»Das ist die letzte, die wir noch in Größe 38 haben.«

Beatrice schwieg und richtete den Blick auf die Arme der Verkäuferin, auf denen die Jeans lag, als wäre sie ein lebendiges Wesen. Ihr Blick war dunkel geworden wie die nächtliche Tiefe eines Waldes.

»Nein, die ist zu auffällig«, entschied sie.

»Glauben Sie mir, die wird Ihnen großartig stehen. Sie können sie an Neujahr anziehen, sogar mit einem einfachen T-Shirt machen Sie Eindruck.«

Ich war verblüfft, dass diese Frau sie siezte und sie als ebenbürtig behandelte. Mir war das in noch keinem einzigen Geschäft passiert.

Nach einer Weile sagte Beatrice, als müsste sie sich überwinden: »Na ja, wenn Sie wirklich drauf bestehen ...«

Sie nahm sie und schloss den Vorhang hinter sich. Kaum war die Verkäuferin gegangen, streckte sie ihr Gesicht halb heraus, um mir zu bedeuten, zu ihr reinzukommen.

Sie war nackt. Sie trug nur einen BH und einen Tanga. Mich überkam ein starkes, verwirrendes Gefühl, eine Mischung aus Unbehagen und Anziehung. Doch sie bemerkte es nicht. Sie nahm das Preisschild, klemmte es zwischen Zeigefinger und Daumen und zeigte mir den Preis: vierhundertzweiunddreißigtausend Lire.

»Hast du gesehen?«, fragte sie, und ihre Augen waren vor Erregung geweitet. »Begreifst du?«

Ich war sprachlos, und das war nicht gespielt. Nicht weil der Gegenstand kostete, was er kostete, sondern weil Beatrices unbekleideter Körper ein so krasser, überwältigender Anblick war. Wie die Nike von Samothrake, die Daphne von Bernini, aber auch die Lava, die Erde, etwas Schmutziges. Ich hätte nie gedacht, dass Schönheit wehtun könnte.

Sie zog mit gesenktem Blick langsam die Jeans an und wartete. Wie mein Vater, bevor er die Polaroids umdrehte; er wartete ab, dass sie sich erschufen, dass aus dem Nichts eine Form erblühte und ihre Wahrheit enthüllte oder ihre Lüge. Sie schaffte es, zwanzig Sekunden mit geschlossenen Augen vor dem Spiegel zu stehen. Dann riss sie sie auf. Und ich las sie in ihrem Gesicht: die Freude.

Taghell erleuchtet vom weißen Spot, in der Heimlichkeit der Garderobe, war das gerade entstandene Bild, in Jeans und BH, ein Magnet.

Ich konnte den Blick nicht abwenden, als stünde ich unter Hypnose. Eine wie sie konnte keine Ablehnung erfahren. Sie konnte weder verlassen noch ignoriert werden. Nur geliebt und vom Universum beneidet.

Als hätte Beatrice meine Gedanken erraten, sagte sie: »Ich gehe allen auf die Eier, hast du das bemerkt? Sie sind alle freundlich zu mir, aber sie hassen mich, fragen mich nie, ob ich mit ihnen ausgehen will. Aber stell dir vor, ich komme eines Morgens so in die Schule, wie das an ihnen nagen würde. Kannst du dir das vorstellen? Selbst meine Mutter würde schlucken, weil ich jung bin und sie nicht, weil ich schöner als sie bin. Verstehst du, warum ich es tun muss?«

In Wirklichkeit verstand ich es nach wie vor nicht, aber ich wollte ihre Freundin sein.

Beatrice nahm meine Hände, als wäre ich ihre Braut.

»Bist du bereit?«

»Ich bin bereit.«

Sie lächelte mir zu und blickte mir in die Augen.

»Dann muss es dir jetzt schlecht gehen.«

Ohne die Jeans auszuziehen, schlüpfte sie in den langen Rock, zog sich in aller Eile an und rief meinen Namen: »O Gott, Elisa!«

Was wusste sie von meiner Vergangenheit? Nichts. Und doch hatte sie mich gerade gebeten, das zu tun, was ich am besten konnte: die Luft nicht mehr in der Lunge und den Boden nicht mehr unter den Füßen spüren; das Herz, das wie verrückt schlägt, als würde es jeden Augenblick zerspringen. Man nennt es Panikattacken, aber für mich waren es immer Einsamkeitsattacken; sie begannen an einem bestimmten Morgen meiner Kindheit, von dem ich sogar erzählen könnte, wenn die Erinnerung daran mich nicht quälen würde.

Ich verließ nach Luft schnappend die Garderobe. Beatrice begann zu schreien und verbreitete Panik im Scarlet Rose. Ich zitterte. Alle umringten mich. Jemand eilte mit einem Glas Wasser herbei.

»Luft, Luft!«, flehte Beatrice und zog mich zum Ausgang. Sie weinte. Eine Stimme schlug vor, einen Krankenwagen zu rufen, und sie erwiderte verzweifelt: »Ja, sofort! Mama, Papa!« Sie rief nach unseren imaginären Eltern. Ich war blau durch das Luftanhalten. Sie zog heimlich die Schuhe aus und steckte sie in ihre Tasche. Sie riss die Tür auf. Dann weiß ich nur noch, dass wir losrannten.

Mit einem Affenzahn über den Corso rannten, wo kein Durchkommen war, aber wir drängelten uns voran, und dann hinunter durch die schlecht erleuchteten Gassen, hinter den eng geparkten Autos, dicht an den Mauern entlang. Kurz vor dem Herzinfarkt erreichten wir den Motorroller, den wir an der Auffahrt zur Aurelia stehen gelassen hatten.

Beatrice setzte ihren Helm auf, reichte mir meinen, klappte den Kippständer nach unten und lachte laut los.

»Du bist großartig gewesen, Eli, großartig!«

Eli hatte sie mich genannt. Es kam mir vor, als wären wir Töchter derselben Geschichte, eng vertraut wie siamesische Zwillinge. Ich war stolz auf mich, auf uns. Nicht einmal als ich die Grundschule mit lauter »Sehr gut« und später mit »Sehr gut und ehrenvolle Erwähnung« die Mittelschule beendet hatte, hatte ich mich so gut gefühlt.

Wir sausten durch die von den Scheinwerfern der Autos erhellte Dunkelheit, an diesem Samstagabend, der wie im Film zum exakten Mittelpunkt des Lebens geworden war. Ein kurzer Halt, um zu tanken, und dann weiter mit siebzig Stundenkilometern, wenn möglich noch schneller. Wir erreichten den Eisenstrand, als nur noch der Mond Küste und Meer beleuchtete. Der Himmel war so klar, dass man die Sternbilder des Stiers und der Zwillinge erkennen konnte.

Ich stieg von ihrem SR und setzte mich auf meinen Quartz.

»Es tut mir leid, dass ich nicht auch eine für dich klauen konnte«, sagte sie und schaltete den Motor aus. »Ich werde dir meine leihen.«

Sie hob den Rock, um sie mich sehen zu lassen. Im kalten Licht des Mondes flammten die Swarovski-Schmucksteine auf.

»*Bea*«, sagte ich – und nannte sie zum ersten Mal so –, »die kann ich nicht anziehen.«

»Warum?«

»Hast du mich mal angeschaut?« Ich lächelte, als wollte ich mich entschuldigen.

»Du hast keine Ahnung«, erwiderte sie ernst. »Komm am Montag nach dem Mittagessen zu mir, Via dei Lecci 17, und ich zeige dir was, das noch niemand gesehen hat.«

»Ich weiß nicht, ob ich kann …«
»Du kannst.«
Es war spät. Wir brausten den Abhang hinunter, ohne noch etwas hinzuzufügen, sie vorn und ich hinterher. So wie es für lange Zeit sein sollte: vor und hinter dem Spiegel, dem Fotoapparat, dem Computer, sie im Licht und ich im Schatten, sie, die redet, und ich, die ihr zuhöre, sie, die sich entfaltet, und ich, die sie anschaue.

Aber an jenem Abend verfolgten wir uns und spielten nur, uns zu überholen. Sie auf ihrem funkelnden SR, ich auf meiner Schrottkarre. Holpernd inmitten der Schlaglöcher, den Wurzeln der Pinien ausweichend, die die Straße aufbrachen, schreiend und kreischend. Wie zwei Verrückte.

Als wir wieder in der Stadt waren, war es nach neun. Am Kreisverkehr der Via degli Orti bog sie nach rechts, ich nach links. Wir verabschiedeten uns mit einem Hupen und dem Versprechen, uns wiederzusehen: am Montag, nach der Schule.

Dann endete der Traum. Ich spürte, wie der Kummer wieder meinen Magen füllte, während ich vor dem Haus parkte. Licht brannte in der Küche im Hochparterre, wo nur mein Vater auf mich wartete.

2

Zwei Fremde

Der Eingang des Mehrfamilienhauses war verschlossen, die Wohnungstür offen, als hätte er das Motorengeräusch des Quartz erkannt oder, schlimmer, die ganze Zeit am Fenster auf meine Rückkehr gewartet.

Hätte ich einen anderen Ort gehabt, wohin ich hätte gehen können, hätte ich es getan. Diese dunkle Wohnung mit den der Stille überlassenen Zimmern – alle mit Ausnahme von einem – bestätigte mir, wie allein wir waren.

Ich ging durch den Flur mit abgewogenen Schritten, wie es Gäste in den Wohnungen anderer machen. In der Luft lag ein verlockender Geruch von Fischsauce, und ich hatte Hunger. Mit schlammigen Sohlen und der abgelegten Winterjacke meines Bruders blieb ich am Türpfosten der Küche stehen.

Der Tisch war sorgfältig gedeckt, nicht so schlampig, wie Mama es immer gemacht hatte. Die Tischdecke war sauber und gebügelt, die tiefen Teller standen auf den flachen, die Servietten waren aus Stoff, keine hingeworfenen Toilettenpapierblätter. Auf kleinster Flamme kochte Wasser, die Spaghetti lagen bereits abgewogen auf der Waage. Im Fernsehen lief eine Folge von *Superquark*, der Papa aufmerksam folgte.

Es war zwanzig vor zehn.

Er wandte sich in aller Ruhe zu mir und fragte: »Ich schmeiß die Nudeln ins Wasser?«

Ich nickte. Die Taubstumme war mir seit Monaten zur Gewohnheit geworden.

»Du kannst dir die Schuhe und die Jacke ausziehen, wenn du willst, und dir auch die Hände waschen.«

Seine guten Manieren irritierten mich, wir sprachen nie über Hygiene. In meinem früheren Leben hatte mir niemand gesagt, ich solle mir die Hände waschen. Mein Bruder zählte das Geld für das Haschisch, machte es zwischen Daumen und Zeigefinger über der Flamme des Feuerzeugs weich und steckte dann die Finger in die Chipstüte. Manchmal war diese Chipstüte sogar das Abendessen.

Ich ging zur Spüle, nahm ein bisschen Spülmittel und rieb mir hastig Finger und Handflächen. Ohne die Jacke auszuziehen allerdings, und auch nicht die Schuhe: ein Paar violette Springerstiefel mit Stahlkappen, das, wenn ich ging, an Charlot erinnerte. Die Schuhe hatten Größe 40, und meine Größe war 36, aber sie hatten Sebo gehört, dem besten Freund von Niccolò, und leisteten mir Gesellschaft.

»Hör mal.« Papa deutete auf den Bildschirm, über den Bilder von Planeten und Nebeln liefen. »Das ist interessant. Im humanistischen Gymnasium lehrt man Astronomie erst im dritten Jahr, und das ist schade.«

Ich hatte keine Ahnung, wann ich Astronomie haben würde, ich hatte gerade mal das Gymnasium begonnen. Seine Versuche, ein Gespräch anzufangen, noch dazu über wissenschaftliche Themen, nervte mich noch mehr als seine guten Manieren.

»Mich fasziniert die Vorstellung, dass wir nur zehn Prozent vom Universum kennen«, fuhr er fort, wobei er die Spaghetti umrührte, »während der Rest, die überwältigende Mehrheit dessen, was existiert, ein Geheimnis bleibt.«

Leider belauschte ich ihn. Ich spionierte ihm sogar hinterher, genauso wie er es mit mir machte. Ich ging an seinem Arbeitszimmer vorbei und warf einen schrägen Blick hinein. Wenn ich hörte, dass er mit einem Kollegen telefonierte, näherte ich mich und lauschte. In Wirklichkeit verstand ich wenig oder nichts. Aber ihm erging es noch schlechter, weil ich mit niemandem sprach, die Tür meines Zimmers immer geschlossen war und ich, wenn ich ins Badezimmer ging, nicht nur den Schlüssel zweimal umdrehte, sondern auch alle Hähne öffnete.

Wir waren Vater und Tochter, aber auch zwei vollkommen Unbekannte. Mit vierzehn Jahren Verspätung war es ein bisschen schwierig, eine Beziehung zu beginnen.

An diesem Novemberabend 2000 fühlte ich mich in die Ecke gedrängt, da auf meinem Stuhl neben dem glühend heißen Heizkörper in meiner Bomberjacke. Verschanzt in einer Blase aus Unduldsamkeit und Groll, von der ich nicht wollte, dass sie platzte. Im Hintergrund erklärte Piero Angela den Unterschied zwischen einer elliptischen Galaxie und einer Spirale. Mein Vater probierte einen Spaghetto.

»Das Internet ist auf die gleiche Weise organisiert«, bemerkte er, »der zugängliche Teil ist nicht mehr als ein Prozent.« Er probierte einen zweiten und beschloss, sie abzugießen. »Aber stell dir nur mal vor, wie sehr sich mit diesem einen Prozent das Leben auf dem Planeten ändern wird. Sie haben euch in der Schule doch erklärt, was das Internet ist, oder? Was für eine ungeheure Informationsquelle?«

Für mich war es in jenen Monaten vor allem eine Quelle von Ärger, denn wenn er sich mit dem Internet verband, konnte ich nicht telefonieren. Seine Chats, seine Websites waren mir scheißegal. Mich beeindruckte vielmehr, dass er mir um zehn Uhr abends Spaghetti mit Meeresfrüchten kochte. Das rührte mich. Und deswegen wurde ich nervös. Abendessen mit ihm waren eine Qual.

»In den nächsten Tagen würde ich gern ein E-Mail-Postfach für dich einrichten, Elisa«, sagte er, während er die Spaghetti in der Sauce schwenkte. Ich erstarrte, denn ich hatte keine Ahnung, was ein E-Mail-Postfach war, allein der Name gefiel mir schon nicht. »Das wäre schön. Ich denke, gerade jetzt brauchst du eine E-Mail-Adresse.« Er näherte sich dem Tisch, füllte die Teller und stellte die leere Pfanne auf den Herd zurück. »Ihr könntet euch den ganzen Tag schreiben, ohne warten zu müssen, euch näher fühlen, du und deine Mutter.«

»Das brauch ich nicht«, erklärte ich sofort mit harter und wackliger Stimme.

»Warum nicht? Du wirst sehen, wie nützlich es für dich ist, und wie schnell.«

»Wir haben ja schon das Telefon«, erwiderte ich, darüber hinweggehend, dass es nur selten klingelte. Mein Vater rollte Spaghetti um seine Gabel. »Guten Appetit«, wünschte er mir. Ich probierte. Sie waren gut, aber ich sagte es ihm nicht. Ich starrte unverwandt auf den Tisch.

»Ich glaube, es könnte eine Möglichkeit sein zu versuchen, wieder miteinander zu kommunizieren, in Ruhe, alle miteinander. Was meinst du?«

Ich wäre am liebsten aufgestanden, hätte den Teller umgeworfen, alles zerschlagen, ihn erwürgt.

»Das Telefon ist für uns nicht das geeignetste Mittel. Beim Sprechen sind wir zwangsläufig befangen. Schreiben ist da ganz was anderes. Wir können uns die Zeit nehmen, die wir brauchen, um die Worte zu wählen, zu arrangieren, wenn nötig auszutauschen.«

Was erlaubst du dir eigentlich?, dachte ich. Was weißt du schon vom Schreiben, scheiß Ingenieur, der du bist?

»Der Computer ist da«, fuhr er fort, »du kannst in mein Arbeitszimmer gehen, wann du willst, und dir die Privatsphäre und die Zeit nehmen, die du brauchst. Ich glaube, ich werde deiner Mutter einen zu Weihnachten schenken.«

Ich bekam einen Hustenanfall, erstickte fast an meiner Spucke und verspürte den Drang, mich zu übergeben. Das war nur eine Strategie, um ihn nicht merken zu lassen, dass mir die Tränen kamen. Mama und Weihnachten im selben Satz lösten einen Kurzschluss aus. Papa reichte mir ein Glas Wasser. Er stand auf und kam zu mir. Er zog mir Niccolòs Jacke aus und strich über mein schweißnasses Haar. Dann zog er die Hand zurück. Diese Geste war zu liebevoll.

»Ich verspreche dir, dass wir ein schönes Weihnachtsfest haben werden. Ich werde dafür sorgen, dass sie herkommen, und sie überreden, bis zum Dreikönigsfest hierzubleiben. Schlimmstenfalls fahren wir zu ihnen. Mach dir keine Sorgen.«

Schlimmstenfalls werde ich weglaufen, und du wirst mich nie mehr finden.

Ich werde mich zum Beispiel in der Palazzina Piacenza verstecken. Sobald ich achtzehn bin.

Dieser Gedanke beruhigte mich. Auch meinen Bruder beruhigte immer der Gedanke an die Volljährigkeit. Sie war das Ziel, der Beweis, dass man durchhalten, Geduld haben musste, am Ende aber würden wir befreit sein von den unsinnigen Entscheidungen unserer Eltern.

Papa setzte sich wieder an seinen Platz, und ich hob den Kopf, um ihn anzusehen. Ich sah wohl verstört aus. Ich erkannte es an seinem bekümmerten Gesichtsausdruck.

Er gab sich große Mühe. Der siebenundvierzigjährige Mann, der mir da gegenübersaß, mit ergrautem Haar und Bart, der Brille mit dem dicken schwarzen Gestell, dem Gesicht des Ur-Nerds, strampelte sich ab für seine Tochter, kochte, putzte, räumte auf. Er hatte sich an der Universität für sechs Monate beurlauben lassen, um sich um mich zu kümmern und den Hausmann zu spielen.

Nur ich wollte sie nicht, die Liebe eines Fremden. Ich wollte Mama, die mich nicht anrief, Niccolò, der sich mit Joints zudröhnte. Nicht diesen gebildeten Vater mit vielfältigen Interessen, der ein Lächeln, ein Zeichen der Öffnung von mir erbettelte. Dieser arme Teufel, der plötzlich aus heiterem Himmel für eine halbwüchsige Tochter sorgen musste.

Noch dazu für eine wie mich.

Ich trug die Haare kurz geschnitten wie ein Junge, karottenrot wie meine Mutter. Auch die Sommersprossen hatte ich von ihr geerbt, wie die nussbraunen Augen. Ich war winzig und wog um die fünfundvierzig Kilo, also nicht viel. Ich hatte keine Hüften und keine Titten, weswegen ich problemlos die Kleidung tragen konnte, die meinem Bruder nicht mehr passte oder die übrig blieb, wenn die Töchter von Mamas Freundinnen ihre Schränke ausmisteten. Das Ergebnis war, dass ich in weiten Jeans herumlief, die ich absichtlich mit Bleichmittellösung fleckig gemacht hatte, dass ich Blusen mit rundem Kragen, die nach Grundschule aussahen, Sweatshirts der Sex Pistols, die zwei Nummern zu groß waren, und schottische Faltenröcke trug. Ich war ganz eindeutig eine Außenseiterin. Aber das waren wir in meiner Familie, in unterschiedlichen Schattierungen, alle.

Das Telefon läutete, und ich fuhr zusammen. In jener Zeit wurde mein Leben buchstäblich bestimmt und getaktet von diesem weißgrauen Apparat mit der Aufschrift »Telecom Italia«.

Ein einziges Läuten, und ich sprang vom Stuhl auf und stürzte in den Flur. Ich wusste, dass sie es war; wer sonst hätte es um diese Uhrzeit an einem Samstag sein sollen? Wie ein Blitz stürzte ich mich auf den Hörer.

»Mama!«, rief ich.

Ich ließ mich auf den Boden fallen, und der Hörer klebte so sehr an meiner Ohrmuschel, dass er eins mit ihr geworden zu sein schien. Ich hielt ihn mit beiden Händen und presste die Lippen auf ihn. Ich umklammerte ihn. Ich war so glücklich, dass sie mich nicht vergessen hatte.

»Liebling, wie geht es dir?«

»Gut«, log ich und bombardierte sie sofort mit Fragen: »Was habt ihr heute gemacht? Hat es geschneit? Hast du Sonia und Carla von mir gegrüßt?« Ich wollte alles von Biella wissen, von dem Leben, das sie ohne mich führten. »Und ist Niccolò da?«

»Nein, mein Schatz, er ist im Babylonia.«

Das »Baby«, allein schon den Namen zu hören rührte mich und versetzte mich in eine der Nächte, die wir dort verbracht hatten, Niccolò, der in der Halle Pogo tanzte, und Mama und ich, die draußen im Wagen auf ihn warteten. Den Sitz nach hinten geneigt, eine Wolldecke über den Beinen und die Fenster selbst im Winter geöffnet. Wie schön war es, neben Mama einzuschlafen, die Bier aus der Flasche trank und rauchte; Gelächter um uns herum.

»Es hat geschneit, aber nur über Andorno«, sagte sie. »Die Berge sind ganz weiß.«

Ihre Stimme ließ mich sie sehen. Den Cresto, den Camino, den Mucrone. Sie waren wie Personen für mich. Und ich wurde verrückt vor Ungeduld.

»Bist du in der Bibliothek gewesen?«

»Wie hätte ich das tun sollen? Samstags arbeite ich auch nachmittags, wenn es Verspätungen bei den Lieferungen gibt. Das weißt du doch.«

In Wirklichkeit wusste ich nichts von ihrer neuen Stelle in der Hutfabrik Cervo. Es machte mich traurig, ausgeschlossen zu sein, ich, die ich früher stundenlang auf dem Parkplatz der Liabel gelesen und ihre Kollegen und ihre Arbeitszeiten gekannt hatte.

»Und was hast du gemacht?«
»Nichts.«
»Nichts ist unmöglich.«
»Ich war unterwegs«, gab ich zu.
»Das ist ja eine wunderbare Nachricht! Mit wem?«
Ihre Freude verletzte mich, das bedeutete, dass sie nicht eifersüchtig war.
»Mit einer Klassenkameradin. Beatrice.«
»Freundschaften sind wichtig, Eli, vergiss das nie. Kannst du mir kurz deinen Vater geben?«
Schon? Mein Herz verkrampfte sich. Es zersprang.
Warum hast du mich so wenig gern, Mama?
Ich rief Papa, gab ihn ihr. Er hatte recht: Das Telefon war für uns als Familie nicht geeignet. Denn wir waren überhaupt keine Familie.

Ich hatte keine Lust mehr, sie miteinander sprechen zu hören, als wäre ich gar nicht da, und schloss mich daher in mein Zimmer ein.

Ein paar Umzugskartons standen noch auf dem Boden an der Wand, mit Klebeband verschlossen. Sie nicht zu öffnen gab mir die Illusion, dass mein Aufenthalt hier nur vorübergehend wäre und mein Bruder und meine Mutter mich eines Tages wieder zu sich holen würden. Ich ließ mich aufs Bett fallen und griff nach dem Walkman. Er gehörte auch zu den abgelegten Sachen von Niccolò, wie die Jacken und Sweatshirts. Er hatte ihn mir nur geschenkt, weil er sich einen tragbaren CD-Player gekauft hatte, sonst hätte er ihn weggeworfen. Aber ich steckte die Finger in die Spulen der Musikkassette und zog zum Spaß das Magnetband heraus. Da ich ihn nicht streicheln konnte, streichelte ich *Enema of the State* von Blink-182.

Ich suchte im Schrank den Roman, den ich nicht in die Bibliothek zurückgebracht hatte, bevor ich fortgegangen war. Den Pyjama mit Herzen, den ich meiner Mutter aus dem Koffer geklaut hatte, bevor sie gegangen war. Ich legte alles auf einen Haufen, umarmte es und spürte die enorme Fähigkeit der Gegenstände, die Gerüche und Stimmen freizusetzen, die sie in sich aufgenommen haben. Die Erinnerungen präsent zu machen.

Ich hatte nichts mehr, nichts.

Ich nahm den Walkman, den Roman und den Pyjama mit ins Bett, wie es ein Schiffbrüchiger mit den letzten Dingen eines Lebens macht. Ich hatte nicht einmal ein Foto von uns dreien, einen Beweis dafür, dass wir glücklich gewesen waren. Ich besaß nur ein Tagebuch mit einem Vorhängeschloss, in dem ich mich darin übte, einen Eindruck, ein Gefühl festzuhalten, damit mir wenigstens in den Worten etwas blieb.

Ich holte den Schlüssel unter der Matratze hervor und öffnete es. Bis wohin war ich gekommen? Ich blätterte die Seiten um. Bis »betagt«.

Aber konnte man das von einem Baum sagen? Ich hatte zweiundfünfzig Adjektive für die Platane vor dem Fenster aufgelistet, während ich ihn stunden- und tagelang angestarrt hatte, und doch wusste ich nicht, welches ich wählen sollte.

Wie ist diese Platane, Elisa?

Ich weiß es nicht.

Wenn du sie jemandem beschreiben müsstest, der sie nicht sehen kann, was würdest du sagen? Dass sie traurig ist, dachte ich. Sie ist ganz dürr, kahl, und steht dort im Hinterhof ganz allein wie angewurzelt im Beton.

Sie ist traurig, ja. Oder bist du es?

Ob Beatrice auch ein Tagebuch hatte, fragte ich mich. Was sah sie von ihrem Fenster aus, in was für einem Haus wohnte sie, in welchem Stock? Am Montag würde ich es erfahren. Mein Herz beruhigte sich und begann wieder zu schlagen. Ich stand auf, um den Stadtplan von T zu holen und in dem Gewirr die Via dei Lecci 17 zu suchen. Ich fand sie in einem entfernten Viertel, auf einem Hügel. Mit dem Kugelschreiber zeichnete ich den Weg von meinem Haus zu ihrem und musste unwillkürlich lächeln. Ich hatte jetzt eine Perspektive. Das linderte den Schmerz. Nicht sehr, aber es machte ihn erträglicher.

»Vergilbt«, machte ich weiter. »Halb nackt.« Sogar: »Allein.« Niemand in der Klasse hatte mich je gefragt: »Wo liegt Biella? Was gibt es da Besonderes?« Sie sagten, es sei *la biella*, die Treibstange des Motors, ich sei *sbiellata*, hätte eine Meise, blöde Bemerkungen von Leuten, die keine Ahnung haben. Ich blickte vom Tagebuch auf und hörte, wie die Stille aus den anderen Zimmern drang. Papa hatte plötzlich genervt aufgelegt. Das Telefongespräch war beendet. Mama hatte nicht noch einmal mit mir sprechen wollen. Ich betrachtete die nackten Wände im Licht des Lampenschirms: Sie sahen aus wie Gitterstäbe, das geschlossene Gebäude eines Waisenhauses.

Wie konntest du mich hierlassen?

Niccolò mitnehmen und mich im Stich lassen?

Mama, warum?

3
Abschied vom Ausblick

Zunächst waren wir alle drei nach T umgezogen. Am 29. Juni 2000 waren wir im Alfasud mit drei Koffern und vier Gramm Haschisch losgefahren, weil Mama die Arbeit bei der Liabel verloren und im selben Augenblick beschlossen hatte, es noch einmal mit Papa zu versuchen.

Im Fall von Mama von Entscheidung zu sprechen ist nicht ganz richtig: Sie handelte eher impulsiv. Eines Nachmittags im April oder März kam sie nach Hause und ließ sich aufs Sofa im Wohnzimmer fallen, wo ich Hausaufgaben machte und Niccolò den Drachen zeichnete, den er sich tätowieren lassen wollte. Ich erinnere mich ganz genau an sie: die freche Mähne, die karottenrote Pagenfrisur ohne ein einziges weißes Haar, die Stupsnase, die Sommersprossen, die gelben, nach Art der jungen Mädchen violett geschminkten Augen. Man konnte sie für halb so alt halten, wie sie war, nicht zuletzt wegen ihrer kleinen Gestalt und ihres Körpers, der ständig in nervöser Bewegung war. Sie zündete sich eine Zigarette an und sagte: »Kinder, wir gehen fort.«

Ich ging in die achte Klasse, mein Bruder in die zwölfte.

Im ersten Augenblick konnten wir nicht im Entferntesten ahnen, was los war.

»Sie haben mich wegen eines Höschens entlassen«, informierte sie uns und stieß den Rauch aus. Sie lächelte verwundert. »Es scheint eine Katastrophe zu sein, aber wir werden eine Chance daraus machen.«

Und dann stand sie auf und ging schnurstracks in den Flur – mit uns beiden im Schlepptau, nichtsahnend, aber bereits alarmiert. Sie dagegen war euphorisch, als hätte sie den Schlüssel zum Glück gefunden. Sie nahm den Hörer und wählte die Nummer. Das alles spielte sich direkt vor uns ab.

»Ich hab nachgedacht«, begann sie. »Geben wir uns eine zweite Chance, Paolo. Wir sind noch jung, wir verdienen es. Unsere Kinder brauchen uns, ich brauche dich. Ich brauche einen Tapetenwechsel, ich muss mein Leben ändern. Ich bitte dich.«

Und sie reichte uns an Papa weiter, der immer nur eine Stimme am Telefon gewesen war, allerhöchstens eine wortkarge Erscheinung an Ostern und Weihnachten, indem sie den Hörer energisch vor unserer Nase schwenkte: »Los, sagt etwas zu ihm!« Zuerst Niccolò, dann ich. Und wir waren so verstört, dass wir nicht einmal die übliche Zusammenfassung herausbrachten: »Alles okay, Schule okay.«

Die Wahrheit ist, dass wir, als Mama diese Kurzschlusshandlung vollführte und uns plötzlich zwang, unsere Leben zu unterbrechen und die Stadt, in der wir geboren wurden, die Wohnung, in der wir aufgewachsen waren, zu verlassen, um mehr als fünfzig Kilometer wegzuziehen, keine Ahnung hatten, wer unser Vater war. Er war der Mann, der uns Geld schickte, der sonntagvormittags anrief, den wir theoretisch lieben sollten, aber sonst?

Er hatte uns nie gefehlt.

Auch von T kannten wir nicht viel: den Strand, an dem wir uns während der zweiwöchigen Ferragosto-Ferien langweilten, wenn Mama uns zu ihm schickte und jedes Mittag- und Abendessen eine Qual war; der Spaziergang mit den vertrockneten Palmen und Oleandern; die Altstadt mit der Festung, die seit einer Ewigkeit restauriert wurde. Die Adressen von Strandfreunden, denen wir nie geschrieben hatten und die sich innerhalb eines Jahres so sehr verändert hatten, dass wir sie im nächsten Sommer nicht mehr erkannten, beschränkten sich auf zwei oder drei. Aber das, was uns an jenem Nachmittag mehr als alles andere erschreckte, mit dem Hörer in der Hand, war die Vorstellung der beiden *zusammen*. Es war das totale Unverständnis dafür, wie ein derart verschlossener Mann, ein Universitätsprofessor, an unsere Mutter geraten, ihr zwei Kinder machen und ihr eine zweite Chance geben konnte, nicht als die Kinder klein gewesen waren und sich vielleicht einen Vater gewünscht hätten, der sie von der Schule abholte, sondern jetzt.

Wir widersetzten uns. Mit aller Kraft.

Niccolò, der immer viel direkter als ich war, schleuderte das Telefon gegen die Wand. »Du bist verrückt! Ich habe hier meine Freunde, ich habe mein Basketball, ich habe *alles*!«, schrie er. »Mir fehlt noch ein Jahr zum Abschluss, und ich soll die Schule wechseln? Hast du einen Knall? Leb *du* doch mit dem! Ich bin kein Kind mehr, das du rumschubsen kannst. Leck mich am Arsch, Mama!«

Er warf den Stuhl um, schloss sich in sein Zimmer ein, aß nicht mehr, ging nicht mehr in die Schule und wurde nicht versetzt. Ich beschränkte mich auf das Schweigespiel: Ich beantwortete keine Fragen, beteiligte mich an keinem Gespräch. Ich gewann immer.

Ein paar Tage später nahm ich mein Bett – Sprungrahmen, Matratze, Kopfkissen – und schleppte es allein aus Mamas Zimmer, in dem ich immer geschlafen hatte, in Niccolòs. Ich konnte nicht einschlafen ohne ihren Geruch, ihren Atem, ich weinte, so sehr fehlte sie mir. Aber ich hielt durch. Jede Nacht kam Niccolò später nach Hause, stank nach Rauch, stieß gegen die Möbel und weckte mich. Morgens stand ich auf, und er schnarchte. Unsere Wohnung verwandelte sich nach und nach in ein Lager für Kartons, und wir verbarrikadierten uns, traten in Putz-, Rede-, Glücksstreik. Mama wollte uns umarmen, und wir entzogen uns. Eifersüchtig, total eifersüchtig.

Ich erinnere mich an einen Samstagabend. Mein Bruder hatte sich geweigert mitzukommen, weswegen Mama und ich in der Pizzeria gegenüber dem Bahnhof saßen. Das kam häufig vor, wenn sie keine Lust hatte zu kochen. Einander gegenübersitzend an einem Tisch im Raucherraum unter einem Poster von Neapel aus der Zeit von Maradonna, schenkte Mama mir zwei Fingerbreit von ihrem Wein ein. Sie schob sich die Ponyfransen aus der Stirn und sagte: »Eli, wie immer es auch ausgehen mag, es ist nicht richtig, dass ihr nie bei eurem Vater lebt. Ich sage das nicht wegen der jetzigen Situation, aber wenn er euch fehlen wird, wird es zu spät sein. Ihr müsst eine Beziehung zu ihm aufbauen, eine echte, alltägliche. Auch wenn ihr es nicht wahrhaben wollt: Ihr habt es *dringend* nötig.«

Ich trank die zwei Fingerbreit Wein, und er stieg mir sofort zu Kopf. Du hast unrecht, du hast unrecht, du hast unrecht, protestierte ich innerlich.

»Bist du nicht neugierig, wie wir zurechtkommen? Zu viert?«

Ich blieb still, so still, wie man nur sein kann. Mit gesenktem Blick verschlang ich die Margherita, während meine Gedanken rasten. Wir brauchten keinen Eindringling. Sie zog ihn uns vor. Es ging uns hervorragend zu dritt. Und T war ein Badeort, der im Sommer voll war und im Winter leer, und dort wollte ich nicht hin.

Als ich mit dem Essen fertig war, holte ich *Lüge und Zauberei* aus der Tasche und zog mich zurück.

Ich hörte, wie meine Mutter amüsiert schnaubte, während ich so tat, als würde ich lesen. Sie suchte das Gespräch mit einem der Kellner: »Sie ist eine Intellektuelle, meine Tochter. Überall, wo ich mit ihr hingehe, öffnet sie ein Buch: in der Post, in der Standa. Die ideale Begleiterin!«

Wir waren in der Lucciola zu Hause. Jedes Silvester hatten wir dort gefeiert. Mama, Niccolò und ich: unzertrennlich. Ich konnte nicht glauben, dass ich diese Tische mit den rosa Tischdecken und die dazu passenden Stühle, die Salzstreuer mit den Reiskörnern darin, die Gemälde des Vesuvs und des Golfs von Neapel, die da oben, an den oberen Rändern des Piemont so exotisch wirkten, nie mehr wiedersehen würde. Das war eine solche Ungerechtigkeit, dass ich am liebsten laut losgeschrien hätte.

Stattdessen hielt ich mich an mein Schweigegelübde.

Das Schuljahr ging zu Ende, und die Prüfungen begannen. In unserer Wohnung herrschte tiefe Trostlosigkeit: Aufbewahrungsort für Pakete, die darauf warteten, verschickt zu werden, Spuren von Bildern, die von den Wänden genommen worden waren, alles verpackt, mit Ausnahme von meinem Zimmer und Niccolòs – nicht ein Koffer bereit, dieselben Laken seit zwei Monaten.

Wir waren uns nie so einig gewesen wie in jener Zeit, er und ich: eine Mauer, die Mama frohgemut durchquerte, in Höschen und BH, die Arme beladen mit Kleidern. »Brauchen wir diese Mäntel dort unten, was meint ihr?«

Ein Teil der Möbel wurde unbedacht verkauft, der andere mit Plastikbahnen zugedeckt. Ich verlor auf einen Schlag das Spielzeug meiner Kindheit. Mama machte einen großen Haufen und schenkte alles der Caritas. »Es wird Zeit, erwachsen zu werden, Elisa.« Aber das war das Letzte, was ich wollte.

Dann kam der Tag der Bekanntgabe der Prüfungsergebnisse, und ich ging mit Mama zur Schule. Starr und steif neben ihr, stinksauer. Aber mit wem hätte ich sonst hingehen sollen.

Ich hatte keine Freundinnen. Wenn in der Grundschule ein paar zarte Freundschaften entstanden waren, waren sie durch die Mittelschule hinweggefegt worden. Ich war schüchtern. Meine Altersgenossinnen präsentierten sich auf der Via Italia mit violettem Lippenstift und Nasenpiercing und sprachen von Dingen, die sie mit den Jungs machen würden und die ich nicht verstand. Ich hatte keine Großeltern mehr und auch keine Onkel und Tanten oder Cousins und Cousinen in der Nähe. Im Unterschied zu meinem Bruder war ich in keiner Sportmannschaft. Niemand hatte mich in einen Musik- oder Theaterkurs eingeschrieben. Der einzige Ort außerhalb der Wohnung, den ich frequentierte, war die Bibliothek für Kinder. Bevor ich in T »die Fremde« wurde, war ich in den Schulen in Biella »die Asoziale«.

An jenem Tag sahen wir uns am Eingang der Mittelschule Salvemini einer dichtgedrängten Menge von Eltern gegenüber, nur Zentimeter, aber doch Lichtjahre entfernt. Nicht einer von ihnen ließ sich zu einem Gruß herab. Das war verständlich: Die Mütter der anderen trugen pastellfarbene Sommerkostüme, Seidenblusen, Perlenketten; meine am Knie zerrissene Jeans und Converse. Die Väter der anderen lächelten und scherzten mit den Kindern, um die Wartezeit zu verkürzen; der meine glänzte durch Abwesenheit. Es mögen auch nachlässige, müde, schlecht gekleidete Eltern da gewesen sein, aber ich sah sie nicht.

Als die Schulwarte die Türen öffneten und uns hereinließen, waren die Listen gerade am Schwarzen Brett ausgehängt worden. Alle drängten sich, um ihr Ergebnis zu suchen, es mit dem der anderen zu vergleichen und zu verkünden, das sei nicht gerecht, sie hätten mehr oder weniger verdient. Und ich.

Ich stand oben, an der Spitze. Ich war »die Asoziale«, diejenige mit der verrückten Mutter, mit karierten Hosen und Mokassins, die niemand zum Geburtstag einlud, die Einzige, die noch nie einen Jungen geküsst hatte. Aber ich war auch die Einzige mit »Sehr gut und ehrenvolle Erwähnung«.

Meine Mutter beugte sich zu mir, um mich zu streicheln.

»Was für ein Geschenk willst du? Du hast dir ein ganz großes verdient.«

Ich versuchte darüber nachzudenken. Ich hatte keine Träume. Was wusste ich schon von Geschenken, von Gegenständen, die dir gehören, die du besitzen kannst? Ich lebte von ausgeliehenen Büchern, von Kleidung, die ich von anderen bekommen hatte und die auszuwählen mich nie interessiert hatte. Aus der realen Welt liebte ich nur die Orte: die Fenster der Lucciola, von denen aus man das gelbe Gebäude des Bahnhofs sah, den Parkplatz der Liabel, auf dem ich immer gewartet hatte, bis meine Mutter von der Arbeit kam, unsere Wohnung im dritten Stock in der Via Trossi und, mehr als alles andere, die Palazzina Piacenza.

Ich glaube, ich war den Tränen nahe: Warum reichen wir dir nicht?

»Irgendwas, na los«, beharrte sie.

Ich unterbrach den Redestreik.

»Bleiben«, erwiderte ich.

Daraufhin erlosch ihr Lächeln, ihr Blick verfinsterte sich, und ich erstarrte, weil ich wusste, was diese Signale ankündigten.

Sie gab mir vor allen einen heftigen Stoß, als wäre ich durchgefallen. Sie zog mich zuerst ins Auto, dann die Treppen hinauf und dann in dieses Wohnklo, in dem wir lebten. Sie warf meinen Bruder aus dem Bett und ohrfeigte ihn. Sie packte mich an den Haaren. Wir versuchten zu protestieren, aber vergebens. Sie hatte die Geduld verloren. Sie drückte unsere Köpfe in die Koffer, so wie die Großmutter die Schnauze der Katze ins Pipi, wenn sie auf den Teppich gemacht hatte. Sie kratzte uns. Zwang uns, all unsere Sachen zu nehmen, egal, ob sauber oder schmutzig, und sie in die Reisetaschen zu packen. Sofort, rasch. Sie schrie uns Dinge ins Gesicht, die ich nicht wiederholen kann, nicht wiederholen will, während des ersten und schlimmsten Umzugs meines Lebens.

*

Bevor ich fortfahre, muss ich mich der quälenden Erinnerung stellen.

Ich habe nie mit jemandem darüber gesprochen, nicht einmal mit Beatrice oder mit meinem Vater. Doch nachdem ich beschlossen habe, alles aufzuschreiben, was für einen Sinn hätte es, ein Geheimnis für mich zu behalten?

Ich verkehre auf einigermaßen vertrautem Fuß mit literarischen Figuren: Ich lese viel. Ich habe auf Buchseiten zahlreiche Mädchen kennengelernt, die Waisen, von Katastrophen verfolgt oder Opfer schlimmster Übergriffe waren, denen das Unglück aber nichts anhaben konnte: strahlend, voller Talent, eindeutig dafür bestimmt, erlöst zu werden. Die Versuchung, mich auf diese Weise zu erzählen, als eine dieser kleinen Heldinnen, reizt mich, das gebe ich zu.

Aber ich kenne inzwischen meine Zukunft, und es handelt sich um eine ziemlich mangelhafte Erlösung. Außerdem schreibe ich keinen Roman. Ich möchte mich darauf konzentrieren, wer ich bin, ohne Märchen zu spinnen. Wenn ich den Versuch wagte, mich ohne Ausflüchte zu fragen: Warum, Elisa, war die Begegnung mit Beatrice so entscheidend, dass sie dein ganzes Leben bestimmte?

Ehrlicherweise müsste ich dann antworten: Weil ich vor ihr allein war.

Es war dunkel, es war früh am Morgen, es war Winter. Das vorletzte Jahr im Kindergarten. Niccolò frühstückte in der Küche, ich hatte die Grippe und zitterte, und Mama wusste nicht, bei wem sie mich abgeben sollte. Ich sehe sie deutlich vor mir, wie sie am Telefon hängt und herumtelefoniert, weint, fleht: »Bitte, nur für heute Vormittag! Sie wird die ganze Zeit schlafen ...« Jedes Mal legte sie verzweifelt auf. Schließlich ließ sie die Arme fallen, und sie hatte eine Idee: »Komm, wir gehen.«

Sie mummelte mich ein: zwei Pullover, Daunendecke, Mütze, Schal. Ich glühte und starb zugleich vor Kälte. Sie hob mich hoch und trug mich hinunter in die Garage, begleitet von Niccolò, der alle drei

Schritte stehen blieb, um Schneebälle zu formen und uns damit zu bewerfen, was Mama wütend machte. Sie setzte mich auf den Sitz neben sich. Er protestierte, fügte sich dann und setzte sich nach hinten. Der Wagen brauchte eine Ewigkeit, bis er ansprang. Es hatte wieder angefangen zu schneien. Die Straßen waren mit Salz und Eis bedeckt. Sie setzte meinen Bruder an der Schule ab. Anschließend fuhr sie zur Piazza Lamarmora und parkte vor einem Gebäude, das ich noch nie gesehen hatte. Sie wartete, bis die Lichter im ersten Stock angingen, dann hob sie mich hoch und ging mit mir die Treppe hinauf und durch eine Tür mit geschliffenen Glasscheiben. Drinnen herrschte eine drückende Hitze, und das Neonlicht blendete mich. Mama legte mich auf ein Kissen, entfernte nach und nach die Schichten aus Wolle und gab mir eine letzte Paracetamol. Sie machte »Ssch« mit dem Finger auf den Lippen.

»Ich geh arbeiten, du bleibst brav hier, um eins bin ich zurück.«

Ich kann immer noch mein Herz hören, das dröhnt und sich leert.

Die Verlassenheit, die den Brustkorb füllt, über die Ufer tritt, die Beine, die vor Angst zittern, das Gefühl unendlicher Unsicherheit.

Ich konnte nicht einmal weinen. Ich kauerte mich zusammen und verbarg den Kopf zwischen den Händen, der Hals brannte, die Gedanken und Gefühle waren gelähmt durch klirrende Kälte.

Die Bibliothek war leer, weil alle im Unterricht waren oder krank zu Hause, aber sie wurden von jemandem umsorgt. Ich war mir sicher, dass meine Mutter nicht wiederkommen würde.

Ich habe keine Ahnung, was sie mit den Bibliothekarinnen ausgemacht, wie sie sie überzeugt hatte. Nach einer Weile legte mir die Ältere die Hand auf die Stirn, um zu fühlen, ob das Fieber gestiegen war, und fragte mich, ob ich Durst hätte oder auf die Toilette müsse. Ich wollte nichts. Als das Paracetamol zu wirken begann, fand ich die Kraft, mich aufzusetzen, blickte mich um und hasste sie: die Bücher.

Was glaubten sie? Dass sie meine Mutter ersetzen könnten?

Carla und Sonia, mit denen ich mich in der Folge anfreunden sollte, kamen mit einer Sammlung von Märchen von Basile zurück. Und ein Gefühl von Zärtlichkeit überkommt mich heute bei dem Gedanken, dass Sonia wohl kaum älter als vierzig gewesen ist, sich nie Kinder gewünscht hat und keine Ahnung hatte, was sie mit einem Mädchen meines Alters anfangen sollte. Carla dagegen, die sechzig war und ab und zu auf ihre Enkelkinder aufpasste, litt unter Ischias und humpelte. Ich war ihnen einfach so, aus heiterem Himmel, aufgedrängt worden, mitten in ihrer Arbeit. Aber anstatt die Carabinieri zu rufen, hatten sie mir Basile gegeben.

Ich blätterte ein paar Augenblicke darin, ohne zu wissen, was ich damit tun sollte; lesen konnte ich nicht. Die Figuren waren winzig, die Worte riesig, feindselig. Ich schloss das Buch wieder, klammerte mich aber mit beiden Händen daran, weil ich nichts anderes hatte, was mich davor bewahrte zu fallen.

Die Panik oder, besser, die Einsamkeit ist ein primitiver und sehr einfacher Zustand, in dem es auf der einen Seite die unermessliche, bedrohliche Welt gibt und auf der anderen dich, ein Nichts. Ohne eine Mutter kann keiner überleben. Es ist eine Wahrheit, die ich gründlich kennengelernt habe und deren Narben ich für immer in jedem lebenswichtigen Organ tragen werde. Und doch fand Mama nach diesem ersten Mal Gefallen daran.

Ich weiß nicht, wie sie von der Existenz dieses Ortes überhaupt erfahren hatte, vielleicht durch einen Flyer oder durch Hörensagen. Grundsätzlich bezweifle ich, dass sie vorher jemals eine Bibliothek betreten hatte. Aber diese bunten Räume mit ihren Teppichen und Kissen, den kindgerechten Tischen und Stühlen müssen ihr wie der ideale Parkplatz vorgekommen sein, und noch dazu kostenlos: die Lösung aller Probleme. Und daher erfand sie Entschuldigungen, führte Dramen auf und schlich sich heimlich davon. Carla und Sonia hatten sie, glaube ich, gleich richtig eingeschätzt. Sie hatten Mitleid mit mir und darauf verzichtet, das Jugendamt einzuschalten, weil diese merkwürdige Frau, die wie ein junges Mädchen wirkte, mich jedes Mal mit Küssen bedeckte. Vielleicht liebte sie mich ja.

Das tat sie nicht immer. Wenn sie sich mit ihren Freundinnen in einer Bar traf, setzte sie Niccolò vor die Videospiele und mich auf einen Hocker neben sich, und ich schwor, mit hinter dem Rücken gekreuzten Fingern, dass ich ihnen nicht zuhören würde. Zum Friseur und in den Supermarkt konnte ich problemlos mitkommen. Doch dann wurde ich wieder krank, oder sie musste irgendwohin. Allein? Mit jemandem? Ich habe es nie erfahren. Und dann kam dieser Moment, in dem sie vor der Palazzina Piacenza parkte.

Dass mein Bruder zumindest teilweise davor bewahrt wurde und eine normale Jugend haben konnte mit Freunden und Sport, lag nur daran, dass er ein eisernes Immunsystem hatte und ein Junge war. Seine Fähigkeit zu lieben war von ihr abhängig, aber nicht seine Identität.

Monatelang öffnete ich sie nicht, die Bücher.

Ich verbrachte den Vormittag damit, durch die Fenster den Monte Cresto und den Bo, den Mucrone und den Camino anzustarren; die einzige physische Präsenz, die für immer an ihrem Ort geblieben war. Wann immer sie konnten, setzten Sonia und Carla sich neben mich auf das große Kissen und zeigten mir einen Buchstaben, und dann einen anderen. Das ist da A, das ist das O, das C, das D, das M. Und ich kam nach und nach aus meinem Schneckenhaus.

Ich lernte lesen, und die Zeit verstrich, die Wirklichkeit rückte in die Ferne. Ich war frei, mich selbst zu vergessen, Piratin zu sein, Ungeheuer, Hexe, Prinzessin. Die Einsamkeit verschwand, bei Schwierigkeiten kam mir immer ein Eichhörnchen oder eine Fee zu Hilfe. Wenn meine Mutter den Blinker betätigte und auf der Piazza Lamarmora die Geschwindigkeit verringerte, war ich beinahe glücklich.

Ich wartete auf sie und las. Stunden-, jahrelang. Die anderen wuchsen heran, die Körper streckten sich, die Stimmen wurden heiser, meine Klassenkameradinnen bekamen zum ersten Mal ihre Tage. Ich dagegen blieb, wie ich war, als wäre ich verzaubert. Äußerlich veränderte ich mich nicht, aber innerlich kam es zu erstaunlichen Veränderungen. Ich befreundete mich mit niemandem und doch mit Hunderten von imaginären Personen. Ich hatte ein geisterhaftes Leben und eine glühende Phantasie. Nur das Unsichtbare passierte wirklich, nur hinter den Worten war jemand bereit, mit mir zu reden. Auch deswegen sollte ich viele Jahr später, als ich sie zum ersten Mal sah, Beatrice sofort erkennen. Nicht äußerlich, meine ich, sondern *von innen her*.

Weil meine Mutter mich dem Lesen überlassen hatte.

Aber ich wollte Mama. Ich hätte alles dafür gegeben, Analphabetin zu bleiben.

Die Literatur war im Grunde das einzige Mittel, die Leere zu füllen, die sie hinterlassen hatte. Aber könnte es je eine Leidenschaft ohne vorherige Leere geben? Ich werde mich an diese Frage erinnern müssen, wenn Beatrice berühmt werden wird.

*

»Ich verzeihe dem Frühling, / dass er wieder kam. / Ich zürne ihm nicht, / dass er wie alle Jahre / seine Pflicht tut.
Ich weiß, meine Trauer / hält das Grün nicht auf. / Und bebt ein Halm, / so ist es der Wind.«

So beginnt »Abschied vom Ausblick« von Wisława Szymborska und stirbt meine Kindheit. An einem Morgen vor zwanzig Jahren, im flachen Licht der Dämmerung und mit geschlossenen Wagenfenstern, weil die Welt draußen noch kalt war.

Übelkeit, leerer Magen. Mein Bruder, der vorn saß, hörte auf seinem Walkman *Enema of the State*, Seite A und Seite B, und starrte finster auf die Straße. Niemand sagte ein Wort. Der Monte Cresto, der Bo, der Mucrone und der Camino blieben etwa eine halbe Stunde in der Heckscheibe sichtbar, dann verschwanden sie.

Ich begriff, auf dem Sitz des Alfasud kauernd, dass dieses Stückchen Alpenfelswand ohne mich dableiben und weiterbestehen würde. Ich akzeptierte es nicht. Während meine Mutter mich mit Gewalt von diesem Anblick trennte, drückte ich *Lüge und Zauberei* an meine Brust, das ich in der Bibliothek ausgeliehen und nie zurückgebracht hatte; in Wahrheit hatte ich es noch nicht mal gelesen, nur immer wieder neu angefangen.

Als ich den Kopf drehte und versuchte, nach vorn zu blicken, an jenem Donnerstag Ende Juni, war Biella bereits nicht mehr zu sehen. Die von der A26 in zwei Teile zerschnittene Ebene kam mir wie eine eintönige, undifferenzierte Platte vor. Der Rest des Planeten lief fremd an den Fenstern vorbei.

Heranwachsen ist ein Verlust.

Mama saß lächelnd am Steuer. Auf der Höhe von Ovada hielt sie an einer Raststätte. »Frühstück?«, rief sie und schaltete den Motor aus. Fröhlich, als machten wir einen Ausflug. »Wollt ihr ein Croissant mit Vanillecreme oder ein Schokocroissant?«

Niccolò riss die Wagentür auf und schob sich hinaus. »Deine scheiß Begeisterung kannst du dir in den Arsch schieben.« Er schlug die Tür zu, so heftig er konnte.

An der Theke wechselten wir einen langen Blick, mein Bruder und ich, während wir die Brioches verschlangen, die sie uns gekauft hatte; im Minirock auf einem Hocker sitzend, kaute sie wie eine Minderjährige einen Kaugummi, und alle starrten sie heimlich an. Immer wieder überprüfte sie ihr Aussehen im Spiegel, den sie aus ihrer Tasche holte. Sie zog den Lippenstift nach, richtete sich die Frisur, machte sich für Papa schön. Und wir waren so rot im Gesicht und voller Wut, dass wir hätten platzen können.

Bevor wir hinausgingen, hielt Niccolò mich zurück. An Mama gerichtet, aber mit Blick auf mich, sagte er: »Ich geh auf die Toilette.«

»Ich auch«, schwindelte ich.

Wir liefen die Treppe hinunter und betraten die Herrentoilette.

Er blickte mir in die Augen. »Laufen wir weg.«

»Wann?«

»Jetzt.«

»Und wohin?«

»Wir gehen zurück nach Biella. Wir campen, es ist Sommer.«

Mein Herz fing vor Freude zu rasen an: die Möglichkeit.

»Ich leihe mir ein Zelt aus«, fuhr er fort, »es ist so heiß. Wir gehen in die Nähe des Cervo, so können wir uns waschen.«

»Aber er ist kalt, er ist ein Wildbach«, wandte ich ein.

»Scheiß drauf! Dort gibt es Raves, Dorffeste, wir werden immer was zu essen finden, zu rauchen, wir werden nie allein sein. Und im Oktober werde ich achtzehn, ich werde im Babylonia arbeiten, und du kannst problemlos bei mir leben.«

Ein paar Männer kamen herein und blickten uns böse an, mich, die ich ein Mädchen war, und Niccolò, der breitbeinig am Waschbecken stand, eine Zigarette zwischen den Lippen.

»Ja, aber wo?«, insistierte ich. »Wo werden wir im Winter leben?«
»Wir werden ein Haus besetzen, das von Oma.«
»Ohne Heizung?«
»Es gibt Campingkocher. Wir können das Wasser in Töpfen heiß machen.«

Für einen Augenblick, einen einzigen, klang das für mich plausibel: über die Autobahn zum Autogrill auf der andren Seite zu laufen und einen Laster zu bitten, uns mitzunehmen. Vom Jagen und Angeln im Valle Cervo zu leben. Im September in das alte Haus von Oma zu ziehen, das dermaßen verfallen war, dass es nie verkauft oder vermietet worden war. Und dass der italienische Staat mich so leben und aufs Gymnasium gehen ließ: unbeaufsichtigt. Im Übrigen würde es nicht das erste Mal sein.

»Okay«, erwiderte ich.

»Perfekt«, sagte mein Bruder und zündete sich die Zigarette an.

»Junge«, wetterte eine Stimme, »hör zu, hier drin ist Rauchen verboten. Mach sie aus.«

Der Mann mittleren Alters kam auf uns zu. Niccolò lachte und blies ihm den Rauch ins Gesicht. Der Herr hätte zögern können, aber er tat es nicht.

»Flegel, hat dein Vater dir keinen Respekt beigebracht?«

Wie jedes Mal, wenn diese Taste gedrückt wurde, benutzte Niccolò sofort seine Faust. Weitere Männer kamen herein. Ich begab mich aus der Schusslinie. Ich hatte diese Szene millionenfach mit angesehen, mich aber nie daran gewöhnt. Samstags kam es häufig zu Schlägereien, und Niccolò musste in der Kaserne abgeholt werden, nach einer schweren Beleidigung, einer Haftstrafe, einer Aggression. Jedes Mal wurde ich Zeugin seines rüpelhaften Benehmens und wie Mama die tollsten Ausflüchte erfand, um ihn zu verteidigen, und ich verspürte unten, zwischen den Beinen, eine merkwürdige Empfindung: Es war, als wollte die Blase sich von allein leeren, weil ich über nichts Macht hatte.

In der Autobahnraststätte drangen die Schreie an jenem Morgen wohl bis in den oberen Stock, denn die Leute eilten in Scharen herbei, auch Mama. Ich sah sie an, und mir war klar, dass der Plan zu fliehen schon auf der Schwelle der Toilette gescheitert war. Ich sah, wie sie sich wie eine Furie ins Gedränge stürzte: »Lasst meine Kinder in Ruhe, ihr Scheißkerle!« Ihre sanften Gesichtszüge waren dermaßen verzerrt, dass sie kaum wiederzuerkennen war.

Die Scham ist ein Gefühl, das ich häufig für meine Familie empfunden habe. Ich habe sie wie einen Felsblock hinter mir hergezogen, als wäre alles meine Schuld, jahrelang.

Wir wurden *gebeten* zu gehen, alle drei. Wir stiegen wieder in den Wagen: mein Bruder, der fluchte, meine Mutter mit zerzausten Haaren und ich weinend. Mama brauste los im vierten Gang, mit überdrehtem Motor und quietschender Kupplung. »Gib mir das Zeug, das du da hörst.« Sie streckte fordernd die Hand aus, steckte die Kassette ins Autoradio, und ein Song ertönte, den ich seitdem nicht mehr anhören kann: *All the Small Things*.

Ja: Wir waren ein ganz kleines Ding, hilfloses Treibgut in diesem Alfasud.

Mein Bruder holte Zigarettenpapier, ein Feuerzeug und Haschisch hervor und begann es zu bearbeiten. Ich dachte: So, jetzt haben wir auch die letzte Grenze überschritten. Mama sah ihn von der Seite an, ohne jedoch eine Miene zu verziehen. »Ich glaube, das Zeug tut dir nicht gut. Ich bin einmal ohnmächtig davon geworden.«

»Na los, nimm einen Zug.«

Niccolò reichte ihr den Joint. Mama schüttelte den Kopf. »Bist du verrückt? Ich fahre!« Aber sie nahm einen Zug. Und gleich darauf noch einen. Als wäre »dieses Zeug« für sie gar keine so ferne Vergangenheit, wie sie uns glauben lassen wollte.

»Komm, Eli, zieh auch mal.« Mein Bruder drehte sich nach hinten.

»Machst du Witze?«, protestierte ich.

Ich hatte noch nicht einmal eine Zigarette probiert.

»Was kann dir das schon tun? Es ist nur ein Joint.«

Und so nahm ich einen Zug, hustete und war kurz davor, mich zu übergeben. Aber dann reichten wir den Joint rundum, bis nur noch der Filter übrig war.

Ich legte den Kopf zurück und dachte lachend: Wir sind so überflüssig. Wenn wir gegen die Leitplanke geschleudert würden, würde uns niemand vermissen. Meinen Bruder vielleicht schon, weil er eine

Freundin und einen Haufen Freunde hatte. Aber sie waren in Biella geblieben, er hatte sie schon verloren. Auch Basketball spielte er schon seit einer Weile nicht mehr. Er packte die Sporttasche, tat so, als würde er hingehen, dann bog er hinter der Sporthalle ab und legte sich vor der kleinen Kirche in der Via Italia hin, wie auf einer Wiese, und rauchte und teilte Dutzende von Joints mit den Punks. Er würde in seinem Leben nichts zustande bringen, das war bereits klar. Und ich? Ich war gut in der Schule, ich würde eines Tages auf die Uni gehen können. Aber ich hatte etwas an mir, das nicht stimmte, ich gefiel niemandem. Und Mama?

Sie hatte in fünfzehn Jahren ich weiß nicht wie viele Tausende Höschen von ihrem Arbeitsplatz geklaut.

Auch er wird uns nicht lieben, dachte ich, er wird uns nicht retten können. *Er* stand für Paolo Cerruti, Professor für Softwareentwicklung zu einer Zeit, da *Software* ein Wort war, das den meisten nichts sagte.

Wir waren allzu glücklich gewesen zu dritt unter der Bettdecke, an Sonntagen bis mittags. Mit Mama, die uns an sich drückte, als wären wir noch Kinder. Im Bett krümeln, Popcorntüten leeren, sechs Stunden am Stück MTV schauen. Glücklich auf falsche Weise, die niemand je vermutet hätte in einer katastrophalen und problematischen Familie wie der unseren. Aber jetzt, da ich weiß, wohin unsere Geschichte uns gebracht hat, will ich betonen: Dieses Glück war nicht inszeniert, es war echt. Und ich war verzweifelt auf jenem Rücksitz, weil ich fühlte, dass diese trübe und strahlende Sache, die uns vereinte, vorbei wäre, sobald wir in T angekommen waren.

Dann überraschte uns in Genua das Meer.

Ein blauer Halbmond am Ende eines Tunnels.

Er ging auf und nahm den ganzen Horizont ein. Die Brücke, die es heute nicht mehr gibt, überquerten wir an diesem Tag benommen, unsere Kleidung nach Haschisch riechend, Blink-182 im Autoradio, fix und fertig. Doch das Meer entlockte uns ein Lächeln.

Den Rest der Fahrt verschliefen Niccolò und ich. Wie sie enden würde, war uns egal. Ob wir ankommen oder sterben würden, lief auf das Gleiche hinaus.

4
Das Porträtzimmer

Montag, der 13. November, nach der Schule, der Himmel war so klar, dass man dachte, es sei Sommer; der »kalte, jener Toten«, wie Pascoli schreibt, die Passanten eingemummelt in ihre Mäntel, die Äste skelettartig. Doch die Sonne stand hoch im Blau, die Luft war sogar mild, als ich zum ersten Mal in die Via dei Lecci bog.

Es war eine ruhige Wohnstraße ohne Ausgang, mit zwei Linien weißer Reihenhäuser, die in der Nachmittagssonne leuchteten. Ich glitt in die Straße, mit dem Quartz im Leerlauf, und verlangsamte die Geschwindigkeit, um auf den Gittertoren, die alle gleich aussahen, die Hausnummern zu lesen. Als ich die 17 fand, parkte ich vor einer Hecke, hinter der man einen kleinen Garten und eine Garage erkennen konnte. Ich war enttäuscht; ich hatte mir vorgestellt, Beatrice würde in einer prächtigen Villa wohnen, nicht in einem gewöhnlichen Reihenhaus.

Ich schaltete den Motor aus. Die Ruhe, die diese neuen Häuser ausstrahlten, von denen einige noch zum Verkauf standen, überfiel mich. Ringsumher gab es nichts, nur Hügel. Ich nahm den Helm ab. Mit leichtem Herzklopfen näherte ich mich der Sprechanlage. »Avv. Riccardo Rossetti« stand dort. Ich klingelte, und das Tor öffnete sich. Ich ging über den schmalen Weg zur Haustür, die geschlossen geblieben war, und klopfte so höflich wie möglich.

Ich hatte sie nur einmal gesehen, Beatrices Familie, versammelt um den großen Tisch eines teuren Restaurants, und es hatte auf mich gewirkt, als beobachtete ich die Clintons. Ich erinnerte mich an ihre elegante Kleidung, an das schwarze, auf Hochglanz polierte Auto, aus dem sie gestiegen waren, und währenddessen kam niemand, um mir zu öffnen. Ich wollte schon erneut klopfen, kräftiger, als eine Frau mit einem Putzlappen in der Hand aufmachte. Ich trat ein.

Und geriet mitten in eine heftige Auseinandersetzung. Es gab keine Vorzimmer, keine Flure, keine Räume unter der Treppe, in denen man sich verstecken konnte. In Beas Haus kam man rein und befand sich sofort mitten auf der Bühne, in einem großen Wohnzimmer vollgestopft mit Bildern, Teppichen und Kissen. Ich fühlte mich fehl am Platz, zu sehr den Blicken ausgesetzt. Aber ich täuschte mich: Niemand hatte meine Anwesenheit bemerkt.

Die Mutter war wütend. Wie gelähmt stand ich da und betrachtete sie. Sie war gekleidet, geschminkt und frisiert, als würde sie die Fernsehnachrichten moderieren. Unmöglich, eine solche Frau im realen Leben anzutreffen: ein Kilo Gold, Grundierung, Wimperntusche und Lack auf einem Körper, der unverkennbar von Diäten und Fitnessstudios geformt worden war. Sie schrie in einem fort ihre Tochter an: »Ich hab dir eine Frage gestellt, antworte gefälligst! Hast du das Wasserstoffperoxid benutzt? Ja? Weißt du, dass du sie dir ruiniert hast? Du weißt, dass du sie komplett abrasieren musst. Mein Gott, was für eine Farbe! Warum musst du mich immer so enttäuschen?«

Ich erkannte Bea in einer Ecke, an einen Türpfosten gelehnt. Sie trug einen Schulterumhang aus Plastik, die Haare beschmiert mit einer Farbe, die Fuchsia oder Dunkelorange zu sein schien – das war nicht klar zu erkennen – und ihr auf die Stirn, auf die Jeans, überallhin tropfte.

»Jetzt muss ich Enzo anrufen und ihn anflehen, uns bis zum Abend noch dazwischenzuschieben. Denn so läufst du mir nicht herum. Ich kann dich nicht anschauen!«

Sie bückte sich, um das Telefon zwischen Zeitschriften, Halsketten und Millionen anderer Gegenstände, die auf einem großen Glastisch verstreut waren, zu suchen. Nicht weit entfernt lächelte, auf dem Sofa lümmelnd, Beatrices ältere Schwester Costanza gelassen und ein bisschen heimtückisch. Das geöffnete Chemielehrbuch auf den Knien, schwarzer Rollkragenpullover, schwarze Leggins und einen blonden Haarknoten auf dem Kopf. »Mama, lass gut sein, das ist ein hoffnungsloser Fall.« Dann, an Bea gewandt: »Das sieht wirklich scheiße aus.« Selbstgefällig.

Ebenfalls auf dem Sofa sitzend, starrte der elfjährige Bruder Ludovico konzentriert auf den Fernseher, damit beschäftigt, mit einer Maschinenpistole einen Trupp Zombies niederzumähen. Mit Ausnahme der Haushälterin, die mehr als einmal zu mir schaute, während sie die Fenster putzte, begrüßte mich niemand oder interessierte sich dafür, wer da hereingekommen war.

Als Beatrice zu mir schaute, waren ihre Augen voller Tränen. Sie bedeutete mir, zu ihr zu kommen, und ich nahm meinen ganzen Mut zusammen und durchquerte das Wohnzimmer. Ihre Schwester würdigte mich jetzt eines Blickes, der so eindeutig war, dass ich ihn in Worte hätte übertragen können: »Was für eine Bettlerin hast du uns denn da ins Haus geholt, Beatrice?« Die Mama, die neben dem Telefon stand, musterte mich, ohne mich wirklich wahrzunehmen. Sie telefonierte, wobei sie mit den Fingernägeln auf dem Tisch trommelte, und flehte Enzo, den Friseur des Vertrauens, an, noch heute zu retten, was zu retten sei, die Situation sei verzweifelt, tragisch. Mir fiel auf, dass sie nicht die grünen Augen ihrer Tochter hatte, sondern ganz normale dunkle, wie auch die Schwester und der Bruder. Dafür gestikulierte sie mit diesen rot lackierten Fingernägeln, die mindestens drei Zentimeter lang waren und sie daran hinderten, irgendetwas in die Hand zu nehmen mit Ausnahme des Hörers. Ich fragte mich, was für eine Arbeit eine Person mit solchen Händen machen könnte. Mit Sicherheit war sie keine Arbeiterin wie meine Mutter. Ein Jammer, dass die Wut sie entstellte, denn sie war eine wunderschöne Frau. Ich konnte nicht verstehen, warum sie sich so wegen Haaren aufregte, die nicht ihre waren.

»Hallo«, flüsterte ich, als sie das Gespräch beendet hatte.

»Sie heißt Elisa, sie ist die aus Biella«, stellte Beatrice mich vor. »Wir machen heute zusammen Hausaufgaben.«

»Bis vier, dann müssen wir gehen.« Ihr Blick wanderte von mir zu Beatrice. »Wie konntest du vor dem Casting nur auf so eine Idee kommen. Du siehst grässlich aus.«

Beatrice nahm mich an der Hand und zog mich mit sich fort. Die

Treppe hinauf in den ersten Stock, am Ende eines Flurs mit tapezierten Wänden und grauem Teppichboden lag ihr Zimmer. Sie schloss die Tür ab. Schob mich in ihr eigenes Badezimmer und schloss vorsichtshalber auch dieses ab.

»Ich hasse sie«, sagte sie.

Sie öffnete den Wasserhahn und steckte den Kopf ins Waschbecken; ihre Haare waren tatsächlich ein bisschen fuchsia und ein bisschen dunkelorange. Die Farbe wurde vom Wasser ausgespült, aber der Farbton blieb: fleckig.

Beatrice trocknete sie mit dem Handtuch und schüttelte sie vor dem Spiegel. »Ich wollte deine Farbe«, sagte sie lächelnd.

Und ich dachte: *Du* wolltest wie ich sein? Bist du verrückt?

»Also habe ich zwei Farbtöne vermischt und alles verpatzt.« Aber sie schien es nicht zu bereuen.

»Meine Haare sind hässlich«, entgegnete ich, »deine waren wunderschön.«

»Das waren nicht meine. Meine sind lockig, kraus, schrecklich, und die Farbe ist ein langweiliges Kastanienbraun. Seit der sechsten Klasse bearbeitet Enzo sie mit dem Glätteisen und passt die Farbe an die Titelbilder der *Vogue* an.«

Sie schaltete den Föhn ein und spielte damit wie Demi Moore in *Striptease*, ein Film, den mein Bruder toll fand. Ich setzte mich auf den Rand der Badewanne und schaute ihr verblüfft zu. Es stimmte: Sie hatte Locken. Während sie sie föhnte, verwandelte ihr Haar sich in einen ungebändigten Busch, der keine Ähnlichkeit mehr hatte mit der braven Mähne, die ich jeden Morgen in der Schule gesehen hatte. Andererseits war sie perfekt geschminkt. Das war nicht der übliche Pfusch unserer Altersgenossinnen, meine ich, sondern eine sorgfältig aufgepinselte Maske, die ihre ovale Gesichtsform betonte, die Wangenknochen hervorhob, ihre Augen und Lippen vergrößerte, die Nase schmaler aussehen ließ und ihr ein stolzes und altersloses Aussehen gab. Und natürlich nicht den kleinsten Pickel erahnen ließ.

»Weißt du, dass ich manchmal auch damit schlafe?«

Ich zuckte zusammen, wie jedes Mal, wenn sie das Gespräch mit meinem Schweigen suchte.

»Um nicht morgens aufzuwachen und mich vor dem Spiegel hassen zu müssen. Ich lasse alles drauf: das Make-up, den Lippenstift. Wenn du wasserdichte Wimperntusche benutzt und aufpasst und den Kopf auf dem Kissen nicht bewegst, zerbröckelt es nicht und bleibt haften.«

Ich begriff, was für ein Vertrauensbeweis es gewesen war, sich mir am Nachmittag des Diebstahls ungeschminkt gezeigt zu haben. Instinktiv überkam mich ein Gefühl der Zuneigung, aber ich hielt mich zurück. Sie schaltete eine kleine Stereoanlage auf einem Wandbrett ein. Aus den Lautsprechern dröhnte ein Lied, das Niccolò ohne zu zögern »scheiße« genannt hätte. Das Badezimmer war dermaßen vollgestellt mit Schminkutensilien, Parfüms, Cremes, Badeschaum, dass ich mich fragte, wozu all dieses Zeug gut war, ich, die ich nur eine Zahnbürste und eine Zahnpasta mein Eigen nannte.

»Schau mich an«, sagte sie, griff nach einem Deodorant und hielt es sich an die Lippen, »sehe ich nicht wie Paola aus?« Sie tat so, als würde sie singen: »Vamos a bailar, esta vida nueva! Vamos a bailar, nai na na!« Sie deutete einen sinnlichen Tanz an und rieb ihren Po an meinen Knien. Sie versuchte mich in den Refrain hineinzuziehen, mich durch Kitzeln an den Seiten zum Aufstehen zu bewegen. Ich entzog mich; ich würde nie etwas so Idiotisches tun können.

»Gefallen dir Paola & Chiara nicht?«

»Nein«, gab ich zu.

»Was gefällt dir dann? Sie liefen diesen Sommer überall!«

Von mir zu sprechen war etwas, das ich nie tat. Ich war sicher, für niemanden interessant zu sein. Jahrzehnte später sollte die Psychologin versuchen, mich zu überzeugen, dass an einem so geringen Selbstwertgefühl meine Mutter nicht ganz unschuldig war. Ich weiß nur, dass an jenem Tag, in jenem Badezimmer Mama Hunderte Kilometer entfernt war und ich den Wunsch verspürte, mich ihr anzuvertrauen. Ich spürte, dass Beatrice mich verstehen würde; nicht so sehr diese exhibitionistische Version, sondern jene, die vorhin im Wohnzimmer einen so ungerechten Anschiss über sich hatte ergehen lassen müssen.

»In Biella gibt es einen Ort«, erzählte ich ihr, »der Babylonia heißt, wo die Mädchen und Jungs blaue, grüne oder fuchsia- und orangefarbene Haare wie du haben, aber an den Seiten rasiert und ein Irokesenkamm in der Mitte, und sie singen zu Offspring, während sie pogen und rauchen und allen den Mittelfinger zeigen.«

»Was bedeutet *pogen*?«

»Dass du nicht tanzt. Du bist ein Körper, der einsam zwischen den Leuten auf und ab hüpft. Man rempelt sich mit den Schultern an und versetzt sich Stöße mit dem Kopf. Die Rancid haben dort auf den Reisfeldern von Ponderano gespielt. Biella ist ganz anders als T«, schloss ich.

»Und wer sind deine Lieblingssängerinnen?«

»Offspring. Aber auch Blink-182.«

»Hört dein Bruder die?«, fragte sie mich schelmisch. »Er ist ein toller Typ, wie heißt er?«

»Niccolò.«

»Ich will ihn kennenlernen. Nimmst du mich samstags mal mit?«

Ich nickte vage. Ich brachte es nicht übers Herz, ihr zu sagen, dass er fortgegangen war. Es mit lauter Stimme zuzugeben hätte bedeutet, es zu akzeptieren. Und außerdem, wenn Niccolò Bea sehen würde, würde er sagen, sie sei ein scheiß Modepüppchen, eine scheiß Spießerin, was auch immer, auf jeden Fall scheiße.

»Du hast recht, in T gibt es keine Punks. Wir sind alle gleichermaßen blöd und gewöhnlich.«

»Aber du bist nicht gewöhnlich, im Gegenteil. Jetzt bist du fast ein Punk.«

Sie brach in Gelächter aus. »Das würde mir schon gefallen, mit Irokesenschnitt und einem Piercing mitten in der Nase abzuhauen und dort im Babylonia zu pogen.«

»Dann machen wir das«, bot ich ihr an, unversehens glücklich.

»Von wegen.«

»Wieso?«

»Ich erklär's dir.«

*

Sie ging mit mir hinaus in den Flur, wo unsere Schritte keine Geräusche machten. Ihre Familie war noch unten, wir hörten sie herumschreien.

Wir gingen an den weit offen stehenden Zimmern der Schwester und der Bruders und an dem geschlossenen der Eltern vorbei. Bea öffnete die letzte Tür, und wir betraten ein Zimmer, das so kalt und dunkel war, als wäre es das von jemandem, der erst vor kurzem nach langer Krankheit gestorben war. Ich folgte unsicher ihrer Gestalt, und als sie die Jalousie hochzog, verschlug es mir den Atem.

Überall an den Wänden hingen Fotos, wie in einem Museum oder in einer Votivkapelle. Riesige Vergrößerungen, Porträts, gerahmte Collagen von Polaroids unter Glas. Wo es keine Rahmen gab, waren Regale voller nummerierter Alben, die alle einen Namen trugen: Costanza, Beatrice, Ludovico. Beatrice dominierte sie alle.

»Ludo hat ein paar Modenschauen gemacht, aber er hat sofort die Lust daran verloren. Dann hat Papa sich quergestellt, ›Männer machen gewisse Dinge nicht‹, und Mama musste sich fügen.«

Sie hatte sich aufs Fensterbrett gesetzt, ins Gegenlicht. »Costanza ist schön, aber sie hat nicht meine Augen und auch nicht meine Größe. Als Kind hat sie viel Werbung gemacht. Auch für Mini Pony, ich weiß nicht, ob du dich daran erinnerst. Aber als sie ihre Regel gekriegt hat und dann eine Akne, die schlimmer war als meine, und breite Hüften, haben sie sie nicht mehr genommen.« Sie knabberte an einem Häutchen und saugte ein winziges Tröpfchen Blut. »Und da bin ich übrig geblieben.«

Sie sagte das in einem zweideutigen Ton, als wäre es eine Strafe, aber auch eine Auszeichnung. Mir war nicht klar, ob die Lawine an Fotos von ihr, die diesen Ort tapezierten, sie unglücklich oder stolz machte.

Da saß sie, mit Haaren, die die reinste Glaswolle waren, und betrachtete ihre Porträts, als wären sie die einer Unbekannten. Bea mit Zopf und Diadem, zart und kindlich, mit erstauntem Blick und Rouge auf den Wangen in einer Haute-Couture-Werbung. Bea dunkel wie Mahagoni, vermutlich zwölfjährig, im Badeanzug auf einem Laufsteg. Und immer mit den obligatorischen glatten Haaren. Das Lächeln, das bereits allgemein bekannt war, vergleichbar mit dem der Mona Lisa, unantastbar, unergründlich, das endlos auf den Internetseiten wiederkehrt. Aber die Bilder, die nur ich sah, die mit Nägeln an der Wand befestigt waren, waren verblasst, starr, wie tot. Und genau das beunruhigte mich vermutlich, die Ähnlichkeit dieser Wände mit den Grabnischen auf den Friedhöfen. Ich starrte sie an und begann zu verstehen, warum ihre Mutter so wütend geworden war.

»Hast du ein Tagebuch?«

»Was für ein Tagebuch?«

»Ein geheimes, in das du deine Gedanken schreibst und was du am Tag gemacht hast.«

»Ich schreibe nicht.«

Da hingen auch Porträts aller drei Kinder gemeinsam, andere nur der Mutter, der Mutter mit dem Vater, der ganzen Familie an Weihnachten, an Ostern, in Paris, auf den Malediven. Immer scharf, in Nahaufnahme, korrekt belichtet, mit offenen Augen; klar, lächelnd, ganz offensichtlich glücklich. Ich kam nicht umhin zu vergleichen. Ich erinnerte mich an die kümmerlichen Häufchen von Fotos meiner Familie, die kunterbunt durcheinander in einer Schublade lagen. Schiefe Bildausschnitte, abgeschnittene Köpfe, zufällig ausgelöster Blitz, der uns rote Augen machte, und Gesichter wie erschreckte Eulen. Rechtecke, deren Anblick mir das Herz brach, die niemand anschauen wollte. Auf denen stets mein Vater, meine Mutter, ich oder mein Bruder fehlte, auf denen es immer Lücken gab.

»Was für eine Arbeit macht deine Mutter?« Ich konnte mir die Frage nicht verkneifen.

»Nichts.«

Ich sah sie fragend an.

»Sie ist Hausfrau«, sagte Beatrice mit sarkastischem Lächeln, »auch wenn ich sie nie bügeln, putzen oder kochen gesehen habe. Sie ist 68 Miss Lazio geworden. Im Paläolithikum ist sie zwei, drei Monate lang jemand gewesen. Dann hat sie meinen Vater geheiratet, ihr Leben ihm geweiht wie eine Heilige, und er hat es ihr vergolten, indem er sie ständig mit irgendeiner Kollegin oder Sekretärin betrog.«

*

Wir öffneten an jenem Nachmittag kein Buch. Ich hätte mich auch nicht konzentrieren können. Meine Gedanken wurden von dem Gewicht jenes Zimmers erdrückt, über das Beatrice im Übrigen später nie gesprochen hat, in keinem Interview, in keinem Fernsehstudio.

Als wir hinuntergingen, war die Schwester verschwunden, der Bruder auch, nur Ginevra dell'Osservanza, die Mutter, war noch da und blätterte auf dem Sofa in einer Zeitschrift. Das schwache Licht des Sonnenuntergangs drang durch das Fenster herein, traf ihr Gesicht und machte die Falten unter dem Make-up, ihre Zerbrechlichkeit, ihre zweiundfünfzig Jahre sichtbar.

Dieser Anblick rührte mich; auf Beatrice musste er die gleiche Wirkung haben, denn sie näherte sich, setzte sich neben sie und drückte sie an sich, als wollte sie sie um Entschuldigung bitten. Daraufhin strich ihre Mutter ihr über die verunstalteten Haare. »Wir kriegen das schon alles wieder hin.« Mit sanfter Stimme, als wäre sie eine andere geworden.

Das erstaunte mich nicht, ich war daran gewöhnt. Ich wusste, dass eine Mutter zwei Extreme in sich hatte und ohne Vorwarnung vom einen ins andere fiel. Und du konntest sie hassen, so viel du wolltest, aber irgendwann überwog immer die körperliche Notwendigkeit, dich umarmen zu lassen und akzeptiert zu werden. Du wirst lächerlich, und sie wächst ins Unermessliche, eine unüberwindbare Ungleichheit, die dir in manchen Fällen – wie bei mir und Beatrice – das Leben schwer macht.

Sie saßen eine Weile eng aneinandergeschmiegt da, als wäre ich gar nicht anwesend. Es tat mir weh, sie so zu sehen, aber ich betrachtete sie, und mich überkam ein so quälendes Gefühl von Verlust, als wäre ich Waise geworden. Ich wusste, warum sie gegangen war. Ohne mich mitzunehmen, meine ich. Ich konnte mir ihr neues Leben in Biella vorstellen. Die Erleichterung, die wiedereroberte Freiheit. Allerdings verstand ich nicht, warum sie mich zur Welt gebracht hatte.

Beatrice und ihre Mutter lösten sich voneinander. »Nun gut, Mädchen, gehen wir«, sagte Ginevra und stand auf. Sie wandte sich zu mir und fragte unerwartet freundlich: »Willst du uns begleiten? Elisabetta, Elena?«

»Elisa, Mama!«

»Elisa, willst du Enzo kennenlernen, vielleicht findet er ja auch was für dich?«

»Nein danke, ich muss nach Hause.«

Gleichzeitig und mit identischen Bewegungen zogen sie wunderschöne Schuhe und Mäntel an und griffen nach ledernen Markentaschen. »Dann also ciao, Elisa, wenn du willst, du bist uns immer willkommen. Beatrice, du wartest am Tor auf mich, ich hole den Wagen.« Wir gingen hinaus, und Bea begleitete mich zum Motorroller. Als ich den Helm aufsetzen wollte, hielt sie meine Hände fest. »Ich habe dir heute eine Reihe von Geheimnissen verraten, aber du hast mir fast nichts von dir erzählt. Wenn wir Freundinnen sein wollen, geht das so nicht. Es muss absolute Gleichberechtigung herrschen.«

Ich sah sie ängstlich an, ich wusste nicht, worauf sie hinauswollte.

»Du hast mir nicht gesagt, ob du einen Freund hast.«

Der Helm fiel mir aus der Hand und rollte über den Bürgersteig. Ich glaube, ich wurde rot, oder blass.

Bea lachte. »Also gibt es einen Jungen.«

»Warum fragst du mich das?«

»Du bist leicht zu durchschauen, ich sehe es. Sag mir, wer es ist.«

»Das stimmt nicht, es gibt niemanden.«

Die Mutter fuhr laut hupend mit dem BMW vor. Die kurze Anwandlung von Zärtlichkeit war vergessen, jetzt hatte sie es eilig und war erneut nervös. Bea ließ mich schweren Herzens stehen: »Du erzählst es mir, bald.« Schicksalsergeben stieg sie auf der Beifahrerseite ein, und ich blickte ihr nach, während sie in dem schwarzen Schlitten am Ende der Straße verschwand.

Dann startete ich den Quartz. Anstatt nach Hause zu fahren, fuhr ich im Zickzack durch die rechtwinkligen und parallelen Sträßchen jenes Viertels, das begonnen und nie fertig gebaut worden war, mit den stillstehenden Kränen, den offenen Fundamenten, ganz und gar leer. Ich ließ es hinter mir mit einem Gefühl der Befreiung. Ich fuhr vom Aussichtspunkt hinunter, in unmittelbarer Nähe der Hügel, dicht bedeckt mit Steineichen und Wacholder. Ich erreichte die Kreuzung vor dem Circolo dei Lavoratori, bog nach rechts ab und durchquerte die neue Stadt: ein quadratisches Gebäude, ein Einkaufszentrum, ein kleiner Park, erneut ein quadratisches Gebäude, und gab Gas in diesen Straßen ohne Namen und Erinnerungen, die mir so fremd waren, dass ich vielleicht doch nicht aus dem Piemont kam, sondern aus

Asien, von einer dieser Inseln im Pazifik, die nie Kontakt mit dem Rest der Welt gehabt hatten.

Ich erreichte den Hafen. Ich fuhr eine Stunde am Meer entlang, das im Winter ebenso melancholisch war wie ich.

Ja, es gab einen Jungen.

Es hatte einen gegeben.

Das Meer war stürmisch. Das trügerische Nachmittagslicht wurde immer schwächer hinter den Kais, den Frachtschiffen, den Fähren, die die Abfahrt zum Archipel verzögert hatten. Es war kalt. Ich war erneut allein.

Ich hielt am Ende einer Mole. Die Wellen brachen sich an der Barriere. Der Wind peitschte mein Gesicht, eisig, salzig.

Die Erinnerung an jenen Jungen kehrte mit aller Gewalt zurück.

5

Hochsommer

Den Hochsommer zwischen meinen beiden Leben hatte ich zum Großteil damit verbracht, ihn zu suchen, indem ich ohne Sinn und Verstand die Küste abfuhr. Ich erkundete einen freien Strand: nichts. Ich fuhr weiter, hielt nach einem Kilometer vor einem Strandbad: wieder nichts. Auf dem Quartz sitzend, mit langer Jeans und karierter Bluse, suchte ich die Liegestühle, die Badetücher, die Kabinen, die Duschen ab. Ich versandete in den Körpern der anderen.
Die Spitze einer Brustwarze, die Haare, die heimtückische Beule in den Slips der Männer. Junge oder alte Männer gingen an mir vorbei, im hellen Licht, das ihre muskulösen oder schlaffen Schenkel betonte, tropfnass vom Strand kommend oder nackt und ungeduldig, dorthin zu kommen. »Was schaust du so, hässliche Kuh?« »Loserin, perverse Schlampe!« Wenn ich entdeckt wurde, floh ich ohne Helm.
Ich wollte ihn wiedersehen. Dort unten, zwischen den Sonnenschirmen, den Freunden, den Mädchen. Die Entfernung messen, die mich von ihm trennte und von der Welt, in der meine Altersgenossinnen am Wasser entlangliefen, die Badeanzüge absichtlich zwischen die Pobacken gerutscht, die Nägel lackiert, Glücksbänder um die Knöchel, Chupa-Chups-Lutscher oder Algida-Cornetti auf eine Weise lutschend, die eine klare Einladung zu etwas war. Das ich nicht kannte und wozu ich nicht fähig gewesen wäre. Und warum sollte ein Junge wie er mich einer von ihnen vorziehen?
Die Jugend und obendrein diesen Umzug zu überleben, dachte ich, würde nicht möglich sein. Aber zunächst muss ich einen Schritt zurückgehen.

*

In der Nacht unserer Ankunft in T trennten Mama und Papa uns. Unter dem Vorwand, es gebe ein Zimmer für jeden in der neuen Wohnung, brachten sie Niccolò rechts und mich links vom Flur unter. »Ihr seid groß«, sagte Mama lächelnd und umschlang dabei Papa, als wäre sie in meinem Alter, die Finger in der hinteren Tasche seiner Hose. Sie waren gemeinsam zu Bett gegangen. Als ich aus dem Badezimmer kam, hatte ich sie hinter der Tür leise lachen hören. Ich starrte in die Dunkelheit, voller Angst, sie noch mal zu hören. Was zu hören? Die Ungewissheit ließ die Furcht riesengroß werden. Bei jedem Knarren spitzte ich die Ohren, in Alarmbereitschaft wie ein Beutetier im Dickicht. Das einen Spalt offene Fenster ließ das Meer herein. Ich hörte nur dies: das dumpfe Keuchen der Wellen.

Um vier, vielleicht fünf Uhr hielt ich es nicht mehr aus und suchte bei meinem Bruder Zuflucht.

»Du schläfst nicht?«

Er schüttelte den Kopf, mitten im Bett sitzend, mit dem Rücken an der Wand unter den Laken, die so neu waren, dass man noch die Falten aus der Fabrik sah. »Wo sind wir, Eli? Ich kann nicht fassen, was passiert ist.«

Das schwache Licht der Nachttischlampe flackerte bei jedem Windstoß des Scirocco und erinnerte mich an das Schlaflied »Die Flamme flackert, die Kuh ist im Stall«, das sie mir als Kind immer vorgesungen hatte. Und jetzt.

Wir hatten unsere Mutter nicht mehr.

»Ich hasse diesen beschissenen Ort.« Niccolò zündete sich eine Zigarette an, da das Haschisch aufgebraucht war. Das Zimmer stank sofort nach Marlboro, wie in Biella. »Ich kann bei diesem verdammten Meeresrauschen nicht schlafen, und bei der scheiß Hitze kann man das Fenster nicht schließen.«

Ich setzte mich auf sein breites Einzelbett, das wie mein kleineres von noch ungeöffneten Koffern und Reisetaschen umstellt war.

»Wo finde ich morgen was zu kiffen?«

»Wenn du willst, helfe ich dir beim Suchen.«

Niccolò lachte. Er trug Boxershorts und ein Unterhemd. Ich hatte ihn Millionen Mal nackt mir gegenüber in der Badewanne gesehen, wo er mich durch ein Blasrohr mit Schaum bespritzt hatte. Ich berührte seine Füße mit meinen Fußspitzen, wie wir es als Kinder getan hatten. Er gab mir einen Kuss hinter das Ohr, um mich zu kitzeln. Wir verbrachten eine Stunde oder zwei damit, Pläne zu schmieden. Die Flucht im Zug: ohne Fahrkarte über sechs oder sieben Stunden in der Toilette eingeschlossen, das war möglich. Mord: Im Grunde war es nicht schwer, einen Menschen zu töten, es genügte ein im Schlaf aufs Gesicht gedrücktes Kissen oder ein anaphylaktischer Schock, wenn wir wüssten, wogegen er allergisch war. Und so weiter, bis wir das Geräusch von Pantoffeln hörten und einen Satz zur Tür machten. Niccolò öffnete sie gerade so weit, um hinauszuschauen: unser Vater. Der sich aus dem ehelichen Schlafzimmer schlich. Verschlafen und schuldbewusst und im Pyjama. Was für Erinnerungen hatte ich an ihn? Ich sah weder eine Liebkosung noch einen auf Schultern verbrachten Spaziergang, der sich da vor mir in Richtung Küche entfernte.

Wir hörten, wie er den Schalter drückte und sich einen Mokka machte unter dem einzigen Licht, das mir im Viertel zu brennen schien. Niccolò schloss die Tür wieder und kehrte ohne ein Wort ins Bett zurück. Wir hörten ihn immer noch: den Wasserhahn im Badezimmer, den Pissestrahl, die Spülung. Konnten wir ernsthaft bei ihm leben? Erst als Papa die Wohnung verließ, um den Regionalzug um 6 Uhr 30 zu nehmen, zu seiner letzten Prüfungssitzung vor den Ferien, konnten wir einschlafen. Aneinandergekuschelt unter den Laken, während das Tageslicht bereits durch die Rollläden drang und das Zimmer mit Flecken übersäte. Gerade mal drei bis vier Stunden. Dann weckte Mama uns.

Sie schien eine andere Frau zu sein. Sie bestand darauf, sofort eine Stadtrundfahrt zu machen, und benutzte Ausdrücke wie »Schauen wir sie uns an!« und »Machen wir sie zu unserer!«, mit Ausrufezeichen und schriller Stimme.

»Geh du«, erwiderte Niccolò, »wir haben andere Pläne.«

»Was für welche?«, fragte Mama, während sie Butter auf eine Scheibe Zwieback schmierte.

Papa hatte uns einen Frühstückstisch wie im Hotel gedeckt. Zwieback, Marmeladen, das Obst schon geschält und in Stücke geschnitten, er hatte sogar die Kerne aus den Trauben entfernt. Niccolò und ich hatten nur mühsam unsere Verblüffung verborgen.

»Also, was für Pläne?«, wiederholte Mama, während sie Marmelade auf die Butter strich.

»Ein Dealer, wenn du's genau wissen willst.«

Sie biss nicht in die Scheibe, hielt sie in der Luft und richtete sie auf uns. »Das reicht jetzt, Niccolò. Dein Vater hat keine Ahnung. Er würde sich furchtbar aufregen und wütend werden. Auf mich.«

»Weißt du, das ist mir scheißegal.«

»Das tut dir nicht gut. Auf die Dauer könnte es dein Gehirn schädigen.«

»Versuchst du etwa, eine normale Mutter zu sein? Das ist Energieverschwendung.«

»Streitet euch nicht«, ging ich dazwischen, müde von der schlaflosen Nacht, entschlossen, diesen vielleicht letzten Tag zu verteidigen, an dem wir gemeinsam allein wären. »Wir können doch beides miteinander verbinden: den Ausflug und den Dealer.«

Mama musterte Niccolò erneut: »Wenn dein Vater dich beim Kiffen erwischt, ich schwör dir, er bringt dich um.«

Noch waren wir *wir*, mit unseren Regeln, unseren Gewohnheiten. Wir sind nur zu Besuch, redete ich mir ein. Es ist nur ein blöder Sommer, und das war's.

Wir ließen ein Durcheinander von Tässchen und Tellern in der Spüle zurück und Krümel auf und unter dem Tisch. Wir wuschen uns gleichzeitig im Badezimmer. Ich putzte mir die Zähne, Mama duschte, und Niccolò gelte seine Haare. Dann wahllos in Kleidung und Schuhe geschlüpft und nichts wie weg im Alfasud. Mit heruntergelassenen Fenstern und im alten Autoradio »The cruelest dream, reality«.

»Wenn du einen Punk siehst, Mama, halt an«, sagte Niccolò und blickte desillusioniert nach draußen. Während wir uns durch den Verkehr der Strandpromenade kämpften, wurde uns schnell klar, das Babylonia würden wir hier nicht finden, auch nicht die Murazzi aus Turin, keine Gemeindezentren, keine Filmmuseen und Hallen für

Rave-Partys. Es war keine nennenswerte Industrie zu sehen, kein Graffiti, kein *A* für Anarchie. T war eine tote Stadt, verhaftet in ihrer Anonymität.

Ich dramatisiere: Es war ein großes Dorf. Mit einem schönen Meer, aber nicht einmal einem Luxushotel, zahlreichen wie zufällig aufgestellten Sonnenschirmen und nur wenigen ordentlichen Strandbädern; und jene berühmte Festung mit den Baugerüsten drum herum. Aber fragt mich nicht, wo es sich befindet, und bittet mich nicht, seinen Namen auszuschreiben. Beatrice wurde hier geboren, ihre Biographie ist an keinen Ort gebunden. Aber das T, das ich erzähle, ist meins. Niemand hat das Recht zu behaupten: »Diese Straße ist nicht dort«, »Hier gibt es keine Drogen«, »Die Mädchen ziehen sich nicht so leicht aus bei uns«.

Es ist meine Seele, in die ihr eindringt.

*

Mama parkte den Alfa auf der Piazza Gramsci, wir stiegen türenschlagend aus, und – ich erinnere mich, als wäre es gestern gewesen – die Alten, die in der Bar saßen, der Barmann, der Kioskbesitzer, die Kassiererinnen und die Kunden des Coop drehten sich alle zu uns um.

Mein Bruder hatte einen grünen Irokesenschnitt, ein Dutzend Piercings zwischen Gesicht und Ohr und trug ein Hundehalsband mit Stacheln und ein zerfetztes T-Shirt. Ich trug wegen eines von meiner Mutter zusammengeklaubten Vorrats nur Männerhemden, die mir bis zu den Knien reichten. Mama trug einen halbtransparenten lila Unterrock und keinen BH.

Wir präsentierten uns den Bewohnern von T, als wären wir direkt einem Ufo entstiegen.

Die Überraschung oder das Unverständnis war allerdings gegenseitig. Ich kann es nicht erklären, aber obwohl wir immer noch in Italien waren, kleideten sich die Leute fünfzig Kilometer entfernt wirklich anders und gestikulierten auch anders, und wir hatten sie noch nicht sprechen gehört!

So früh am Morgen mussten die jungen Leute alle am Strand sein oder ausgeflogen. Touristen gab es wenige, nur ein paar blasse deutsche Familien. Die Nachbarorte waren viel berühmter und attraktiver. Es blieben nur die Alten, die Karten spielten und uns flüchtige Blick zuwarfen.

Nach etwa zehn Metern sagte Niccolò fassungslos: »Da ist ja eine Spielhalle!« In Biella gab es schon lange keine mehr. Er musterte die Gesichter der Klienten auf der Suche nach einem Dealer, aber keiner von ihnen war älter als zwölf. Daraufhin hakte Mama sich bei uns beiden ein und zwang uns, zwischen den vergilbten Palmen, den noch geschlossenen Eisdielen, den Pommesbuden und den kleinen Geschäften für Halskettchen und Anhänger die Hauptstraße entlangzugehen. Als sie endete, begannen die Gässchen. Wir wagten uns hinein. Ein feuchtes Spinnennetz aus Steinen, die Häuser so nah beieinander, dass das Tageslicht nicht eindringen kann. Geräusche von Kochtöpfen, Plaudereien von Balkon zu Balkon.

Plötzlich traten wir ins Sonnenlicht, auf einen weiten Platz, der direkt ans Meer anschloss, an ein Gewirr ankernder Boote, auf denen zusammengerollt Katzen lagen. Und darüber, das Tyrrhenische Meer überragend, ein von den Unbilden des Wetters verwittertes Gebäude, drei Stockwerke hoch und Jahrhunderte von Salz an den Fenstern. Es stand dort oben wie eine aufgegebene Festung.

Ich las das Schild. »Staatliches Gymnasium.«
Ich las noch einmal. »Staatliches Gymnasium Giovanni Pascoli.«
Ich näherte mich ungläubig. Der Mistral blies heftig.
»Giovanni Pascoli.« Ich konnte es nicht fassen.
Dass das ab Mitte September meine Schule sein sollte.
Dass ich da drinnen landen sollte. Und dass ich diesen Ort in gewisser Weise – aber das verstehe ich erst heute – nie mehr verlassen sollte.
Ich wandte den Blick ab. Gleich darauf quälte mich aber doch die Neugier: ein Stockwerk, ein Fenster, zufällig ausgewählt. Welche Art von Klassenkameraden würde ich dort treffen? Was für Lehrer? Wer würde an einem solchen Ort mein Freund werden können?
Mama und Niccolò hatten nichts bemerkt. Sie zeigten sich gegenseitig die nordafrikanischen Straßenverkäufer, die Taschen und illegal gebrannte CDs anboten. Bevor ich ihnen erklären konnte, dass diese Ruine das humanistische Gymnasium war und ich dort nicht hin-

wollte, sah ich, wie sie sich an der Hand nahmen und sich entfernten. Unbekümmert, ohne mich. Sie erinnerten sich erst, mich zu rufen, als sie auf dem Kai schon zu kleinen Figuren zusammengeschrumpft waren, die auf Bootsleinen traten und Brillen prüften.

»Ich komme nach«, erwiderte ich, schreiend oder kaum flüsternd. Macht das einen Unterschied?

Viele Jahre sind vergangen, und ich habe es akzeptiert, dass die Familie, die alles für mich war, auch – und vor allem das – ein Verlöbnis zwischen ihnen beiden war. Meinem Bruder und meiner Mutter. Niccolò ist immer attraktiv gewesen und obendrein verrückt: das Größte für eine wie Mama. Er war ihr Sohn, der Erste, derjenige, der direkt auf der Hochzeitsreise gezeugt worden war. Und ich? Ich war ein bisschen wie jener Sommer: ein katastrophaler Versuch meiner Eltern, wieder zusammenzukommen. Sicher, nicht nur das, auch etwas anderes. Aber was?

Werde erwachsen, Elisa.

Ich drehte ihnen den Rücken zu. Ich ging zur Piazza Marina zurück, blickte zum Gymnasium hinauf, zeigte ihm den Mittelfinger und ging weiter. Ich hätte heulen können, aber ich ging. Ich liebte sie, wollte sie hassen, konnte es aber nicht. Ich lief weiter. Weitere hundert, zweihundert Meter. Und dann geschah es.

*

Meine Jungfräulichkeit sollte ich ein paar Monate später verlieren. Das Jungfernhäutchen, das reißt, der neue Schmerz, das Blut zwischen den Schenkeln: das alles sollte erst noch kommen. Aber die Unschuld der Gefühle, der letzte hartnäckige Faden, der mich noch an die Kindheit kettete, ich kann sagen, dass ich sie an jenem Tag zerrissen habe, als ich plötzlich, unerwartet, auf die Gemeindebibliothek von T stieß.

Ich ging durch den Eingang, und der Geruch der gebrauchten Bücher stieg mir sofort in die Nase und beruhigte mich. Es war ein großer Raum, nicht zu vergleichen mit der Palazzina Piacenza. Die grauen Wände, die Metallregale, die Terrazzofliesen: Das erinnerte eher an ein Archiv oder ein Gericht. Aber es gab einen Lesesaal, und dank meiner Spürnase stieß ich schnell darauf.

Ich entdeckte ihn hinter einer Glastür: abgeschieden, ruhig. Ich ging hinein. Er war größer, als ich gedacht hatte, schwach erleuchtet, mit langen Tischen aus Kirschholz, ein paar Lesepulten, leer. Also ließ ich mich auf einen Stuhl fallen, als gehörte er mir. Ich bewunderte die Holzwände, die bedeckt mit Büchern waren, die man nur an Ort und Stelle einsehen konnte, und lächelte. Ich fürchte sogar, dass ich so etwas Albernes wie »Wow!« gesagt und die Springerstiefel unter dem Tisch gekreuzt habe. Ich blickte in die Ecke mir gegenüber und dachte, ich müsste sterben.

Ich war nicht allein.

Da saß jemand und beobachtete mich.

Ich setzte mich sofort ordentlich hin und wandte den Blick von der Person ab, noch bevor ich sie angesehen hatte. Verlegen, genervt: Ich hatte mich schon darauf gefreut, mich auf die Regale zu stürzen, stattdessen musste ich wohlerzogen aufstehen, langsam zu einer Konsole gehen und die Kartei einsehen und dabei darauf achten, wie ich die Hüften und den Po bewegte.

Im Fokus der Aufmerksamkeit von jemandem zu stehen, darauf war ich nicht vorbereitet. Tollpatschig, unzulänglich, allzu auffällig. Anders als Beatrice, die sich vollkommen selbstsicher in Damenunterwäsche vor Millionen Zuschauern bewegt. Ich brachte es nicht einmal fertig, vor einem einzelnen auch nur ein bisschen spontan zu sein.

Ich suchte zwischen den Regalen nach P für Poesie.

Mit einem unkontrollierten Blick streifte ich seinen Kopf.

Es war ein Junge. Da er wieder las und das nach unten geneigte Gesicht von seinem blonden Haar verdeckt wurde, konnte ich nicht genau erkennen, wie alt er war.

Was interessiert dich das? Ich suchte das P von Penna.

Er schien nicht schlecht gekleidet, hässlich oder verhaltensauffällig zu sein. Aber wer könnte, außer mir, am 30. Juni in eine Bibliothek gehen?

Ich fand Penna und *Tutte le poesie*.

Ich kehrte zu meinem Stuhl zurück. Ich hätte mich auch auf einen anderen setzen können, mit dem Rücken zu ihm zwei oder drei Tische weiter weg, aber ich tat es nicht.

Ich schlug eine Seite auf, las einen Vers: »Leicht fällt auf das Gute und auf das Böse«.

Ich las nicht wirklich. Ich spürte, dass er mich beobachtete. Hörte, wie das Halbdunkel im Raum sich kräuselte, das Rascheln des Papiers, das Fallen des Staubs. Ich wollte nicht, ich konnte nicht, stattdessen betrachtete auch ich ihn verstohlen.

Wir sahen uns an.

Und ich kehrte sofort zum Gedicht zurück.

»Leicht fällt auf das Gute und auf das Böse / ihre süße Eile, zum Höhepunkt zu kommen.«

Ich zwang mich, ruhig zu bleiben, meine Tarnung nicht zu verlassen, als wäre mein Körper ein Versteck, stattdessen stand er in Flammen. Unübersehbar. Gesehen.

Wer weiß, was er liest.

Hau ab, Elisa.

Aber wenn ich sofort gehe, sieht es so aus, als täte ich es seinetwegen.

Halte noch fünf Minuten durch. Dann mach dich aus dem Staub.

Ich blickte zur Tür. Mama und Niccolò suchen mich sicher schon, dachte ich. Ich spähte erneut nach ihm. Die Wangenknochen, die Waden, das T-Shirt. Es war nicht das erste Mal, dass ich so einen Jungen sah: athletisch, mit gleichmäßigem Profil, schön gezeichneten Lippen. In der Schule, auf der Straße war ich Dutzenden von ihnen begegnet, und das hatte nie etwas ausgelöst in mir. Ich war überzeugt, mein Leben lang eine alte Jungfer bleiben (und mit meiner Mutter leben?) zu müssen. Aber so ein Junge in einer Bibliothek, das war mir noch nie passiert. Der Zufall wühlte mich auf, weil ich es mir, ohne es mir einzugestehen, mindestens eine Million Mal vorgestellt hatte.

Es gelang mir nicht, mich zu konzentrieren. Ich musterte ihn erneut. Dann schämte ich mich plötzlich. »Ihre süße Eile, zum Höhepunkt zu kommen.« Ohne zu begreifen.

Auch er drehte sich immer wieder um, ein wenig, langsam.

Bis er aufstand und sein Buch nahm. Ich war sicher, er würde gehen; stattdessen ging er um den Tisch herum und setzte sich neben mich.

»Du bist nicht aus T.«

Ich rührte mich nicht. Entdeckte in dem Augenblick, wie sie an diesem Ort sprachen, wie sie die e und die o öffneten. Aus seinem Mund.

»Ich bin hier noch nie jemandem begegnet, der jünger als sechzig ist, besonders im Sommer.«

Es gelang mir, gleichmütig zu bleiben, äußerlich. Innerlich jedoch herrschte Chaos. Ich war aufgeregt, und die Art dieser Aufregung irritierte mich. Ich machte mir Gedanken wegen des Hemds, das ich trug, es verbarg die Titten und die Hüften, die ich nicht hatte, aber ich fragte mich, wie ich darin wirkte. Ich wurde bescheuert. Und oberflächlich, interessierte mich für belanglose Dinge.

»Was liest du da?« Er nahm sich mein Buch. »Ah, Penna.«

Er kannte ihn.

»Redest du auch?«

Nein, ich zog es vor zuzuhören. Jahrelang allein spielen, allein lesen, auch meine Schulbank war immer eine Insel gewesen. Wenn ich an die Tafel gerufen wurde, um abgefragt zu werden, war meine Stimme heiser, blieb mir in der Kehle stecken und klang so ungewohnt, dass es mir selber komisch vorkam, sie zu hören.

Das war auch an diesem Vormittag der Fall, als ich sagte: »Ich heiße Elisa.«

»Lorenzo.«

Er berührte mit seiner Hand leicht meine, um sich vorzustellen. Meine Hand reagierte nicht, sie blieb auf dem Tisch liegen wie ein Stein. Aber als er sie zurückzog, überkam mich der irrationale Wunsch, er würde es noch einmal tun und es möge mir gelingen, die Finger zu heben und seine zu streifen.

»Ich bin aus Biella, eine Stadt im Piemont.«

»Ich weiß, wo es ist, ich bin einmal mit meinem Vater dort gewesen, ich habe ihn begleitet, als er beruflich hinmusste. Ich erinnere mich an Oropa.«

Ich glaube, ich lächelte.

»Aber was machst du in T, hast du Ferien?«

»Ich fürchte nicht.«

»Wie meinst du das?«

Elisa, steh auf: Es muss Zeit fürs Mittagessen sein, Mama wird wütend sein.

»Hast du Ferien oder nicht?«, fragte er noch mal.

»Nein. Aber ich will nicht drüber sprechen.«

Jetzt geht er, dachte ich. Er hat begriffen, dass an mir nichts Besonderes ist, und verabschiedet sich.

Aber er blieb. »Okay, wechseln wir das Thema. Bist du hier, um zu lernen?«

Ich schüttelte den Kopf.

»Um zu lesen?«

Ich nickte.

»Und was für Bücher gefallen dir?«

»Gedichte.«

Er lächelte. »Sieh mal.«

Er zeigte mir den Umschlag seines Buchs: Ossip Mandelstam.

»Den kenn ich nicht.«

»Er ist Russe, wurde deportiert und starb in Wladiwostok im Schnee.«

Lorenzo hatte blaue Augen und lange Wimpern, die honigblond waren wie sein Haar. Breite Schultern wie ein Schwimmer und Arme mit hervortretenden Venen. Er war braun gebrannt, als ginge er jeden Tag ans Meer. Er hatte große Hände. Ich betrachtete seinen Körper und spürte dabei sehr deutlich meinen.

Wie aus dem Nichts kam mir der Gedanke, ihn zu küssen. Nicht auf normale Weise, sondern so, wie meine Klassenkameradinnen auf der Schultoilette erzählten: »Er hat mir die Zunge in den Mund gesteckt, mich mit Spucke nass gemacht, ich habe seine Zähne gespürt.« Diese Angebereien, die ich ein bisschen ekelhaft gefunden hatte, das wollte ich jetzt auch.

Wir sagten nichts, verstrickt in ein Schweigen, das alles andere als eine Leere war. Es war, als hätte er erraten, was ich gedacht hatte. Und als gefiele ihm dieser Gedanke.

»Auch du liest lieber Gedichte als Romane?«

Ich war aufrichtig. »Zu Hause habe ich *Lüge und Zauberei*, ich hab es tausendmal angefangen, komm aber einfach nicht weiter. Ich bin blockiert. Mit Leopardi passiert mir das aber nicht. Und auch nicht mit Antonia Pozzi. Saba. Sereni.«

Lorenzo schien entzückt zu sein.

»Wie alt bist du?«

»Vierzehn. Und du?«

»Fünfzehn. Niemand kennt Sereni. Du schon.«

»*Gli strumenti umani*«, sagte ich. Wobei ich mich wohlweislich hütete zuzugeben, dass ich meine Kenntnisse Sonia, der Bibliothekarin in Biella, zu verdanken hatte. Sie liebte die italienische Lyrik; sie schrieb selbst, veröffentlichte sich selbst und schickte ihre Gedichtbände an alle noch lebenden Dichter, in der Hoffnung, dass einer ihr antwortete. Stattdessen machte sie nur Schulden.

Aber jetzt gab es Biella nicht mehr, gab es kein früheres Leben.

»*Un posto di vacanza*«, setzte ich frech meine Aufzählung fort, »*Frontiera*«, als würde ich mich ausziehen, anstatt zu reden. »*Stella variabile.*«

»Es ist unmöglich, dass du all seine Gedichtbände kennst.«

Siehst du, Mama, wozu die Bücher gut sind?

»Und was für Musik hörst du?«

Ich lächelte unentschlossen. Aber das Spiel hatte begonnen, und es gefiel mir.

»Metal, Rock und Hardcore Punk«, übertrieb ich.

»Hardcore?« Er war konsterniert.

»Offspring, Green Day, Blink-182. Und Marilyn Manson.«

»Du liest Sereni und hörst Marilyn Manson?«

Wir sahen uns nur an, aber das stimmte nicht. Die Knöpfe, die Schnürsenkel, die Reißverschlüsse, alles war offen. Wir waren nackt. Seelenverwandt.

»Lies mir ein Gedicht von Penna vor«, bat er mich.

Ich öffnete das Buch auf gut Glück. »›Die schweren Ochsen gehen vorbei mit dem Pflug / im hellen Licht. Schließ mich ein in einen Kuss.‹«

»Noch eins.«

Ich gehorchte. »›Wie an der Quelle das schöne Kind trinkt / so haben wir gesündigt und nicht gesündigt.‹«

»Lies noch einmal das davor.«

Ich sah ihn an und las nur das Ende: »›Schließ mich ein in einen Kuss.‹«

Ich glaube, wir hörten gegenseitig unsere Herzen schlagen. »Vielleicht liegt es daran, dass ich seit zwei Stunden Mandelstam lese und davon berauscht bin, vielleicht ist Penna schuld, keine Ahnung, aber ich muss es dir sagen. Ich habe mir immer vorgestellt, ich komme eines Tages hier rein und begegne einem Mädchen wie dir, allein, das liest. Ich habe sie mir körperlich nicht so ausgemalt, wie dich, aber ... Verdammt, du bist es wirklich. Es ist passiert.«

Es verschlug mir den Atem.

Lorenzo beugte sich zu mir. Ich dachte daran, mich zurückzulehnen, ihm auszuweichen. Aber mein Körper blieb, wo er war, mehr noch: Er wartete. Dass Lorenzo sich auf einen Millimeter meinem Gesicht näherte. Dass er etwas mit der Zunge machte, von dem ich noch nicht begriffen hatte, ob man hinterher schwanger war oder nicht. Mir war das egal. Ich wäre jedes Risiko eingegangen. Dumm, leichtsinnig.

Er streifte meinen Mund. Unsere Lippen berührten sich. Öffneten sich. Schlossen sich ineinander. Es war, als wäre mein ganzes Leben, alles, was mich ausmachte, dort an dieser warmen und merkwürdigen Stelle.

Lorenzo löste sich abrupt. »Entschuldige.« Er fuhr sich mit einer Hand über die Haare, senkte den Blick. »Ich muss verrückt sein.«

Er stand auf. Brachte es nicht einmal mehr fertig, sich von mir zu verabschieden.

Er war es, der floh. Ich blieb da, auf meinem Stuhl. Betastete meinen Mund, die Spucke, ohne sie wegzuwischen. Dachte an die Unbekannte, die in mir war, so schamlos, anders, als ich zu sein glaubte.

Ich hatte jemanden geküsst. Einen Fremden. Als ich ins Freie trat, war ich wie betäubt. Die hoch stehende Sonne blendete mich, ließ mich schwanken. Ich hörte eine Stimme, die schrie: »Signora, Signora! Ist das das Mädchen?«

»Wo?«

»Da, vor der Bibliothek!«

Ich stellte die Szene scharf: Ein Mann deutete auf mich. Am Ende der Straße kamen meine Mutter und mein Bruder angerannt. Ich betrachtete nicht Niccolò, sondern sie. Und sie kam auf mich zugerast wie ein Zug. Kam nah an mich heran, ganz nah. Versetzte mir eine Ohrfeige. Eine einzige. Die mein Gesicht verzog.

»Wage es ja nie wieder. Nie wieder!«, schrie sie.

Sonst sagte sie nichts. Wir kehrten in absolutem Schweigen zum Wagen zurück. Als wir zu Hause waren, ließ ich sogar das Mittagessen aus. Jeder schloss sich in sein Zimmer ein; das war noch nie vorgekommen.

Erst am späten Nachmittag klopfte Niccolò an meiner Tür, um mir zu erzählen, wie viele Stunden ich verschwunden gewesen war: fast drei. Sie wussten nicht mehr, wo sie mich noch suchen, wen sie noch fragen sollten. »Mama schien verrückt geworden zu sein, sie hielt jeden auf der Straße an und schrie ›Elisa!‹, so laut, dass die Leute aus den Fenstern schauten. Wir sind bis zur Spielhalle zurückgegangen.«

»Habt ihr Papa Bescheid gesagt?«

»Nein. Mama wollte die Polizei rufen, aber dann fiel ihr ein, dass du in einer Bibliothek versteckt sein könntest. Aber wir mussten zur Touristeninformation gehen, um zu erfahren, wo sie sich befindet, denn im Tabakladen sagten sie dies, in der Eisdiele das, eine Riesenkonfusion.«

Meine Mutter kannte mich so gut, dass mir die Tränen kamen. Ich gehörte ihr, meine Liebe zu ihr war unerschütterlich. Und doch.

Ich war keine Jungfrau mehr.

*

Ich dachte beim Abendessen die ganze Zeit an ihn, während Papa, der von der letzten Prüfungssitzung zurückgekommen war, die weißen Strände und die natürlichen Oasen der Region in höchsten Tönen pries und Mama versprach, ihr auch die Hauptstadt und die Universität zu zeigen, in der er arbeitete, und sie bauschte sich die Haare, schob sie zurück, spielte mit dem Besteck und biss sich auf die Unterlippe; sie benahm sich wie ich heute Vormittag in Gegenwart von Lorenzo. Niccolò aß, nur um sie nicht hören und sehen zu müssen, mit dem Gesicht im Teller und den Stöpseln des Walkmans in den Ohren.

Nachdem er die Geschirrspülmaschine eingeschaltet hatte, reinigte Papa noch den Herd und schlug Mama vor auszugehen. Sie sagte sofort ja. »Und ihr«, fügte er nach einer Weile hinzu, »wollt ihr mitkommen? Wir gehen nur runter und essen ein Eis.« Es war offensichtlich, dass sie allein gehen wollten, dass das Eis nur ein Vorwand war. Mein Bruder war lila im Gesicht. Keiner von uns beiden antwortete.

Allerdings spitzten wir die Ohren, während sie sich in ihrem Zimmer aus- und umzogen und Scherze machten. Dann kamen sie in die Küche und verabschiedeten sich mit einem leichten Kopfnicken, beide herausgeputzt. Sie trug das Kleid, das sie am Vormittag getragen hatte, und dazu Stöckelschuhe und Lippenstift. Ihm sah man an, dass er sich Mühe gegeben hatte, doch der ärmellose Pullover über der Bermudashorts war nicht gerade der Hingucker. Sie passten so gar nicht zusammen und waren so glücklich. »Bis später!«, verabschiedeten sie sich, er legte einen Arm um ihre Schultern, und sie lachte.

Kaum hatten sie die Tür hinter sich geschlossen, trat Niccolò auf einen Stuhl ein und zerbrach ihn. Er sah mich an und sagte: »Ich bleibe keine Minute länger an diesem scheiß Ort. Ich hasse ihn, ich hasse sie, leck mich am Arsch. Lass uns zum Bahnhof gehen und nach den Zügen schauen.«

Er hatte recht, aber ich rührte mich nicht. Es war ein schrecklicher Ort, aber in weniger als vierundzwanzig Stunden seit unserer Ankunft war mir diese unerhörte, phantastische Sache passiert ... Ich weiß, es scheint unglaublich, dass das alles innerhalb eines einzigen Tages geschehen war. Aber so funktioniert das Leben eben mit vierzehn. Du spürst die Zeit nicht, so schnell vergeht sie. Die Ereignisse folgen aufeinander wie ein Feuerwerk. Ein Augenblick genügt, um die Meinung zu ändern.

Ich wollte nicht mehr fliehen.

6
Die Stunde der Epik

Beatrice kam als Letzte in die Klasse, zeitgleich mit der Schulglocke um 8 Uhr 20, und ihre neuen langen Haare – rot und kraus – flatterten ihr ins Gesicht. Sie ging direkt auf meine Banknachbarin zu, ein armes Mädchen, an dessen Namen ich mich nicht einmal mehr erinnere, schüchtern, mit Adlernase und einem Sprachfehler. Sie forderte sie auf, sich umzusetzen, neben Biella werde von nun an sie sitzen.

Es war ein Augenblick seligen Triumphes für mich. Weil es sich vor allen anderen abspielte, die sich ungläubig zu uns drehten; und weil es unser öffentliches Debüt als beste Freundinnen markierte. Ich sollte sie in Zukunft oft kritisieren, viele ihrer Entscheidungen nicht teilen, das diametrale Gegenteil von ihr bleiben, aber eines muss ich ihr zugestehen: Sie ist immer mutig gewesen.

Sie nahm den Schulranzen ab und zog den Mantel aus. Als sie sich gesetzt hatte, schleuderte sie einen herausfordernden Blick in die Runde: »Na, überrascht?«

Wir waren offiziell Barbie Supermähne und die Zugereiste.

Ich berührte ihr Haar, ich konnte einfach nicht widerstehen: so weich und glänzend wie das der Puppe, die auch ich in der Grundschule gehabt hatte. Ich erinnerte mich an die strohige Verunstaltung vom Tag zuvor und fragte: »Wie hat dein Friseur es nur geschafft, sie so zu verwandeln? Das ist Magie.«

»Nein, das ist eine Perücke«, erwiderte sie. »Enzo hat sie mir ziemlich kurz schneiden müssen. Und ich muss sie mit einem stärkenden Öl behandeln, mindestens zwei Wochen lang. Ich bin *nicht präsentabel*, hat Mama gesagt. Sie hat sogar geweint.« Sie lachte.

Die Klasse betrachtete sie weiterhin verstohlen, mit einer Mischung aus Genervtheit und Bewunderung. Sie hatte ihre Augenlider mit Glitzer bestreut, als wollte sie in die Disco gehen. Damals wurde sie nicht von Fotografen belagert, aber sie kam in die Schule und haute auf die Kacke, einfach weil es ihr Spaß machte. Sie hat, soweit ich mich erinnere, nie Schuhe getragen, die die anderen trugen, Jacken, die in Mode waren. Wenn sie Lust hatte, einer Barbie von 1993 zu ähneln, dann wurde sie eine, sofern die Mutter es erlaubte.

»Spürst du ihre Blicke?« Sie kam mit ihren Lippen ganz nah an mein Ohr und hielt die Hand davor. »Reizen sie dich nicht?«

Nein. Was mich betörte, war ihr Atem an meinem Ohrläppchen, ihr Knie an meinem und dass sie sich so demonstrativ auf meine Seite geschlagen hatte.

»Ich wollte deine Karottenfarbe, ich hab darum gekämpft. Aber Mama und Enzo haben sich geweigert, und ich musste mich mit Kirschrot abfinden.«

Die Lehrerin Marchi kam, und wir verstummten. Sie setzte sich hinter ihr Pult, registrierte die neue Sitzordnung und die neuen Haare, sagte aber nur: »Seite 220, *Odyssee*, Buch VI.«

Sie war eine strenge Frau, die kein Vertrauen einflößte: »Ich bin nicht eure Freundin, sondern die Italienisch-, Latein- und Griechischlehrerin.« Sie war dreißig, sah aber aus wie fünfzig.

Beatrice und ich suchten eifrig die Seite. Die Marchi begann zu lesen, und wir folgten ihr aufmerksam. »›Einsam wohnen wir, mitten im wellenwogenden Meere, / Ganz am Ende, kein anderer Sterblicher kann sich uns nähern.‹«

Ich benutzte zum Unterstreichen einen spitzen Bleistift und beschränkte mich auf die Verse, die mich beeindruckten. Bea dagegen hatte einen Textmarker, den sie wie eine Rolle zum Einfärben benutzte: Titel, Text, Exegese, sie markierte alles. Ich weiß nicht, wie sie es anstellte, das Wesentliche vom Unwesentlichen zu trennen. Aber es machte mich euphorisch, sie neben mir zu spüren, in ihr Federmäppchen zu spähen, ihren Geruch nach Pfirsichcreme in der Luft wahrzunehmen.

»›Der da, ein unglücksilig Verschlagner, ist dennoch gekommen /

Hieher zu uns; wir müssen ihn pflegen; von Zeus sind ja alle / Bettler und Fremdlinge.‹«

Die Marchi unterbrach die Lektüre und wartete, dass wir den Kopf hoben und ihr ins Gesicht blickten:»Im antiken Griechenland gibt es keine wichtigere Pflicht als die Gastfreundschaft. Sie ist keine moralische oder politische Verpflichtung, sondern eine religiöse. Nausikaa sieht Odysseus nackt, furchtbar, ›beschmutzt von salziger Kruste‹, die Mägde fliehen, aber sie erkennt in ihm hinter der äußeren Erscheinung ein Geschenk von Zeus.«

Gelächter:»Die Biella ist ein Geschenk von Zeus! *Beschmutzt* ist sie mit Sicherheit!« Ich wusste, worauf meine Klassenkameraden hinauswollten, und hasste die Marchi für die Wahl dieses Textausschnitts.»Nackt, nackt!« Von hinten.»Und wie sagte sie Mazzini? Ah, ah, Mazzini!« Es war nichts Neues, und doch schämte ich mich, nicht ihretwegen, meinetwegen. Ich wandte den Blick vom Buch zum Fenster.

Die Pascoli war so verfallen, feucht und schäbig, dass sie in fünf Jahren wegen Baufälligkeit und Mangel an Schülern geschlossen werden würde. Doch sie hatte den Vorzug einer herrlichen Lage, vielleicht der schönsten ganz Italiens. Aus jedem Fenster konnte man das Meer sehen.

Ich verlor mich in seinem Anblick. Wenn der Unterricht mich nicht interessierte oder die anderen sich über mich lustig machten, stahl ich mich mit ihm davon. Es war in mein Leben getreten, hatte eine Leere besetzt und der Verlassenheit eine Gestalt gegeben, die ich mir zwischen Brustbein und Herz eingenäht hatte. Die objektive Ergänzung, wie ich in der Folge lernen sollte, der Ort, an dem man ein Loch graben und das Gefühl begraben konnte, das man nicht zu benennen vermag.

Beatrice streckte die Hand nach meinem Buch aus und holte mich zurück in den Unterricht. Ohne dass die anderen es bemerkten, schrieb sie in eine Ecke der Seite:»Wer ist er?«

Ich verstand nicht. Die Marchi setzte die Lektüre der Begegnung zwischen Odysseus und Nausikaa fort. Bea wurde ungeduldig und fügte hinzu:»Der Junge! Wer ist er?«

Ich benutzte die Epikstunde, um darüber nachzudenken. Es kostete mich Überwindung, es war gar nicht so einfach. Aber ich hatte noch nie eine Freundin gehabt. Und eine solche wie Supermähne hätte ich mir nicht mal zu erträumen gewagt. Und jetzt saß ich neben ihr; ich musste sie mir verdienen, ich musste es ihr sagen.

An den Rand ihres Buchs schrieb ich in kleiner, winziger Schrift: »Ich zeig ihn dir in der Pause.«

*

Die Pausen davor hatte ich im Klassenzimmer verbracht, allein mit meiner Crostatina, vor dem Fenster und die Hände auf der Heizung. Diese zehn Minuten belasteten mich mehr als fünf Stunden Unterricht. Manchmal blieb auch meine ehemalige Banknachbarin; sie tat so, als käme sie schon zurück, gebeugt, traurig. Ich spiegelte mich in ihr und sie sich in mir, und keiner sagte ein Wort.

An dem Dienstag aber zog Beatrice mich mit sich von den Rändern ins Zentrum. Das Gefühl, das ich empfand, als ich Arm in Arm mit ihr auf den Flur hinaustrat, war gewaltig und befreiend. Ich kannte den Rest des Gebäudes, die Treppen, die Stockwerke. Bea wollte jede Ecke durchkämmen, in der Toilette nachschauen, bis wir *den Jungen* aufgestöbert hätten.

»Erzähl mir alles«, befahl sie. Und ich gehorchte, während ich mein Schulbrot knabberte und hinter ihr herlief, die wie immer auf Diät war. Während alle sich umdrehten und sie grüßten, neugierig oder verärgert über meine Anwesenheit, falsche Schlangen: »Was für schöne Haare, sie stehen dir super!«

Mir wurde langsam bewusst, wie wenig sie geliebt wurde. Sie war schon damals einen Meter fünfundsiebzig groß, hatte eine schlanke Taille und einen Bauch, der so flach war, einen Po, der so fest war, und Beine, die so lang und dünn waren, dass sie wohl nie einen Pausensnack verdrückt hatte. Sie ragte zu sehr heraus, war allen überlegen. Sie ging allen auf den Sack, das sah ich in den Gesichtern der anderen, die, zumindest dort unten, in dieser abgelegenen Provinz, dazu bereit waren, die schönen Mädchen zu bejubeln, wenn sie im Fernsehen auftraten, aber wenn sie eines von ihnen unter sich fanden, zögerten sie nicht, sie fertigzumachen.

In der Schlange vor dem Getränkeautomaten hörte Bea nicht auf, mich zu auszufragen: »Ist er hier? Siehst du ihn?«

»Nein«, antwortete ich jedes Mal erleichtert.

Sie warf eine Münze ein und tippte den Code für den Ristretto. Sie trank ihn bitter. »Er ist nicht zu Hause geblieben?«

»Sein Motorroller war heute Morgen da.«

»Gut, wenn er nicht drin ist, dann ist er draußen.«

Ich begriff, dass sie es ernst meinte, und hielt sie zurück: »Lass gut sein.« Es fehlten vielleicht noch drei Minuten bis zum Ende der Pause. Bea ignorierte meine Widerspenstigkeit, zog mich zu einem Notausgang und drückte die Tür auf. Wir gelangten in einen windgeschützten Innenhof, in dem Gruppen größerer Jungs im Kreis oder auf den Feuerleitern sitzend rauchten. Sie hieß mich auf eine von ihnen steigen und sagte: »Such ihn.«

Es war kalt, und wir waren die Einzigen ohne Jacken. Standen dort oben und rieben uns die Hände, beide mit roten Haaren.

Ich musterte die verschiedenen Gruppen und erkannte ihn. Ich zeigte Bea seinen blonden Kopf: »Es ist der da.«

»Machst du Witze?« Sie schrie fast. »Das ist Lorenzo Monteleone.« Jetzt kannte ich seinen Nachnamen. Und er nutzte mir gar nichts.

»Die Familie ist super in. Wir sind auch ein paarmal zum Abendessen bei ihnen gewesen, mit meiner Mama, die sabberte und dahinschmolz. Sein Vater war Bürgermeister. Jetzt arbeitet er für die Regionalregierung. Seine Mutter ist Richterin oder so was. Er ist Einzelkind. Sonst noch was? Er wohnt an der Piazza Roosevelt ...«

So viele Informationen, dachte ich, um mit einem Mal Monate des Phantasierens und des Schweigens, des Auflauerns und des Wartens zu füllen. Er war also ein »Sohn von« und kein Robin Hood, wie ich mir vorgestellt hatte. Waise, aufgewachsen bei einem alten Buchhändler, ein kompletter Dickens'scher Roman, den ich im Kopf geschrieben hatte, aber die Wirklichkeit war eine andere und konnte wie folgt zusammengefasst werden: die flüchtige Erscheinung eines Sommers. So wie die Götter den Menschen erscheinen: Sie paaren sich mit ihnen in Gestalt eines Schwans und verschwinden wieder.

Nach dem Kuss war ich jeden Tag in die Bibliothek zurückgekehrt.

Ich war vormittags und nachmittags dort gewesen, von meinen Eltern hingefahren oder zu Fuß. Darauf beharrend, revoltierend wie ein Raubtier: »Ich muss hingehen, *ich muss*!« Während meine Eltern mich überrascht darauf hinwiesen, dass Sonntag sei und die Bibliothek geschlossen sei. Vielleicht hat mein Vater sich auch deswegen beeilt, mir ein Motorrad zu besorgen.

Ich hatte mir einen Ausweis ausstellen lassen und die Gedichte von Ossip Mandelstam über zwei Monate lang reserviert. Ich hatte sie gelesen, wiedergelesen, auswendig gelernt. Den ganzen Juli, den ganzen August. Bei jedem Quietschen der Tür vom Tisch aufgeblickt, in der Hoffnung, er wäre es.

Aber nichts.

Gar nichts.

Also stand ich auf, um ihn draußen zu suchen, wo die normalen Jungs lebten und am Strand Fußball spielten und sich sonnten. Ich betete, ihn zu finden, zugleich aber auch, ihn nie zu finden. Ihn nicht an der Bar mit seinen Freunden und vom Sand schmutzigen Füßen zu entdecken, oder hinter einem Felsen eng umschlungen mit einem Mädchen. Ich suchte die ganze Küste ab. Ich war sogar bis zum Eisenstrand gefahren. Dann hatte die Schule angefangen.

Papa hatte Mitte Juli, ich weiß nicht wo – »im Internet«, hatte er gesagt, aber was das Internet war, wusste ich damals nicht –, den Quartz gefunden. Ein lächerlicher, mäßig erfolgreicher zweizylindriger Roller, dessen Produktion 97 eingestellt wurde. Als ich zum ersten Mal vor dem Gymnasium parkte, bemerkte ich sofort, dass das einzige Exemplar meiner war, und ich war so böse, so wütend auf ihn: Siehst du nicht, wie ich jetzt dastehe, ich bin neu, alle machen sich über mich lustig, und du drehst mir so einen Schrotthaufen an?

Ich glaube, das ist ihm überhaupt nicht bewusst gewesen. Wie jemand herumlief, in was für einer Kleidung, mit was für einer Frisur, und mit was für einem Transportmittel er unterwegs war, hatte für ihn tatsächlich keine Bedeutung. Nur die Intelligenz zählte, nur was jemand wusste und zu sagen hatte. Aber erklär das mal der Welt, Papa, dieser Welt! Und dann hatte Niccolò, um mir was Gutes zu tun, am Zeitungskiosk einen Block mit Aufklebern gekauft, überzeugt, man müsse ihn irgendwie aufpeppen, und hatte ihm den Gnadenstoß versetzt, indem er ihn in einen »Punk-Motorroller« verwandelt hatte.

Ausgerechnet als ich eines Morgens im September auf dem Parkplatz abbremste, hatte ich Lorenzo wiedergesehen, im Sattel eines schwarzen Phantom. Ich hatte ihn erkannt, noch bevor er den Helm abgenommen hatte. Er hatte mich auch gesehen und hatte angehalten. Mit traurigen Augen hatte er zwei Finger zum Gruß erhoben. Ich hatte gewendet und mir einen Platz weiter weg gesucht. Wegen was, wegen wem hatte er gelitten? Kannte ich ihn? Nein. Ich hatte nur anhand seines Namens phantasiert. Die Zeit war vergangen, die Enttäuschung war verflogen.

»… und, tut mir leid, dir das zu sagen, er hat eine Freundin.«

»Das ist die Erklärung«, antwortete ich Beatrice und betrachtete Lorenzo, der mit den anderen hineinging. Die Glocke hatte bereits geläutet.

»Aber du hast mir doch gesagt, ihr hättet euch geküsst!«

»Das stimmte nicht.«

Sie versetzte mir einen Stoß. »Valeria ist ein Miststück. Seine Freundin, meine ich. Er ist nicht böse, ich kenne ihn. Er ist seltsam, macht ein bisschen auf Dichter. Sie verdient es, betrogen zu werden.«

Ich wusste nicht, wer diese Valeria war. Und vom Betrügen hatte ich keine Ahnung. Nachdem meine Mutter und mein Bruder ohne mich nach Biella zurückgekehrt waren, hatte ich aufgehört, in die Bibliothek zu gehen. An den endlosen Nachmittagen nach der Schule, wenn die Hausaufgaben erledigt waren und bevor es dunkel wurde, tankte ich für 5000 Lire mit dem einzigen Ziel, nicht nachdenken zu müssen. Ich hielt immer noch vor den Stränden, aber jetzt waren sie leer.

In der Zwischenzeit waren alle außer uns hineingegangen, der Unterricht hatte wieder angefangen. Wir würden einen Eintrag ins Klassenbuch bekommen, ich ebenso wie Bea, an diesem Vormittag.

»Wenn du etwas willst, musst du dich organisieren«, sagte sie. »Wie wir es mit der Jeans gemacht haben. Du musst gewinnen.«

»Was denn gewinnen?« Ich musste lachen.

Sie musterte mich. Ernst, konzentriert. Auf der Feuertreppe des Innenhofs der Pascoli fragte sie mich: »Was kannst du?«

Ich wusste es nicht.
»Was *gefällt dir*?«
Ich versuchte darüber nachzudenken.
»Nicht, was du bist, wie du denkst, dass du bist, wie die anderen dich sehen, sondern du, was willst du im Leben?«
Ich verstummte. Wir waren zu sehr aus dem Gleichgewicht auf jener Feuertreppe. Ich unfähig zu antworten, sie, die dieses Feuer in sich hatte. Wenn ich es mir jetzt vergegenwärtige: Wie sie brannte und bereits mit vierzehn die verborgensten Wünsche der anderen zu erkennen vermochte.
»Schreiben, oder? Du hast gesagt, du schreibst Tagebuch.«
Ich empfand eine starke Verlegenheit, als hätte sie mir vor der ganzen Klasse die Kleider vom Leib gerissen.
»Dann schreib ihm einen Brief.« Während die Schulwarte, die uns suchen sollten, uns endlich gefunden hatten und uns bedeuteten hineinzugehen, »sofort, dalli!«, versprach sie mir: »Ich helfe dir. Du gibst ihn mir vorher zu lesen, und ich schau drüber.«

*

Und so fingen wir an, auf Seiten, die wir aus den Heften gerissen hatten. Keine Mails, Anhänge, Floppy Discs, CDs oder Sticks: Stift und Papier.
Ich kehrte an dem Tag wie eine Besessene nach Hause zurück. Ich aß mit meinem Vater noch gereizter als sonst zu Mittag. Ich schloss mich in mein Zimmer ein und rührte den ganzen Nachmittag kein Buch an. Saß wie festgenagelt am Schreibtisch, das weiße Blatt vor mir. Ich schrieb ein einziges Wort, »Lorenzo«, und es war, als bräche ein Damm.
Ich dachte, ich hätte ihn verdrängt, aber er war geblieben. Schlummernd, am Brüten. Vielleicht war er es, oder vielmehr das Bedürfnis zu schreiben, für mich, nur für mich einen abwesenden Adressaten zu haben, dem ich alles erzählen konnte.
Anfangs war ich aufrichtig, ohne Scham. Ich hatte solche Lust, mir alles von der Seele zu schreiben, mich gehen zu lassen, mitzuteilen. Der Bic lief über die Seite, über die Linien hinaus. Ich schrieb ihm,

woraus meine Tage bestanden: aus Schweigen. Die Mittagessen, die Abendessen, die Sonntage. Ich in meinem Zimmer, Papa in seinem Arbeitszimmer. Ich beschrieb ihm Biella: die Berge, die Liabel, die Palazzina Piacenza. Ich war schweißgebadet und staunte über mich: Ich konnte das. Ich erzählte ihm die Ausflüge auf den Sesia im Sommer, nach Oropa im Winter. Die Schlittenfahrten auf dem schneebedeckten Prato delle Oche, mein Bruder und ich, die in den Schnee flogen, als wären wir eins. Mama, die lachte, ein Glas Glühwein in der Hand. Die quälende Leere des Verlassenseins.

Ohne ihn noch einmal zu lesen, steckte ich den Brief in eine Tasche des Schulranzens. Am nächsten Morgen gab ich ihn selbstsicher, stolz Beatrice. Sie faltete ihn auseinander und verschlang ihn.

»Nein«, sagte sie schließlich und blickte auf. »Er ist voller Fehler und Wiederholungen. Er ist pathetisch, man möchte das Kindersorgentelefon anrufen. Du darfst ihm nicht alles erzählen. Beherrsch dich. Wähle aus.«

Ich verspürte einen stechenden Schmerz. Das Gefühl der Ablehnung war vernichtend, weil es mich betraf. Nicht wie ich mich anzog, den Akzent, mit dem ich sprach, meine Frisur. Mich.

Und doch gehorchte ich. Ich verbrachte den zweiten Nachmittag an meinem Schreibtisch. Mit ein paar Jahrzehnten Distanz wird mir bewusst, welche Macht Beatrice auf mich ausübte. Und, so paradox das klingt, dass ich ohne sie nie den Mut gefunden hätte, mich am Schreiben zu versuchen.

Diesmal versuchte ich auszuwählen, mich zu beherrschen, nicht zu genießen. Ich saß steif auf meinem Stuhl und fühlte mich irgendwie gehemmt. Ich schrieb ein Wort und strich es durch, ein anderes, und löschte es. Eine Papierverschwendung, eine unerhörte Anstrengung. Der gesamte italienische Wortschatz schien mir gefährlich, übertrieben, unzulänglich; *ich* war es.

Am Freitagmorgen übergab ich Beatrice eine knappe halbe Seite.

»Was ist das?« Sie gab sie mir erbost zurück. »Da hast du gar nichts geschrieben. Du fällst von einem Extrem ins andere. Du sollst verführen, nicht langweilen.«

Am dritten Nachmittag hatte ich begriffen und begann zu lügen. In der ersten Version hielt ich mich zurück, las sie und zerriss sie. Ich schrieb alles neu und log diesmal mehr. Ich öffnete *Lüge und Zauberei*; ich war zwar über die Seite 30 nie hinausgekommen, aber ich plünderte es. Zufällig, indem ich einzelne Wörter und ganze Sätze abschrieb, einfach so, weil sie gut klangen.

Ich erfand Episoden aus meiner Vergangenheit, die ich nie erlebt hatte. Ich veränderte meine Wohnung in der Via Trossi, versetzte sie von der Peripherie mitten ins Zentrum. Meine Mutter verwandelte ich von einer Arbeiterin und Diebin in eine gequälte Malerin. Niccolò raubte ich den Irokesenschnitt und die Piercings und kleidete ihn schwarz, mit Ledermantel, langen Haaren und weiß geschminktem Gesicht, weil meinem Eindruck nach Metalfreaks faszinierender waren. Ich fand Gefallen daran und verlor alle Skrupel. Ich verbrachte den Samstag und Sonntag damit, mein Leben zu verändern.

»Du sollst verführen«, hatte Beatrice gesagt. Ich schrieb und war nicht mehr Elisa. Ich bemäntelte mich, maskierte mich, übertrieb mit den Adjektiven. Ich erfand Unterwäsche und Details, die man nicht wiederholen sollte. Ich gab mich als Expertin für Dinge aus, die ich mir nicht einmal vorstellen konnte; ich erklärte sie nicht, ließ sie in der Schwebe, in den Leerstellen, deutete an. Und doch stieß ich, indem ich mich von der schüchternen Elisa befreite und mich als eine ausgab, die es schon eine Million Mal gemacht hatte, auf einen unvermuteten Teil von mir, der vielleicht die Wahrheit war.

Sicher ist, dass Beatrice die beste Schreibschule war, die ich absolvieren konnte. Obwohl sie heute jedem erzählt, dass Lesen Zeitverschwendung sei, dass sie ein Imperium zu führen habe und Romane allesamt Unsinn seien. Sie lügt. So wie ich lüge. Und nichts ist erotischer als eine Lüge.

Am Sonntag las ich das Ergebnis von sechs Tagen Arbeit noch einmal. Ich war bewegt, nahezu als hätte nicht ich es geschrieben. In der Tat: Wer war es gewesen? Die Antwort erregte mich. Ich ging barfuß in den Flur, um zu telefonieren. Ich konnte nicht an mich halten. Ich nahm den Hörer, und statt des Freizeichens hörte ich das metallische Kreischen des Internets. Papa lud in diesem Augenblick irgendwelche

Universitätsdateien von Milliarden Byte herunter. Ich wurde wütend. Ich riss die Tür auf und schrie: »Hör mit diesem Zeug auf, ich muss telefonieren!«

Ich hatte das Gefühl, bereits an der großen Welt der Literatur teilzuhaben. Ich bezwang meine Angst, rief Bea um neun Uhr abends zu Hause an, erfand einen schulischen Notfall, und sobald ihre Mutter sie mir gereicht hatte, flehte ich sie an: »Um halb acht morgen. Bitte, lass uns vor dem Unterricht treffen! Es ist ganz, ganz wichtig!« Ich legte auf und konnte nicht mehr schlafen.

Am nächsten Morgen war die Schule leer, und in der Eingangshalle waren Bea und ich mit unseren Schulranzen und Jacken allein. Der Brief zwischen uns. Während sie las, beobachtete ich sie. Ich war ungeduldig, zitterte und zuckte bei jeder noch so winzigen Kräuselung ihres Gesichts zusammen: eine Braue, eine Lippe. Ich starb fast.

»Schön«, sagte sie schließlich. »Das ist wirklich schön.«

Ihre Augen glänzten, und ich war so unendlich glücklich, dass es fast an Glückseligkeit grenzte.

Bea steckte den Brief wieder in den Umschlag, bat einen Schulwart um einen Stift, schrieb etwas darauf und ging die Treppe hinauf. Allerdings betrat sie nicht unseren Klassenraum, sondern ging weiter in den Stock darüber.

»Was hast du vor?«, fragte ich alarmiert.

Sie antwortete nicht. Die anderen Schüler kamen gerade erst vereinzelt an. Beatrice durchquerte den linken Flur im zweiten Stock, geradewegs zu dem Raum am hinteren Ende, dem der Abschlussklasse.

»Nein«, hielt ich sie auf und wollte ihr den Brief aus der Hand reißen.

Sie streckte den Arm aus, sodass ich ihn nicht erreichen konnte. Sie war zu groß für mich. Ich fing an zu weinen. »Ich will nicht, dass er ihn liest!«

»Und warum hast du ihn dann geschrieben?«

Für sie. Damit sie mir sagt, ich sei begabt.

Für mich. Um mir zu beweisen, dass ich zu etwas gut war.

Er war präsent, real. Er hatte nichts mit diesen Lügen zu tun.

»Nein, ich bitte dich.«

Beatrice warf mir einen vernichtenden Blick zu: »Wir sind keine Freundinnen mehr.«

Ich war sprachlos.

»Entscheide dich: Entweder legen wir ihn ihm unter die Bank, oder ich schwör dir, dass ich nicht mehr mit dir spreche, mich wieder dorthin setze, wo ich vorher gesessen habe, und dich werden alle verachten.«

Da war es, das Miststück.

Es war zum Vorschein gekommen. Wie am ersten Schultag, wie jedes Mal, wenn sie über die mit der Meise aus Biella gelacht hatte.

Das Miststück wollte gewinnen. Keinerlei moralische, soziale, ethische Skrupel. Die Freundschaft: Steck sie dir sonst wohin. Für sie zählte nur das Ergebnis.

Und sie bekam es.

Wir betraten den Raum. Sie hatte sich bereits informiert, organisiert, wusste, wo sie hingehen musste: die letzte Bank am Fenster. Sie war über und über mit eingeritzten Worten bedeckt, darunter lag ein vergessenes Buch. Ich konnte den Umschlag lesen: »Vittorio Sereni, *Stella variabile*«. Ich fröstelte, spürte, wie ich an Armen und Beinen eine Gänsehaut bekam. Dann legte Bea den Umschlag daneben: »Für Lorenzo«.

Und wir rannten davon.

7
Ferragosto, als B. mir das Leben rettete

Und sie verschlingen sich mit den Augen / suchen sich strecken die Hände nacheinander aus / heimlich auf dem Leinenbatist des Tisches.« Das waren nicht wir, Lorenzo und ich, auch wenn die Verse aus *Stella variabile* stammen. Die beiden, die sich suchen und verschlingen und versuchen, es heimlich zu machen, was ihnen aber nicht so recht gelingt, sind meine Eltern.

Dieses Gedicht heißt »Sonntag nach dem Krieg« und enthält eine Frage: »Für zwei, die sich wiederfinden an einem / Sonntag nach dem Krieg / kann da für sie / wieder erblühen die Wüste des Meeres?«

Meine Mutter blühte wieder auf, das ist gewiss. Mein Vater schloss sich seltener in sein Arbeitszimmer ein und bekam tatsächlich ein bisschen Farbe. Nach sieben Jahren Ehe und elf Jahren Trennung – sie hatten sich verlassen, als ich die ersten sinnvollen Sätze zu sagen begann – erlebten sie in jenem verrückten und verheerenden Sommer des Jahres 2000 eine zweite Jugend.

Die abendlichen Fluchten zum Eisessen wurden zur Gewohnheit. Im Laufe der Zeit sparten wir uns sogar die Förmlichkeit des »Wollt ihr auch mitkommen?«. Wenn Papa seine akademischen Pflichten erledigt hatte, verging kein Tag, an dem sie nicht ans Meer fuhren. Immer an einen anderen Strand, eine neue natürliche Oase. Nach dem Mittagessen gingen mein Bruder und ich ins Bett, ich, um zu lesen, und er, um zu schlafen, bereits benommen vom Marihuana. Sie beide dagegen verließen die Wohnung nach Sonnencreme duftend; meine Mutter mit einem Strohhut und einem luftigen Sommerkleid, mein

Vater mit einer Baseballkappe, einem Roman von Stephen King unter dem Arm und um den Hals das unvermeidliche Fernglas für die Vogelbeobachtung. Sie fuhren immer mit seinem verdreckten Passat, den Kofferraum bis oben hin vollgestopft: die Ausrüstung für das Beobachten und Fotografieren der Vögel, die Polaroidkamera, um Aufnahmen von ihr zu machen, und, von ihr hinzugefügt, die aufblasbare Luftmatratze, der Liegestuhl, die Badetücher.

Worüber sprachen sie? Unmöglich, sich das vorzustellen. Mama hatte keine Ahnung von Blauracken, Seeregenpfeifern, Trielen und nie Interesse für die Tiere gezeigt. Internet und Software? Fehlanzeige. Die Galaxien? Es war schon viel, dass sie wusste, in welcher Region Italiens sie sich befand. Papa hatte sein Studium mit *summa cum laude* abgeschlossen, seine Doktorarbeit war in den Vereinigten Staaten veröffentlicht worden, und Mama hatte noch nicht einmal Abitur. Wenn sie versuchte, was weiß ich, die Fernsehzeitschrift *Sorrisi e Canzoni* zu lesen, verlor sie schon nach einem Satz die Lust. Es war eine Katastrophe. Meine erwachsenen Augen blicken nicht weniger gnadenlos auf sie, auf ihre Impulsivität und ihr Italienisch, als diejenigen, mit denen ich sie in jenem Sommer anschaute. Und doch, was würde ich dafür geben, sie wieder so glücklich zu sehen.

Nicht auf einem Foto, sondern an irgendeinem Juli- oder Augustnachmittag des Jahres 2000, wie sie lächelte, wenn sie die Wohnung verließ, um zum Strand zu fahren. Winzig, sommersprossig, die unordentliche, lange Ponyfrisur über den Augen. Leicht und unbeschwert wie ihr Name. Annabella.

Ab und zu tauchte Niccolò nach seinem Nachtmittagsschlaf aus seinem Rauschzustand auf und kam zu mir; oder ich beendete die x-te Mandelstam-Lektüre und klopfte an seine Tür. Wir setzten uns allein in die Küche und holten bei einem Snack unsere alten und schlimmsten Gewohnheiten aus Biella wieder hervor: MTV, Chips und Füße auf dem Tisch. Währenddessen drang durch die herabgelassenen Jalousien der lebhafte Lärm von T herauf, von Wettkämpfen im Klippenspringen und Tennisspielen am Strand.

Wir waren blass und stinksauer. Erst nach fünf Uhr trauten wir uns, die Nase nach draußen zu stecken, wie die Alten und die Neugeborenen. Und während ich weiter wie eine arme Seele zwischen Wohnung und Bibliothek pendelte und er sich zusammen mit neuen erbärmlichen Freunden mit Haschisch und Ketamin die Gesundheit ruinierte, machten Mama und Papa sich ein schönes Leben.

Ich will nicht, dass es so aussieht, als wären sie herzlose Rabeneltern gewesen. Sie machten sich durchaus Sorgen um uns. Sie sahen Niccolòs erweiterte Pupillen und mein deprimiertes Gesicht. Aber, und inzwischen begreife ich es: Was konnten sie schon tun?

Sie waren verliebt.

Es war ihr Moment, nicht unserer.

Sie versuchten immer wieder, uns einzubeziehen, Papa vor allem. Eines Morgens wollte er uns zeigen, wie der 586 Olidata funktionierte, der unübersehbar in seinem Arbeitszimmer stand, ein grauer Quader, größer als ein Fernseher, mit einem gewölbten Bildschirm, über den heute jeder lächeln würde, aber damals hatte er einen Pentium-III-Prozessor, und Papa sagte es jedem, der es hören wollte: »Ich habe einen Pentium III«, und aus seinen Augen leuchtete die Zukunft. Diesmal begeisterte er sich, redete sich heiß. Ich muss zugeben, dass er immer ein guter Lehrer war, einer von denen, an die die Studenten sich gern erinnern. Aber bei den eigenen Kindern verhält es sich bekanntlich anders: Sie hören nicht zu. Er bewegte die Maus, klickte präzise und zeigte uns, wie wir uns mit dem Internet verbinden, uns die Welt öffnen könnten. Er schrieb uns Benutzername, Passwort und ISP-Nummer auf einen Zettel: ein Riesenzirkus. Wir hielten es dort drin, stumm, eisig, vielleicht zehn Minuten aus.

Dann versuchte er es mit seiner anderen großen Leidenschaft: den Vögeln. Mit den richtigen Wanderschuhen und einem Fernglas würden wir, wenn wir im Morgengrauen aufstünden, den außerordentlichen Anblick fliegender Turmfalken und balzender Seeregenpfeifer im Naturpark San Quintino genießen können. Wir erstickten den Plan schon im Keim, indem wir einfach das Zimmer verließen.

Mama war ganz verändert, sie sah uns nicht mehr an wie früher. Sie war völlig gefangen genommen von ihm, vom Meer und von der Euphorie über die wiedergefundene Freiheit.

»Du hast eine Menge aufzuholen«, sagte sie lachend zu Papa, ohne Groll, und ließ uns allein. Für ein paar Stunden, den ganzen Vormittag. Dann kam sie um eins zurück, die Hände voller Einkäufe, die Haare voller Sand, einmal war die Shorts voller grüner Flecke, als hätte sie sich auf einer Wiese gewälzt, und jedes Mal fand sie den Tisch gedeckt vor, ihren Ex-Mann am Herd und die Kinder vor dem Fernseher. Blass wie Wachs.

In unserer Gegenwart küssten sie sich nie und berührten sich kaum. Aber es war offensichtlich. Zwei, die so wenige Themen hatten, mussten sich zwangsläufig dem anderen zuwenden. Ihr Zimmer war das letzte ganz hinten, am weitesten von unseren entfernt. Mama schloss jetzt die Badezimmertür ab und ließ uns nicht mehr hinein. Sie benutzte immer Parfüm, war geschminkt und frisiert. Sie entfernte sich von uns, weil es dieses »wir« nicht mehr gab. Es gab das »sie«.

Aber kehren wir zur anfänglichen Frage zurück: »Kann da für sie wieder erblühen die Wüste des Meeres?« Mit dreiunddreißig kenne ich die Antwort, und sie lautet nein.

*

Das erste Anzeichen dafür, dass die Idylle zwischen Mama und Papa zu Ende gehen würde, zeigte sich an jenem Ferragosto-Abend, an dem ich Beatrice kennenlernte. Allerdings handelte es sich weniger um ein Anzeichen als um ein schreckliches, ohrenbetäubendes Donnergrollen ähnlich dem, das in manchen Küstengebieten einen Tsunami ankündigt.

Diesmal drängten sie uns nicht, mit ihnen auszugehen, sie bestanden darauf: Wir würden in einem eleganten Restaurant mit Terrasse am Meer zu Abend essen. Papa hatte einen Monat im Voraus reserviert, um sicherzugehen, dass wir einen Tisch bekamen. »Und wir werden uns schön anziehen, auf das Feuerwerk warten und uns großartig amüsieren.« Mama sagte das im Ton eines Ultimatums und mit einem Gesicht, das Ohrfeigen verhieß.

Ich habe Feiern immer gehasst. Das ist nicht besonders originell, ich weiß, dass jede beliebige – nicht unbedingt zerstörte oder geschädigte, sondern normale – Familie an einem solchen Tag Höllenqualen aussteht. Schon Weihnachten war für uns immer eine Tortur gewesen: Papa, der unbeholfen in Biella durch die Sprechanlage sprach, den Panettone in der Hand, und sich verzweifelt bemühte, uns etwas mitzuteilen.

Ferragosto war in etwa das Gleiche, nur dass erschwerend die Hitze und T hinzukamen. Und Mama, die jetzt die Ehefrau spielte, erging sich in Vorbereitungen. Vorher hatte sie sich nie etwas aus Feiern gemacht, im Gegenteil: Kaum war das Mittagessen vorbei und Papa gegangen, zog sie überglücklich ihren Jogginganzug an, ließ Küche Küche sein und sang Manu Chao mit uns auf dem Sofa. Jetzt aber ging sie mit mir zum Friseur.

»Einen Punkschnitt für uns beide«, sagte sie.

»Entschuldigung?«, fragte der Mann, der Inhaber.

Es war nicht Enzo – seinen Salon, der »super in« war, wie Beatrice schreiben würde, und sündteure Preise nahm und wo man dir während der Tönung sogar einen Kaffee anbot, sollte ich erst viel später betreten. Nein, der Laden, in den Mama mit mir ging, war spartanisch, an der Wand hingen verblasste Fotos von unmodernen Haarschnitten, und Damen gewissen Alters warteten unter den Trockenhauben.

»Kurz und burschikos«, erklärte Mama. »Wichtig ist, dass Sie uns die gleiche Frisur machen, mir und meiner Tochter.«

Wir saßen nebeneinander und gaben uns die Hand. Ein kleiner Augenblick schwachen, trügerischen Glücks. Der Spiegel spiegelte zwei ähnliche Bilder: zwei Karotten. Mama zwinkerte mir zu und lächelte, während zwei Mädchen mit ihren Scheren beherzt unsere Locken abschnitten. Sie hatte eine solche Macht, wenn wir allein waren, nur sie und ich, und sie mich liebte, dass ich die Versprechungen eines Jungen, einer Liebe, der Zukunft, des Lesens und Schreibens vergaß; ich hatte nur den einen Wunsch, wieder ein kleines Mädchen zu sein.

Unsere Männer empfingen uns mit einem »Wow!«, als wir nach Hause kamen, ausnahmsweise mal einer Meinung. Papa war sofort begeistert und suchte den Blick meines Bruders, und mein Bruder schämte sich und wandte sich ab. Tatsache war, dass wir hübsch waren, Mama und ich.

Wir waren sogar shoppen gewesen. In einer Parfümerie, einem

Kurzwarengeschäft und schließlich in einem Bekleidungsgeschäft: Ein Vorrat an Höschen, BHs und Dutzende von neuen Kleidern für ein neues Leben. Mama flirtete mit Papas Kreditkarte. Aus Gewohnheit gingen wir weiterhin nur in Billigläden. Aber in T war Mama plötzlich aufgeregt, überspannt, wollte, dass ich Sandalen mit Absatz anprobierte und schwarze, vamphafte Etuikleider, silbern, golden, die nicht einmal Beatrice stehen würden, die dafür bekannt war, dass ihr alles stand.

Am Ferragosto-Abend um 20 Uhr waren wir bereit. Es ist ein wahres Glück, dass es kein Familienfoto von diesem Augenblick gibt; wir sahen nicht aus, als würden wir zu einem Abendessen gehen, sondern als hätten wir uns für den Karneval aufgetakelt. Mama hätte in ihrem langen, leuchtend rosa Kleid auf eine Balkan-Hochzeit gepasst. Papa, in Anzug und Hemd gezwängt, schien nicht mehr er selbst zu sein. Auf Drängen von Mama hin war er sogar mit dem Passat in der Autowaschanlage gewesen. Niccolò war nach wie vor Niccolò; hätten sie ihm auch noch gesagt, wie er sich zu kleiden habe, hätte uns das eine Nachricht unter den Verbrechensmeldungen eingebracht. Und ich, mein Gott, ich trug tatsächlich ein goldenes Etuikleid mit Schlitz und Dekolleté.

Auf der Fahrt ins Restaurant betete ich, dass wir Lorenzo nicht begegneten und er mich nicht so sähe.

Wir wussten nicht, dass wir auf die Schnauze fallen würden. Papa fuhr vorsichtig und achtete auf die Geschwindigkeitsbegrenzungen. Wir waren wie eine eingegrabene Kriegsbombe; würden wir explodieren? Ja, nein.

Wir hörten »Basket Case«. Ich erinnere mich an ein paar prophetische Verse: »Grasping to control / So I better hold on.« Mama summte mit, Papa bemühte sich, dieser Musik etwas Positives abzugewinnen, er, der nur Mozart liebte. Die Straßen waren verstopft und die Strände übersät von Feuern, um die junge Leute saßen und sich Joints weiterreichten, während sie auf das mitternächtliche Bad im Meer warteten. Durch die Wagenfenster drangen der Scirocco und die Elektrizität, die in der Luft lag, herein. Es war mir gelungen, nein zu den Absätzen zu sagen und meine Springerstiefel anzuziehen. Niccolò drückte meine

Hand, um seine Nervosität abzureagieren. Hatten wir schon mal im Auto gesessen mit Mama und Papa vorn und wir hinten? Nie.

*

Eines Tages wird sie auf die Idee kommen, jemanden zu engagieren, der ihre Biographie schreibt – ich spreche von Beatrice. Mit Sicherheit wird sie nicht mich fragen; wir sprechen seit mehr als dreizehn Jahren nicht mehr miteinander. Und ich würde nicht mal im Traum daran denken, das Angebot anzunehmen; ich erinnere mich nur zu gut an unseren letzten Streit, den endgültigen. Aber ich weiß, dass ich die Einzige auf der Welt bin, die dieses Buch schreiben könnte.

Wir überschritten die Schwelle des Restaurants La Sirena alle vier gemeinsam an jenem Ferragosto-Abend, eingeschüchtert, aber mit dem beruhigenden Gefühl, reserviert zu haben. Wir durchquerten den inneren Gastraum, der bereits voll war, und gelangten auf die Terrasse, von der man einen herrlichen Blick aufs Meer hatte.

Die Sterne zitterten gespiegelt auf dem Wasser; die ruhige Bewegung der Wellen und das Gemurmel der Gäste bildeten das einzige Hintergrundgeräusch; jeder Tisch war mit Tischdecken aus Leinenbatist und Silberbesteck gedeckt; über unseren Köpfen nur das nächtliche Himmelsgewölbe und stimmungsvolle Papierlaternen, die von einer Pergola herabhingen. Mama geriet in wahre Verzückung, Niccolò war angewidert. Mich dagegen beeindruckte das Mädchen mit dem sagenhaft glänzenden Haar, helles Kastanienbraun mit goldenen Spitzen, mit den smaragdgrünen Augen und einem weißen Firmungskleid, umgeben von einer perfekten Familie.

Warum fiel sie mir auf? War es möglich, dass in einem bis auf den letzten Stuhl vollbesetzten Restaurant das einzige Gesicht, auf dem mein Blick verweilte, ihres war?

Ich hatte so viel gelesen, Tausende Beschreibungen von unsichtbaren und legendären Personen, die mir dabei halfen, sie zu erkennen. Dass sie magisch war, daran bestand nicht der geringste Zweifel: Ihr Blick strahlte die Macht der Zauberei aus, ihr Lächeln hatte etwas Hexenhaftes. Und meine Wahl fiel augenblicklich auf sie.

Ich weiß nicht, wie lange ich sie anstarrte, während meine Eltern darauf warteten, dass jemand uns zu unserem Tisch führte, während die Kellner sich nur um sie zu kümmern schienen: Mutter, Vater und drei Kinder am Tisch in der Mitte, der einzige runde, in einem gewissen Abstand von den anderen, der mit der besten Sicht, einem Meer von Blumen und Spumante im Eiskübel.

Ginevra dell'Osservanza war elegant, aber schlicht: ganz in Schwarz und hochgeschlossen. Das Haar zu einer vornehmen Frisur zusammengebunden. Übertrieben hatte sie nur, was den Schmuck betraf: Diamanten am Hals, an den Ohren, an den Fingern, an den Handgelenken. Sie machte den Prinzessinnen von Monaco und den Präsidentenfrauen Konkurrenz, die ich gesehen hatte, als ich beim Friseur in *Novella 2000* geblättert hatte. Und Riccardo Rossetti saß da in der Haltung des Gewinners. Gerade Schultern, die Hand angewinkelt, um das Kinn zu stützen, während er seinen Kindern zuhörte. Krawatte und Hemd trug er ganz natürlich, ohne dieses Gefühl des Eingezwängtseins, das ich bei meinem Vater bemerkte. Sie lächelten in dem Bewusstsein, beobachtet zu werden, stolz auf ihren Nachwuchs. Der Kleine hatte die gleiche blonde Pagenfrisur wie der Kleine Lord. Die Ältere schimpfte mit dem kleinen Bruder, wenn er sich bekleckerte, aber auf eine nette Art; auch sie war untadelig gekleidet und geschminkt – einziger Verstoß: ein kleinkarätiger Brillant über dem rechten Nasenloch. Und schließlich Beatrice, noch unreif und voller Möglichkeiten. Wer auch immer heute gehässig über sie spricht und andeutet, alles an ihr sei künstlich, hätte an dem Abend dort sein sollen.

Ob ihre Familie real war oder fiktiv, sollte ich erst später herausfinden. In dem Augenblick war ich bezaubert von ihrer Schönheit.»Beneidet uns«, schienen sie zu sagen mit ihrer Herzlichkeit und Fröhlichkeit. Die Kinder scherzten mit den Eltern, die Eltern mit den Kindern, alle waren befreundet an jenem Tisch.

Als ich mich mit meiner Familie an unsren Tisch – seitlich, viereckig, ohne Blumen – setzte, beobachtete ich uns von außen, sah erneut zu den Rossettis, und der Vergleich war so gnadenlos, dass es mich demütigte. Wir hatten uns nichts zu sagen, wir waren hässlich. Papa kannten wir kaum, Mama machte nichts anderes, als die Serviette und die

Gabel in die Hand zu nehmen und wie ein kleines Mädchen vor Begeisterung zu jauchzen. Bei uns stimmte etwas nicht: innen, an der Wurzel. Und auch äußerlich: Clowns. Meine Schenkel schauten aus dem Kleid, ich hielt eine Hand vor den Ausschnitt, um mich zu bedecken. Und auch sonst.

Alles hier war zu viel: die Preise auf der Speisekarte, die Gänge, die Pianobar im Laufe des Abends. Wir waren keine Stammgäste. Ich glaube, dass auch Mama, Papa und Niccolò sich schuldig fühlten, unter Druck. Vielleicht war es das, was uns zum Verhängnis wurde.

Beim Essen wandte ich meinen Blick nicht von dem fabelhaften Mädchen. Wie alt bist du?, fragte ich sie in Gedanken. Wo gehst du zur Schule? Was liest du? Bist du jemals traurig? Ich bat sie, mich abzulenken, mich zu retten, während an meinem Tisch alles auseinanderfiel.

Mama übertrieb mit dem Wein, das ist eine Tatsache. Eine andere ist, dass Niccolò gleich nach der Vorspeise aufstand und eine Ewigkeit auf der Toilette blieb. Und allmählich erregten wir die Aufmerksamkeit der anderen, als Mama anfing, ordinär zu lachen, laut peinliche Anekdoten zu erzählen und Niccolò schwankend von der Toilette zurückkam.

Papa bemerkte es.

»Liebling, bitte hör auf zu trinken«, sagte er ganz ruhig.

»Lass mir doch mein Vergnügen«, protestierte Mama. »Wenigstens ein Mal.«

Als Niccolò sich gesetzt hatte, wandte sich Papa auch an ihn: »Ich mache mir ernsthaft Sorgen.«

Da mein Bruder nicht reagierte, suchte Papa Hilfe bei Mama: »Annabella, du hattest mir doch von Joints erzählt, ich habe das Gefühl, dass die Situation aus dem Ruder läuft und wir uns an einen Spezialisten wenden müssen.«

Bei dem Wort »Spezialist« kamen Mama und Niccolò wieder zu sich und brachen in Gelächter aus. Sie schüttelten sich aus vor Lachen, krümmten sich vor Lachen. Der ganze Saal beobachtete uns jetzt. Papa wurde blass. Ich spürte, wie die Angst aus meinem Magen am Brustbein hochstieg. Ich hatte aufgehört zu essen, keiner von uns aß noch. Nur Mama trank weiter.

»Ich glaube nicht, dass es viel zu lachen gibt.« Papa versuchte, wieder für Ordnung zu sorgen. »Drogen haben schlimme Auswirkungen, sie beeinträchtigen die kognitiven Fähigkeiten.« Er sprach jetzt lauter. »Niccolò setzt seine Zukunft aufs Spiel, und du hast mir nichts davon gesagt.« Mama fasste sich wieder und bemühte sich, eine vernünftige Antwort zu geben. Ich sah, wie sie sich das Hirn zermarterte auf der Suche nach einem Sinn, einer Richtung, einer Bedeutung, mochte sie auch leer sein, Hauptsache, sie klang italienisch. Sie strengte sich an, aber alles, wozu sie in der Lage war, war, erneut in Gelächter auszubrechen. »Paolo, wie langweilig du doch bist. Er ist ein Jugendlicher, in seinem Alter ist es *gesund*, Grenzen zu überschreiten!«

»Und in deinem?« Ein alter Groll aus einer fernen Ecke, lange unter Verschluss gehalten, kam wieder hoch und gewann die Oberhand. »So bist du immer gewesen: unüberlegt, egoistisch, unreif, solange ich mich erinnern kann. Aber du bist jetzt zweiundvierzig, Anna.«

»Na komm schon, lass uns irgendwo hingehen und miteinander schlafen.« Mama blickte sich um, als suchte sie einen Ort. Sie zwinkerte ihm zu: »Das vertreibt deine Nervosität.«

Anstatt sie anzusehen, schaute Papa mich an. Ernst, peinlich berührt. Ich glaube, ich habe es mit Ach und Krach geschafft, die Tränen zurückzuhalten. Wir ähnelten uns. Wir waren die beiden einzigen Nüchternen am Tisch, die Einsamsten. o und 1, sollte er mir im Winter beibringen, als es in T nur noch ihn und mich gab, sind die Basis der digitalen Revolution. Leer, gefüllt. Du bist nicht da, du bist da. Du kannst auf mich zählen, du kannst nicht auf mich zählen. Mama und Niccoló waren genau das: eine Null, ein Mangel, eine Enttäuschung, die tief in meiner Seele steckte. Nicht nur das, aber auch – *auch*.

»Ich glaube, wir sollten besser gehen«, sagte Papa.

»Warum? Wir sind erst beim zweiten Gang. Ich will das Feuerwerk sehen.«

»Niccolò muss sich ausschlafen, besser noch bringen wir ihn in die Notaufnahme.«

»Ach was, uns geht's doch wunderbar!«

Mein Bruder saß in sich zusammengesunken da, nur momentweise anwesend. Er phantasierte. Mama konnte es nicht lassen, zu schreien, zu gestikulieren, sich zum Narren zu machen. Alle starrten uns immer noch unverwandt an. Auch die perfekte Familie am Mitteltisch, die sich mit dem gebotenen Anstand umgedreht hatte, um diese unglückliche, so tief gesunkene Familie zu bemitleiden: meine.

»Ich habe zugelassen, dass du meine Kinder zugrunde gerichtet hast.« Auch Papa verlor die Kontrolle. »Ich hätte mich der Entscheidung des Gerichts widersetzen sollen: Du bist unfähig, dich um dich selbst zu kümmern, und erst recht um andere. Ich werde alle Vereinbarungen überprüfen lassen«, drohte er wütend. »Ich werde dafür sorgen, dass du zumindest sie nicht zerstörst«, und er deutete auf mich.

Ich war mir sicher: Es war meine Schuld.

»Warum hast du dann gesagt, dass du mich liebst?« Mama brach in Tränen aus. »Dass du mich nicht vergessen hast, dass ...« Sie konnte den Satz nicht beenden. »Arschloch!«

»Liebe bedeutet Verantwortung. Aber schau sie dir an, schau dir an, was du aus ihnen gemacht hast.«

Durch den Alkoholnebel blickte Mama uns an. Zuerst Niccolò, dann mich. Ihr Blick tat mir weh. Was war in ihm? Nichts. Aber wenn es nur nichts gewesen wäre, wäre es besser gewesen. Doch da war auch Zuneigung in ihm, ihre Liebe, die sich auf unvorhersehbare, wechselhafte, anarchische, übertriebene Weise gezeigt hatte, aber nie verantwortungsvoll: das nie.

Ich sah, wie sie ihre Gedanken, ihre Kräfte sammelte, sich ihr Haar richtete.

»Und wo warst du?«, schleuderte sie ihm ins Gesicht, die Schminke verschmiert und das Kleid voller schwarzer Tränenflecken. »Du beschwerst dich über das Ergebnis. Es gefällt dir nicht? Aber was hast du denn getan? *Ich* habe ihnen zu essen gegeben, *ich* habe sie in die Schule gebracht, *ich* habe ihnen das Thermometer in den Hintern gesteckt, *ich* habe mit ihnen samstags und sonntags Karten gespielt. Du hast nur Karriere an der Universität gemacht, du Mistkerl.«

Papa saß starr da, die Serviette in der Hand. Er drückte sie, bis er sie völlig zerknittert hatte. Ich erkannte auf seinem Gesicht ein Gefühl der Schuld, der Ungerechtigkeit und der Ohnmacht. Er wollte den Mund öffnen und sich verteidigen, doch in dem Augenblick kam ein Kellner, um uns verlegen zu fragen: »Alles in Ordnung, Herrschaften?«

Ich sprang auf und warf den Stuhl um. Weinend, in dem Kleid, das mich behinderte und mich stolpern ließ vor den mitleidigen Blicken der Anwesenden – in Wahrheit weiß ich das nicht, denn ich bedeckte vor Scham mein Gesicht mit der Hand –, rannte ich hinaus.

Die Kinder. Ich lief auf gut Glück die Strandpromenade entlang auf der Suche nach einem Versteck. Schuld sind immer die Kinder. Ich wollte in einem Loch versinken und verschwinden. Ich klettere über ein Mäuerchen und landete auf dem Strand, in einem dunklen und menschenleeren Abschnitt, fern der Gitarren, der Feuer und des Glücks der anderen.

Ich setzte mich auf den Sand und umfasste schluchzend meine Knie. Weil die Eltern sich ohne die Kinder vielleicht nicht streiten, sich nicht trennen würden.

Ich wollte sterben. Mit aller Klarsicht und Vernunft. Niemand kann es ohne Familie schaffen, und ich hatte keine und verdiente keine. Ich sah keine Zukunft vor mir, mit Ausnahme des Meeres.

Untertauchen wie Virginia Woolf, das war mein Gedanke. Die Zeit zurückdrehen, nicht laufen, nicht mehr reden, rückwärts, nicht atmen, nicht geboren werden, drinbleiben, gestrandet auf dem Grund des Wassers.

Aber ich spürte eine Hand, die sich auf meine Schulter legte.

*

Sie war es.

Als ich den Kopf hob und sie sah, war ich fassungslos. Ich hätte mit allem gerechnet, einem alten Mann, der keinen Schlaf fand, jemandem, der mir übelwollte, Papa, der mich suchte. Aber nicht mit dem Mädchen von dem Tisch in der Mitte des Restaurants.

»Wein nicht«, sagte sie mit einem sanften, strahlend weißen Lächeln, zwei Grübchen mitten auf der Wange, die man am liebsten mit dem Finger berührt hätte: Sie verschwanden und tauchten wieder auf, sobald sie die Lippen bewegte. Der Mond tauchte sie in silbriges

Licht. Sie hatte sich von ihrem Planeten gelöst, um meinen kennenzulernen.

»Sie werden sich wieder vertragen«, log sie, um mich zu beruhigen. Sie zog sich die Sandalen aus, setzte sich neben mich und schob die nackten Füße, die rot lackierten Zehen in den Sand. Ich fror. Sie bemerkte es und nahm meine Hand in ihre.

Wieso?, fragte ich sie stumm. Du hast deine wunderschöne Familie allein gelassen, um zu mir an diesen dunklen Ort zu kommen? Das ergibt keinen Sinn.

»Ich verstehe dich«, antwortete sie mir. »Meine Familie würde in der Öffentlichkeit keine solche Szene machen, aber zu Hause. Zuerst schließen sie alle Fenster, und du kannst dir nicht vorstellen, was dann folgt.«

»Aber wenn sie nicht vor Publikum streiten«, erwiderte ich, »ist das ja schon mal was.«

»Sind ich und meine Geschwister etwa kein Publikum? Vor uns nennen sie sich Nutte, Hurenbock, sie kratzen sich, und es ist ihnen völlig egal, ob wir ihnen dabei zuschauen. Aber vor anderen, oh, da würden sie lieber sterben.«

Ihr Haar war zu einem Pferdeschwanz gebunden, zwei Smaragde hingen von ihren Ohrläppchen, in der gleichen Farbe wie ihre Augen; in der Dunkelheit sah ich sie funkeln. Ihr Gesichtsausdruck enthielt ein Geheimnis. Einen Augenblick wirkte sie traurig, im nächsten triumphal.

»Du kannst ausgehen, ohne dass alle dich sofort für die Tochter von zwei Verrückten halten«, machte ich mir Luft. »Du musst dich nicht immer schämen: in der Autobahnraststätte, im Restaurant. Du bist frei.«

»Ich tu nur so.«

Das klang richtig für mich: Haltung bewahren, die Stürme verbergen, die in einem toben. Besser erscheinen, und wen interessierte schon die Wahrheit?

»Du weißt nicht, was ich vorhin dafür gegeben hätte, an deinem Platz zu sitzen«, gestand ich ihr. »Mein Leben gegen deins zu tauschen.«

»Tatsächlich? Dann würdest du sie zu spüren kriegen, die Ohrfeigen meiner Mutter.« Sie berührte lachend ihre Wange. »Einmal hatte ich hier einen blauen Fleck von ihr, und danach musste sie mir sowohl Abdeckcreme als auch Grundierung auflegen. Ich war in der vierten Klasse. Die Lehrerin hat gesehen, dass ich geschminkt war, und hat mich angeschrien: ›Glaubst du etwa, es ist Karneval? Wasch dir sofort das Gesicht!‹ Aber hätte ich mich gewaschen, wäre es noch schlimmer gewesen.«

»Und was hast du gemacht?«

»Ich hab versucht wegzulaufen.«

»Aus der Schule?«

»Ja, aber es war unmöglich. Also hab ich meine Mutter vom Telefon der Schulwarte aus angerufen und ihr gesagt, sie solle mich abholen. Sie hat mir eine Barbie gekauft.«

Mich überraschte weniger die Geschichte als der Ton: glasklar, ohne den geringsten Groll.

»Auch meine fällt von einem Extrem ins andere.« Ich drehte mich um, um ihr eine Narbe auf dem Rücken zu zeigen, die ich schon lange hatte.

»Eine schöne Tätowierung«, lautete ihr Kommentar.

Wie wir so miteinander reden konnten, ohne uns zu kennen, weiß ich nicht. Vielleicht passiert das allen Jugendlichen, dass sie die Kleider ablegen, um die Wunden zu vergleichen, die ihre Mütter ihnen zugefügt haben, und damit zu prahlen.

»Sie mag verrückt sein, aber sie ist sympathisch«, sagte sie vergnügt. »Weißt du, was meine Mama zu meinem Papa gesagt hat, als ihr gekommen seid? ›Richi‹«, äffte sie sie nach, »›jetzt kommen die Zigeuner auch schon hierher.‹« Wir brachen in Gelächter aus. »Auch dein Bruder ist drollig. Ich hab euch während des ganzen Abendessens beobachtet. Ich hatte noch nie einen Drogensüchtigen in echt gesehen.«

»Du hast uns beobachtet?«

»Wenn du uns nicht gerade ausspioniert hast, hab ich euch ausspioniert.«

Das Meer vor uns war schwarz und dickflüssig wie Öl. In der Ferne zogen die älteren Jugendlichen sich aus und nahmen Anlauf, um sich hineinzustürzen. Sie küssten sich nackt und mit nassen Haaren im Wasser. Es war August, der Himmel überschwemmte uns beide »mit Sternentränen«.

»Du bist schön«, sagte ich spontan.

»Du auch, aber dein Kleid ist scheußlich.«

Ich brach erneut in Gelächter aus, ich war begeistert.

Ich wollte nicht mehr sterben.

»Umarm mich«, bat ich sie.

Und heute frage ich mich, wie es möglich war, dass ich mich dazu hatte hinreißen lassen. Ich, die nie zugelassen hatte, dass mich jemand berührte, der nicht meine Mutter oder mein Bruder war, zumindest in Biella, und panische Angst vor körperlichem Kontakt hatte. Aber in T wollte ich erwachsen werden.

Tatsache ist, dass Beatrice ein verzaubertes Wesen war, und ich – wie die verwaiste Protagonistin eines Romans – hatte es verstanden. Sie stammte aus einem Märchen und war auf die Erde gekommen, um mich zu retten. Berühr mich, dachte ich, erfüll meine Wünsche. Sie breitete die Arme, die Beine aus, als wollte sie sagen: »Komm her.« Ich kam zu ihr. Verkroch mich in ihr. Sie schloss sich um mich und drückte mich. Sie legte ihr Kinn auf meine Schulter und schlug vor: »Warten wir auf eine Sternschnuppe.«

Zehn Minuten, vielleicht eine Viertelstunde verharrten wir so in stummem Warten. Dann fiel wirklich ein Pünktchen, die Flamme eines Streichholzes im Universum, die innerhalb eines Augenblicks verlosch. Wir zuckten beide zusammen, schlossen die Augen, wünschten uns intensiv etwas, öffneten sie nacheinander wieder und riefen: »Erledigt!« Ich weiß nicht, was sie sich gewünscht hatte, aber meinen Wunsch kann ich, da er sich nicht erfüllt hat, verraten: dass wir ewige Freundinnen würden.

Das war ein kurzer Moment. Wie alle Erscheinungen, unerwarteten Geschenke, Überraschungen dauerte er nur einen Atemzug. Als oben auf der Klippe das Feuerwerk begann, stand sie auf und sagte, sie müsse gehen.

»Wie heißt du?«, fragte ich sie, mehr um sie aufzuhalten, als um es zu wissen.

»Beatrice. Und du?«
»Elisa.«
»Wir sehen uns wieder, Elisa, ich versprech's dir.«
Stattdessen verschwand sie, so wie Lorenzo verschwunden war.
Sie kehrte auf ihren hellen Planeten zurück, ich sah sie nicht wieder.
Bis zum 18. September.

8
Variabler Stern

»Variabel«: veränderlich, wechselhaft, unbeständig.
Der erste Tag in der neuen Schule war schrecklich. Vor lauter Angst hatte ich seit einer Woche nicht geschlafen. Auch wenn Mama und Niccolò immer noch in T wohnten und ich nicht ahnte, dass sie mich einen Monat später verlassen würden, war das Leben zu Hause immer unerträglicher geworden. Mama und Papa stritten sich und Schluss. Nicht mehr in großem Stil mit Szenen und Geschrei, sondern von der Seite, auf Sparflamme: Sticheleien, Seufzer, Giftspritzen. Ich war eifersüchtig. Nicht auf Papa, sondern auf Niccolò, weil er mit ihr auf dem Sofa sitzen durfte, während ich gezwungen war, rauszugehen und mich der bedrohlichen Welt der Jugendlichen von T auszusetzen.

Bangen Herzens kam ich am 18. September auf die Piazza Marina, in dem sicheren Bewusstsein, von Anfang an erkannt und abgestempelt zu werden. Und es war tatsächlich so: Ich überschritt die Schwelle der Pascoli, und sofort krümmte sich ein Zwei-Meter-Kerl mit drei Barthaaren am Kinn vor Lachen: »Seht euch nur ihre Schuhe an!« Und er wies seine Freunde auf meine violetten, vier Nummern zu großen Springerstiefel hin. Auf der Suche nach meinem Klassenzimmer ging ich mit gesenktem Kopf durch die Flure und mied die Blicke der anderen. Als ich es gefunden hatte und meinen Platz einnahm – eine neutrale Bank, weder vorn noch hinten –, setzte sich niemand neben mich.

Meine Klassenkameraden kamen herein, und sie kannten sich schon ewig. Weil sie die Mittelschule, den Tanzkurs, den Schwimmkurs und den Kindergarten gemeinsam besucht hatten. Und ich nichts, ich hatte mein T-Shirt von den Misfits. Sie begrüßten sich, umarmten sich, feixten: »Wer ist die denn?« Ich erinnerte mich: »Perdido en el corazón / De la grande Babylon / Me dicen el clandestino.« Wird noch ein anderer Neuer hereinkommen? Ich betete. Einer, der noch krasser ist, ein noch größerer Loser, über den sie sich statt meiner lustig machen könnten.

Stattdessen sah ich Beatrice hereinkommen.

Beatrice!

Spontan lächelte ich, lief ihr entgegen.

»Ciao«, sagte ich zu ihr und blieb aufgeregt einen Schritt vor ihr stehen.

Und sie tat so, als wäre nichts geschehen.

Sie blickte mich an, als hätte sie mich noch nie gesehen, mir nie von ihrer Mutter und dem blauen Fleck erzählt, mich nie umarmt. Sie ging weiter und drehte mir den Rücken zu. Begrüßte die Klassenkameradinnen, die sie bereits kannte, mit drei Küsschen auf die Wange und setzte sich auf die Bank, die sich meiner gegenüber befand.

»Variabel«: ungewiss, launenhaft, kapriziös. Nein, ein Miststück.

Das war nur der Anfang, die erste von tausend Schikanen, mit denen sie mir zusetzen würde. Der variable Stern ist veränderlich, weil er schwarz ist. Er hat eine opake, erloschene Seite. Er ist bereits tot, steht kurz davor, zu kollabieren. Aber bis dahin leuchtet er und leuchtet. Denn die andere Seite ist so hell, dass sie blendet und einen täuscht. Ich kenne beide Seiten gut.

Zwei Monate später, als sie mir drohte, jenen Brief unter Lorenzos Bank zu verstecken, fühlte ich mich so zutiefst und grundlos verraten, dass ich ernsthaft daran dachte, die Beziehung ganz abzubrechen. Kaum hatte die Glocke um ein Uhr zwanzig geläutet, stand ich abrupt auf, zog mich an, räumte hastig meinen Schulranzen ein und ging hinaus, ohne sie zu grüßen.

Sie kam mir nach. Ging neben mir. Leugnen war ihre Methode. Lächelnd fragte sie mich: »Na, lernen wir heute zusammen bei dir?«

Auslöschen. Über etwas hinweggehen. Sie beging eine Missetat und entfernte sie aus der Geschichte. Es blieb ein Loch zurück, das sie sofort mit einem schönen Vorschlag füllte.

»Ich bin noch nie bei dir gewesen, bereiten wir die Klassenarbeit in Latein vor?«

Die Einsamkeit, die Gespenster, das Taschengeld, das ich in den Tank des Quartz warf, um nirgendshin zu fahren, oder das x-te Wiederlesen von Sereni erschienen mir besser, sicherer. Aber konnte ich einen Rückzieher machen?

Ich war es leid, in den Büchern zu leben.

*

Papa trank den letzten Schluck Kaffee, griff nach der Fernbedienung und unterbrach Britney Spears, die sang: »Oops! ... I Did It Again.« In einen roten Latexanzug gezwängt, die Brust extrem zusammengequetscht, provozierende Lippen: Sie war nur fünf Jahre älter als ich. Und ich tat so, während ich den Joghurt umrührte, als würde ich auf die Punks, die Metalfreaks, die ernsthaften Leute warten, aber in der Zwischenzeit studierte ich das Zwinkern, die Andeutungen und wurde mir bewusst, dass man in einem weiblichen Körper auch so sein konnte. Dann drang Papa in meine Gedanken ein, indem er sagte: »Ich muss auf einen Sprung in die Konditorei.«

Ich sah ihn an, ohne zu verstehen.

»Ich besorg euch Kekse, vielleicht auch etwas Salziges.«

Ich begriff und errötete wie eine Zündschnur. »Das ist kein Kindergeburtstag, Paolo.« Ich nannte ihn »Paolo«. Der Ton triefend von solcher Boshaftigkeit und dem Wunsch, die Begeisterung zu ersticken, zu demütigen, wehzutun, der auch den Rest mitklingen ließ. Du bist nie auf meinen Geburtstagen gewesen, was willst du, es jetzt wiedergutmachen? Ein bisschen spät.

Beherrscht wie immer wandte er ein: »Ihr müsst schließlich was essen. Vom Lernen kriegt man Hunger.«

Er erinnerte mich an die Mutter eines Klassenkameraden aus der Grundschule. Ihr Leben war eine Katastrophe gewesen: Arbeitslos, geschieden, ihr Sohn verprügelte alle, und doch freute sie sich auf jedes Fest, um sich zu beweisen. Sie war überzeugt, dass sie dadurch, dass sie ausgefallene Kuchen fabrizierte, Canapés auf Zahnstocher spießte und Luftballons aufblies, die Abgründe einebnen könnte.

»Warum kehrst du nicht an die Universität zurück?«, fragte ich ihn bissig.

»Ich kehre dorthin zurück, Elisa.« Er legte den Löffel hin. »Ich wollte nur ein paar Minipizzas kaufen, fahr mich nicht so an.«

Mama brachte nie irgendwas, nicht mal Servietten. Sie vergaß das Geld, damit ich an den Ausflügen teilnehmen konnte, die Lehrerinnen gaben es uns. Sie war ehrlich: Sie hatte andere Sorgen. Dagegen scharrte jene Frau immer ungeduldig mit den Hufen, um sich als die beste aller Mütter zu beweisen. Und er war genau wie sie.

»Glaubst du, dass Beatrice deine Minipizzas isst? Sie nimmt überhaupt nichts zu sich, nicht mal einen Apfel.«

»Schon gut, hat sie irgendeine Unverträglichkeit?«

»Sie darf nicht zunehmen«, rief ich und warf den Joghurt um.

Papa hob eine Braue hinter den Brillengläsern, die Grenze war überschritten. Er stand auf, stellte die kleine Tasse in die Spüle und füllte sie bis zum Rand mit Wasser, damit die Zuckerreste sie nicht verkrusteten. Werde wütend, bat ich ihn stumm, lass uns streiten. Stattdessen trocknete er sich die Hände am Geschirrtuch ab. »Ich muss sowieso ein paar Einkäufe machen. Die Küche kannst ausnahmsweise mal du aufräumen.«

Ich hatte nie einen Finger gerührt; in der Wohnung in Biella nicht, weil dort das Chaos herrschte, und nicht in der in T, weil er immer alle Hausarbeiten erledigte. Ich betrachtete den Joghurtklecks auf der Tischdecke, das volle Spülbecken und die Geschirrspülmaschine, ein unbekannter Gegenstand. Gerade heute, dachte ich. Ich schloss die Augen, um den Brand zu bändigen, der in mir schwelte.

Ich hörte, wie er die Wohnung verließ und die Tür heftiger als sonst zuzog. Ich habe dich angefahren, das stimmt, aber weißt du Bescheid?, fragte ich ihn und beobachtete ihn durch die Vorhänge, während er über den Parkplatz ging, mit dem unbeholfenen Gang eines Mannes, der einen Meter neunzig misst und sich nie daran gewöhnt hat; er stieg in den Passat, wobei er den Kopf einziehen musste, um nicht anzustoßen; er war ein normaler, ja sogar treuherziger Mann. Nein, Papa, du weißt nicht Bescheid, dass bei einem Karnevalsfest alle verkleidet waren außer mir und dass De Rossis Mutter mich ansah und mit einer Grimasse falschen Mitgefühls laut sagte: »Manche Frauen sollten keine Kinder kriegen.«

Du warst nicht dabei.

Ich rang mich durch. Ich füllte die Spüle mit Wasser und Spülmittel und überließ die Teller sich selbst. Ich nahm den Besen und fegte die Krümel in den Spalt unter dem Speiseschrank. Die Tischdecke schüttelte ich vom Balkon auf die Motorhaube eines Autos aus und legte sie zusammengeknüllt in eine Ecke. Dann setzte ich mich im Schneidersitz vor der Eingangstür auf den Boden und wartete, dass Beatrice klingeln, hereinkommen und rufen würde: »Oh, was für eine triste Atmosphäre hier drin!«

Ich hörte den Motor ihres SR und dann, wie sie ihn abstellte. Kurz darauf ließ die Sprechanlage mich zusammenzucken. Ich tat so, als wäre ich nicht zu Hause. Aber unten vor dem Haus parkte deutlich sichtbar der Quartz. Bea ließ sich nicht reinlegen, sie ließ nicht locker. Also öffnete ich ihr. Sie erschien auf dem Treppenabsatz in Netzstrümpfen, Minirock und freiem Bauchnabel, und das am 20. November. Sie trampelte mit den Schuhen auf dem Fußabtreter. Verblüfft blickte sie auf die Wände des Flurs: »So viele Bücher!«

Ein Vorzug, den sogar ich nach der langen Fahrt von Biella hierher erkannt hatte. Die Bücherregale waren überall, sogar in der Küche und im Bad, die Bücher berührten die Decke. Beatrice näherte sich neugierig den Regalen. »Bei mir zu Hause haben wir *Den Namen der Rose*, Oriana Fallaci und noch eins, an das ich mich nicht erinnere.« Sie ging ins Wohnzimmer: »Hier ist ja auch alles voll! Wem gehören die?«

»Es sind alles seine.«

Sie warf einen Blick in die Küche: »Ich fass es nicht!« Es schien sie zu amüsieren. »*Seine*, von wem? Von dem Fixer?« Sie steckte den Kopf in mein Zimmer, dann in das, das für etwas mehr als drei Monate das Zimmer von Niccolò gewesen war. Unersättlich: »Und was ist da?«

»Nein, geh da nicht rein, das ist das Arbeitszimmer meines Vaters.«

Beatrice riss sofort die Tür auf und machte das Licht an.

»Wow.« Sie war fassungslos.

Die erste Begegnung zwischen ihr und dem PC war, im Nachhinein absehbar, wie ein Stromschlag. Die Bücher brachten sie zum Lachen, der Computer mit dem Pentium-III-Prozessor nötigte ihr sofort Bewunderung und Respekt ab.

»*Das* ist ein Computer! Nicht der meines Vaters.«

»Na ja, meiner arbeitet damit.«

»Ja, meiner auch.«

»Nein«, korrigierte ich mich, und unkontrollierter Stolz schwang in meiner Stimme mit, »ich wollte sagen, dass er in der Informatik arbeitet. Er ist Softwareentwickler, er unterrichtet an der Universität.«

»Wirklich?« Beatrice drehte sich um und sah mich interessiert an.

Es war das erste Mal, dass ich Stolz statt Scham für ein Mitglied meiner Familie empfand. Schade, dass es sich um die Person handelte, der ich für alles die Schuld gab.

»Ich würde mir gern einen schenken lassen, ich hätte wahnsinnig gern einen.«

»Und was würdest du mit ihm machen?«, fragte ich skeptisch.

Bea schwieg; sie wusste es nicht.

»Schalten wir ihn ein«, forderte sie mich aufgeregt auf.

»Nein, nein.« Ich versuchte mich zwischen sie und den PC zu stellen.

Bea schob mich beiseite und setzte sich an den Schreibtisch meines Vaters. Sie betrachtete die Tastatur und streichelte die Tasten. Als würde sie mir eine Reise in die Karibik oder auf den Mond vorschlagen, drängte sie: »Komm, gehen wir ins Internet!«

»Hör auf«, erwiderte ich gereizt. Ich hatte eine richtige Aversion gegen den grauen Kasten, und es machte mich nervös, dass sie so fasziniert davon war.

Beatrice drückte mit dem Zeigefinger auf die Einschalttaste. Mit enervierender Langsamkeit startete der PC. Der schwarze Bildschirm wurde hell, und die Pixel setzten sich zu meiner Verblüffung zu einer Nahaufnahme meiner Mutter zusammen: unscharf, am Meer, die Haare vom Wind auf ihre nackten Schultern verteilt. War sie oben ohne? »Schalt ihn aus!«

Beo deutete auf die Sommersprossen auf Mamas Gesicht. »Das ist etwas, das ich damit machen kann, die Fotos hineintun. Im Computer verblassen sie nicht.«

Sie bewegte auf gut Glück den Cursor. Ihr Instinkt oder die Vorher-

bestimmung führten sie sofort auf das E von »Explorer«. Man hatte uns in der Schule erklärt, wozu das Internet diente: ein Chemielehrer, der noch weniger wusste als ich, und niemand hatte etwas verstanden.
Beatrice klickte zweimal. Es erschien eine Maske, in die man den Benutzernamen und das Passwort eingeben sollte. »Sag mir, dass du es hast, Eli, bitte!«
»Oh, der Zettel, keine Ahnung, wo der gelandet ist ...«
»Such ihn, such ihn!«
Sie bat mich. Ungeduldig, als ginge es um ihr Leben. Und auch wenn keine von uns beiden es wusste, es war tatsächlich so.

Genervt stand ich auf, um die Anweisungen zu suchen, die Papa vor Monaten für Niccolò und mich auf ein Post-it geschrieben hatte, ohne große Überzeugung, ihn zu finden, zumindest hoffte ich das. Aber da war er, direkt vor meiner Nase auf ein Wandbrett geklebt.

Ich las: »›Ghiandaia‹, das ist der Benutzername. ›Marina‹ das Passwort. Die Nummer 056 ...«

Bea schrieb, bestätigte die Eingabe, und schlagartig erwachte das Modem zum Leben, alle Kontrollleuchten leuchteten auf in Rot, in Grün, ein Durcheinander schrecklicher Geräusche ertönte, wie eine Rohrleitung, die gereinigt wird, wie das schlecht funktionierende Faxgerät im Tabakladen hinter der Schule, wie der Start einer Rakete, und ein *Bie bie biep*, das uns zusammenfahren ließ.

Das Ganze dauerte dreißig Sekunden, dann trat Stille ein. »Du bist verbunden« erschien auf dem Bildschirm. Ein Lächeln trat auf Beatrices Gesicht, das wie ein Schimmer war, der tief aus ihrem Innern kam, ein geheimes Wissen. Ich wiederhole: Wir schrieben das Jahr 2000, wie wohnten in T, mein Vater gehörte zu den wenigen, die ein 56k-Modem hatten. Er und eine andere Handvoll Leute von der Universität entwickelten Webseiten, die nur sie besuchten. Seitdem sind neunzehn Jahre vergangen, vorgestern, und doch als würde man von etruskischen Gräbern sprechen. Ich erinnere mich, dass ich die Virgilio-Homepage betrachtete, wie man den Manga-Comic eines ausgegrenzten Klassenkameraden betrachtet, mit einem Gefühl unendlicher Überlegenheit und der Aufgeblasenheit derjenigen, die mit vierzehn Sandro Penna liest. Ich ahnte nicht im Mindesten, dass das eine Revolution war, der Beginn einer neuen Epoche, das unwiederbringliche Ende einer Welt.

Bea dagegen flirtete an jenem Nachmittag bei mir zu Hause sofort mit der Geschichte. Sie erkannte sie intuitiv und nahm sie sich.

*

»Gut, gehen wir lernen.« Ich riss ihr die Maus aus der Hand und presste den Zeigefinger auf die Ausschalttaste, als wollte ich sie tief in die Erde rammen. Warum, fragte ich mich, wollte Papa, wo sie sich doch im Bösen getrennt hatten, immer noch jeden Tag Mamas Foto vor Augen haben? Ich verrückte den Stuhl und zwang Beatrice gewaltsam, aufzustehen.

»He, ich hab schon kapiert.« Sie hob die Hände als Zeichen der Kapitulation. »Aber ich muss deinen Vater bitten, mir das beizubringen. Meinen Vater kannst du vergessen – wenn der abends mal um zehn Uhr nach Hause kommt, dann ist das früh für ihn.«

»Tu das, er wird sich freuen. Ich und mein Bruder sind jedes Mal geflüchtet, wenn er es versucht hat.«

»Dein Bruder.« Bea lächelte. »Wo ist er?« Sie drehte sich in alle Richtungen, und endlich wurde es ihr bewusst. »Wo sind alle?«

Die Abwesenheit dröhnte wie ein herbeigerufener Dämon aus der Tiefe eines jeden Zimmers. »Sie sind fort«, erwiderte ich. Ich löschte das Licht in Papas Arbeitszimmer und wartete, bis sie hinausgegangen war, um die Tür zu schließen.

»Wie meinst du das?«

»Mein Vater kauft uns was zum Essen. Meine Mutter und Niccolò sind wieder nach Biella gezogen.«

Beatrice sah mich an, sagte aber nichts. Ich war ihr dankbar dafür. Sie nahm den Schulranzen, den sie im Flur gelassen hatte, und folgte mir in mein Zimmer, und ich drehte abwesend den Schlüssel um, vielleicht bildete ich mir aber auch nur ein, abgeschlossen zu haben. Ich hatte unserem Nachmittag gerade einen Dämpfer verpasst, der zwei Jugendliche wie uns überforderte. Verlegen zogen wir unsere Schuhe aus und setzten uns im Schneidersitz aufs Bett, einander gegenüber, die Lateingrammatiken auf den Knien.

Bea nahm die Situation in die Hand: »Fängst du an, oder soll ich anfangen?«

»Fang du an«, sagte ich, »mit den maskulinen Nomen auf – *us*.«

»*Lupus, lupi, lupo*«, leierte sie, »*lupum, lupe, lupo.*«

Niemand weiß das, aber Beatrice ging beim Lernen sehr methodisch vor. Mathematik, Griechisch, Geographie, für sie machte das keinen Unterschied. Wenn sie ein »Sehr gut« benötigte, bekam sie es. Sie trödelte nicht, sie verlor keine Zeit wie ich, die einen Baum betrachtete und nach Worten suchte. Sie führte kein Tagebuch, wohl aber einen Terminkalender: Fitnessstudio, Kosmetikerin, Fotoshooting, Modenschau, sie schlief sechs Stunden, wenn alles gut ging, und ihr Notendurchschnitt war wie meiner immer der höchste der Klasse. Aber das hat sie nie erwähnt, dass sie wunderschön und eine Streberin war. Denn die Leute mögen keine Widersprüche. Darin war sie wie ich, die ich Marilyn Manson hörte und Sereni las. In Wahrheit waren wir beide nicht geschaffen zu gefallen.

»*Lupi, luporum, lupis* ...«

»Wie ist diese Platane?«, unterbrach ich sie.

»Welche?« Sie sah mich verwirrt an.

»Die da vor dem Fenster. Gib mir ein Adjektiv, nur eins.«

Bea verzog das Gesicht, dann nahm sie mich ernst. »Traurig«, verkündete sie.

Ich musste lächeln. Wir hatten den gleichen Blick auf die Welt.

»Aber hast du es wirklich getan?«, holte sie mich gleich darauf in die Realität zurück.

»Was?«

»Sex.«

Mein Lächeln verschwand. Dieses Wort hatte ich nur ein einziges Mal benutzt, in dem Brief. Aber es war eine Sache, es zu schreiben, ohne zu wissen, was es bedeutet, und eine andere, es zu sagen, es zu hören, als wäre es real.

»Zeig mir, wie du aussiehst«, bat Beatrice mich. »Zieh deine Unterhose aus, ich muss wissen, ob du genauso bist wie ich.«

»Du bist verrückt«, erwiderte ich geschockt.

»Bitte. Wie soll ich wissen, ob bei mir alles richtig ist oder nicht?

Hilf mir. Du weißt es, du hast es geschrieben.« Es war ihr ernst. »Ich habe Hunderte Fotos im Badeanzug gemacht, ich weiß, wie ich wirke. Aber nackt? Erkennt man, dass ich Jungfrau bin?«

»Ich kann nicht.«

»Warum nicht? Wir sind Freundinnen. Wenn wir das machen, werden wir beste Freundinnen. Beste«, wiederholte sie. »Ich meine, *danach* sind wir unzertrennlich, wir können uns alles sagen, es ist wie ein Blutspakt, den man nie mehr auflösen kann. *Danach*.«

Ich erstarrte. Bea war immer schon äußerst geschickt darin gewesen, die richtigen Saiten zu berühren, um dir etwas zu verkaufen. Der Vorschlag verlockte mich, aber dieses *danach* enthielt einen zu hohen Preis. »Wie soll ich dir trauen?« Ich fand meinen Mut wieder. »Heute Morgen hast du mich bedroht.«

»Lorenzo wird sich in dich verlieben, wenn er das liest, ich schwör's dir.«

Ich bezweifelte das.

»Hör zu. Wir müssen ja nichts machen, nur schauen.«

Ich erhob mich. Stand da und registrierte die Ausmaße meines Körpers, seine Präsenz: geheimnisvoll, gefährlich. Ich begann meine Jeans zu öffnen, langsam, widerwillig. Zuerst den Knopf, dann den Reißverschluss. Zum x-ten Mal gab ich mich geschlagen. Aber vielleicht wollte ich das hier doch auch selbst.

Beatrice stand auf, schob den Minirock hinunter und zog ihn aus. Während wir darauf achteten, uns nicht anzublicken, führten wir die gleichen Handlungen aus. Sie zog die Strümpfe aus, ich die Socken. Sie den Tanga, ich den Slip. Dann nahm sie mich an der Hand, als müssten wir von einem sehr hohen Trampolin springen. Sie führte mich zu dem viereckigen Spiegel, den ich nie aufgehängt, sondern nur an die Wand gelehnt hatte. Wir hielten den Atem an und betrachteten unser Spiegelbild.

Zwei Schimären. Zur Hälfte bekleidet, wohlerzogen, anständig. Zwei Mädchen. Und die andere? Wie präsentierte sich die andere Hälfte?

»Wir sind beinahe gleich«, schloss Beatrice und drückte meine Hand fester. Sie wandte sich zu mir. »Hast du das Jungfernhäutchen zerrissen? Ich habe es allein versucht, aber ich habe es nicht geschafft.«

»Wie hast du es versucht?«

»Mit einem Tampon meiner Schwester.«

Dass wir beide diesen unbekannten und versperrten Ort dort drinnen hatten, dieses Problem, das gelöst werden musste, ohne dass wir verstanden, warum, führte dazu, dass ich mich ihr plötzlich nahe fühlte, ganz nah.

Ich wollte ihr sagen, dass es möglich sei. Dass ich in dem Brief gelogen und alles noch zu lernen hatte. Dass wir uns verbünden und die Scham ablegen müssten. Uns hinlegen, die richtige Position finden und verstehen müssten, wie wir funktionierten. Ich war kurz davor, es ihr vorzuschlagen, als wir ein Klopfen hörten und der Türgriff ruckartig niedergedrückt wurde. »Darf ich?«

Wir fuhren zusammen. In panischer Angst starrte ich auf den Schlüssel. Er vibrierte, hielt aber stand und rettete uns. Wir stürzten auf unsere Kleider, griffen nach den Höschen und zogen sie verkehrt herum an. »Einen Moment, einen Moment!«, rief ich meinem Vater zu. Die Strümpfe, die Jeans, in aller Eile übergestreift, mit dem gleichen Adrenalinschub wie damals, als wir mit der Vierhundertzweiunddreißigtausend-Lire-Beute aus dem Scarlet Rose geflohen waren. Genauso fühlte ich mich mit Beatrice. Als Tochter von niemandem. Und daher frei. Ich.

*

Es ist unglaublich, wenn ich daran zurückdenke, wie diese beiden sich sofort fanden.

Noch heute wird mein Vater nicht müde, sich mit dem Internet zu verbinden, um Beatrices Erfolge zu verfolgen. Und ich verstehe ihn: Er war ihr Komplize. Aber jedes Mal, wenn ich ihn anrufe, beharrt er auch darauf, mir von ihr zu erzählen, was mich nervt. Wir leben weit weg voneinander, wir haben etliche wichtige Dinge am Telefon zu besprechen – seine Gesundheit zum Beispiel –, aber er landet immer wieder bei Beatrice. Die gestern in Tokio war, heute in London. Dann verliere ich die Geduld, wir streiten, und ich muss ihn daran erinnern, dass ihre verdammten Reisen mich einen Dreck interessieren, dass wir keine Freundinnen mehr sind, ihm unter die Nase reiben, dass er früher ganz in Lektüre, Kritik und vertiefender Forschung aufgegangen sei, während er sich jetzt vom Glamour blenden lasse. Aber es ist besser, dass ich mich beruhige und mich wieder auf diesen einen Tag konzentriere.

Als ich ihm öffnete und Papa mit seinen Einkaufstüten hereinkommen konnte, sah er die zerzauste Bea, den Rock verkehrt herum angezogen und zwei Meter Beine in dünnen Netzstrümpfen, und vielleicht war er beunruhigt, vielleicht überrascht. Voller Herzlichkeit log er sie an:»Elisa hat mir so viel von dir erzählt, willkommen.«

»Hallo«, erwiderte sie kokett,»wissen Sie, dass ich mich sehr für Computer interessiere? Würden Sie mir einen Kurs geben?«

»Wann immer du willst!« Papa hob triumphierend die Tüten.»Hier sind erst mal die Lebensmittel, Mädchen!«

Ich glaube, es war eine Frage des Instinkts; Bea hat immer große Mengen davon gehabt und mein Vater ebenfalls. Sie lebten in der Zukunft und hatten keine Angst vor Veränderungen. Während ich mich, mit meinen Gedichtbänden und dem Tagebuch mit Vorhängeschloss, mit vierzehn bereits versteckt hatte. Hinter den Worten, im Papier. Ich blieb zurück, furchtsam und misstrauisch, und beobachtete sie durch einen Spalt. Das war mein Schicksal.

»Gebt mir eine Minute und kommt dann in die Küche.«

Papa schloss die Tür, und Bea kommentierte:»Ein cooler Typ.«

Hör endlich auf mit deiner Koketterie!, hätte ich sie am liebsten angeschrien, aber ich hielt mich zurück. Wir gingen in die Küche. Er saß auf der Herdplatte, in seinen Bart lächelnd, vor ihm der Tisch, der festlich geschmückt war für den Geburtstag, den wir nie gefeiert hatten.

Beatrice unterdrückte einen kindlichen Freudenschrei. Die Szene, die folgte, sollte sich nicht wiederholen: Sie nahm einen Keks und steckte ihn sich ganz in den Mund. Sie griff nach einer Scheibe Plumcake und verschlang sie mit zwei Bissen. Dann ging sie über zum Salzigen: zwei Minipizzas. Eine Handvoll Chips. Ich sah die geschwollenen Backen, die vor Vergnügen glänzenden Augen.»Sagt es niemandem«, nuschelte sie kauend. Dann hörte sie auf, als wäre sie zur Vernunft gekommen. Verlegen wischte sie sich die Lippen und das Kinn mit der

Serviette ab. Sie sagte, sie müsse auf die Toilette, und lief hinaus. Ich glaube, dass sie alles erbrach.

Ich blieb allein mit Papa. Ich betrachtete auf der Torte die flackernde Flamme einer imaginären Geburtstagskerze. Mama, dachte ich, hat mich seit einer Woche nicht angerufen. Papa näherte sich, ich begriff, dass er mich umarmen wollte. Ich stibitzte zwei Chips und ging in mein Zimmer.

Als Beatrice wieder auftauchte, hatte sie Schminke, Kleidung und Haare bis auf den Millimeter genau in Ordnung gebracht. Wir wandten uns wieder dem Lernen zu, diesmal ernsthaft. Wie fast jeden Tag nach der Schule in den folgenden fünf Jahren: die Haare mit Haarnadeln hochgesteckt, die Wörterbücher auf dem Bett verstreut, die Fingerkuppen vom Kugelschreiber verschmiert. Wir verbrachten zwei öde Stunden über *lupus*, *lupi* und über den maskulinen Nomen auf *-er*, den maskulinen Nomen auf *-ir* und den neutralen Nomen auf *-um*. Dann, bevor sie ging, fragte ich sie unvermittelt: »Wie heißt er?«

»Wer?«

»Der, mit dem du es machen willst.«

Bea hatte gerade die Lateingrammatik in den Schulranzen gepackt. Sie verbarg ihre Überraschung. »Es gibt keinen.«

»Das glaube ich dir nicht.«

»Ich kann keinen Freund haben, meine Mutter erlaubt es nicht. Zuerst die Mode und die Schule. Sie hat ja recht, andernfalls würde ich wie sie enden: als provinzielle Ehefrau.«

»Aber du willst doch die Jungfräulichkeit verlieren.«

»Es ist doch was für Loser, mit vierzehn noch Jungfrau zu sein.«

Ich hatte es nicht eilig und ließ sie zappeln, während sie sich fertig machte, zögerte und es nicht schaffte, den Reißverschluss der Innentasche ihres Schulranzens zu schließen.

Was ist die erste Regel, um Schriftstellerin zu werden? Lesen. Die zweite? Beobachten. Sorgfältig, akribisch, die Schnurrhaare bis aufs Äußerste gespannt, wie ein Radar nach hinten, nach innen, auf jedes Detail gerichtet.

»Wer hat deinen Motorroller getunt?«

Ich sah, wie sie blass wurde.

»Du bist eine Teufelin«, schimpfte sie.

Und das war die Regel Nummer drei.

Ihre Leute waren keine Typen, die auf Schrottplätzen arbeiteten. Freunde hatte sie nicht, die wenigen falschen Bekannten, die bei ihr zu Hause verkehrten, tauschten Lidschatten mit ihr, keine Auspufftöpfe. Bea, dachte ich, mit Genugtuung lächelnd, du verrätst mir eine Menge Dinge.

»Wir haben unsere Höschen ausgezogen«, erinnerte ich sie, »das ist Teil des Blutspakts.«

Du musst es mir sagen: das, was die anderen niemals erfahren dürfen, wofür wir uns schämen und was uns so gefällt. Die Wahrheit, die Missetat, verschlossen im Tagebuch. Das schreckliche Leben hinter den guten Manieren. Dort, an genau diesem Punkt, sollten Beatrices Schicksal und meines sich immer unterscheiden. Aber in jenem Winter, dem der 9. Klasse, waren wir beide in die gleichen Geheimnisse verwickelt.

»Wenn meine Eltern draufkommen, bringen sie mich um.«

»Der Name.«

»Meine Mutter sperrt mich eine ganze Nacht im Keller ein, sie ist dazu imstande.«

»Der Name.«

Sie kaute ihre Nägel, die Häutchen. Sie wollte es mir nicht sagen.

»Hat er deinen Motorroller getunt?«

Sie nickte.

»Geht er aufs Gymnasium?«

»Nein, er macht Motocross.«

»Und die Schule?«

»Er geht nicht hin.«

»Wie alt ist er?«

»Einundzwanzig.«

»Oh, là, là!« Ich amüsierte mich.

»Nein, du hast nicht kapiert, wie gefährlich es ist. Niemand darf es wissen, ich darf nicht mehr aus dem Haus, mein Vater macht mir die Hölle heiß.«

Sie hatte panische Angst. Sie war schwach und hilflos. Sie rührte mich. Ich fühlte mich mächtig. Ich konnte sie beherrschen. Ich war ebenfalls ein Miststück, wenn ich wollte. Wir konnten nett zueinander sein oder uns wehtun, wir besaßen die Schlüssel, um in der Verletzlichkeit der jeweils anderen zu versinken. Und die Schlüssel waren die Jungs.

»Wie heißt er?« Ich wollte es wissen.

Beatrice biss sich mit den Schneidezähnen den Nagellack vom Zeigefinger, ein Stückchen roter Lack fiel auf eine weiße Fliese. Sie ergab sich.

»Gabriele.«

9

Der abwesende Adressat

Die Tage vergingen. Jeden Morgen fuhr ich auf den Schülerparkplatz und drehte endlose Runden; ich zögerte anzuhalten. Eine Leere im Magen, ein unbekanntes Kribbeln, das mich von den Schläfen bis zu den Leisten überfiel. Aus den Augenwinkeln spähte ich nach den Motorrollern der anderen, war seiner darunter? Es waren klare Tage, wie sie im Winter in den Orten am Meer häufig sind. Die Küstenregion außerhalb der Saison, das kalte, helle Licht, das anmutig auf dem Vorgebirge lag. Die Oberfläche meines Lebens hatte nicht den kleinsten Riss bekommen. Die Zeiten, die Fahrten, nichts hatte sich verändert. Die Bänke und Klassenzimmer befanden sich nach wie vor an ihrem Platz.

Immer wenn ich die Schule betrat oder verließ, raste mein Herz. Die Angst quälte mich sogar, wenn ich auf die Toilette ging, obwohl ich wusste, dass ich ihm nicht begegnen würde. Ich hielt mich vom zweiten Stock und vom Raucherhof fern und hatte dennoch nur einen Wunsch: ihn zu sehen. Das war zur fixen Idee geworden. Die Sinne in Alarmbereitschaft bis zur Erschöpfung. Beatrice versetzte mir während des Unterrichts Stöße mit dem Ellbogen, neckte mich mit Fragezeichen im Heft: »Und?«

Und nichts. Hatte ich ernsthaft geglaubt, der Brief könnte irgendetwas bewirken? Lorenzo hatte ihn vielleicht nicht einmal bemerkt. Die Putzfrauen hatten ihn vor ihm gefunden und verschwinden lassen. Oder er hatte den Umschlag geöffnet, das Blatt auseinandergefaltet und war bei der ersten Zeile in Gelächter ausgebrochen. Hatte ihn in den Papierkorb geworfen. Schlimmer: hatte ihn der ganzen Klasse vorgelesen. Jeden Augenblick würden seine Freunde auf der Schwelle der IV B auftauchen und »Flittchen, Flittchen!« singen. Mich entlarven.

Mein Gott, was für ein Risiko war ich eingegangen.

Aber es geschah nichts. Lorenzo verbrachte eine Menge seiner Zeit nicht im Klassenzimmer, sondern damit, im Lehrerzimmer über Politik zu diskutieren, und die Pausen damit, mit der üblichen Clique auf der Feuerleiter zu rauchen. Informationen, die ich heimlich von Beatrice erhielt, die gegen meinen Willen einfach nicht aufhörte, ihn zu beschatten, zu belauschen und herumzufragen. Um ein Uhr zwanzig verließ er die Schule und flog unbekümmert auf seinem schwarzen Phantom davon. Dienstags, mittwochs, donnerstags, freitags und samstags.

Den Sonntag verbrachte ich im Bett und nannte mich eine Idiotin. Fragte mich, wo er war, was er tat und mit wem. Während mein Vater sorgfältig sein Fernglas für die Rückkehr der Blauracken polierte und damit drei Monate zu früh dran war, hatte ich mich in meinem Zimmer vergraben, hörte »Adam's Song« und starrte an die Decke, und mein Körper stand in Flammen.

Lorenzo war keine Gestalt aus einem Buch, kein imaginärer Freund. Er war real, er hatte eine Freundin. In diesem Augenblick gingen sie vielleicht auf der Hauptstraße spazieren, verliebt, offiziell zusammen. Oder sie hatten sich hinter einem Felsen versteckt, unter einem Laken, in einem Zimmer. Was stellten sie an? Zogen sie sich aus? Dieser Gedanke machte mich verrückt. Nicht ich, sondern mein Herz, mein Bauch, meine Beine wurden von Ungeduld gequält, von einer absoluten Notwendigkeit, ihn zu sehen.

Ich stand auf und erzählte meinem Vater was von einer imaginären Verabredung mit Beatrice. Ich setzte mich auf den Quartz und machte mich auf die Suche nach ihm.

Auf der Strandpromenade. An den algenbedeckten Stränden. Am Eisenstrand. Am Hafen. Ich hielt an den Ecken der Nebenstraßen, die zur Hauptstraße führten, wo meine Altersgenossen sich drängten. Ich beobachtete sie, wie sie spazieren gingen oder unbeholfene Annäherungsversuche unternahmen; gedankenverloren, die fettigen Tüten der Pommesbude in der Hand und die ersten, ungeschickt gehaltenen

Zigaretten. Ich stand hinter einer Mauer, ausgeschlossen. Ich gehörte zu niemandem. Ich betete, dass ich ihn finden möge. Allein, auf einer Bank. Wenn das geschähe, schwor ich, all meinen Mut zusammenzunehmen, mich neben ihn zu setzen, ihn zu küssen, was auch immer, nur damit er nicht zu dieser Valeria zurückkehrte. Was machte sie mit ihm? Wozu war sie fähig? Was für Dummheiten gingen mir durch den Kopf. Ich fuhr, und die eisige Luft drang in das Visier und ließ meine Augen tränen. Bei jedem schwarzen Phantom, dem ich begegnete, fühlte ich mich lebendig, zu sehr. Ein Halt an der Esso-Tankstelle, ein paar Liter bleifreies Super, und weiter, immer einer Person nachweinend, von der ich nicht wusste, wer sie war, abgesehen von Sereni.

Ich kam an jenem Abend mit einer solchen Anspannung nach Hause, dass ich zu früh meine Tage bekam. Ich lief in mein Zimmer, um die Binden zu holen; ich hatte sie in der Wäscheschublade versteckt. Es waren keine mehr da, ich hatte sie aufgebraucht. Ich ging zurück in den Flur, wo ich meine Tasche gelassen hatte, und öffnete das Portemonnaie: Es war leer. Ich hatte alles fürs Benzin ausgegeben. Wie viele Stunden war ich unterwegs gewesen?

Papa kam aus seinem Arbeitszimmer. Er bemerkte meine Verstörtheit. »Ist was passiert?« Ich hätte ihn ganz einfach fragen können: »Könntest du mir etwas Geld geben?« »Wozu brauchst du es?«, hätte er sich erkundigt. Ich hätte ihm die Wahrheit sagen können: »Ich muss in die Apotheke, um Binden zu kaufen. Ich bin vierzehn, ich habe meine Regel, ist doch ganz natürlich, ich bin nicht mehr das kleine Mädchen, das du nicht gekannt hast.«

»Nichts«, erwiderte ich, ohne ihn anzusehen. Ich ging ins Bad und schloss mich ein, füllte ein Papiertaschentuch mit Watte und bugsierte es, so gut es ging, in die Unterhose.

Mama. Ich wandte mich auf der Kloschüssel sitzend an sie. Hier geht es drunter und drüber. Ich kann nicht mehr.

Als ich auf den Flur hinausging, betrachtete ich das Telefon, den Hörer. Ich nahm ihn nicht ab. Wenn sie mir nicht antworten würde, würde ich die Nacht nicht überstehen.

Ich überstand sie. Am Montag war ich sicher, dass die Schulwarte den Brief gefunden hätten. Besser so: Es gibt nichts Armseligeres als ein unter einer Bank verstecktes Blatt Papier. Das war die Art von Blödsinn, den jemand macht, der keine Mutter mehr hat, aber eine böse Freundin wie Beatrice. Das Papier war ein zerbrechliches Vehikel, die Worte ein unzuverlässiges Mittel. Was für einen Grund hätte ein Junge wie er, Schulsprecher, Sohn einer angesehenen Familie, einer wie mir Gehör zu schenken? Britney Spears fiel mir wieder ein, die sich in den Hüften wiegte und mit dem Hintern wackelte. Ich hatte eine selbstgebastelte Binde zwischen den Beinen.

Eine weitere Woche verging. Bea hörte auf, mich zu befragen und Lorenzo während der Pause zu verfolgen. Der Sturm war vorüber: ein verheerendes meteorologisches Ereignis, aber ganz und gar innerlich, wenig mehr als eine Phantasterei.

Am ersten Dezember ließ ich mir Zeit bis halb zwei, um einen Aufsatz zu beenden. Gewissenhaft, wie ich war, wollte ich ihn zweimal lesen. Ich gab ihn der Marchi, die mir den Gefallen getan hatte zu warten. »Was schreibst du so viel, Cerruti? Ich habe verstanden, was du machen willst, wenn du groß bist.« Sie wusste es, ich nicht. Ich ging als Letzte hinaus. Auf dem Parkplatz stand nur der Quartz. Ich holte den Schlüssel aus der Tasche und sah von weitem etwas Weißes auf dem Sattel.

Ich ging langsamer. Meine Füße waren zwei Sandsäcke. Mein Herz begann, ohne dass ich etwas tun konnte, zu dröhnen wie in einem leeren Brustkasten.

Ich hoffte es. Ich wagte nicht zu hoffen.

Ich wollte es mit jeder Faser meines Körpers. Ich hatte Angst davor.

Es war ein Umschlag. Geschlossen.

Mit vom Adrenalin benebeltem Blick, kaum atmend, mit zitternden Händen, öffnete ich ihn. Es war ein Zettel.

Mit Bleistift in kursiver Schrift geschrieben, stand da:

Morgen um 15 Uhr.
Am Ende der Via Ripamonti beginnt ein unbefestigter Weg. Lass den
Motorroller stehen und geh zu Fuß weiter. Nach einer Weile wirst du auf

eine Lichtung kommen mit einer großen Eiche in der Mitte. Ich werde dort auf dich warten.
Lorenzo

Ich schloss den Umschlag wieder und steckte ihn in den Schulranzen. Ich stieg auf den Quartz, startete ihn und beschleunigte. Ich fühlte nichts, ich grinste nur. Die Hügel und das Meer glitten an mir vorbei, als existierten sie nicht. Ich schwebte auf den Straßen von T auf dem Weg nach Hause, als würde ich das Paradies durchqueren.

*

»Er hat mir geantwortet.«
Beatrice jubelte auf der anderen Seite der Leitung: »Ich wusste es. Was schreibt er?«
Auf dem Boden kauernd, eingeigelt über dem Hörer, damit auch nicht ein Laut ins Wohnzimmer drang, in dem mein Vater las, flüsterte ich: »Er will, dass wir uns sehen, morgen.«
Wo, sagte ich nicht.
»Was willst du anziehen?«
Der Gedanke war mir gar nicht gekommen.
»Eli, es ist *von entscheidender Bedeutung*, was du tragen wirst.«
»Aber ich hab nichts.«
»Du kannst nicht hingehen, als kämst du direkt aus dem Waisenhaus, wie sonst immer. Das ist eine Sprache, du teilst etwas mit durch die Kleidung, die du wählst.«
Ich teilte mich mühsam genug mit der Stimme mit.
»Was soll ich tun?«
Ich hatte keinen Lippenstift, keinen Tanga, keine Stöckelschuhe. Die Verabredung kam mir plötzlich undenkbar vor. Ich und die Wirklichkeit waren zwei allzu unvereinbare Kategorien. Mir wurde bewusst, dass der einzige Grund, warum Lorenzo mich sehen wollte, die Lügen des Briefs waren; er hatte angebissen, er war überzeugt, dass ich erfahren, vorurteilslos, bereit war. Was für eine Katastrophe.
»Du musst zuerst zu mir kommen, bevor du zu ihm gehst. Ich werde ein Wunder vollbringen.«

»Ich werde gar nicht gehen.« Die Verzweiflung verlieh mir Mut. »Ich bin Jungfrau, nichts von dem, was ich geschrieben habe, ist wahr.«

Ich hörte sie seufzen und schweigen. Ich stellte mir vor, wie enttäuscht er sein würde, wenn er entdecken würde, dass alles nur ein Bluff war. Er würde gehen und nie mehr etwas von mir wissen wollen. Ich würde nie mehr aus dem Haus gehen.

»Du gehst doch, Lügnerin«, erklärte sie. »Du bist weniger dumm, als du glauben lassen willst. Du wirst es schaffen. Und du hast keine Ahnung, wozu ich fähig bin. Er wird sprachlos sein. Valeria wird platzen vor Wut.«

So war sie, sie musste immer alles in einen Wettstreit verwandeln, einen Gegner finden, den sie demütigen und vernichten konnte. Kein Wunder, dass sie niemandem sympathisch war. Ich war nicht maßgebend, da ich keine Konkurrenz war. Und doch überzeugte sie mich an jenem Nachmittag am Telefon, indem sie Valeria ins Spiel brachte. Dass auch ich gewinnen konnte, wie sie, wie alle. Es versuchen konnte.

Ich verabredete mich mit ihr für den nächsten Tag um 14 Uhr 10. »Eine halbe Stunde: Du kommst als Loserin, du gehst als Diva.« Sie garantierte es mir.

Aber ich wollte meine Mutter. Ich hatte am Tag zuvor zehn Minuten mit ihr telefoniert und gespürt, dass irgendetwas nicht in Ordnung war. Sie hatte zerstreut gewirkt, die Sätze waren manchmal zusammenhanglos gewesen, als hätte sie getrunken. Auch Papa war nach dem Gespräch fix und fertig gewesen und hatte sich Sorgen gemacht. Er hatte ihr eine Möglichkeit abgerungen: »Weihnachten. Werdet ihr kommen? Für Elisa wäre es sehr wichtig, dass wir es zusammen verbringen. Ihr könnt bis Neujahr, bis Dreikönig bleiben, solange ihr wollt. Bitte.«

»Was hat sie gesagt?«, hatte ich ihn gleich danach gefragt.

»Vielleicht ja«, hatte er geantwortet und versucht, mich zu beruhigen, indem er sich zu einem gequälten Lächeln gezwungen hatte.

Ich klammerte mich an das Ja und verdrängte das Vielleicht. Es war hart, ich brauchte sie. Wie sehr sie mir fehlte, spürte ich in den Rippen, in den Hüften, am Boden; ich spürte, dass ich stürzte. Würde ich ins Wohnzimmer kommen und sie dort auf dem Sofa liegen und zappen sehen können, würde ich ihr von Lorenzo erzählen? Würde ich sie um Rat fragen? Mir würde es reichen, mich auf ihren Schoß zu setzen und die Hände hinter ihrem Hals zu verschränken. »Liebst du mich?« Ihre Stimme ein entschiedenes, unmissverständliches Ja aussprechen zu hören.

Aber sie war nicht da. Beatrice war da.

Am 2. Dezember kauerte ich mich hinter den Eimer des Bruchholzes an der Ecke der Garage und wartete gemäß den Instruktionen, die sie mir gegeben hatte. Um 14 Uhr 10 hob sich das Rollgitter so weit, dass ich auf allen vieren hineinschlüpfen konnte, und schloss sich danach sofort wieder. Bea empfing mich im Bademantel, eine reinigende Schlammmaske auf dem Gesicht. Sie hatte es sehr eilig. Sie bedeutete mir, ihr leise zu folgen, ohne ein Geräusch zu machen, denn im Haus waren die Vorbereitungen für ein Auswärts-Shooting in vollem Gange. Wir schlossen uns in ihrem Zimmer ein, und ich riss die Augen auf beim Anblick des weit offenen Schranks, der so voll war wie zwei in ein einziges Möbelstück gequetschte Läden. Sie ließ mich auf einem Stuhl vor einem Spiegel Platz nehmen. Sie hatte keinen Schreibtisch, aber einen Schminktisch. Um Zeit zu gewinnen, hatte sie bereits dutzendweise Lidschatten, Grundierung, Kajalstifte und Lippenstifte bereitgelegt.

»Ich will nichts«, sagte ich gleich.

Bea zeigte mir mein Spiegelbild und zwang mich, mich anzuschauen. »Siehst du dich? Du hast nicht einen Pickel«, lautete ihr Urteil. »Schon allein deswegen solltest du dich glücklich schätzen und lernen, dich vernünftig zu schminken. Versteck dich nicht, komm aus deinem Schneckenhaus! Du musst dir sagen: ›Ich bin die Tollste von allen. Lorenzo, schau mich an und stirb.‹«

Ich betrachtete mein blasses Gesicht und die grellen Farben der Lippenstifte. Skeptisch wandte ich ein: »Ich werde aussehen wie ein Clown, ich bin nicht wie du.«

»Alle können ich sein.«

Bei diesem Satz muss ich etwas verweilen. Beatrice hat ihn wirklich gesagt, er steht hier in meinem Tagebuch. Ich habe das Gefühl, es vor mir zu sehen, ihr grün verschmiertes Gesicht, das doch maßgeblich und bestimmt ist, während sie ausspricht, was für mich, rückblickend betrachtet, wie eine dreiste Lüge klingt.

Jeder kann du sein, Beatrice? Meinst du das ernst? Hast du mal die Tausende von Mädchen in aller Welt gezählt, die dir nacheifern und dir folgen und doch nie werden wie du? Die kleinen Mädchen, die davon träumen, als Erwachsene wie du zu sein, was ihnen aber nicht möglich ist. Schade, dass du mich nie bei dem Versuch beobachten konntest, ein Selfie von mir zu machen. Du sollst wissen, dass ich immer darauf verzichtet habe, weil der Vergleich mit dir jedes Mal zu erbarmungslos war.

Wie auch immer, kehren wir zu diesem Nachmittag zurück. Ich drückte mich steif gegen die Rückenlehne, meine Hände umklammerten die Armlehnen. »Ich will mich nicht verändern, nur wissen, ob ich einigermaßen aussehe.«

»Du siehst nicht gut aus. Du brauchst etwas Rouge.«

»Was ist das?«

»Das hier.« Sie nahm es und zeigte es mir. »Es beißt nicht, es ist nur ein Puder, den man auf die Wangenknochen aufträgt.« Sie wurde ungeduldig. »Das ist ein Gloss, das ist Wimperntusche: das unverzichtbare Minimum, wenn du mit jemandem ausgehen willst. Wenn du nicht in deinem Zimmer versauern möchtest.«

»Ich werde ihm was vormachen.«

»Hast du das mit deinem Brief etwa nicht gemacht?«

Ich ergab mich, schloss die Augen und ließ sie machen. Sie nahm sich die Lippen, die Wangen, die Wimpern vor. Von unten drangen Diskussionen darüber herauf, wer die Schwester begleiten müsse und wer zu Hause bleiben könne, welche Tasche die richtige wäre, dass die PlayStation ausgeschaltet werden solle. Proteste, Beschimpfungen, Wutausbrüche: »Bea, immer Bea, es ist ungerecht, dass uns jedes Wochenende wegen ihr versaut wird.« Es war vermutlich nicht leicht, in diesem Haus zu leben.

»Jetzt kannst du dich anschauen.«

Ich hatte nichts erwartet, ich hatte mich nur den Launen meiner Freundin gefügt. Doch als ich mich sah, war ich zutiefst verblüfft.

»Hab ich doch gut gemacht, hm?« Beatrice zwinkerte mir zu. »Vom ersten Augenblick an, da ich dich gesehen habe, erinnerst du dich? Im Restaurant. Ich hab begriffen: Die hat etwas. Tja, hier hast du es.«

Wie alt war ich jetzt? Siebzehn, achtzehn? Meine Lippen waren fast so anzüglich wie die von Britney Spears geworden, meine schwarz geschminkten Augen hatten alles Kindliche verloren. Sie schienen ernsthaft zu suggerieren: Ich bin die Tollste.

»Und jetzt beschäftigen wir uns mit dem Rest, denn in drei Minuten muss ich mir das Gesicht waschen. Steh auf und zeig mir, wie du angezogen bist.«

Bea zog mich hoch. Sie stellte mich vor den Ganzkörperspiegel ins grelle Licht. Sie setzte sich vor mich und musterte mich. »Das Sweatshirt gefällt mir eigentlich nicht schlecht.«

»Es ist von Pennywise.«

»Scheiß drauf. Es ist aggressiv. Das lass ich dir. Aber die Hose nicht.« Sie stand auf und ging um mich herum. »Man sieht deinen Arsch nicht, und der Arsch ist entscheidend. Du lässt mir keine Alternative.«

Ich werde es nie vergessen: Mit dieser Maske auf dem Gesicht, die in der Zwischenzeit getrocknet war und um den Mund und auf der Nase rissig wurde, nahm Beatrice den Stuhl, schleifte ihn zum Schrank, stellte sich drauf und begann aus dem obersten Fach eingepackte Pullover, einen Kinderskianzug und den glänzenden Body der Ballettaufführung zu nehmen. Bis sie sie herausholte.

»Das kannst du nicht machen«, hielt ich sie zurück.

»Ich hatte es dir versprochen.«

»Sie gehört dir, sie steht nur dir.«

Beatrice blickte mich an: »Du wirst sie zuerst tragen, das ist nur gerecht.«

Das Diebesgut wurde auf das Bett gelegt. Wir bewunderten sie ein paar Augenblicke schweigend. Sie blendete uns, verblüffte uns, vereinte uns bis in unser Innerstes, dort, wo wir uns veränderten.

Eine herrische Stimme drang von der Treppe herauf. »Beatrice! Bist du fertig?«

»Ja, Mama!«, rief Bea. Und zu mir: »Los, zieh sie an!«

Ich wehrte mich nicht. Ich zog die Hose aus Biella aus und schlüpfte in *die* Jeans. Die Verwandlung fand statt.

Beatrice nickte. Sie war Frankenstein, ich das Geschöpf.

Sie packte mich am Handgelenk, zog mich nach unten, öffnete das Rollgitter der Garage und schob mich hinaus. Ich lief davon, dicht an den Gittertoren und Hecken entlang, bis zum Quartz, den ich drei Häuser weiter stehen gelassen hatte, weil sich herausgestellt hatte, dass ihre Mutter nicht gerade entzückt darüber war, dass wir Freundinnen waren. Ich lenkte ihre Tochter von den wahren Zielen ab. Ich konnte mich nicht vernünftig anziehen und frisieren. Was für fragwürdige Gründe mochten sich hinter meinem Umzug verbergen? Unsere Freundschaft, die wir heimlich pflegen mussten, war dadurch noch unersetzlicher geworden. Und ich hatte ihr nicht einmal gedankt, dachte ich, als ich auf den Motorroller stieg.

*

Ein Schuppen, ein einzelnes Haus, dann nichts mehr; Wälder und Felder. Ich hatte auf dem Stadtplan nachgeschaut, wo die Via Ripamonti war, und hatte es mir eingeprägt: am Stadtrand, letzte Kreuzung.

Als ich dort ankam, schnappte ich nach Luft. Ich fuhr, mal schneller, mal langsamer, den Weg entlang, der auf einen Hügel hinaufführte. Steineichen, Wacholder; es war Winter, und es gab keine Blumen. Nur einen beißenden Geruch von gefallenen Blättern. Ich war nicht sicher, ob es der richtige Weg war. Wenn ich daran zurückdenke, trauere ich diesem Gefühl nach: das Abenteuer, dass man unauffindbar herumfahren konnte, ohne GPS, Überwachungskameras, ohne jemanden, der dich anrufen und deine Flucht aufhalten konnte.

Der Weg mündete in eine Lichtung, die die Unbilden des Wetters geglättet hatten. Und in der Mitte stand, unübersehbar real, sein Phantom.

Ich parkte, schaltete den Motor aus und stieg ab. Vielleicht wurde mir in diesem Augenblick bewusst, dass das Leben in seinen besten Momenten, in den Risiken und Wagnissen, wie ein kleiner Tod ist.

Ich sah den Pfad, der durch Dornengestrüpp führte, und folgte ihm, in der Swarovski-Jeans, mit dem kurzen Haar, das ich mir stur immer nur von jenem Friseur von Ferragosto schneiden ließ, und geschminkt wie eine Erwachsene. Die Pflanzen standen dicht, ineinander verflochten und niedrig, der unbefestigte Weg war wie mit dem Bleistift schraffiert. Was erwartest du eigentlich, Elisa? Was willst du? Noch war Zeit, umzukehren und zu verzichten. Aber ich musste die Jungfräulichkeit verlieren. Nur das wusste ich. Die Liebe war eine Abstraktion, etwas Dunkles, das ich mir kompliziert und schwierig vorstellte. Mein Körper aber war hier, und er war eine konkrete Tatsache.

Die Macchia öffnete sich auf eine sonnige, abschüssige Lichtung, die vor dem Mistral geschützt war, der heftig blies und mich erschauern ließ. Ich erkannte sofort die Eiche. Ein üppiger, immergrüner Baum, so hoch, dass er hundert Jahre alt sein musste. Darunter, mit dem Rücken an den Stamm gelehnt, Lorenzo.

Er sah mich, und er rührte sich nicht.

Ich auch nicht.

Ich bemerkte die Festigkeit seines Blicks, trotz der Entfernung, ähnlich einem Finger, der den Saum der Kleider berührt, sie hochhebt, wie an jenem Morgen in der Bibliothek. Nur dass jetzt, im Umkreis von mehreren Kilometern, niemand war.

Ich war frei, mich aus dem Staub zu machen. Vor ihm, zusammen mit ihm.

Lorenzo stand auf und kam auf mich zu. »Ich dachte, du wolltest mich nicht mehr sehen«, sagte er, als er vor mir stand. Fünf, sechs Zentimeter Luft zwischen unser beider Atem. Ich war lebendig, so sehr, dass ich, wenn er mich berühren würde, explodieren würde. Und er berührte mich, schloss meine Hand in seine. »Komm.« Er führte mich durch das hohe, ungehindert wachsende Gras zur Eiche.

Er hatte ein Plaid neben den Wurzeln ausgebreitet. Darauf verstreut lagen ein Wanderrucksack, eine zusammengerollte Daunendecke, eine Flasche Pfirsichwodka und zwei Plastikbecher.

»Ich weiß, das ist nicht sehr romantisch«, bemerkte er schwer atmend, er errötete plötzlich, und ein paar verschwitzte Haarlocken klebten an seinen Schläfen. Hatte er wirklich das Wort »romantisch« benutzt?

Er setzte sich, zuerst auf seine Knie, dann im Schneidersitz. Ich bemerkte seine Verlegenheit, sie war genauso groß wie meine. Die gleiche Angst, etwas falsch zu machen, zurückzuweisen, anstatt zu verführen. Ich stand stumm da.

»Ich bitte dich, rede heute mit mir.« Er lächelte mich an in dem Versuch, nicht hilflos zu wirken. »Und setz dich, sonst fühle ich mich unwohl.«

Ich betrachtete das Schottenmuster, die Blätter, die daraufgefallen waren, und zwei Ameisen, die den Saum hinaufkletterten. Ich setzte mich. Lorenzo deutete auf den Rand des Hügels im Westen. Ich schaute hin und sah das Meer. Nur ein kleines Stückchen, stürmisch bewegt, dunkelblau. Meine Hände zitterten, ich verbarg sie unter meinem Hintern. Die Swarovski-Steine stachen meine Handflächen.

»Entschuldige, dass ich dir so spät geantwortet habe. Aber du hast mich mit deinem Brief aufgewühlt, ich habe mich wie ein Arschloch gefühlt. Ich habe tausendmal angefangen, aber keiner konnte deinem das Wasser reichen. Ich habe sie alle zerrissen.«

»Das macht nichts«, sagte ich und bereute es sofort wieder. Ich durfte nicht sprechen; sobald ich es tat, kamen die schlimmsten Banalitäten aus meinem Mund.

Sein Ellbogen stieß gegen meinen, unabsichtlich. Ich bemerkte den Luftzug, als er sich mir zuwandte, seine Augen auf mein Ohr gerichtet. Ich drehte mich ebenfalls und versuchte zu ihm aufzuschauen.

»Du schreibst gut, weißt du?« Ich schluckte. »Ich habe dich beneidet. Ich hielt mich für sehr gut, bevor ich dich kennengelernt habe. Du hast meine Träume zerstört.« Er lachte und wandte sich dann wieder dem Meer zu. »Das ist nicht deine Schuld. Mein Vater sagt mir jeden Tag, dass Schreiben kein Beruf ist.«

Es war quälend. Dazusitzen und sich nicht zu kennen. Alle Worte der Welt waren plötzlich ungenau, unbrauchbar. Ich wollte ihn nach seinem Vater, seiner Mutter fragen, ob sie auch stritten. Aber zugleich interessierte es mich nicht. Ich wünschte mir nur, dass er mich berührte, dass er die Grenze überschritt und mein törichtes Bedürfnis stillte, ihn bei mir zu haben. Dass er derjenige war.

»Na komm, ich mach den Wodka auf.«

Lorenzo streckte sich, um die Flasche zu nehmen. Ich hatte nie welchen getrunken, aber ich hatte oft gesehen, wie mein Bruder und seine Freunde sich in einen erbärmlichen Zustand versetzten, indem sie sich dieses Zeug hinter die Binde kippten. Er reichte mir einen Becher mit zittrigen Händen. Er war mehr als halb voll. Ich näherte die Lippen, schon allein bei dem Geruch drehte sich mir der Magen um. In den nächsten zwanzig Jahren würde ich mich den Supermarktregalen mit Wodka und ganz besonders Pfirsichwodka nicht einmal nähern können, aber am 2. Dezember 2000 um vier Uhr nachmittags auf jenem Hügel probierte ich ihn und verzog das Gesicht. Lorenzo lächelte, um mich zu ermutigen. Ich wartete, dass er trank, dann probierte ich einen zweiten Schluck, der noch ekelhafter war. Und ich machte weiter und Lorenzo ebenfalls. Und nach vielleicht zehn Schlucken ließ ich mich auf den Rücken fallen und lachte wie eine Verrückte.

Vor Anspannung hatte ich nicht zu Mittag gegessen. Lorenzo legte sich auf die Seite und beugte sich über mich. Die Sonne schien noch, das Licht schmolz durch die Äste, wurde flüssig, orange. »Du bist so schön.« Er nahm mir die Sicht mit seinem Gesicht. »Du bist es«, sagte er, befeuchtete den Zeigefinger mit Spucke und fuhr mir damit über eine Braue, einen Wangenknochen, die Lippen, »auch ohne diese ganze Schminke.«

Ich versuchte mich zu verteidigen. »Warum hast du mich gebeten herzukommen?«

Lorenzo setzte sich auf. Ernst erwiderte er: »Ich wollte zurückkommen und dich um Entschuldigung bitten, dass ich weggelaufen bin, aber ich habe es nicht fertiggebracht. Ich bin so oft an der Bibliothek vorbeigefahren, irgendwann habe ich einen Quartz bemerkt, der davor parkte, und habe sofort gewusst, dass du es warst. Ich bin dir gefolgt, wenn du die Strände abgefahren bist, an ein paar Abenden habe ich dich sogar bis nach Hause begleitet. Aber ich schwöre, ich bin nicht gefährlich.«

Ich stellte mir vor, wie er hinter mir herfuhr, während ich ihn suchte. Ich hätte heulen mögen angesichts dieser Enthüllung.

Aber ich beherrschte mich. »Warum?«, hakte ich nach.

Daraufhin nahm Lorenzo einen Becher, welchen, spielte keine Rolle, und trank ihn in einem Zug aus. Er drängte mich, mich aufzusetzen und das Gleiche zu tun. Ich gehorchte und war ganz außer Atem, meine Kehle brannte, der Himmel und die Bäume bewegten sich wie eine Kulisse aus Pappmaché.

»Weil du«, sagte er betrunken, »anders bist als alle Mädchen aus T und diejenigen, die ich in den Ferien kennengelernt habe. Weil du liest, kurze Haare hast und Springerstiefel mit Stahlkappen trägst. Weil du mich anziehst, aber mich auch erschreckst und ich mich in deiner Gegenwart nicht unter Kontrolle habe.« Er packte meine Hand und drückte sie zwischen seine Beine. Das war nicht mein Bruder, der mit dem Pipi spielte. Er war angeschwollen, hart. Ich berührte ihn.

»Du bist in einer Beziehung.«

»Bin ich.«

Ich zog die Hand zurück. Atmete schwer. Erinnerte mich, was sie in den Filmen sagten.

»Du willst ficken.«

Lorenzo blickte mich unentschlossen an. Ich begriff, dass in meinem Vorwurf ein Körnchen Wahrheit steckte. Er wirkte älter, hatte einen Adamsapfel, einen rasierten blonden Bart, den Reißverschluss der Jeans prall. Dinge, die ich nicht hatte, nicht kannte, die mich erschreckten, aber auch neugierig machten.

»Ficken ist das falsche Wort«, sagte er und versuchte mich zu küssen. Warum? Was wollte ich denn sonst?

»Ohne Zweifel oder Gewissensbisse« hatte ich bereits beschlossen, mich hinzugeben, ein Ort zu werden, an dem er sich verlieren und ich mich verändern konnte. Schade, dass ich *Lüge und Zauberei* immer noch nicht gelesen hatte.

»Ich habe gelogen«, gestand ich ihm. »Ich habe es noch nie getan.«

Ich sah, wie sein Gesicht sich aufhellte. »Ich auch nicht.«

Die Sonne begann in Richtung Korsika unterzugehen. Wind kam auf. Lorenzos Spucke machte mir den Mund nass, und ich war auf erschreckende Art glücklich. Die Erste zu sein. Unter gleichen Bedingungen zu spielen. Ich zog mir die Jacke, das Sweatshirt aus. Zog sie ihm aus. Ich fühlte mich frei, während er meine Brust berührte, die Hand weit geöffnet, wo niemand vorher gewesen war.

»Ich hole die Daunendecke«, sagte er. »Trinken wir den Wodka aus.«

Ich sah ihm zu, wie er aufstand, die Flasche nahm und etwas aus der Tasche des Rucksacks holte. Wir waren uns einig. Ich war betrunken, aber wachsam. Wir hatten diesen Pakt schweigend geschlossen. Was gar nicht einfach war. Weil er ein Mann war und ich eine Frau. Wir waren verschieden und mussten uns bemühen. Aber ich fühlte die Leere innen, dort unten, die ausnahmsweise kein Gefühl war, sondern ein Bedürfnis. Und er musste dort eindringen. Mir dieses Gewicht abnehmen. Ich wollte nicht mehr ein Mädchen, eine andere, eine Außenseiterin sein. Das alles dachte ich, und dann kam Lorenzo zurück und rollte die Daunendecke über uns aus.

*

An dem Abend telefonierte ich mit meiner Mutter.

Ich kam um halb acht nach Hause und ging direkt in die Küche. Ohne mich zu waschen, nicht mal die Hände, öffnete ich den Vorratsschrank. Ich fand ein Glas mit Haselnusscreme und ein Päckchen Zwieback. Das war mein Abendessen, ich stopfte mich voll am ungedeckten Tisch, der Fernseher war ausgeschaltet, und ich starrte das Blumenmuster der Vorhänge an. Papa wollte mir unbedingt Nudeln, eine Goldbrasse, etwas Anständiges machen. Ich reagierte nicht.

Nachdem mein Hunger gestillt war, kehrte ich in den Flur zurück. Immer noch die Kleidung voller Erde und Gras am Leib, nahm ich den Hörer. Ich wählte die Vorwahl 015 und die Nummer. Die Leitung war frei, es läutete acht Mal, ich zählte mit.

»Hallo?«

»Ciao, Mama.«

»Liebling, wie geht's dir?«

»Es geht mir schlecht.«

»Was sagst du?«

»Ich will, dass du zurückkommst. Oder ich komm zu dir, das ist mir egal. Ich will, dass du da bist, dass wir in derselben Wohnung wohnen.«

Schweigen.

Papa lehnte sich an den Pfosten der Küchentür und blieb dort, machtlos wie ein Besen. Es machte mir nichts aus. Dass er zuhörte.

»Ich komme morgen nach Biella zurück.«

»Mein Schatz, dein Vater und ich haben bereits darüber gesprochen. Wir haben eine Entscheidung getroffen ... zu deinem Besten.«

»Mein Bestes, scheiß drauf.«

»Elisa, du musst dort auf die Schule gehen, das ist wichtig für deine Zukunft. Du musst ein normales, ruhiges Leben führen, jemanden haben, der dir bei den Hausaufgaben hilft ...«

»Du hast mich im Stich gelassen«, unterbrach ich sie, »du hast dich von mir befreit. Nicht einmal Weihnachten willst du kommen. Aber warum? Warum liebst du mich so wenig?« Ich brach in Tränen aus.

Mein Vater wollte näher kommen, ich hielt ihn mit einer Handbewegung fern.

»Ich liebe dich, Elisa, du kannst dir gar nicht vorstellen, wie sehr. Glaubst du, es ist leicht für mich, dich nicht in der Wohnung herumlaufen zu sehen? Dass ich nicht leide, wenn ich die Beine auf dem Sofa ausstrecke und spüre, dass du nicht an deinem Platz sitzt? Dir nicht die Fonzies zu kaufen, nicht mit dir *Chi l'ha visto?* zu schauen? Glaubst du etwa, du fehlst mir nicht? Ich war es gewohnt, mit dir einkaufen zu gehen, mit dir zu Abend zu essen, zu wissen, dass du im Nebenzimmer sitzt und liest. Dein Bruder ist nie da, ich bin immer allein.«

»Nicht so viel wie ich«, erwiderte ich wütend. »Du kannst uns nicht auf die gleiche Ebene stellen, *du* bist die Mutter.«

»Keine gute.« Ich hörte ihr leises, verzagtes Lachen, fünfzig Kilometer entfernt. »Ich habe dir einen Haufen Probleme gemacht, ohne es zu bemerken, aber es ist trotzdem meine Schuld. Ich will dir nicht auch noch das Gymnasium ruinieren. Dein Vater ist die richtige Person, um dich großzuziehen.«

»Du machst es dir ganz schön leicht!«, sagte ich wütend. »Ich scheiß auf dein schwachsinniges Gerede. Zwei Monate haben wir uns nicht gesehen.«

»Weihnachten komme ich. Ich versprech's dir.«

»Das reicht mir nicht. Du kannst nicht aufhören, meine Mutter zu sein.«

Ich hörte sie weinen.

Mein Vater umarmte mich.

10

Ein normales Mädchen

Die Schönheit war für Beatrice in der Zeit, von der ich spreche, alles andere als eine freie Entscheidung. Zwar hatte die Natur ihr geholfen aufzufallen, aber die Vollkommenheit verlangte doch tägliche harte Arbeit. Sie konnte sich nicht bequem anziehen, riskieren, dass die Pickel zu sehen waren – ich erinnere mich gut, wie sie, im Gegensatz zu heute, das Licht von vorn vermied, und insbesondere das Licht, das durch die Fenster fiel. Wenn sie sich eine freie Stunde gönnte, nur eine einzige, fühlte sie sich gleich schuldig. Mit vierzehn war sie eine solche Expertin für Schminke, kosmetische Behandlungen und Mode, dass sie die *Cosmopolitan* hätte herausgeben können. Vermutlich, und ich betone dieses »vermutlich«, weil sie es mir zunächst anvertraute und dann wieder dementierte, war ihre Mutter im Juni 2000 mit ihr in die Schweiz gefahren, und zwar für eine Nasenkorrektur, ein Eingriff, von dem jeder Arzt vor der Volljährigkeit abrät. Aber Ginevra dell'Osservanza war ehrgeizig, sie hatte Beatrice mit einem einzigen Ziel zur Welt gebracht: um einen Traum zu verwirklichen. Das weiße Reihenhaus, der schwarze BMW, der Ehemann, der Karriere machte, die vereinte Familie und die wunderschöne Tochter, die sich dank ihrer Mama in einen Star verwandeln würde. Diesem Traum konnte Bea sich nicht entziehen.

Wenn ich versuche, sie zu rechtfertigen, dann geschieht das, das möchte ich klarstellen, unbewusst. Ich verzeihe ihr nicht. Ich teile nicht ihre Skrupellosigkeit, was Arbeit angeht, ihren wahnsinnigen Egoismus, die Anmaßung, dass die Welt sich um ihre Kleider, ihre Abendessen, ihre Interviews dreht, anstatt sich um den der Zerstörung geweihten Planeten, die Verbrechen und die Ungleichheiten zu kümmern.

Dennoch stecke ich mit ihr unter einer Decke. Wenn ich an die Jahre unserer Freundschaft zurückdenke, werfe ich mir vor, die Rolle der jüngeren Schwester gespielt zu haben – die uns im Scarlet Rose Glück gebracht hatte –, ohne mich aufzulehnen. Und mich nicht auf diese passive Rolle beschränkt zu haben, weil ich entscheidend dazu beigetragen habe, dass Beatrice Rossetti die Gottheit – oder das Monster, wie man sie auch gerne schimpft – wurde, die sie heute ist. Zu sein scheint. Warum?

Weil sie mich mochte.

Sie verteidigte mich, umarmte mich, verriet mir ein Geheimnis, und so täuschte sie mich. Die Geschichte mit dem Eimer Wasser zum Beispiel, wann war das noch? Ich nehme das Tagebuch zur Hand, blättere darin: der vorletzte Mittwoch vor Weihnachten. Als wir die Schule verließen, wurden Beatrice und ich von einer Abordnung von Amazonen des naturwissenschaftlichen Gymnasiums überrascht. Niemand kennt diese Geschichte, und doch habe ich sie aufgeschrieben.

Sie waren zu fünft, auf glänzenden Motorrollern, mit aufgesetzten Helmen, das lange Haar offen über die Rücken fallend. Sie tauchten plötzlich auf und versperrten uns den Weg, indem sie uns umringten.

»Wo willst du denn hin?«, fragte mich eine streitlustig und schaltete den Motor aus. Ich sah Beatrice fragend und ungläubig an.

»Du, Rossetti«, mischte sich eine andere ein, »du kannst gehen. Aber das Flittchen bleibt.«

Das Flittchen war ich. Niemand hatte mir jemals eine solche Bedeutung beigemessen. Die Schüler des humanistischen Gymnasiums witterten, dass sich da etwas zusammenbraute. Anstatt zu ihren Motorrollern zu gehen und nach Hause zu fahren, bildeten sie neugierige Gruppen, blieben aber auf Abstand.

»Achte auf das, was du sagst«, lautete Beatrices Antwort. »Wenn du meine Freundin noch einmal Flittchen nennst, bekommst du von mir eine schallende Ohrfeige.« Sie nahm mich an der Hand und versuchte zwischen einen Kotflügel und ein Hinterrad zu schlüpfen, aber die Amazonen formierten sich und nahmen die Helme ab.

»Geht zur Seite«, befahl sie. Die anderen rührten sich nicht. Bea musterte sie voller Verachtung: »Ich solltet mehr Topexan benutzen.«

Auf Angriff zu gehen schien mir keine gute Idee zu sein, aber wie sollte ich ihr das sagen? Gewalt lag in der Luft. Ich hatte Angst.

»Rossetti, wie kommt es, dass du ein immer größeres Miststück wirst? Seit ich dich kenne, führst du dich auf, als wärst du Miss Italia, aber ich glaube nicht, dass du das geworden bist.« Das war ein dunkelhaariges, dickes Mädchen mit buschigen Augenbrauen und übertriebenem Lidstrich. »Du hast mir besser gefallen, als du Werbung für Crystal Ball gemacht hast.«

Gelächter; von den fünfen, aber auch, weiter entfernt, von unseren Klassenkameradinnen, die sich die Hand vor den Mund hielten, und von all den falschen und feigen Mädchen der Pascoli, die nie den Mut haben würden, Beatrice von Angesicht zu Angesicht zu beleidigen, aber hinterrücks ist alles möglich.

Ich wandte mich besorgt meiner Freundin zu. Bea war vollkommen ruhig.

Der Glockenturm des Doms zeigte 13 Uhr 30, der Parkplatz der Motorroller war noch voll. Nur die Lehrer schienen gegangen zu sein. Die Fenster der Häuser waren geschlossen. Der Scirocco fegte Altpapier und Plastiktüten von den Molen und machte die Luft schwer von Feuchtigkeit, das Meer brüllte im Dunst, und die Inseln waren kaum zu erkennen. Auf dem Platz waren nur Jugendliche zu sehen, wie in einem apokalyptischen Roman.

»Jetzt weiß ich, wer du bist«, sagte Beatrice, und ihr Gesicht leuchtete auf. »Du bist die Dicke mit der dicken Schwester und der dicken Mutter, die sich bei der Prüfung vor zwei Jahren mit Girelle vollgestopft hat und von der Bühne gerollt ist«, sagte sie lächelnd. »Wir haben dich nicht mehr beim Tanzkurs gesehen, ich frage mich, warum.« Das Publikum schwankte und schlug sich sofort auf die Seite der Stärkeren. Bea bemerkte es. »Du bist die fettarschige Freundin von Valeria Lodi.«

Der Name ließ mich erstarren. Ich sah, wie das beschimpfte Mädchen vom Motorroller stieg und sich auf Beatrice stürzte, die flinker war, ihr auswich und ihr eine heftige Ohrfeige mitten auf die Wange versetzte, die so grausam war, dass ich erschrak. Ich wandte den Blick ab. Auf der Straße erkannte ich die Marchi, die Anstalten machte, in ihren Twingo zu steigen. Sie verließ die Schule immer als Letzte, ich nehme an, weil es selbst nach Jahren nicht leicht war, für sich allein zu kochen und den Tisch zu decken. Verblüfft hielt sie inne und kam sofort auf uns zu. Ich dankte ihr innerlich. Während ich sie beobachtete, wie sie zu uns lief, mit gerötetem Gesicht, mit taubengrauen Strümpfen, konnte ich mir nicht verkneifen, mich zu fragen, ob sie noch Jungfrau war oder nicht.

Sie versuchte sofort den Streit zu schlichten: »Ihr da, von welcher Schule kommt ihr? Was wollt ihr hier bei der Pascoli?« Die Amazonen nuschelten leise und mit gesenktem Blick eine Erklärung. Dann wandte sie sich an Beatrice: »Ich habe gesehen, was du getan hast, du wirst eine Eintragung ins Klassenbuch bekommen.«

»Warum? Außerhalb der Schule mach ich, was ich will.«

»Wirklich?« Die Marchi runzelte interessiert die Stirn. »Hören wir doch mal, was dir das Recht dazu gibt.«

»Antworte nicht, bitte«, flüsterte ich Beatrice zu.

»Und ihr, hört auch zu!«, rief die Marchi dem Publikum zu, das an dem Mäuerchen lehnte und rauchend auf den Bänken saß. »Ich gebe euch eine Extrastunde in Sozialkunde oder, wenn es euch lieber ist, Moralphilosophie.«

Der Großteil der Schülerinnen verschwand. Es wurde langsam spät, das Mittagessen würde kalt, die Moralphilosophie oder, schlimmer, Sozialkunde konnte nicht mithalten mit einer Prügelei unter Mädchen.

»Du denkst wohl, du stehst über dem Gesetz, Rossetti?«

Beatrice setzte ihr schlimmstes Pokerface auf. »Verbietet das Gesetz, Ohrfeigen zu geben? Dann sollten Sie das meinen Eltern sagen, denn die wissen das nicht. Und diesen Platz hat auch mein Vater mit seinen Steuern bezahlt.«

Die Marchi blickte sie schweigend an und sagte dann: »Es gibt geschriebene Gesetze wie die Verfassung, das bürgerliche Gesetzbuch, das Strafgesetzbuch. Und es gibt die ungeschriebene Moral, die nicht nur die Gesellschaft regelt, sondern den Sinn unseres Lebens.«

»Wenn man sie nicht sieht«, sagte Bea provozierend, »existiert sie nicht.«

»Dann werden wir morgen *Antigone* lesen, und davor wirst du ins Direktorat gehen.«

Und die Marchi ging, raschen Schritts auf ihren mittelhohen Absätzen, mit der Einsamkeit, die ihr knielanger Rock ausströmte, und dem billigen Mäntelchen einer unterbezahlten Lehrerin; wie hilflos sie mir vorkam. Sie stieg in den Wagen und startete. Beatrice bemerkte: »Wenn sie in ihrem Twingo wenigstens manchmal ficken würde.«

Die Anwesenden kicherten, sogar die Dunkelhaarige, auf deren Wange sich fünf Finger abzeichneten. Mir tat sie leid; ich spiegelte mich in der Marchi, ich sah mich in zwanzig Jahren. Für mich war sie ein Vorbild an Beharrlichkeit, Seelenstärke, die Personifizierung der Substanz, die stets über die Form triumphieren müsste. Aber ich fand nicht den Mut, sie zu verteidigen.

Schluss, dachte ich, Hauptsache ist, dass alles vorbei ist.

Aber um 13 Uhr 45 erschien Valeria.

*

»Hure«, sagte sie und stieg vom Motorroller.

Die Amazonen hatten mit dem Finger auf mich gezeigt: Die da. Und ich hatte kaum Zeit, sie genauer anzusehen, sie und ihren blauen Typhoon mit der Aufschrift »Vale 83« über dem vorderen Scheinwerfer. Sie war zwei Jahre älter als er und drei älter als ich, rechnete ich zu meiner eigenen Überraschung, während ich mich zwang, nicht zum Quartz zu rennen, um nicht als Feigling dazustehen, mich gleichzeitig aber bemühte, so schnell wie möglich aufzusteigen.

Valeria Lodi wirkte durch und durch wie ein braves Mädchen. Wie ich kürzlich gehört habe, studierte sie nach dem Gymnasium in Pisa, kehrte dann zurück und ist heute Urologin im Krankenhaus von T. Sie ist verheiratet und hat zwei Kinder. Schon im Jahr 2000 war klar, dass sie im Leben alles richtig machen würde. Wenig Schminke, zusammengebundenes Haar, rosa Pullover und saubere Jeans, ohne Risse oder andere Verrücktheiten, unter dem beigen Mantel. Aber an dem Tag hatte sie den Kopf verloren.

»Er hat es mir erzählt«, zischte sie, packte mich an der Schulter und zwang mich, mich umzudrehen, »was ihr unter der Eiche gemacht habt. Ich hätte mit ihm dort sein müssen, es war unser Platz. Du hast alles zerstört!« Die Tränen nur mit Mühe zurückgehalten, das Gesicht verzerrt vor Hass: Sie war siebzehn und kannte schon den Schmerz der betrogenen Frau. Sie tat mir leid, ich war zerknirscht, aber auch, in einem tief in meinem Inneren verborgenen Winkel, über den man nicht spricht, stolz, dass er mich gewählt hatte.

»Ich habe nichts zerstört«, versuchte ich sie zu beruhigen, »das versichere ich dir.« Aber sie hatte nicht die geringste Absicht, mir zuzuhören. »Warum«, fragte sie mich, »kehrst du nicht dorthin zurück, wo du hergekommen bist? Wie siehst du überhaupt aus? Schau dich doch mal an. Bist du aus der Besserungsanstalt entlaufen?«

»Langsam!«, ging Beatrice dazwischen. »Sie ist meine Freundin.«

Ich dachte, dass sie in T die Dinge auf eine sehr theatralische Art erledigten, die in Biella nicht funktionieren würde.

»Misch du dich da nicht ein«, erwiderte Valeria.

Bea fuhr fort: »Ich versteh nicht, warum du dich so aufregst. Lorenzo ist in Elisa verliebt, er will nichts mehr von dir wissen. Lass ihn in Ruhe.«

»Er ist nicht in mich verliebt«, wandte ich ein. Aber Valeria war ganz auf Beatrice konzentriert, die unbeirrt vor Valerias Verstärkung aus dem naturwissenschaftlichen und den letzten Zuschauern aus dem humanistischen Gymnasium mit Verve fortfuhr: »Hältst du dich etwa für sexy? Weil du dich wie die Mädchen bei der Erstkommunion kleidest und heute vielleicht dein erstes schmutziges Wort benutzt hast? Dich kann man der Mama vorstellen, aber wegen dir kriegt keiner einen Ständer. Elisa hingegen ist ein Punk, ist doch klar, dass Lorenzo mit ihr gefickt hat und nicht mit dir.«

Ich begriff, was es bedeutete, Beatrice zur Feindin zu haben.

Sie hätte Kant studieren können und das moralische Gesetz, das du in dir hast, oder Antigone und ihre Auseinandersetzung mit Kreon im Namen der familiären *pietas*, in beiden Fällen hätte sie die Bestnote bekommen. Aber Mitleid kannte sie nicht. Das selbstlose Verständnis für den anderen, die Fähigkeit, sich in jemanden hineinzuversetzen, die

Vergebung, damit konnte sie nichts anfangen. Denn Beatrice wusste, im Unterschied zu mir und zur Marchi, dass unter der Kultur die Natur steht, und die Natur ist Trieb, Unterdrückung und Gleichgültigkeit gegenüber dem Schmerz der anderen. Sie ist Siegen und Scheißdrauf.

Valeria lief zum Platz hinunter und zum Meer. Sie nahm etwas auf dem Kai und machte irgendwas damit. Als sie zurückkam, wurde klar, dass sie einen Eimer in den Händen hielt, der bis zum Rand mit Wasser gefüllt war und so schwer, dass ihre Halsmuskeln vor Anstrengung angespannt waren und Wasser auf ihre Tennisschuhe tropfte.

Sie ging nicht zu ihren Freundinnen und auch nicht zu unseren Klassenkameraden, die wie alle Anwesenden erst nach zwei Uhr nach Hause fahren und dort ihre wütenden Eltern und ihren mit einem anderen Teller zugedeckten Teller vorfinden würden; sondern zu uns: Beatrice und mir.

»Was hast du vor?«, fragte Beatrice sie, als Valeria mich ignorierte und sich mit dem Eimer vor sie stellte.

»Ich will wissen, was dahinter ist«, erwiderte sie zitternd, »wie dein Gesicht ohne dieses Kilo Schminke aussieht. Wie du wirklich aussiehst.«

Und sie tat es. Ein Eimer voll Meerwasser, so voll, dass es mindestens vier Liter gewesen sein mögen, voll ins Gesicht.

Die aus der III A und der I C kamen angerannt, die aus dem naturwissenschaftlichen Gymnasium, sogar die, die schon auf ihre Motorroller gestiegen waren, um nach Hause zu fahren: ungläubig und wie Hyänen, erregt vom Geruch des Fleisches.

Die Wimperntusche hielt stand, weil sie wasserfest war. Der Kajalstift und die Dutzende Schattierungen auf den Augenlidern nicht. Sie liefen hinunter, zusammen mit der Farbe, die die Augenbrauen betonte. Das Lipgloss verschwand. Das Ergebnis war eine allgemeine Verkleinerung sowohl der Augen als auch des Mundes. Es bildeten sich zwei violette, tiefe Augenringe, als wäre sie verprügelt worden. Doch das Schlimmste war die Grundierung: Zusammen mit der Abdeckcreme, dem Gesichtspuder, dem Rouge und der Aufhellungscreme verlief sie, flachte die Wangenknochen ab und vergrößerte die

Nase, vor allem aber wurden die Pickel sichtbar. Und das war nicht alles: Ihr Haar, das endlich von der Perücke befreit war und, perfekt geglättet, wieder glänzte, wurde durch das Wasser sofort kraus. Aus der gebändigten Masse glitten vorwitzige Locken, wie ich sie bei ihr zu Hause gesehen hatte.

So wie die Ebbe kaputte Plastikflaschen, Bindenreste, Teerstücke zurückließ, brachte dieser Eimer Wasser Beatrices unumstößliche Normalität zum Vorschein.

Valeria ging ohne jeden Kommentar und überließ sie den anderen, die sich nach vorne durchkämpften, um etwas zu sehen, wie Touristen an nach Mord oder Erdbeben abgesperrten Orten, und Beatrice stand da, mit geraden Schultern, erhobenem Kopf, in Gedanken versunken. Jacke und Haar pitschnass, ließ sie sich wütend beschimpfen.

Nach einer Weile begann sie zu frieren. Alle verschwanden, und ich blieb aufgewühlt mit ihr allein. »Warum hast du mich so vehement verteidigt?«

Beatrice antwortete nicht. Sie blickte unverwandt auf die undeutliche Linie, die das Wasser von der Luft trennte, wo vielleicht Korsika, vielleicht Capraia lag.

»Eines Tages«, sagte sie, »werden alle, die du heute hier gesehen hast, einschließlich Valeria, eine triste Arbeit und Familie und ein erbärmliches Leben haben, während ich, Elisa, etwas so Unglaubliches machen werde, dass die ganze Welt es wissen und nur von mir gesprochen werden, wird, und diese armen Schlucker werden mich immer und überall vor Augen haben und mich beneiden. So sehr, dass sie nie mehr glücklich sein können.«

*

Am nächsten Tag kam sie nicht in die Schule. Beas Abwesenheit war die zweite Nachricht, die sich vom dritten Stock in alle Klassenzimmer verbreitete. Die erste war, dass Lorenzo Monteleone Biella entjungfert hatte.

An meine Schulbank gefesselt, zwang ich mich, den Tratsch und das Gekicher nicht zu hören und zu sehen. Dass ich in der achten Klasse die Einzige gewesen war, die noch nie einen Jungen geküsst hatte, oder die Erste, die in der neunten die Jungfräulichkeit verlor, machte keinen Unterschied: Ich blieb unzumutbar.

Die Marchi kam in die Klasse mit Sophokles unter dem Arm und sah den leeren Platz neben mir. Trotzdem sang sie ein Loblied auf die Bedeutung des Gesetzes, das von dir verlangt, nicht aus Eigennutz, sondern aus moralischen Gründen das Richtige zu tun. Während ich ihr zuhörte, dachte ich: Wen glaubst du zu ändern? Diejenigen, die um mich herum sitzen?

Aber sie las aus *Antigone*, und ich konnte mich in sie hineinversetzen. Allein, verbannt, gefangen in einer Höhle. Ich hatte nichts Besonderes vollbracht, aber ich wusste meinen Ungehorsam einzudämmen, ich hatte ihn geerbt. Es war meine Mama. Eine unausgeglichene, ungewöhnliche Natur. Und das galt auch für Beatrice. Es war, als schleppten wir eine geheime Schuld mit uns herum, die allerdings alle sahen.

»›Für dieses wollt' ich nimmer, irgend Sterblicher Bedünken scheuend, bei den Göttern Strafe mir zuziehen. Dass ich sterben werde, wusst' ich längst.‹«

Was für eine Frau, wie sie über die Verse der Macht antwortete. Aber konnte ich wie sie sein? Auch ich würde mit allen Ehren meinen kriminellen Bruder beerdigen, ich hatte ihm schon geholfen, seinen Stoff zu kaufen. Aber würde ich den Mut aufbringen, mich gegen die Gesellschaft zu stellen, um zu verteidigen, was mich begeisterte, woran ich glaubte? Sophokles versetzte mich nach Griechenland, erlaubte mir, zwei Stunden zu überleben. In der Pause bat ich die Marchi, ihn mir zu leihen, und sie gab ihn mir mit sichtlichem Gefallen, und den Rest des Vormittags verbrachte ich damit, heimlich Tragödien zu lesen und so zu tun, als würde ich mir Notizen in Biologie und Mathematik machen. Die anderen waren mit ihren Urteilen in meine Unterhose eingedrungen, hatten mich angeklagt, wo ich mich nicht verteidigen konnte. Ich schämte mich zu Tode, und unterdessen kehrte das alte Gefühl zurück, dass ich nichts war, was mir die Kehle zuschnürte und mir die Luft nahm, und unter der Bank war nicht mehr der Fußboden, sondern ein Krater. Ich wartete, bis meine Klassenkameraden mit dem letzten Glockenschlag den Raum verlassen hatten, dann stand ich auf und ging zum Fenster.

Ich öffnete es und stützte die Ellbogen auf das Fensterbrett. Ich beobachtete einen Tanker auf dem Weg wohin, nach Genua? Ein Tragflügelboot überholte ihn. Möwenschwärme folgten dem Kielwasser der Fähren von und nach Giglio. Es war, als wären alle Dinge auf Überfahrt, wären unterwegs, während ich an Ort und Stelle blieb. Wie gern, dachte ich, wäre ich nicht mehr ich selbst, sondern wie die anderen. Ich lehnte mich weiter hinaus, drückte den Magen gegen den Fensterrahmen und nahm die Füße vom Boden.

Und ich sah ihn.

Der leere Parkplatz, nur der Quartz und der schwarze Phantom. Und darauf Lorenzo, die blauen Augen auf mich gerichtet.

Ruhig schüttelte er den Kopf in meine Richtung.

Nein?, erwiderte ich stumm. Und was sollte ich tun? So weitermachen, mich mein Leben lang hassen? Was bedeutet leben? Gefallen? Geliebt werden? Sich im Recht fühlen, ein wenig glücklich zu sein?

Ich war keine griechische Heldin, sondern eine Jugendliche. Wie alle in diesem Alter hatte ich einen ausgeprägten Hang zum Dramatischen und erkannte im Tod eine einfache und unmittelbare Alternative für eine unerträgliche Zukunft.

Aber ich konnte mich nicht vor ihm hinunterstürzen.

Genervt schloss ich abrupt das Fenster. Ich zog die Jacke an, griff nach dem Schulranzen und rannte die Treppen hinunter. Als ich draußen war, lief ich an Lorenzo vorbei zu meinem Quartz, ohne ihn anzuschauen. Wir hatten uns nach dem Nachmittag nicht mehr geschrieben oder gesucht. Ich setzte den Helm auf und startete. Es wäre uns beiden unmöglich gewesen, auch nur ein Wort zu wechseln. Ich fuhr los, gab Gas und fuhr in das Gewirr der Gassen hinein, kam auf die Piazza dei Martiri und fuhr zur Strandpromenade hinunter. Im Rückspiegel bemerkte ich allerdings, dass Lorenzo mir folgte. Wenn ich beschleunigte, beschleunigte er auch. Wenn ich nach links abbog, tat er es auch. Ich nahm die Straße zum Aussichtspunkt. Die Steigung, die Kurven: Er blieb dicht an mir dran, damit ich ihn sah. Wollte er, dass ich anhielt? Wie hätte ich können?

Es war Folgendes geschehen unter der Daunendecke: Wir waren

nackt vom Bauchnabel nach oben, und ich hatte Angst. »Ich will dich anschauen«, hatte er gesagt und die Decke von unseren Köpfen gezogen. Ich hatte seine Gesichtszüge, seine Lippen auftauchen sehen und Lust verspürt, sie zu lecken. Weil ich ich war, es nicht mehr war. Ich wollte weglaufen und zugleich, dass er mich nahm.

Er hatte mir die Jeans ausgezogen, die Swarovski-Jeans, und hatte sie ins Gras geworfen, als wären sie Lumpen. Ich hatte sie einen Augenblick lang überrascht angesehen: Ich tue es vor dir, Bea, kannst du das glauben?

Ich hatte gespürt, wie Lorenzo mir die Unterhose auszog. Eine Geste, die noch niemand – mit Ausnahme meiner Mutter, als ich klein war – gemacht hatte. Aber waren sie wichtig? Die Kindheit, die Weihnachtsfeste, die Streitigkeiten, die Liebkosungen vor diesem Augenblick? Er hatte mich gebeten, ihm zu zeigen, wie ich mich berühre. Ich schämte mich, versuchte aber, ihn zu führen. Er war zu schnell, zu ungeschickt, aber er war da, bei mir, mit mir zusammen. Er hatte mich gebeten, das Gleiche bei ihm zu machen, und ich hatte es nicht gut gemacht, war kurz davor, vielleicht alles zu ruinieren, vielleicht, vielleicht aber auch nicht.

Ich war nicht gut im Reden und erst recht nicht darin, meinen Körper zu benutzen, der mir fremd war, der aber existierte, begehrte, forderte. Lorenzo war so schön, dass ich ihm alles verziehen hätte, ich fühlte meinen Mund von übertriebenen Geständnissen überfließen. Ich hätte mich verkauft, aufgelöst, damit er mich befriedigte.

Ich wollte wie die anderen sein. Ja sogar besser als die anderen. War das ein unverzeihlicher Wunsch? Er hatte den Arm ausgestreckt und aus der Tasche der Jeans das Kondom geholt. Diese Unterbrechung hatte Zweifel in mir geweckt. Ich hatte mich gefragt: Bist du sicher? Ich musste. Und dann war er eingedrungen, hatte gedrückt. Und ich, auf dem Rücken liegend, den ganzen Himmel über mir, das Gewicht seines Körpers, das mich zerquetschte, hatte einen so starken, so ungerechten Schmerz verspürt.

Ich hatte gespürt, dass Tränen über meine Schläfen liefen.

Ich erinnerte mich an alles, während ich weiterfuhr. Wie unfähig ich gewesen war. Ich war nichts wert. Er hatte bemerkt, wie weh er mir tat, obwohl ich es gern vor ihm verbergen wollte, und es war auch für ihn nicht schön gewesen.

Ich war weggelaufen. Hatte mich hinter einem Baum versteckt, den Wodka erbrochen und dabei eine solche Verachtung für mich selbst empfunden, dass ich mich von einem Felsen hätte stürzen können, unter einen Zug, aber am Ende war ich wie üblich auf den Quartz gestiegen und hatte mich wieder in der Stadt verloren, wie jetzt. Aber in der blutverschmierten Jeans von Beatrice.

Ich blickte in den Rückspiegel, Lorenzo verfolgte mich immer noch. Es war zwei Uhr; mein Vater würde diesmal wütend werden. Ich verringerte die Geschwindigkeit, er auch. Ich fuhr an den Straßenrand und parkte. Setzte mich auf die letzte Bank des Aussichtspunkts. Umfasste meine Knie und betrachtete die Insel Elba.

»Ich hab Valeria verlassen«, sagte er und setzte sich neben mich.

Ich drehte mich nicht um.

»Ich hab sie wegen dir verlassen.«

Ich dachte, dass ich ihn liebte. Und es war mir egal, dass dieses Wort übertrieben war, dass ich seine Bedeutung nicht kannte. Es ging jetzt nicht mehr um den Körper, jedenfalls nicht nur. Was zählte, waren die Worte, diese Idee der Ewigkeit, die sie Seele nennen, wegen der Gedichte geschrieben, Heldentaten begangen werden. Ich liebte ihn für immer mit allen Fasern meines Körpers, etwas anderes brauchte ich nicht zu wissen, damit er mir nichts versprechen, nichts zurücknehmen müsste. Ich liebte ihn.

»Wir können nicht zusammen sein«, erwiderte ich.

*

Zur gleichen Zeit verlor Beatrice in einer Zweizimmerwohnung, im letzten Stock eines Gebäudes ohne Lift, das auf die Piazza Padella führte, die Jungfräulichkeit mit Gabriele.

Länger hätte sie nicht warten können: Zwölf Tage nach mir waren bereits eine Schmach. Und ich muss lachen, wenn ich an die giftigen Sticheleien derer zurückdenke, die unterstellten, sie sei aus Scham nicht in die Schule gekommen. Bea? Ach was! Sie schwänzte, um sich durch die feuchten Gassen der Altstadt zu schlängeln, an der Sprechanlage zu klingeln, auf die mit einem Stift »Masini« geschrieben worden war, und hinaufzugehen in die gemietete Mansardenwohnung, zu ihrer ersten, vielleicht einzigen Liebe, bevor er seine Schicht in der Fabrik begann.

Mir wird bewusst, dass ich bereits jetzt so sensible Informationen preisgegeben habe, dass jedes italienische, französische, amerikanische oder russische Klatschmagazin mir ein Vermögen bezahlen würde, um sie zu veröffentlichen. Aber ich würde niemals zustimmen. Auch im privaten Rahmen dieser Seiten sind die Dinge, die ich berichten will, nur einige wenige Erinnerungen im Dienst der Erzählung. Die Momente der Verletzlichkeit und Zärtlichkeiten, die intimen Details, die Bea mir erzählt hat, spare ich aus; sie gehören ihr, und ich werde sie auch weiterhin für mich behalten. Denn im Unterschied zu ihr und wie die Marchi bin ich der Meinung, dass die Kultur eine wunderbare Befreiung der Natur ist, und was kein Geld einbringt und nicht dem Ruhm dient, ist im Übrigen nützlicher.

Es waren acht Stockwerke plus eins. Die Treppenstufen waren aus Stein, und die Wände schimmelten. Als Beatrice sie hinaufstieg, ging sie ein großes Risiko ein, und etwas zu riskieren sollte künftig ihre Lieblingsgewohnheit werden.

Gabriele wohnte zusammen mit seinem älteren Bruder in diesem alten Haus der Fischer, dessen Wände vom Salz zerfressen waren und in das nur wenig Licht drang. Von dem Fensterchen seines Zimmers aus konnte man an klaren Tagen die Insel Montecristo erkennen. Das Dachfenster der Küche ging dagegen auf den Platz, der, glaube ich, der kleinste Italiens ist: so groß wie mein Wohnzimmer, und so abgeschieden, dass du ihn, wenn du dort nicht lebst, nicht kennst. Die Anwohner hatten ihn mit Topfpflanzen und Wäscheständern dekoriert. Ich liebte ihn. Als wir älter wurden, organisierten wir alle zusammen großartige Abendessen in der Wohnung dort oben, und ich verbrachte dort die schönsten Samstagabende, an die ich mich erinnern kann. Mit Gabriele, der auf der Gitarre klimperte und »Albachiara« sang, und Salvatore, dem Bruder, der Spaghetti Carbonara kochte und die Gläser mit Rotwein füllte. Aber ich greife mindestens ein Jahr voraus.

An dem Morgen im Dezember 2000, dem 14., wie in meinem Tagebuch vermerkt, klopfte Bea an die Tür, und Gabriele öffnete ihr barfuß, in Boxershorts und T-Shirt, weil er gerade erst aufgewacht war, und eine Zigarette im linken Mundwinkel, weil er gleich nach dem Aufwachen rauchte. Beatrice war ihm verfallen. Sieben Jahre Altersunterschied, er hätte verhaftet werden können. Aber Gabriele war ein anständiger Kerl. Er machte Frühstück für sie beide, ich nehme an, es war neun Uhr, und sie schauten sich, eng umschlungen auf dem Sofa sitzend, ein paar japanische Zeichentrickfilme an.

Er kam aus Livorno und hauchte das c so stark, dass ich jedes Mal lachen musste. Mit siebzehn oder achtzehn hatte er die Schule satt und zog nach T zu seinem älteren Bruder. Die Eltern waren nicht gerade vorbildliche Personen, und ich glaube, sie hatten den Kontakt zu ihren Kindern abgebrochen. Er war arm wie eine Kirchenmaus, und das Geld zerrann ihm zwischen den Fingern. Beatrice, die schon als Minderjährige gut verdiente, steuerte zum Gas bei und bezahlte das Startgeld für ein paar Wettkämpfe. Aber ich verstand sie: Er sah so gut aus, dass die Frauen sich auf der Straße nach ihm umdrehten. Dunkelhaarig, schwarze Augen, sinnliche Lippen, so dunkle Haut, dass man ihn für einen Araber oder Nordafrikaner halten könnte. Er kiffte im Übermaß, wie mein Bruder. Er hielt sich für einen Motocross-Champion, aber um durchzukommen, arbeitete er in einer Fabrik, die noch heute, wenn auch in geringerem Umfang, Förderbänder und Zahnriemen herstellt.

Ginevra hätte ihre Tochter für weniger getötet.

Ich erinnere mich, dass es eine Zeit gab, in der Beatrice, um ihn präsentabel für ihre Eltern zu machen und eine Zukunft mit ihm zu haben, ihn zu überreden versuchte, Model zu werden. »Ich habe die Kontakte«, sagte sie zu ihm. »Ein Probefoto reicht, ich lasse zwei Fotos von dir machen, du musst nur still stehen.« Und er nichts. »Ich mag die Muschi«, rechtfertigte er sich, »nicht den Arsch.« Das war seine Sprache. An Beatrice schätzte er eben gerade die oberen Attribute. Die Wände der Wohnung waren tapeziert mit Motorrädern und Titten. Salvatore arbeitete auf den Schiffen, auch er vermisste regelmäßig gewisse Dinge. Überall waren nackte Frauen, in allen Stellungen. Aber mit uns, ich wiederhole es, waren sie immer nett.

Nachdem sie ein Stück von *Mein Nachbar Totoro* – Gabriele war ein großer Fan von Miyazaki – angeschaut hatten, zogen sie um ins Schlafzimmer. Der Bruder war nicht da, er war auf See. Sie hätten eine Woche allein leben können, ein perfektes Leben. Aber sie begnügten sich mit weniger und zogen sich im Morgenlicht aus. Er hatte geduldig monatelang auf sie gewartet, ohne sie zu drängen. Und jetzt war Beatrice ein Ereignis, sie hatte nicht die geringste Absicht, sich unter den Laken zu verstecken.

Alle waren bei der Arbeit oder in der Schule, die Stille der Häuser ringsum hüllte sie ein, als wäre Sonntag. Lediglich eine Nachbarin, die die Pflanzen goss, eine ferne Wäscheschleuder, der Postbote, ein Telefongespräch des Mieters im Stockwerk darunter waren zu hören. Sie hatten die Jalousien ein bisschen runtergezogen, als der Moment gekommen war. Danach waren sie die ganze Zeit im Bett geblieben, hatten eine Pizza zum Mittagessen bestellt und sie auf den Laken sitzend gegessen. Und das bis vier Uhr nachmittags, als sie mich von einer Telefonkabine aus gebeten hatte: »Heute bin ich bei dir gewesen, okay? Ich gehe jetzt von dir weg.« Und sie hatte aufgelegt.

Bei ihr war es besser gelaufen als bei mir. Nicht zu sehr, keine Idylle, aber Gabriele hatte mehr Erfahrung als Lorenzo, und Beatrice wusste ihren Körper zu benutzen; an ihrer Schläfe klebte der kategorische Imperativ, immer gefallen zu müssen, gefallen und Schluss. Sie hatte absichtlich die Flecken aus *der* Jeans entfernt. Sie hatte sie nicht der Haushälterin gegeben und auch nicht in den Wäschekorb gelegt. Sie hatte sie heimlich mit Kernseife gerieben und über der Badewanne abtropfen lassen. Sie wollte sie ihrerseits zum gleichen Anlass tragen, meinen Fleck entfernen, um ihren hinzuzufügen. Das war letztendlich der Zweck unseres Diebstahls gewesen.

Anschließend war, wie ich erfuhr, die Jeans zu vierhundertzweiunddreißigtausend Lire wieder in den Schrank geräumt worden, ins oberste Fach, und blieb dort begraben.

11

Die Liabel

Ich blicke auf die Uhr: Es ist zwei. Ich habe weder die Wohnung aufgeräumt noch die Besorgungen erledigt, die ich hätte machen sollen, und auch nicht zu Mittag gegessen. Durch das Schreiben habe ich mich an diesem Ort, der Vergangenheit, verloren, und als ich jetzt aufstehe, bin ich so verwirrt, dass ich mein Leben fast nicht wiedererkenne.

Ich gehe zum Fenster und betrachte die Bogengänge und Passanten, ohne sie zu sehen. Ich frage mich: Ist es möglich, dass wir uns wegen Lorenzo geprügelt haben? Dass sie als Trupp vom naturwissenschaftlichen Gymnasium gekommen sind, um Valeria zu rächen? Ich ertappe mich, dass ich ganz für mich allein lache. Ich drehe mich um und habe das Gefühl, das Zimmer sei voller Motorräder, die im Kreis fahren, die Haare, die aus den Helmen flattern, und die Stoßstangen sind voller Aufkleber und Aufschriften. Klar, handgreiflich werden wegen eines Jungen, sich auf diese Weise streiten wie hungrige Löwinnen ... Ich schüttele den Kopf, öffne den Schrank, suche was zum Anziehen, um hinauszugehen. Allerdings schaue ich instinktiv wieder zum Computer, der eingeschaltet geblieben ist.

Es stimmt nicht, dass etwas nicht geschehen ist, wenn ich es nicht erzähle. Es ist natürlich geschehen. Und ich bin mir bewusst, dass ich von Anfang an einem bestimmten Kapitel dieser Geschichte ausweiche, ich will es beginnen, und dann überspringe ich es, gehe darüber hinweg und mache weiter, und auf diese Weise entscheidet es immer noch an meiner Stelle und bleibt der Stärkere. Es reicht jetzt. Wenn ich mich beeile, bin ich in einer Stunde damit fertig und schaffe es vielleicht noch, einen Toast im Baraccio zu essen, bevor ich zur Arbeit gehe; vielleicht etwas erleichtert.

Die Frauen – und da nenne ich mich an erster Stelle –, die sich um einen Mann raufen und sich für ihn zerfleischen, haben leider nicht nur etwas Absurdes, sondern auch etwas Tragisches an sich. Denn danach geht fatalerweise er unbeschadet seiner Wege, frei, sein Leben zu leben, während wir Frauen zurückbleiben, mit leeren Händen und voller Narben.

*

Mama und Niccolò verließen T für immer am Morgen des 6. Oktober 2000, einem Freitag, ich glaube, gegen zehn.

Am Tag zuvor war Mama am späten Nachmittag so gelangweilt, dass sie auf die Idee kam zu lesen. Niccolò war nicht da, wir waren allein im Wohnzimmer, ich lernte, und sie dachte nach. Irgendwann stand sie vom Sofa auf und betrachtete die Bücherregale wie jemand, der noch nie ein Buch gelesen hatte – und nichts mit sich anzufangen wusste –, und unter den Hunderten von Büchern, die alphabetisch geordnet waren, fiel ihre Wahl auf *Fiesta*.

Hemingway stand da unbemerkt in einer über Jahrzehnte vergilbten Billigausgabe, und er wäre dort geblieben, wenn Mama nicht entschieden hätte, ihn zu stören. Sie nahm ihn mit zu ihren Kissen, öffnete ihn, und ein Polaroid fiel zwischen ihre Knie.

Warum ich Fotografien hasse?

Weil diese Aufnahme, noch vergilbter als das Buch, in dem sie versteckt oder vergessen worden war, ein Mädchen mit Zöpfen und nacktem Busen zeigte. Sie war datiert auf den 23. April 1981, genau fünf Monate vor Mamas und Papas Hochzeit, und auf der Rückseite stand: »P. mein Liebling, deine R.«

Ich wiederholte das griechische Alphabet, als ich hörte, wie Mama »Mistkerl« zischte und mich unterbrach. Ich wandte den Blick zu ihr, die blass geworden war und mit weit aufgerissenen Augen das Foto anstarrte. Wozu soll es gut sein, das Leben, eine Pose, einen Augenblick in ein Bild zu zwängen, das zwangsläufig falsch gedeutet wird? Ich weiß es nicht, fragt Beatrice Rossetti.

Ich werde die Identität von R. nicht preisgeben, weil es respektlos wäre, sie ist sogar eine berühmte Forscherin auf dem Gebiet der Gravitationswellen geworden. Ich sage nur, dass, wie ich im Folgenden herausfand, sie und mein Vater zusammen an der Universität studiert hatten und es offensichtlich nicht dabei geblieben war.

»Wir waren am 23. April schon seit zwei Monaten verlobt«, sagte meine Mutter. »Und er trieb es immer noch mit der da!«

Zu der Zeit ging sie wenig aus. Nach dem spektakulären Streit an Ferragosto war sie wie erloschen, der jugendliche Rausch des Juli war verflogen und hatte sie mit zweiundvierzig zurückgelassen, unerlöst und in einer Stadt, die nicht ihre war. Sie hatten versucht, den Riss zu kitten, sie und Papa, die Ecken abzurunden, wie man sagt, aber wir bestehen alle aus Ecken und Kanten, und daher stießen sie sich daran. Sie gingen abends allein ins Restaurant, machten sonntags Ausflüge in irgendeine geschützte Oase, aber es endete immer damit, dass sie streitend nach Hause kamen, und der Grund war immer der Gleiche: die Kinder.

»Klar«, bemerkte Mama an jenem Tag, »wie könnte es anders sein? Ich war immer Arsch und Titten und er das Gehirn.«

Papa wollte, dass Niccolò sich in eine Schule einschrieb, und sei es eine Abend- oder Privatschule. Mama erwiderte, das sei sinnlos, weil *sie* ihn kenne, weil *sie* wisse, wie schwer es für ihn sei, seinen Weg im Leben zu finden, dass ihm immer das männliche Vorbild gefehlt habe. Papa steckte den Schlag ein, ärgerte sich, biss sich auf die Zunge und ging zum Gegenangriff über. »Was soll ohne Diplom aus ihm werden? Er wird weiterhin Drogen nehmen. Warum willst du nicht, dass er mit einem Psychologen spricht?« »Du und dein Radical-Chic-Luxus«, tadelte sie ihn spöttisch. Und sie stritten stundenlang im Schlafzimmer weiter, anstatt zu schlafen. Und dann fand Mama dieses Foto.

»Schau sie dir an, Elisa. Hundert Diplome, aber trotzdem ein Flittchen.«

Sie reichte mir das Polaroid. Ich hasste es, wenn meine Mutter ordinär wurde. Das war beschämend. Ich betrachtete verlegen das Porträt, ich hatte keine Lust, die Titten von irgendjemandem zu sehen, aber sie zwang mich dazu. »Ich hatte ihn sogar gefragt: ›Warum ziehst du mich ihr vor?‹ Ich war nicht schwanger, als wir uns verlobt haben, was für einen Grund sollte er haben, sie zu verlassen? Ich war sicher, dass er mich verarschte, und ich hatte recht.«

Ich legte die Aufnahme umgedreht auf den Tisch. Ich wich Mamas Blick aus, weil ich nicht wusste, was ich ihr sagen sollte. Ihr Liebesleben war kein Thema zwischen uns, ich wollte nicht alles über sie wissen, aber sie sparte nicht mit Details, und ich errötete.

Ich hasse Fotos, sagte ich; von mir sind so wenige im Netz, dass man meinen könnte, ich hätte nie existiert. Immer wenn ein Kollege oder eine Freundin beschließt, eines zu machen, schaue ich, dass ich wegkomme, und verstecke mich. Und jedes Mal, wenn ich R. sehe, mit Brille und inzwischen kurzem und ergrautem Haar, in den Fernsehnachrichten oder in irgendeiner wissenschaftlichen Sendung, erinnere ich mich an ihre Hippiezöpfe, an ihre Nippel, und sosehr ich mich auch bemühe, ich kann sie einfach nicht ernst nehmen.

Dass die Beziehung zwischen Mama und Papa schwierig war, hatte ich bemerkt. Dass sie eine falsche und unbegründete Anziehungskraft verband, ebenfalls. Ich hätte mir niemals gewünscht, dass sie wieder zusammenkommen, aber nun lebten wir in T alle zusammen, wir waren fast eine Familie, und ich konnte nicht zulassen, dass sie sich trennten.

In meiner Verzweiflung sagte ich zu ihr: »Mama, Papa liebt dich.«

Sie brach in Gelächter aus.

Wenn er von der Uni nach Hause kam, schlug sie ihn. Ich hatte damals manche private Schublade von Mama noch nicht geöffnet und noch kein Material über ihre Vergangenheit gefunden, das für mich unvorstellbar war, aber heute sehe ich sie wieder vor mir, wie sie sich auf Papa stürzt, und mir wird klar, wie viel Rock in der Kraft ihrer Ohrfeige lag. Der Groll darüber, auf einen Traum verzichtet und ihn gegen ein Leben mit ihm eingetauscht zu haben; er, der nach Paris oder Berlin fuhr, und sie, die zu Hause blieb bei den Kindern und die Waschmaschine füllte. Meine Mutter führte ein freudloses Leben, das alles andere als normal war. Weil es so nicht weitergehen konnte, fand er einen Lehrstuhl an der Universität, und sie landete in der Fabrik, aber das war immerhin besser, als den ganzen Tag zu Hause zu bleiben, nur um uns von der Schule abzuholen.

Die Bassistin, die Led Zeppelin auf der Bühne spielt, allein schon die Vorstellung zerreißt mir das Herz. Und dieses blöde Polaroid zerriss das meiner Mutter.

»Ich kann alles ertragen, aber dass du immer in eine andere verliebt warst, nicht«, schleuderte sie ihm an dem Abend ins Gesicht, »das schlägt dem Fass den Boden aus, das bedeutet, dass zwanzig Jahre meines Lebens eine Lüge gewesen sind.«

Papa sah sie verwirrt, ohnmächtig an. Wie hätte er ihr sagen können, dass in Wirklichkeit das Foto die Lüge war? Sein Gesicht zeigte ganz deutlich, dass er sich lieber in R. verliebt hätte, denn mit ihr wären die Dinge weniger kompliziert gewesen. Aber die Liebe hatte ihn getäuscht und täuschte ihn immer noch.

»Annabella, das ist nur ein Ausrutscher aus Unizeiten. Dass du es dort gefunden hast, beweist, dass es keine Bedeutung hatte. Sie wird es mir zur Erinnerung gegeben haben, keine Ahnung. Das ist absurd!«

Aber Mama wollte nichts hören. Dass R. eine Frau war, die Karriere gemacht hatte, und sie nicht, dieser Unterschied wog zu schwer. Wenn ich heute an ihren Streit wegen dieses Fotos denke und ihn mit meinem wegen Valeria vergleiche und vor allem mit dem unendlich viel schlimmeren, von dem ich später noch erzählen werde, wird mir bewusst, wie albern diese Streitereien um einen Mann waren, die mir mein Leben ruiniert haben. Und wie viele offene Probleme mit uns selbst, wie viel Verzicht wir damit überspielt haben.

Wir aßen nicht zu Abend. Niccolò kam spät nach Hause. Sie stritten immer noch. Er fragte mich, was passiert sei, ich erzählte es ihm, und er erwiderte, er würde in sein Zimmer gehen, sonst würde er ihn verprügeln.

Mein Bruder und ich trafen uns – natürlich nicht zum ersten Mal – um Mitternacht in der Küche, weil wir vor Hunger Magenkrämpfe hatten. Mama und Papa hatten um elf die Wohnung verlassen und den Wagen genommen. Sie waren verschwunden. Die Wohnung war in eine beängstigende Stille getaucht.

»Ich habe Angst, dass sie nicht mehr zurückkommen«, sagte ich zu Niccolò, während wir uns eine Packung Buondì teilten.

»Papa scheint mir nicht der Typ zu sein, der sie umbringt«, erwiderte er, »das Gegenteil ist wahrscheinlicher.«

Das, woran ich mich danach erinnere, ist ein tausendmal unterbrochener Schlaf. Immer wieder schreckte ich auf, lief in die Küche, zog den Vorhang zur Seite und betete, den Passat wieder unter unserem Balkon geparkt zu sehen. Um eins, um zwei, um drei. Nichts.

Sie kamen um sechs nach Hause.

Ich hörte den Motor, dann das Klirren der Schlüssel, die Schritte im Flur, die Tür ihres Zimmers, die geöffnet und geschlossen wurde, und ging sofort hin, um zu lauschen.

Ihre Stimmen klangen erschöpft, als hätten sie sich die ganze Nacht auf einer Klippe gegen den Wind angeschrien. Was Papa Mama schließlich sagte und woran ich mich genau erinnere, war dies: »Elisa muss sich von dir lösen, ihr habt eine Beziehung, die sie daran hindert, erwachsen zu werden. Sie muss sich den anderen öffnen, sie braucht ein unbeschwertes Umfeld, Anregungen und Kultur. Niccolò haben wir verloren, wir dürfen nicht auch noch sie verlieren.«

Ich hörte diese Worte und glaubte zu sterben, innerlich schrie ich verzweifelt: Nein, Mama. Widersprich ihm, bitte!

Stattdessen hörte ich sie antworten: »Du hast recht.«

*

Um zehn Uhr morgens sah ich, wie der in aller Eile mit halb geschlossenen Koffern beladene Alfasud hinter einer Hecke verschwand, die Reisetaschen vor dem Heckfenster gestapelt. Mama am Steuer, Niccolò neben ihr und niemand auf dem Rücksitz. Ich verließ das Küchenfenster, verkroch mich in mein Zimmer und presste ihren Pyjama an mein Herz.

Kurz zuvor hatte ich sie angeschrien: »Das darfst du nicht!«, und hatte mich zwischen sie und den Rollkoffer gestellt, der auf dem Ehebett lag. »Lass mich nicht allein!«, und ich leerte ihn wieder, während sie ihn füllte. »Ich komm mit dir!« »Nein«, hatte sie geantwortet und mich mit den angespannten Gesichtszügen derjenigen angeschaut, die nicht diskutiert. Ich hatte ihr die BHs aus der Hand gerissen und auf den Boden geschleudert. Sie hatte mir eine ihrer heftigen, endgültigen

Ohrfeigen versetzt. Daraufhin hatte ich mich in eine Ecke gekauert und geweint, auf dem Stuhl, auf dem Papa immer seine Hosen liegen ließ. Aber auch mit meinen Tränen war es mir nicht gelungen, sie von ihrem Vorhaben abzubringen, sofort nach Biella zurückzukehren.

»Du bleibst!«, hatte sie mich angeschrien, als wäre das eine Schuld. Und alles, was ich fähig war zu tun, um die Schäden in Grenzen zu halten, war, ihr den Pyjama zu klauen, der unter ihrem Kissen lag und den sie seit Tagen benutzte.

Als ich mich in mein Zimmer eingeschlossen hatte, tauchte ich die Nase in den Stoff ihres T-Shirts, dort, wo die Baumwolle Kontakt mit dem Nacken hat. Mit tränenüberströmtem Blick las ich das Etikett: »Liabel.«

Es war ein Freitag. Ich war nicht krank, aber ich ging nicht in die Schule. Papa hatte in der Uni angerufen und seine Kurse abgesagt. Ich konnte nicht glauben, dass wir beide allein zurückgeblieben waren. Draußen war es warm, die Sonne schien, manche gingen noch an den Strand, um zu baden. Ich fühlte mich an diesem Vormittag, in dieser Wohnung fehl am Platz. Welches Wort würde Papa mir ins Schulheft schreiben, um meine Abwesenheit zu entschuldigen? »Unpässlichkeit«? »Grippe«? Hätte er denn schreiben können: »Verlassen worden«?

Die Sonne drang hell ins Zimmer und störte mich. Die Renovierungsarbeiten am Nachbarhaus, die Nachbarn auf dem Balkon, die Amseln, die auf den Hecken hüpften, jedes Lebenszeichen ging mir auf die Nerven. Ich zog die Jalousie herunter, und während ich sie schloss, bemerkte ich die Platane im Hinterhof. Ein Quadrat aus Beton ohne Sinn und Zweck, an zwei Seiten von dem Mehrfamilienhaus begrenzt und an den beiden anderen von einem Netz, das über einem Abgrund hing. Ich hatte diesen Baum tausendmal gesehen, aber nie beachtet, so überflüssig war er. Ich ließ die Jalousie vor meinem Alter Ego herab, vor der ganzen Welt, als würde ich mit einer Axt darauf einschlagen müssen. Ich drückte den Schalter, die Energiesparlampe verbreitete ein kaltes Licht im Zimmer und verwandelte es in einen Bunker. Genau das wollte ich.

Ich betrachtete den weißen Schrank mit den rosa Türgriffen, wie sie serienmäßig für romantische Mädchenzimmer hergestellt werden, und die Fächer für die Kleidung aller vier Jahreszeiten neben und über dem Bett. Was sollte ich mit all diesem Schmerz machen? Er war unerträglich, er schnürte mir die Kehle zusammen. Ich riss die Türen auf und zerrte alles heraus. Pullover, Blusen, Jeans, alles kunterbunt durcheinander. Ich nahm jedes Fach und drehte es um: Unterhemden, Unterhosen, Pyjamas. Als nichts mehr drin war, betrachtete ich den Berg, den ich auf dem Bett aufgetürmt hatte, und fand endlich Frieden.

Ich streckte einen Arm aus und fischte zufällig mit den Fingerspitzen die Hose eines Trainingsanzugs heraus. »Bravo, Elisa, schau mal, ob du auch die passende Jacke findest.« »Mach ich, Mama.« Ich steckte erneut den Arm bis zum Ellbogen hinein, tastete aufs Geratewohl und zog ihn mit einer Unterhose heraus. »Nein, die passt dir nicht, such weiter.« Ich hatte das Gefühl, den Fabrikgeruch wahrzunehmen. Exakt die Neonbeleuchtung des großen fensterlosen Raums getroffen zu haben. Die Freude der Samstagnachmittage im Fabrikverkauf, die Stunden der Jagd nach den Größen, nach den Resten der Musterkollektion, gebeugt wie die Unkrautjäterinnen auf den Reisfeldern, versunken in dem, was Mama die »Wühlkörbe« nannte.

Ich habe einen großen Teil des Glücks meiner Kindheit beim Wühlen in diesen großen Körben erlebt. Noch heute parke ich, wenn ich nach Biella komme, vor der Fabrik der Liabel, atme tief durch und gehe hinein. Auch wenn ich nichts damit anfangen kann, greife ich nach einem Body für Kinder, einem Unterhemd aus Wolle, um das Trugbild dieser Vollkommenheit wiederzufinden: Ich und meine Mutter zusammen. Ohne Papa, ohne Niccolò, ohne Männer. Unzertrennlich.

Beatrice hat mir einmal, als sie traurig war, gestanden, dass Kleider für sie mehr als eine Maske sind: ein Versteck, in das sie sich flüchten konnte. Und ein anderes Mal, als sie aufgekratzt war, dass sie sich, wenn sie den Schrank öffne und die unterschiedlichsten Kleidungsstücke miteinander kombiniere, wie eine Hexe fühle, die mächtige Tränke und Zauber herstelle.

Für meinen Vater hatte die Kleidung keine Bedeutung, sie war ein Mittel wie jedes andere, um zu überleben.

Für mich, glaube ich, bedeutete sie den Schatten der Hände meiner Mutter, den Stoff der Zeit mit ihr.

Ich erinnere mich nicht, wie viele Stunden ich an jenem nicht wiedergutzumachenden Vormittag versunken ins Spiel der Körbe verbracht habe. Ich glaube, ich zog es bis zum Äußersten in die Länge, bis Papa an die Tür klopfte und sagte, dass wir »trotz allem« zu Mittag essen müssten und dass es außerdem angebracht sei »zu reden«. Ach ja, dachte ich, und worüber? Entschlossen, den Riss unbenannt zu lassen, den Stoff, die Qualität der Baumwolle mit den Fingerspitzen zu prüfen, als wäre Mama nie gegangen. »Das Schnäppchen, suchen wir das Schnäppchen!«

Papa ließ nicht locker, und schließlich öffnete ich ihm. Er riss die Augen auf angesichts des Durcheinanders. Mir war nicht danach, Erklärungen zu geben, ihm nicht danach, Fragen zu stellen.

Gemeinsam räumten wir schweigend alles wieder auf.

12

Weihnachten 2000

Zweieinhalb Monate später, am Samstag, dem 23. Dezember, saßen Papa und ich schweigend auf einer Bank auf Bahnsteig zwei und überprüften öfter als nötig auf der Ankunftstafel den Intercity aus Genua.

Es war dunkel, als wäre Nacht, das Thermometer am Schild der Apotheke nebenan zeigte ein Grad an. Die vier Gleise des Bahnhofs von T waren nicht voller als sonst, und aus der Bar drang ein Geruch nach heißer Pizza, der mich an La Lucciola erinnerte.

Gegenüber hinter den Gleisen sah man Kinder, die im Licht einer Laterne Fußball spielten. Aus einem Fenster hörte ich die Stimme einer Frau: »Es ist kalt, Tito, pass auf, dass du nicht schwitzt!«, und dachte, dass Mama das nie zu uns sagte. Die Mütter der anderen dagegen mahnten ständig, und ich hatte mich immer gefragt, wie man das anstellen sollte: indem man sich nicht bewegte, langsam lief? Wie ist es, nicht zu schwitzen? Mama ging mit uns in den Park und kümmerte sich nicht mehr um uns. »Geht«, sagte sie uns, »lasst mich atmen.« Sie legte sich in die Sonne, sah nicht mehr nach uns und sprach nicht mit den anderen Frauen, die ihre Kinder überwachten und Verbote riefen. Vielleicht träumte sie, während ich schaukelte und Niccolò wie ein Schwein schwitzte.

»IC 503 17:47«, es fehlten noch elf Minuten. Ich fürchtete, der Zug könnte plötzlich verschwinden, ankommen, aber leer sein. Ich wusste nicht, wo ich mit den Händen, den Füßen, meiner Angst hinsollte. Papa blätterte im *Corriere*, auch für ihn dürfte es nicht leicht sein. In welcher Eigenschaft wartete er? War er der Ex-Ehemann, der Vater ihrer Kinder oder immer noch heimlich der Verliebte? Fürchtete auch er, dass sie im letzten Moment nicht losgefahren waren?

Wir waren die öde Hälfte einer Familie, die nie existiert hatte. Aber wir hatten uns angestrengt. An den letzten Nachmittagen hatten wir nach der Schule die Bücherregale abgestaubt, die Vorhänge gewaschen, im Fischgeschäft das Weihnachtsmenü bestellt und in der Konditorei einen Panettone ohne kandierte Früchte, weil Mama die nicht mochte. Gemeinsam hatten wir hart gearbeitet, um diese zwei Wochen schön zu gestalten, sie möglich zu machen, und wir hatten über die Aufteilung der Betten diskutiert.

»Wo schläft Mama?«, hatte ich mich sofort erkundigt.

»In meinem Zimmer«, hatte er geantwortet. »Ich kann auf dem Sofa schlafen.«

»Nein«, hatte ich erwidert, »sie schläft bei mir. Und Niccolò bekommt wieder sein altes Zimmer.«

Er hatte den Kopf geschüttelt. »Du bist fast fünfzehn, Elisa.«

Ja, aber ich hatte sie seit achtundsiebzig Tagen nicht mehr gesehen. Es war 17 Uh 39. Papa tat so, als sähe er nach dem Wetter. Der Lautsprecher kündigte eine Verspätung an, die zum Glück nicht uns betraf. In der Ferne erkannte ich am Kiosk hängend die *Cioè*, die mir zu kaufen ich Mama in der Vergangenheit manchmal gebeten hatte, um zu erfahren, was dieses »Petting« war, von dem alle meine Klassenkameradinnen sprachen, und wegen der Tests, die dir sagten, was du auf der Grundlage deiner Lieblingsschminke warst. Wimperntusche? Romantisch. Grundierung? Unsicher. Lippenstift? Entschlossen. Ich hatte die Seiten studiert, als wären sie eine Abhandlung über die Jugend, und es hatte immer damit geendet, dass Mama mir die *Cioè* klaute und selbst die Tests machte. Sie hatte einen solchen Spaß daran, die Kästchen anzukreuzen und mir das Ergebnis vorzulesen: »Wirke ich unsicher?« Wie wenig wussten wir doch über uns selbst.

Um 17 Uhr 44 hörte ich auf, den Kindern beim Fußballspielen zuzuschauen, das angespannte Gesicht meines Vaters zu betrachten und die blonden und lächelnden Jungs auf den Titelbildern der *Cioè* anzustarren, die mich an Lorenzo erinnerten. Ich richtete mich gegen Norden. Und ich fixierte den Tunnel, in dem die Gleise verschwanden, und begann zu zählen wie in schlaflosen Nächten: 1, 2, 3, um nicht in den Strudel der Fragen und Erinnerungen zu geraten, in dem Bewusstsein, dass ich eine Geschichte hatte, ohne zu wissen, wie ich aus ihr herauskommen könnte, 120, 121, 122, und die Scheinwerfer des Intercitys durchstachen die Dunkelheit. Grüne Schnauze, zehn schmutzige Wagen, alt, ratternd, und doch kam er mir unendlich, ja sogar majestätisch vor; wie der erste, den sie mir, mich auf dem Arm haltend, 1987 oder 88 auf dem Bahnhof von Biella gezeigt hatte.

*

Zufällig habe ich vor zwei Monaten, Mitte Oktober, als ich ihr Zimmer in der Via Trossi aufräumte, entdeckt, dass Mama von achtzehn bis einundzwanzig als Annabella Dafne Cioni den E-Bass in einer Rockgruppe gespielt hatte.

Ich wusste es nicht nur nicht, ich hätte es mir auch niemals vorstellen können.

Wenn ich ihre Biographie auf der Grundlage dessen, was ich immer gesehen und gehört habe, zusammenfassen müsste, würde ich so etwas schreiben wie: »Einzige Tochter eines betagten Paares, das niemals eine Liebkosung ausgetaucht hat, zumindest nicht vor den Enkelkindern, ist Annabella in Miagliano aufgewachsen, der zweitkleinsten Gemeinde Italiens. Nicht gerade eine brillante Schülerin und ohne Interessen, brach sie früh die Schule ab, um zu heiraten, zu fliehen und eine neue Familie zu gründen, die ebenso katastrophal wie die ursprüngliche war.«

Ich stelle mir die langweiligen Nachmittage in dem kleinen Zimmer mit Blick auf die Straße in Miagliano vor, die Sonntage auf dem Platz mit den Gleichaltrigen aus der Pfarrgemeinde, wo sie *was* machten? Mit Steinen werfen? Im Gymnasium blieb sie sitzen, auf der Lehrerbildungsanstalt waren die Ergebnisse auch nicht besser. Daraufhin schrieb sie sich auf einem Privatgymnasium ein, allerdings ohne den Abschluss zu machen, denn mit achtzehn hatte sie endgültig die Nase voll, schmiss die Schule, und meine Großeltern konnten nichts mehr tun, als in Schweigen zu verfallen.

Großmutter Tecla war buchstäblich verrückt; die zweite Person, die mir einredete, dass es einen Fluch gäbe, mit dem irgendjemand die Frauen unserer Familie belegt hätte. Aber Großvater Ottavio war noch schlimmer: Grundschullehrer im Nachbardorf, streng und so knauserig, dass er mir oder meinem Bruder nie ein Geschenk gemacht hatte, mit Frau und Tochter nie ans Meer gefahren war und meiner Mutter nie erlaubt hatte, abends auszugehen. Partys, Tanzlokale, Pizzerien, alles war verboten. Nur hinsichtlich einer fixen Idee hatte er nicht gegeizt: Musikunterricht. Solfeggio, Gitarre, Klavier. Ab dem Alter von fünf Jahren war Mama verpflichtet gewesen, zum Unterricht in die Schule von Signora Lenzi in Andorno zu gehen. Der Großvater hatte sogar einen Flügel gekauft, damit sie zu Hause üben konnte. Er wollte um jeden Preis, dass seine Tochter Musikerin würde, und das Ergebnis war, dass Mama sich, kaum dass sie volljährig war, rächte, indem sie AC/CD und Led Zeppelin spielte, im BH und mit Bandana und Schlaghose auf den Volksfesten in Camandoba, Camburzano und Graglia.

Aber das habe ich erst dieses Jahr erfahren, 2019, als ich ihre letzte Schublade öffnete.

Die Gruppe, die nur aus Frauen bestand, nannte sich Violaneve. Mit Hilfe der Ausschnitte aus *Il Biellese*, *L'Eco di Biella* und *La Stampa*, die in einem Ordner aufbewahrt waren, konnte ich mir eine Vorstellung machen, was für einen Skandal die vier Mädchen der Band in den Tälern auslösten: hemmungslos, halb nackt und doch verschiedenen Artikeln zufolge talentiert, innovativ und »auf Erfolgskurs«.

Ich habe Hunderte Fotos und Negative in einer Schuhschachtel gefunden. Viele Aufnahmen sind verrutscht, unscharf, mit halben Fingerkuppen auf dem Objektiv, aber auf anderen, professionellen, zeichnen sich die Nahaufnahmen meiner Mutter durch ihre Schönheit und diese übernatürliche Aura aus, die berühmten Persönlichkeiten eigen ist. Auf einem drückt Mama beim Spielen die Lippen ans Mikrophon, und ihr Lächeln ist erfüllt und glücklich, wie ich sie noch nie habe lächeln sehen. Auf einem anderen umarmt sie einen langhaarigen, bärtigen Kerl, sie küssen sich in der Menge mit erhobenen Bierflaschen.

Ich setzte mich auf den Boden, während ich das entdeckte, zutiefst verwirrt. Unfähig, den Blick von dem rebellischen Mädchen zu wenden, das dreizehn Jahre jünger war als ich jetzt und auf einer Bühne stand, im Scheinwerferlicht, als wäre es etwas ganz Normales. Eine Unbekannte, die Courtney Love oder Janis Joplin sein könnte, aber meine Mutter war. Ich habe auch zehn Videokassetten mit den Daten und Orten der Konzerte gefunden, aber bis jetzt hatte ich noch nicht den Mut, sie anzuschauen.

Denn vielleicht war sie gut. Vielleicht hätte Mama, wenn die Violaneve es 1980 geschafft hätten, bei dem Konzert am 1. Mai in Turin aufzutreten, jemand werden und ein Leben führen können, das bleibt, anstatt hinter uns zu verschwinden. Sie sprach nie darüber, aber als ich die Fotos, die Berichte und die Briefe dieser vier Jahre von 1976 bis 1980 in der Hand hielt, wurde mir bewusst, wie wichtig ihr diese Phase ihres Lebens gewesen ist. Sie, die sonst so unordentlich war, hatte in dieser Schublade jede Erinnerung sorgfältig und vor Staub geschützt aufbewahrt.

Doch als ich sie an jenem Tag lange vor Weihnachten 2000 aus einem Wagen des Intercity steigen sah, interessierte mich nicht, wer sie war. Im Gegenteil. Ich wollte sie wieder für mich haben. Und ich wollte die Gewissheit, dass ihr Leben vor mir leer gewesen war, dass meine Geburt das einzige bedeutsame Ereignis in ihrem Leben war. Während ich ihr entgegenlief und mich ihr an den Hals warf, fühlte ich mich tyrannisch und rücksichtslos.

Mama umarmte mich fest und lange. Niccolò stieg aus und zerrte zwei große Koffer aus dem Zug, und Papa versuchte ungeschickt, ihm zu helfen. Ich achtete nicht auf sie. Ich öffnete Mamas Mantel und legte meinen Kopf auf ihren Pullover, das Ohr an ihre Brust gedrückt, um ihren Herzschlag zu hören. Wir waren gleich groß, zwei ebenbürtige Körper, getrennt in unterschiedliche Geschichten, aber sie hatte mich gewiegt, angezogen, gestillt, und diese Vergangenheit war ein Ort; wie La Lucciola, der Mucrone, die Palazzina Piacenza, die Liabel.

Mir kommt jetzt in den Sinn, dass ihre Rückkehr nach Biella vielleicht wirklich zu meinem Besten war: mich von ihr fernhalten, damit ich nicht bei ihr versauerte, mir eine Neugeburt ermöglichen. Aber damals waren solche Gedanken undenkbar.

Ich erinnere mich an das Rattern des Intercity, der in Richtung Rom abfuhr, an die Jungs, die dribbelnd den Hof verließen, und an uns, die wir lachend und uns kitzelnd zum Passat gingen und uns zu dritt auf die Hintersitze zwängten.

Während Papa vom Bahnhof nach Hause fuhr, beobachtete er uns wie ein Taxifahrer im Rückspiegel.

*

Den Nachmittag von Heiligabend verbrachten wir am Herd. Wir mussten erst miteinander warm werden, stießen versehentlich zusammen beim Öffnen eines Ladens, einer Schublade, entschuldigten uns mit gesenktem Blick, verlegen, wieder alle zusammen in der Küche zu sein. Ich aber war glücklich. Die anderen drei weniger, doch mit Hilfe der Rancid in erhöhter Lautstärke und einer Flasche Wein, die wir um drei entkorkten – es war Mamas Idee: »Kommt, feiern wir!« –, wurden wir alle allmählich lockerer.

Das Menü sah Risotto alla Pescatora und Frittura di Pesce vor. Papa bemühte sich nach Kräften, die Arbeiten zu dirigieren, rührte mal hier, mal da und fügte Salz und Chili hinzu. Mama kontrollierte die Schalen der Muscheln, ob sie sich geöffnet hatten oder nicht. Ich bekam die Aufgabe zugeteilt, den dünnflüssigen Teig für die Frittura vorzubereiten, und saute alle Oberflächen mit Mehl und Eiweiß ein, wurde aber nicht ausgeschimpft. Niccolò bot sich überraschenderweise ebenfalls an mitzuhelfen. Pogend und »I'm a hyena fighting for lion share« singend, klaute er mir die Eier, band sich die Schürze um und knetete den Teig für einen Karottenkuchen.

Wir hatten keinen Baum geschmückt, wir mussten uns nichts vormachen, um vier waren wir schon betrunken. Vielleicht, überlegte ich, während ich Papa, Mama und Niccolò beobachtete, die sich recht gut amüsierten, konnten wir uns nur so gut miteinander fühlen, indem wir entgleisten und uns einen anderen Namen als »Familie« gaben. Beim Abendessen war der Reis verkocht, die Frittura nicht knusprig, aber niemandem kam es in den Sinn, sich zu beschweren. Wir entkorkten den Spumante, aßen den Panettone auf, und zum ersten Mal blieben wir sitzen und unterhielten uns bis spät in die Nacht. Über den Samstag, an dem Mama uns bei A&O verlor und uns per Lautsprecher ausrufen ließ, wir aber schon längst mit den Pan di Stelle unter der Jacke hinausgegangen waren. Über das Mal, als Niccolò in der dritten Klasse vom Kettenkarussell gefallen war, sich einen Arm gebrochen hatte und dann ein Drama veranstaltete, weil er einen Gips tragen musste. Über den Tag, an dem Mama mich in der Palazzina Piacenza abgeholt hatte: »Ich hatte sie zwei Minuten dort gelassen, weißt du, um einen Parkplatz zu finden«, und ich hatte auf einen Zettel geschrieben: »Mama, ich liebe dich«, fehlerfrei, mit viereinhalb. Papa hörte sich mit glänzenden Augen das Leben an, das er versäumt hatte. Aber jetzt war er hier, mit uns, und ich erkannte, dass ich ihm verzeihen konnte.

Am nächsten Tag war Weihnachten, und wir standen mittags auf. Das traditionelle Mittagessen zu organisieren ergab angesichts der Uhrzeit keinen Sinn, zumal draußen die Sonne schien und der Himmel blau und wolkenlos war. Wir frühstückten in aller Eile und stiegen in den Passat, noch bevor wir uns über ein Ziel geeinigt hatten. An der ersten Ampel fiel mir ein: »Wie wäre es, wenn wir zum Eisenstrand fahren würden?« Papa erwiderte, das sei eine ausgezeichnete Idee.

Um zwei Uhr waren wir dort. Die ganze Welt war bei Tisch, und wir suchten in dieser abgelegenen Schlucht Zuflucht vor dem Wind. Wir breiteten ein Tuch auf dem Sand aus, sanken ein wie Tintenfischknochen und lagen in der Sonne, ohne zu reden, in einem Zustand des Glücks und der Benommenheit, den wir uns, wie ich glaube, endlich verdient hatten.

Nach einer Weile zogen Niccolò und ich Schuhe, Strümpfe und Jeans aus und liefen in Unterhosen zum Meer. Wir rannten bis zu den Knien hinein, sprangen aber sofort wieder heraus, denn das Wasser war eisig; aber der Sand war angenehm warm, und wir rieben uns damit Haare, Mund und Rücken ein, während Mama und Papa über Dinge sprachen, die sie betrafen, und uns aus der Ferne zulächelten und uns beim Spielen zuschauten, wie normale Eltern es mit ihren Kindern machen, auch wenn wir das nicht mehr waren.

Ich glaube, das war das schönste Weihnachtsfest meines Lebens. Vielleicht sollte es mich für alle vorigen entschädigen.

Als wir nach Hause kamen, waren wir so ausgehungert, dass wir um halb sieben den Kühlschrank aufrissen und alles herausholten, was drin war: Reste, Wurst, einen Mozzarella und für jeden zwei Stücke vom Kuchen meines Bruders, der uns mehrmals zu der Bemerkung veranlasste, er habe einen seltsamen Geschmack, sei ansonsten aber gut. »Was hast du da reingetan, ein Gewürz?« »Genau«, erwiderte Niccolò gut gelaunt.

Seit sie ihn im Babylonia angestellt hatten, hatte er das Gefühl, sich selbst zu verwirklichen. Er riss die Billets ab, zapfte Bier und, wie er so gerne wiederholte: »Sie bezahlen mich dafür, die Misfits live zu hören!« Er würde für ein paar Tage für den »großen Neujahrs-Rave« nach Biella zurückfahren. Er war wieder mit seiner Ex zusammen und hatte sich ihren Namen auf das Herz des Drachen tätowieren lassen, der endlich, nach Dutzenden von Skizzen, Wirklichkeit geworden war. Er hatte diesen Abend abgewartet, um ihn uns zu zeigen. Nach dem Abendessen stand er vom Tisch auf, zog das T-Shirt aus, und Papa wurde zum ersten Mal leicht schwindlig.

Der Drache spuckte Feuer, er war rot und violett, begann auf der linken Schulter und endete mit dem Schwanz im Gummizug des Slips. Mama, die ihn schon gesehen hatte, war nicht gerade begeistert. Mir kam er übertrieben vor, aber ich sagte, er sei schön. Papa setzte sich die Brille auf die Nase und schaffte es mit einiger Überwindung, zumindest die Stirn zu runzeln und zu nicken.

Während wir den Tisch abräumten, hatte ich das Gefühl, wie auf Eiern zu gehen. Es kam mir vor, als wären wir alle ein bisschen zerstreut; wir stolperten, Besteck fiel uns runter, wir lachten grundlos. Aber erst als wir ins Wohnzimmer gingen und uns aufs Sofa setzten, vor den Fernseher, weil um 21 Uhr *Pinocchio* anfing, spürten wir die wirklichen Symptome.

Die sprechende Grille öffnete das Buch und begann von der Regennacht zu erzählen, in der sie unter der Tür von Gepetto hindurchgeschlüpft war, und plötzlich war die Grille dort und hier, bewegte sich auf dem Bildschirm und sprach von der Decke. Papa beugte sich ungläubig über Niccolò und fragte ihn verwirrt: »Was zum Teufel hast du in den Kuchen getan?« Die Augen weit aufgerissen, war er unfähig, wütend zu werden oder ganz zu sich zu kommen. Und mein Bruder erwiderte fröhlich, aufs Höchste entzückt: »Genieß die Reise, Papa. Das waren sieben Gramm super Skunk«, er küsste sich die Finger. »Fabelhafter Stoff.«

*

Bei Beatrice lief das Weihnachtsfest ganz anders ab.

Eines Nachmittags vor den Ferien, als niemand zu Hause war, hatte Bea mich gebeten, zu ihr zu kommen, und ich hatte mit eigenen Augen den zwei Meter hohen Baum sehen können, die weiß besprühten, mit Weihnachtsschmuck behängten Zweige und die Lawine von Lichtern im Garten und im Wohnzimmer. Und ich war fassungslos gewesen. »Was für ein schönes Weihnachten bei euch ...«, hatte ich bemerkt.

Bea hatte sich wie eine Tote auf das Sofa fallen lassen und geseufzt: »So schön auch wieder nicht.« Sie hatte mich gebeten, mich neben ihr auszustrecken und meinen Kopf auf ihre Beine zu legen; sie konnte gut massieren und wollte es mir beweisen.

»Jedes Jahr legt sie dieselben Platten auf«, hatte sie mir erzählt und kleine kreisende Bewegungen hinter meinen Ohren gemacht. »›Stille Nacht‹ und Pavarotti. Ich würde sie am liebsten verbrennen. Am Tag vorher gehen wir alle zu Enzo, auch Papa und Ludo, und am Morgen des 25. wachen wir um sieben auf, wie in der Kaserne. Denk an die unbequemste Kleidung, die letzte, die du zu Hause tragen würdest – hier werden wir dazu gezwungen. Roter Samt und Schafwolle, und die Heizung voll aufgedreht, sodass es wie in einer Sauna ist. Wir müssen uns im Wohnzimmer vor der Tür aufstellen, um die Verwandten mit einem Lächeln zu empfangen. Dabei hasst sie die Hälfte von denen selbst. Und wir müssen uns bemühen, freundlich mit ihnen zu sprechen, sonst bestraft Mama uns, aber wofür?«

Ich hörte ihr zu, dachte, dass es mir gefallen würde, Verwandte zu haben, und sagte es ihr: Cousins und Cousinen, denen ich mich anvertrauen kann, fröhliche und junge Onkel und Tanten, die mich von den Streitereien meiner Eltern ablenken würden; diese Atmosphäre einer großen Familie zu atmen, die sich mit den Tellern hilft, die zwischen Küche und Wohnzimmer pendelt.

»Ja, in der Küche ist Swetlana. Es tut mir leid, dass sie Weihnachten nicht bei ihren Kindern in der Ukraine verbringen kann, aber ich bin auch froh, weil ich ihr mein Herz ausschütten kann, während sie kocht.«

»Übertrieben«, sagte ich lachend.

»Es gibt Cappelletti, Lasagne, Braten, und ich darf ›naschen‹. Ich schwör dir, so drückt meine Mutter sich aus! Bei Tisch wetteifern sie und Tante Nadia, wer die schönsten, besten, sportlichsten, intelligentesten Kinder hat, lauter solchen Quatsch …« Es gefiel mir, ihr zuzuhören, ihre Finger auf meinem Nacken zu spüren, zu hören, wie sie die an Ferragosto so perfekte Familie entweihte. »Du weißt nicht, was für eine Hölle es ist, für alle außer für Mama.«

Ich musste zugeben, dass ich für Ginevra dell'Osservanza keine Sympathie empfand. Sie hatte mir etwas vorgemacht, als sie mich an dem Tag, an dem wir uns kennengelernt hatten, zum Mittagessen eingeladen hatte, und sie hatte nicht nur ihr Versprechen nicht gehalten, sie hatte Beatrice auch gesagt, ich komme ihr vor wie eine, die von zu Hause weggelaufen sei. Sie hatte mich verbannt. Vielleicht, denke ich heute, war sie ein bisschen eifersüchtig. Denn ich nahm ihr die Tochter weg; wann immer sie konnte, kam sie zum Lernen zu mir. Oder sie fürchtete, ich könnte sie vom Aufbau ihrer außergewöhnlichen Zukunft ablenken. Wie sie sich irrte.

»Du wirst es nicht glauben«, hatte Bea an jenem Tag, der der 20. oder 21. Dezember gewesen sein muss, weiter erzählt, »aber das, was ich an Weihnachten am meisten hasse, ist der Moment, wenn es ans Fotografieren geht. Mama hat die Manie«, und sie hatte aufgehört, mich zu massieren, und mich aufgefordert, mich hinzusetzen, um ihr die größte Aufmerksamkeit schenken zu können, »alle Fotos mit ihrer Canon zu machen, die eine Million kostet, und sie verbraucht immer acht, neun Filmrollen. Den Verwandten meines Vaters gönnt sie über den Daumen gepeilt drei Aufnahmen, um den Schein zu wahren, aber bei uns hält sie sich nicht zurück. Sie stellt uns vor den Kamin, will, dass wir uns um den Baum auf den Boden setzen, und wenn im Garten Schnee ist, müssen wir mit Krippenfiguren in der Hand und brennenden Kerzen nach draußen, sie ist nie zufrieden. Ganze Sessions, und immer vor dem Essen, weil hinterher der Lippenstift weg ist und man unter dem Kleid den dicken Bauch sieht, und in der Zwischenzeit kriegen wir alle Hunger. Und dann muss Papa noch sie fotografieren, oh Himmel. Wir essen nie vor zwei, halb drei.«

Das hatte mir Beatrice in Wirklichkeit mehr amüsiert als ernst erzählt, und ich hatte daraus geschlossen, dass ihr Weihnachtsfest trotz allem immer noch besser als unseres war. Wir hatten ausgemacht, die eigentlichen Feiertage erst mal vorbeigehen zu lassen und uns nach dem Stephanitag zwischen dem 26. und Neujahr zu treffen, auf dem Platz der Festung, oder zu einem Spaziergang am Strand mit meiner Mutter; sie wollte sie gern kennenlernen.

Stattdessen rief sie mich am 26. Dezember um halb zehn Uhr morgens an.

Sie rief gerade in dem Augenblick an, als Papa wie ein Wahnsinniger brüllte: »Ist dir eigentlich klar, dass du uns unter Drogen gesetzt hast? *Unter Drogen*, verdammt noch mal!« Und mein Bruder zeigte, am Küchentisch sitzend, kaum eine Reaktion, spielte mit dem Frühstückszwieback herum und versuchte sogar, sich die Ohrstöpsel des CD-Spielers in die Ohren zu stecken, aber Papa riss sie ihm aus der Hand und schleuderte sie gegen die Wand. Ich hatte ihn nie so wütend gesehen. Mama kaute währenddessen an den Fingernägeln, abseits am Fenster, unschlüssig, auf wessen Seite sie sich stellen sollte.

Als das Telefon läutete, war ich daher die Einzige, die drangehen konnte. Ich nahm den Hörer ab und sagte nur: »Hallo?«, weil Bea mich nichts anderes hinzufügen ließ: »Wir müssen uns sehen.«

»Heute?«, fragte ich überrascht und ungeduldig, in die Küche zurückzukehren, um zu verhindern, dass Mama sich erneut mit Papa stritt und beschloss, sofort nach Biella zurückzufahren.

Beatrice erwiderte: »Sofort, es ist *dringend*.«

Ich hatte sie dieses Wort nie benutzen hören. Du kannst mir am Telefon nicht sagen, was du musst, dachte ich, auch hier gibt es einen Notfall. Aber das sagte ich ihr nicht; denn den Ton ihrer Stimme zu hören hatte mir genügt.

*

Wir trafen uns eine Viertelstunde später am Aussichtspunkt. Als ich ankam, war der SR schon da, und ich erkannte sie von hinten, die Haare zu einem Schwanz zusammengebunden, auf der Rückenlehne der letzten Bank ganz hinten sitzend; derselben, auf der Lorenzo und ich beinahe zusammengekommen wären.

Ich ging zu ihr und erstarrte, als ich sie sah. Ihr Gesicht war entstellt, sie hatte einen blauen Fleck nahe der Schläfe. Die Grundierung und das bisschen Lippenstift, das sie auf die Lippen aufgetragen hatte, kaschierten kaum, was sie überdecken sollten. Ihre Augen waren so geschwollen, dass es ihr nicht gelungen war, sie zu schminken. Ich begriff, dass sie die ganze Nacht geweint hatte.

»Was ist passiert?«, fragte ich und blieb stehen.

Sie ignorierte mich. Blickte unverwandt auf die Kaltfront, die aus Westen heranzog. Dicke schwarze Wolken, die breite Schatten wie Inseln auf das Meer warfen, und ein heftiger Wind, der die Äste bog.

»Ich hätte es sofort begreifen müssen«, sagte sie, »weil sie Papa und die Großeltern beim Fotografieren praktisch ignoriert hat.«

»Wer? Was hast du an der Stirn gemacht?«

»Auch uns hat sie vier oder fünf machen lassen, ohne vorher den Brennpunkt einzustellen. Sie hat Papa gebeten, kein Porträt von ihr zu machen, nur ein Foto zusammen mit uns. Sie hat uns umarmt, und es mir kam vor, als hätte sie Tränen in den Augen. Aber weißt du, wie es ist, wenn du nicht sehen willst? Ich habe mir den Kopf selber gegen die Wand geschlagen, um zu versuchen, nicht zu denken.«

Sie sprach mit ruhiger, fast neutraler Stimme, als berichtete sie gewöhnliche organisatorische Dinge, langweilige Nachrichten über andere. »Und als Papa die Canon schon weglegen wollte, sagte sie plötzlich, sie wolle noch eins. Mit mir.« Sie drehte sich um, um mich anzusehen. »Nur wir beide.«

Ich denke heute an die Bedeutung dieses letzten Fotos mit ihrer Mutter zurück, an das Gewicht dieses Bildes in Beatrices Geschichte.

Ich setzte mich. Es zerriss mir das Herz, sie anzuschauen. Derart ohnmächtig, gedemütigt, ungeschminkt, normal, war sie immer noch schön, aber zum ersten Mal tat sie mir leid.

Ich berührte leicht ihre Hand, und sie zog sie zurück.

»Sie hat darauf bestanden, den Champagner statt des Spumante zu entkorken, und vor dem Anstoßen wollte sie die Weihnachtsansprache halten. Sie sagte, dass sie uns über alles lieben würde, dass Kinder alles seien und einen für alles entschädigen, dass wir mit Sicherheit wichtige Personen werden würden, weil wir besonders seien. Sie hat das Essen nicht angerührt, hat kein Wort mit Tante Nadia gesprochen und ...« Sie brach ab.

»Red weiter«, sagte ich voller Angst.

»Um sechs sind alle gegangen, auch Swetlana, und wir saßen auf dem Sofa und schauten fern. Mama hat die Fernbedienung genommen, um den Ton leiser zu stellen, und uns gefragt: ›Es war doch ein schöner Tag, oder?‹ Niemand hat geantwortet.« Es fiel ihr jetzt schwer weiterzuerzählen. »Ich hab gedacht: Steck ihn dir sonst wohin, diesen beschissenen Tag. Dann hat sie den Ton noch leiser gestellt, und Papa und Ludo haben protestiert. Sie hat uns alle angeschaut und gesagt: ›Ich muss euch etwas sagen.‹ Sie hatte Tränen in den Augen, hat aber trotzdem gelächelt. ›Ich möchte nicht, aber ich muss es euch trotzdem sagen.‹ Und dann sagte sie: ›Entschuldigt, ich habe einen Tumor.‹«

Ich spürte, wie sich eine Spalte in meinem Magen öffnete.

»Sie hat ›Entschuldigung‹ gesagt, und dass sie diesen Tumor in der Brust hat, bösartig, dass sie morgen operiert wird und sie ihn entfernen, und dass sie dann eine Chemotherapie und Radiotherapie machen muss ...« Beatrice brach in Tränen aus. »Und dass sie damit gewartet hat, es uns zu sagen, weil sie uns Weihnachten nicht verderben wollte.«

Ich begriff mit dem untrüglichen sechsten Sinn der Jugendlichen, dass das für immer alles änderte. Sie war Beatrices Mama, nicht meine; es war ihr Leben, das aus den Fugen geraten war. Aber was ist Freundschaft? Es gab zwischen uns keine Blutsbande, keine juristischen Bindungen, keine Rechte und Pflichten, ich war nur Zeugin ihres Zusammenbruchs auf dieser Bank. Ich umarmte sie, so fest ich konnte. Trocknete ihre Tränen und versuchte, ihre Verzweiflung aufzufangen, während sie rebellierte: »Das ist nicht gerecht, Elisa«, und sie bedeckte ihr Gesicht mit den Händen, biss hinein, um den Schmerz abzuleiten. »Sie stirbt.«

»Nein, es wird alles gut«, versuchte ich sie zu beruhigen, wobei mir bewusst war, dass ich log. Denn die Worte haben nur einen Zweck: Hoffnung zu erwecken, zu täuschen, schönzufärben, zu verbessern, aber die Wirklichkeit ist eine andere und schert sich nicht um unsere Wünsche.

Ich hielt Beatrice fest, um den Schlag abzumildern, versuchte sie mit Muskeln und Knochen zu schützen, sie mit dem Körper zu überzeugen, dass sie sich an mich klammern konnte; ich würde sie davon abhalten zu fallen, ich würde zusammen mit ihr hinstürzen. Ich versprach ihr stumm, dass ich alles tun würde, damit sie eines Tages wieder glücklich wäre; und vielleicht ist dieses Versprechen die Freundschaft.

»Sie hat gesagt, dass sie sich schon die Perücke ausgesucht und eine wunderschöne gefunden hätte, dass sie im Sommer so fit sein werde, dass wir wieder nach New York fahren könnten, dass sie fürs Krankenhaus nur seidene Morgenröcke haben wolle und den Krankenpflegern den Kopf verdrehen werde, aber das ist Bullshit. Sie wird nicht wieder gesund, das weiß ich, das spüre ich.«

Sie schlug mit den Fäusten auf mich ein, stand auf und warf ihren Motorroller hin, meinen, bevor sie zusammenbrach. Denn das Schlimmste würde nicht erst noch kommen, es war schon da: das Wissen, das Warten. Worauf? Auf das, was man nicht einmal benennen kann. Die geschlossenen Fenster, der Medikamentengeruch, die Stille, in der die Zimmer um eine Krankheit herum versinken, das schrittweise Verschwinden der Freude.

Es ist immer eine Nachricht, die dein Leben zerbricht, und du kannst tief durchatmen und wieder auf die Beine kommen, dann daran glauben, dass es noch eine winzige Hoffnung gibt, in den Analysen von Besserungen im Kommabereich lesen, dir einreden, dass die x-te zu Rate gezogene Kapazität den Durchbruch bringen wird, denn es ist unmöglich, dass das Leben so grausam ist.

Doch das ist es. Und an dem stürmischen Morgen des Stephanitags am Aussichtspunkt, vor dem dunklen Meer und den Fähren, die sich Elba entgegenkämpften, waren Beatrice und ich vierzehn Jahre alt und wussten doch bereits, dass die Zukunft eine Zeit ist, die nimmt und nicht gibt.

TEIL ZWEI

Unglück und Wahrnehmung

(2000–2006)

13

»Ein dauerhafter Besitz«

Drei Tage sind seit der Lektüre der Tagebücher vergangen, und was hat sich in meinem Leben dadurch verändert? Nichts. Aber heute habe ich mir einen Vorwand gesucht, um die Arbeit früher zu beenden, ohne Grund, einfach weil mir danach war. Ich bin an der Wäscherei vorbeigekommen, aber ich bin nicht hineingegangen, obwohl ich zwei Jacken abzuholen hatte. Ich habe sogar eine Rechnung nicht rechtzeitig bezahlt, ohne mich wie eine Kriminelle zu fühlen.

Ich erkenne mich nicht wieder, diese Ungehorsame bin nicht ich. Die Wahrheit ist, dass ich an nichts anderes als an uns beide als junge Mädchen in T zu Beginn des 21. Jahrhunderts denke. Ich habe die Erinnerungen so lange unterdrückt, dass sie jetzt wie ein Geysir emporschießen. Und sie sind nicht etwa verblasst oder wirr, im Gegenteil: Sie sind zu lebhaft.

Anstatt mich auf den Weg nach Hause zu machen, laufe ich einfach los und komme bald vom Kurs ab. Wagemutig traue ich mich in Gegenden der Stadt, in denen ich nie gewesen bin. Ohne es zu merken, bin ich plötzlich an dem Ort, der mir von allen am fremdesten ist: die Galleria Cavour. Ich bleibe vor den Schaufenstern mit exorbitanten Preisen stehen und betrachte die funkelnden Kleider und Schmuckstücke. Undeutlich sehe ich das Spiegelbild von Beatrice neben mir, die zuerst auf eine Tasche zeigt und unschlüssig eine Augenbraue hebt, und dann auf ein Halstuch, das ihr zu gefallen scheint.

Als ich eine Weinhandlung entdecke, bekomme ich plötzlich Lust, eine Flasche zu kaufen, um anzustoßen. Mit wem? Worauf? Ich habe keine Ahnung. Aber es ist 17 Uhr 30, ich habe Zeit. Ich gehe hinein und verlange einen Pinot Bianco, einen von den guten, und während ich bezahle, hinausgehe und verzaubert die Lichter betrachte, muss ich lächeln.

Obwohl ich keine wirklich guten Freunde habe, kann ich doch auf drei Nachbarinnen im Haus zählen, die sich die Wohnung über meiner teilen und die mir sympathisch sind. Ich beschließe, den Wein mit ihnen zu trinken, und mache kehrt. Ohne anzurufen, ohne zu überlegen. Ich werde impulsiv wie meine Mutter.

Ich läute, und Debora öffnet mir.

»Wolltet ihr ausgehen?«, frage ich. »Stör ich?«

»Ausgehen? Wir? Du kennst uns doch.«

Ich verkehre mit ihnen, seit sie 2016 oder 17 hierhergezogen sind. Am Anfang liehen wir uns gegenseitig Zucker aus, ein Ei, Dinge, die sonntagabends, wenn die Läden zuhaben, im Kühlschrank fehlten. Dann begannen wir zu plaudern und entdeckten, dass wir alle von außerhalb kommen, aus der Provinz, und die Gemeinsamkeit hat uns verbunden.

Ich ziehe den Mantel aus und folge ihr durch den dunklen und schmalen Flur, der typisch ist für diese alten Häuser der Altstadt, die meist an Studenten oder junge Leute vermietet werden, die sich mühsam durchschlagen. Debora studiert Anthropologie, hat aber die Regelstudienzeit schon überschritten und arbeitet in Teilzeit als Promoterin, ich glaube, sie ist siebenundzwanzig. Sie ist wohl gerade erst nach Hause gekommen, denn sie hat die Nintendo-Kappe noch auf dem Kopf.

Wir kommen in die Küche, wo Claudia und Fabiana am Tisch sitzen, in Jogginganzug und Pantoffeln wie immer am Ende eines Arbeitstages. Abgeschminkt, das Haar mit einer Haarklammer hochgesteckt und einen dampfenden Kräutertee neben sich.

»Mädchen, ich habe Wein dabei«, verkünde ich.

Sie werden munter. Claudia gießt sofort den Tee in die Spüle, öffnet den Küchenschrank und holt Gläser heraus.

»Was gibt es zu feiern?«, erkundigt sie sich. Ich bin blockiert, weil ich nicht weiß, was ich antworten soll. Tatsache ist, dass ich in den letzten achtundvierzig Stunden hundert Seiten geschrieben habe.

Hundert! Was mir unmöglich, unglaublich vorkommt. Auch wenn es sich nur um alte Rechnungen handelt, die ich mit mir selbst offen habe. Immerhin.

»Nichts, außer dass bald Weihnachten ist ...«, murmele ich.

»Das schlimmste Weihnachten der Welt«, bemerkt Fabiana, »ich kann nicht mal einen Tag runterfahren. Die Sklaventreiber zwingen mich, am 26. zu arbeiten.«

Claudia reicht mir einen Korkenzieher. Ich öffne die Flasche, schenke ein. »Such dir was anderes und kündige«, entschlüpft es mir. Ich gehöre sicher nicht zu denen, die gewagte Ratschläge geben, aber heute bin ich eine andere Elisa: eine Bombenlegerin. »Schmeiß alles hin, geh nach Apulien zurück und erfinde dich neu.« Die drei sehen mich etwas überrascht an und sagen nichts. Sich neu erfinden? Mit dreißig, in diesem Italien? Was rede ich da?

Der Fernseher läuft leise. Wir stoßen auf uns und unser Überleben an.

»Ich hasse meinen Chef«, erklärt Claudia und entspannt sich.

»Ich hab gestern Nacht geträumt, dass ich meinen in die Kühlkammer gesperrt habe. Da habe ich noch lieber im Wurstwarengeschäft gearbeitet, mit der anderen Megäre«, sagte Fabiana. »Die hat mir wenigstens nicht auf die Titten gestarrt.«

Debora genießt den Wein, sie merkt, dass sie noch die Promoterkappe aufhat, nimmt sie ab und wirft sie in die entgegengesetzte Ecke der Küche. Sie legt die Beine aufs Sofa. »Ich dagegen will meinen Ex umbringen, der verteilt Herzen unter die schäkernden Selfies all meiner Freundinnen.«

»Du achtest aber auch gar nicht auf dich«, tadelt Claudia sie. »Seit er dich verlassen hat, siehst du wie eine Pennerin aus. Schau dich an! Du hast ein Loch in den Leggins.«

»Na und? Ich bin doch nicht die Rossetti.«

Ich sollte daran gewöhnt sein: In jeder Unterhaltung, an der ich teilnehme, besonders hier, in der Hausnummer 4, fällt irgendwann unvermeidlich ihr Name. Und ich senke jedes Mal den Blick und beiße mir auf die Unterlippe, um den Verlegenheitsschauer zu überspielen, der mich durchläuft, aber natürlich auch sofort wieder verschwindet.

Doch es ist, als hätte ich vor Jahrzehnten einen Diebstahl begangen (immer noch diese Jeans?) und fürchtete, entdeckt zu werden. Diese Angst ist lächerlich, aber sie geht nicht weg. Denn überall spricht man jeden Tag von Beatrice. Alle führen sie als Vorbild an, ob gut oder schlecht, ist egal. Sie wissen, was sie gesagt, was sie getan hat, als könnten sie in sie hineinschauen.

Dann setzt Debora sich auf dem Sofa auf, greift nach der Fernbedienung und stellt den Ton lauter. Auch Fabiana und Claudia blicken mit großen Augen auf den Fernseher. Auf dem Bildschirm ist ein junger Mann erschienen, ein gewisser Daniele, braun gebrannt, mit gepflegtem Kinnbart und sorgfältig gelegtem Haar. Er sitzt auf dem Podium irgendeiner Talkshow-Moderatorin und spricht mit stockender Stimme.

»Ich habe nicht so ganz verstanden«, unterbricht ihn die Moderatorin, »stimmt es oder stimmt es nicht, dass ihr heiraten solltet?«

Der junge Mann blickt uns direkt an. Mit bewegter Stimme erklärt er: »Ich habe es nie jemandem gesagt, nie, Barbara, das musst du mir glauben. Aber auf Formentera habe ich sie an Ferragosto gebeten, meine Frau zu werden.«

»Und sie?«

»Sie hat ja gesagt.«

»Lügner!«, explodiert Debora.

»Einen Monat? Zwei?«, setzt Fabiana noch einen drauf. »Wie lange sind sie zusammen gewesen, er und die Rossetti? Und er gibt sich auf allen Kanälen als ihr Zukünftiger aus.«

Sie ziehen über den durchtrainierten Kerl her, der jetzt weint. Sie kennen sie alle ganz genau, die festen Freunde oder einfachen Flirts von Beatrice. Und ich, die ich nur einen einzigen kenne, muss plötzlich wieder an Gabriele denken.

Er hätte sich nie unter einen Scheinwerfer gesetzt und erzählt, dass sie um Mitternacht nackt im Meer geschwommen sind oder ganze Tage in einem Hotelzimmer verbracht haben. In all dieser Zeit hat Gabriele nie, nicht nur der Presse, sondern, soviel ich weiß, niemandem gegenüber erwähnt, dass er mit Beatrice zusammen gewesen war. Nicht ein oder zwei Monate, sondern jahrelang. Mehr noch: dass er der Erste gewesen war. Ebenso wie ich hat er die größte Zurückhaltung bewahrt, das Geheimnis für sich behalten. Und ich werde so heftig von einer Welle der Sehnsucht, der Komplizenschaft, der Zugehörigkeit erfasst, dass ich aufstehe und mich verabschiede unter dem Vorwand, ich müsse dringend das Abendessen vorbereiten.

Während ich fliehe und das Glas halb ausgetrunken stehen lasse, denke ich, dass ich in den letzten beiden Tagen viele solcher Lügen erfunden habe, dass ich mich verhalten habe, als hätte ich plötzlich einen Geliebten.

*

Ich öffne die Wohnungstür, ziehe den Mantel aus und werfe Tasche, Schal, alles kunterbunt durcheinander auf die Kommode. Ich laufe ins Schlafzimmer, setze mich sofort an den Computer und gebe »Gabriele Masini« in die wichtigsten sozialen Netzwerke ein. Ich habe sogar eigene Profile, aber sie sind leer: weder ein Foto noch ein Wort. Sie dienen nicht dazu, mich zu finden, sondern nur, mich besser zu verstecken, um die anderen aufzuspüren.

Einen »Gabriele Masini« in T gibt es nicht, auch keinen »Gabi Masini«. Und auch keinen, der, ich rechne nach, vierzig ist. Und keinen mit einer Leidenschaft für Motorräder – wenn er sie überhaupt noch hat. Sie sind alle zu alt oder zu jung, blond, kastanienbraun, grau meliert. Die Zeit drängt, aber nichts, ich kann ihn nicht finden. Ich bin enttäuscht, aber nicht überrascht.

Gabriele hat nie Wert darauf gelegt, sich zu zeigen. Im Gegenteil, er hat auch nie erlaubt, dass Bea ein Porträtfoto von ihm aufnimmt, für die Castings, die ihr so wichtig waren. Er war schön wie die Sonne, hundertmal schöner als dieser Daniele. Ich sage es freiheraus: Lange bevor Beatrice *die Brünette* par excellence wurde, über alle Breitengrade hinweg, war er in den Gassen der Altstadt von T *der Brünette* gewesen. Derjenige, der das Haus im Fabrik-Overall verließ und dem Mütter und Töchter stumm mit dem Blick folgten. Er hätte mit dem Finger schnipsen und auf dem Laufsteg oder im Fernsehen landen können. Alle Frauen dieser Welt haben, Ehen zerstören, sich von reichen Mailänderinnen, die in der Toskana Urlaub machten, aushalten lassen können. Stattdessen war er in seiner Ecke geblieben, hatte Joints geraucht und Miyazaki angeschaut, zufrieden mit diesem unwiederholbaren Leben, ohne Lügen und Zaubereien, zusammen mit einem jungen Mädchen, an dem das einzig Bemerkenswerte war, dass sie am Anfang lediglich eine vierzehnjährige Jungfrau war.

Ich schließe das Internet und öffne Word. Kehre zu meinem Geliebten zurück. Denn es stimmt, ich habe einen: Er ist das, was ich schreibe. Wie ich das nenne, weiß ich noch nicht – Ventil, Tagebuch, Roman –, aber Definitionen sind unwichtig.

Ich erinnere mich an einen der Nachmittage, an denen die Rossetti noch Zukunft und sie einfach nur Bea im Bikini war, neben mir am Strand liegend, der leer war, weil die Saison noch nicht begonnen hatte. Sie sonnte sich, damit »die Pickel austrocknen«, und ich, eingemummelt in meine üblichen T-Shirts, die weit und lang wie Nachthemden sind, wiederholte Thukydides. Das aufgerissene und unruhige Meer vor uns, die Inseln und Schiffe am Horizont, die Geschichte, die, wenn man sie getreu darstellt, für Thukydides zu einem »dauernden Besitz« wird. Aber irgendwann hatte ich keine Lust mehr, den *Peloponnesischen Krieg* für die Abfragung am nächsten Tag zu studieren, und hatte sie gefragt: »Wie habt ihr euch kennengelernt, du und Gabriele?«

Bea hatte ihre legendären Augen aufgerissen, die durch das intensive Licht ein helles Apfelgrün angenommen hatten. »Kennst du die Reparaturwerkstatt Damiano?«, hatte sie begonnen. »Im letzten Sommer hatte ich ein Problem mit den Bremsen des SR und brachte ihn zum Reparieren hin. Mama war im Wagen geblieben und hatte mit laufendem Motor gewartet. Ich ging hinein, und da war dieser heiße Typ, Eli, er war einfach *umwerfend*. Ohne T-Shirt. Mit ölverschmierten Händen, unter einem Motorrad liegend, half er Damiano. Also hab ich mich vor dem Blick meiner Mutter versteckt.«

Ich denke: Wie einfach das doch mit vierzehn ist. Du betrittst einen Ort – eine Werkstatt, eine Bibliothek, das kommt aufs Gleiche raus –, und sofort beginnt eine Liebesgeschichte, eine von denen, die ein ganzes Leben verwüsten.

Gabriele wird, glaube ich, mit seinem ungrammatischen Italienisch, einer nur mit Ach und Krach geschafften achten Klasse sofort geahnt haben, dass dieses Mädchen etwas Besonderes war. Bea hatte mir erzählt, dass sie sich angesehen hatten, »und die Welt hat aufgehört, sich zu drehen«. Dann hatte sie eindeutig angefangen, auszuschmücken, Details zu erfinden, die Tatsachen aufzubauschen, denn eine einfache Geschichte erzählen konnte sie nicht, einen Roman aber schon.

Woran ich mich gut erinnere – vielleicht das einzige Körnchen Wahrheit in dieser Geschichte –, ist, dass Ginevra, die Hexe, hinter dem verdunkelten Fenster lauerte, mit auf volle Pulle gestellter Klimaanlage, perfekt gelegtem Haar und der Manie, so schnell wie möglich in ihr Lieblingsgeschäft zu kommen. Bea musste den Augenblick nutzen, sie wusste es, und daher hatte sie sich in Damianos Büro geschlichen und ein Blatt von einem Notizblock gerissen. Sie hatte ihren Namen und ihre Telefonnummer aufgeschrieben und dazu die Bemerkung: »Tu so, als wärst du Vincenzo, wenn du anrufst, vom Fotostudio Barazzetti«, und hatte sich mit ihm für den nächsten Tag hinter der Klippe dieses Strandes verabredet, an dem wir gerade lagen.

»Entschuldige, *du* hast dich mit *ihm* verabredet?«, hatte ich sie ungläubig gefragt.

Beatrice hatte sich aufgesetzt und mich ernst angeschaut: »Wenn da was Glänzendes in Reichweite ist, warum sollten wir nicht zugreifen?«

*

Aber jetzt schweife ich ab, Gabriele hat meine Hand übernommen. Ich muss ein wenig Ordnung in diese Erzählung bringen und den roten Faden wiederfinden.

»Wähle aus«, würde Beatrice mich ermahnen. Und ich kann in der Tat nicht anfangen, das gesamte Jahr 2001 zu erzählen, alles aus 2002, unsere ganze Jugend.

»Verführe«, würde sie mich auffordern. Aber ich bin hier allein mit mir selbst, ich muss niemanden verführen. Ich öffne wieder die Tagebücher, blättere sie kurz durch, um meine Erinnerung aufzufrischen. Seit jenem furchtbaren Stephanitag am Aussichtspunkt bis zum Frühjahr 2003 ist nichts geschehen, was der Erwähnung wert wäre. Und was mich betrifft, ich habe nur gelernt, ohne meine Mutter erwachsen zu werden.

Es war Beatrice, die die Leere ausglich, durch die ich sie überspielen konnte. Denn sie – und mir dessen bewusst zu werden bewegt mich – hinderte mich daran, aus der Distanz zu leben, wie ich es immer getan hatte und wie ich es wieder tue, seitdem wir gestritten haben. Ich war überzeugt, sie zu hassen. Ich hasse sie immer noch.

Und doch ertappe ich mich dabei, wie ich mich freue, dass ich für sie, insbesondere in jenem unglückseligen Jahr 2003, die Anziehungskraft bildete, die sie für mich war.

14

Die Rückkehr der Blauracke

Ich bitte dich, mach, dass *er* da ist.

Ich wusste, dass es unwahrscheinlich war, und doch hoffte ich einen Augenblick, bevor ich die Schule verließ, ihn vor mir zu sehen. Gelehnt an die Motorhaube seines Wagens, die Zigarette zwischen den Lippen. Ich schloss die Augen, hielt den Atem an und schritt über die Schwelle. Ich ging zwei Stufen hinunter und sagte mir, dass es durchaus *möglich* sein könnte.

Ich öffnete sie wieder und sah stattdessen meinen Vater.

Ich hasste den 11. April, weil er mir jedes Jahr erneut bestätigte, wie bedeutungslos ich war und dass meine Wünsche sich nicht erfüllen würden.

Papa war der einzige Fünfzigjährige. Die anderen waren Jungs, die gerade ihren Führerschein gemacht hatten und es nicht erwarten konnten, ihren Freundinnen die Zunge in den Mund zu stecken. Er parkte wie sie mit allen vier Blinkern in zweiter Reihe, aber mit ergrautem Haar und einem Bin-Laden-Bart, der damals nicht optimal war; in der Hand hielt er zwanzig Rosen, auf seinem Gesicht lag das unsichere Lächeln desjenigen, der sich eine Überraschung überlegt hat.

Zu der Verlegenheit, die ich an jedem anderen Tag des Jahres empfunden hätte, kam eine besonders nachtragende und wütende Enttäuschung hinzu. Ich war versucht, schnurstracks auf den Motorroller zuzugehen und ihn zu ignorieren. Aber konnte ich das? Er stand da wie angewurzelt, krumm und hilflos inmitten all der Jugend. Fast rührte er mich.

Ich ging auf ihn zu. »Was machst du hier?« Gekränkt.

»Ich will mit dir wohin fahren«, erwiderte er und reichte mir die Rosen. »Schließlich hast du Geburtstag.«

Ja, aber ich wollte ihn nicht feiern. Unter keinen Umständen. Ich hatte es ausdrücklich gesagt. Keine Kerzen, Pizzerien, keine Liste geladener Gäste, die sowieso nicht kommen würden. Ich nahm die Rosen und vermied es, sie anzuschauen. Sie waren rot.

»Ich sagte doch, keine Feier.«

»Ist ja auch keine.«

Ich drehte mich um, um zu prüfen, ob uns jemand beobachtete; niemand. Aber mitten in der Jugend lebte ich mit der fixen Idee, dass alle mich jede Minute beobachteten. Heute verstehe ich nicht, wie es mir gelang, eine solche Ichbezogenheit mit der Überzeugung zu vereinbaren, dass ich nichts wert sei.

Meine Klassenkameradinnen machten sich auf den Weg zum Mittagessen, die einen strahlend mit ihrem Freund, andere leise auf ihren Motorrollern. Keine hatte die Blumen bemerkt, niemand hatte mir gratuliert.

»Mittagessen auswärts und danach Überraschung?«, insistierte mein Vater.

Die dürre Wahrheit war, dass ich keine Alternative hatte.

Ich stieg in den Passat, legte die Rosen auf den Rücksitz, wobei ich ein Kärtchen bemerkte, das ich aber nicht las. Papa startete den Motor, und ich ließ das Fenster herunter; es war ein herrlicher Sonnentag. Um mich abzulenken, stellte ich Radio Radicale ein.

Es ist nicht so, dass in den zwei Jahren und vier Monaten, die vergangen sind, seit ich diese Erzählung unterbrochen habe, nichts geschehen wäre.

Am 12. September 2001 war ich zum ersten Mal zum Zeitungskiosk hinuntergegangen mit der präzisen Absicht, mich zu informieren. Am Tag zuvor hatte ich plötzlich die Geschichte entdeckt und dass ich Teil von ihr war. Ich hatte gesehen, wie die Boeing 767 die Seite der Zwillingstürme traf, die Körper aus dem hundertsten Stockwerk ins Leere geschleudert wurden und Stahl und Beton in einer Rauchsäule zu Staub wurden. Genau in dem Augenblick, in dem alles geschah.

Wer noch nicht geboren war, kann sich immer noch ein Video im Internet suchen, aber wer dabei war, wie ich, wurde aus dem eigenen Tagebuch gerissen und in eine gigantische und erschreckende Realität geschleudert, die man am Anfang ungläubig für einen Film hatte halten wollen.

Ich hatte vorher nie eine Tageszeitung gelesen; ich wusste nicht, welche ich wählen sollte. Ich hatte il *manifesto* genommen, wegen des Titels: »Apokalypse«. Und seitdem kam ich jeden Morgen mit einem Exemplar unter dem Arm in die Klasse, was bewirkte, dass ich mich erwachsen fühlte, und mir sogar ein paar Blicke einbrachte. Jeden Tag las ich aufmerksam die Nachrichten und Hintergrundberichte. Auch am 11. April 2003 hörte ich, während mein Vater mit mir aus der Stadt fuhr, um meinen siebzehnten Geburtstag zu feiern, Radio Radicale und vertiefte mich in die Debatte über den Irakkrieg, Bush, Saddam Hussein und die Exportierbarkeit der Demokratie und dachte freudig erregt, dass ich in einem Jahr würde wählen dürfen. Mit den Füßen auf dem Armaturenbrett, ohne Gurt und unauffällig mit dem Piercing spielend, das ich jetzt in der Mitte der Zunge hatte.

Ich hatte mich verändert, nicht radikal, aber ein bisschen. Und wenn ich auch über ein paar Jahre Stillschweigen breite, so geschieht das, ich wiederhole es, nur, weil Schreiben und Leben sich nicht decken. Und weil, wie Beatrice mich gelehrt hat, der Roman keine Geduld aufbringt für die Tage, die leer zu sein scheinen, für die ausführliche Darstellung der Ereignisse, der Körper, die sich nur millimeter- und grammweise verändern. Er verlangt sofort die Beschleunigung, die Spannung, die Schlüsselszene.

Zu ihr komme ich gleich.

*

Papa parkte vor dem Cesari, einer renommierten Trattoria am Strand in der Gegend von Follonica. Ich schaltete das Radio aus, wartete, dass er ausstieg, beugte mich dann zu den Rosen und beschloss, die Karte zu lesen.

»Alles Liebe zum Geburtstag, Elisa«, stand dort, »Dein Papa«.

Ich verweilte bei »Liebe« und »Dein«, bei der Anstrengung, die in diesen beiden Worten enthalten war. Dem Roman mag es nicht gefallen, aber wir hatten Hunderte von Abenden nebeneinander auf dem Sofa verbracht, er und ich, und ferngeschaut; und hatten Trauben wieder Saison, entkernte Papa jeden Morgen welche und legte sie mir hin, bevor er den Zug nahm; es hatte etliche gemeinsam im Supermarkt gefüllte Einkaufswagen gegeben, Gespräche über die Nachrichten beim Abendessen mit einem einzigen Glas Rotwein pro Kopf und Wochen und Monate, in denen nichts geschehen war, die aber in ihrer Summe vielleicht etwas Außerordentliches bewirkt hatten, wenn diese Karte mich so rühren konnte.

Ich steckte sie in die Tasche und lief ihm hinterher. Ich betrat das Restaurant, sah ihn von hinten, wie er um einen Tisch für uns bat, und einen Augenblick lang dachte ich ernsthaft daran, ihn zu umarmen. Dann drehte Papa sich um, und ich erstarrte.

Es war zwei Uhr, die Anwesenden bestellten Dessert oder zuckerten ihren Kaffee. Wir nahmen Platz in einer Ecke mit Blick auf das Meer. Die Badeanstalten waren geschlossen und würden nicht vor Ostern öffnen. Der Strand war leer und unordentlich, ohne Sonnenschirme. Ich warf einen Blick auf die anderen Tische: lauter Paare oder Familien. Was sind wir?, fragte ich mich.

»Danke.« Ich deutete auf den Wagen, eine Anspielung auf die Rosen.

Papa zuckte die Schultern und tat so, als läse er die Speisekarte.

Wir bestellten die gleichen Gerichte: Spaghetti alle Vongole und Wolfsbarsch in Salzkruste. Papa schenkte Wasser ein, wir saßen eine Weile schweigend da, Papa faltete seine Serviette, ich zerbröckelte ein Grissino. Dann entschloss er sich zu sprechen.

»Ich würde gern auf dein Geburtstagsgeschenk zu sprechen kommen.«

»Ich brauche nichts.« Ich las *il manifesto*, meine Positionen bezüglich der Konsumgesellschaft waren sehr streng.

»Aber vielleicht wäre es Zeit für einen neuen Motorroller.«

Ich riss die Augen auf; ich hätte im Traum nicht daran gedacht, er könnte mir einen solchen Vorschlag machen. Ich erwiderte: »Nein, das hätte keinen Sinn. In einem Jahr mache ich den Führerschein.«

»Aber er hat dich schon dreimal im Stich gelassen!«

Ich musste unwillkürlich lächeln. Vielleicht lag es an der Karte, vielleicht daran, dass ich siebzehn geworden war, jedenfalls sagte ich ihm offen ins Gesicht: »Du hast mir den einzigen Quartz besorgt, den es in T gibt, den schrecklichsten, wegen dem alle mich verspottet haben, und du hast es nicht einmal bemerkt.«

Auch Papa lächelte: »Das war ein super Deal, strapazierfähig und sicher.«

Mir fiel wieder dieser furchtbar schwüle Nachmittag ein. Wir waren vielleicht zwei Wochen zuvor nach T gezogen, als er an meine Tür geklopft und mir gesagt hatte, er habe eine Neuigkeit für mich. Wo Mama war, weiß ich nicht, Niccolò schlief. Ich hatte mich lediglich aus Langeweile entschlossen, ihm nach unten und nach draußen in den Hof zu folgen. Stolz hatte er auf den Quartz gedeutet. Ich hatte die verbeulte Stoßstange, den verrosteten Auspuff betrachtet, und seine Hässlichkeit hatte mich schlichtweg verblüfft.

»›Danke, aber den will ich nicht‹, hast du mir geantwortet, ›in Biella hat niemand so einen.‹ Zum Glück ist dann dein Bruder runtergekommen und hat dich überredet, ihn auszuprobieren.« Er lachte. »Er war begeistert von ihm.«

Die Spaghetti kamen. Ich beugte mich über den Teller und wurde mir bewusst, dass wir jetzt gemeinsame Erinnerungen hatten, Papa und ich.

»Ich will keinen neuen«, sagte ich abschließend. Dieser Schrotthaufen hatte den Beginn meiner Unabhängigkeit markiert. »Du hattest recht.«

Er hustete und wischte sich die Mundwinkel mit der Serviette ab. Aber mir blieb nicht verborgen, dass er gerührt war.

*

Nach dem Mittagessen setzten wir unseren Weg fort. Papa fuhr mehr als eine Stunde in südlicher Richtung und weigerte sich hartnäckig, mir zu sagen, wohin. Er fuhr von der Aurelia ab und bog auf eine kaputte Landstraße. Wohnhäuser, Bauernhöfe, Tankstellen, jegliche menschliche Spur verschwand, da war nur noch eine trockene Ebene mit Steineichen. Als die Landschaft nur noch Morast war, fragte ich besorgt: »Wohin fährst du mit mir?«

»Vertrau mir, wir sind gleich da.«

Nach weiteren zehn Minuten tauchte ein großes braunes Schild auf, das den »Naturpark San Quirino« ankündigte.

Ich war sprachlos.

»Ich habe an alles gedacht«, sagte Papa und schaltete den Motor aus.

Auf dem Parkplatz zählte ich außer unserem nur zwei schäbige Autos.

»Ich habe dir ein Fernglas 8x42 gekauft, eine Kappe mit Visier und einen Tarnanzug, damit du sie nicht störst.«

»Wen nicht störe?«

»Die Vögel.«

Machte er Witze? Damals sah ich die Welt schwarzweiß: Poesie gegen Mathematik, Natur gegen Kultur. Inzwischen rede ich viel von Widersprüchen, aber ich war die Erste, die sie nicht akzeptierte. In der achten Klasse betrachtete ich die Naturwissenschaften als Fächer von Idioten, die Insekten sammeln, während die Dichter diejenigen waren, die alles begriffen hatten.

Papa gab mir einen grünen Mantel mit der Aufschrift »birdwatcher«, der identisch war mit seinem. Ich protestierte: »Geh du, ich warte hier auf dich und lerne Griechisch.«

Papa stieg aus, ging um den Passat herum und öffnete mir die Wagentür. »Los«, sagte er ernst, »ich habe dein ständiges Nein satt. Du bist verschlossen, du hast eine verschlossene Mentalität, das ist nicht gut.«

Schnaubend zog er mich aus dem Wagen. Er öffnete den Kofferraum und gab mir eine Hose und eine Jacke, an der noch das Schild hing, ein paar neue Trekkingschuhe, alles grün wie die Kappe.

Ich rührte mich nicht. Papa beendete die Vorbereitungen entschlossen. »Das ist jetzt kein guter Zeitpunkt, es ist eher unwahrscheinlich, dass wir eine Blauracke zu sehen bekommen. Zieh dich um und leere den Schulranzen, nimm nur das Fernglas und die Feldflasche mit, hörst du? Lass den Rest im Wagen. Nun komm schon!«

Die Vogelbeobachtung machte ihn fanatisch. Ich blickte mich um und sah weder eine Toilette noch eine Bar, wo ich mich hätte ausziehen können. Ich stieg wieder in den Wagen und mühte mich, zwischen den Sitzen eingeklemmt, mit den neuen Kleidungsstücken ab. So nahe Verwandte wir auch waren, in der Unterhose wollte ich mich meinem Vater dann doch nicht zeigen.

Ich stieg aus, zurechtgemacht wie ein Fallschirmspringer. Papa rückte mir die Kappe zurecht und forderte mich auf, leise zu sprechen, an der Grenze zum Flüstern, und um Himmels willen kein Geräusch zu machen. Dann gingen wir in den Korkeichenwald hinein. Die Luft war feucht. Die Beobachtungsspezies, wie man im Fachjargon sagt, war diese Blauracke, die aus Afrika zurückgekehrt war, um sich zu reproduzieren und zu nisten. Die Liebe würde sie veranlassen, alle Vorsicht fallen zu lassen und aus der Deckung zu kommen; wir mussten uns nur auf die Lauer legen und warten. Sonst nichts.

Ich mochte Katzen bei weitem lieber als Vögel. Sie ließen sich wenigstens streicheln und kamen, wenn man sie rief. Die Blauracken dagegen versteckten sich so gut, dass man meinen konnte, es gäbe sie überhaupt nicht. Wir standen stumm eine halbe Stunde unter einer Myrte. Papa mit gespitzten Ohren, das Fernglas vor den Augen, mit äußerster Konzentration. Er erkannte einen Seeregenpfeifer, einen Triel und flüsterte mir zu: »Schau hin! Schnell!« Und ich war *siebzehn*: Ich hätte ganz woanders sein und etwas ganz anderes tun sollen. Ich wusste nicht einmal, wie ich dieses Fernglas halten sollte. Für vielleicht eine halbe Sekunde stellte ich einen Fleck scharf.

Wir duckten uns noch eine Ewigkeit unter den Myrten. Um halb sieben hatten wir immer noch nicht auch nur den Schatten einer Blauracke gesehen, und ich hatte nur den Wunsch, nach Hause zurückzukehren, aber Papa war so begeistert, dass ich es ihm nicht zu sagen wagte.

Wir versteckten uns in einem Verschlag, um die Vögel zu fotografieren. Papa holte aus dem Rucksack seine funkelnagelneue digitale Contax N mit Teleobjektiv – ein Gegenstand, der unsere Aufmerksamkeit verdient, weil er in der Folge eine Schlüsselrolle spielen wird –

und verewigte Dutzende von seltenen Vögeln, die vom Aussterben bedroht waren, mit Ausnahme der Blauracke.

Wir kehrten zum Fluss zurück. Ich hatte die Nase gestrichen voll davon, Gezwitscher, Gewinsel und das Summen von Insekten zu hören. Die Abwesenheit der Worte schmetterte mich nieder, vom Schlamm und den Mückenstichen nicht zu sprechen. »Das ist ein Klassiker«, bemerkte Papa und blieb am Ufer stehen, »sich ein Ziel setzen und es verfehlen.«

Eine Blume erregte seine Aufmerksamkeit. Er legte die Contax weg und holte die Polaroid heraus, dieselbe, die er in besseren Zeiten benutzt hatte, um meine Mutter zu verewigen. Er brauchte mehrere Minuten, um Blickwinkel und Licht zu wählen. Ich hörte ihn zählen, als könnte diese arme Blume rebellieren. Dann drückte er auf den Auslöser. Das Foto kam farblos heraus. Papa nahm es und legte es ins Notizbuch. Die Entwicklung würde eine Viertelstunde dauern, aber er würde länger warten: Er würde nach Hause fahren, sich in das eheliche Schlafzimmer zurückziehen, in dem er seit geraumer Zeit allein schlief, sich auf den Stuhl setzen, auf dem er Dutzende von Hosen aufgetürmt hatte, wie jeder geschiedene Mann, der sich hartnäckig weigert, sich auf ein neues Liebesleben einzulassen – und erst dann würde er es umdrehen. Und beten, es möge gelungen sein.

»Fahren wir jetzt nach Hause?«

»Moment, ich mach noch eines.«

»Nein!« Ich verlor die Geduld. »Es ist *mein* Geburtstag, nicht deiner.«

Papa sah mich an, vielleicht wurde ihm bewusst, dass es allmählich spät wurde.

»Na gut, fahren wir zurück.«

Wir drehten uns um, und ein Schwirren von Flügeln überraschte uns. Ein Ruf, eine Antwort von einem nahen Baum. Papa stürzte sich auf sein Fernglas und zoomte. Ein ekstatisches Lächeln breitete sich auf seinem Gesicht aus, und er flüsterte: »Eli, das sind Blauracken! Ein Männchen und ein Weibchen.«

Auch ich zoomte, bemühte mich. Ich rührte mich nicht, hörte sogar zu atmen auf und erkannte im Fernglas das blaue Federkleid, den

schwarzen Schnabel und das wachsame Auge einer fremden, geheimnisvollen Schönheit. Ich wurde mir des Wunders bewusst.
Und in dem Augenblick klingelte mein Handy.

*

Wie ein Schuss schuf es Leere um uns herum.
Ich stürzte mich auf den Schulranzen und bemühte mich verzweifelt, es zum Schweigen zu bringen.
»Verdammte Scheiße!«, schrie mein Vater. Es war das zweite Mal nach dem Marihuanakuchen, dass ich ihn fluchen hörte. »Ist es wirklich nötig, dir zu sagen, das Handy auszumachen? Kannst du nicht von alleine daran denken? Verdammt! Du bist besessen von dem Ding!«
Ich fand es nicht. In der Außentasche nicht, nicht in der Innentasche, wo war es hinverschwunden? Die Blauracke war schon seit einer Weile weggeflogen. Verschwunden mit einer solchen Geschwindigkeit, dass wir uns vielleicht nur eingebildet hatten, sie gesehen zu haben. Ich fand es. Papa starrte mich zutiefst enttäuscht an. Ich hielt es in der Hand, und es klingelte immer noch.
»Das ist Beatrice«, sagte ich, »da *muss* ich drangehen.«
Ich lief und versteckte mich hinter einem Baum.
»Hallo?« Der Empfang war schlecht. »Bea, hörst du mich?«
»Wo bist du denn? Ich hör dich ganz schlecht.«
Wir hatten uns am Vormittag nicht gesehen; sie war nicht in die Schule gekommen, was damals häufig vorkam.
»Meine Mama hat gesagt, sie will mit dir sprechen.«
»Wie bitte?« Ich glaubte, nicht richtig verstanden zu haben.
»Mama«, sie betonte das verbotene Wort, »morgen Nachmittag. Bitte komm.«
Ich konnte es nicht fassen. »Natürlich komm ich.«
Sie hatte meinen Geburtstag vergessen; ich dachte es, auch wenn ich mich sofort schuldig fühlte. Angesichts dessen, was gerade passierte: Elisa, schäm dich.
»Herzlichen Glückwunsch«, sagte sie. »Heute ist ein schlimmer Tag gewesen, aber ich hab dich nicht vergessen. Ich hab sogar ein kleines Geschenk für dich.«

Mir traten Tränen in die Augen.

»Bis morgen«, versprach ich ihr.

»Um drei in der Höhle?«

»Okay.«

Ich legte auf. Überprüfte, ob ich irgendwelche Nachrichten erhalten hatte, nichts. Niccolò hatte es wirklich vergessen. Mama hatte mir um acht vor ihrer Schicht eine SMS geschickt, dann eine zweite mittags; sie war ganz verrückt nach SMS, ständig schrieb sie mir HDGDL.

»Steck es weg«, forderte Papa mich auf, als ich hinter dem Baum hervorkam. Er hasste SMS natürlich.

»Schalt es aus«, fügte er grollend hinzu, »ich verfluche den Tag, an dem ich es dir gekauft habe!«

Ich schaltete es nicht aus, ich stellte es auf stumm. Es war ein Nokia 3310, wie alle es hatten. Ich hatte Papa gebeten, es mir zu schenken, ich hatte ihn angefleht, weil ich mich als Punk ausgab, mir aber der Mut fehlte, anders zu sein. Und letztes Weihnachten hatte er dann doch nachgegeben. Und jetzt hatten wir uns gestritten.

Es tat mir leid. Auf dem Rückweg sprachen wir kein Wort. Papa sichtete nichts mehr, die Seite mit den Sichtungen in seinem Notizbuch mit dem Datum dieses Tages blieb halb leer. Ich fühlte mich verantwortlich.

Im Auto traute ich mich nicht einmal, das Radio einzuschalten. Ich hatte das Handy in der Tasche, wie tot. Heimlich betastete ich es und warf ab und zu einen verstohlenen Blick darauf, es könnte ja aufleuchten ... Eine Nachricht, oder auch nur ein Klingeln! Von *ihm*. Warum begriff Papa nicht, wie *unabdingbar* es für mich war, wenigstens an meinem Geburtstag den Klingelton laut gestellt zu lassen?

Wir kamen nach Hause, und ich schloss mich in mein Zimmer ein. Noch bevor ich die schlammigen Schuhe und die durchgeschwitzte Jacke auszog, mir die schmutzigen Hände wusch und meinen Durst stillte, schaltete ich den Computer ein. Meinen. Ein weiteres wunderbares Geschenk von Papa.

Ungeduldig wartete ich, dass der Bildschirm sich füllte. Jeder Ordner war mit Schmerz und Freude, Hoffnung und Angst gefüllt. Das war das, was ich jetzt jeden Abend machte, bis Mitternacht. Ich lernte, ich aß zu Abend, ich schaute fern mit meinem Vater. Und dann versteckte ich mich. Aber ich war nicht mehr allein.

Unter »Dokumente« waren Hunderte von Worddateien gespeichert, randvoll mit wohlklingenden Adjektiven, nicht mehr gebräuchlichen Substantiven, Metaphern, die peinlich wirken, wenn man sie heute liest, die aber aus meiner damaligen Sicht die Tatsache bestätigten, dass ich eine Schriftstellerin war. Ich hüllte mich darin ein, verkleidete mich, berauschte mich daran. Ich hatte keine Ahnung vom Schreiben, aber ich hielt mich für verführerisch. Und dann gab es noch einen geheimen Ordner. Geschützt durch ein Passwort. Es hieß »Briefwechsel«.

Ich sagte bereits, dass ich mich verändert hatte: Ich war technikaffin geworden, schrieb nicht mehr mit Kugelschreiber auf Papier. Ich war sogar mit dem Internet verbunden, über ADSL, das keinen Lärm machte und die Telefongespräche nicht unterbrach, obwohl niemand mehr das Festnetz benutzte. Aber ich surfte nicht. Ich bewegte mich nicht. Für mich war das Anderswo die Vergangenheit, nicht die Zukunft. Und doch hatte ich jetzt ein Postfach. Ein elektronisches.

Mein Vater hatte mich eines Sonntags überzeugt, einen Benutzernamen zu wählen, und mich auf Virgilio angemeldet. Vom ganzen Web benutzte ich nur diese Adresse, unter der mich nur eine Person erreichte.

Wir schrieben uns jede Nacht.

Dinge, die man nicht wiederholen kann, gefährliche.

Und wenn der andere nicht postwendend antwortete, ließen Klingeltöne das Handy vibrieren. Unter dem Kissen oder neben dem Bett klingelte es bis drei, bis vier, als Beweis, dass wir nicht schlafen konnten, dass wir nicht anders konnten, als an den anderen zu denken, aufzustehen und noch einmal zu schreiben. Dieses Nokia war ein Folterinstrument.

Tagsüber konnten wir uns perfekt ignorieren. Aber um 22 Uhr 30 erwarteten wir jeweils den Brief des anderen. Und am Bildschirm war alles zulässig: jede beliebige Erklärung, jeder beliebige Akt. Wir gelangten mit den Worten an einen Punkt, der uns am Schlafen hinderte. Und wir mussten weitermachen. Mit dem Handy, mit dem Computer.

Wie eine ferne Spur fällt mir jetzt wieder seine Adresse ein, und ich lächele zärtlich: moravia85@virgilio.it.

*

Ich war morante86 und hatte Titten.

Seit sie mir gewachsen waren, nannten sie mich in der Schule Elisa.

Innerhalb von zwei Sommern war ich fünf Zentimeter größer geworden, und in den Jeans meines Bruders waren jetzt unzweideutig Po und Hüften zu sehen.

Ich füge hinzu, dass 2003 in T niemand ein Zungenpiercing hatte: *niemand*. Ich konnte es herausziehen, spielerisch gegen die Zähne schlagen und mich für affengeil halten. Auf die wenig originellen Bemerkungen, die immergleichen, der Jungs – »Na, da lass ich mir doch gleich mal einen von dir blasen« – reagierte ich hochmütig und mit erhobenem Mittelfinger. Ich schminkte mich, las *il manifesto*, und nicht nur das: Enzo hatte mir einen kurzen Pagenkopf geschnitten. Bea schwor, ich sähe wie Uma Thurman in *Pulp Fiction* aus. Eine Revolution!

Aber ich blieb ich.

Mit der Palazzina Piacenza tief in meiner Seele verankert, dem fahrigen Blut meiner Mutter, unserer verdrehten Geschichte voller Löcher; die Titten würden das nicht lösen, die Piercings auch nicht.

Ich blieb eine Loserin, die die Samstagnachmittage auf einem Felsen damit verbrachte, *Also sprach Zarathustra* zu lesen und so zu tun, als verstünde sie etwas, um dann nach Hause zurückzukehren. Anstatt abends auszugehen, bis spät in die Nacht auf einem Podest zu tanzen, mich zu betrinken, mich auf dem Klo einzuschließen und einen Joint zu rauchen, jemanden zu küssen. Nicht irgendeinen: Moravia, dessen Namen ich gemieden habe, den man aber erkannt haben wird.

Anstatt mit Lorenzo eine Beziehung einzugehen, hatte ich mit ansehen müssen, wie er zu Valeria zurückkehrte, dann mit einer anderen zusammen war, auch diese wieder betrog und keinen Finger rührte, um mich mit einzubeziehen. Ich träumte, träumte und träumte, im Hafen, am Ende der Mole, auf einem hohen und flachen Granitfelsen. Den Wind zwischen den Seiten, in den Haaren, wie eine romantische Heldin. Verzweifelt auf der Flucht vor der Realität.

Ich war überzeugt, die Katastrophe vor zwei Jahren unter der Eiche, die Scham, die Unsicherheit, die tief in mir verwurzelte Schuld nicht überwinden zu können. Ich erlebte nichts von dem, was ich mir gewünscht hatte: im Auto mit ihm auf dem Aussichtspunkt, die Zunge im Mund, die Schenkel, die sich spreizen, die Hände, die reiben, die Finger, die eindringen. Und dass alle Bescheid wussten.

Er fickte jetzt, aber mit anderen.

Aber mir schrieb er jeden Abend.

Und ich antwortete ihm jeden Abend.

Er war Moravia, ich die Morante.

Die wir, nebenbei bemerkt, nicht gelesen hatten. Im Gegenteil, wir hatten sie nur gewählt wegen der Aura von Leidenschaft, die die Bilder, auf denen sie gemeinsam zu sehen waren, ausstrahlten. Wegen der Fotos! Der Gipfel ... Wir spielten die Literaturkundigen. In einer Zeit des Internets, in der sich alle »kätzchen86« oder »lore84« nannten, glaubten wir, anders als die anderen zu sein, die Einzigen, die Zugang zur Wahrheit hatten. Wir waren langweilig, ich weiß, und auch ein bisschen uncool.

Ich öffnete die Post vom 11. April, obwohl ich am Verdursten war und das Pipi nicht halten konnte, weil ich nicht eine Minute warten konnte, erst recht nicht bis 22 Uhr 30.

Bitte mach, dass er mir geschrieben hat. Die Seite wurde mit der damaligen unerträglichen Langsamkeit geladen. Mit explodierendem Herzen blickte ich auf den Bildschirm: »Du hast eine nicht gelesene Nachricht.«

Er hatte sich erinnert. Ich verspürte ein heftiges Glücksgefühl. Der Zeitpunkt der Mail war 15 Uhr 05, der Betreff: »Alles Gute zum Geburtstag, Liebling«.

Er hatte nicht vor der Schule auf mich gewartet und hatte mich nicht in dem Golf mitgenommen, den seine Eltern ihm zum achtzehnten Geburtstag geschenkt hatten. Und warum hätte er das tun sollen? Das war der besiegelte Pakt, auf dem ich bestanden hatte: nur Worte, nichts Körperliches.

15

Gin

Beatrice und ich hatten jetzt einen Ort: die »Höhle«. Ein gepfändetes oder beschlagnahmtes Häuschen, das dem Staub überlassen war, am Ende der Via dei Lecci. Niemand betrat es, außer wir beide.

Als ich am 12. April ankam, saß sie auf den Resten eines Sofas: nacktes Schaumgummi. Den Kopf über das Handy gebeugt, das sie zwischen den Fingern hielt, ohne zu tippen. Sie wartete nur.

Auch sie hatte sich verändert, und zwar so sehr zum Schlechten, dass ich unschlüssig bin, ob ich sie beschreiben soll oder nicht. Denn ich möchte sie vor einem Porträt bewahren, das man nicht veröffentlichen kann, es reizt mich aber auch, Rache zu nehmen an der Welt dort draußen; es ist so leicht, etwas vorzutäuschen. Sich in Pose zu setzen, zu lächeln. Auf den Malediven, bei der eigenen Hochzeit, wenn ein Kind geboren wird. Sich herzuzeigen und es allen unter die Nase zu reiben. Aber an den anderen Tagen? Wie gedenkt die Menschheit Ängste, Krankheiten, Beerdigungen zu überstehen? Ich mag eine verklemmte Verliererin sein, aber lasst es mich sagen: Die Literatur dient dem Leben.

Daher werde ich erzählen, wie Beatrice geworden ist: hässlich. Die Grundierung verdeckte nichts mehr, weder die Pickel noch die schlaflosen Nächte oder die bereits um einiges überwundene höchste Schmerzgrenze. Sie hatte zugenommen, was an dem Mistzeug lag, das sie in sich hineinschlang, vor dem Kühlschrank stehend, jetzt, da niemand mehr ihre Ernährung kontrollierte. Das Fitnessstudio war passé, das Tanzen hatte sie aufgegeben, Enzo hatte sie seit Monaten nicht mehr aufgesucht. Sie verbarg die Kilos unter Sweatshirts und weiten Jeans und trug nur Turnschuhe. Ich weiß nicht, wie viele es genossen, sie in diesem Zustand zu sehen, aber die Worte kennen, im Unterschied zu den Bildern, Mitleid und Scham.

Als sie mich hereinkommen hörte, blickte sie zu mir auf und sagte: »Sie geben ihr seit gestern Morphin. Gestern Abend.«

Ich blieb stehen. In dem Zimmer stand ein Tisch, aber es gab keine Stühle, und die Hälfte des Sofas, die nicht kaputt war, war nicht groß genug für uns beide.

»Aber sie weiß es nicht«, fuhr Bea ganz pragmatisch fort, »und daher soll sie, vergiss das nicht, glauben, sie würde gesund.«

Ich rührte mich nicht.

Bea blickte erneut auf das Handy. »Ich warte darauf, dass die Krankenschwester mir sagt, wann sie aufwacht, dann können wir gehen.«

Nebenan war die Küche, mit den Resten eines Herds und einem Hängeschrank rechts von den Überresten einer Abzugshaube. Im Bad fehlten das Bidet und die Glasscheiben der Dusche, aber in einem Glas auf dem Waschbecken hatte jemand zwei Zahnbürsten vergessen.

»Hast du Angst?«, fragte sie mich. »Wer weiß, was sie dir sagen will.«

»Natürlich habe ich Angst vor deiner Mutter.«

Bea lächelte. Sie band ihr vernachlässigtes Haar, dessen früher stets energisch gebändigte Naturlocken jetzt wieder kraus waren, mit einem Gummiband zusammen. »Ich dagegen habe nur Angst, dass sie stirbt. Und das ist unsinnig, ich weiß ja, dass sie stirbt.«

Ich blieb ... Ich konnte nichts anderes tun, als *bleiben*, in derselben Position, reglos, stumm. Der Tod war eine unschöne Sache, vor allem mit achtzehn: das Maximum an Unglück, Schuld und Leere. Auch Beatrice war sich dessen bewusst, weswegen sie abzulenken versuchte: »Gehen wir nach oben?«

Ich nickte und folgte ihr über die Treppe. Ich habe ein Detail vergessen: In der Mitte ihres Kopfs war ihr ein weißes Haar gewachsen. Nur eines, das inmitten der dunkelbraunen Mähne auffiel wie die Strähne einer alten Frau. Ich fragte mich, wieso sie es nicht bemerkt hatte, hatte mich aber nicht getraut, es ihr zu sagen.

Im oberen Stockwerk gab es zwei Schlafzimmer, von denen eines, das eheliche Schlafzimmer, intakt war. Es fehlten nur die Kleider im Schrank. Bea öffnete das Fenster auf der Rückseite und ließ Luft und Sonne herein; dasjenige, das von der Straße aus sichtbar war, ließen wir immer geschlossen; sollte jemand eine Bewegung dort drin bemerken, würde er vielleicht die Polizei rufen.

Unsere Freundschaft war ungern gesehen. Wir ließen uns aufs Bett fallen, hielten uns dabei an der Hand, wirbelten eine Menge Staub auf und steckten die Nase in die Kissen und in die Seidensteppdecke, zwischen Laken, die nicht von uns benutzt, aber inzwischen zu unseren geworden waren. Wonach rochen sie?

Ich halte inne, nehme die Finger von der Tastatur und schließe die Augen, um mich vom Schreibtisch zu lösen, an dem ich schreibe, von den ordentlichen Wänden, die mich umgeben, und zu den Lichtbündeln in jenem Zimmer zurückzukehren, zu dem feinen Staub, der wie das Styropor in den Schneekugeln schwebt, zu dem Herzrasen, das mich jedes Mal befiel.

Der Geruch von Jahren. Sie rochen nach den Sporen, die durch die Ritzen eingedrungen waren, nach den Pflanzensamen, nach Schimmelpilzen und alten Molekülen von Weichspülmitteln, nach Frieden nach einem Streit, nach der vor anderen verborgenen Liebe, nach der Stille, in der alles endet; nach dem Shampoo, das Beatrice benutzte.

Wir umarmten uns. Ich schob ein Knie zwischen ihre Beine, sie legte den Kopf zwischen mein Kinn und mein Schlüsselbein. Wir hätten stundenlang so liegen bleiben können, übereinandergeschlossen, um uns vor der Brutalität der Welt zu schützen. Das war unser Haus »in der Straße der Verrückten Nummer null«. Alles dort war richtig. Manchmal machten wir dort Hausaufgaben, dann wieder schliefen wir dort ein, weil ich bis spät in die Nacht am Computer und sie am Anti-Dekubitus-Bett ihrer Mutter gesessen hatte; anderen Nachmittagen lasse ich lieber ihr Geheimnis und ziehe es vor, dass die Zärtlichkeit oder Unanständigkeit dieser Augenblicke mit mir altern und mit mir zerbröseln, ohne Zeugen.

An dem Tag brach Beatrice in Tränen aus. Sie verbarg das Gesicht in ihren Händen. Ich nahm sie und beugte mich über sie, um sie zu küssen.

»Was bedeutet es, dass sie stirbt?« Sie trocknete sich die Augen. »Ich kann mir die Zukunft einfach nicht vorstellen. Mein Bruder, meine Schwester, Papa, was werden wir machen? Es wird nichts mehr da sein, was uns zusammenhält.«

»Ich werde da sein.«

Sie hörte mich nicht mal. »Ich bin nicht bereit, es geht zu schnell.«

Sie drehte sich um, betrachtete die Wand und biss sich auf die Unterlippe. Ich hörte die Gedanken, die zu sagen sie nicht den Mut hatte: »Sie wird nicht beim Abitur da sein, nicht beim Uni-Abschluss, sie wird nicht am Tag meiner Hochzeit da sein, nicht im Krankenhaus sein, wenn ich Kinder bekomme. Ich werde immer einen Krater an ihrer Stelle sehen, und ich werde nie mehr glücklich sein.«

»Papa wird Swetlana dafür bezahlen, dass sie sich um alles kümmert, er lebt schon jetzt im Büro. Costanza wird nicht mehr von der Uni zurückkehren, auch nicht zu den Feiertagen. Und Ludo ist vierzehn.«

Wir setzten uns auf, einander gegenüber.

»Ich bin da«, wiederholte ich und nahm ihre Hände. Aber Bea konnte sich nicht mit so wenig zufriedengeben.

»Weißt du, was es *wirklich* bedeutet, dass sie stirbt?« Sie blickte mich mit ihren riesigen unnatürlich grünen Augen an. »Dass ich allein sein werde.« Sie verlangte wahre Worte von mir: »Du bist diejenige, die schreibt, also sag mir ehrlich: Ich werde allein sein, ist es so? So sehr, dass ich nichts mehr habe, nicht mehr weiß, was ich an Weihnachten tun soll, und keinen Grund mehr habe, zur Schule zu gehen, niemanden, dem es etwas bedeutet, wenn ich eine gute Note bekomme.«

»Nicht allein«, verbesserte ich sie, »Waise.« Ich nahm den Mut des ganzen Wortschatzes zusammen und fuhr fort: »Du darfst nicht an Weihnachten denken, an die Sonntage, daran, nach Hause zu kommen und sie dort vorzufinden, um ihr zu sagen, dass du die beste Note bekommen hast. Du darfst nicht vergleichen. Denn natürlich ist es so, dass du, wenn du zurückblickst, nichts mehr findest. Aber vor dir hast du alles, Bea. Das ganze Leben, das du dir nehmen musst.«

Ihre Augen füllten sich erneut mit Tränen.

»Nicht nehmen, *verlieren*.«

Auch meine füllten sich mit Tränen.

»Eines Tages wird sich alles ändern. Ich schwör es dir, du wirst deine Revanche bekommen.«

»Nein, Eli.« Sie schüttelte den Kopf. »Sie ist meine Mama.«

*

Es war Anfang November geschehen: Ginevra dell'Osservanza war, als sie gerade mit den Einkaufstüten nach Hause kam, plötzlich in der Einfahrt hingestürzt, ohne über irgendetwas zu stolpern. Sie war gefallen wie ein Kartoffelsack und hatte sich den Oberschenkel gebrochen.

Im Alter von fünfundfünfzig Jahren.

In der Notaufnahme war das Erste, was sie sie gefragt haben, ob sie in Behandlung sei, gegen was für einen Tumor, und sie hatte geantwortet: »Ja, in der Brust, aber jetzt ist alles in Ordnung.« Sie, ihr Mann und ihre Kinder hatten immer wieder gesagt, die Schmerzen in den Beinen, über die sie ständig klagte, seien ohne Zweifel eine Nebenwirkung der Medikamente. Die Operation war gut verlaufen, der Tumor war entfernt, die Zyklen der Chemo- und Radiotherapie waren beendet, und die Untersuchungen waren in Ordnung; es musste also zwangsläufig an den Medikamenten liegen.

Bis an jenem Vormittag in der Notaufnahme eine Kernspintomographie die Wahrheit offenbart hatte: Metastasen in einem so fortgeschrittenen Stadium, dass sie eine Hüfte und etliche andere Knochen zerfressen hatten. Der Oberschenkelknochen war zerbröselt. Zwei Einkaufstüten hatten ausgereicht, ihn zusammenbrechen zu lassen wie einen der Türme am 11. September.

Sie würde nie mehr aufstehen können.

Von geheilt werden gar nicht zu reden.

Beatrice rastete aus, wie auch der Rest der Familie. Sie hatten sich etwas vorgemacht, hatten an ein Happy End geglaubt, aber die Wirklichkeit liebt es, Träume zu zerstören, oder es macht ihr nichts aus, es zu tun. Ich erinnere mich an die Fahrt ins Krankenhaus, in Begleitung meines Vaters, um zu Bea zu eilen. Der kalte, gelb gestrichene Flur im dritten Stock. Unsere Umarmung, die so fest war, dass wir uns fast wehtaten, und gegenüber, aber auf Distanz, die zerstörten Gesichter von Riccardo, Costanza und Ludovico.

Vielleicht hatten sie Ginevra gesagt, dass ich eine gute Freundin gewesen bin. Dass ich mich während der ganzen Dauer ihres Krankenhausaufenthalts, das heißt einen Monat, jeden Tag vor ihrem Zimmer auf einen an die Wand genagelten Stuhl gesetzt hatte, um mich über ihren Zustand zu informieren und Beatrice bei den Hausaufgaben zu helfen. Und auch dass ich mich, obwohl ich weiterhin nicht zu ihnen nach Hause eingeladen wurde, immer vor dem Gittertor in der Via dei Lecci eingefunden hatte, wenn es nötig gewesen war, zu jeder Uhrzeit und aus welchem Grund auch immer. Und vielleicht war das der Grund, warum Ginevra mich am 12. April, in der letzte Woche ihres Lebens, sprechen wollte.

Um mir zu verzeihen. Oder mich zu verurteilen.

Ich wusste es nicht, ich hatte panische Angst, war aber zugleich glücklich, dass sie mir eine Rolle zuwies, dass wir einen Anlass hatten. Wenn man bedenkt, dass auf der Welt damals nur ich und sie so verrückt nach Beatrice waren.

»Wie dumm von mir, ich muss dir dein Geschenk geben!« Bea fasste sich wieder, wischte sich die verlaufene schwarze Wimperntusche mit einem Papiertaschentuch ab und stand auf. »Du wirst es nie erraten.« Sie öffnete den Schrank und begann zu suchen. »Ich hab es hier irgendwo versteckt, ich hoffe, es gefällt dir ...«

Sie fand es und gab es mir: ein kleines Päckchen, in mehr Klebeband als Papier gewickelt, ganz sicher ihr Werk.

»Oh, es tut mir leid, eine so schöne Verpackung zu zerstören!«

»Mach es auf, blöde Kuh.«

Ich musste die Zähne benutzen. Innen fand ich weiteres Papier, dann noch welches und noch mal welches.

»Ist da was drin, oder ist das nur ein Scherz?«

»Du kannst einfach kein Vertrauen haben, hm?«

Im Nachhinein betrachtet tat ich gut daran. Sogar in jener tragischen und wirren Zeit, in der die braunen Locken von den früheren Farbtönen ausgetrocknet waren und sie das Rouge fleckig auf die Wangen auftrug, spürte ich, dass es darunter, in der Tiefe des Schmerzes, immer noch das magische Geschöpf gab, begraben, aber wachsam, Hüterin einer unerschöpflichen Macht, die plötzlich wieder erwachen und die Oberhand gewinnen könnte.

Ich packte weiter aus und stieß endlich auf ein Piercing: in phosphoreszierendem Grün, wunderschön. Begeistert fiel ich ihr um den Hals.

»Ich bin bis nach Marina di S gefahren, um es zu besorgen.«

»Danke.«

»Und da ich schon dabei war, habe ich mir auch ein neues gekauft. Schau her.«

Sie zog Sweatshirt und T-Shirt hoch. Auf dem Bauch, der nicht mehr flach und braun gebrannt wie im Sommer zuvor war, funkelte am Bauchnabel ein fuchsiafarbener kleinkarätiger Brillant.

»Phantastisch.« Ich berührte ihn.

»Jetzt tausch du auch deinen aus.«

Wir liefen ins Badezimmer im Erdgeschoss, in dem nur noch ein Bruchstück des Spiegels hing, das aber ausreichte. Bea half mir, mir im Waschbecken notdürftig mit einer kleinen Flasche Wasser die Hände zu säubern. Ich schraubte das Kügelchen des alten Piercings aus metallfarbenem chirurgischen Stahl ab, nahm es heraus und betrachtete es einen Augenblick auf meiner Handfläche.

Wir hatten es an Ferragosto gemacht. Denn der 15. 8. 2002 war unser zweiter Geburtstag gewesen. Beatrice hatte sich entschlossen, sich den Bauchnabel piercen zu lassen; sie hatte immer alle Trends von Anfang an mitgemacht; ich dagegen entschied mich für die Zunge, wie die Maya und Azteken. In Marina di S, im einzigen Piercingstudio im Umkreis von Kilometern, ohne Wissen unserer Eltern. Wir hatten überlegt, welche Stellen des Körpers wir zu Hause verbergen, aber in der Schule zeigen könnten. Die Nadel hatte uns durchbohrt, wir hatten einen stechenden Schmerz gespürt. Erneut war Blut ausgetreten, nach dem Jungfernhäutchen, meine ich. Unsere Freundschaft sah ganz offensichtlich den unvoreingenommenen Gebrauch des Leidens vor. »Jetzt sind wir Punks«, hatte ich ihr versichert, als wir wieder auf ihren Motorroller gestiegen waren. Sie hatte ihn gestartet. Zu zweit mit siebzig Stundenkilometern auf der Landstraße, wie damals bei dem Diebstahl.

Wir hatten bei McDonald's haltgemacht, um etwas zu essen. Nach dem Abendessen waren wir zum Eisenstrand zurückgekehrt, um uns das Feuerwerk anzuschauen, von einem Ort aus, an dem uns niemand sah. Dann waren wir auf Zehenspitzen heimgekehrt, und weder am nächsten Tag noch in den folgenden Tagen hatten unsere Eltern etwas bemerkt. Aber als im September das neue Schuljahr begonnen hatte, hatten wir einen triumphalen Auftritt hingelegt. Sie mit einem superkurzen Minirock und nacktem Bauch, und ich hatte alle paar Sekunden die Zunge herausgestreckt. Und alle hatten große Augen gemacht.

Als ich das neue Piercing einsetzte und mich in dem dreieckigen Stück Spiegel betrachtete, dachte ich, dass andere sterben mochten, aber wir nicht. Und vielleicht waren wir zu etwas Großem bestimmt, das in die Geschichte eingehen würde. Oder zu etwas ganz Kleinem und würden als alte Jungfern in einem Altenheim enden, vergessen, aber gemeinsam. Und das machte keinen Unterschied: gewinnen, verlieren. Vorausgesetzt, das *gemeinsam* überlebte.

Ich wollte ihr das sagen, als das Handy klingelte. Ich hasste es in diesem Augenblick für die Unterbrechung. Aber Beatrice schien auf nichts anderes gewartet zu haben, denn sie griff sofort danach, und antwortete: »Okay, wir kommen.«

*

Ich trat ein, ohne ein Geräusch zu machen, als läge da drin ein Kind, das ich auf keinen Fall aufwecken durfte. Allein, denn so hatte Ginevra es verfügt.

Die Jalousien waren heruntergelassen, überall lagen Medikamente, das Zimmer war erfüllt von dem scharfen Geruch eines Körpers, der nicht aufsteht und sich nicht bewegt. Mir war sofort klar, dass das Zimmer der Porträts zum Zimmer des Tumors geworden war.

»Komm näher«, hörte ich sie sagen.

Sie lag auf einer Seite, verborgen von den Laken und dem aufgebauschten Kissen. Ich ging zu ihr. Sie drehte sich mühsam, um mir ins Gesicht blicken zu können. Auch ich sah sie an, und mir blieb das Herz stehen.

Ginevra war *nicht wiederzuerkennen*.

Bis auf die Knochen abgemagert, die Haut welk und gespenstisch bleich. Wenige weiße, strubbelige Haare auf dem kahlen Schädel, als wäre sie plötzlich um dreihundert Jahre gealtert. Dieser Körper hatte nichts mehr von der starken und eleganten Frau, die ich kennengelernt hatte. Die Krankheit hatte sie in einem Maße gedemütigt, das ich noch heute nur schwer akzeptieren kann. Und doch begannen ihre Augen, als ich bei ihr war, vor Ungeduld und Verlangen zu leuchten.

»Sieh einer an, du hast dich aber schön gemacht.«

Ich zwang mich zu lächeln.

»Aber an deinem Gesicht erkenne ich, wie grauenhaft ich aussehe.«

»Das stimmt nicht ...«, stammelte ich mit dünnem Stimmchen.

»Hör zu, schließen wir einen Pakt: keine Lügen zwischen dir und mir. Ich höre hier schon viel zu viele und tu so, als würde ich sie schlucken. Nicht für mich, sondern für sie, vielleicht geht es ihnen so besser. Aber du bist intelligent, und ich will nicht bereuen, dass ich dich habe rufen lassen. Ich habe nicht einmal den Priester gewollt, damit du es weißt.« Sie holte Luft. »Und jetzt setz dich.«

Ich gehorchte. Aus den Augenwinkeln sah ich die mit Rahmen tapezierten Wände, die lächelnden und strahlenden Porträts von Beatrice und der ganzen Familie. Ich wandte den Blick ab.

»Wir beide haben uns nicht verstanden, aber jetzt ist alles anders geworden.« Sie versuchte sich vorzubeugen. »Ich sehe nicht mehr viel, aber ich glaube, du trägst Lippenstift.«

»Ja«, log ich.

»Gut. Das ist keine Albernheit, wie manche denken. Das ist *Würde*. Man muss sich in jeder Situation von seiner besten Seite zeigen.«

Ich wusste, dass sie keine Farben mehr erkennen konnte. In ein oder zwei Tagen würde sie vollkommen blind sein. Die Metastasen waren von den Knochen ins Gehirn gewandert und zerfraßen den Sehnerv.

»Ich will gleich zum Punkt kommen: Du musst dich um Beatrice kümmern.«

Ich schluckte.

»*Du* musst dich um sie kümmern, denn ohne mich wird sich niemand um sie kümmern. Es ist von entscheidender Bedeutung, dass sie nicht aus dem Business aussteigt. Du musst dich vergewissern, dass sie lernt, dass sie weiterhin in der Modeszene arbeitet, Modenschauen, Castings, Werbung macht. Nach dem Gymnasium muss sie unter allen Umständen nach Mailand gehen. Mailand, Elisa. Du musst es mir versprechen.«

»Ich verspreche es Ihnen.«

»Ich spüre, dass du zögerst.«

»Nein, nein ...« Ich fühlte mich unendlich allein, unbehaglich.

»Ich schenke dir mein Vertrauen, zu einem solchen Zeitpunkt. Du darfst es nicht verraten.«

Ich schwöre, dass ihre Stimme mir noch heute in den Ohren hallt: Wenn ich mich zerstreue, wenn ich von einem Buch aufblicke und mit den Gedanken woanders bin oder wenn ich unter der Dusche stehe und die Augen unter dem glühend heißen Wasser schließe; manchmal mitten in der Nacht, so deutlich, dass sie mich weckt.

Ihr Körper war erschöpft, zerstört, ein Anblick, bei dem einem die Tränen kamen, und ich zog tatsächlich ständig die Nase hoch und hustete, um den Kummer zu überspielen, aber ihre Stimme war ihre unversehrte Seele. Sie drückte eine Entschlossenheit, eine Unerschrockenheit aus, die nur Beatrice geerbt hat und im ersten Chromosom ihrer DNA bewahrt.

»Hast du gesehen, was aus ihr geworden ist?«

»Ja ...«

»Auch ich habe meine Mama früh verloren, ich weiß, wie man sich fühlt. Beatrice ist clever, taff, sie ist wie ich. Von der ganzen Bande hier«, sie hob die Hand, ließ den Zeigefinger in der Luft kreisen, »ist sie die Einzige, die den Mut hat, meine Bettpfanne zu leeren. Aber sie darf nicht wie ich enden. Sie darf nicht jemanden heiraten, der mit ihr in einem Ort wie T lebt, wo nie etwas passiert und wo man sich selbst am Ende auch auflöst und verschwindet. Jemanden, der von dir verlangt, nicht mehr zu arbeiten, und dich dann in eine Ecke stellt und betrügt. Elisa, schwör mir, dass du ihr das nicht erlauben wirst. Das würde ich nicht ertragen.«

»Ich schwöre es.«

»Weißt du, ich habe es nicht geschafft. Als junges Mädchen habe ich

Fotos gemacht, wunderschöne. Phantastische. Nicht zu vergleichen mit dem Zeug da.« Sie deutete verächtlich auf die Wände. »Alle Fotografen in Latina sagten mir: Gin, du wirst auf allen Titelbildern der *Vogue*, der *Elle*, der *Glamour* auf dem Planeten erscheinen. Du wirst in Paris über den Laufsteg gehen, du wirst ein Leben wie im Film, im Roman führen, alle werden dich beneiden ...« Sie schloss die Augen. »Weißt du, dass ich sie alle verbrannt habe? Vor Wut.«

Wir schwiegen ein paar Augenblicke. Ich betrachtete erneut ihre Porträts als Ehefrau und Mutter und erkannte die Frustration und den Verzicht hinter diesen Bildern.

»Bitte geh mit ihr zu Enzo nach meiner Beerdigung. Am Anfang wird es ätzend sein, aber sorg dafür, dass sie wieder eine Diät macht. Zwing sie, sich zu schminken, begleite sie zu den Castings, mach die Anrufe für sie. Da drin findest du meinen Terminplaner.« Sie deutete auf eine Schublade, ich öffnete sie und nahm ihn heraus. »Darin sind alle Kontakte, Fotografen, Agenten, das ist die Arbeit meines Lebens. Die einzige. Du rufst an. Wenn Beatrice erkennen lässt, dass sie alles hinschmeißen will, greif ein. Hart, effizient. Es ist so leicht, alles kaputt zu machen, o ja, so leicht, ich weiß es nur zu gut! Aber sie nicht, sie muss siegen. Denn ich werde sie von dort oben beobachten«, sie brach in Tränen aus, »und ich will ...«, sie verschluckte ein paar Worte, »... frei, berühmt.« Mit letzter Kraft trocknete sie sich hastig die Tränen, und ihre Stimme nahm wieder jenen Ton an, der keinen Widerspruch duldete: »Wenn du es nicht schaffst, kriegst du es mit mir zu tun.«

Dann schaffte sie es nicht mehr, weiterzusprechen. Sie war erschöpft. Sie hatte ihre ganze Kraft in dieses Gespräch gesteckt. Es war einfach ungerecht, eine Tochter aufzuziehen mit allem, was dazugehört, damit etwas aus ihr wird, und vorher zu sterben.

Ich stand auf und versuchte sie zu umarmen. Ich kann nicht sagen, warum, aber ich mochte sie. Ihr Körper war so schwach, dass ich nicht wusste, wie ich es anstellen sollte. Ich gab ihr unbeholfen einen Kuss. Sie war gerührt, verwirrt und streichelte meine Wange.

»Und du kannst mich wieder besuchen«, sagte sie, bevor ich das Zimmer verließ, »vielleicht bleibt mir noch die Zeit, dir etwas von der anderen Gin zu erzählen, dem Mädchen auf den Fotos, die ich verbrannt habe. Meine Tochter sagt mir immer, dass du gut schreiben kannst.«

Ich war so überrascht, dass ich lediglich ein verzweifeltes Lächeln zustande brachte.

»Ich will nicht dem Priester beichten, ich will keine himmlische Vergebung«, sagte sie lachend. »Aber Bea soll etwas von mir wissen, etwas, das ich ihr nie gesagt habe. Gut, bring das nächste Mal ein Heft mit.«

16

Morante und Moravia

Ich kam aufgewühlt nach Hause. Mein Vater war ausgegangen. Ich drückte auf den Lichtschalter in der Küche und setzte mich allein mit Gins Terminplaner an den Küchentisch.

Ich strich über den Einband aus rosa Leder, das Lesezeichen schaute in der Mitte heraus. Mein erster Impuls war, ihn zu öffnen, der zweite, ihn wegzuwerfen. Ich hielt Beatrices Zukunft in den Fingern, und diese Macht erschreckte mich.

Ich saß reglos auf diesem Stuhl und kämpfte innerlich mit mir, bis es dunkel wurde, die Motorroller unter den brennenden Laternen zu hupen begannen und sich im Hof des Mehrfamilienhauses eine Gruppe geschminkter dreizehnjähriger Mädchen versammelte, die ungeduldig darauf warteten, von den Eltern wer weiß wohin gebracht zu werden.

Und da entschied ich mich. Ich nahm den Terminplaner, ging in mein Zimmer, kletterte auf einen Hocker, stellte mich auf die Zehenspitzen und schob ihn oben auf dem Schrank so weit wie möglich nach hinten, an die Wand, ihn in einer dicken Staubschicht begrabend.

Es war Samstagabend. Ich war eine schreckliche Freundin, vielleicht aber auch die beste.

Ich blickte auf die Uhr. Um diese Zeit würde Beatrice auf den SR steigen, um zu Gabriele zu fliehen. Das war ihr Hab und Gut: zehn Kilo zu viel, Pickel, strohiges Haar. Eine Höhle des Glücks in der Provinz mit einem Arbeiter, der, dessen war ich sicher, sie nicht betrügen würde. Ginevra, sagte ich ihr aus der Ferne, ich bin absolut nicht einverstanden mit Ihnen. Ich warf einen letzten prüfenden Blick auf den

Schrank: Es war nichts zu sehen. Wenn es wirklich von mir abhängen sollte, versprach ich mir, dann würde Beatrice frei sein. Sich an der Universität von Neapel oder Turin einzuschreiben, in Ingenieurwesen oder in Medizin, Gabriele zu heiraten, zehn Kinder mit ihm zu bekommen und *niemand* zu bleiben.

Ihr denkt, was für eine Verschwendung, wenn es so gelaufen wäre.
Oh, was für eine bewegende Vorstellung.

Jedenfalls hatte sie einen Freund und ich nicht. Daher kehrte ich in die Küche zurück und öffnete den Vorratsschrank auf der Suche nach etwas zu essen. Sogar mein Vater war zu einem Abendessen oder zu einem Junggesellenabschied eingeladen; er hatte sich nur ungenau geäußert, und ich hatte nicht verstanden. Hatte er sich mit fünfzig wieder verliebt?

Ich versuchte die Zeitung zu lesen, während ich ein Grissino knabberte.

Und Mama, hatte sie jemanden? Es war unmöglich, das über eine Distanz von so vielen Kilometern abzuschätzen. Aber seit einiger Zeit rief sie abends weniger an. Niccolò hatte mir erzählt, er habe sie in einer Kneipe weiter oben im Tal überrascht, einer von denen, in denen mächtig gebechert wird, als einzige Frau mit lauter Männern am Tisch, sie habe gelacht, mit einem Genepy in der Hand; und ein anderes Mal habe er sie vor dem Haus von einem Motorrad steigen und jemandem einen Kuss geben sehen, allerdingt habe er den Helm nicht abgenommen.

Ich blätterte *il manifesto* durch, um mich abzulenken. Ich bemühte mich, aber vergeblich; die Kriege und die Folgen der Ölkrise, die Splitterbomben und die Umweltkatastrophen vermochten mich an diesem Samstagabend nicht zu fesseln. Der Lärm der Welt draußen war zu laut. Er flüsterte mir zu: »Wenn du nicht ausgehst, wie willst du dann leben?« Und er schlug Wurzeln. Mein schuldiger Westen mit seinem falschen, dem Untergang geweihten mörderischen Kapitalismus glänzte noch. »Warum amüsierst du dich nicht, Elisa? Du bist phlegmatisch, sei unbeschwert. Wozu, glaubst du, ist das Leben gut?«

Papa hatte eine Parmigiana für mich in den Ofen gestellt, ich bemerkte es und nahm eine Portion mit ins Wohnzimmer, um sie vor

Striscia la Notizia zu essen, nur weil er es mir verboten hatte: auf dem Sofa zu essen und mir die Show-Assistentinnen anzuschauen. Ich betrachtete sie, die Blonde und die Brünette, wie sie die Schenkel schwangen und mit den Hintern wackelten. Ich flehte sie an, mir zu helfen, nicht mehr an mich und meine Schwierigkeiten zu denken. Stattdessen versetzten sie mich mit ihrem Haar und ihren Titten wieder in das Zimmer des Tumors, zu dem weißen Spinnennetz auf Ginevras kahlem Kopf, der grauen Haut, den herausstehenden Knochen, den bösen Zellen, die sich übermäßig in ihrem Körper vermehrten und ihn zerstörten.

Das Erste, was starb, war die Schönheit, daher hatte sie keinen Wert. Aber das Letzte?

Und da erinnerte ich mich an *jenen* Roman.

*

Jahre waren vergangen, aber ich schaltete trotzdem den Fernseher aus und suchte ihn unverzüglich, öffnete Schubladen und schlug Türen zu.

Warum liest man?

Weil einem nichts anderes übrig bleibt.

Das Öffnen eines Buchs hat nichts von einer edlen Berufung. Reden wir Klartext: Wer sich frei entscheiden konnte, Beatrice oder Elisa, Protagonistin oder Zeugin, berühmt oder unbekannt zu werden und den Samstag unterwegs mit einem Jungen oder vergessen in einem Zimmer zu verbringen, der hat nie Zweifel gehabt. Zum Lesen bedarf es Notwendigkeit und Verzweiflung; es ist etwas, das man im Gefängnis, in der Einsamkeit, im Alter, in der Ausgegrenztheit tut; wenn weder Fernseher noch Internet einen davon ablenken können, dass man im Leben verliert und dass man alles verliert; und dass die, die du kennst, dir glücklich vorkommen und du dich vor Neid verzehrst; wenn die einzige Lösung ist, darüber hinwegzukommen und ein anderer zu werden.

Und so begriff ich an jenem milden Aprilabend hinter dem einzigen erleuchteten Fenster des Hauses, dass der Moment für *Lüge und Zauberei* gekommen war.

Ich fand es unter dem Bett, im letzten Karton, der vom Umzug übrig geblieben war, vergraben zwischen den Musikkassetten, dem Walkman, den violetten Springerstiefeln. Ich fuhr mit einem Finger über die Signatur der Palazzina Piacenza. Wie war ein solcher Roman in eine Bibliothek für Kinder gelangt? Meiner Meinung nach war er aus Versehen dorthin gebracht worden, für mich.

Ich öffnete ihn zum x-ten Mal, an dem Abend aber mit neuer Entschlossenheit. Das Gedicht, das als Motto diente, blieb mir wie üblich unverständlich. Ich bemühte mich weiterzulesen, was mühsam war, weil die Erzählerin mir unsympathisch war. Ich hatte das Gefühl, sie zu kennen; als ich entdeckte, dass sie Elisa hieß und sich als »altes Mädchen« bezeichnete, war mir klar, warum. Nachdem ich die Orientierungsschwierigkeiten des ersten Kapitels überwunden hatte, begann der Roman mich sogar zu fesseln.

Ich vergaß mich, meine Geschichte, löste die Sorgen auf und injizierte mir Begierde. Ich wurde in ein Anderswo hineingezogen, in eine andere Familie, ein anderes Jahrhundert.

Der Abend wurde zur Nacht, und ich fand mich verschwitzt unter den Laken mit dem Buch wieder. Papa war nicht nach Hause gekommen, niemand betrachtete mich. Ich könnte behaupten, dass Lesen und Sex das Gleiche sind, aber keiner würde mir glauben. Im Jahr 2019? Dass das Unsichtbare der Lust dient?

Ich folgte Anna, der Mutter von Elisa, war bei ihren unanständigen Treffen mit Edoardo dabei, belauschte ihre Erregung, war neugierig auf ihre schändlichsten Wünsche: sich zeichnen, entjungfern, zugrunde richten lassen von diesem Edoardo, der blond wie Lorenzo war, die blauen Augen von Lorenzo hatte und *im Grunde* Lorenzo war. Ich fing an, Sätze zu überspringen, Seiten zu überblättern, getrieben von einem körperlichen Bedürfnis, ans Ende zu kommen. Die Worte der Morante – der echten, nicht der auf dem Foto – waren so schamlos, dass sie mich nicht vor meinem Körper schützten, mich zur Eile drängten. Ich spürte, wie meine Leisten, meine Lenden sich erhitzten und sich bemerkbar machten. Ich kam auf Seite hundertzweiundneunzig und hielt es nicht mehr aus.

Ich klappte das Buch zu und griff nach dem Handy.

Ich öffnete das Adressbuch. Unter M fand ich ihn, Moravia.

Den Motorroller musste ich jetzt nicht mehr nehmen und ihn in ganz T suchen mit der Gewissheit, ihn nicht zu finden; ich hatte das unverschämte Glück, in der Epoche der Zauberei zu leben.

Drei knappe Worte genügten: »Treffen wir uns.«

Eine Taste, senden.

Ich ließ das Handy aufs Bett fallen, ungläubig. Aufgeregt lief ich zum Fenster. Was hatte ich getan? Ich betrachtete die Platane, der Vollmond tauchte sie in helles Licht, als wäre Tag. Er wird nie und nimmer antworten, wer weiß, wo er ist, und mit wem. Wir hatten ausgemacht, uns samstags nicht zu schreiben. Weil er ausging, lebte, und ich nicht. Doch das Telefon klingelte, und ich fuhr zusammen.

Ich drehte mich um. War es möglich? Das Display war erleuchtet. Voller Angst näherte ich mich. »Du hast eine neue Nachricht.«

Er hatte mir geantwortet: »Wann?«

Mich mehrmals vertippend, schrieb ich: »Jetzt.«

Nach weniger als einer Minute: »Wo?«

Ein verrückter Gedanke ging mir durch den Kopf: durchzubrennen. Dann ein zweiter, noch schlimmer. Mit der beschränkten Anzahl von Zeichen kämpfend, um die geliebte Prosa mit der ganzen Zeichensetzung hinzubekommen, schrieb ich: »Bei mir, nimm den Motorroller, nicht das Auto, und komm auf die Rückseite. Im Hochparterre findest du ein Fenster mit blauen Vorhängen: das ist meins.«

Zwei Minuten später das Urteil: »Ich bin in einer halben Stunde da.«

Ich drehte fast durch. Ich betrachtete meine Hände, meine Füße, mich im Spiegel: Ich war hässlich. Ich zog den Jogginganzug aus, den BH, die Unterhose: grauenhaft. Was hatte ich vorhin über die Schönheit geschlussfolgert? Dass sie nichts wert war. Bullshit: Sie war *alles*. Ich malte mir die Lippen an, löste das Haar. Ich lackierte mir die Fingernägel mit dem roten Nagellack, den Beatrice mir geliehen hatte, aber meine Finger zitterten, und ich fuhr über die Ränder hinaus. Ich öffnete den Schrank und flehte ihn an: Gib mir ein magisches Kleid, das mich in eine andere verwandelt. Und in dem Moment kam mein Vater zurück.

Scheiße, die Sache war wie verhext. Ich schaltete das Licht aus und schlüpfte unter die Decken. Einen Augenblick später öffnete Papa die

Tür und schaute herein. Scheiße, dachte ich erneut. Ich presste die Lider zusammen und tat, als ob ich schliefe. Wie hatte ich nur glauben können, dass ich eine ganze Nacht lang sturmfreie Bude haben würde?

Kaum hatte er die Tür wieder geschlossen, blickte ich auf die Uhr: Es war Viertel vor eins. Ich stand auf und drehte vorsichtshalber den Schlüssel im Schloss. Die Jalousien waren oben geblieben, der Mond erhellte das Zimmer und erlaubte mir, mich zu orientieren, ohne anzustoßen und Lärm zu machen. Ich presste das Ohr an die Tür, um zu hören, wo mein Vater war: im Flur. Geh ins Bett! Und er kam näher. Ich hörte, wie er Bücher nahm. Nicht lesen, geh ins Bett! Aber er kehrte in die Küche zurück, öffnete den Kühlschrank und goss sich ein Glas Wasser ein. Mein Herz schlug wie wild in den Schläfen, ich hatte mich in eine unmögliche Situation gebracht. Ich nahm das Handy und schrieb Lorenzo: »Komm nicht.« Dann machte ich etwas Unerhörtes: Ich schaltete es aus.

Ich steckte den Kopf unter das Kissen und versuchte mich zu beruhigen, indem ich mir sagte: Er wird nicht kommen, nicht auszudenken, wenn er käme, er darf nicht kommen. Und es funktionierte, denn ich schlief erschöpft ein.

*

Eine Stunde später schreckte ich wegen eines Albtraums aus dem Schlaf. Mit schweißnassem Haar, frierend, nackt. Im Kopf immer noch diese schwarze Gestalt, die sich am Fenstersims festklammerte und mich anstarrte. Ich riss die Augen auf: Durch den Spalt der Vorhänge beobachtete mich tatsächlich jemand.

»Elisa«, flüsterte er und klopfte leise ans Fenster.

Ich bedeckte mich mit dem Laken.

Er klopfte erneut.

Ich blieb wie gelähmt auf dem Bett sitzen und starrte ihn meinerseits an.

Ich wurde hell vom Mond beschienen, er war im Gegenlicht.

Ich erkannte die Umrisse: fremd, vertraut.

»Elisa.«

Ich bekam panische Angst, dass Papa ihn hören könnte, daher

sprang ich auf, das Laken um mich gehüllt. Ich ging zum Fenster und öffnete es leise. Lorenzos Gesicht war eine Handbreit von meinem entfernt.

Er hielt sich mit beiden Händen am Geländer fest, die Füße gegen die Mauer gestemmt.

»Wie hast du es geschafft hochzuklettern?«

»Ich bin auf den Motorroller gestiegen und bin gesprungen, siehst du das nicht? Aber dann ist der Motorroller umgefallen, und jetzt kann ich mich nicht mehr halten, lass mich rein.«

»Aber mein Vater ist da!«, schrie ich leise.

»Bitte, meine Hände schmerzen, ich hab überall Krämpfe.«

Ich sah seine Augen glänzen, sein Haar schimmerte silbern im Mondlicht. Ich nahm diesen Geruch wahr, der mich so verwirrte, dass ich nicht mehr denken konnte.

Ich öffnete das Fenster ganz, Lorenzo machte einen Satz und kletterte herein. Ich trat zurück. Ich sah ihn real und lebendig vor mir, nachts in meinem Zimmer.

»Wie spät ist es?«

»Zwei Uhr«, erwiderte er und reckte sich.

»Und seit wann bist du da?«

»Seit einer Viertelstunde, glaube ich. Ich hab dich sicher dreißigmal angerufen, aber dein Handy war immer aus. Nicht einmal der Lärm, den der Motorroller gemacht hat, hat dich geweckt.«

»Sprich leise.«

Lorenzo machte einen Schritt auf mich zu.

»Er wird uns nicht hören, ich schwör's dir.«

Er hatte mich im Schlaf beobachtet. Er war hier.

»Geh.«

»Du hast mir gesagt, dass ich kommen soll, Morante. Und ich hätte bis zum Morgengrauen gewartet, wenn du nicht vorher aufgewacht wärst.«

Ich hatte ein Laken übergeworfen und Reste von Lippenstift im Gesicht.

»Mit wem warst du zusammen, was hast du gemacht?«

Er antwortete nicht. Blickte sich um: der in der Ecke zusammengeknüllte Jogginganzug, die Bücher auf den Regalen, das Fläschchen mit Nagellack auf dem Schreibtisch, die Karte des Piemont und das Plakat eines Konzerts der Rancid im Babylonia an der Wand.

Ich erinnerte ihn an die Vereinbarung: »Sich alles sagen, ohne etwas zu verlangen.«

»Ich stand in der Schlange, um ins Sox zu gehen. Ich bin sofort umgekehrt, hab den Wagen zu Hause gelassen und den Motorroller genommen, wie du mir gesagt hast. Und ich habe auch meine Freunde, die ohne Auto waren, in Follonica zurückgelassen.«

»Für mich?«

»Für dich.«

Er machte einen weiteren Schritt, ich wich noch weiter zurück.

Lorenzo deutete auf den Computer. »Ich bin es leid, Elisa. Seit mehr als einem Jahr schreiben wir uns. Wir haben gemeinsam die Unschuld verloren, und du hast zu mir gesagt, ich könnte dich am Arsch lecken, und bist verschwunden. Dann hast du meine Mail-Adresse gefunden und bist wieder aufgetaucht. Du hast mir gesagt, dass du mich liebst, dass wir zusammen sein können, vorausgesetzt, dass ein Bildschirm zwischen uns ist. Aber in einem Jahr werde ich mein Abitur haben, und dann geh ich weg.«

»Wohin?«, fragte ich, ohne meine Erschrockenheit zu verbergen.

»Weit weg, nach Bologna.«

»Bologna?« Plötzlich litt ich wieder. Ein Jahr war, wie soll ich sagen, übermorgen, nächste Woche, sofort, verglichen mit der Ewigkeit, die ich im Sinn hatte.

»Und hierher werde ich so selten wie möglich zurückkehren, ich hasse diesen Ort. Sei beruhigt, wir werden uns nicht wiedersehen.«

Ich wickelte das Laken fester um mich. »Dann bist du umsonst gekommen.«

Er verlor die Geduld. »Du verstehst es, mit Worten umzugehen, um dich zu verteidigen oder um anderen etwas vorzumachen, was auf das Gleiche hinausläuft. Aber ich lasse mich nicht mehr von dir verarschen. Ich bleibe, bis dein Vater aufwacht, und ich komme jede Nacht wieder, bis du mir endlich die Wahrheit sagst. Das bist du mir schuldig.«

Bei dem Gedanken, dass eine Zeit kommen würde, in der ich ihm nicht mehr zufällig in den Gängen der Schule begegnen oder ihn in der Bibliothek oder am Strand beobachten, wissen würde, dass er ein paar Kilometer entfernt meine Mails lesen würde, nicht mein, aber doch mein, spürte ich, dass etwas in mir zerbrach. Ich war überzeugt, dass die Gegenwart hundert Jahre stillstehen würde, wie in *Dornröschen*. Und dass er sich eines fernen Tages an der Universität der Hauptstadt einschreiben, dass er wie mein Vater pendeln würde und dass ich ihn nie wirklich verlieren würde. Ich hatte mich verteidigt, aber nur weil er schön war, und die Schönheit war eine Mauer, eine unüberwindliche militärische Grenze.

»Dann bist du also gekommen, um dich zu verabschieden.«

»Nein. Aber jetzt will ich, dass das, was du mir schreibst, geschieht, und dir dabei ins Gesicht sehen. Ich will, dass wir beide die Augen offen halten.«

Er zog mir das Laken weg, und ich stoppte ihn. Ich sah ihn an, plötzlich mutig geworden; er war so groß, dass er mich überragte, mit seinen himmelblauen Augen, seinen langen Wimpern, seinem rasierten Bart war er bereits ein Mann und alle Prinzen der Märchen, alle Protagonisten der Romane, der Idiot Dostojewskis und der Edoardo von Elsa Morante, Bel Ami und Edmond Dantès. Mir fielen die Bücher ein, die ich in den letzten Jahren gelesen hatte, und ich fühlte mich selbst nicht nur als Elisa, sondern unbesonnen wie Emma Bovary, verrückt wie die Karenina, zerbrechlich und dickköpfig wie Lucia Mondella, all diese großen und mächtigen Frauen zusammen.

»Ich will die Einzige sein«, sagte ich. Und küsste ihn.

»Außerdem«, ich löste mich von ihm, »will ich, dass du mich heiratest.«

Lorenzo riss die Augen auf. Er hielt sich zurück, dann brach er in Gelächter aus. Ich verschloss ihm den Mund, streichelte ihn. »Ich scherze nicht.«

»Du bist verrückt«, sagte er und berührte meinen Po und meine Hüften.

»Du kannst nicht einfach herkommen, dir meinen Körper nehmen, meine Seele, du kannst mich nicht einfach kennenlernen und dann gehen und dein Leben leben, als wenn nichts wäre.«

»Ich bin achtzehn, du siebzehn!«
»Du musst es mir schwören.«
»Was denn?«

Ich ließ das Laken auf den Boden fallen, nahm *Lüge und Zauberei*, öffnete es auf der Seite, bis zu der ich gekommen war, und las Lorenzo mit sehr leiser Stimme vor: »›Mach dir keine Illusionen darüber, dass du, wenn du mich heiratest, glücklich sein werdest. Wenn wir verheiratet sind, werde ich spazieren fahren, werde Besuche machen, Festen beiwohnen und durch die Welt reisen; du aber wirst zu Hause sitzen und auf mich warten müssen.‹« Ich löste den Blick vom Buch, um sein Gesicht zu sehen: Er war nicht im Geringsten beeindruckt. Ich klopfte mit dem Zeigefinger auf das Papier. »Das handelt von uns beiden!«, und ich fuhr fort: »›Glaube nicht, dass ich dich weniger lieben werde, wenn du dick und alt bist; im Gegenteil ... Deine Hässlichkeit wird mir noch mehr gehören als deine Schönheit, und deshalb werde ich toll sein vor Liebe.‹«

Ich hob den Kopf und sah ihn an.

»Das ist schrecklich«, lautete sein Kommentar.

Ich schloss den Roman. Als hätte ich ihn mehrmals ganz gelesen und sogar jahrelang studiert, forderte ich ihn mit der verzweifelten Unverfrorenheit derjenigen, die aufs Ganze geht, heraus: »Du kannst gehen, wohin du willst, nach Bologna, nach Rom. Du kannst zusammen sein, mit wem du willst, wie du es ja schon tust. Aber, Lorenzo, ich bin wie Anna in diesem Buch. Ich werde immer auf dich warten. Und ich bin auch wie Edoardo, weil mich nicht die oberflächlichen Dinge an dir interessieren, die, die alle sehen« – was war ich doch für eine Lügnerin! –, »sondern die Geheimnisse, die du nur mir geschrieben hast. Wenn du aufgrund eines Unfalls durch Narben verunstaltet oder schwer erkranken würdest oder wenn ich alt und zwangsläufig hässlich werden würde, würde ich dich trotzdem lieben, ja sogar noch mehr. Und ich werde deine Briefe mein ganzes Leben lang aufheben.«

Die Nacht war blau, nicht schwarz. Sie war voller Geräusche: das Meer, die Blätter im Wind, die nachtaktiven Tiere. Lorenzo war jetzt verwirrt, eine solche Erklärung hatte er nicht erwartet, so literarisch, so heroisch, dass ich einerseits noch heute, Jahrzehnte später, darüber lächeln muss – ich war wirklich eine ganz schöne Aufschneiderin –, aber andererseits tut es mir auch weh. Denn jene alberne Elisa, die sich opferte, um ihre erste Liebe zurückzuhalten, hatte hellseherische Fähigkeiten.

»Wenn du bleibst, tun wir es, Liebe machen oder miteinander ficken, egal, es bleibt ein Wort, das nicht wiedergibt, was auf dem Spiel steht. Du musst immer zu mir zurückkehren, mit dreißig, mit sechzig. Denn ich bin die Erste gewesen. Und wenn wir jetzt riskieren, ein Kind zu machen, uns zugrunde zu richten, wenn wir uns in die Augen schauen, wie du vorhin gesagt hast, wird es hinterher keinen Ausweg für uns geben.«

Lorenzo stand auf, um mich zu küssen. Ich begriff, dass ich ihn beeindruckt hatte. Ich war brutal gewesen, ja. Aber für mein damaliges Ich gab es nichts Brutaleres als das Verlangen, die Körper, jenes komplizierte Rätsel, gefürchtet und gewollt, das der Sex war. Ich wollte die Erinnerung an jene Eiche loswerden, sie zerstören. Ihm beweisen, dass ich nicht mehr die Zugereiste war, die gerade erst in T angekommen war, als wir uns kennengelernt hatten, die sich verändert hatte, älter geworden war. Die aber nicht erkannte, dass es gerade der unauslöschliche Zauber jener Begegnung in der Bibliothek war, von der wir beide als Kinder Tausende Male geträumt hatten, der uns immer noch verband und dafür sorgte, dass wir uns jetzt gegenüberstanden.

Ich legte mich hin, Lorenzo zog sich aus und bedeckte mich mit seinem Oberkörper. In meinem Bett, während mein Vater zwei Zimmer weiter schlief, schwor er mir so leise wie möglich, dass er mich heiraten würde. Er wiederholte es immer wieder. Was als Letztes stirbt, was war das?

Jetzt wusste ich es: das unwiderrufliche Zeichen, das du einem Körper einbrennst, das Wort, das geschrieben bleibt.

17

Eine Rose ist eine Rose

Sie sollten nie sterben, die Mütter. Wenn sie es tun, blickst du zurück, und es ist, als hättest du keine Geschichte, keinen Platz, nichts mehr.

Ginevra ging fünf Tage nach unserer Begegnung. Es gab kein »nächstes Mal« für mich, bei dem ich mit Kugelschreiber und Heft zurückkehren konnte, um mir Notizen über die geheimnisvolle Gin der verbrannten Bilder zu machen.

Ihre Beerdigung fand am Samstag, dem 19. April statt, an einem Vormittag, erfüllt vom Duft der Magnolien und vom Summen der Bienen, bei strahlendem Sonnenschein und einem blauen Himmel, der absolut nicht zu dem Schwarz der Trauerkleidung, dem Leichenwagen und dem dunklen Mahagonisarg passte, den er zum Friedhof bringen sollte.

Als Beatrice sich auf ihn fallen ließ und ihn mit ihrem ganzen Körper küsste, war ich da. Ich sah ihre geschwollenen und geröteten Augen, die Wimperntusche, die auf den Kranz aus weißen Rosen lief, den Rotz an der Nase, die fürchterlichen Schluchzer, die ihr Gesicht entstellten, und ich war die ganze Zeit bei ihr. Der Vater, die Geschwister, die Verwandten hinter ihr und ich neben ihr: ihre einzige wahre Familie.

Der Mercedes sollte losfahren, aber Beatrice hinderte ihn daran. Sie hätte von ihrer Mutter am liebsten einen Fingernagel, ein Haar behalten, alles – Hauptsache, etwas Greifbares, das sie berühren konnte. Niemand traute sich, ihr etwas zu sagen, weder der Fahrer noch der Priester noch die etwa hundert Anwesenden: zum größten Teil Bekannte des Ehemanns, aber auch unsere ganze Klasse, begleitet von der Marchi, Lorenzo, Gabriele, Salvatore und mein Vater. Sie beobachteten sie gerührt im Hintergrund, während sie sich wild wehrte und nichts davon wissen wollte, sich zu trennen, sie gehen zu lassen.

Ich legte ihr die Hand auf die Schulter. Ich musste leise, lange mit ihr reden, aber schließlich hörte sie auf mich. Sie löste zuerst die Wange, dann die Arme, den Oberkörper. Sie stahl eine Rose aus dem Kranz und steckte sie in ihre Tasche.

Es war herzzerreißend. So sehr, dass mir die Kraft fehlte, davon zu sprechen. Bevor ich den Rest erzähle, will ich daher noch einmal für einen Augenblick zurückblicken, um Atem zu schöpfen und noch ein bisschen zusammen mit Lorenzo im Bett zu bleiben, in jenen ersten Stunden des Lichts oder letzten Stunden der Dunkelheit, die wie ein Versteck in der Zeit sind: Alle schlafen, niemand sieht und hört dich, und du bist vollkommen frei, zu sein.

Auf der Tagebuchseite vom 13. April schrieb mein siebzehnjähriges Ich: »Das war die glücklichste Nacht meines Lebens.«

*

Lorenzo blieb bis sieben Uhr, dann hörten wir, wie Papa aufstand, durch den Flur schlurfte und sich im Bad einschloss, und da verabschiedeten wir uns. Er zog sich an, ich öffnete ihm das Fenster. Auf dem Fenstersims gab er mir einen Kuss und sagte: »Wir sind verlobt.« Er sprang auf den Boden, richtete den Phantom auf und verschwand.

Ans Fenster gelehnt, hörte ich, wie sein Motorroller sich entfernte, bis die sonntägliche Stille zurückkehrte. Mit meinen von den Küssen brennenden Lippen wiederholte ich mir albern bis zur Erschöpfung: *Wir sind verlobt, verlobt, verlobt.*

Es war abgemacht: Von dem Tag an würde sich *alles* ändern; wir würden zusammen auf dem Corso Italia spazieren gehen und uns anschauen lassen; wir würden Hand in Hand die Schule betreten und verlassen; wir würden uns zwischen den Unterrichtsstunden heimlich auf der Toilette treffen und versuchen, uns in aller Eile zu lieben, und dann keck und mit zerrauften Haaren in die Klasse zurückkehren.

Jeden Freitag und Samstag würde er mich mit dem Golf zum Abendessen abholen. Endlich würde ich die Welt kennenlernen: die Restaurants, die Diskotheken, die Parkplätze, auf denen wir uns hinter den beschlagenen Scheiben verstecken würden, die Strände, an denen wir eine Decke über uns ziehen würden.

Wir würden uns nicht mehr schreiben.

Ich hörte, wie mein Vater in die Küche ging und die Moka auf den Herd stellte, und zog einen Pyjama an. Ich betrachtete die Laken, sie waren schmutzig. Ich dachte, dass ich mich später selbst darum kümmern würde, und fühlte mich zum ersten Mal nicht wie ein Kind, dem seine Wäsche gewaschen wird, sondern wie eine Frau, die ihre Ehe managt und im Griff hat. Ich dachte, wenn ich schwanger bin, behalten wir es. Ich entschied: Wir werden es gemeinsam in Bologna aufziehen und an der Uni studieren. Denn legte ich mich wieder ins Bett, weil Papa misstrauisch würde, wenn ich so früh auf wäre, und weil ich todmüde war.

Denn wir hatten die ganze Nacht geredet, die Münder so nah, dass sie sich berührten, uns langsam und unaufgeregt geliebt und uns alle Geheimisse offenbart.

In der Nacht hatte Lorenzo mir zum ersten Mal von Davide, seinem Bruder, erzählt.

Ich hörte ihm überrascht zu, denn ich erinnerte mich, dass Beatrice ihn mir auf der Feuertreppe der Schule als Einzelkind beschrieben hatte.

»Das glauben alle, zumindest diejenigen, die nicht schon immer mit uns verkehren. Denn meine Familie erwähnt ihn nicht mehr, sie verhalten sich, als wäre er tot. Aber ich habe seine Telefonnummer, und wir sprechen heimlich miteinander.«

»Wie alt ist er?«

»Dreißig.«

»So alt? Und wo lebt er?«

»Wo es sich ergibt. Er war zwei Jahre in Indien, eins in Brasilien. Aber er kehrt immer nach Bologna zurück; er hat die Uni abgebrochen, es fehlte ihm nur noch eine Prüfung zum Abschluss, aber er hat immer noch einen Haufen Freunde.«

»Willst du deswegen auch dorthin?«

»Er studierte Altphilologie. Er ist immer eine Art Wunderkind gewesen. Er konnte *König Ödipus* auswendig auf Griechisch rezitieren. Als er noch auf dem Gymnasium war, lief er als Sokrates verkleidet durch T, hielt die Leute an und stellte ihnen philosophische Fragen. Stell dir einen Jungen vor, der in einer aus einem Laken geschneiderten Tunika in die Sportbar kommt und die Rentner vom Hafen fragt: ›Was ist Glück?‹ Er lachte, und aus diesem Lachen hörte ich seinen Stolz heraus. Und sie gaben ihm Antworten wie: ›Den Super-Enalotto gewinnen‹, oder: ›Ein schöner Arsch.‹ Und dann setzte er sich zu ihnen und erklärte ihnen Platon.« Das Lächeln verschwand. »Als ich meiner Familie gesagt habe, dass ich Bologna gewählt hätte, hat meine Mutter die Küche verlassen, und mein Vater ist explodiert. Ich musste ihm im Gegenzug versprechen, mich in Ingenieurwesen einzuschreiben. Elektronik oder Energetik, ich hab mich noch nicht entschieden.«

»Aber das ist ungerecht«, protestierte ich, »du wolltest doch Philologie studieren.«

Er lachte. »Die Schriftstellerin bist ohnehin du.«

Das Zimmer füllte sich nach und nach mit Licht, Lorenzos Gesicht bekam Farbe, und Details wurden sichtbar: ein Leberfleck auf dem Wangenknochen, Schorf an der Lippe. Ich verstand nicht, wie er mit achtzehn klein beigeben konnte.

»Warum hasst deine Familie ihn so?«

»Wegen der Joints.«

»Na ja, auch mein Bruder ...«

»Und wegen der Gelegenheitsjobs, die sie ›Spinnereien‹ nennen, auf der anderen Seite des Globus, während er ernsthaft gegen Drogenhändler und Korporale gekämpft und den analphabetischen Kindern in den Dörfern Schreiben beigebracht hat. Vor allem aber verzeihen sie ihm wegen einer Anklage nicht, an die ich nie geglaubt habe. Davide würde niemandem etwas antun, er könnte nicht einmal eine Spinne oder Fliege töten. Nie und nimmer würde er Anarcho-Aufständischen bei einem Brandanschlag helfen.«

Ich hob den Kopf und blickte ihn verblüfft an.

»Meine Familie musste die Prozesskosten übernehmen, und über die Sache ist in den Zeitungen berichtet worden. Er war und ist vielleicht immer noch ein Anarchist. In Genua stand er vor zwei Jahren beim G8 an vorderster Front, und mein Vater, ich weiß nicht, ob du das weißt, ist der Präsident der Region. Davide wurde gerade zu der Zeit verhaftet, als er im Wahlkampf stand, und auch wenn er sofort wieder aus der Haft entlassen wurde, war es ein Skandal von biblischen Dimensionen. Wir haben zu Hause Tage erlebt, die ich niemandem wünsche. Und meine Mutter ist auch noch Richterin. Sie hätten sich nie vorstellen können, einen Sohn aufzuziehen, der sie mal so demütigen könnte. Und er hat ihnen nie verziehen, dass sie ihm nicht geglaubt haben. Dass sie sich nur wegen des Namens Sorgen gemacht haben.«

Ich begann den Ursprung seiner Dunkelheit zu erkennen: eine Spur von Nachgiebigkeit in seinen Augen. Der Fluch, der gute Sohn zu sein, der nach dem schlechten geboren wurde. »Daher darfst du keine Fehler machen«, sagte ich.

Lorenzo schüttelte den Kopf. »Nein.«

»Und du darfst nicht aufbegehren.«

»Ich würde mich schuldig fühlen.«

Ich streichelte seine Wange, sein Kinn, fuhr mit dem Zeigefinger die Umrisse seines Gesichts nach, und mir wurde bewusst, dass ich für seine Träume meine opfern würde. Ich fühlte in mir, irrational und mächtig, diese weibliche Berufung zum Märtyrertum, die sich aus Jahrhunderten der Sklaverei erklärt und aus einem Körper, der zwischen der Defloration, der Schwangerschaft und dem Gebären wie geschaffen dafür ist, das Gewicht des Glücks der anderen zu tragen.

Allerdings war Lorenzo wirklich die richtige Person, und von mir würde er immer nur eines verlangen: das Schreiben. In besonders harten Momenten würde er mich ermutigen zu lesen, zu studieren, mich zu verwirklichen. Und ich bin etwas durchaus anderes als das Ergebnis einer biologischen Evolution oder einer Geschichte, die uns immer übergangen hat. Ich trockne meine Tränen, speichere das Dokument und schalte den Computer aus. Denn Lorenzo ist wie Beatrice eine Liebe, die mich verletzt hat und noch nicht vergangen ist.

*

Der Friedhof, auf dem Gin beerdigt ist, ist der kleine, abgeschiedene, ganz weiß und mit Blick auf das Meer neben der Wallfahrtskapelle der Madonna dei Pescatori, auf dem hohen und stürmischen, nicht zugebauten Küstenabschnitt, der mit dem Eisenstrand endet.

Während die Angestellten des Bestattungsinstituts den Sarg beisetzten, am Mittag des 19. April, schüttelte Beatrice keine Hände, hörte sich nicht die Beileidsbekundungen an und sprach mit niemandem, nicht einmal mit Gabriele.

Sie weinte nicht einmal.

Viele, die dem Gottesdienst beigewohnt hatten, waren gegangen, auch mein Vater und unsere Klassenkameradinnen, ich glaube, aus Respekt für die private Atmosphäre, die das Schließen eines Grabs verlangt. Es waren nur die Verwandten und die engsten Freunde geblieben, die über die Kieswege gingen.

Und da bemerkte ich, abseits in einer Ecke, eine kleine Gruppe von eher exzentrisch und ausgesprochen schlecht gekleideten Personen mit auffälligen schwarzen Haaren, dunkler, aber mit Pailletten verzierter Kleidung und Schuhen mit übertriebenen Absätzen. Es war stärker als ich; ich tat so, als hätte ich das Handy im Motorroller vergessen und müsste zurückgehen, und näherte mich. Ich hörte sie reden und erkannte unzweifelhaft den harten Dialekt von Latium. Mir blieb das Herz stehen.

Ja, sie waren es. Ich erkannte jeden Einzelnen: den spindeldürren Bruder, der den Glücksspielautomaten verfallen war, die beiden älteren Schwestern, »dick und neidisch«, den Vater, ein Ex-Eisenbahner, der rauchte und wegen einer chronischen Bronchitis hustete, die Cousine mit den aufgemalten Augenbrauen, die Kosmetikerin war, und die jugendlichen Nichten und Neffen, die unaufhörlich mit dem Handy spielten.

Ich erinnerte mich an die wenigen Anekdoten über Gins Familie, die Beatrice mir erzählt hatte. Ich versteckte mich hinter dem Gittertor des Friedhofs und weinte die Tränen, die ich in der Kirche während der Predigt nicht vergossen hatte und auch nicht zu Hause zwei Tage zuvor, als ich die Nachricht erhalten hatte. Alles, was ihre Tochter durch leise Telefongespräche, die sie belauscht hatte, und die erbittertsten Streitigkeiten ihrer Eltern über das Leben ihrer Mutter erfahren hatte, war dies: Ginevra war im ersten Stock einer Mietskaserne »nicht direkt am Stadtrand, aber fast« in einer Achtzig-Quadratmeter-Wohnung mit einem einzigen Badezimmer aufgewachsen, in der sie sich zu sechst hatten zusammendrängen müssen. Als Jugendliche war sie dann offiziell »die Gin« der Wettbewerbe und Modenschauen geworden. Und dann waren da die berühmten »Sommer in Fregene« gewesen, diejenigen, die ihr Mann ihre »Flittchensommer« schimpfte, was sie mit der Bemerkung konterte: »Da waren die großen Tiere aus Rom, Politiker, Produzenten, Fernsehmoderatoren, die einem alle gnadenlos den Hof machten und einem das Blaue vom Himmel versprachen. Und ich frage mich, wie ich an einen miesen Provinzanwalt wie dich geraten konnte!«

Sie war die Schönste, die, auf die die Familie all ihre Hoffnungen setzte, diejenige, der die Natur eine glorreiche Zukunft wie die der Loren vorherbestimmt hatte; sie brauchte nur den richtigen Mann zu wählen. Allerdings hatte sich der Mann als der Falsche erwiesen.

Ich beobachtete Riccardo Rossetti. Nach dem Gottesdienst hatte er die Trauergäste verabschiedet, ohne sich den Schmerz allzu sehr anmerken zu lassen, mit perfektem Krawattenknoten und gebügeltem Anzug, denn das Leben bleibt ein mondänes Ereignis, bei dem es darauf ankommt, stark zu wirken, Allianzen zu schmieden und Beziehungen zu pflegen. Aber jetzt, allein vor dem Sarg, begriff er und weinte.

Ich kehrte zu Bea zurück und sagte zu ihr: »Da sind deine Onkel und Tanten und dein Großvater.«

Sie drehte sich kaum um. »Ich hab sie bemerkt.«

»Willst du sie nicht begrüßen?«

»Nein, ich kenne sie nicht«, erwiderte sie mit einer Verachtung, die in meinen Ohren grausam klang. Ich ließ nicht locker: »Aber deine Mutter hat dir doch erzählt, wie sehr sie darunter gelitten hat, sie an Weihnachten nicht einladen zu können, weil dein Vater sagte, sie seien ungehobelte Leute. Nicht mit dir zu ihnen nach Latina fahren zu können, um dir zu zeigen, wo sie aufgewachsen war. Ich bin überzeugt« – ich nahm all meinen Mut zusammen –, »sie würde sich freuen, wenn du sie begrüßen würdest.«

Beatrice sah mich mit einem vernichtenden Blick an. »Wird es von jetzt an immer so sein?« Der Wind frischte auf, Schwärme von Möwen flogen über uns hinweg, die wie Drachen in der Luft schwebten. »Dass ich die Dinge tue, die meiner Mutter gefallen würden?«

Ihre Augen fingen, obwohl sie trocken waren, an zu glänzen.

»Komm, begrüßen wir sie.« Ich nahm sie und zog sie mit mir.

Die Leichenbestatter brauchten eine Ewigkeit, um die Grabnische vorzubereiten. Beatrice kam die halbe Strecke mit. Als ihre Verwandten sie näher kommen sahen und sich endlich wahrgenommen fühlten, ließen sie ihrer Rührung freien Lauf, lächelten ihr niedergeschlagen zu und trockneten sich mit Taschentüchern die Augen. Doch anstatt zu ihnen zu gehen, drehte Beatrice sich abrupt um und kehrte der Geschichte von Ginevra dell'Osservanza, deren wirklicher Mädchenname, wie wir Jahre später erfuhren, Raponi lautete, für immer den Rücken.

Mehr konnten wir nicht herausfinden. »Wenn es nichts Schriftliches gibt, bleibt nichts«, pflegte Carla zu sagen, wenn wir die schmalen Gänge zwischen den Regalen der Palazzina Piacenza entlanggingen. Und vielleicht ist diese Stille schlimmer als der Tod.

An dem Tag schaute Beatrice zu, wie der Kalk mit der Kelle aufgetragen, der Grabstein aufgestellt und der Sarg in das Loch aus Beton geschoben wurde. Sie klammerte sich an diese letzten Augenblicke. Dann wurde die Grabnische geschlossen. Ginevra war nicht mehr.

Danach gingen alle. Nur Beatrice und ich blieben bis zum Sonnenuntergang auf dem Friedhof. Ihr Vater hatte mit allen Mitteln versucht, sie dazu zu bringen, mit ihnen nach Hause zurückzukehren, aber sie hatte sich geweigert, so wie sie schon am Vormittag nicht zur Beerdigung hatte mitkommen wollen. Wir beide hatten den Motorroller genommen. Dadurch waren wir jetzt frei, zu bleiben und über das Meer und die Mauern des Friedhofs zu wachen.

»Kann ich bei euch wohnen?«, fragte sie, im Schneidersitz auf einem Grab sitzend. »In dem Haus kann ich nicht mehr bleiben.«

»Ich denke, dein Vater, deine Schwester und Ludo brauchen dich noch«, erwiderte ich.

»Ich habe dir eine Frage gestellt.«

Sie war ganz ernst, erledigt, aber entschlossen. »Meinst du, ich kann jeden Tag aufwachen, in die Küche gehen und sie dort nicht vorfinden? Einen Schrank öffnen und darin die Tasse sehen, die sie benutzt hat, das Parfüm von Yves Saint-Laurent, das sie mir nicht leihen wollte? Irgendein Zimmer betreten und die Leere spüren, mich jede Minute erinnern, dass sie nicht mehr lebt?«

»Okay«, erwiderte ich.

»Oder wir ziehen beide in die Höhle.«

»Wir sind minderjährig, ich glaube nicht, dass sie uns das erlauben.«

Ich sagte genau das. Sogar in einem solchen Augenblick gelang es mir nicht, ungehorsam zu sein.

Der Friedhof war leer. Die Blumen auf den Gräbern waren aus Plastik, verblasst und verstaubt oder nur noch vertrocknete Stängel ohne Blütenblätter. Der Scirocco blies, feucht und warm. Wir streckten uns beide auf dem Grab aus, das Bea gewählt hatte, das einer Frau, an deren Namen ich mich nicht erinnere, die aber 1899 geboren worden war. Wir betrachteten lange schweigend die Wolken und Gins Grabnische mit Aussicht, die noch keinen Namen und kein Foto hatte.

Bea sagte: »Ich bin auch tot.«

Ich drückte sie und entgegnete: »Nicht ganz.«

»Ich will nicht mehr zur Schule gehen, ich will Gabriele nicht mehr sehen.«

»Und was willst du dann tun?«

»Mich gehen lassen.«

Nun, Bea, was weiß die Welt von alldem? Wir waren dort, ich und du, das stürmische Meer dort unten, unter den Felsen, und der Himmel über unseren Köpfen. Jener Tag steht nirgends geschrieben und hat außer den Toten keine Zeugen. Keinem der Lebenden wäre eingefallen, einen Fotoapparat mitzubringen, und du selbst würdest nie mehr davon sprechen wollen. Und doch bleibt er einer der wichtigsten Tage unseres Lebens.

Die da draußen denken, dass sie dich kennen, dass sie alles über dich wissen, und du lässt es sie glauben, weil deine Arbeit wie die Literatur ist: Lüge – du hast es mich selbst gelehrt – und Zauberei. Aber in Wirklichkeit haben sie keine Ahnung, wer du bist, sie geben sich mit dem oberflächlichen Glanz zufrieden, während mir die ganze Dunkelheit bleibt. Sie folgen dir im Internet, und ich erinnere mich an dich. Sie haben die Bilder, ich habe dich.

Denn in einem einzigen Punkt all dessen, was du heute unternimmst – übertriebene Partys, interkontinentale Reisen, Kleider, die mehrere tausend Euro kosten –, sind wir uns einig: das absolute Stillschweigen über die Wahrheit, über die Vergangenheit und über mich. Ich bin froh, dass du deine Mutter, unsere Freundschaft, die Jahre im Gymnasium, den Eisenstrand und die Piazza Padella vor Kommentaren und Klatsch schützen wolltest. Oder ist deine Unterlassung nur Vergessen?

Jedenfalls ist es gut, dass unsere Erinnerungen hier bleiben, an dem einzigen sicheren Ort, den ich kenne: ein Buch. Denn dies ist kein Märchen.

Es ist unser Leben.

*

Wir fuhren zum Abendessen nach Hause. Wir parkten die Motorroller nebeneinander im Hof des Mehrfamilienhauses, gingen die Treppe hinauf und schlüpften ins Bad, um uns die Hände zu waschen. Papa stellte uns keine Fragen. Er stellte einen Teller, ein Glas, einen Stuhl dazu, und Bea wohnte länger als ein Jahr bei uns.

Kurz bevor wir uns zu Tisch setzten, hatte sie ihren Vater angerufen und ihm gesagt, dass sie nicht zurückkehren würde; eine Entscheidung, die sie nie hätte treffen können, wenn ihre Mutter noch gelebt hätte. Sie hatte ihm gesagt, dass sie das Bedürfnis verspüre, sich von den Gegenständen, den Fotos, den Erinnerungen fernzuhalten, weil sie täglich vor Augen zu haben eine Qual für sie sei, die sie nicht ertragen könne. Am Ende hatte ihr Vater nachgegeben, und auch das war eine Konsequenz aus der Tatsache, dass Ginevra nicht mehr war. Ohne sie waren alle etwas freier geworden und alle ein wenig einsamer.

Nach dem Abendessen nahm Papa saubere Laken und Handtücher aus dem Schrank und überzog das Bett in Niccolòs Zimmer, das Beatrices Zimmer werden würde. Ich lieh ihr einen Pyjama und ein Paar Unterhosen, meine Zahnbürste und meinen Kamm, da sie wie eine nackte Schiffbrüchige im Meer war. Aber in jener Nacht und fast einen Monat lang schlich sie sich, nachdem das Licht aus war, in mein Zimmer, und wir schliefen zusammen. Im Schlaf weinte sie und umarmte mich.

Am Anfang war es sehr hart, im Laufe der folgenden Tage, die sie die Abwesenheit immer stärker spüren ließen, wurde es sogar noch schlimmer. Dass das Leben weitergeht, ist eine Lüge. Bea nahm ihr Handy, suchte im Adressbuch die Nummer ihrer Mutter und wurde sich bewusst, dass sie sie auch heute nicht anrufen konnte und morgen nicht und auch übermorgen nicht.

Es dauerte zwei Wochen, bis sie wieder in die Schule ging. Morgens wollte sie weder aufstehen noch frühstücken, ich musste sie zwingen. Dann schminkte ich mich absichtlich, damit auch sie sich schminkte, und ließ mir bewusst Zeit bei der Auswahl der Kleidung, weil ich wollte, dass sie es ebenfalls tat. Gins Terminplaner lag weiterhin versteckt auf dem Schrank; ich hatte ihn nie geöffnet, nicht einmal verstohlen hineingeschaut, denn er war wie ein radioaktiver Gegenstand, der begraben bleiben musste, damit kein Unheil geschah. Aber die anderen Versprechen würde ich alle halten.

Was die Diät betraf, so musste ich nicht nachhelfen, sie verlor die zehn Kilo, die sie während Ginevras Krankheit zugenommen hatte, binnen sehr kurzer Zeit. Viel schwieriger war es, sie zu überreden, zu essen, auszugehen, sich von Enzo die Haare schneiden zu lassen, Gabriele zu sehen und wieder ins Fitnessstudio zu gehen, um zu trainieren.

Jeden Sonntag begleitete ich sie zu ihrem Vater, der sich sehr zu seinem Nachteil verändert hatte. Er verbrachte so viele Stunden vor dem Fernseher, dass er vergaß, sich zu rasieren und in den Spiegel zu sehen. Seine Kleidung war dank Swetlana nach wie vor gebügelt und gestärkt, aber sein Gesicht war ungepflegt und hatte einen verwilderten Ausdruck bekommen. Ludovico war zu einem Halbstarken geworden; am Ende des Schuljahrs würde er sitzenbleiben. Costanza war, anstatt nicht mehr von der Uni zurückzukehren, wie Beatrice prophezeit hatte, wieder zu Hause eingezogen und hatte das Studium abgebrochen. Nach einem ermüdenden Mittagessen und mühsamen

Gesprächen ging Bea in ihr Zimmer hinauf und nahm einige Dinge mit: eine CD, ein Buch, ein Paar Jeans und ein T-Shirt. Sie ging in das Zimmer der Porträts und nahm ein Album aus den Regalen. »Wer soll sie schon anschauen außer mir?«, hatte sie einmal zu mir gesagt. Wir tranken Kaffee mit ihnen und kehrten in die Via Bovia zurück.

Ich hatte eine Mutter und einen Bruder verloren, aber einen Vater und eine Schwester gewonnen. Und ich muss sagen, dass die Sache, als die Trauer schwächer wurde, mir zu gefallen begann. Es machte mir Spaß, mich mit Beatrice wegen der Dusche zu streiten, für die sie Stunden brauchte. Gemeinsam im Supermarkt einkaufen zu gehen und die von Papa geschriebene Liste zu entziffern, Seite an Seite bis spätabends zu lernen, zusammen unsere Zimmer zu putzen, gemeinsam den Tisch abzuräumen, zusammen fernzuschauen. Nur freitags und samstags trennten wir uns, und jede unternahm etwas mit ihrem Freund. Ich war aus ihrem Zuhause verbannt worden, und jetzt war ich ihr Zuhause. Es war eine qualvolle, aber auch geheimnisvoll schöne Zeit, die uns auf eine Weise verband, die, wie ich glaubte, endgültig war.

Mit der Zeit, und vor allem dank einer Idee meines Vaters, fing Beatrice wieder an, engagiert zu lernen, am Tanzkurs teilzunehmen und, wie ich schon erwähnt habe, mit Gabriele auszugehen. Aber.

Da war diese Rose, die sie aus dem Kranz für ihre Mutter gerissen hatte, bevor die Tür des Leichenwagens geschlossen wurde. Eine weiße Rose, die sie an einer Schnur in der Dunkelheit des Schranks aufhängte, auf dass sie trocknen und überdauern möge: greifbar, verborgen.

Sie war der einzige Gegenstand, den Beatrice jahrelang fotografierte. Auch wenn sie inzwischen steif und zum Skelett geworden war, füllte sie mehrere Alben mit unscharfen Polaroids, eine ganze blasse Galerie derselben Rose. Bevor sie sich Dutzende Male täglich von meiner Wenigkeit fotografieren ließ und bevor die Bilder ihres Gesichts in höchster Auflösung den Planeten überschwemmten wie das Plastik – mit dem immer gleichen Lächeln und Blick, unveränderlich wie diese Blume –, befand sich ihre Wurzel in ihrem Schrank. Und dort ist sie vielleicht immer noch.

18

Der Blog

Ich glaube, dass Papa die Idee mit dem Blog hatte, um sie abzulenken. Beatrice den ganzen Tag auf dem Sofa fläzen und Schwarzweißfilme anschauen zu sehen, unzugänglich für jeden Vorschlag, ins Leben zurückzukehren, war auch für ihn schmerzlich.

Als die Sommerferien begannen, sahen wir uns einer Menge freier, unausgefüllter Zeit gegenüber. Im Juni erledigten wir die Griechisch- und Lateinübersetzungen, die von der Marchi diktierte Liste der Romane, die wir lesen mussten, und auch die Physik- und Mathematikübungen. Danach blieben noch zwei Monate, fest im Griff des afrikanischen Hochdruckgebiets.

Nicht dass das ein großes Problem für uns gewesen wäre: Beatrice weigerte sich, die Wohnung zu verlassen. Am 30. Juni waren wir blass wie zwei Schwedinnen, und das Meer hatten wir nicht einmal aus der Nähe gesehen. Aber ich denke, dass alle sich an den Sommer 2003 erinnern. An den Nachmittagen musste man sich manchmal nass auf die Fliesen des Fußbodens legen, um etwas Abkühlung zu bekommen. Das war der Beweis dafür, dass *il manifesto* vom 12. September recht gehabt hatte: Die Apokalypse hatte begonnen und setzte sich unaufhaltsam fort.

Mitte Juli willigte Beatrice ein, an den Strand zu gehen, aber nur um sieben Uhr morgens, wenn niemand dort war. Ich erinnere mich an das Schwimmen bis zur letzten Boje, die Armbewegungen, die die Stille durchbrachen, und das vor dem Ansturm der Badenden reglose, reine Wasser. Wir klammerten uns an den Schwimmer, um wieder zu Atem zu kommen, und betrachteten die in der Feuchtigkeit kristallisierten Inseln, ohne ein Wort zu sagen. Um neun füllten sich allmählich die Strandbäder, und wir verschwanden im Haus.

Ich ließ sie nie allein. Ich stritt mich mit Lorenzo, der mit mir nach Giglio, nach Elba fahren wollte, aber ich brachte es nicht über mich, mich von Beatrice zu trennen. Ich traf ihn vor dem Haus für eine halbe oder ganze Stunde, als hätte ich Hausarrest. Dann vergrub ich mich wieder tagelang mit ihr. Bei geschlossenen Türen und Fenstern, um die Schwüle nicht hereinzulassen, die Jalousien heruntergezogen, als wäre immer Nacht. Ich las niemals so viel wie in jener Zeit, und ich muss sagen, auch Bea stand mir in nichts nach.

Romane von mittlerer Länge wie *Lehrjahre des Herzens* verschlangen wir in zwei Tagen. Für *Krieg und Frieden* brauchten wir neun. Wir lasen einander gegenübersitzend auf dem Sofa, mit ineinander verflochtenen Beinen und die Ventilatoren auf uns gerichtet. In Unterhose und BH, rann uns der gleiche Schweiß herab. Wenn wir ein Buch beendet hatten, gaben wir es der anderen, und wenn es uns beeindruckt hatte, kam es vor, dass wir bis Mitternacht darüber diskutierten. Aber meiner einzigen politischen und religiösen Überzeugung zum Trotz muss ich zugeben: Die Bücher retteten Beatrice nicht.

Sie verschlang sie, ja, aber nur, um nicht denken zu müssen. Sie erlaubte ihnen nicht, ihren Panzer anzukratzen, einen Zweifel in ihr zu wecken, eine Veränderung zu bewirken. Es war, als hätte sie von Anfang an beschlossen, dass die Seiten nur Märchen enthielten, während die Wahrheit woanders lag; im Handeln, in dem, was eine konkrete und möglicherweise enorme Auswirkung auf die anderen hat. In dem, was man sieht.

Ich war es gewohnt, die Sommer so zu verbringen: alle am Meer, nackt und sich zur Schau stellend, und ich die Kunst um ihre Hilfe anbettelnd. Aber Bea nicht; für sie war es immer die Zeit der Wettbewerbe gewesen, der Modenschauen im Bikini an den Stränden, Blitzlichtgewitter und kurze Meldungen in den lokalen Zeitungen. Mit ihrer Mutter war auch jeder Kontakt zu der kleinen Modewelt der Provinz gestorben. Vor allem waren die Motivation und das Verlangen gestorben. Nicht dass ich nicht daran gedacht hatte – unterschätzt mich nicht –, den Terminplaner hervorzuholen und sie aus ihrer Lethargie zu holen. Aber ich hoffte ernsthaft, dass sie ohne ihre Mutter anfangen würde, mir zu ähneln.

Der August kam, und die Romane wurden von den DVDs abgelöst. Beatrice versteifte sich darauf, die Geschichte des Kinos zu Rate zu ziehen, und sie entwickelte plötzlich ein Interesse für das Klassische, Unvergängliche. Vielleicht hatte sie ein Bedürfnis nach einer strukturierteren Sprache, jetzt, da das Leben sie so hart getroffen hatte. Oder sie hatte insgeheim ihre Pläne nicht aufgegeben, und auch das war Teil ihrer Ausbildung. Ihres genialen Instinkts als Autodidaktin: Um die Ästhetik zu realisieren, die sie interessierte, nämlich die der Ikone, musste sie sich mit »substanziellen Dingen« messen.

Daher schickte sie mich zu Blockbuster, um Western von Sergio Leone, sämtliche Filme von Fellini und sogar ein paar Meisterwerke des Neorealismus auszuleihen, und ich fuhr nach dem Mittagessen im Badeanzug auf dem Quartz durch die leeren Straßen über den glühenden Asphalt im blendenden Licht, das auf den Helm brannte. Ich kam jedes Mal mit drei Filmen zurück, die wir uns sofort einen nach dem anderen anschauten.

Aber mir war klar, dass wir so nicht weitermachen konnten.

Zwei Tage vor Ferragosto kam Papa entschlossen ins Wohnzimmer, unterbrach *Mamma Roma* mit der Pausetaste und ließ eine scheinbar harmlose Frage auf das Sofa fallen: »Warum eröffnet ihr keinen Blog?«

Ich drehte mich nicht einmal um. Vielleicht schnaubte ich und verdrehte die Augen, mit dem voreingenommenen Hochmut, mit dem ich immer auf die Einfälle meines Vaters reagierte. Aber das magische Tier, das in Beatrice wohnte, wandte den Blick von Anna Magnanis verzweifeltem Gesicht ab und richtete ihn auf ihn. »Ein Blog? Was ist das?«

»Eine Art Tagebuch«, erwiderte er voller Begeisterung, »das aber nicht dazu dient, sich zu verstecken und sich auf sich selbst zu konzentrieren. Sondern um den anderen von sich zu erzählen, sich kennenzulernen und Netze zu knüpfen, sich der Welt zu öffnen.«

Bea verlor sofort das Interesse. »Schreiben interessiert mich nicht.«

Ich stand auf, um die Fernbedienung zu nehmen und den Film weiterlaufen zu lassen. Die Sache hätte damit ihr Bewenden haben können. Beatrice hätte ohne weiteres nicht das weltweite Phänomen werden können, das sie heute ist. Über den Schmerz hinwegkommen können, aber auf andere Weise, und meine Freundin bleiben können.

Doch Papa ließ nicht locker. »Du musst keine homerischen Epen schreiben! Ihr könnt ihn gemeinsam eröffnen, von euch erzählen, von eurer Stadt, von den Filmen, die ihr seht, und Ratschläge austauschen mit anderen Mädchen, die weit weg leben.«

»Papa«, ich startete den DVD-Player wieder, »bitte.«

Er verdunkelte den Bildschirm, indem er sich davorstellte. »Ihr könntet Freundschaft schließen mit Personen, die auf Sizilien, in Kalifornien, in China leben!«

Bea hörte ihm wie ich nicht mehr zu. Anna Magnani lief wieder durch die endlose Nacht, zwischen zwei Laternenreihen, immer einsamer. Dann fügte mein Vater *dieses* Wort hinzu: »Man kann auch *Fotos* veröffentlichen. Ich tu das in meinem Blog über die Vögel.«

Und diesmal beschränkte sich das magische Tier nicht auf einen Schimmer in ihrem Blick, es kam zur Gänze zum Vorschein, majestätisch und furchterregend wie das Ungeheuer von Loch Ness, wie Scylla und Charybdis. Sie stand auf. »Zeig es mir.« Sie drehte sich zu mir um. »Das machen wir zusammen.« Ich hätte ihr am liebsten geantwortet: »Nein, vergiss es.« Aber ihre Augen leuchteten wieder wie damals nach dem Diebstahl.

Wir gingen ins Arbeitszimmer. »Ich schau zu und Schluss«, wiederholte ich, keine Ahnung, wie oft. Papa ließ Beatrice auf dem Drehstuhl Platz nehmen und schob sie vor den neuen Computer, einen Laptop. Er schaltete ihn ein. Ich blieb im Hintergrund; durch die halb geschlossene Tür konnte ich immer noch das Weinen von *Mamma Roma* hören. Dann schaltete Papa auch den ersten, damals vermutlich einzigen WLAN-Router der Stadt ein, und das Rätsel, das jedes Mädchen zu lösen versucht, wenn es die Suchmaschinen konsultiert, der Rebus, den alle Journalisten sich zu knacken bemühen, nahm Gestalt an.

»Wie hat Beatrice Rossetti angefangen?«

*

Der Beginn war, und das weiß niemand, der »Blog von Bea&Eli«.

Kaum hatte Papa die Registrierung abgeschlossen und die Homepage eingerichtet, hatte Beatrices Gesicht bereits Farbe bekommen, und ihre Stimme war wieder lebhaft, fordernd und hörte nicht auf, Fragen zu stellen: »Wie macht man das?« »Wozu dient das?« Das Getriebe des Verlangens hatte wieder angefangen zu klicken, zusammen mit der Maus.

»Bea&Eli« habe ich bewusst verdrängt, aber wenn ich mich konzentriere, kann ich mich erinnern, wie hässlich er war: der Hintergrund in einem tristen Strohgelb, die Buchstaben in einem verwaschenen Lila, und sogar ein in seinen Absichten sympathischer Untertitel: »Zwei Freundinnen, die immer streiten«. Papa war ein einfühlsamer Lehrer. Um uns den Zweck der Blogs zu veranschaulichen, zeigte er uns nicht seinen, sondern die seiner Freunde, Professoren oder Informatiker, Nerds, die meist über Kinder sprachen: durchwachte Nächte, Abstillen. Und mir erschloss sich der Zweck der Blogs nach wie vor nicht. Dann zeigte er uns das öffentliche »Tagebuch« eines Herrn, der Tag für Tag von seiner Krankheit erzählte. Aber Beas Miene verfinsterte sich. Daraufhin ging er auf einen, der dem Schreiben gewidmet war. »Das hier ist für dich, Elisa.« Begeistert erklärte er uns, wie man von einem zu tausend anderen kam, interagieren, kommentieren, Links hinzufügen konnte, weil die Seele des Internets seiner Überzeugung nach dies war: sich miteinander zu verbinden.

»Wie macht man da die Fotos hinein?«, unterbrach Bea ihn ungeduldig. »Gibt es Modeblogs?«

Papa sah sie unschlüssig an. »Ich denke schon.«

Sie lief in ihr Zimmer und kam mit lauter Alben zurück. Aufgeregt blätterte sie in ihnen, bis sie fand, was sie suchte: ein Porträt, auf dem sie auffällig geschminkt war und das Band eines Schönheitswettbewerbs über der Brust trug. Sie zog es aus der Plastikhülle, hielt es wie eine Fahne in die Luft und wurde sich erst jetzt, angesichts des verdutzten Gesichtsausdrucks meines Vaters, bewusst, dass sie diesen Gegenstand nicht einfach so in den Computer stecken konnte.

Ich spreche im Grunde von vorgestern, aber es war urzeitlich. Papa musste die Digitalkamera hervorholen, ein Foto des Fotos machen, Kabel anschließen, das Bild hochladen, es verkleinern und eine Mordsarbeit veranstalten, deren Details ich euch erspare, die Bea und ich aber in den folgenden Monaten Tausende Male ausführten.

An dem Nachmittag gelang es meinem Vater nach einer halben Stunde, glaube ich, ein Porträt von Beatrice in den Bereich des Blogs zu stellen, der die Überschrift trug: »Wer wir sind«. Er fragte sie, mit welchen Worten sie sich vorstellen wolle, und sie antwortete unschuldig: »Siebzehn, taff, besondere Kennzeichen: wunderschön.«

Ich brach in Gelächter aus. Papa zögerte: »Vielleicht könntest du eine etwas bescheidenere Formulierung finden.«

»Dann sagen wir ... Besondere Kennzeichen: hemmungslos!«

Ich sah, dass Papa in ernsthaften Schwierigkeiten war.

»Aber man muss doch Aufmerksamkeit erregen ...«, protestierte sie, die im Unterschied zu meinem Vater, dem großen Internetprofessor, bereits begriffen hatte. »Paolo, fass mich so zusammen: ›Das schönste und meistbeneidete Mädchen der Schule‹. Und unter Elisas Foto schreibst du: ›Die Streberin‹.«

»He! Ich tu da kein Foto rein«, protestierte ich wütend, »und ›Streberin‹ schreib unter dein Foto, schließlich hast du immer die besten Noten.« Die Bemerkung, dass sie, die ihre Mutter verloren und keine anderen Freunde außer mir hatte, nicht ›das meistbeneidete Mädchen‹ sein konnte, verkniff ich mir.

»Aber das ist doch amüsant, wir sind zwei Freundinnen, die sich streiten, oder nicht? Wir sind unterschiedlich, wir sind gegensätzlich!«

Unverträglich, unvereinbar, würde ich heute hinzufügen.

Weil du eine Verräterin bist und ich nicht.

»Ich bin nicht dein Lockvogel, bei einem Tagebuch der geilen Tussi und der Loserin mach ich nicht mit.«

Papa nahm die Situation in die Hand und nötigte Bea zu der gemäßigteren Formulierung: »Ich bin siebzehn, besuche das humanistische Gymnasium, und meine Leidenschaft ist die Mode«, und zwang mich, statt eines Porträts wenigstens ein unscharfes Foto meines Bücherregals zu veröffentlichen, mit der lakonischen Erklärung: »Ich lese gern.« Das klang so kleinlaut wie eine Kampagne gegen Wasserverschwendung.

Was schrieben wir in dem Blog? Oh, ich erinnere mich nicht mehr: mit Sicherheit lauter Blödsinn. Über mich erzählte ich nichts, ich hatte ja schon mein Tagebuch, aber ich half Bea, ihre Lügen mit Metaphern anzureichern, und sie konnte es kaum erwarten, jeden Tag Papas PC einzuschalten und ihre angeblichen Geheimnisse mit einem Bild zu versehen.

Anfangs benutzte sie die Porträts, die ihre Mutter gemacht hatte; in der Folge stammten die Aufnahmen jedoch in den allermeisten Fällen von mir. Dank des großzügigen Taschengelds, dass sie von Anwalt Rossetti bekam, fing sie wieder an, alle drei Tage zum Friseur zu gehen und sich neue Kleider zu kaufen, nur um sich vor die Contax zu stellen, die mein Vater uns lieh, und mir zu befehlen: »Zähl bis drei, und dann verewige mich.« Aber das war nicht alles: Sie wandte sich auch an die Fotografen aus T für Shootings am Strand oder im Studio, im Bikini oder in Festkleidung. Und sie waren immer baff, wenn sie sie bat, die Fotos nicht zu entwickeln, sondern auf einer CD zu speichern.

Wir brauchten Stunden, um sie ziemlich körnig auf »Bea&Eli« zu laden, und »Bea&Eli« wurde von niemandem besucht, die Postings blieben ohne Kommentare, und wenn sich jemand zufällig dorthin verirrte, lautete die häufigste Frage: »Warum sieht man nur Bea? Wo ist Eli?« oder: »Eli, was liest du gern? Wie kommt es, dass du die Freundin einer solchen Gans bist?« So unglaublich das heute auch klingen mag, aber als die Blogs sich zu verbreiten begannen, waren sie kein Tummelplatz für Leute wie Bea, sondern für Leute wie mich. Wer 2003 bereits surfte, interessierte sich nicht für Schönheit oder Kleider. Das waren angehende Schriftsteller oder »Fans von etwas« wie mein Vater, die ihre Leidenschaft mit anderen teilen wollten, Personen, die Auskünfte und Freundschaften suchten. Das Gebot der Stunde war entdecken, nicht sich zeigen.

Dass »Bea&Eli« zum Scheitern verurteilt war, verstand sich von selbst. Und doch verlor Beatrice nie ihre Begeisterung.

Im Gegenteil, sie wurde wiedergeboren. Die Behandlung für sie war gefunden, und sie zeigte Wirkung. Die Anzahl der Besucher oder die seltenen Kritiken im Meer des Schweigens, die sie des Narzissmus bezichtigten, waren ihr egal. Sie war hingerissen und fasziniert von einem geheimen Dialog mit dem Bildschirm, der mir damals zugleich dunkel und lächerlich vorkam und den ich auch heute noch nur mit Mühe verstehe. Suchte sie ihre Mutter? Oder suchte sie sich selbst? Hatte die Beatrice, die ich mit aller Kraft zu ersticken versuchte, indem ich ihr den Terminplaner vorenthielt und sie mit russischen Romanen und Autorenfilmen überflutete, einen Weg gefunden, wiederaufzuerstehen?

Nur mein Vater und ich konnten so naiv sein zu glauben, dass das ein unschuldiger Zeitvertreib war. In Wirklichkeit war es eine tödliche Waffe.

Bea sollte es reichen, dass die Blogs von Medien verdrängt wurden, die weniger alten Zeitungen ähneln, um sich die Welt zu erobern, darauf zu warten, dass die Technologie mit ihr gleichzog.

»Wie wird man Beatrice Rossetti?«

Indem man mit einem Vorsprung von fünfzehn Jahren trainiert.

*

Aber kehren wir für einen Augenblick zum Tag der Gründung des Blogs zurück. Als wir Papas Arbeitszimmer verließen, war es Nacht geworden, Bea zog sich in ihr Zimmer zurück und telefonierte aufgedreht mit Gabriele. Nach mehr als einer Stunde kam sie zu mir, um mir zu verkünden: »Wir sind wieder zusammen. Wir gehen an Ferragosto alle zu ihm, lade auch Lorenzo ein.«

Und ungeachtet von »Bea&Eli« öffnet sich jetzt eine der schönsten Erinnerungen, die ich habe, sodass ich mich frage: Wie ist es möglich, dass am Ende geschah, was geschah? Wir verbrachten den ganzen nächsten Tag eingeölt auf den Klippen, der Sonne ausgesetzt wie zwei Tellmuscheln. Wir holten uns einen Sonnenbrand. Wieder zu Hause, liefen wir oben ohne und mit Foille Sun eingecremt herum, und Papa vermied es, uns anzuschauen. Wir konnten nicht schlafen. Am 15. begannen wir gleich morgens mit den Vorbereitungen: Packungen, Masken, Mixturen; Papa war der Zugang zum Badezimmer stundenlang verboten. Wir hatten uns dort drin verbarrikadiert, und Bea kümmerte sich ebenso um ihren wie um meinen Körper, gründlich darum bemüht, ihre ganze »Pracht« wiederherzustellen. Wir feilten uns die Nägel, zupften uns die Augenbrauen, wuschen uns mit dem Schwamm die Schulterblätter, die Pobacken, die Achselhöhlen, gemeinsam in der Wanne sitzend, ein Herz und eine Seele.

Um acht Uhr abends stiegen wir auf unsere Motorroller und düsten endlich über die Strandpromenade. Wir fuhren Slalom zwischen den Autos, wichen sogar auf die Bürgersteige aus und flitzten an allen vorbei. Sie voraus, ich hinterher. Ich sah ihr wieder perfekt geglättetes Haar auf ihren Schultern flattern, ihren nackten Rücken, wie sie mir im Rückspiegel zuzwinkerte. Ich gab Gas und versuchte, allerdings vergeblich, sie einzuholen, überzeugt, dass das Leben für immer dieses Wettrennen sein würde.

Als wir die Piazza Padella erreicht hatten, ließen wir den Quartz und den SR stehen und stürmten die neun Stockwerke hinauf, immer zwei Stufen auf einmal nehmend. Nach all dem Tod, den wir geatmet hatten, hatten wir Hunger. Die Tür stand offen, in der Küche waren Salvatore, Gabriele und Lorenzo mit nacktem Oberkörper und kurzen Hosen. Der Tisch war voller Weinflaschen, auf dem Feuer öffneten sich die Muscheln. Es war Ferragosto, unser Tag. Beatrice und ich zogen uns die Schuhe und die Kleider aus und liefen im Badeanzug zu unseren Freunden.

Am Anfang war es merkwürdig für Lorenzo und mich, uns vor ihnen zu küssen, und ich glaube, auch für sie vor uns. Es war noch nie vorgekommen, dass wir uns alle zusammen trafen, und Lorenzo und Gabriele hätten nicht verschiedener sein können. Aber sie schienen bereits Freunde zu sein. Und dann war da viel von diesem Wein; ein paar Gläser genügten, um mich und Beatrice jede Scham verlieren zu lassen.

Ich erinnere mich, dass ich mich vor dem Abendessen ans Fenster stellte, das auf den kleinen Hafen ging. In der Altstadt standen alle Fenster offen, die Lichter brannten, und in den Küchen oder auf den Balkons waren die Tische gedeckt. Ich beobachtete ein paar Kinder, die zwischen aufgehängten Laken auf einem Dach herumliefen, einen Kreis von Frauen, die sich Luft zufächelten, die Kittel über den Schenkeln geöffnet, unbekannte Familien, die die Stühle aufstellten und sich versammelten. Dann richtete ich den Blick auf die Hafenkais, auf denen Mama und Niccolò vor drei Jahren auf der Suche nach Gras gewesen waren, und stellte fest, dass sie nicht mehr da waren. Weder ihre Gespenster noch meine Sehnsucht. Ich war in T angekommen.

Die Sprechanlage ertönte, und ich ging wieder hinein. Sabrina war gekommen, die Verlobte von Salvatore, die im UPIM arbeitete und über dreißig war, unserer Ansicht nach eine *Alte*. Sie mochte uns von Anfang an nicht, Beatrice und mich, und sie hatte recht; wir waren betrunken, lästig und exhibitionistisch. Wir legten uns Eiswürfel zwischen die Titten, um die Jungs zum Lachen zu bringen, und taten so, als fiele uns das Oberteil des Badeanzugs herunter, während wir uns in Wirklichkeit heimlich die Schnürriemen gelöst hatten. Das waren Beas Einfälle, ich tat es ihr lediglich gleich. Ich folgte ihr und genoss den Rausch, ihr zu ähneln.

Mitten im Abendessen standen sie und Gabriele auf. Ohne nach Entschuldigungen zu suchen, schlossen sie sich im Schlafzimmer ein. Ich sah Lorenzo an, stand ebenfalls auf, und er folgte mir ins Bad. Denn eine Freundschaft verlangt auch das: dass man sich im selben Augenblick liebt, nur mit einer Wand dazwischen.

Und da, auf diesen grünen Fliesen, ging mir ein Gedanke durch den Kopf: Es wäre schön, wenn wir für immer in T bleiben würden, ohne die Schule zu beenden. Wenn wir heute Nacht beide schwanger würden und sie uns heiraten würden, wir das ganze Leben lang als Nachbarinnen leben würden, du in der oberen Wohnung und ich in der unteren oder umgekehrt. Nicht weggehen, nicht schreiben, kein Wagnis eingehen. Unsere Kinder wachsen zusammen auf wie Geschwister, und wir sind den ganzen Tag zu Hause und tun nichts. Unzertrennlich, ja mehr noch: identisch.

Als wir später auf dem Dach saßen und das Feuerwerk betrachteten, suchte ich statt Lorenzos Hand die von Beatrice. Ich drückte sie. Die Altstadt, die Inseln, die Festung erstrahlten abwechselnd in Grün und in Rot. Ich war glücklich. Ich näherte meine Lippen Beas Ohr und fragte sie: »Wir sind unzertrennlich, du und ich, das stimmt doch, oder?«

Sie antwortete nicht. Vielleicht hatte sie es nicht gehört, der Lärm war zu groß.

Tatsache ist, dass sie, als wir in die Mansarde zurückgingen, um die Badetücher für das mitternächtliche Bad im Meer zu holen, in dem Augenblick, als wir die Wohnung verlassen wollten, plötzlich nach dem Handy griff und sagte: »Machen wir ein Foto für *meinen* Blog!«

Wir erstarrten. Gabriele, Salvatore und Sabrina wussten nicht einmal, was ein Blog ist. Lorenzo in groben Zügen. Niemand von uns, mit Ausnahme von Beatrice, besaß ein Handy mit integrierter Kamera. Es war das letzte Geschenk oder, besser, der letzte verzweifelte Versuch ihres Vaters, die Beziehung zu ihr zu kitten. Sie drückte es mir in die Hand und erklärte, was ich machen musste. Für sie war es selbstverständlich, dass ich es tun sollte, die Ausgegrenzte. Ich war gekränkt, so sehr, dass ich mir noch heute vorwerfe, es damals nicht begriffen zu haben.

Wie ist es möglich, dass geschah, was geschah? Es war offensichtlich. Ich hatte alles vor Augen, aber ich wollte es nicht sehen.

Ich habe im Internet die Leistungsfähigkeit dieses Handys ermittelt: 0,3 Megapixel. Das Bild, das dabei herauskam, war verschwommen. Aber sie wollte es trotzdem am nächsten Tag auf *ihrem* Blog veröffentlichen. Es würde das dritte Bild nach den beiden von Ginevra aufgenommenen Porträts sein.

Ich machte meinem Herzen stattdessen in meinem Tagebuch Luft, indem ich kein gutes Haar an »Bea&Eli« ließ, dem zum Glück kein langes Leben beschieden war. Aber es war das »&«, das uns zu trennen begann.

*

Ich halte einen Augenblick inne, um die Siebzehnjährige einzuschätzen, die ich war, diejenige, die gehofft hatte, zusammen mit Bea in T alt zu werden, unförmig geworden durch die Geburten und in den Tag hineinlebend, und ich weiß nicht, ob ich Wut oder Zärtlichkeit empfinden soll.

Sicher, Träume sind schwer zu verwirklichen. Ich weiß es nur zu gut, da ich meinen, im Unterschied zu der Rossetti, nicht realisieren konnte.

Aber ich habe heute eine Arbeit, die mir gefällt, ich bin eine unabhängige Frau und bin stolz darauf. Der Traum, in T zu bleiben und jeden Ehrgeiz aufzugeben, war nur eine billige literarische Einflüsterung und der Beweis, dass auch ich wie wir alle in einer männerdominierten Welt aufgewachsen bin. Um mir bewusst zu werden, dass eine Frau einen Wert an sich, eine Stimme hat, musste ich erst erwachsen werden.

Aber welche ist meine?

Ich stehe auf, gehe zum Spiegel in der Diele und betrachte mich, Ich bin eine so gewöhnliche Person, ich ähnele wirklich der Marchi. Ich habe eine breite Stirn, eine schmale Nase, helle Sommersprossen und eine Haut, die im Winter von mondhafter Blässe ist. Auch meine Lippen sind schmal. Ich versuche ein Lächeln; ich habe normale, ziemlich gerade, aber kleine Zähne; ich habe keine Grübchen, Leberflecke, keinerlei besondere Kennzeichen. Ernst sehe ich besser aus.

Da ich seit Tagen wie eine Besessene schreibe, hatte ich keine Zeit, mich zu schminken. Aber auch wenn ich mich schminke, dann nur einen Hauch, weil ich sonst fürchte, ich würde aussehen wie ... Wer?

Meine Wimpern und Augenbrauen sind rot wie meine Haare. Und meine Haare sind durchaus auffällig. Ich trage sie schulterlang, sie sind gewellt und dicht, von einem so auffälligen Rot, dass ich mich grollend frage: Wurden die Rothaarigen nicht in die Rolle besonderer Persönlichkeiten gedrängt? Hexen, Feen, Königinnen?

Nein, denn ich wirke grau. Die Magie war immer Beatrices Sache. Sie war es, die mich, indem sie mich berührte, interessant machte. Sie, die einen Sternenschimmer um sich herum verbreitete. Mir fällt wieder diese Jeans ein, die wie ein Zauberstab funkelte. Sie war so wichtig für mich, in meinem Kopf, und wo mag sie gelandet sein? Im Müll? Im Keller? Als Spende für jemanden? Oder befindet sie sich immer noch im obersten Fach in der Via dei Lecci?

Auch wenn sie hier wäre, in Reichweite, könnte ich nichts mit ihr anfangen.

*

Bevor ich dieses Kapitel abschließe, ist da noch eine Erinnerung an Ferragosto 2003, die ich zu künftigem Gedenken erzählen möchte.

Wir gingen ins Meer, Lorenzo und ich, in einer dunklen Bucht, fern der Laternen und der anderen. Es war zwei oder drei Uhr nachts. Er nahm meine Hand und sagte im dunklen Wasser wörtlich: »Wie kannst du ihr vertrauen? Merkst du denn nicht, wie sie dich behandelt? Sie demütigt dich, benutzt dich. Sie hält sich für wer weiß wen, während du hundert-, tausendmal mehr wert bist. Sie ist nur eine Schießbudenfigur.«

19

Rückgabe eines Ausblicks

Am Ende des Sommers rief mich mein Bruder an.
»Setz dich«, begann er.
Ich tat nicht, was er sagte, bekam aber einen Schreck. »Was ist passiert?«
»Sie ist verrückt geworden, sie hat den Verstand verloren, sie ist völlig von Sinnen.«
»Niccolò, sag mir, was sie gemacht hat.«
»Sie heiratet.«
Ich setzte mich oder, besser, sank in mich zusammen; mein ganzer Körper, meine Gedanken, meine Seele waren am Boden zerstört. Mein Bruder sprach weiter, aber ich hörte ihn nicht mehr.
»Weiß Papa es?«, konnte ich ihn gerade noch fragen.
»Natürlich nicht, Mama will, dass du es ihm sagst.«
»Ich, aber wann, wann …«
»In zwei Wochen, am 13. September. Du schaffst es nicht, mich zu fragen, mit wem, stimmt's? Du hast recht. Ich packe schon die Kartons; ich kann unmöglich bei dem leben, da bring ich mich lieber um. Ich muss Schluss machen, ciao.«
Er legte auf, ließ mich Hunderte Kilometer entfernt tot auf einem Stuhl zurück, begraben unter einem Berg von Schutt. Wie, Mama heiratete. Was bedeutete das? Warum hatte sie es mir nicht gesagt? Ich war nach wie vor die Tochter zweiter Klasse. Tränen traten mir in die Augen. Ich weinte. Niccolò hatte mich allein gelassen, wie betäubt von dieser Nachricht, und dass ich sie meinem Vater überbringen musste, war für mich die höchste Strafe.

Noch heute greift Niccolò immer, wenn in Biella etwas geschieht, zum Telefon und versetzt mich in Angst und Schrecken. Am Ende muss immer ich, die ich weit weg lebe, um Urlaub bitten, ins Auto steigen und losfahren, um unsere Mutter zu retten.

Als ich das letzte Mal hinfuhr, im vergangenen Oktober, wurde ich wütend. Er war wieder mal arbeitslos, hatte das x-te Piercing im Gesicht, einen blauen Irokesenkamm und verfaulte Zähne. Ich sagte ihm: »Du bist fast vierzig, schämst du dich nicht? Der Kühlschrank ist leer, die Wohnung ist ein Schweinestall, das kann nicht wahr sein!« Er antwortete: »Du hast recht, ich werde einkaufen gehen.« Nach neun Uhr abends war er immer noch nicht nach Hause gekommen. Ich stieg in den Wagen und machte die Runde durch die Stadt und die Dörfer: Pralungo, Tollegno. Nach zwei Stunden fand ich ihn eingeschlafen am Tisch einer Bar in Andorno, zwei erschlaffte Einkaufstüten von A&O, wo wir als Kinder die Pan di Stelle geklaut hatten, unter dem Tisch und auf ihm zwei leere Weinflaschen.

Aber bleiben wir im Jahr 2003. An dem Vormittag des Anrufs war ich allein zu Hause. Mein Vater war bei Tagesanbruch zur Uni gefahren. Ich las alle SMS, die meine Mutter mir in letzter Zeit geschickt hatte, auf der Suche nach einem Zeichen, einem Versuch; vielleicht hatte sie irgendeine Andeutung gemacht, und ich hatte sie nicht verstehen wollen. Von wegen. Die Nachrichten hatten alle den gleichen Tenor: »IHDSL, mein Mäuschen«, »Ich denk an dich, mein Küken«, »Du fehlst mir«, die Nullstufe der Sprache, absolute Ideenlosigkeit. Das war unsere Beziehung, eine gigantische Verarsche. Ich blickte nicht mehr durch. Ich ging in den Flur, nahm den Hörer und rief sie auf dem Festnetz an, in der alten Wohnung in der Via Trossi, aus der sie mich verbannt hatte, um sich ein neues Leben aufzubauen.

Sie hob ab, und ich schrie sie an: »Worauf hast du gewartet, um es mir zu sagen?«

Ich hörte, wie sie zögerte. Im Hintergrund konnte ich eine männliche Stimme ausmachen, arrogant und unsympathisch, die zu ihr sagte: »Wer nervt da um diese Uhrzeit?« Es war zehn, elf Uhr vormittags. Nicht sechs Uhr.

»Ich bin deine Tochter, sag es ihm! Weiß er, dass es mich gibt?«

»Liebling«, versuchte sie mich zu unterbrechen.

»Steck dir deinen Liebling sonst wohin! Such mich nie mehr. Ich hasse dich!«

Ich legte auf. Ich zog das Telefon aus dem Stecker, schaltete das Handy aus, stieg auf den Quartz und fuhr verzweifelt zum Eisenstrand. Dort beobachtete ich stundenlang die vorbeifahrenden Schiffe und schwor mir, niemals Kinder zu bekommen. Erst als ich langsam Hunger bekam, kehrte ich nach Hause zurück. In der Küche traf ich Beatrice mit schwarzem Lippenstift, einer violetten Perücke und falschen Wimpern. Sie wusch einen Kopf Salat unter dem Wasserhahn.

»Was ist denn mit dir passiert«, fragte sie besorgt, als sie mich sah.

»Meine Mutter ruiniert mir mal wieder mein Leben.«

*

Als Papa am Abend nach Hause kam, fand ich nicht den Mut, es ihm zu sagen. Denn abgesehen von seltenen Abendessen mit Kollegen ging er nie aus. Wenn das Telefon klingelte, wusste ich, dass es sich immer um die Arbeit handelte; ich hatte gelauscht. Er verbrachte die Zeit in seinem Arbeitszimmer damit, seinen Unterricht vorzubereiten oder wissenschaftliche Artikel zu schreiben. Er verließ es nur, um seinen Platz für Beatrice und ihren verdammten Blog frei zu machen. Er kümmerte sich um uns, allerdings verbrachten wir immer weniger Zeit zu Hause, und Blauracken und Seeregenpfeifer zu beobachten, hatten wir keine Lust. Er las, putzte, bügelte, kaufte ein. Mit fünfzig war er ergraut und hatte zugenommen. Es brach einem das Herz zu sehen, wie allein er war.

Am folgenden Abend tat Beatrice beim Essen, was sie am besten konnte: ihr Ding durchziehen. Ohne vorher mit mir gesprochen zu haben, fragte sie meinen Vater unvermittelt: »Paolo, sag die Wahrheit: Bist du immer noch in deine Frau verliebt?«

Mit fiel die Gabel aus der Hand. Nach einem Augenblick der Verwirrung fasste Papa sich wieder. »Sie ist nicht mehr meine Frau, wir sind seit sechs Monaten geschieden.«

Er hatte sie gezählt.

»Gut, aber empfindest du noch was für sie?«

»Bea, hör auf.«

»Nein, Eli, hör du auf, ihn wie ein Kind zu behandeln.«

Mein Vater betrachtete uns verwundert.

»Oder hast du eine andere? Würdest du dich gern wieder verlieben?«

Papa hüstelte. »Ich glaube nicht, dass ich noch in dem Alter bin ...« Verlegen ließ er den Satz unvollendet.

Er hatte Mamas Foto vom Bildschirm seines Computers entfernt und die Porträts in einem geheimen Album versteckt. Er erwähnte sie nicht, am Telefon hatte er ihr nie etwas zu sagen. Aber ich begriff in diesem Augenblick, dass sie seine unheilbare Krankheit war.

Warum? Das frage ich mich heute, und vielleicht wird es sich auch der eine oder andere Leser fragen. Wie ist es möglich, dass ein so besonnener, vernünftiger, fleißiger Mann an eine so Verrückte geraten konnte? Die Wahrheit ist, dass ich es nicht weiß. Ich kann nur Vermutungen anstellen.

Mein Vater hatte beide Eltern auf einen Schlag durch einen Autounfall im Alter von sechzehn verloren. Mit Sicherheit hatte das Unglück Auswirkungen auf ihn gehabt. Das gilt für jeden Verlust. Die Großeltern, die ich nicht gekannt habe, waren, das weiß ich mit Sicherheit durch seine Erzählungen und die Fotos, die er mir gezeigt hatte, beide sehr umtriebige Persönlichkeiten. Er Architekt von einer gewissen, wenn auch eher lokalen Bekanntheit. Sie – und das kommt mir wirklich wie ein Wunder vor, das, wenn ich dieses Buch oder Tagebuch oder diesen Ausbruch beendet haben werde, näher zu untersuchen sich lohnen würde – war Theaterschauspielerin. Eine künstlerische, schwer fassbare Seele, sehr ungewöhnlich in einer stinknormalen Stadt, die durch und durch piemontesisch ist wie Biella. Wer weiß, vielleicht hat das Gespenst dieser so früh gestorbenen Frau, ihr Geheimnis, einen ungeschützten, verletzten und sanftmütigen Winkel in ihm ausgehöhlt.

»Papa«, sagte ich an dem Abend mit vor Wut bebender Stimme, »du musst sie dir aus dem Kopf schlagen. Du musst dir eine andere suchen: gebildet, intelligent, auf deinem Niveau.«

Papa sah mich verständnislos an. Ich ließ mir Zeit. Denn um einem Mann, der alt wird, das Herz zu brechen, braucht es Mut.

»Nun sag es ihm schon, los.«

»Kümmere dich um deinen eigenen Kram, Beatrice.«

»Mir *was* sagen? Ihr nervt alle beide.«

Ich schloss die Augen, um die richtigen Worte zu finden, so sanft, respektvoll und ruhig wie möglich. Aber sie kam mir zuvor, klinkte die Bombe aus wie die Amerikaner am 6. August über Hiroshima. Denn sie musste immer im Vordergrund stehen, sie beanspruchte die auffällige Einstellung, die Hauptrolle stets für sich.

»Annabella heiratet wieder, Paolo.« Und in ihrem mit Plattitüden gespickten Italienisch, das sie immer noch in den sozialen Medien und in Interviews benutzt, fügte sie hinzu: »Es wird Zeit, ein neues Kapitel zu beginnen.«

Ich öffnete die Augen und sah, wie mein Vater, blass, vernichtet, litt; stumm die Serviette zerknüllte, wie er es bereits im Restaurant La Sirena getan hatte. Beatrice sprang auf und umarmte ihn an meiner Stelle.

»Wir sind da, wir helfen dir, nach vorn zu schauen.«

Ich hätte sie umbringen können. An den Haaren ziehen, sie erdrosseln.

»Und neue Leute kennenzulernen, zu vergessen.« Sie gab ihm einen Kuss. Meinem Vater, auf die Stirn. Den Kuss, zu dem ich nie fähig gewesen war.

Er saß reglos am anderen Ende des Tisches, benommen. Er sah mich an und fragte: »Wen?«

»Ich weiß es nicht.«

»Sag es mir.«

»Ich schwör dir, das ist die Wahrheit. Niccolò weiß es.«

Papa stand auf. Ließ den Tisch, wie er war, seinen Teller halb voll, mit Reis oder Spaghetti, ich erinnere mich nicht. Er nahm seine Brieftasche, die Wagenschlüssel und verließ, die Türe schlagend, die Wohnung, ohne zu sagen, wohin er wollte und wann er zurückkommen würde. Ich sah, wie der Passat sich mit Vollgas entfernte, fast ins Schleudern geriet. Ich trat vom Fenster zurück, ging zu Beatrice und versetzte ihr eine schallende Ohrfeige. Mit voller Wucht mitten ins Gesicht. Sie schrie. Aber ich schrie sie noch lauter an: »Warum hast du es ihm gesagt?«

»Er ist kein Idiot!«

»Was geht dich das an? Was weißt du von ihm, von meiner Mutter, von uns? Das ist nicht deine Wohnung, das ist nicht deine Familie!«

Die Hand auf der geröteten Wange, wurde Beatrice kurz blass vor Verblüffung. Aber sie fasste sich sofort wieder. Würdevoll, streng, zischte sie: »*Du* warst die einzige Familie, die mir geblieben war.«

Sie ging ebenfalls hinaus. Nahm die Schüssel des SR, ihre Tasche und verschwand mit quietschenden Reifen am Ende der Via Bovio. Ich räumte ab, füllte die Geschirrspülmaschine, fegte den Boden. Dann nahm ich einen Stuhl und schleppte ihn zum Küchenfenster. Die Launen meiner Mutter stürzten uns weiterhin ins Unglück.

Ich wartete wer weiß wie lange auf beide, aber keiner von ihnen entschloss sich zurückzukommen.

Daraufhin fühlte ich mich schuldig und unnütz. Die ewige Statistin in den Leben der anderen. Ich redete mir ein, dass sie eine Affäre miteinander hatten, dass sie sich in diesem Augenblick küssen würden oder Schlimmeres. Wer würde nicht gern eine Freundin wie Beatrice, eine Geliebte wie Beatrice, eine Tochter wie Beatrice haben wollen?

Auf dem Stuhl, die Stirn gegen die Fensterscheibe gedrückt, stellte ich mir vor, wie sie meinen Vater umschlang, und phantasierte, sie würden beide sterben, oder ich würde sterben, einen Strick um das Stahlrohr des Duschvorhangs schlingen und mich ersticken. Eifersucht ist ein Wort, das ich in diesem Buch nicht benutzen möchte, das würde es ihr zu einfach machen. Aber es stimmt, dass ein diabolisches Gefühl, das schlimmste von allen, vom Unterleib in mir hochstieg wie ein Tsunami, in alle Organe drang und mich erschöpfte.

Ich schleppte mich in mein Zimmer und schlief sofort ein. Um drei oder vier Uhr morgens hörte ich meinen Vater nach Hause kommen. Ein paar Stunden später drang das Tageslicht in mein Zimmer, ich schreckte aus dem Schlaf und lief in Beatrices Zimmer; sie war nicht da. Das Bett war unberührt, die Kleider hingen auf den Bügeln, die Schminktasche stand auf dem Schreibtisch, neben den Aufgaben für die Ferien, und auf meinem Handy keine Nachricht, kein Klingeln. Ich rief sofort Gabriele an, ohne daran zu denken, dass es erst sieben Uhr war. Ich rief unzählige Male an und ließ nicht locker, bis er endlich antwortete: »Ja, sie ist hier. Aber sie will dich nicht mehr sehen.«

Heute, während ich schreibe, weiß ich, dass zwischen Beatrice und meinem Vater nichts geschehen konnte; es kommt mir verrückt vor, so etwas auch nur gedacht zu haben. Und doch bleibt der schlechteste Teil von mir, taub der Offensichtlichkeit, der Vernunft, dem gesunden Menschenverstand gegenüber, fest davon überzeugt, dass sich in jener Nacht etwas Unwiderrufliches zwischen ihnen vollzogen hat. Ein Bund, ein geheimer Pakt, der mein Ende besiegelte.

Ich war die Ersatztochter. Sie die Wunschtochter.

*

Papa wartete zwei Tage, dann klopfte er an meiner Tür.

»Wir müssen sie zurückholen.«

»Nein.«

»Elisa, ich habe spezielle Vereinbarungen mit ihrem Vater getroffen und habe vor, sie einzuhalten. Zieh dich an, ich warte im Wagen auf dich.«

Ich musste ihn zur Piazza Padella führen; er starrte auf die Windschutzscheibe, ohne ein Wort zu sagen, wie erfroren, ich saß gebeugt auf dem Beifahrersitz und blickte auf mein Handy. Als wir angekommen waren, umklammerte ich den Sicherheitsgurt und bestand darauf, im Wagen zu bleiben.

Papa öffnete die Wagentür: »Du kommst mit.« Er hatte sich sichtlich verfinstert, seit er die »Nachricht« erhalten hatte. Ich glaube nicht, dass er Mama oder Niccolò angerufen hatte, um mehr zu erfahren oder die Hochzeit zu verhindern. Aber Tatsache war, dass er nicht lächelte, nicht zuhörte und sich hinter einem beharrlichen Schweigen verschanzt hatte. Ich erkannte ihn nicht wieder.

Er kündigte sich durch die Sprechanlage an: »Ich bin Elisas Vater.«

Ich begleitete ihn gegen meinen Willen in den obersten Stock. Er läutete, und ich versteckte mich hinter seinem Rücken.

Gabriele öffnete, bat uns aber nicht, einzutreten. Beatrice zeigte sich ganz unverfroren in BH und Tanga. Sie würdigte mich keines Blicks. Aber sie musste Papa anhören, der sie aufforderte: »Zieh dich an. Du kannst nicht hier wohnen, du bist minderjährig. Dein Vater vertraut mir, und ich bin verantwortlich für das, was dir passiert. Nimm deine Sachen und komm mit uns.«

Weder sie noch Gabriele protestierten. Er machte sich schweigend einen Mokka, während sie eine Jeans anzog, die so eng war, dass sie jeden Augenblick zwischen den Pobacken zu platzen drohte; dann bürstete sie sorgfältig und ohne Eile ihr Haar, band es zu einem Pferdeschwanz zusammen und betrachtete sich im Spiegel. Papa und ich warteten ungeduldig im Treppenhaus auf sie. Für mich war dieser Streit unerträglich. Beatrice war nur einen Schritt von mir entfernt und ignorierte mich. Ihr ganzer Körper drückte nur allzu deutlich ihren Groll gegen mich aus. Und ich hasste sie, verabscheute sie, hätte aber alles für einen flüchtigen wohlwollenden Blick gegeben. Aber nichts.

Sie gab Gabriele einen Kuss. »Ich rufe dich nachher an.« Und hochmütig und traurig ließ sie sich herab, uns zu folgen.

Im Passat versetzte sie mir den Todesstoß.

»Paolo, fahr mich bitte in die Via dei Lecci.«

Papa bremste ab und fuhr rechts ran, ohne mit der Wimper zu zucken. Er wartete, bis er kehrtmachen konnte in Richtung Hügel.

»Meine Kleider und den Rest werde ich an einem anderen Tag abholen«, fügte Bea ruhig hinzu. »Jetzt will ich nur zurück zu meiner Familie.«

Sie legte eine besondere Betonung auf *Familie*. Als wäre dieses Wort die Klinge eines Messers, das sie mir nicht nur zwischen die Rippen stoßen, sondern auch wieder und wieder umdrehen wollte. Ich saß hinten, sie vorn. Ich bin sicher, dass sie mich im Rückspiegel betrachtete, während sie die letzte Silbe aussprach, und beinahe lächelte mit ihren abgrundtief grünen Augen, die ich heute auf Dutzenden Werbefotos für Lidschatten, Lippenstiften und Tagescremes ertragen muss und die in diesem Augenblick klar und deutlich sagten: »Krepier, gemeines Miststück.«

Wir hatten nie so gestritten, dass wir uns getrennt hätten. In den Sitz gedrückt, spürte ich den Beginn einer Panikattacke, der mich zurückversetzte in jenen Winter, an jenen Morgen, zu den nach literarischen Gattungen geordneten Regalen der Palazzina Piacenza. Ich sah, wie Beatrice aus dem Passat stieg, an der Sprechanlage läutete und sich das Gittertor öffnen ließ. Mit dem Rücken zu uns über den schmalen Weg ging, ohne sich umzudrehen, mit dem Hintern wackelnd in ihren Jeans wie in der Schlusseinstellung eines Films. Ich sah sie im Haus verschwinden, und mir wurde bewusst, dass ich ohne sie nichts war.

*

Ich klammerte mich an meinen Vater und seine Anwesenheit. Aber ich erinnere mich an die erste Septemberwoche 2003 als eine der schmerzlichsten meines Lebens.

Mama rief mich jeden Tag zwanzigmal an, aber ich ging nicht dran. Ihre Ehe oder, besser, ihr Verrat waren in den Hintergrund getreten, überschattet von Beatrices Abwesenheit.

Die Wohnung klang leer, trostlos und beängstigend wie am Tag nach der Flucht von Niccolò und meiner Mutter drei Jahre zuvor. Papa war so am Ende, dass er sein Arbeitszimmer nur noch verließ, um zu essen oder zur Arbeit zu fahren. Ich war so wenig wert, dass alle mich verließen.

Auch Lorenzo war weg, auf Urlaub mit seiner Familie in Cortina. Wenn man ihn so hörte, langweilte er sich tödlich in dem Luxushotel, in dem sie ihn einsperrten. Aber ich war misstrauisch, argwöhnisch geworden. Ich stellte mir vor, wie er abends an der Bar der Hotelhalle andere Mädchen kennenlernte, attraktiv und gelangweilt wie er und die keinen anderen Wunsch hatten, als der Kontrolle ihrer Eltern zu entkommen, um sich in einer Umkleidekabine oder Felsspalte hinter dem Swimmingpool zu verstecken. Und so verbrachte ich die Tage mit meinem Handy, drückte die Anrufe meiner Mutter weg und wartete auf diejenigen von Lorenzo. Ich hatte es immer eingeschaltet, den ganzen Tag und die ganze Nacht. Bei Tisch lag es neben dem Teller, im Bett neben dem Kissen. Während ich las, während ich mir die Haare wusch. Verkrampft darauf wartend, dass sein Klingeln in mein ödes Leben einbrach.

Nach einer Weile hörte ich auf zu lesen, zu essen, mich zu waschen. Meine Seele ganz und gar dem Nokia 3310 ausgeliefert. Ich spielte

Snake, wartete und Schluss: dass Lorenzo von einem Ausflug in den Bergen zurückkehrte, wo es keinen Empfang gab; dass er vom Abendessen im Restaurant zurückkam. In einer ständigen und unerträglich angespannten Beziehung zum Anderswo. Ich brauchte das Guthaben an einem halben Tag auf, suchte Münzen in den Taschen und Schubladen, auch denen meines Vaters, klaute, lief in den Tabakladen, um ein neues Guthaben aufs Handy zu laden, das ich dann gleich wieder in noch kürzerer Zeit aufbrauchte. Und das alles, um Lorenzo mit idiotischen Fragen zu bombardieren und mir einzubilden, ihn zu kontrollieren. Ich glaube, ich stand kurz davor, auch ihn zu verlieren. Aber wonach ich mich insgeheim wirklich sehnte, war eine Nachricht von Beatrice.

Jedes Mal, wenn ich in den Zeitungen lese, dass »die Rossetti« von dieser oder jener Kollegin, von dem oder dem Journalisten oder sogar von dem oder dem Politiker angegriffen wurde, muss ich lächeln, da ich genau weiß, dass sie – nicht sofort, ein paar Tage später – ihn dafür bezahlen lassen wird. In einem Ausmaß, das in keinem Verhältnis steht, endgültig. Denn so ist Bea eben: Sie liebt es, zu vernichten.

Mich vernichtete sie. Ich kannte sie noch nicht so gut wie heute, und daher hoffte ich, dass sie mir früher oder später auf die eine oder andere, selbst abstruse Weise schreiben oder mich suchen würde: eine Nachricht auf dem Fenstersims, ein Aufkleber am Motorroller. Ich erniedrigte mich, indem ich den Sattel, die Jalousien kontrollierte, unter der Fußmatte vor der Tür nachsah, um ein Friedenszeichen von ihr bettelte. Ich ging in ihr Zimmer, legte mich auf ihr Bett, malte mir die Lippen mit den Lippenstiften an, die sie noch nicht geholt hatte. Eine Woche hielt ich durch, dann kapitulierte ich.

Ich scrollte im Adressbuch bis zu ihrem Namen. Nein, Elisa, tu es nicht. Aber die Wahrheit ist, dass ich es wollte. Mir fielen die furchtbaren Sätze wieder ein, die ich zu ihr gesagt hatte. Es war meine Schuld, ich hatte einen Fehler gemacht. Mich zu verurteilen war der Vorwand, die Enthaltsamkeit endlich zu beenden. Eines Abends schickte ich ihr einen Klingelton. Eigentlich weniger als einen, einen halben. Ich hatte kein Geld, aber das war nicht der Grund: Kein Anruf, keine SMS, keine verbale Artikulation, nicht einmal abgekürzt oder verunstaltet durch ein *x* oder ein *k*, würde eine Ahnung von dem vermitteln, was ich ihr sagen wollte. Der Inhalt dieser Nachricht war unmöglich, unsagbar, skandalös und entsprach daher genau einem halben Klingelton.

Ich umklammerte das Handy fest mit der Hand, zerquetschte es fast. Ich starrte es an und flehte um eine Antwort, sofort, jetzt. Schließen wir Frieden!, bat ich sie.

Das Display blieb schwarz, der Körper des Handys leblos. Dieser Gegenstand verzehrte mich, ich konnte mich nicht von ihm trennen. Es war das Sonar all meiner Nullen und Einsen, ein Verstärker der Ja und Nein, die ich empfing, ich akzeptiere dich, ich lehne dich ab, ich bin da, ich bin nicht da, Elisa verliert, Beatrice gewinnt. Das Schweigen wuchs ins Riesenhafte, verwandelte sich in Hohn.

Sie ließ mich zwei Tage leiden, die Hexe. Dann, eines Nachts, während ich meinen Kopf auf dem Kissen wälzte, erhellte das Display mein Zimmer wie die Landung eines Ufos. Ich schaute nach: »1 verpasster Anruf«. Von wem? »Bea«. Ich setzte mich auf. Las den Namen, las ihn noch einmal, las ihn immer wieder. Ermaß seine Übermacht in meinem Leben. Ich antwortete ihr sofort. Sie auch. Klingeltöne, Klingeltöne, Klingeltöne, endlos.

Wir hatten Frieden geschlossen.

*

Bea war am nächsten Morgen um halb neun an der Sprechanlage. Ich wälzte mich mit noch geschlossenen Augen aus dem Bett, weil ich wusste, dass sie es war.

Ich öffnete die Tür. Wir standen einen Augenblick da und blickten uns an, als wären Jahre vergangen und wir würden uns nicht mehr erkennen. Instinktiv fragte ich sie: »Kommst du mit mir nach Biella?« Sie nickte lächelnd.

Wir umarmten uns. Schmiegten die Brüste, das Becken, die Beine aneinander, streiften die Lippen aneinander, bewusst. Wir setzten uns an den Küchentisch, ich machte Kaffee, sie bestrich Zwiebackscheiben mit Marmelade. Wir waren wie zwei Ehefrauen. Sie leistete mir Gesellschaft auf dem Badewannenrand, während ich duschte. Sich noch einmal trennen, auch nur fünf Minuten, wäre undenkbar gewesen. Wir packten die Rucksäcke voll bis zum Rand und baten Papa, ohne die Abfahrtszeiten zu kennen, uns zum Bahnhof zu fahren.

Es war Mittwoch, der 10. September. Papa parkte vor dem Eingang und bestand darauf, uns mit den Rucksäcken zu helfen. Er begleitete uns zum Fahrkartenschalter; es gab einen Intercity nach Genua, der in zwanzig Minute abfahren würde, wir konnten ihn nehmen, in Porta Principe umsteigen in den Regionalzug nach Alessandria und dann noch einmal in Novara. Eine endlose Reise, die, das begreife ich heute, unsere Art war, wieder voneinander Besitz zu ergreifen, eine neue Phase unserer Freundschaft einzuleiten. Die schlimmste, aber das konnte ich nicht wissen.

Papa kaufte die Fahrkarte für die Hinfahrt und die Rückfahrt notgedrungen für den Sonntag, denn am Montag würde die Schule wieder beginnen, und er würde uns nicht erlauben, später zurückzukommen. Er gab uns hundert Euro pro Kopf, »für alle Fälle«, und kaufte uns zwei Panini an der Bar, *il manifesto* und *Donna Moderna*. Auf dem Bahnsteig ermahnte er uns: »Wenn es irgendein Problem gibt, ruft mich an. Ich steige sofort in den Passat und hole euch. Bitte, Elisa, wenn dir irgendetwas Merkwürdiges auffällt …«

Der Intercity fuhr ein. Er stieg mit uns ein, um uns zu helfen, das Gepäck zu verstauen, gab uns noch etwas Geld; es fiel ihm schwer, sich zu verabschieden, seine Augen glänzten und zitterten. Als die Lautsprecher eventuelle Begleitpersonen aufforderten auszusteigen, ließ er uns mit enormer Selbstüberwindung endlich ziehen. Die Türen schlossen sich, der Zug fuhr los. Beatrice und ich beobachteten, wie Papa und T immer kleiner wurden, bis sie verschwunden waren.

Wir waren frei, zum ersten Mal.

Wir in einem leeren Abteil; wie am Beginn des *Idioten* saßen sich »zwei Reisende gegenüber, beide auf den Fensterplätzen«, ich erinnere mich nicht an den ganzen Satz, »beide mit dem Wunsch, endlich miteinander ins Gespräch zu kommen.« Aber wir hatten in diesem Augenblick keine Worte. Wir waren reine Vorfreude. Wir brachen in Gelächter aus, wie zwei Verrückte, einfach weil sie und ich ohne Eltern in einem Zug saßen. Derselbe Schauer, dieselbe Anspannung, dieselbe Aufregung hatte uns gepackt. Die unbekannte Welt draußen vor dem Fenster und alles, was sie enthielt, das Meer, die Dörfer, die Felder, gehörte uns.

Bea stand auf und zog die Vorhänge zum Gang zu. Nur die Fremden konnten uns für unterschiedlich halten, da sie sich nur an das Äußere hielten. Aber die Wahrheit vollzieht sich im Inneren, ohne Zeugen. Ich dachte, dass wir das Schlimmste schon hinter uns hatten, und beschloss, dass von nun an alles immer besser werden würde. »Ich zeige dir die Palazzina Piacenza«, sagte ich aufgekratzt, »und meine alte Schule, und Oropa und die Liabel.« Der Gedanke, dass Beatrice und Biella zusammenfielen, war eine Art Heilung. »Wir werden uns ein Tattoo machen lassen, und ein weiteres Piercing, wir werden einen Joint rauchen!« Und Bea lächelte begeistert angesichts dieser Projekte, die mit siebzehn großartig klangen.

Dann kam der Kontrolleur und unterbrach mich. Wir zeigten ihm unsere Fahrkarten und kehrten in die Zukunft zurück. Wir verbrachten endlos viel Zeit damit, schweigend die Veränderungen der Landschaft draußen zu beobachten. Die Toskana krümmte sich, wurde herber, wurde Ligurien. Das Umsteigen in Genua war abenteuerlich: Der Intercity kam mit Verspätung an, und wir hatten keine Erfahrung mit Bahnhöfen, all die Gleise, Fahrpläne, Lautsprecheransagen verwirrten uns. Wir rannten und hätten den Anschlusszug außer Atem um ein Haar verpasst. Dann Alessandria und Novara. Als wir es schließlich in den Minuetto, einen Erdgaszug mit nur zwei Waggons, geschafft hatten, waren wir schweißgebadet, glücklich und erschöpft. Und ich möchte, indem ich die innere Aufgewühltheit dieser Reise beschreibe, zu mir zurückfinden, mir etwas vormachen, um sie noch einmal zu erleben. Aber die Wahrheit ist, dass die Trauer über eine beendete Freundschaft nicht abklingt. Es gibt keine Möglichkeit, sie zu behandeln, zu verarbeiten, abzuschließen und nach vorn zu blicken. Sie bleibt bestehen, ein Kloß im Hals, auf halbem Weg zwischen Groll und Sehnsucht.

Als wir nach sieben Stunden und vier Zügen in Biella San Paolo ankamen, stand die Sonne niedrig am Himmel, und das Licht war rosa. Ich stieg aus, ohne auf Beatrice zu warten. Ich ging auf den Platz hinaus und sah den Springbrunnen und La Lucciola auf der anderen Straßenseite wieder. Ich hob den Blick zu den Bergen, zeigte sie ihr, sagte laut ihre Namen, wie ich es als Kind gemacht hatte: der Mars, der Mucrone, der Camino, der Mologne. Ich drehte mich um: Beatrice kam jetzt erst heraus. Sie hatte mit meiner Geschichte nichts zu tun, aber sie hatte mich nach Hause gebracht. Sie sah Biella zum ersten Mal, und ich kehrte zum ersten Mal dorthin zurück.

Ich ließ den Rucksack auf die Erde fallen.

Drei Jahre waren vergangen.

Ich brach in Tränen aus.

20

Sally

Christian Ramella, der zweite und letzte Ehemann meiner Mutter, hieß den offiziellen Papieren zufolge Carmelo. Aber in einer besonders schwierigen Zeit seines Lebens hatte er sich gedacht, »Christian« würde ihn von allen Schwierigkeiten befreien und ihm erlauben, »den großen Sprung« zu wagen. Als ich ihn zum ersten Mal sah, am 10. September 2003, hatte er blondiertes, zu einem Zöpfchen zusammengebundenes Haar und trug Turnschuhe in einem fluoreszierenden Grün mit Frotteesocken und einem Hawaiihemd; er war siebenundvierzig.

Später sollte ich entdecken, dass in seinem Personalausweis unter Beruf »Künstler« eingetragen war. Genau gesagt war er ein in den Tanzlokalen zwischen Cerrione und Gattinara recht populärer Barsänger, sein braungebranntes Gesicht auf Plakaten, die so knallig waren, dass sie diejenigen von Moira Orfei und den Lokalpolitikern in den Schatten stellten. Vor allem aber sollte ich entdecken, dass Christian Vasco liebte. »Albachiara«, »Siamo soli« interpretierte er mit viel Herzblut und wechselte dabei zwischen Keyboard und Gitarre. Aber er verschmähte auch nicht das klassische Repertoire, das in der Provinz immer gut ankam: Ricchi e Poveri, Baglioni, Dik Dik. Wenn er »Anima mia« sang, standen die Leute auf den Volksfesten vom Tisch auf und ließen ihre Tortelli stehen, um aus vollem Hals mitzusingen und die Flammen der Feuerzeuge zu schwenken.

Ihm selbst gehörte, glaube ich, nur die Harley Davidson, mit der er durch die Täler donnerte und den Schlaf der Alten und die Hirsche störte und die Kinder der in die alten Häuser gezogenen Immigranten gefährdete, die auf der Straße Fußball spielten. Den ganzen Rest gab er für Bräunungslampen, Zahnbleaching, die angesagtesten neuen Turnschuhe und Alkohol, sehr viel Alkohol, aus. Ich bin sicher, dass während ihrer gesamten Ehe meine Mutter ihn mit ihren Schichten in der Hutfabrik aushielt. »Ich bin ein Träumer«, sagte er gern von sich, »mir reichen eine Sternendecke und ein Farnkissen am Ufer eines Wildbachs.« Ich kann nicht sagen, dass er ein schlechter Mensch war. Mein Bruder hasste ihn, weil er nie seinen Ödipuskomplex überwunden hat, und wegen der Band Cugini di Campagna. Aber ich verstand ihn, nachdem ich den ersten Schock überwunden hatte. Ich mochte ich sogar.

Als ich am Abend des 10. September nach Jahren wieder nach Hause kam, zog ich die Schuhe aus, um die Kälte der Fliesen meiner Wohnung wieder zu spüren. Ich tanzte in jedes Zimmer und erkannte die Möbel wieder, die den Umzug von 2000 überlebt hatten. Ich stellte mich an die Fenster, von denen aus ich meinen Blick trainiert hatte, die Horizonte und Details wahrzunehmen: Felder und Traktoren, Himmel und Stare, Fabrikdächer in der Ferne, die Eisenbahn und dann nichts mehr. Ich zog Beatrice an der Hand mit mir, als könnte sie meine Gefühle angesichts eines Wandbretts teilen, auf dem verstaubt meine Schulbücher aus der Grundschule und zwei Barbies mit geschnittenen Haaren lagen. Schließlich ging ich auf den Balkon und stand vor ihm.

In Unterhosen. Das Hemd offen über der behaarten Brust und um den Hals eine Kette mit einem Kruzifix. Er trank ein Bier, auf einem Campingstuhl schaukelnd, den Blick verloren zwischen dem Mais und den Gleisen, die am Horizont verschwanden. Ich verstummte. Niccolò war kurz zuvor zum Bahnhof gekommen, um mir die Wohnungsschlüssel zu geben, aber er hatte mich nicht vorgewarnt, dass ich dort den zukünftigen Ehemann vorfinden würde. Er löste den Blick von dem Minuetto, der zuletzt angekommen war, runzelte die Stirn und musterte mich aufmerksam.

»Du siehst deiner Mutter verdammt ähnlich«, sagte er schließlich. Er versuchte, mir ein wohlwollendes und verlegenes Lächeln zu schenken. Er nahm die Füße vom Geländer, schickte sich an, sich von dem wackligen Stuhl zu erheben, und wäre beinahe hingefallen. »Sehr erfreut, ich bin Christian. Mit *h*.«

Ich kehrte in die Küche zurück. Mein Herz raste. Ich konnte nicht glauben, dass Mama sich in einen solchen Kerl verliebt hatte: mit gefärbtem und gegeltem Haar, einer Goldkette um den Hals wie ein Kleinkrimineller und Schuhen, wie sie bei den Jungs in meinem Alter Mode waren. Äußerlich passte er durchaus zu ihr, aber der Vergleich mit Papa war wirklich vernichtend.

Beatrice biss sich auf die Unterlippe, um nicht zu lachen, sie war amüsiert. Ich erinnere mich, dass ich sie ärgerlich ansah und fragte: »Was ist so lustig?«

»Hast du ihn dir mal angeguckt?«

Wir hatten uns in der Diele versteckt, damit er uns nicht sehen und hören konnte; um sicherzugehen, tuschelten wir leise.

»Er ist unglaublich, er scheint direkt aus dem Roman ... Wie hieß er noch? Der, den wir im letzten Sommer gelesen haben.«

»Hör auf.«

»Die Ockerfärbung seiner Haare geht ins Erbsengrünliche. Komm schon, du weißt es, wie heißt dieses Buch, mit dieser durchtrainierten Person ...«

»Graziano Biglia.«

»Genau! Er ist der ärgste Prolet, der mir im echten Leben begegnet ist.«

Mir ging es ebenso. Aber da Mama beschlossen hatte, ihn zu heiraten, fühlte ich mich verpflichtet, ihn zu verteidigen. »Was bedeutet es schon, wie er sich die Haare färbt. Denk mal an deine Schwächen. Du bist das gleiche Miststück wie immer.«

Mein Bruder kam nach Hause und blieb schlagartig auf der Schwelle stehen. Er trug eine eingerollte Luftmatratze über der Schulter, auf der Bea und ich schlafen sollten, und einen Kompressor in den Händen. Am Bahnhof hatte er sich nicht aus dem Fenster des Alfasud gelehnt, um Beatrice zu begrüßen, ja sie nicht einmal eines Blicks gewürdigt. Jetzt blickte er sie durchdringend an. Sein urteilender Blick sparte nicht mit eindeutigen Anklagen: konsumgeil, angepasst, Sklavin des Systems. Sie dagegen blickte ihn mit einem anzüglichen

Augenzwinkern an; er war mein Bruder, hatte zwanzig Piercings im Gesicht und weitere an den Brustwarzen, die durch den Stoff eines T-Shirts sichtbar waren, das aussah, als hätten die Motten es zerfressen. Schon seit langem träumte sie davon, ihn anzumachen.

»Wo ist Mama?«, fragte ich ihn.

»Ich glaube, unten, die Rosen gießen. Aber hilf mir erst mal.«

Er drückte mir den Kompressor in die Hände. Wir gingen alle drei in sein Zimmer, wo wir vollen Aschenbechern, leeren Flaschen, zusammengeknüllten Socken und Tabak ausweichen mussten. Ich half ihm, die Luftmatratze aufzublasen, nahm saubere Laken aus dem Schrank und versuchte Platz zu schaffen, möglichst weit von seinem Bett entfernt. Bea dagegen rührte keinen Finger und starrte ihn weiter grinsend an, während Niccolò sich bemühte, sie zu ignorieren.

Ich ging und ließ sie allein.

*

Der siebenstöckige Ziegelbau, der als Kind meine Welt gewesen war, kam mir geschrumpft und gealtert vor. Ich rannte die Treppen hinunter, wobei ich mich am Geländer festhielt, und gelangte durch die kleine Eisentür in den Hof, jenen grenzenlosen meiner Kindheit, in dem meine Einsamkeit sich in Spiel, Lektüre, Phantasie hatte verwandeln können, da meine Mutter ständig zu tun hatte, Niccolò ältere männliche Freunde hatte, die mich ignorierten, und im ganzen Haus keine weiteren Kinder lebten.

Nun, dieser riesige Hof war auf ein Loch zusammengeschrumpft. Während ich ihn durchquerte, ermaß ich die unwiederbringliche Distanz, die die Zeit zwischen uns gelegt hatte. Da und dort sah ich undeutlich frühere Versionen von mir beim Seilspringen, sah mich Tränke aus Blättern mischen, mit einem aus der Bibliothek ausgeliehenen Buch auf dem Mäuerchen sitzen. Dann entdeckte ich zwischen den Gespenstern meine Mutter. Von hinten, die Blumen gießend.

Wie lange hatte ich sie nicht mehr gesehen? Seit Ostern, mehr als vier Monate. Jedes Mal, wenn sie mich gebeten hatten, sie zu besuchen, weil sie wegen der Arbeit – oder wegen Christian? – nicht wegkonnte, hatte mir der Mut gefehlt.

Sie trug eine blaue Latzhose und den Strohhut, mit dem sie sich vor der Sonne schützte, damit die Sommersprossen sich nicht vermehrten. Sie goss mit einem Gummischlauch das Rosenbeet und die Tomatenpflanzen in dem Garten, den sie sich im Hof angelegt hatte. Ich blieb stehen und schaute ihr zu, wie sie spielte; sie spritzte das Wasser in Kreisen in die Luft und nah an ihren Mund, um davon zu trinken. Sie war nie gewachsen, und doch kam sie mir zierlicher vor, mit leicht gekrümmtem Rücken. Mit knapp vierunddreißig habe ich akzeptiert, dass wir das Leben damit verbringen, zu entschlüsseln, wen wir kennen sollten: die Eltern, die Kinder, wobei die einen für die anderen ein Geheimnis bleiben. Aber mit siebzehn noch nicht.

»Mama«, rief ich sie.

Sie drehte sich überrascht um. Ich erwähnte den Anruf nicht, in dem ich ihr erklärt hatte, dass ich sie hasste. Dass ich mit Bea nach Biella kommen würde, hatte ich nur Niccolò geschrieben, zwei Minuten bevor wir in den Zug gestiegen waren; vielleicht hatte sie nicht daran geglaubt. Sie drehte den Wasserhahn zu und lief mir entgegen, und ich musste mich zwingen, nicht das Gleiche zu tun. Ein Teil von mir wollte noch einmal an ihre Brust sinken, aber der andere sah uns, wie wir waren, und sehnte sich nach einer anderen Mutter.

Einer *normalen* Mutter, verantwortungsvoll, ausgeglichen, unterstützend, die mir Zöpfe flechten und Kuchen backen konnte. Eine Frau, die keine Frau war und keine Fehler hatte, die keine andere Aufgabe hatte, als mich: mich aufzuziehen und ihr gesamtes Leben mir zu widmen. Keine Leidenschaften zu pflegen, keine Liebhaber, keine Geheimnisse, keine Abgründe. Stets in meinen Diensten, das richtige Wort und ein Lächeln auf den Lippen. Kann man von einem Menschen ein solches Opfer verlangen? Nein, weil es unmöglich ist. Mehr noch, es ist ungerecht. Aber damals widersetzte sich in mir ein ängstlicher Tyrann, eine Rotzgöre. Ich ließ mich umarmen, ohne einen Muskel zu bewegen, gelähmt von den Widersprüchen. Ich liebte sie, doch ich wies sie zurück. Ich empfand Mitleid und verspürte Wut. Sie war eine arme Frau und eine übermenschliche Gottheit.

»Danke«, sagte sie immer wieder und bedeckte mich mit Küssen, »ohne dich würde ich nicht glücklich heiraten können.«

»Mama«, ich löste mich von ihr, um sie anzusehen, »musst du wirklich?«

Sie hatte Kummerfältchen um die Augen, die ich nie wahrgenommen hatte, und ihre Pupillen leuchteten aufgeregt wie die der Neugeborenen, die gerade das Licht der Welt erblickt haben, oder der Dichter, bevor sie sterben. In meinem Arbeitszimmer habe ich ein Foto von Mario Luzi aus dem Jahr 2005; er hatte den gleichen Blick wie meine Mutter an jenem Tag, der die absolute Verbundenheit mit der Schöpfung, die weltliche fanatische Liebe zum Himmel, zu der Erde, den Tieren und den Pflanzen ausdrückt.

»Ich habe schon genug verzichtet, Elisa ...« Sie war zu bewegt, um den Satz zu beenden. Ich wusste nichts von den Violaneve damals, aber heute bin ich sicher, dass sie darauf anspielte.

»Ihr seid jetzt groß, und ich habe diese Arbeit in der Hutfabrik Cervo, die mir gefällt. Ich kann das Futter in die Hüte nähen, du kannst dir gar nicht vorstellen, wie gut. Aber das reicht mir nicht.«

»Seit wann kennst du ihn?«

»Seit kurz vor Weihnachten.«

»Willst du damit sagen, seit neun Monaten?«, fragte ich sie verblüfft.

»Aber er singt und spielt so gut«, protestierte sie ganz begeistert, »du musst ihn hören! Ich kann nicht anders leben, ich muss von Zeit zu Zeit etwas Verrücktes machen. Sonst ersticke ich.«

Was konnte ich ihr antworten? Dass wir alle für ihre Verrücktheiten bezahlten?

»Bitte«, flehte sie mich an, »hör auf mich.«

Ich half ihr, die Tomaten für das Abendessen zu pflücken und für das Bouquet die vielsprechendsten Rosen auszuwählen, deren Knospen sich noch nicht geöffnet hatten. Ich stellte mir Papa in T vor, allein, verzweifelt. Ich hätte ihn am liebsten angerufen und ihm gesagt: »Denk dran: Du konntest dich wenigstens scheiden lassen – ich werde das nie können.«

Wir gingen in die Wohnung zurück. Mama zog mich in die Küche und wollte, dass Christian und ich uns kennenlernten. Er schaute Telebiella und wartete auf eine Reportage über das Volksfest in Graglia, wo er am Samstag zuvor aufgetreten war, wie er erzählte.

»Hast du gesehen, was für eine schöne Tochter ich habe?«, fragte Mama ihn. »Und in der Schule hat sie nur Bestnoten.«

»Sie ist eine Blume«, erwiderte er, »selten und duftend wie du.«

Mama errötete und küsste ihn auf den Mund. Ich starb fast, riss mich aber zusammen. Ich setzte mich auf den Stuhl, auf den sie deutete, den mittleren. Christian stand auf, um den Kühlschrank zu öffnen, der bis oben hin voll mit Bier war; er nahm eins für mich, eins für Mama und das dritte oder vierte für sich. Ich bemerkte sofort, dass er ein Alkoholproblem hatte, ich hatte aber keine Vorstellung davon, wie weit das ging. Auch weil der Alkohol ihn nicht aggressiv oder traurig machte; er übertrieb bloß mit den schlechten Metaphern. Er fragte mich, welche Musik ich hörte und ob ich Vasco möge. Ich antwortete, dass ich ihn nicht kannte, weil die einzigen CDs, die ich besaß, die waren, die Niccolò mir vermachte. Er seufzte. »Italienisch, du musst italienische Musik hören. Kein Land kann sich der Liedermacher und Dichter rühmen, die wir haben.«

Ich nahm ihn beim Wort und fragte ihn, welche Dichter er mochte. Er zögerte, schwankte, dann sagte er: »Neruda.« Ich beließ es dabei. Die Unterhaltung verlagerte sich auf sein zweites Fachgebiet, die Motorräder. Als ich ihm verriet, dass mein Transportmittel ein Quartz sei, war er vollkommen sprachlos. »Aber sie haben doch aufgehört, ihn zu produzieren, weil er so beschissen ausgesehen hat!« Er gab mir trotzdem ein paar Ratschläge, wie ich mehr aus ihm rausholen könnte.

Verstohlen betrachtete ich Mama; sie strahlte, entzückt, uns alle drei am Tisch zu haben. Daher zwang ich mich, schluckweise Peroni zu trinken, und ertrug es, sie flirten zu sehen. Ich unterdrückte meine Verlegenheit und mein Unbehagen, auch wenn ich nicht wirklich einsah, dass ich sie glücklich machen musste, während sie mir nur Probleme vererbt hatte.

Heute bin ich dagegen jedes Mal, wenn ich nach Biella zurückkehre und sie leiden sehe, sehe, dass es ihr immer schlechter geht, stolz auf mein Verhalten an jenem Tag. Darauf, dass ich ihr keinen Fehler vorgeworfen habe, ja sogar begriffen hatte, dass sie mir in Wirklichkeit nichts schuldete. Ihr Leben gehörte mir nicht. Außerdem hatte sie mir zu essen gegeben und mir das Fieberthermometer in den Hintern gesteckt – wie sie es Papa an jenem berüchtigten Ferragosto-Tag unter die Nase gerieben hatte. Sie hatte mit mir gekuschelt, und sie hatte eine Menge ihrer Samstage und Sonntage mir geopfert, sich um mich gekümmert und mich ihre wenn auch mangelhafte Gegenwart spüren lassen.

Als ich das Bier ausgetrunken hatte, war mir schwindlig. Wo war Beatrice? Ich stand vom Tisch auf und streichelte instinktiv, vielleicht auch weil ich ein bisschen betrunken war, die Hand meiner Mutter. Eine schüchterne Anwandlung von Dankbarkeit. Trotz allem. Sie erwiderte die Geste und schenkte mir ein so liebevolles Lächeln, dass ich mich noch heute daran erinnere.

Wir hatten begonnen, uns zu akzeptieren.

*

Ich kehrte in unser Zimmer zurück und sah, dass die Luftmatratze mit den Laken bezogen und neben das Bett meines Bruders geschoben worden war statt dorthin, wo ich sie hatte haben wollen. Niccolò und Beatrice saßen im Schneidersitz darauf, viel zu nah beieinander, und sahen sich eine Biografie von Sid Vicious an. Im Hintergrund liefen die Sex Pistols.

Der Lippenstift war nicht verschmiert, die Haare nicht zerzaust. Er erklärte ihr die Grundlagen des Punk, paraphrasierte »Anarchy in the U.K.«, und sie hörte interessiert zu. Ich registrierte sofort das schiefe Lächeln, die leichten Berührungen an Ellbogen und Knie. Die beiden waren so falsch und verlogen, dass ich nicht daran zweifelte, dass sie etwas ausheckten, dass sie mich und die jeweilige Beziehung verhöhnten.

Beunruhigte mich das? Nein.

Ich war es gewohnt, dass Beatrice an jenen Stellen triumphierte, an denen ich versagte, und die Mitglieder meiner Familie nacheinander verführte. Ich begriff, was mein Vater an ihr fand: die Neugier, die Unternehmungslust. Und Niccolò: abgesehen von ihrer Affinität zum Kapital war sie für ihn »eine richtig geile Puppe«. Aber die unbeantwortete Frage lautete: Was fand sie an ihnen? An einem fünfzigjährigen Nerd und an einem nichtsnutzigen Punk? Im Blog prahlte sie, und sie erfand einen Model-Freund, während sie den Arbeiter verleugnete. Sie schrieb von Abenden in den exklusiven Lokalen auf Elba und in Castiglioncello statt in der Mansardenwohnung an der Piazza Padella. Sie studierte die Illustrierten mit den Mitgliedern der Königshäuser und den Prominenten auf den Titelbildern, um sich ihren Look und ihre Verhaltensweisen abzuschauen, aber fasziniert war sie von den Borderline-Persönlichkeiten, den Unglücksraben, von allen nur möglichen Kategorien von Verlierern, deren absoluter Inbegriff natürlich ich war.

Heute würde die Rossetti niemals ein Foto veröffentlichen, auf dem sie mit Personen zu sehen ist, die vielleicht nicht gerade in Schwierigkeiten, aber gewöhnlich sind. Wenn sie ein Bild in Umlauf bringt, das nicht nur ihr Gesicht zeigt, kann man davon ausgehen, dass neben ihr, wenn auch in einer ihr untergeordneten Position, immer ein Hollywoodschauspieler, ein Supermodel, ein international angesehener Regisseur zu sehen sein wird. Und doch ist – und das ist eines der Rätsel, die ich lösen möchte – die einzige wahre Freundin, die sie je gehabt hat, meine Wenigkeit gewesen. Das Fräulein Niemand.

Aber ich erzählte gerade von ihrem Techtelmechtel mit meinem Bruder.

Am ersten Abend, den wir in Niccolòs Zimmer schliefen, hörte ich mitten in der Nacht, wie sie sich eilig anzogen und sich hinausschlichen, aber ich war so müde, dass ich wieder einschlief. In der zweiten Nacht stand ich jedoch sofort auf, nachdem sie die Wohnungstür geschlossen hatten, und lief ans Wohnzimmerfenster, das auf die Via Trossi ging. Ich erwischte sie in flagranti, wie sie sich in den Alfasud setzten, sich auf den Sitzen abknutschten und mit Vollgas auf der leeren Straße davonbrausten, in Richtung Berge. Die dritte Nacht war die der Hochzeit, daher hatte ich andere Dinge im Kopf. Sie kamen immer erst kurz nach Tagesanbruch zurück und schliefen bis weit über Mittag hinaus. Und so verbrachte ich meine Zeit damit, stundenlang durch Biella zu laufen. Ich begab mich auf Pilgerfahrt zur Palazzina Piacenza, zur Mittelschule Salvemini, zur Grundschule San Paolo und fügte die Schnipsel meiner Vergangenheit wieder zusammen. Ich setzte mich im Schneidersitz auf eine Wiese oder auf einen Bordstein, schweigend auf die Orte blickend, in denen die Zeit mich bewahrt hatte. Allein, statt, wie ich es mir gewünscht hätte, mit Beatrice.

Ich fragte sie nie, wohin sie mit Niccolò fuhr; was sie trieben, ist nicht schwer zu erraten. Ich fragte sie nicht, um ihr keine Genugtuung zu verschaffen. Ich ahnte, dass sie ihn benutzte, um mich zu verletzen, und denke das nach sechzehn Jahren immer noch, auch wenn mir das Motiv nach wie vor ein Rätsel ist. Was mich in jenen Tagen jedoch am meisten verstörte, war das Aufeinandertreffen von Beatrice und meiner Mutter.

Ich kann mir keine gegensätzlicheren Personen vorstellen. Mama, die schlampige, unschlüssige, ohne jegliche Willenskraft – und sie dagegen ein geschlüpfter Schmetterling, mit perfekten Fingernägeln und einem unbändigen Ehrgeiz. Und doch: Als ich sie beim Abendessen einander vorstellte, kam es mir so vor, als schlüge der Blitz ein. Mama war eingeschüchtert von so viel raffinierter Eleganz, Beatrice gerührt von einer Mutter, die ihr, wäre sie ihre gewesen, die Freiheit gelassen hätte zu scheitern. Sie schüttelten sich die Hand und lächelten sich zu. Sie spürten, dass dieser formelle Kontakt nicht reichte, und gaben sich daher auch noch einen Kuss auf die Wange.

War ich eifersüchtig? Ja, absolut.

Ich half Christian, den Tisch zu decken, ohne ihn allerdings anzuschauen, während er mir einen Haufen sich wiederholender Komplimente machte: »Elisa, sie hatte mir nicht gesagt, wie schön du bist«, »Elisa, sie hätte mir sagen sollen, dass du so jung bist«, et cetera, et cetera. Es geriet zu einem schmerzhaften Crescendo für mich: die Unzulängliche und Überflüssige.

Wir aßen alle gemeinsam zu Abend: Niccolò und Bea, die so taten, als hätten sie sich nicht gerade noch im Bad geküsst unter dem Vorwand, sich die Hände zu waschen; Christian, der jedes Mal den Ton lauter stellte, wenn auf Telebiella oder Telecupole eine Reportage über ein Volksfest kam, auf dem er aufgetreten war; Mama endlich glücklich und zufrieden mit ihrem Leben; und ich fehl am Platz wie immer.

Wir aßen die üblichen Nudeln mit Butter und Parmesan aus meiner Kindheit – Mama scheiterte nicht nur am Kuchenbacken, sie brachte nicht mal eine Pastasauce oder eine Frittata zustande – und dazu einen Salat aus den Gartentomaten. Wir tranken Unmengen an Bier. Und dann platzte Beatrice, reizend, wie sie war, mit einem Vorschlag heraus: »Annabella, bitte lass mich dich am Samstag schminken.«

»Oh«, sagte Mama erstaunt, »ich muss mir sogar noch mein Hochzeitskleid kaufen.«

Bea konnte es nicht fassen. »Aber da helfen wir dir, Eli und ich! Ich kenne schon alle neuen Kollektionen. Morgen Vormittag? Nein, besser nachmittags.«

Am nächsten Tag, dem Tag vor der Hochzeit, stieg Mama mit Beatrice in den Alfasud und fuhr los. Ich sah sie durch das Wohnzimmerfenster verschwinden. Ich hatte mich nicht durchringen können, sie in die großen Lager, in die Fabrik-Outlets und zu den Wühlkörben zu begleiten, an denen sich die einzigen Glücksmomente meiner Kindheit abgespielt hatten. Und ich muss auch sagen, dass sie sich nicht sehr bemüht hatten, mich zum Mitkommen zu bewegen: »Na, Elisa, kommst du mit?« Auf mein zweites kindisch gegrolltes Nein hin hatten sie mich unbekümmert zu Hause sitzen gelassen.

Meine Mutter kaufte ihr Hochzeitskleid also mit ihr statt mit mir. Das ist eine Tatsache, die ich niemals überwinden werde. Sicher, es ist meine Schuld, ich hätte mich dazu durchringen und die Konfrontation mit Beatrice nicht scheuen sollen. Aber welche Ratschläge hätte ich schon geben können? Was verstand ich von Kleidern?

Während Bea sich spielend meinen Platz eroberte, besuchte ich Sonia und Carla. Ich umarmte sie und dankte ihnen innerlich dafür, dass sie mich, zumindest teilweise, gerettet hatten. Carla war inzwischen in Rente, Sonias Haar war grau geworden. Ich warf mich auf ein großes Kissen und las, umgeben von vier- oder fünfjährigen Kindern, noch einmal die Märchen von Basile.

Als ich nach Hause kam, stürmte Mama aufgedreht auf mich zu, und sie und Beatrice bestanden darauf, mir das Kleid zu zeigen. Ich gab nur nach, weil ich sie nicht spüren lassen wollte, wie sehr sie mich verletzt hatten. Mama schloss das eheliche Schlafzimmer ab, Bea öffnete vergnügt und mit großer Behutsamkeit den Kleiderschrank. Sie nahmen es aus einer Schutzhülle. Es war grün. »Weiß kann sie ja nicht nehmen, es ist ja ihre zweite Hochzeit«, erklärte Beatrice, »und das Grün betont farblich ihr Gesicht und ihre Haare.«

»Und? Gefällt es dir?«, fragte meine Mutter ganz aufgeregt.

Ich ballte die Fäuste und erwiderte mit der ganzen Traurigkeit, die ich in meinem Körper fühlte: »Ja, es ist wirklich schön.«

*

Mama und Christian heirateten am Samstag, den 13. September, um 17 Uhr im Gemeindesaal von Andorno. Zeugin der Braut: ich. Des Bräutigams: einer seiner Motorradkumpel. Eingeladen waren zwanzig Personen, darunter nur Freunde, keine Verwandten. Ich erinnere mich an die über und über mit Pailletten besetzten Kleider der Damen und die an den Knien zerrissenen Jeans einiger Herren, die manch einer mit einem Unterhemd kombiniert hatte. Das Alter der Anwesenden schwankte zwischen vierzig und sechzig, die einzigen Jungen waren wohl Niccolò, Beatrice und ich. Aber nach Aufmachung und Benehmen wirkten wir wie die Ältesten.

Gleich danach begann das Spektakel. Neben dem üblichen Reis flog alles Mögliche durch die Luft: Wasserbomben, Schlagsahne, Popcorn. Als Fahrzeug der frisch Vermählten diente natürlich Christians Harley, geschmückt mit Luftballons und herzförmigen Aufklebern. Das Hochzeitsessen fand in einer Trattoria in Rosazza statt. Das Menü bestand aus einem Polenta-Käse-Auflauf und Hirschgulasch, begleitet von etlichen Korbflaschen Rotwein und Spumante Rosé. Ich glaube, ich habe nie gesehen, dass Beatrice sich besser amüsiert hätte; sie unterhielt sich liebenswürdig mit allen und aß und trank ohne jede Zurückhaltung. Dieses betrunkene und so gar nicht berühmte Völkchen schien sie aufzuheitern. Und ich muss zugeben, dass auch ich, trotz allen Seelenschmerzes, die Erinnerung an einen wunderschönen Tag bewahre.

Mitten im Abendessen stand Christian auf und ging zu dem für den Anlass herbeigeschafften Keyboard. Er testete das Mikrophon: »Eins, zwei, drei.« Er hüstelte und bat feierlich um Ruhe. »Erlaubt, dass ich meiner Frau ein Lied widme.«

Mama errötete, als sie erneut ein erstes Mal so genannt wurde. Alle schwiegen erwartungsvoll. Sogar die lebhafte Familie, die die Trattoria betrieb, unterbrach die Arbeit und sammelte sich. Das Licht wurde gedimmt.

Christian schloss die Augen und stimmte »Sally« an:
»›Sally geht die Straße entlang, ohne /
zu Boden zu blicken
Sally ist eine Frau, die keine Lust mehr hat /
Krieg zu führen.‹«

Ich hatte es noch nie gehört, und es berührte mich. Sicher, als ich es in der Originalversion von Vasco wiederhörte, verstand ich erst seine volle Bedeutung. Aber an dem Abend war Sally meine Mutter, und Christian war, hoch konzentriert und ohne einen Ton zu verfehlen, der Einzige, der sie mir offenbaren konnte. Ich sah, wie Mama sich die Tränen abwischte und wie das von Bea aufgelegte Make-up verlief und sich auflöste, während er sang: »›Vielleicht ist das Leben doch nicht ganz verloren.‹« Diese Frau rührte mich: Sally/Annabella, verkorkst und unschuldig. Ich ertappte mich, wie ich sie innerhalb einer Geschichte wiederfand, die alles andere als einfach war und die ich nicht verstanden hatte, die ich missverstanden hatte oder die mir entgangen war. Es folgte tosender, nicht enden wollender Applaus. Die ganze Tischgesellschaft erhob sich gleichzeitig wie nach einer sensationellen Premiere in der Scala.

Und dann geschah etwas Unerhörtes und so Unerwartetes, dass weder ich noch mein Bruder es im ersten Augenblick begreifen konnten.

Christian kehrte an seinen Platz zurück und küsste leidenschaftlich meine Mutter. Und daraufhin erhob sie sich. Zur Überraschung aller setzte sie sich ans Keyboard. Sichtlich aufgewühlt, unschlüssig, aber nicht verlegen, hantierte sie mit den Knöpfen und Reglern.

»Komm schon, Mama!«, schrien Niccolò und ich sofort. »Was machst du da? Du kannst doch gar nicht spielen!« Sie achtete nicht auf uns. Sie strich über die Tasten, ließ sich verführen und näherte die Lippen dem Mikrophon. Sie erklärte: »Auch ich will meinem Mann ein Lied widmen.«

Christian wirkte nicht überrascht. Heute weiß ich, dass er, im Unterschied zu uns, Bescheid wusste. Er ermutigte sie mit ein paar Pfiffen. Am Anfang war sie noch etwas durcheinander und verfehlte die Töne, aus Unsicherheit oder weil einige Jahrzehnte vergangen waren. Aber dann fand sie hinein in »Stairway to Heaven«, und sie sang und spielte immer besser. Eine andere Annabella, die ihre Kinder nicht kannten, die vollkommen frei war, kehrte aus der Vergangenheit zurück. Alle applaudierten bewegt, und sie weinte. Sie baten sie um eine Zugabe, und sie gab nach. Niccolò ging rauchend und mit der Türe schlagend hinaus. Ich ging vermutlich auf die Toilette, ich weiß es nicht mehr, jedenfalls floh ich. Denn mir wurde in dem Augenblick zum ersten Mal klar, dass nicht nur ich und mein Bruder und mein Vater sie glücklich gemacht hatten. Es hatte immer *anderes* gegeben.

*

Spät in der Nacht zogen wir ins Babylonia um. Niccolò, das war sein Hochzeitsgeschenk, hatte uns allen kostenlosen Eintritt verschafft. Es war Samstag, der Parkplatz war voll mit Wagen aus Mailand und Turin, und die Schlange am Eingang schien so endlos zu sein wie in der Hochsaison vor den Uffizien. Ich hatte jetzt das Alter, um hineinzudürfen, und eine Begleitung. Meine Freundin Beatrice schien geradewegs einem Fernsehfilm entstiegen zu sein, alle drehten sich nach ihr um und pfiffen ihr hinterher.

Ich möchte zu bedenken geben: Vielleicht war sie nicht *schön*. Wenn man sich ihren Mund auf manchen Fotos genauer anschaut, ist er ein bisschen schief. Ihre wunderschönen Augen treten, wenn sie nicht perfekt geschminkt sind, etwas hervor. Aber sie hat sich stets so verhalten, als wäre sie es, und wir haben immer angebissen.

Im Baby wurde sie mit demonstrativen »Oooh!«-Rufen, aber auch Frotzeleien empfangen. Während ich das übliche T-Shirt mit dem *A* für Anarchie trug, auch wenn ich mich getraut hatte, für die Hochzeit einen Minirock und Sandalen – niedrige – anzuziehen, hatte sie wie üblich übertrieben und wirkte mit ihren hohen Absätzen, der Seide und den gewellten Haaren entschieden fehl am Platz. Ich kann mich nicht mehr erinnern, welche Farbe ihre Haare zu dem Zeitpunkt hatten; waren sie bereits dunkel gefärbt, oder war es die platinblonde Periode, oder waren sie wieder kastanienbraun mit hellen Strähnchen?

Man wird mir sagen, ich sollte im Hochzeitsalbum nachschauen. Nur, es gibt keins.

Woran ich mich hingegen erinnere, ist, dass sie mich, als sie sich mit mir in das Gedränge von Irokesenschnitten, Ketten und Nieten stürzte, wie elektrisiert anlächelte und sagte: »Ich glaube, ich habe immer schon von diesem Ort geträumt. Seit du mir in der neunten Klasse in meinem Badezimmer davon erzählt hast.« Sie blickte sich um: »Es ist phantastisch.«

In Wirklichkeit war es nur ein abgelegener Schuppen inmitten der Felder, nicht einmal in Biella, sondern in Ponderanno: dreitausend Einwohner. Aber sie kamen aus Kalifornien, um dort zu spielen, und aus den Hauptstädten kamen Wagen voller Erwachsener und Jugendlicher, die Blink-182, die Misfits, Casino Royale oder Africa Unite hören wollten. Das Baby war eine Legende, es war der Beweis, dass sich auch in der Provinz Wünsche erfüllen und dass man den Mittelpunkt der Welt, wenn man es will, verrücken kann.

An dem Abend spielten die Punkreas; ich kannte alle Stücke von *Paranoia E Potere* auswendig, daher pogte ich vor der Bühne, brüllend und schwitzend wie eine Verrückte. Ich sah, wie Niccolò und Beatrice sich entfernten, aber ich war betrunken, und es war mir egal. Es machte mir einen Riesenspaß, mit den anderen zusammenzuprallen, gemeinsam mit Unbekannten dieselben Lieder zu singen, meine Augen mit dem Stroboskoplicht zu füllen und meine Nase mit dem Marihuana, das heimlich in den dunklen Ecken geraucht wurde. Wie sehr bedauere ich heute, dass ich nicht mehr fähig bin, mich auf diese Weise gehenzulassen.

Ich pogte stundenlang, bis Mama mich am Arm packte und mir ins Ohr schrie: »Komm mit nach draußen. Ich muss dir was sagen. Nur einen Augenblick.«

Benommen folgte ich ihr. Draußen war die Nacht mild, die Landschaft reglos. Der Schuppen des Baby schien durch die Musik zu vibrieren und zu dröhnen, aber die Stille, der Wind und die Zikaden waren jetzt lauter.

Wir setzten uns auf den Kofferraum des Alfasud, im schwachen Licht des Mondes. Mama nahm einen bereits gerollten Joint aus dem

Marlboro-Päckchen, zündete ihn an und gab ihn mir. Ich nahm ihn, obwohl ich nicht rauchte. Ein Zug genügte, um mich zu entspannen und durcheinanderzubringen. Um uns herum zeigten die in den Autos brennenden Lämpchen Paare, die sich küssten, und Freunde, die Haschisch zerkrümelten. Mama sagte: »Das war ein perfekter Tag, danke.«

»Und wofür?«, fragte ich, gegen meine Verlegenheit ankämpfend.

»Dass du meine Brautzeugin warst, obwohl dein Vater ein anderer ist, und dass du trotz allem nach Biella gekommen bist ... Ich weiß, dass du mich manchmal hasst.«

»Das stimmt nicht, ich hab es nicht wirklich gedacht, als ich es gesagt habe.«

»Elisa, du musst mir nichts erklären. Deine Großmutter hat mich auf dem Platz in Miagliano abgefangen, als ich aus dem Fenster kletterte, um meinen ersten Freund zu sehen, und mich vor aller Augen an den Haaren nach Hause geschleift. Wenn ich eine schlechte Note bekam, also andauernd, gab es Prügel. Die Menstruation hat mir meine Banknachbarin erklärt, da meine Mutter mir nur beigebracht hatte, die giftigen Pilze von den essbaren zu unterscheiden und in den Wäldern Kastanien zu sammeln. Ich weiß, was es bedeutet, in seinen Eltern seine schlimmsten Feinde zu sehen, ich habe Jahre gebraucht, um ihnen zu verzeihen. Aber jetzt weiß ich, wie schwer es ist, Mutter zu sein.«

Ich konnte nicht weiterrauchen und ließ die Glut zu Boden fallen, während das Profil von Mama im Mondlicht deutlich hervortrat, schön, wie ich es noch nie gesehen hatte.

»Warum sagst du mir das?«

Die Tatsache, dass wir beide betrunken waren und einen Joint geraucht hatten, erleichterte, glaube ich, dieses Gespräch, das in meinem Leben eine Ausnahme blieb.

»Weil ich mich heute glücklich fühle und niemanden mehr hassen und die Schuld nicht mehr auf andere abwälzen will. Und weil ich dir etwas sagen will.«

Sie nahm den Joint und machte einen letzten Zug. Sie drehte sich um, um mich anzusehen.

»Dass ich mich häufig als Scheißmutter gefühlt habe, unfähig, verkorkst, und dass ich wahrscheinlich einen Haufen Scheiße gebaut habe. Aber ich versichere dir, dass ich dich immer geliebt habe.«

*

Um drei Uhr morgens, als das Konzert beendet war, begann ein DJ teils Stücke zum Tanzen, teils Techno aufzulegen. Auf der Tanzfläche waren jetzt nur noch wenige Personen, und das einzige Paar, das sich umarmte und Wange an Wange tanzte, waren Christian und meine Mutter.

Ich schaute ihnen aus der Ferne zu, auf einem Stuhl sitzend, und erinnerte mich an die Worte aus »Sally«: »Vielleicht ist wirklich nicht alles falsch gewesen.« Mein Bruder und Beatrice waren wer weiß wo, die Hochzeitsgäste waren verschwunden. Ich saß erneut allein in einer Ecke, aber jetzt fühlte ich mich weder leer noch ausgeschlossen. Ich war Zeugin. Ich schaute ihnen beim Tanzen zu und begriff, dass diese Kurzschlusshandlung die allerbeste Entscheidung gewesen war, dass die Wochenenden, die sie mit Christian in Restaurants und Pizzerien, auf Volksfesten und den Feste dell'Unità verbrachte, wo sie ihm mit den Kabeln und Verstärkern half, ab und zu auch sang und ihn am Keyboard ablöste, dass all das eine Wiedergutmachung für ihr früheres Leben war. Und dass Christian im Unterschied zu Papa der Richtige für sie war.

Und tatsächlich waren sie dreizehn Jahre lang glücklich.

Dann raffte im Herbst 2016 die Leberzirrhose ihn dahin. Mama pflegte ihn hingebungsvoll bis zum Schluss, kündigte ihren Job und kümmerte sich mit ganzer Seele um ihn. Aber er starb trotzdem, und sie ist nie darüber hinweggekommen.

Ich musste mich um die Beerdigung kümmern, weil meine Mutter nicht einmal in der Lage war, das Bett zu verlassen. So kam es, dass ich Christians wirklichen Namen auf dem Personalausweis entdeckte und dass er als Beruf »Künstler« angegeben hatte – er, mit seinen Nike Air in fluoreszierendem Grün und dem blonden Zöpfchen. Aber wenn ich daran denke, wie Mama mit ihm lachte, wie sie sich in den Tanzlokalen des Valle Mosso amüsierte, muss ich sagen, dass er wirklich ein Künstler war und dass das Leben von Grund auf ungerecht ist, sonst würde es nicht zu Ende gehen.

Der Luxus des Schreibens ist das Bewahren, sagt jemand, und daher bleibe ich, anstatt vom Schreibtisch aufzustehen und mir etwas zum Abendessen zu machen, weil es schon so spät ist, noch ein bisschen am Computer und verweile in diesem Augenblick voller Schönheit, in dem ich sie tanzen sehe, er in einer Art Smoking, sie in dem grünen Rüschenkleid, im Babylonia auf der halbleeren Tanzfläche, während das Licht immer weiter heruntergedimmt wird. Ich schreibe einen Satz, in dem Carmelo nicht sterben, meine Mutter nicht leiden muss und die Zeit bis hierher weiterlaufen kann, wo ich mich befinde, allein, stumm. Die Gegenwart.

21

Die Einbalsamiererin

»Wie wird man Beatrice Rossetti? Das haben Sie uns nicht erklärt.« »Ja, *warum* die Rossetti und hunderttausend andere nicht? Was hat sie denn so Besonderes gemacht?« Das Klassenzimmer ist vollgepackt mit Mädchen in dem Alter, das wir damals im Gymnasium hatten. Sie heben bedrohlich die Hand, rutschen auf ihren Stühlen hin und her, *verlangen* eine Antwort. Dann meldet sich eine Kleine mit roter Mähne, scharfsinniger als die anderen, die mich durchschaut hat: »Merkt ihr das denn nicht? Sie weiß es auch nicht!«

In Wirklichkeit weiß ich es, aber ich kann es nicht erklären. Die Antwort steckt in meiner Kehle fest, und die Stimme gehorcht nicht, ich muss mich furchtbar anstrengen. Ich spüre, wie aus einem Abgrund unter dem Brustbein eine Krise aufsteigt; sie erfasst den Magen, drückt auf die Lunge. Die Schülerinnen erheben sich alle auf einmal, eine Masse von Erinnyen mit gefärbten Haaren, die sich auf mich stürzt. Ich wache auf.

Ich glaube, das ist der Traum, der am häufigsten wiederkehrt seit ein paar Jahren oder, genauer, seit Beatrices Auftritt in einer sehr populären Fernsehsendung. Danach sprach man in ganz Italien von nichts anderem als von ihr. In den Zeitungen, beim Friseur, in der Bar; vor dem Kaffeeautomaten bemühten meine Kolleginnen sogar Merleau-Ponty und seine *Phänomenologie der Wahrnehmung*. Ich war sprachlos und staunte über eine solche Verbissenheit. Im Grunde hatte Bea in dem Interview nichts gesagt, weder über sich noch über Politik; nicht ein Wort zu den Migrationsströmen, den Steuern, den Fragen, die einem an die Nieren gehen. Und doch hatte dieser Auftritt zur besten Sendezeit einen gewaltigen Hasssturm ausgelöst. Dabei war das kein Neid oder Groll, auch kein Spott oder Verachtung. Sondern eine noch viel tiefere Aversion.

In diesem Zusammenhang erinnere ich mich an einen Morgen im Bus. Zwei vornehme Damen im Alter meiner Mutter betrachteten verbissen eine Illustrierte, auf deren Titelbild Beatrices Gesicht zu sehen war. Eine der beiden bohrte den Finger in eines ihrer Augen und kommentierte angewidert: »Wen interessiert diese dumme Pute schon.« »Ja,«, setzte die andere noch einen drauf, »die ist nichts als heiße Luft.« Und so ging es weiter, mit Anklagen und Urteilen, als wäre sie eine Mörderin. Ich hörte ihnen gegen meinen Willen zu und entgegnete ihnen stumm: Das könnte allenfalls ich sagen. Was hat sie euch denn getan? »Nichts, sie kann nichts, sie hat nichts zu sagen!« Als sie anfingen, sie »Flittchen« zu schimpfen, mit wohlerzogener Stimme, Mäntelchen, manikürten Händen, verspürte ich den unbezähmbaren Impuls, aufzustehen und ihnen eine Szene zu machen, sie zu verteidigen, meine beste Feindin. Ich weiß wirklich nicht, warum wir denen, die rebellieren, die Erfolg haben, nicht verzeihen. Oder doch, ich weiß es, aber die Angst ist ein zu weites Feld, und dies ist kein Essay. Diese beiden sollten sofort aufhören, ihren Ton, ihre Meinung ändern. Ich hätte sie am liebsten angeschrien und für Gerechtigkeit gesorgt. Stattdessen blieb ich stumm und riss mir mit den Zähnen ein Fingerhäutchen ab.

Seit jener Nacht wurde das »nichts« mein Hauptkummer. Ich musste es unbedingt für mich zerlegen, herausfinden, ob hinter diesem retuschierten Bild auf der Titelseite noch eine Person steckte.

*

Als Bea und ich am 14. September 2003 aus Biella zurückkehrten, fanden wir Papa niedergeschlagen in der Küche vor, im Pyjama, das zerbrochene Brillengestell mit Klebeband zusammengehalten. Er hatte uns nicht vom Bahnhof abgeholt. Seine Hose hatte Kaffeeflecken, der Bart war ungepflegt, und seine Augen waren so gerötet und geschwollen, als hätte er in diesen vier Tagen überhaupt nicht geschlafen, nicht einmal eine Stunde.

Er schob uns mit dem Fuß einen großen Karton zu, der seine gesamte Ausrüstung für die Vogelfotografie enthielt, und sagte, dass er das ganze Zeug nicht mehr brauche. Nicht eine Frage zu Biella, zur Hochzeit, zu Mama, zu seinem anderen Kind. Er fügte nur hinzu, dass wir von nun an seinen Computer nicht mehr benutzen und auch sein Arbeitszimmer nicht mehr betreten könnten, weil er sich mit Leib und Seele *einer bestimmten Sache* widmen müsse. Aber in dem Karton würden wir, so seine Worte, »alles Notwendige« finden.

Bea und ich schleppten den Karton in mein Zimmer und schlossen die Tür ab. Als wir ihn öffneten, erkannten wir sofort die Contax, das zusammengefaltete Stativ, das Teleobjektiv. Wir hielten den Atem an. Ich begriff, dass ich mir Sorgen machen, dass ich zu Papa gehen und mit ihm über die Sache sprechen müsste. Aber ich hatte keine Lust dazu. Es sind die Eltern, dachte ich, die klopfen, fragen, nerven müssen, nicht die Kinder. Bea war begeistert, holte die Wunderdinge hervor. »Schau mal, sogar den Laptop hat er uns gegeben!« Und tatsächlich verwirklichte genau dieser Karton, oder die Depression meines Vaters, zusammen mit der Anti-Akne-Grundierung, dem Lipgloss mit Apfelgeschmack und allen Lampen der Wohnung, die ihr Gesicht ins rechte Licht setzten, Beatrices Zauber.

Doch ich vergesse mich selbst: Von diesen letzten Septembertagen an habe ich die ganze 9. und 10. Klasse hindurch vermutlich gut zwei Millionen Fotos von ihr gemacht. Und wenn ich auch zu Beginn mit der Contax in der Hand Krämpfe bekam und wirklich ungeschickt war – ganz zu schweigen von ihr, die neben einem Besen oder mit Pantoffeln an den Füßen posierte –, wurden wir in diesen Monaten immer besser und schließlich richtig gut.

Vor allem darin, sorgfältig jedes einzelne Element auszuwählen, das sich rühmen durfte, auf dem Foto zu erscheinen. Bereits im Winter hörten wir auf, aufs Geratewohl, in schneller Folge Fotos zu schießen, getrieben von der Dringlichkeit, alles noch einmal anzusehen, sorgfältig zu prüfen und in den Cyberspace zu feuern. Wir nahmen uns Zeit. Wir führten eine Routine ein, über die ich noch heute lächeln muss: die »Vorbesprechung«, bei der wir, auf meinem Bett sitzend, akribisch die Grenzen zwischen Licht und Schatten, Enthüllung und Geheimnis besprachen. Der Knutschfleck von Gabriele: Schatten. Der – ehrlich gesagt übertriebene – Tränenausbruch über eine nicht ganz so gute Note in Latein, obwohl sie ihrer Meinung nach die Bestnote verdient hätte: Schatten. Die Wölbung der Brüste, die von dem neuen BH betont wurde: Licht. Der Lippenstift »Rouge Ipnotic«: grellstes Licht. Jedes Detail wurde zur Spitze eines Eisbergs, es erzählte ein Geheimnis nicht, sondern *deutete es an*. Und an dieser Front war meine Beratung entscheidend. »Bea, wenn du den Kopf neigst und die Platane anschaust ... Ja, nimm dieses Blatt, das wie ein Brief aussieht. Das *suggeriert*, dass du dich getrennt hast.« Ich überprüfte die Szene in der Kamera. »Mit dem Licht kommt das sehr gut rüber.« »Aber wird das nicht traurig wirken?«, fragte sie besorgt. »Nein«, beruhigte ich sie diabolisch, »das löst Empathie aus, sie werden sich fragen, was passiert ist, und sich in dir spiegeln.«

Je nach Zeit und Position der Sonne verrückte ich Möbel und tauschte Poster aus. Nicht so sehr das Fotografieren machte mir Spaß, sondern ebendieses Austüfteln. Bea begutachtete die Kleider in ihrem Schrank und konzentrierte sich darauf, immer neue Kombinationen mit denselben Kleidungsstücken zu kreieren, da ihr Vater ihr zwar vier- oder fünfhundert Euro gab, aber keine Milliarden. In der Zwischenzeit studierte ich die Wände und erfand mal unorthodoxe, mal nostalgische Perspektiven und Hintergründe; der Beginn des Romans, den zu schreiben ich nicht den Mut fand.

Die Wahrheit? Ich amüsierte mich. Denn in jener fernen Zeit der Experimente waren wir beide ein Team: sie die Protagonistin, ich die Autorin. Wir verbrachten Stunden damit, ein einzelnes Foto zu inszenieren, das losgelöste Segment einer Geschichte, die nur ich kannte. Unsere Klassenkameradinnen gingen aus, um zu flirten, zu shoppen, zu knutschen, und wir schlossen uns zu Hause ein, um das Licht einzurichten und ständig nachzuschminken. »Deine Nase glänzt, trag etwas Puder auf.« Streng, professionell.

Unsere Freundschaft wurde zu einer Baustelle. Wir probten, indem wir Vorhänge abnahmen, Stühle stapelten, zwölfmal in der Stunde die Kleider wechselten, intensiv für das ständige Schauspiel, in das Beas Leben sich verwandeln sollte. Wir übertreiben mit den Federn, den

Nieten. Ich erinnere mich sogar an ein Foto in Unterwäsche, wenn auch schief und unscharf. Aber wir mussten wagemutig sein, und das konnten wir in T in der Provinz Livorno.

Dies wissen die beiden Damen im Bus nicht: Das Nichts war nicht bar von Zärtlichkeit. Wie in jenem Winter, wann war das noch? Januar 2004. In der Nacht war tonnenweise Schnee gefallen. Kaum waren wir aufgewacht, gingen Bea und ich, stumm vor Staunen, hinaus in all dieses Weiß. Jedes Geräusch wurde vom Frost gedämpft. Bea umarmte mich: »Wie wäre es, wenn ich hier in Bikini und Skistiefeln posiere, wäre das nicht der Knüller?«

»Wo?«

»Unter der Platane.«

Sie war unser einziger Baum.

Man wird sagen: So ein Blödsinn. Dabei sollte, wie mir meine Nachbarinnen gezeigt haben, die weltberühmte Kendall Jenner in ihrem verschneiten Garten in Los Angeles mit gut vierzehn Jahren Verspätung auf die gleiche geniale Idee kommen.

Wir liefen ins Badezimmer, ohne zu frühstücken. Sie schminkte sich, ich polierte das Objektiv. Wir gingen hinaus. Beatrice sank nackt im Schnee ein. Sie bückte sich, formte einen Schneeball und warf ihn nach mir. Papa beobachtete uns am Fenster und schüttelte den Kopf. Was treiben die beiden da nur? Verrückte Hühner.

Dann brachte sie sich in Pose. Mit dem richtigen Bildausschnitt könnte man meinen, sie befände sich in Cortina oder Sankt Moritz. Sie war wie eine Statue, ich zitterte. Es war nur ein Spiel, *unseres*. Und ich ließ mich darauf ein, weil ich sie für unschuldig hielt, weil ich sah, dass sie glücklich war. Ich lernte unbewusst, ein irreales, aber lebendiges Geschöpf zu inszenieren. Unbekannt, geliebt.

Ich war die letzte Person auf der dieser Welt, die sich um die Konsequenzen ihrer Liebe Gedanken gemacht hätte.

*

Am 22. Februar wurde Bea achtzehn.

Um halb neun schlüpfte ich in ihr Bett und weckte sie. Es war Sonntag, wir hatten einen ganzen Tag für uns.

»Lass mich in Ruhe«, stöhnte sie und drehte sich um, »ich will schlafen.«

Am Abend zuvor war sie mit Gabriele ausgegangen, zum Abendessen ins Garibaldi Innamorato, und danach wer weiß wohin bis vier Uhr morgens. Jetzt war ich dran.

»Na komm, du bist volljährig!« Ich kitzelte sie. Das Zimmer war eiskalt, die Fenster waren beschlagen. Ich stand auf, um die Jalousien hochzuziehen, und öffnete das Fenster, um die Sonne hereinzulassen. »Es ist ein herrlicher Tag«, verkündete ich. »Ich schenke dir ein großartiges Shooting.«

Bea öffnete die Augen einen Spalt und murrte: »Mehr schenkst du mir nicht?«

»Warum? Was hat dir Gabri besorgt?«

Sie zog eine Hand unter dem Federbett hervor und bewegte den Ringfinger, an dem ein grünes Licht glänzte. »Weißgold und Smaragd, drei Gehälter.«

»Ah, ihr habt euch also verlobt«, kommentierte ich ohne große Begeisterung.

Sie öffnete endlich die Augen: »Und du?«

Miststück, dachte ich. »Ich habe nicht mal *ein* Gehalt.«

Ich ging in mein Zimmer und kehrte mit einem viereckigen Päckchen zurück.

Beatrice setzte sich auf und schätzte es mit dem Blick ab. »Mist, ein Buch.«

»Mach es wenigstens auf.«

Sie zerriss das Papier, und heraus kam die schönste gebundene Ausgabe von *Anna Karenina*, die ich unverhofft im hintersten Winkel der einzigen dunklen und verstaubten Buchhandlung von T aufgestöbert hatte, die nur von Rentnern und Losern wie mir aufgesucht wurde. Sie hatte mich das Taschengeld eines Monats gekostet.

»Und was soll ich mit diesem Ziegel machen?«

Seit sie wieder zu leben begonnen hatte, hatte sie aufgehört zu lesen.

»Du bist undankbar, schau dir die Widmung an, die ich dir reingeschrieben habe.«

»Für Beatrice«, las sie vor, »meine Freundin, meine Schwester, mein Leben. Für immer.«

Sie lächelte in ihrem rosa Pyjama, die Haare zerrauft.

»Auch du *für immer*.«

Später stiegen wir auf unsere Motorroller und fuhren zum Eisenstrand. Ich erinnere mich gut daran, denn es war das letzte Mal. Der Wind blies, der Parkplatz war leer. Wir ließen den SR und den Quartz stehen und stiegen über einen mit Heidekraut bewachsenen Pfad zur Klippe hinunter. Es war niemand da, mit Ausnahme der Möwen, die über der Küste dahinsegelten, die Flügel reglos ausgebreitet im Mistral; die Fähren schlingerten in der Ferne auf Elba zu; das Licht war perfekt.

Wir kamen zu den Stollen. Ich holte neben der Contax und dem Stativ auch eine Wolldecke aus dem Rucksack. Ich sagte Beatrice, sie solle die Schuhe ausziehen, und sie gehorchte, weil es ihr gefiel, sich auf meine Phantasien einzulassen. Sie sagte mir immer wieder, ich hätte etwas, das die anderen Fotografen nicht hätten, ich würde zwar schlechter fotografieren, aber ich hätte die Fähigkeit, sie zu *Höchstleistungen* anzuspornen. Solange sie mir erlaubte, sie hinter die Überreste einer ehemaligen Fabrik, einer alten Schule zu locken, über Zäune zu klettern und Verbotenes zu tun, konnte ich sie zu meiner Anna Karenina, meiner Madame Bovary, meiner Sonja Marmeladova machen.

»Zieh dir auch die Socken aus«, befahl ich ihr. Ich wickelte sie in die Decke wie einen Säugling. Ich zerraufte ihr Haar, ruinierte mit Spucke die schwarze Schminke um die Augen. »Und jetzt schmieg dich an den Felsen in Embryonalstellung. Tu so, als wärst du die einzige Überlebende.«

»Von was?«

»Tschernobyl, einer Überschwemmung, des Untergangs unseres Planeten.«

»Wie dramatisch du doch bist!«

Sie lachte, frei, ordinär. Und sie hörte nicht mehr auf. Und ich habe sie alle aufbewahrt, diese Fotos, entwickelt und unveröffentlichbar, mit Vinavil ins Tagebuch geklebt. Gealtert, wie Gegenstände zu altern vermögen; durch Fingerabdrücke, abgenutzt durch Reibung.

Als wir wieder auf die Motorroller stiegen, war es Mittag. Anstatt nach Hause zurückzukehren, beschlossen wir, im Al Bucaniere zu Mittag zu essen. Wir sagten Papa telefonisch Bescheid, und er zeigte keine Gefühlsregung. Er war zu jener Zeit vollkommen abwesend. Ob wir da waren oder nicht, machte keinen Unterschied, er hatte sogar Beatrices Geburtstag vergessen.

Aber wenn ich so zurückdenke, war es beinahe schön, so zu leben, frei und vergessen.

Wir setzten uns an einen Tisch, sie und ich, allein, wie zwei Erwachsene. Wir bestellten eine Flasche Wein, die billigste, und zwei Margherite. Ich war so glücklich über uns, dass ich das Gefühl hatte, die ganze Vergangenheit – meine Loslösung von Biella, die Launen meiner Mutter, der Tod von Beas Mutter – hätte als höchstes Ziel unsere Freundschaft gehabt.

Dann erklärte ich ihr die Zukunft: »Wir werden nach Bologna gehen, Bea.«

Sie, die gedankenverloren lächelte, das Glas in der Hand, zuckte zusammen.

»Lorenzo wird im September dorthin ziehen«, erklärte ich ihr, »aber ich kann ihm nicht folgen ohne dich. Du musst mitkommen, Bologna ist eine großartige Stadt, wir sind unzertrennlich.«

Sie wurde blass. Aber das bemerkte ich nicht in meinem Eifer, ihr meine Pläne aufzudrängen. Ich wollte es nicht bemerken. Ich war so versessen darauf, erwachsen zu werden, ich war so naiv. »Wir werden zusammenwohnen, alle drei, und zusammen an die Uni gehen. Ich werde mich in Philologie einschreiben, und du? Hast du dich schon entschieden?«

Ihr Blick war leer. Es war kein Wort, kein Traum, kein Verlangen mehr in ihr; sie hatte sich zu einer Art rudimentärem Dasein zurückentwickelt. Sie begann auf ihrem Stuhl zu schaukeln, wie ein Kind, das im Stich gelassen worden war. Ihr Gesicht verschloss sich, die Augen gerichtet auf etwas, das nicht ich war, das nicht dieser Welt angehörte. »Du fragst mich immer«, leierte sie, »was willst du machen, wenn du groß bist? Was willst du machen, wenn du groß bist? Was willst du machen, wenn du groß bist? Aber was weiß ich denn, hör auf, mich zu fragen. Hirtenmädchen? Prinzessin? Was soll ich dir antworten?«

»Bea!« Ich erschrak, streckte die Hand aus, um nach ihrer zu greifen und sie zurückzuholen. Sie zog sich in sich zurück. Trank einen Schluck Wein und zuckte gleichgültig die Schultern. »Wirtschaft? Jura?«

Sie räumten die Teller ab. Wie gewöhnlich hatte sie weniger als die Hälfte ihrer Pizza gegessen. Ich hatte etwas zerbrochen; die Atmosphäre von vorhin, vertraut und unbeschwert, war verschwunden. Ich stand auf unter dem Vorwand, auf die Toilette zu gehen, und ging in die Küche, um zu fragen, ob sie ein Dessert hätten, das einer Torte ähnele. Ich arrangierte eine Überraschung, um es wiedergutzumachen.

Kurz darauf erschien ein Kellner mit einem Medaillon aus Schokolade, in dem achtzehn Kerzen steckten. »Wünsch dir was«, forderte ich sie auf. Bea wurde ernst und sah mich lange an, als würde dieser Wunsch mich betreffen.

Dann pustete sie, ich applaudierte und küsste sie. Einen Zentimeter von ihrem Gesicht entfernt, flehte ich sie an: »Versprich mir, dass wir zusammen weggehen.«

»Aber bis dahin ist es noch mehr als ein Jahr ...«

»Schwör es. Wenn du mich verrätst, werde ich dich mein Leben lang hassen.«

Sie lächelte. »Das brächtest du nicht fertig.«

*

Papa verließ die Wohnung nicht mehr, außer um zur Arbeit zu fahren. Mit Ausnahme der ungebügelten Hemden – die er notgedrungen anzog, um in der Fakultät für Ingenieurwissenschaften einigermaßen anständig gekleidet zu erscheinen – trug er nur alte Jogginganzüge aus Acetat, die an den Ellbogen und Knien abgewetzt waren und in denen er im eigenen Saft schmorte. Häufig gab er sich nicht einmal die Mühe, sich umzuziehen, und ließ einfach den Pyjama an. Sein Bart übertraf inzwischen den von Osama bin Laden, seine Fingernägel wurden lang, und er roch anders. Wie ein unbewohntes Haus, in dem sich nach und nach Moos und Kletterpflanzen breitmachen, verfiel er zusehends.

Der Frühling kam, und die Blauracken kehrten zurück. Aber er füllte nicht den Kofferraum des Passats und fuhr nicht jeden Sonntag in einen anderen Naturpark. Er warf das Fernglas weg, ja er blieb einfach da und vergrub sich in seinem Arbeitszimmer vor dem Internet. Er gab Dinge von sich wie: »Das Internet wird die Demokratie retten und die Völker von der Unwissenheit befreien.« Bea und ich glaubten, er würde forschen, wir waren überzeugt, dass er an einer großangelegten Untersuchung über die Entwicklung des Internets und seiner wohltätigen Auswirkungen für die Menschheit arbeitete. Von wegen. Wie ich schon bald entdeckte, tat er nichts anderes, als zu chatten, Tag und Nacht, um neue Leute kennenzulernen, Frauen, auf der illusorischen Suche nach jemandem wie meine Mutter.

De facto ließ er uns im Stich. Ich kochte für uns alle, Bea deckte den Tisch und räumte ihn ab. Wir mussten ihn hundertmal rufen, bevor er geruhte, sich mit uns zu Tisch zu setzen. Und wenn es geschah, sagte er kein Wort. Oft nahm er den Teller mit zum Schreibtisch, unter dem Vorwand, er müsse *arbeiten*. Er verarschte uns. Der Jugendliche war er, und wir waren diejenigen, die den Laden am Laufen hielten. Seine schmutzige Kleidung türmte sich zu Bergen. Mit fünfzig fing er an zu rauchen und verpestete jedes Zimmer. Und schließlich holte er uns eine neue Blogplattform mit persönlichen Profilen ins Haus, die in Amerika sehr erfolgreich war.

Man verlange nicht von mir, Werbung für die Riesen des Internets zu machen, die brauchen sie nicht. Außerdem würde es sich nicht lohnen: Jede Plattform, die 2004 das Rennen gemacht hat, ist 2019 mit Sicherheit so tot, wie nur im Internet die Dinge sterben können – *vollkommen*, ohne bei irgendjemandem Spuren zu hinterlassen. Wenn die Damen im Bus und die Erinnyen in meinen Träumen eine Antwort auf die Frage »Welches Geheimnis verbirgt sich hinter dem spektakulären Erfolg der Rossetti?« verlangen, lautet die einfachste, dass diese eine Plattform dafür verantwortlich war – und mein Vater, der Bea alle sechs Monate eine neue Möglichkeit beschaffte, »Freundschaften zu schließen, sich der Welt zu öffnen, Horizonte zu eröffnen«.

Das Ergebnis war, dass auch wir uns in unseren Zimmern vergruben.

Beatrice begann, immer öfter nein zu sagen: zum Eisenstrand, zur ehemaligen Papierfabrik, zur Höhle. Sie hörte auf, Figuren für mich zu spielen. Denn die Fotos konnten jetzt viel einfacher hochgeladen werden, und es gab unendlich mehr Platz für ihre Veröffentlichung. Die Worte wurden zur Nebensache, reduziert auf das »coole« Zitat.

Mir wird bewusst, dass das für Beatrice der Wendepunkt war.

Sie wählte eine attraktive Farbe für den Hintergrund, Puderrosa, und einen Bestsellertitel: »Geheimes Tagebuch einer Schülerin«. Geheimnisse gab es natürlich nicht die Bohne. Es waren lediglich haufenweise mit mir abgesprochene Lügenmärchen, plakativ, erregend, und wenn mein Ton hasserfüllt klingen mag, dann liegt das daran, dass die unmittelbare Folge dieses zweiten Blogs die Beendigung des ersten war.

»Bea&Eli« wurde zum Tode verurteilt. Oben rechts erschien ein Feld mit der Frage: »Willst du deinen Blog löschen?« Zwei kategorische Optionen: ja, nein. Aber klar doch, erwiderte Beatrice, ich will ihn sofort löschen, auflösen. Sie fragte mich nicht, klickte und Schluss. Einfach so: Ich hatte nie darin geschrieben, ich zählte nicht. Sie löschte mich. Und mir gefiel das paradoxerweise gar nicht.

Der neue Blog fand mehr Anklang, auch wenn wir immer noch von geringen Zahlen sprechen. In den Häusern der Italiener, sogar in der Provinz, gab es immer mehr Anhänger des Handys, die ADSL-Router installierten. Im Internet waren weniger angehende Schriftsteller mittleren Alters unterwegs und mehr junge Leute, die erfolgreich sein wollten, mit Musik, mit Provokationen, in BH und Höschen. Bea begann, den Reaktionen der anderen Beachtung zu schenken, ob negativ oder positiv, war egal. Hauptsache, die Internetnutzer hörten auf zu surfen, wenn sie bei ihr gelandet waren. Ich musste mich von den schwarzen Schals, dem ruinierten Make-up, dem Futurismus und den Fotoromanen verabschieden.

Wenn sie jetzt den Kopf von den Hausaufgaben hob und mich fragte: »Eli, machen wir ein paar Fotos?«, erschauerte ich. Denn jetzt war es kein Spiel mehr, sondern eine Tortur. Ich hatte bereits einen Toten im Zimmer nebenan, und jetzt wurde auch sie noch krank. Sie hatte begriffen, welches Lächeln, welcher Ausdruck, ob im Profil oder von vorn, besser ankam. Die Präferenzen waren kalkuliert, sie hatte Bilanz gezogen. Daher mussten jetzt strenge Maßstäbe an das Glück und die Schönheit angelegt werden, eine spezifische Klarheit, die ans Unmögliche grenzte.

»Bea, das ist zu gekünstelt!«, protestierte ich.

»Das funktioniert aber, nicht dein künstlerischer Bullshit.«

Die Dramen wurden von geschichtslosem Lächeln abgelöst, von kühl kalkulierter Lichtsetzung und fruchtlosen Diskussionen über Kombinationen. Statt Anna Karenina hatte ich eine Barbie vor der Linse. Ich war genervt und langweilte mich zu Tode. Aber sie wollte es unbedingt. Und ich? Ich liebte sie.

Sehr bald begann sie mich auch um Fotos außerhalb zu bitten, in der Schule, beim Friseur, in der Bar, während sie so tat, als probierte sie ein Croissant, das ich dann aß. Wenn ich die Contax nicht dabeihatte, sagte sie, ich solle das Handy nehmen, ihres, denn meins war immer noch eins von den vorsintflutlichen. Sie sah eine Schaukel und setzte sich drauf: »Mach ein Foto von mir!« Sie stieg auf den Motorroller: »Komm, schieß ein Foto!« Sie kaufte ein Päckchen Kaugummi, sprang über eine Pfütze, jede Albernheit war ihr ein Foto wert. Diese Praxis des systematischen Einfrierens des Lebens wurde zu einer Besessenheit.

Am Abend saß sie dann bis Mitternacht da, sichtete die Bilder des gerade vergangenen Tages und sortierte aus. Sie betrachtete sich, als würde sie eine Unbekannte beurteilen, der sie nicht vertrauen konnte. Sie schimpfte mit mir: »Sie hat einen Schatten auf der Stirn, wie hast du das nicht bemerken können!« »Die hat da irgendwas zwischen den Zähnen!« Und diese Person war sie, oder vielleicht war sie es schon nicht mehr.

Anstatt die Krankheit im Keim zu ersticken, ließ ich zu, dass sie ausbrach. Schlimmer noch, ich trug nach Kräften dazu bei. Erinnert ihr euch an die Effizienz, die millimetergenaue Präzision, mit der die Rossetti überall und in jedem Augenblick ihr Handy oder das eines Fans nimmt, auf sich richtet und das Ziel einäschert? Man beachte die Drehung des Handgelenks, die Position der Finger, die Höhe des Kinns, das Licht. Jedes Element diente einem einzigen Ziel: dem Mythos von Beatrice. Das erforderte ein unerbittliches Training. Ihre Spontaneität war die Konsequenz aus meiner Strenge. Sie war ziemlich hart mit meinem Schreiben ins Gericht gegangen, und ich erwiderte ihr den Gefallen.

Aber es gibt eine andere Antwort, weniger oberflächlich als die des Blogs, und das bemerke ich jetzt. Sie hat mit dem Augenblick der Entfremdung in der Pizzeria zu tun: »Was willst du tun, wenn du groß bist? Was willst du tun, wenn du groß bist? Ich weiß es nicht, was soll ich dir antworten?«

Es war der 17. April, als Bea mich zum ersten Mal nach dem Terminplaner fragte.

*

»Hat sie ihn dir gegeben?«

Ich erstarrte. Der Satz war elliptisch, und das Subjekt wurde nicht explizit ausgesprochen, da es für lange Zeit als *tabu* galt.

Vielleicht weiteten sich meine Augen, ich hoffte, dass ich nicht blass wurde. Bea jedenfalls bemerkte es nicht. »Ich weiß, es ist absurd«, fuhr sie fort, »ich habe gründlich nachgedacht. Ich habe das Haus auf den Kopf gestellt, Eli. Ich habe meine Geschwister gefragt, meinen Vater, sogar Enzo.« Sie schüttelte den Kopf. »Er ist verschwunden.«

Ich erinnere mich an mein tiefes Schweigen.

»Aber sie kann ihn nicht weggeworfen haben, es standen alle Kontakte, Adressen, Telefonnummern drin, die sie bei Abendessen, Einladungen, auf Partys gesammelt hat ... Er war *die Arbeit eines Lebens!*«

Wir saßen nebeneinander am PC in meinem Zimmer, nach einem besonders gelungenen Shooting am kleinen Touristenhafen von Punta Ala. Wir hatten so getan, als gehörte uns eine der Jachten, die dort lagen, und da der russische Eigentümer nicht da war, hatte die Besatzung uns an Bord gelassen und uns beim Shooting geholfen.

»Hast du die da gesehen?« Sie deutete auf sich auf dem Bildschirm. »Wenn ich die richtigen Leute kontaktieren könnte, würde ich wieder Modenschauen machen. Und Wettbewerbe und Werbung. Ich würde einschlagen wie eine Bombe.«

Ich erinnere mich an das furchtsame Schlagen meines Herzens, den trockenen Mund und die plötzliche Versuchung: Sag ich es ihr? Nehme ich einen Stuhl, steige drauf und ziehe den Terminplaner aus dem Staub? Sie würde dir verzeihen, Elisa, sie wäre so glücklich. Was kostet es dich? Nein, wetterte mein Körper. Das Gewissen, vielleicht die Angst. Meine Hände wurden taub durch die Anspannung, ich stammelte ein paar Banalitäten. Ich sehe mich wieder, an die Rückenlehne gedrückt, niederträchtig. Zumal ich mir heute sicher bin: Wenn ich es ihr zurückgegeben hätte, hätte Bea an ein paar Modeschauen teilgenommen, und dann hätte man sie vergessen. Ein paar kurze Artikel in der lokalen Presse, das Band einer Misswahl, das sie sich an die Wand eines normalen Wohnzimmers hängen konnte, das sie mit einem Kredit finanziert hatte. Doch ich blieb stumm.

Beatrice betrachtete die Haare mit den rosa Strähnchen, das Röckchen und das blauweiß gestreifte Matrosentop, die nackten Füße und das leichte Lächeln am Bug der Jacht, die, wenn ich mich recht erinnere, *Black Star* hieß. Schließlich bemerkte sie: »Ich sehe glücklich aus.«

»Ja«, beeilte ich mich, ihr beizupflichten, »du siehst super aus.«

»Heute ist es ein Jahr her.«

Ein Jahr? Ich verstand nicht. Beatrice schloss die Augen und bemühte sich, die Tränen zu unterdrücken. Ein Jahr was? Als ich begriff, dass sie auf den Tod ihrer Mutter anspielte, hasste ich mich. Ich nahm ihre Hand; ihre war warm, meine eiskalt.

»Aber ich sehe glücklich aus, nicht wahr?« Sie drehte sich um, um Bestätigung bittend.

Ihre Augen waren jetzt tränenverschleiert. Sie bemühte sich nicht mehr, zu lächeln, sich zu verstellen. Sie warf sich auf mein Bett und starrte ausgerechnet auf die rechte Ecke der Decke, diejenige über dem Versteck. Zum ersten Mal seit der Beerdigung erzählte Beatrice mir mit Worten, die ich nie vergessen habe und die ich hier getreu wiederzugeben versuche, von Ginevra.

»Dass sie entdeckte, dass Papa sie betrog, das war noch, bevor ich dich im La Sirena kennengelernt habe. Ich war in der letzten Mittelschulklasse, Costanza auf dem Gymnasium, Ludo«, sie rechnete, »in der Grundschule. Wir waren oben und spielten. Es war Juni, aber es regnete. Ludo hatte das Twister hervorgeholt, weil er es wegschmeißen wollte, und Costanza hatte es ihm aus der Hand gerissen und angefangen, die Idiotin zu spielen. Wir waren dabei, uns mit den blauen und roten Reifen zu verheddern, kannst du dir das vorstellen? Und plötzlich hörten wir Lärm, Schläge und wahnsinniges Geschrei, es klang unmenschlich. Also rannten wir alle drei nach unten und fanden Mama ...«

Ihr fehlten die Worte. »... ganz allein. Sie war in der Küche hingestürzt. Ihre Beine waren dermaßen verdreht, dass es aussah, als wären sie gebrochen. Sie hielt Papas Handy in den Händen«, sie lächelte verächtlich, »er hatte es auf der Ablage im Badezimmer vergessen. Sie wiederholte immer wieder: ›Ich wusste es, ich wusste es, ich wusste es.‹ Sie hatte sich mit der Tellerscherbe die Pulsader aufgeschnitten. Ich erinnere mich noch an das Blut, das auf ihre Nylonstrümpfe lief. Diese schwarzen aus Seide, mit dem Streifen hinten, wie Marilyn Monroe. Sie war hässlich.«

Sie sagte es und hielt inne, verblüfft, dass ihr eine derartige Obszönität über die Lippen gekommen war. Sie korrigierte sich: »Mama ist immer äußerst elegant gewesen, jung, auch noch mit fünfzig. Aber es war, als wäre sie gealtert. Als würden das Gesicht, die Haare, ihre Kraft plötzlich ... die Wahrheit sagen. Sie hat uns gesehen und nichts getan, um sich zu bedecken, sich zu verstecken. Im Gegenteil, sie schrie: ›Euer Vater hat mich mit einer Zwanzigjährigen betrogen, kapiert? Er fickt mit einem Mädchen.‹ Als wäre es unsere Schuld.«

Beatrice setzte sich, aber sie konnte nicht stillsitzen. Sie stand wieder auf und begann ziellos im Zimmer hin und her zu laufen, wie ein Tier im Käfig, das nicht weiß, wohin es gehen soll.

»Sie war nicht bei sich, zwangsläufig, sonst hätte meine Mutter nie ein Wort wie *ficken* in den Mund genommen. Ich wäre fast gestorben, ich glaube, Costanza und Ludo auch. Ich denke, nach diesem Wort waren wir nicht mehr dieselben. Wie auch immer. Mama hat uns die Details nicht erspart: die Hotels, die Mittagspausen, die Blowjobs, die Orgasmen. Nur dass wir noch Kinder waren: Wir durften diese Dinge nicht hören und konnten auch nicht einfach gehen. Sie hatte wahrscheinlich zwanzig, dreißig dieser Nachrichten gelesen. Ich glaube, sie hat sie alle gelesen. Und ich dachte: Hör auf, Mama, leg dieses Handy weg. Aber jetzt begreife ich es: Sie hatte niemand anderen als uns. Weder Freundinnen noch sonst jemanden, sie hatte ihr ganzes Leben der Familie geweiht, und wir wussten nicht einmal, was ein Blowjob war. Wir ahnten nur, dass es eine Katastrophe bedeutete. Schließlich stand sie auf, schleuderte das Handy gegen die Wand und übergab sich in die Spüle. Dann nahm sie den Besen und begann, sauber zu machen. Costanza ging weinend hinaus, und wir hörten, wie sie mit dem Motorroller wegfuhr, und Ludo schloss sich in sein Zimmer ein. Und ich bin bei ihr geblieben.«

Warum?, fragte ich mich. Warum bist ausgerechnet du geblieben? Und warum erzählst du mir das alles? Ich habe dir die Momente erspart, in denen meine Mutter mich allein gelassen hatte und mit nach Alkohol stinkendem Atem wiedergekommen war, als sie ausgerastet war und mir die Narbe zugefügt hatte. Aber Bea hatte eine Schläfe an den Fensterrahmen gedrückt und blickte hinaus, ohne etwas zu betrachten.

»Ich fragte sie: ›Willst du Papa verlassen?‹ Sie war gerade mit dem Fegen fertig. Sie antwortete mir nicht sofort. Zuerst richtete sie sich die Haare, erneuerte ihr Make-up, und als sie wieder fast jung war, antwortete sie mir: ›Machst du Witze?‹ Sie lächelte in den Spiegel. ›Er hat mich betrogen, ich war nie auf einem Titelbild, war nie Miss Italia, und er wollte mindestens drei Kinder. Aber wer weiß davon, Bea, wer vermutet etwas? Wir fahren einen Mercedes, machen Urlaub auf Sardinien, wir haben sogar bei Billionaire einen Aperitif getrunken …‹ Sie legte Lippenstift auf und presste die Lippen zu einem derartigen Kussmund, dass ich mich noch heute an ihn erinnere, und sagte: ›Die Realität hat nicht die geringste Bedeutung. Was zählt, ist, wie wir wahrgenommen werden, wie wir die anderen sehen, was wir sie vermuten lassen. Ich wirke glücklich, nicht? Glücklich verheiratet. Und du scheinst mir manchmal sogar die perfekte Tochter zu sein.‹«

Sie drehte sich erneut zu mir um. Ich erkannte unter der schönen Maske ihres Make-ups lebendig und formlos das Leiden. Das älter war, als ich geglaubt hatte, angeboren noch vor der Geburt. Es stammte aus Latina, aus den fünfziger Jahren, aus dem Film von Luchino Visconti mit Anna Magnani: *Bellissima*. Und reichte zurück bis zu Medea, bis zum Anbeginn der Zeit.

»Sie hat mich nie akzeptiert, Elisa.« Sie deutete aus der Entfernung gleichgültig auf ihr Bild. »Ich habe nicht die Zeit gehabt, es ihr zu sagen, auch nicht den Mut, aber es ist so. Nur wenn sie mich fotografierte, wenn sie mich bat, mich nicht zu bewegen, nicht zu reden, nicht zu atmen, nicht zu existieren, nur in diesen Augenblicken fühlte ich mich *geliebt*. Oder wenn sie in den Weihnachtsalben, den Alben der Sommerferien blätterte und hingerissen sagte: ›Oh, wie schön du bist!‹ Nicht zu mir, zu jener anderen. Die verdammt noch mal wer ist?«, fragte sie mich wütend. »Ein Gespenst? Eine auf den Film gebannte Illusion? Ich bin es nicht, das ist sicher. Ich bin die echte Tochter, nervig, picklig, mit krausen Locken. Während sie die ideale Tochter ist, die Tochter, die sie sich immer erträumt hat.«

Sie beruhigte sich, als hätte sie sich von einem heftigen Fieber erholt. Sie trocknete ihre Tränen und blickte sich um, wie um sich zu orientieren. Dann setzte sie sich wieder neben mich und veröffentlichte mit ein paar Klicks das Foto, auf dem der Wind ihr rosa Haar auf der *Black Star* durcheinanderwirbelte.

Ich war wie gelähmt. Das Atmen fiel mir schwer, die Lunge hatte Mühe, sich zu weiten, erdrückt von dem Felsblock, den sie darauf platziert hatte. Sie dagegen starrte erwartungsvoll auf den Bildschirm. Sie wartete darauf, dass die Außenwelt sich darunter mit Kommentaren meldete, wie eine Katze, geduckt und auf Distanz.

In *Das Sichtbare und das Unsichtbare* schreibt Merleau Ponty, »dass die ›Realität‹ vielleicht keiner Sonderwahrnehmung endgültig zugehört, sondern in diesem Sinne *immer schon weiter ist*«.

Innerhalb einer Stunde gab es zehn Beleidigungen: »Wen hast du alles rangelassen?« »Nur Arsch und kein Gehirn.« »Arme Narzisstin.« Bea war das egal; die Besucheranzahl stieg, sie wurde beneidet. Nur das zählte. Aus jeder Provinz, aus jedem Land führten die Ströme des Internets bereits *in nuce* zu ihrer Illusion, die Welt begann sich um ihre Lüge herum aufzustellen, während die Wahrheit *schon weiter* war.

Von nun an – und jetzt begreife ich es, leider – tat sie nichts anderes mehr, als sich zu maskieren, zu konstruieren, sich einzubalsamieren. Im Übrigen würde der Epochenwandel das zusammen mit der Übernahme der neuen Kommunikationsmittel von jedem von uns verlangen. Sie war nur die Allerbeste. Jede Schicht Grundierung mehr, jedes neue Kleid oder Schmuckstück war ein Schleier des Vergessens, eine Ablenkung, eine Verkleidung. Der Grabstein, aufgestellt, um zu versiegeln …

Das, was wir nicht den Mut haben zu sagen.

Und du sag es, Elisa, da du hier bist und sie gut kennst.

Die Ablehnung.

22

Eine Provinzliebe

Seit einer Weile vernachlässige ich die Männer, und das ist nicht gerecht. »Sie müssen das Männliche wieder in Ihr Leben lassen, Elisa«, ermahnte mich die Psychoanalytikerin vor drei Monaten, »Sie drehen sich vergeblich um dieselben weiblichen Figuren, die Sie blockieren. Sie ersticken Ihre Stimme, *Ihre* Stimme! Sie müssen sich davon befreien.«

Es war nur allzu wahr. Weshalb ich nicht mehr zur Analyse ging. Im ersten Augenblick wollte ich es nicht zugeben, ich ging die Via Zamboni entlang und fluchte. Es hat so viel Schaden angerichtet in meinem Leben, das Männliche. Und die hundert Euro, die ich Ihnen gebe, Frau Doktor, brauche ich; ich verdiene doch keine Millionen wie die Rossetti.

Dann ist geschehen, was geschehen ist, und ich fing wieder an zu schreiben. Ohne die literarischen Ambitionen, mit denen ich als junges Mädchen liebäugelte, nur getrieben von der Dringlichkeit, zu verstehen und eine Entscheidung zu treffen. Aber wenn ich da und dort auf den Seiten in Erscheinung trete, die ich Tag und Nacht niedergeschrieben habe, wird mir bewusst: Sie sind überall. Beatrice, ihre Mutter, meine Mutter, sie machen sich in meiner Seele breit wie eine Kletterpflanze. Es ist beängstigend. Ich muss die Männer sofort wieder mit einbeziehen, sie dort abholen, wo ich sie zurückgelassen hatte: darauf wartend, dass ich und Bea aus Biella in die neunte Klasse zurückkehrten.

Die Untreue ließ sich natürlich nicht erwischen; sie schlief samstagnachts wieder in Gabrieles Mansarde, als ob nichts geschehen wäre, ging wieder mit ihm aus und spielte die Verlobte. Und wenn sie sich langweilte, schrieben sie und mein Bruder sich Nachrichten. Ich weiß es, weil ich sie heimlich gelesen habe, während Bea unter der Dusche war. Mit Inhalten, die an Pornographie grenzten: Ich mach das mit dir, ich mach dies mit dir; er mit grammatikalischen Fehlern, sie bluffte, »Ich hab von dir geträumt ...«. Posen, die nicht jugendfrei waren, vermischten sich mit Liebeserklärungen, widersprüchlich und dadurch erregend. Sie schrieben sich auch so manchen Blödsinn: »Treffen wir uns auf halbem Weg: in Parma oder Florenz« – auch von Geographie hatten sie keine Ahnung –, »und heiraten wir!«

Aber er war in Biella und sie in T. Mein Bruder war bereits ein Faulenzer, der wegen Trunkenheit am Steuer seinen Führerschein verloren hatte, während Bea sich darin übte, die glühende Kapitalistin zu werden, die sie heute ist. Im Laufe der Monate wurden die SMS seltener, die Aufregung beim nächtlichen Klingeln blieb aus. Schließlich rief er sie an, sie drückte ihn weg und schlüpfte gähnend unter meine Decke, mir eine gute Nacht zumurmelnd. Und ich genoss es: Niccolò, was hast du gedacht, dass du meine Stelle einnehmen kannst?

Was mich betrifft, im April 2004 ging ich zur Beratungsstelle und bat die diensthabende Gynäkologin, mir die Pille zu verschreiben. Ich war endlich achtzehn geworden, ohne dass sich das Geringste geändert hätte; ich lebte mit Papa, ich ging zur Schule, und Lorenzo hatte mir keinen Ring geschenkt. Mir blieb nichts anderes übrig, als meinem neuen Alter einen Sinn zu geben mit einer pharmakologischen und feministischen Errungenschaft, die in meinem Kopf allerdings eine dem Fortschritt entgegengesetzte Bedeutung annahm: den Verlobten zu behalten.

Ich rechnete damit, zuzunehmen, meine Gesundheit ernsthaft zu gefährden, um Lorenzo durch Schuldgefühle fest an mich binden zu können, bevor er auf die Universität gehen würde. Als ich es ihm mitteilte, mit Nachdruck, auf die unbedingte Notwendigkeit setzend, dass ich sie jeden Abend nehmen musste, ohne sie auch nur ein einziges Mal zu vergessen, und dazu noch das Risiko von Thrombosen einging, verzog er keine Miene. Er beschränkte sich darauf, seiner Erleichterung Ausdruck zu geben, keine Kondome mehr benutzen zu müssen, und wechselte das Thema. Die epische Bedeutung blieb ihm verborgen: die Exklusivität meines ganz ihm gehörenden Körpers. Und auch die kaum verhohlene Hoffnung, dass er, wenn er erst einmal in Bologna wäre, umgeben von weniger provinziellen Mädchen, den Wunsch, mich zu betrügen, unterdrücken würde, da er sich erinnern würde: Elisa nimmt die Pille, ich kann nicht.

»Ich komme alle zwei Wochen«, versprach er mir.

Als im Mai die Abiturprüfungen näher rückten, kam es vor, dass ich in Tränen ausbrach und ihn anflehte: »Kannst du denn nicht jedes Wochenende kommen? Zwei Wochen sind zu lang!« Verzweifelt: »Ich will mit dir kommen, das Gymnasium verlassen, ich werde arbeiten, während du in die Uni gehst.«

»Eli«, sagte er lachend, »manchmal kommst du mir wie eine Närrin vor.«

Noch heute erinnert man sich, wenn ich nach T komme und mit jemandem spreche, der in jenen Jahren auf der Pascoli war, an Lorenzo immer nur als »der Schulschönling«. Der Schwimmchampion mit dem besten Abitur, aber »alles andere als ein Streber«, der mit den manierlichen Gedichten in der Schülerzeitung, der unbestrittene König im Organisieren von Streiks und Protesten, so blond wie Brad Pitt – und der war mit der *Biella* zusammen?

Es war für jeden ein Rätsel, auch für mich. Und es gibt nichts Schlimmeres, als mit einer Person zusammen zu sein, die du nicht zu verdienen glaubst. Ich wäre bereit gewesen, aufs Abitur zu verzichten, um vier Uhr morgens aufzustehen und Obst auf dem Markt auszuladen oder Pferdewetten auf der SNAI zu tippen, schließlich fix und fertig von den Schichten nach Hause zu kommen, aber doch noch stark genug, um zu putzen, zu kochen und ihn mit allen Ehren zu empfangen, wenn er von seinen Kursen in Ingenieurwissenschaften zurückkommen würde. Eine Zukunft, gegen die sogar meine Großmutter rebelliert hätte und die ich ersehnte.

Und, sagen wir es geradeaus: Was opferte ich schon, etwa eine glänzende Karriere? Bei allem Wohlwollen. Ich bin nie Beatrice gewesen. Dieses dringende Bedürfnis, die Aufmerksamkeit der Welt zu erringen, habe ich nie empfunden. Die Menschheit würde nichts verlieren, wenn ich zu Hause bleiben und bügeln würde. Mir würde es genügen, weiterhin von Zeit zu Zeit zwischen zwei Waschmaschinen einen schönen Roman zu lesen. Aber Lorenzo ermutigte mich: »Deine unterentwickelte Freundin wird bestenfalls bei *Big Brother* landen und ihren Arsch herzeigen und zur Alkoholikerin werden, wenn die Scheinwerfer ausgehen. Sie hat nur Bullshit im Kopf und künstliche Titten.«

»Sie sind nicht künstlich, nur die Nase ist operiert.«

»Wen interessiert das schon. Du, Elisa, bist diejenige, die Verstand hat. Du wirst die erste Präsidentin der Republik werden. Wir werden eine Partei gründen, du und ich, wir werden eine Revolution machen wie Marx und Lenin.«

Abgesehen von solchem Blödsinn lernte er wie ein Besessener. Er verbrachte jeden Nachmittag in der Bibliothek, auch samstags, und ich war bei ihm. Zum Mittagessen ging ich nicht mehr nach Hause, wozu auch, wer erwartete mich schon? Die Mumie meines Vaters? Die andere Mumie Beatrice, die mich mit ihren Fotos in den Wahnsinn trieb? Beide den ganzen Tag versteinert vor dem Internet.

Nach der Schule machten wir Mittagspause in der Pizzeria in der Via Pisacane, wo man Pizza in Stücken bekam, und dann saßen wir ab 15 Uhr Ellbogen an Ellbogen über die Tische gebeugt im Lesesaal, bis die Bibliothek schloss. Da ich immer früher mit dem Lernen aufhörte, verbrachte ich die restliche Zeit zwischen den Regalen und suchte nach den Romanen, die ich mir von der Marchi empfehlen ließ. Damals entdeckte ich, dass die Schriftsteller nicht unbedingt sterben mussten, um berühmt zu werden. Sie konnten auch am Leben bleiben, wie Roth, McCarthy und vor allem Ágota Kristóf.

Als ich ihre *Trilogie der Zwillinge* begann, fühlte ich mich sofort an einen Ort versetzt, den ich nur allzu gut kannte. Erzählstimme war eine erste Person im Plural. Sie war Ausdruck einer Symbiose, eine sinnliche und tödliche Mischung von zwei Personen. Meine ehemalige Analytikerin würde heute jubeln, wenn ich mit diesem Beweis zu ihr zurückkehren würde. Ich habe diesen Roman ich weiß nicht wie oft gelesen, bezaubert von der Morbidität der beiden Zwillinge, die die gleichen Handlungen vollzogen, die gleichen Gedanken dachten, und jedes Mal, wenn ich auf die Seite kam, auf der sie sich trennten, brach ich in Tränen aus. Nein, das würde uns nicht passieren, Beatrice und mir. Wir würden zusammen alt werden, wiederholte ich mir. Ihr müsst wissen, ich kritisierte sie schon damals, hielt das, womit sie sich beschäftigte – Höschen, Lidschatten –, für reine Vergänglichkeit, während das, was mich begeisterte – die literarische Untersuchung der menschlichen Seele –, das Höchste auf der Welt war. Und doch hatte sie diese Macht: zu glänzen, so zu erscheinen, wie jedes Mädchen auf dem Planeten es sich wünschen würde. Und zugleich das Dunkel zu enthalten, das nur ich kannte, das gleiche wie meines.

Gegen Abend ließ dieses übertriebene Lernen unsere Körper explodieren, Lorenzos und meinen. Wir standen spontan auf und rissen uns auf der Toilette die Kleider vom Leib. Die Bibliothek von T war unser Zuhause. Ein von der Gesellschaft vergessener Ort, wo niemand hinkam, höchstens ein paar halb taube Rentner, die die Zeitungen durchblätterten. Wir konnten sogar schreien. Denn der September 2004 fiel für mich mit der Apokalypse zusammen; die Aussicht, ohne Lorenzo in T zu bleiben, vernichtete mich. Ich habe nie an die Liebe auf Distanz geglaubt, insbesondere die provinzielle, die in engen Räumen gewachsen und die Frustration gewohnt ist. Die Großstadt würde ihn fortreißen, hinwegfegen. Und je näher der Zeitpunkt der Trennung rückte, desto häufiger zog ich Lorenzo auf die Toilette und schrieb ihm Verse von peinlicher Leidenschaft. Ich dachte an nichts anderes, vernachlässigte alles Übrige, und zum ersten Mal war mein Notendurchschnitt am Ende des Jahres schlechter als der von Beatrice.

Ich begleitete Lorenzo zu allen drei schriftlichen Prüfungen, wartete stundenlang auf dem Quartz draußen vor der Pascoli, mit dem Gesicht zum Meer; mit der Gewissheit, ohne ihn nichts wert zu sein. Ich war auch bei der mündlichen Prüfung dabei, der brillante Vortrag zu seiner Arbeit »Der Kommunismus zwischen Philosophie und Geschichte«. Stolz hörte ich meinem kleinen Togliatti zu, wie er die Notwendigkeit einer freien und gerechten Gesellschaft proklamierte, in der alle äußeren Unterschiede des Geschlechts und der Klasse abgeschafft werden und nur die Kreativität triumphiert. Auch die Politik ist wie die Liebe etwas Zerbrechliches, wahr, aber naiv. Er machte das

Abitur mit Bestnote, und ich war natürlich dabei, als die Ergebnisse am Schwarzen Brett angeschlagen wurden, an ihn geschmiegt wie eine First Lady. Danach öffnete sich uns der Sommer.

Der letzte gemeinsame, dessen war ich sicher.

Ich war Tag und Nacht mit ihm zusammen. Am Strand, im Kiefernwald, jeden Abend in einem anderen Dorf im Hinterland: Sassetta, Suvereto. Wir verbrachten sehr viel Zeit in der Sonne, ohne Sonnenschirm und Sonnencreme, wodurch ich überall Sommersprossen bekam und meine Haut sich schließlich schälte. Mein Haar war ständig salzverkrustet. Ich ging nicht mehr nach Hause, nicht einmal zum Schlafen. Wir warfen uns auf die nach hinten gestellten Sitze des Golfs, der der reinste Schweinestall war, neben den Abwasserkanälen mitten auf den Feldern, die Fenster runtergedreht wegen der Hitze, dazu die Angst, jemand könnte uns in der Nacht beobachten, und die Mücken, die uns bei lebendigem Leib auffraßen. Aber was für ein wunderbares Leiden.

Irgendwann lebten wir nur noch in Badekleidung, wuschen die Klamotten, die wir am Leib hatten, indem wir uns auf die Campingplätze schlichen, uns unter die Touristen mischten, um wenigstens ab und zu sanitäre Einrichtungen zu benutzen, die diesen Namen verdienten. Wir schauten nur zu Hause vorbei, um um Geld zu bitten und uns mal richtig zu waschen. Wir nutzten diese Gelegenheiten, um die Vorräte zu plündern und eine Waschmaschine mit Unterhosen zu füllen. Wir lebten von Pizzas aus dem Karton und Eis am Stiel und Rotwein zu zwei Euro die Flasche. »Es ist nur ein Jahr, Elisa, und dann kommst du nach.« Wir badeten nachts in den heißen Thermalbecken von Saturnia und verbrannten uns in der Cala Violina. Ab und zu vergaß ich die Pille, aber was machte das schon, da ich mich im September umbringen würde?

Am 30. August 2004 hatten wir das InterRail durch das Latium und die Toskana zu 10 Euro für Benzin pro Tag beendet, und am ersten September stieg Lorenzo in den Zug nach Bologna. Ich kam nach Hause wie eine verlorene Tochter, das Strandkleid voller Löcher, das Gesicht von der Sonne verbrannt und mit dem Geruch eines von Algen bedeckten Felsens. Ich hatte gerade noch Zeit, unter die Dusche zu gehen und mir etwas Sauberes anzuziehen. Dann rief Beatrice mich und meinen Vater in die Küche. Sie blickte uns an. Sie war elegant, mit hohen Absätzen, lackierten Fingernägeln und frisch gelegten Haaren. Mein Vater und ich waren zwei Wracks.

»Ich werde zu Gabriele ziehen«, teilte sie uns mit. Lächelnd fügte sie hinzu: »Ich bin jetzt volljährig, keiner kann mich davon abhalten.«

*

Ich starb. Ich stürzte mich auf sie, während sie den Laptop, den mein Vater uns geschenkt hatte, und die Contax in den letzten Koffer legte, ich packte sie an den Schultern und wusste nicht, ob ich sie schlagen oder umarmen sollte. Sie schob mich weg. Daraufhin öffnete ich den bereits gepackten Rollkoffer und leerte ihn auf das Bett, wie ich es damals bei meiner Mutter gemacht hatte.

»Du darfst mich nicht verlassen, du darfst mich nicht verlassen!«, schrie ich sie unter Tränen an. »Nicht du auch noch!«

Sie fragte mich ganz ruhig: »Und wo warst du? Im Mai, Juni, Juli, August?« Sie zählte sie mir an den Fingern vor: vier Monate. »Ich bin jeden Tag allein ans Meer gegangen. Jedes Mal, wenn ich dich um ein Foto gebeten habe, bist du zu ihm gelaufen.«

»Aber das war unser letzter Sommer!«

»Bullshit. Wegen dir hab ich mein ganzes Geld bei Barazzetti« – dem berühmtesten Fotografen von T – »ausgegeben, und jetzt bin ich pleite. Ich musste die Fotos ganz allein machen, so«, sie zeigte es mir, »alle schief, mich aufs Geratewohl aufnehmen, wie eine Idiotin, um den Blog fortzuführen. Hätte ich mich auf dich verlassen, könnte ich ihn schließen.«

»Aber Lorenzo ist dreihundert Kilometer weggezogen!«

»Schön, ich vier oder fünf.«

Sie zog tatsächlich um. Mein Vater und der ihre wurden rasend. Sie dachten sich alles Mögliche aus, um sie dazu zu bringen, es sich noch einmal zu überlegen: eine Sprachreise nach London, ein neuer Computer, eine super Canon. Nichts half. Riccardo bot ihr sogar mehr Geld pro Monat, damit sie nach Hause zurückkehrte, zu ihnen oder zu uns, egal. Und als er begriff, dass seine Vorschläge nichts fruchteten, drohte er ihr, ihr den Lebensunterhalt zu streichen, ihr keinen Euro mehr zu zahlen. Und das alles vor mir und meinem Vater, der ihn sofort angerufen und aufgefordert hatte zu kommen, und zwar schnell, weil seine Tochter verrückt geworden sei. Riccardo packte sie am Arm und schüttelte sie, so wie überforderte Eltern ihre Babys schütteln in dem Glauben, sie würden zu schreien aufhören. »Er ist ein Arbeiter, verdammt! Was für eine Zukunft, glaubst du, wird er dir bieten können? Er stinkt nach Marihuana, fährt einen Renault 4, den nicht einmal die Marokkaner anrühren würden! Wenn du dich sehen könntest ...« Er ließ sie los und blickte sie verächtlich an. »Deine Mutter würde sich für dich schämen.«

Die Atmosphäre wurde frostig, Beatrices Gesicht gefror, meines und das meines Vaters. Die Zimmer füllten sich mit Schnee und Eis und Schweigen. Nach ein paar Minuten hörte man das Geräusch eines klapprigen Autos; Gabriele parkte seine Schrottkarre vor unserem Haus und öffnete die Türen und den Kofferraum. Beatrice sah ihn durch das Fenster und griff sich eilig ihre Koffer. Sie verabschiedete sich von niemandem, auch nicht von mir.

Nach diesem Satz brach sie jeden Kontakt zu ihrem Vater ab.

Er versuchte es nachträglich wiedergutzumachen. Er ließ ihr großzügige monatliche und jährliche Geldbeträge überweisen, die sie stets an den Absender zurückschickte; er lud sie an Weihnachten und Ostern ein, die er im Familienkreis feierte, ohne die Geliebte. Er versuchte sie anzurufen, ja sogar ihr Briefe auf parfümiertem Papier zu schreiben. Bis die Tochter Rossetti tausendmal reicher als der Vater wurde und die Gelder des Anwalts lächerlich wurden, verglichen mit ihrem Lebensstil. Heute kann sie sich erlauben, spontan nach Abu Dhabi zu fliegen, nur weil sie plötzlich Lust hat, im Nahen Osten zu Abend zu essen. Ich glaube, er hat inzwischen aufgegeben. Vielleicht hat später sogar sie ihn bezahlt, damit er schweigt, der Presse und den Medien gegenüber, oder damit er, wenn er gefragt wird, nur Märchen von familiärem Glück erzählt. Aber das sind bloß Hypothesen und Behauptungen.

Sicher ist, dass Beatrice im Herbst 2004 arm wurde, ziemlich arm, aus freien Stücken. Gerade sie, die, obwohl sie nicht reich geboren worden war, nie auf etwas hatte verzichten müssen, lebte jetzt zur Miete allein von Gabrieles Arbeitergehalt. Der Bruder Salvatore war mit Sabrina in ein anderes Viertel gezogen. Und sie blieben in der Mansarde, in der schönsten und kompliziertesten Ecke der Stadt, wie geschaffen für einen Roman mit ihren baufälligen und schimmligen Häusern, dem Geruch nach Kebab und einem Gewirr von Dialekten.

Scheinbar eine verrückte Entscheidung, die Beatrice getroffen hatte. Aber wenn ich sie auch nur ein bisschen kenne, weiß ich, dass die Vorstellung, die Einzige in der Schule zu sein, die mit ihrem Freund zusammenlebte, allzu verführerisch für sie war, weitaus mehr als Designerkleidung. Vielleicht wusste sie bereits tief in ihrem magischen Inneren, dass sie sich diese zukünftig in Hülle und Fülle würde leisten können. Sie hatte es mir vor dem Schaufenster von Scarlet Rose geschworen, als wir das erste Mal ausgegangen waren. Sie konnte auch eine Weile auf vierzig Quadratmetern leben und, jeden Centesimo umdrehend, beim Discounter einkaufen: lauter Erfahrungen. Und sie blieb eisern.

Mein letztes Jahr auf dem Gymnasium begann daher auf die schlimmste Weise. Um acht kam ich zur Schule, und Lorenzo war nicht da. Meine Augen suchten instinktiv seinen Golf auf dem Lehrerparkplatz, erahnten seine Zigarette auf dem Friedhof der Kippen im Innenhof, ersehnten sein Profil auf der Feuertreppe. Das gesamte Gebäude wurde zu einem seltsamen Behälter von Abwesenheit.

Ohne Beatrice auf dem Motorroller anzukommen missfiel mir ebenfalls sehr. Ich war es gewohnt, mit ihr zu frühstücken, Pipi mit ihr zu machen, die Kurven zum Aussichtspunkt hoch und den Kreisverkehr in der Via degli Orti jeden Morgen mit ihr zu fahren, und jetzt musste ich mich allein in meine Bank setzen. Beatrice kam immer zu spät, stolzierte hochmütig durch das Klassenzimmer, alle Augen auf sie gerichtet, und setzte sich neben mich, ohne mich zu begrüßen. Von den anderen mit krankhaftem Neid beobachtet, von Kopf bis Fuß gemustert; es hatte sich herumgesprochen, dass sie in einem Ehebett schlief, dass sie jede Nacht mit ihrem Verlobten Sex hatte. Im Vergleich mit ihr fühlten sich alle, glaube ich, wie Grünschnäbel. Ich erinnere mich auch, dass sie damals, um ihre Überlegenheit zu markieren, im Kostüm in die Klasse kam; und ich fragte mich, woher sie sie nahm, diese auffälligen Jacken und diese raffinierten Hosen, jetzt, da sie kein Geld hatte.

Am ersten Schultag, ich hatte vergessen, es zu erwähnen, hatte sie sich neben mich gesetzt, auf die Schulbank neben der meinen, wie in den vergangenen Jahren. Und während sie sich näherte, redete ich mir ein: Wir sind also immer noch Freundinnen. Ich sah sie an. Ich beschränkte mich darauf, weil ich schlau geworden war. Der veränderliche Stern hatte mich schon öfter verletzt. Und tatsächlich wechselte sie keinen Blick mit mir und senkte den ihren. Sie stellte den Schulranzen auf den Boden. Richtete kein Wort an mich. Ich ebenso wenig an sie. Du lebst schon mit jemandem zusammen, dachte ich, da kannst du auch noch ein Miststück sein.

Weder an dem Tag noch an den folgenden gaben wir nach. Im Gegenteil, wir achteten wochenlang darauf, uns nicht mit den Ellbogen oder den Füßen zu berühren. Wir füllten unsere Hefte mit Gleichungen, mit dem zwanzigsten Jahrhundert, mit Reiner Vernunft und mit Praktischer Vernunft, mit Aoristformen – sie seien für immer verflucht –, und in der ersten Pause ging es in den Innenhof, wo wir krampfhaft mit unseren Nokias hantierten. Sie mit keine Ahnung welcher Absicht. Ich, um zu überprüfen, ob Lorenzo auf der entgegengesetzten Seite der Halbinsel auf meine x-te Nachricht geantwortet hatte.

Wir waren beide mit den Gedanken woanders: ich in Bologna, sie, wie ich feststellte, als ich verstohlen auf ihren Blog schaute, bei der *Fashion Week* in Mailand. Diese Feststellung erschreckt mich: Sie saß jeden Tag neben mir und schrieb mit, ich spürte die Wärme, die von ihrem Körper ausstrahlte, hörte das Geräusch ihres Bleistifts auf dem Papier, aber um etwas über sie zu erfahren, musste ich bereits ins Internet gehen.

Sie brachte die *Glamour* und die *Donna Moderna* mit in die Schule und studierte während der Pause die Modenschauen. Am Abend ertappte ich sie auf dem Blog genauso gekleidet wie die Models. Sie wollte dabei sein, dort auf dem Papier, zwischen den Seiten rascheln. Jetzt verstehe ich es: Sie hatte die Illustrierten ihrer Mutter abonniert, diejenigen, in denen sie sie eines Tages gern gesehen hätte – Ginevra wusste nicht, dass die »Zukunft« die Anzahl der Kioske innerhalb weniger Jahre verringern würde –, und veröffentlichte sich selbst im Internet. Aber nur als Notlösung, weil es in T keine andere Möglichkeiten gab, weil sie nichts hatte außer dem Computer, den mein Vater ihr geschenkt hatte, der Contax und dem Internetanschluss, zu dem sie Gabriele genötigt hatte.

Es ist unnötig, es zu erwähnen, ich weiß, aber ich bin nach wie vor überzeugt, dass wir uns auch, wenn wir nicht das Pech gehabt hätten, mitten in der digitalen Revolution aufzuwachsen, vielleicht trotzdem getrennt hätten, wie die beiden Zwillinge in der *Trilogie der Zwillinge*. Eine hätte die Grenze überschritten, und die andere wäre zurückgeblieben – aber nicht auf die traumatische Weise, wie es geschehen ist. Vielleicht wären wir heute noch Freundinnen, natürlich nicht wie wir es als Jugendliche waren, sondern wie zwei Frauen, die sich ab und zu eine Mail schreiben oder sich auf einen Kaffee treffen. Sie würde in einem Geschäft wie Scarlet Rose arbeiten, mir einen kleinen Rabatt auf Jeans geben, und ich würde ihr ein paar gute Bücher leihen. Zwei normale Frauen, ein ruhiges Leben. Auch wenn ich darüber keinen Roman schreiben könnte.

*

Mitte Oktober fand ich den Mut, die Marchi anzusprechen: »Entschuldigung«, rief ich sie nach Schulschluss, als sie mit ihrem üblichen zügigen Schritt zu ihrem Auto ging. »Darf ich Ihnen etwas von mir zum Lesen geben?«

Sie blieb stehen und drehte sich um, um mich zu mustern. Ich hatte diesen Satz Hunderte Male vor dem Spiegel geübt. Ich hatte ihn redigiert, indem ich Substantive und Verben austauschte, bis ich einen vernünftigen Kompromiss zwischen Signifikant und Signifikat gefunden hatte, nachdem ich »ein paar Seiten«, »einige Werke«, »Ihnen zur Ansicht geben«, »Sie um Rat fragen bezüglich« verworfen hatte. Mich schreckte der Gedanke, dass sie etwas von mir lesen würde, doch es waren so schmerzliche und leere Monate ohne Lorenzo und ohne Beatrice, dass mir nichts anderes als das Schreiben blieb.

Die Marchi runzelte die Stirn. »Was verstehst du unter *etwas von mir*?«

Ich hielt eine Mappe voller A4-Blätter in der Hand, die ich im Computer in Times New Roman geschrieben und zu Hause mit der fast leeren Tintenpatrone schlecht ausgedruckt hatte. »Gedichte«, erwiderte ich.

Sie seufzte, als implizierte dieses Wort eine Sünde und zugleich tödliche Langeweile. Ich bereute meine Kühnheit sofort und wäre vor Verlegenheit am liebsten in den Boden versunken. Aber dann sagte sie: »Ist gut«, fast liebenswürdig. Sie streckte die Hand aus. »Gib mir ruhig deine Werke. Ich werde sie heute Abend lesen, nachdem ich eure Übersetzungen korrigiert habe.«

»Danke«, erwiderte ich und gab ihr die Mappe. Mit schwacher Stimme fügte ich voller Hoffnung hinzu: »Es ist das erste Mal, dass ich sie jemandem zu lesen gebe.«

»Oh, ich fühle mich geschmeichelt von deinem Vertrauen. Bis morgen.«

Sie entfernte sich, und ich blickte ihr nach. Ich sah, wie sie in ihren orangefarbenen Twingo stieg und meine Gedichte auf den Rücksitz warf. Lorenzo kam manchmal alle drei, ja sogar zwei Wochen zurück. Wir verbrachten dann vierundzwanzig kurze Stunden miteinander, in denen er von Abenden in den sozialen Zentren, endlosen Tagen an der Uni und überfüllten Hörsälen und Bibliotheken erzählte. »Elisa, stell dir das mal vor! Das Archiginnasio hat Fresken an den Decken! Fres-ken. Und sie sind sechs Meter hoch!« Und ich? Wie konnte ich mit diesen Erzählungen konkurrieren? Was gab es schon Aufregendes in T? Die Algen? Die Möwen? Was für Neuigkeiten? Die einzige war, dass ich jetzt den Führerschein hatte, aber kein Auto. Es war also nichts geschehen. Mein Vater lieh mir seinen Passat nicht. Wenn wir uns in der Küche trafen und gemeinsam zu Abend aßen, überwältigte uns Beatrices Abwesenheit. Papa ging mir mit seinen immer absurderen Tiraden gehörig auf den Geist. »Es ist nur eine Frage von Jahren, und wir wählen per Klick, bequem von zu Hause aus. Wir werden freien Zugang zu allen Arten von Information haben. Wir werden Enzyklopädien, Filmographien, alles herunterladen können, das ganze Wissen der Menschheit wird gratis jedem zur Verfügung stehen. Das Internet ist wie Prometheus, es wird uns befreien!« Schade nur, dass er wie ein Gefangener aussah: struppiger Bart, abgetragener Jogginganzug, die Hornhaut vom blauen Licht des Bildschirms verbrannt. Er hatte sich vollkommen aus der Wirklichkeit zurückgezogen, und wenn ich versuchte, ihn darauf hinzuweisen, beschuldigte er mich, mich nicht für die »Zukunft« zu interessieren, mich hinter meinen rückständigen Positionen zu verschanzen. »Du wirst die Einzige sein, die noch auf Papier liest und Brieftauben benutzt, um Nachrichten zu verschicken.«

»Ich benutze keine Brieftauben, Papa.«

»Aber du bist die Einzige auf der Welt, die nicht chattet, die keinen Blog hat.«

Vielleicht versteht ihr, warum ich mich an dem Vormittag an den Twingo klammerte, bis ich ihn um die Ecke biegen und verschwinden sah, und all mein Vertrauen auf Alda Marchi setzte, mein Leben zu ändern, das eine komplette Katastrophe war. Ich musste wissen, ob ich auch ohne einen Blog noch das Recht hatte, auf dieser Welt zu leben.

Am nächsten Morgen ignorierte die Marchi mich. Sie beschränkte sich darauf, mir die Übersetzung mit einer erfreulich guten Note zurückzugeben, ohne ein Lächeln und ohne mir einen besonderen Blick zuzuwerfen und mir so etwas zuzuflüstern wie: »Ich habe sie gelesen, sie sind außerordentlich!«, oder auch nur: »Ich warte in der Pause auf dich, und dann sprechen wir darüber.«

Sie gefiel mir, sie war so gebildet. Sie erklärte dir *König Ödipus*, als hätte sie ihn persönlich gekannt und mit ihren eigenen Armen im Augenblick seines emotionalen Zusammenbruchs gestützt. Sie gab dir nicht den üblichen Pirandello zu lesen, sondern unorthodoxe und für einen Jugendlichen knallharte Sachen wie *Underworld* von DeLillo. *Underworld* in T! Du musstest es in der Buchhandlung L'Incontro in der Via dei Martiri bestellen, die traurigste und abstoßendste, die man sich vorstellen kann, und bekamst es nach vielleicht zwei Wochen. Ich hätte ich weiß nicht was dafür gegeben, mich mit der Marchi in einer Bar treffen und über Literatur sprechen zu können, dass sie meine neue beste Freundin würde und jene andere verdrängte, die ich hinter Mänteln und hochhackigen Stiefeln verloren hatte. Aber die Tage vergingen, und die Marchi sagte nichts zu mir. Es war, als hätten diese Gedichte nie mein Zimmer verlassen, als hätten sie nie existiert. Und Beatrice und ihre Oberflächlichkeiten fehlten mir.

Ihr diesmal einen Klingelton zu schicken kam nicht in Frage, es wäre banal gewesen. Die Handys waren inzwischen so etwas wie Gabeln, Schaufeln, Föhne geworden, Alltagsgegenstände ohne jeden Reiz. Ein mit der Hand geschriebener Brief aber, unter der Bank liegen gelassen, nichts Schlimmeres als das: hoffnungslos altmodisch, exzentrisch, sentimental. Undenkbar, dass ich – ich! – ihr einen Kommentar im Blog schreiben könnte.

Mir blieb nur eine Option: der Quartz. An einem Nachmittag im November fuhr ich, bevor es dunkel wurde, bis kurz vor die Piazza Padella und versteckte den Motorroller hinter einem Müllcontainer. Ich stieg ab, rannte durch ein paar Straßen, vorsichtig, dicht an den Wagentüren und Kühlerhauben vorbei, verbarg mich vor Gabrieles Haus hinter einem Wäscheständer und stellte überrascht fest, dass die Fensterläden der Mansarde geschlossen waren und der SR nirgends zu sehen war.

Auch Beatrice hatte wie ich den Führerschein, aber kein Auto; sie benutzte nur ab und zu das von Gabriele, wenn er es nicht brauchte, um zur Arbeit zu fahren. Ich suchte ihren Motorroller in der Nähe, dann weiter weg, durchkämmte jeden Winkel der engen Gassen. Und dabei waren wir eingedeckt mit Hausaufgaben, dachte ich. Wollte man das Abitur mit dem besten Notendurchschnitt schaffen, müsste man sich eigentlich ab Jahresbeginn den Arsch aufreißen. War es möglich, dass sie nicht zu Hause war und lernte?

Enttäuscht kehrte ich nach Hause zurück. Ich machte das Licht in der Küche an, legte das Schulbuch auf den Tisch, begann mit den Anstreichungen, und es erfüllte mich mit unendlicher Traurigkeit, das alles ohne sie zu machen. Daher durchkämmte ich am frühen Nachmittag des folgenden Tages erneut die Umgebung der Piazza Padella nach dem SR, ohne ihn zu finden. Ich klingelte sogar an der Sprechanlage, entschlossen wegzulaufen, sobald ich ihre Stimme hören würde.

Aber keine Antwort. Benommen drückte ich hartnäckig weitere zehn Minuten vergeblich den Knopf. Wo bist du abgeblieben, Beatrice?

Am nächsten Tag beschattete ich sie, ohne lange zu überlegen. Nach der Schule ließ ich das Mittagessen ausfallen, ließ ihr einen kurzen Vorsprung und folgte ihr dann auf dem Motorroller. Zuerst vorsichtig, dann immer verzweifelter. Wie immer gab sie Vollgas. Und sie fuhr keineswegs nach Hause, sondern in die entgegengesetzte Richtung. Mehrmals hängte sie mich ab, aber, gelobt sei der Verkehr, ich fand sie jedes Mal wieder. Während ich mein Herz in meinem Helm schlagen hörte, betete ich, hinter den Transportern versteckt, sie nicht aus den Augen zu verlieren. Als sie in die Straße zum Hafen einbog, fragte ich mich: Wo zum Teufel fährst du hin? Bea fuhr am Hafen vorbei und durchquerte das Viertel der quadratischen Hochhäuser, das neue Gewerbegebiet. Sie erreichte die erste Peripherie. Bog ab zwischen die Hallen. Ich hinterher. Sie fuhr langsamer. Ich bremste gerade noch rechtzeitig, um mich hinter der Ecke einer Autowerkstatt zu verstecken. Beatrice hatte vor dem Schaufester eines Geschäfts geparkt. Sie hatte den Helm abgenommen und aß, auf dem SR sitzend, ein Päckchen Cracker. Als sie fertig war, lief sie hinein, als hätte sie sich verspätet, und begrüßte die Verkäuferin.

Verwirrt näherte ich mich. Im Schaufenster trugen merkwürdige Schaufensterpuppen mit hochtoupiertem Haar Paillettenkleider. Eine ein Hippiekleid, eine andere ein furchtbar geschmackloses Brautkleid. An einer weiteren erkannte ich das schwarz-weiß karierte Achtziger-Jahre-Kostüm, das Bea neulich in der Schule und sogar auf einem Foto im Blog getragen hatte. Ich hob den Blick und las das Schild: DONNA VINTAGE stand dort, NEU, GEBRAUCHT, FESTKLEIDER. Ich spähte ins Innere: Der Laden war riesig, vollgestopft mit Kleidung, er wirkte mehr wie ein Bazar als ein Geschäft. Und dann sah ich Beatrice; sie hatte ihr Haar zusammengebunden und trug eine Weste mit irgendeiner Aufschrift.

Ich konnte nicht glauben, dass sie da drin arbeitete.

Ich verbrachte den ganzen Nachmittag zwischen den Hallen, mit knurrendem Magen, versteckt hinter diesem oder jenem Auto, ungläubig und fassungslos. Von Lernen konnte keine Rede mehr sein, ich wäre nicht dazu fähig gewesen. Ich beobachtete sie, während sie einer Schaufensterpuppe die Strümpfe zurechtzog, die Anordnung einer Reihe von Schuhen änderte, Kunden bediente, Befehle erhielt und sie prompt ausführte. Wer auch immer Beatrice heute vorwirft, sie habe nicht einen Tag in ihrem Leben gearbeitet, irrt sich. Ich kann versichern, dass sie sich im Donna Vintage ziemlich abgerackert hat. Innerhalb kurzer Zeit wurde ihr die Dekoration des Schaufensters anvertraut; sie hatte schon damals ein besonderes Talent für blendende Inszenierungen, um die Leute anzulocken. Und später schrieb sie auch die Werbetexte für die Flyer. Aber das erfuhr ich erst später.

An dem Tag blieb ich bis sechs. Ich machte mich mit dem Ort vertraut; neben dem Bazar und der Autowerkstatt gab es hier weitere Großhandelsgeschäfte, Möbelgeschäfte und Eisenwarenhandlungen und eine Bar namens Il Nespolo, die sich allmählich füllte, nachdem die Arbeiter ihre Schichten beendet hatten. Dann machte auch Beatrice Feierabend. Sie kam heraus und brauste auf ihrem Motorroller davon. Und ich folgte ihr erneut. Diesmal fuhr sie nach Hause. Es war dunkel, ich sah, wie das Fenster der Mansarde hell und ihre Gestalt durch die Scheiben sichtbar wurde und wieder verschwand. Ich stellte mir vor, dass sie sich jetzt an die Hausaufgaben machte. Und ich fuhr meinerseits nach Hause, um endlich meine anzufangen und zu verschlingen, was ich im Kühlschrank fand.

Aber ich hatte nicht die Absicht, als Erste nachzugeben.

Als ich eines Vormittags im Unterricht sah, dass die Spitze ihres Bleistifts abbrach, als sie gerade dabei war, sich wichtige Notizen zu machen, und sie fieberhaft nach einem Spitzer suchte, unterdrückte ich sogar den Impuls, ihr meinen zu leihen.

Ich beneidetet sie um Gabriele, das war der Punkt. Lorenzos Abwesenheit, die Angst, ihn zu verlieren, hatten mich verbittert. Und dann kam der Freitag, an dem die Marchi mir nach Schulschluss nach fast einem Monat die Mappe mit den Gedichten zurückgab und auf mein schwaches verblüfftes Lächeln antwortete: »Cerruti, du bist ein kluges, anständiges, aufmerksames Mädchen, du hast analytische und kritische Fähigkeiten, die ich schätze und die dir mit Sicherheit an der Uni nützlich sein und dir zu einem ausgezeichneten, verantwortungsvollen Beruf verhelfen werden. Aber du hast keine kreative Begabung.«

Sie hatte das in einem neutralen Ton gesagt, als einfache Feststellung, ohne Bosheit, objektiv. »Es tut mir leid, aber deine Gedichte sind schlecht, es fehlt ihnen jede Originalität. Oder sie sind grau und platt wie das mit dem Titel ›Eine Platane‹, in der du versucht hast, Ungaretti nachzuahmen, oder geschrien, exzessiv, ohne lexikalische Zurückhaltung oder Effizienz, wie in der rührseligen Liebeslyrik. Du sagst nichts, Elisa, auf diesen Seiten. Das ist nur hingeworfener sinnloser Narzissmus. Wohingegen du bei Themen, die du essayhaft behandelst, zu glänzen weißt.« Jetzt lächelte sie einfühlsam, vielleicht machte sie sogar Anstalten, meine Schulter zu berühren. »Ich gehöre nicht zu denen, die anderen falsche Hoffnungen machen, das weißt du, ich sage offen meine Meinung. Vergiss deine literarischen Ambitionen und konzentriere dich aufs Abitur.«

Schlampe.

Hässliche, frigide alte Jungfer.

Du wirst von niemandem gefickt, das sieht man.

Widerliche, frustrierte Kuh.

Krepier.

Eine Kette sexistischer Beleidigungen, die schlimmsten, die mir einfielen, explodierte, ohne dass ich etwas dagegen tun konnte, stumm in meinem Kopf. Jetzt begreife ich: Ich hatte damals schon eine heftige Aversion gegen diese Tradition der Herdenregeln, Demütigungen und zerbrochenen Träume, die dazu führt, dass wir mit bissiger Schärfe aufeinander losgehen. Jede Silbe klang wie eine Totenglocke in meinem Herzen, während ich scheinbar noch am Leben war, und ich nickte brav und folgsam. Ich schluckte, atmete durch und nahm die Mappe an mich. Wohlerzogen verabschiedete ich mich von der Marchi: »Auf Wiedersehen, Frau Lehrerin.«

Die Piazza Marina leerte sich, und ich war immer noch da, wie ein Pfahl, den eine Atombombe getroffen hatte. Ich spürte, wie meine Zellen eine nach der anderen bis in den Kern zerfielen.

Als ich sicher war, dass keiner mehr da war, stieg ich auf den Quartz und weinte, wie ich noch nie geweint hatte. Dann startete ich den

Motor und fuhr, mein Leben aufs Spiel setzend, ohne Helm und mit tränenverschleiertem Blick auf der Landstraße zu Beatrice.

*

Ich parkte vor Donna Vintage und wartete.

Nach fünf Minuten sah sie mich und erschrak. Ich muss wohl von der Wimperntusche schwarz geworden sein, und meine Augen waren geschwollen wie Bälle. Sie fragte die Inhaberin um Erlaubnis und hob den Zeigefinger, als wollte sie sagen: Nur eine Minute.

Besorgt lief sie zu mir: »Dein Bruder, dein Vater? Sind sie tot?«

»*Ich* bin tot!«, schrie ich und brach erneut in Tränen aus.

Beatrice Gesichtsausdruck änderte sich augenblicklich. »Du lebst, dumme Kuh, und ich muss arbeiten.« Enttäuscht und verärgert: »Wenn du mir was zu sagen hast, warte bis sechs.«

Und sie ging sofort wieder hinein und entschuldigte sich tausendmal bei der Chefin. Dann räumte sie weiter Pullover ein. Wenn ich Geld gehabt hätte, wäre ich hineingegangen und hätte mir einen BH oder ein Unterhemd gekauft, nur um zu sehen, wie sie sich als Verkäuferin anstellte. Aber ich hatte nur fünf Euro und trotz allem Hunger. Ich betrat die Nespolo und ließ mir einen Toast warm machen. Ich setzte mich an einen Tisch und blieb sitzen, den Kopf zwischen den Händen, bis Beatrice ihre Arbeit beendet hatte und sich mir gegenübersetzte.

»Wir sind keine Freundinnen mehr«, wies sie mich zurecht, »du kannst nicht einfach kommen, weil du in einer Krise steckst. Geh lieber zu einer Psychologin.«

»Seit einem Monat folge ich dir mit dem Motorroller.«

»Ich weiß. Hast du etwa geglaubt, ich hätte es nicht gemerkt?«

»Klar, was könnte dir, der Allmächtigen, auch jemals entgehen!«

Sie stand auf, bestellte zwei Negroni und kehrte zum Tisch zurück mit Gläsern, die bis zum Rand mit Alkohol und Eis gefüllt waren. Sie reichte mir eins. »Und? Was ist so tragisch?«

»Die Marchi hat gesagt, dass meine Gedichte beschissen sind. Ich habe kein Talent zum Schreiben, ich bin am Ende, eine Null.«

»Die Marchi muss sich jemanden suchen, der sie fickt, das wissen alle. Und außerdem, was nützt es einem, Talent zu haben?« Sie trank und schlug die Beine übereinander. Die Gäste der Bar sahen sie an, starrten sie an und flüsterten über sie. »Diese Kostüme hier, schau nur, wie gut sie sitzen.« Sie betastete den Kragen der Jacke, fühlte den Stoff. »Sie sind gebraucht, sie sind nichts wert, im Geschäft leihen sie sie mir. Ich trage sie einen Tag, mache Fotos und gebe sie zurück. Darauf kommt es an: sich ins Zeug legen, sich anpassen, Mumm haben. Schreib es irgendwo in dein verdammtes Tagebuch, dass ich begonnen habe, indem ich getragene Sachen verkauft habe. Vielleicht wird es eines Tages zu was nütze sein.«

Wie recht du doch immer gehabt hast.

»Und weißt du, wie viele Einzelbesucher mein Blog jetzt hat?« Ich erkannte ein Leuchten in ihren Augen, ein grünes Feuer. »Dreitausendfünfhundertzweiundsechzig. Fast *viertausend*, Elisa!«

Ich nahm den Negroni und trank ihn in einem Zug aus, beinahe hätte ich mich übergeben. Ich beherrschte mich. »Diese Sache, dass ich eine Versagerin bin und du nur tolle Ergebnisse einfährst, hilft mir nicht, Bea, das muss ich dir sagen.«

Sie kniff die Augen zu einem Spalt zusammen. »Du hast mich diesen Sommer wütend gemacht, du weißt gar nicht, wie.«

»Kannst du mir verzeihen?«

»Ich denke nicht.«

»Ich brauche dich, Bea. Lass uns noch mal von vorn beginnen.«

»Von vorn? Okay. Dann geh, auf den Negroni lad ich dich ein. Aber lass dein Handy an.«

Sie zwang mich aufzustehen. Bevor sie zur Kasse ging, begleitete sie mich nach draußen. Ich ging zum Motorroller, ohne zu begreifen. Kurz darauf klingelte das Handy, auf dem Display blinkte ihr Name.

Ich antwortete: »Was ist das jetzt wieder für ein Bullshit?«

»Kommst du morgen mit mir in die Stadt? Es ist Sonntag, und ich arbeite nicht.«

Ich musste lachen. »Wie das letzte Mal, als wir in Marina di S gelandet sind und eine Jeans geklaut haben?«

»Nein, diesmal meine ich es ernst.«

»Und was werden wir in der Stadt machen, du und ich?«

»Einen Stadtbummel. Wie alle normalen Mädchen.«

Sie legte auf. Ich drehte mich um, und Beatrice hatte die Bar verlassen. Es war stärker als ich, ich ging auf sie zu, unwiderstehlich angezogen, wehrlos. Sie lächelte: Wie sehr es ihr doch gefiel zu siegen.

Wir umarmten uns, so fest, dass ich noch heute ihre Arme spüren kann.

23

Die Königinnen der Welt

Es fehlen noch ein paar Episoden, über die es sich lohnt nachzudenken.

Und dann, liebe Elisa, trifft es dich: Abschied nehmen von der Pascoli, von dem Fenster, das vom Meer erfüllt ist, vom verrückten Umherstreifen auf dem Motorroller, von dem Gefängnis, aus dem du unbedingt fliehen wolltest, und doch. Wie schon die Morante schrieb: »Das, was du für einen kleinen Punkt der Erde hieltest, war alles.«

»Lest *Arturos Insel*«, sage ich den Mädchen immer. »Die Zukunft schreitet voran, indem sie nimmt; sie vermehrt nichts, nur die Sehnsucht.« Sie, das sehe ich, grinsen, sie glauben mir nicht. Sie denken sich: »Hört euch diese Loserin an«, wie ich es von der Marchi dachte, »sie redet so, weil sie im Leben nicht viel zustande gebracht hat.« In der Tat, seit ich angefangen habe, diese Seiten zu schreiben, sehe ich jedes Mal, wenn ich meinem Spiegelbild begegne, meine alte Italienisch-, Latein- und Griechischlehrerin. Ohne es zu bemerken, habe ich die gleiche quadratische Lesebrille mit dem grünen Gestell wie sie gewählt.

Aber es ist nicht wahr, dass ich nicht viel zustande gebracht habe.

Ich finde es verrückt, dass man, um Achtung zu verdienen, Millionen scheffeln, Designerhöschen tragen und die Tage damit verbringen muss, sich zu fotografieren. Ich staple Strafzettel auf dem Kühlschrank. Ich kann nicht einparken, und auch wenn es regelkonform ist, kann man von mir nicht verlangen, jedes Halteverbot zu respektieren, es sind zu viele. Meine Haare müssten mal wieder geschnitten werden, aber wer hat schon Zeit für den Friseur? Ich muss eine

Waschmaschine ausräumen und drei füllen. Ich stehe an den Wochentagen jeden Morgen um sechs auf, um den Hauptteil der Hausarbeit zu erledigen, bevor ich zur Arbeit gehe. Ich rackere mich ab. Ich beende die Arbeit und kaufe in aller Eile ein. An vier von sieben Tagen durchquere ich die halbe Stadt und halte mich nicht an die Geschwindigkeitsbegrenzungen, um pünktlich zum Training und zum Spiel zu kommen. Ich erledige die Mails am Handy unter einer Laterne, und ich hasse es. Ich langweile mich. Ich rufe meine Mutter und meinen Vater an und höre mir ihr Gejammer an; sie sind alt geworden, er hat Diabetes, sie ist depressiv, und ich fühle mich, unter dem Gesichtspunkt der Verantwortung, wie ein Einzelkind. Ich finde gerade mal eine halbe Stunde für mich: um in die Buchhandlung zu gehen, meine Lieblingsbuchhandlung, kurz bevor sie schließt; die im Eckhaus am Ende der Via Saragozza, und der Buchhändler ist gar nicht übel. Aber ich habe ihn noch nie um Rat gebeten, im Gegenteil, ich vertraue meiner Spürnase und suche einen neuen Roman aus. Auf der Tribüne liebe ich es, ein Cowboy von Philipp Meyer oder ein Waisenkind auf der Flucht von Richard Ford zu werden. Ich genieße es, während um mich herum alle schreien oder auf ihren Handys tippen, die Seiten umzublättern, über sie zu streichen, ohne mich deswegen als Snob zu fühlen. Ich verteidige mein heiliges Recht, mich auf die Ränge des kleinen Fußballstadions in der Viale Fancelli zu setzen und, anstatt wie die anderen zu gestikulieren, in Ruhe zu lesen.

Meine Gegenwart ist ein nicht gerade glänzendes Chaos. Ich werde nicht zu Partys eingeladen und verkehre in keinen Klubs. Nach dem Abendessen habe ich nur selten noch die Kraft für etwas anderes, als den Tisch abzuräumen und halb tot auf dem Sofa zu liegen – außer im Augenblick, weil ich schreibe. Aber ich denke, dass ich ein *anständiges* Leben führe.

Außerdem halte ich es für das Beste, was ich aufbauen kann nach dem, was mir in zwei Kapiteln geschehen wird.

Ein Teil von mir würde gern vorher sterben und nie die Jugend hinter sich lassen. Ich war so überzeugt, dass sich, sobald ich alleine leben und studieren würde, wozu ich Lust hatte, in einer Stadt, die diesen

Namen verdient, auch all meine Probleme lösen würden. Aber nun ja, Erwachsenwerden ist Beschiss.

Es ist Montag, ich blicke auf die Uhr: Mir bleiben nur ein paar Stunden. Also vergesse ich die aktuelle Elisa, ihren schüchternen Schleier aus rosa Lippenstift, die beiden weißen Haare auf der linken Schläfe. Bevor es halb acht wird, möchte ich noch ein bisschen länger bei der alten Eli und der noch nicht berühmten Bea in jenen letzten glücklichen Momenten im Jahr 2004 verweilen.

*

Wir waren um drei am Leuchtturm an der Piazza A verabredet.

Ich werde ihn hier nicht nennen; er ist viel zu berühmt, und alle würden sofort wissen, welche Stadt T ist, wenn ich seinen Namen ausschreiben würde. Aber es handelt sich um eine Terrasse über dem Meer, errichtet auf den Felsen, mit Steinbänken, die an windigen Tagen von den Wellen bespritzt werden, und dort davor das Archipel, das man mit ausgestreckter Hand fast berühren zu können glaubt: Giglio, Capraia, Elba; dies muss ich schreiben, sonst würde man nicht verstehen, warum die jungen Leute von T sich dort massenhaft verloben.

Bea hatte den Ort bestimmt, um mir zu beweisen, dass sie es ernst meinte. In vier Jahren Freundschaft war sie nie mit mir in der Stadt gewesen, hatte sich nie mit mir gezeigt. In der Schule galt es als ausgemacht: Auf das humanistische Gymnasium gingen nur wenige Leute, und die waren alle mehr oder weniger Loser. Aber vor der wahren Stadtbevölkerung – den gutaussehenden jungen Männern des Technischen Instituts, den zwanzigjährigen Mädchen, die schon auf die Uni gingen und am Wochenende nach Hause kamen, den alten Bekannten ihrer Mutter mit ihren tadellos lackierten Fingernägeln und den gewellten Haaren – in Begleitung von Biella spazieren zu gehen konnte kontraproduktiv sein.

Die Tatsache, dass ich ein paar Zentimeter gewachsen war und Körbchengröße B hatte, hatte mein Leben verbessert, aber nicht gerettet. Die Schmach, anders, introvertiert und die einzige Kundin unter sechzig der Buchhandlung L'Incontro zu sein und dabei weder besonders sympathisch noch schön oder sonst was zu sein, stand mir ins Gesicht geschrieben. Und ich fürchte, dass ich mich nie davon befreien werde.

Und wenn wir diese Geschichte bis ins Letzte analysieren wollen: Auch Lorenzo, der mir im Auto auf den Rücksitzen des inmitten der Sonnenblumen und Zikaden geparkten Golfs ewige Liebe schwor, ohne einen anderen Zeugen als die Natur, ging nicht mit mir über den Corso Italia. Von den Bänken der Piazza A, wo Ehen beschlossen wurden, hielt er mich fern. Den Freunden und Verwandten hatte er mich nicht vorgestellt; ich war eine, die man versteckte.

Aber – und daran wird man erinnern müssen, wenn der Moment gekommen sein wird – Bea hatte immer mehr Mumm als Lorenzo gehabt. Und daher hatte sie den 20. November 2004 als den Tag unseres triumphalen Eintritts in die Gesellschaft bestimmt, und ich war furchtbar aufgeregt, als ich, eine Viertelstunde zu früh, auf der einzigen Bank, die die schmusenden Paare frei gelassen hatten, auf sie wartete; endlich würdig, unter der Sonne zu existieren. Und dabei war dieser Samstag sehr blass, weil ein schrecklicher Scirocco blies. Die Umrisse von Elba waren, undeutlich im Dunst, kaum zu erkennen. Die Mauern der alten Stadt, die Kirchen und Häuser hoben sich kaum ab, wie Flachreliefs unter einem weißen und schweren Himmel. Die Luft roch nach Salz. Die Haare der Leute, die Jacken, die Zeitungen, die Plastiktüten bauschten und kräuselten sich im Wind flatternd. Gegen diese farblose und irgendwie apokalyptische Landschaft hob sich pünktlich um 15 Uhr Bea ab.

Strahlend wie der epische Apollo, auf einen Kilometer erkennbar, der Fluchtpunkt, der alle Blicke magnetisch anzog.

Damit klar ist: Auch sie wurde damals nach wie vor nicht geliebt. Sie hätte es sich verzweifelt gewünscht, wie ich, aber sie wirkte unsympathischer und hochnäsiger, als sie es war, und zudem kleidete sie sich auf eine Weise ... Dennoch gab es einen Unterschied zwischen ihr und mir: Sie fiel auf, ich nicht. Bea erschien an einem Ort und veränderte die Temperatur. Ich wollte nur anders sein, als ich war, während sie das Wunschbild war, dem alle Mädchen der Welt außer mir schon damals nacheifern wollten.

Was für ein Wunschbild? In aller Knappheit würde ich sagen: gefallen, vor Schönheit strahlen. Aber Bea hat nie nur Zustimmung erhalten, im Gegenteil: Sie hat immer gespalten. Sie war schön, wie viele es sein könnten, wenn sie ihre Pickel überschminken und retuschiert würden. Aber was machte wirklich ihre Macht aus? Denn davon sprechen wir ja, davon, dass sie sich nicht im Geringsten um das Urteil der anderen scherte, dass sie alle an den Eiern hatte, dass sie neugierig machte und anzog, weil sie ein unlösbares Rätsel war.

Ich habe vorhin geschrieben: »alle Mädchen der Welt außer mir«.

Ich blicke vom Computer auf und frage mich, ob ich aufrichtig gewesen bin.

Ich sehe mich wieder an jenem Tag: Ich war klein, hatte die Kapuze über den Kopf gezogen, trug das Sweatshirt, auf das ich mir einen Aufkleber mit Hammer und Sichel gebügelt hatte, Gazelle an den Füßen und weite Jeans, weil ich mich, auch wenn mein Hintern nicht übel war, schämte, ihn zu zeigen. Ich schämte mich auch meiner Brüste. Ich fühlte mich schuldig, welche zu haben. Ich fürchtete, sie würden mich als Flittchen abstempeln, wenn ich mit Ausschnitt herumlaufen würde. Ich hatte Angst vor jedem Blick, der sich auf mich richten und mich missverstehen könnte. Also kauerte ich mich auf der Bank zusammen, machte mich klein, unsichtbar, kroch immer weiter in die Windjacke meines Bruders, während sie, wie könnte es anders sein, mit jedem Schritt ins Riesenhafte wuchs. Monumental.

Beatrice kam auf mich zu, und der ganze Platz war wie gelähmt, als wäre ein Scheinwerfer auf sie gerichtet und jede Menge Fernsehkameras. Himmel, wie sie angezogen war: ein Minilederrock, der, ich schwör's, nur sehr knapp den Po bedeckte, eine schwarze, halb durchsichtige Seidenbluse, halb aufgeknüpft, sodass der halbe BH zu sehen war, ein selbstverständlich geöffneter kamelhaarfarbener Überrock, der bis zu den Knöcheln reichte, und ein Hut mit breiter Krempe, aus dem eine prachtvolle platinblonde Mähne herabfiel, die sie trotz der Feuchtigkeit mutig geglättet hatte.

Sie schien geradewegs aus einem Italowestern oder dem *Playboy* gekommen zu sein oder vom Karnevalsfest der Schule. Im Grunde kleidete sie sich schon wie heute. Aber wir sprechen von T, fünfunddreißigtausend Einwohner, vor fünfzehn Jahren. Die Rentner in der Bar La Vecchia marina legten ihre Karten hin und drehten sich um, fassungslos und sprachlos.

»Du übertreibst ganz schön«, sagte ich, nachdem sie sich neben mich gesetzt hatte.

»Und ich werde dir zu deinem nächsten Geburtstag eine Rüstung schenken.«

Ich lachte gepresst.

Sie hatte in der Tat versucht, mir Kleider zu leihen, mich zu veredeln. Aber dann hatte sie es aufgegeben; ich war ein hoffnungsloser Fall, und außerdem konnte sie sich so viel wirkungsvoller von mir abheben.

Sie trug dieses Paar Lackstiefel mit Pfennigabsätzen und bewunderte sie wohlgefällig: »Mein erstes Gehalt, Eli, schau nur, ich hab es wirklich gut investiert.«

Sie waren umwerfend. Ich betrachtete sie sogar mit einer gewissen Begehrlichkeit, die mir aber sofort wieder verging. Ich würde nie auf ihnen laufen können, ich würde mich mit ihnen lächerlich machen, aber der Grund war ein anderer: das Schuldgefühl. Für mich waren sie kein Symbol, sondern eine Ware. Die verlorene Zeit von ausgebeuteten Menschen, ihre unterbezahlte Arbeit, das Kapital, das heißt das Böse, die Lüge, wegen der du immer mehr wollen musst, nur immer mehr, und nie lernst zu verlieren. Als würde das nicht genügen, betonten diese anspielungsreichen Absätze die Unterordnung der Frauen unter das männliche Verlangen, die jahrtausendealte Sklaverei der Hälfte der Weltbevölkerung.

Ich bin immer schon unbequem gewesen, ich weiß. Aber die Welt ist es auch.

»Du bist halb nackt«, schimpfte ich. »Wie kann es sein, dass du nicht frierst?«

»Die Kälte ist Einbildung.« Beatrice stand auf und blickte sich angriffslustig um. »Zeigen wir dieser Stadt, wer wir sind, verdammt noch mal.«

Wir machten uns auf den Weg, sie energisch und ich bedrückt. Sie überzeugt eines ihrer dünnen Beine vor das andere setzend, ich hingegen unschlüssig, mit gesenktem Blick, die Ohren gespitzt, um das Gelächter wahrzunehmen. Ich stand nicht mehr unter Adrenalin, sondern bereute meine Entscheidung und war überzeugt, dass es besser gewesen wäre, versteckt zu bleiben. Hier zwischen den Geschäften, unter den Gleichaltrigen kam ich mir vor wie tief im Wald, nachts, inmitten von Wölfen. Die Jungs des naturwissenschaftlichen Gymnasiums waren so groß wie Lorenzo, mit einem Hauch von Bart, die Jeans unter dem Arsch hängend, wie die Mode es verlangte. Ich betrachtete sie verstohlen, mehr traute ich mich nicht aus Furcht, erkannt und verspottet zu werden. Erst jetzt werde ich mir bewusst, dass ich diejenige war, die sich gewünscht hätte zu gefallen, den Jungs vor allem, und sich daher bestrafte und sich als Junge verkleidete. Bea kam es nur darauf an, Reaktionen zu provozieren und die anderen Mädchen auszustechen mit Hilfe von Trends, von *Präsenz*. Denn sie führte Krieg, immer und überall. Das Epische ihrer Seele trat an diesem Nachmittag deutlich hervor.

Ich setze mich, allein mit meiner Erinnerung, hin. Wie die einzige Zuschauerin in einem leeren Kino spule ich den Film von uns beiden, die wir den Corso Italia entlanggehen, zurück. Wir sind nur zwei Mädchen, eine als Diva verkleidet, die andere als Armselige. Wir halten uns an den Händen, wir sind nicht im Gleichgewicht. Sie voneweg, ich hinterher. Und ich kann eine Anwandlung von Zärtlichkeit, quälend und mütterlich, für die beiden nicht unterdrücken. Wohin glaubt ihr zu gehen?, möchte ich sie fragen. Sie warnen: Geht nicht an der Pommesbude vorbei, dort treffen sich nur Arschlöcher. Niemand hätte uns eine Lira gegeben, nicht einmal Bea, wunderschön, aber verwaist; und provinziell.

Wir balancierten auf dem Kopfsteinpflaster, als wären wir an der Front. Bea drückte meine Hand fester, als wir uns der Spielhalle – die letzte in Europa, die immer noch geöffnet ist –, der Eisdiele Top One, umbenannt in »Il Topone«, und den Bänken näherten, auf denen die saßen, die wirklich zählten: die Schönen beiderlei Geschlechts. Auch das registrierte sie: die Blicke, die Sticheleien. Nur dass ich am liebsten weggelaufen wäre und sie sich daran erregte. Das war die Feuerprobe: kein Foto, das den Kommentaren auf dem Blog ausgesetzt wird, sondern das echte Leben, du spuckst ihnen ins Gesicht, den Jugendlichen von T, die dir deutlich zu verstehen geben, dass du sie ankotzt, die es dir vor allen ins Gesicht schreien.

Wir kamen zur Pommesbude, und schon ging es los.

»Du hast einen Flacharsch, Barbie, das Wackeln kannst du dir sparen.«

»Oh, wunderschöner Hut. Wo hast du denn die Kühe gelassen?«

»Ciao, Brufolo Bill!«

Sie hielten fettige Tüten mit Chips und Minipizzas in den Händen und griffen vor allem sie an, vielleicht zögerten sie, auf das offensichtliche Opfer zu schießen. Nur eine schob die Skrupel beiseite und schoss trotzdem: »Wo hast du denn die kommunistische Zwergin aufgegabelt? In Bergamo? Brescia?«

»Die Polentafresserin, meinst du?«

»Die Rothaarige, ja.«

»Die Arme, Lorenzo der Prächtige betrügt sie mit ganz Bologna.«

Ich litt fürchterlich, die Schläge trafen mich so hart, dass mir die Luft wegblieb, die Spucke, das Herz stehenblieb und ich sogar unfähig war zu schlucken. Sie waren grausam. Jetzt im Nachhinein versuche ich, mich in sie hineinzuversetzen: Das Leben in der Provinz ist hart, ohne Ambitionen, ohne Träume. Die Miststücke wussten schon mit achtzehn, dass sie für immer dableiben und in einer Ehe alt werden würden, die sich als Irrtum herausstellen würde, dass sie in unsicheren Arbeitsverhältnissen leben würden, mit Geldproblemen und Kleidern, die nach dreimal Waschen ausgebleicht sind, mit der Verwandtschaft im Stock drüber, die rumschnüffelt, und allen, die schlecht über einen reden und urteilen, aber was wissen die schon? Jeden Abend kochen, quengelnde Kinder, tödliche Langeweile, Streitereien, Quizsendungen im Fernsehen und nicht der Lichtblick eines unerwarteten Zwischenfalls, der dich packen und fortreißen könnte. Ich verstehe, warum sie diejenigen bestraften, die, wie Bea und ich, glaubten, sich ein besseres Schicksal erlauben zu können.

»Für was haltet ihr euch, verdammt?«, schrien sie uns an dem Tag auf der Piazza Gramsci zu. »Wollt ihr etwa 'ne Modenschau veranstalten? Ihr seid Luft für uns, geht zurück in den Zirkus, ihr Affen.«

Während ich am liebsten gestorben wäre, amüsierte Bea sich. »Die werden noch ihr blaues Wunder erleben, du wirst sehen«, flüsterte sie und zwinkerte mir zu, als wir den Strudel von Skylla und Charybdis überwunden hatten, dieses stinkende Loch, in dem sie, wie man sagte, in altem Motoröl frittierten. »Wenn sie zum Kiosk laufen und meine Interviews lesen werden, wenn sie den Fernseher einschalten und mich in Großaufnahme sehen werden, *wenn sie sich den ganzen Tag auf meinem Blog herumtreiben werden*, ach, Eli, was für eine Genugtuung!«

Sie genoss es schon jetzt, Jahre im Voraus, mit diesem Überrock aus dritter Hand, der wie ein Umhang um sie herumflatterte. Bea hat sich immer berühmt gefühlt, schon als sie noch ein Niemand war. Denn sie hatte diese knapp viertausend Follower an jenem überhimmlischen Ort und dieses brennende Verlangen, T dem Erdboden gleichzumachen, sich für alles zu rächen – wofür, wusste ich eigentlich gar nicht so genau.

»Und ich, Bea?« Ich blieb stehen und fragte mit Nachdruck: »Welche Rolle werde ich haben, wenn du im Fernsehen sein wirst?«

Sie blieb ebenfalls stehen. Vergaß den Laufsteg für einen Augenblick und sah mich mit tiefem Ernst an, damit ich mich wichtig fühlte.

»Du wirst meine Managerin sein, Elisa. Das ist eine Verantwortung, die ich niemand anderem anvertrauen würde. Du wirst dich um alles kümmern: Geld, Kommunikation, du wirst dich um mein Image kümmern, wir werden es gemeinsam erfinden. Und außerdem, und das ist ein Versprechen: Du wirst Zeit haben, Gedichte, Romane zu schreiben. Du wirst meine schreibende Managerin sein. Etwas, das es noch nie gegeben hat.«

Ich glaubte ihr. Sie gab mir dieses Versprechen, das mehr als ein Heiratsantrag, mehr als eine Liebeserklärung war, und ich war mir dessen sicher.

»Ich werde dich mit Geld überhäufen«, fuhr sie begeistert fort, »wir werden so reich sein, dass wir im Ferrari nach T zurückkehren und uns dort hinsetzen werden.« Sie deutete auf ein Tischchen der Bar Corallo – die eleganteste des Corso –, mit Augen, die die Zukunft lasen. Ihr Blick und ihre Stimme leuchteten, als sie uns beschrieb: »Von Kopf bis Fuß in Versace gekleidet und mit Handtaschen von Prada, werden wir Cristal bestellen und die Flasche mit dem Säbel öffnen lassen. Und dann«, sie tat so, als führte sie eine Champagnerflöte an den Mund, »werden wir ihn vor allen trinken, und alle werden Fotos von uns machen, unsere Namen rufen und vor Neid platzen, und ich und du werden *die Königinnen der Welt* sein.«

Sie schwor es mir in der Schlange vor der Eisdiele, bevor ich eine Tüte mit Pistazie und Crema bestellte und sie eine Flasche Wasser. Ich sah mich nicht in einem Ferrari und erst recht nicht Cristal mit dem Säbel öffnend, aber das waren nur Details; ich wollte einfach nur für immer in ihrem Leben bleiben.

Mehr als eine Schwester, ein Ehemann, ihre Mutter.

Die geheime Quelle ihres Lichts, ihr Zauberspiegel.

Ich hatte gerade mal das Eis probiert, als Bea einen Schluck Wasser trank, den Verschluss auf die Flasche schraubte und mich anblickte, als hätten wir bis zu dem Augenblick bloß gescherzt. »Und jetzt«, sagte sie, »machen wir zwei Fotos.«

*

Sie schleppte mich in die Mansarde. Das Leben mit seinem Geschrei, seinen Rempeleien, den Schwaden billigen Parfüms hatte sie angeödet. Für sie war die Sache erledigt, sie konnte jetzt zu dem zurückkehren, worin sie sich wohlfühlte: sich einbalsamieren. Wir machten uns in aller Eile aus dem Staub und kehrten nie mehr in das Stadtzentrum zurück.

Wir betraten ihre Wohnung. Bea ließ die Tasche zu Boden fallen, schleuderte die Stiefel durch die Luft, zog sich die Bluse aus und ging ans Fenster, um die Qualität des Lichts zu prüfen. Es war schwach, der Abend brach herein, und die Sonne war weiß und ertrank in der Feuchtigkeit.

»Warum hast du dich ausgezogen?«, fragte ich sie.

Es war kalt in der Wohnung. Und das war keine Einbildung, sie hatten keine Heizkörper, nur einen Heizofen, aber der war aus. Bea öffnete die Vorhänge und zog sie in den Ecken zurecht. »Du hast keine Ahnung, wie lange ich dieses Shooting schon machen will.«

Sie verschwand im Schlafzimmer und kam mit der Contax zurück.

»Nein«, sagte ich seufzend, »ich bitte dich.« Als sie sie beim Umzug mitgenommen hatte, hatte ich mich gefreut, denn ich wollte sie nicht mehr sehen, nichts mehr vom Fotografieren wissen. Als sie sie mir an dem Tag in die Hand drückte, stieß sie die künftige Managerin wieder in die ihr zustehende Rolle zurück: die der braven Handlangerin. Ich war wieder die Requisitenmeisterin.

Während Bea ihr Make-up auffrischte, blickte ich mich um. Gabriele war nicht da; er rackerte sich in Sonderschichten ab, sogar samstags und sonntags, um seiner Freundin den WLAN-Anschluss zu bezahlen. Die Küche und die Art Wohnzimmer, in dem wir uns befanden, waren das reinste Chaos: ein Tanga baumelte von einer Armlehne, schmutzige Töpfe stapelten sich auf dem Herd, zwei Fingerbreit Staub, ein Schulbuch und ein gebrauchtes Kondom auf dem Fußboden. Das Bett sah schlimmer aus als das meines Bruders, die Laken waren seit sechs Monaten nicht gewechselt worden. Bea ignorierte meinen entsetzten Blick und beschränkte sich darauf, den Teil des Zimmers aufzuräumen, der als Hintergrund dienen sollte.

Sie hakte ihren BH auf.

»Was tust du denn da?«

Süffisant antwortete sie: »Siehst du das nicht? Ein Foto oben ohne.«

»Du hast den Verstand verloren.«

»Du bist eine Heuchlerin.«

»Wie werden sie über dich urteilen? Was werden sie von dir denken, wenn du oben ohne im Internet auftauchst, wo dich alle sehen und dich nicht einmal kennen! Sie werden sagen, dass du eine Hure bist.«

»Wenn du wüsstet, wie egal mir das ist«, sagte sie lächelnd mit beispielloser Unverfrorenheit.

»Du kannst deine Brüste nicht zeigen.« Ich wurde wütend und legte die Contax auf den Tisch. »Ich weigere mich, dieses Foto mache ich nicht.«

Daraufhin verlor Bea die Geduld und kam zu mir: »He, ich will schließlich nicht ins Bagaglino, was glaubst du denn? Ich bin *anständig*. Ich will keinen Sex, ich will Geld verdienen. Die Brustwarzen darf man nur erahnen. Ich seh es schon vor mir: schwarzweiß, unscharf, leicht überbelichtet. Ich will mich zur Ikone machen.«

»Sie werden trotzdem über dich urteilen, und zwar negativ.«
»Immer du mit deinen Bewertungen, Eli, es reicht! Immer denkst du an die anderen. Aber wer sind diese anderen? Hast du dich das jemals gefragt?«
Ich schwieg.
»Du denkst, sie sind alle glücklich, werden geliebt, sind gebildete Philosophen mit tollen Familien? Du denkst wirklich, sie sind besser als du?«
Gegen meinen Willen flüsterte ich: »Nein.«
»Es geht uns allen nicht gut, Eli, *allen* gleichermaßen.« Sie breitete die Arme aus und lachte. »Sie werden sagen, ich bin bescheuert? Na schön. Ein Flittchen? Sollen sie's doch sagen. Wenn sie sich dann besser fühlen, was macht das schon? Sie haben Angst vor meiner Freiheit, sie beneiden mich darum, das ist die Wahrheit. Sie werden denken, dass ich es draufhabe, dass ich jemand bin, dass ich ein verrücktes Leben führe, nur weil ich mit Spezialeffekten arbeite wie eine Terroristin. Ich setze mich in Szene, schaut mich an!« Ihre Augen leuchteten auf. »Ich bin hier, ich bin nackt. Wer weiß, vielleicht hab ich gerade gevögelt, vielleicht hab ich nur ein Buch gelesen. Wer bin ich?« Sie lächelte. »Und dafür sind sie da, meine Titten. Um die Phantasie anzuregen. Ein Leben vorzuspiegeln, das es nicht gibt, das aber alle wollen.« Sie drehte sich um und machte den Vorhang, der sich gelöst hatte, wieder am Haken fest. »Und deswegen«, ermahnte sie mich, »musst du sie so unscharf wie möglich aufnehmen.«

Ich sah es klar und deutlich, ihr Unglück. In dem Augenblick begriff ich, dass ich ihr immer helfen würde, es zu verbergen, und dass alles, was Beatrice ihr ganzes Leben tun würde, im Grunde nichts anderes sein würde, als Verwirrung zu stiften. Um in Deckung zu bleiben hinter der Wahrnehmung der anderen. Sich unerkennbar zu machen.

Ich fragte: »Ist das sinnvoll?«
Sie erwiderte: »Warum sollte jemand die Wahrheit kennen? Niemand verdient sie, außer dir.«

*

Es ist halb acht. Ich muss gehen. Es gibt nichts Schlimmeres, als eine verdrängte Erinnerung zu unterbrechen, die man gerade mühsam dem Vergessen entrissen hat, aber ich schließe Word und gehe ans Fenster; es ist stockdunkel, und es regnet. Ich denke an den Verkehr, der mich auf den Straßen erwartet. Ich ziehe Regenmantel und Schuhe an und greife eilig nach den Autoschlüsseln. Ich fahre immer noch den Peugeot 206 Diesel, den mein Vater mir 2005 geschenkt hatte, damit ich häufiger nach Bologna und zurück fahren konnte, weil Stadt und Provinz so schlecht verbunden waren.

Ich steige ein und fahre los. Die Scheibenwischer quietschen auf der Windschutzscheibe, alle fünf Minuten muss ich abbremsen. Ich schalte das Autoradio ein, um mich abzulenken, aber sofort dröhnt viel zu laut die übliche CD von Sfera Ebbasta durch das Auto. Er spricht von Geld, von Gucci, von Joints, und auch wenn der Rapper mir sympathisch ist, würde ich ihm gern ein paar Gedanken von Marx und Gramsci näherbringen.

Das Handy klingelt, ich hole es sofort alarmiert aus der Tasche. Ich sehe, dass es Rosanna ist. Ich stelle Sfera leiser und gehe ran. »Hallo?«

»Elisa«, beginnt sie, »du weißt schon, dass du heute an der Reihe bist, oder?«

»Für wen hältst du mich? Ich bin unterwegs, ich bin gleich da«, lüge ich. »Genieß deinen Aperitif.«

Sie lacht. »Jedenfalls bin ich dir einen Gefallen schuldig. Auch du verdienst es, ab und zu abends auszugehen.«

Ich beruhige sie: »Sei beruhigt, ich erinnere mich schon gar nicht mehr, wie man das macht.«

Der Verkehr steht still. Sfera singt: »Wir kommen aus dem Nichts / Wir verdienen Geld aus dem Nichts und überall.« Ich kriege den Nachmittag mit Bea in der Mansarde einfach nicht aus dem Kopf. Sie sah in die Zukunft, während ich mit achtzehn schon alt war. Ich hielt mich durchaus für eine Feministin, aber wenn ich ein Mädchen mit nacktem Busen sah, wurde ich nervös und verurteilte sie sofort. Ich opferte mich für Lorenzo auf, vermummte, geißelte und bestrafte mich, weil ich nicht wusste, wie ich mit dem Geheimnis, eine Frau zu sein, umgehen, ihm verzeihen sollte.

»Verdammte Scheiße«, fluche ich. Die Ampel wird grün, ich trete das Gaspedal durch und fahre beinahe dem Citroën vor mir hinterdrauf. Denn Bea hatte recht, nicht mit *allem*, aber mit den Titten. Und das Foto wurde so schön, dass es unsterblich wurde.

Wir bewunderten es gut zehn Minuten schweigend auf dem Bildschirm des Computers, und ich brachte es fertig, sie zu fragen, ob es nicht besser wäre, es in einer Datei mit Passwort zu begraben und zu verschlüsseln oder es auszudrucken, in einem Safe zu verstecken und die Kombination zu vergessen.

»Du bist verrückt«, erwiderte sie. »Natürlich veröffentlichen wir es und lassen es für uns arbeiten.«

Wir lachten über jede einzelne mittelalterliche Beleidigung, die unter dem Foto erschien, und fühlten uns mit verschränkten Armen vor dem Bildschirm stärker als die Welt. Denn die Unbekannten holen sich einen runter auf Beas Titten, und die Zähler spielten verrückt und schnellten mit Schallgeschwindigkeit in die Höhe, das ganze Netz lief uns zu, Bea wurde Beatrice, und auch ich veränderte mich.

Nach jenem Nachmittag begann ich, Hosen in meiner Größe und weniger hochgeschlossene T-Shirts zu wählen. Ich nahm mir vor, mit meinem Körper nicht mehr umzugehen, als wäre er eine Strafe, sondern das in ihm zu sehen, was er war: ein Aspekt – nicht der wichtigste, aber auch kein nebensächlicher – meiner Sprache.

Ich erkenne die weißen Lichtbündel der Scheinwerfer über den Dächern, gegen die Nacht; ich bin angekommen. Ich verliere keine Zeit, parke, ohne zu zögern, im Halteverbot, schließe die Wagentür und renne ohne Regenschirm über den nassen Asphalt. Ich denke: Wie viele Bilder im Internet verglühen und zerstören sich, ohne in Asche zu zerfallen? Wie viele Illusionen lösen sich auf, aus dem Nichts ins Nichts? Dieses Oben-ohne-Foto dagegen ist geblieben; es ist immer noch eines der ersten, die erscheinen, wenn man den Namen Rossetti in den Suchmaschinen eingibt. Drei Millionen fünfhunderttausend Ergebnisse, und diese Aufnahme ist da, mit ihren vom Rauch vergilbten Vorhängen, dem dreckigen Fußboden, dem verrosteten Ofen, und ich muss beinahe stolz lächeln, weil ich das Foto gemacht habe und nicht ein Alfred Eisenstaedt.

Um die Wahrheit zu sagen, Bea hat versucht, es zusammen mit dem ganzen Blog zu löschen, als sie tatsächlich berühmt wurde. Aber dieses Bild – die Geheimnisse des Internets waren am Werk – wollte sich nicht löschen lassen. Es wurde in Tausenden Zeitungen abgedruckt, und man spricht noch heute von ihm. Die Rossetti ist nicht der Typ, der sich auszieht. Ich glaube, dass dies das Foto ist, auf dem man ihre Brüste am besten sieht. Aber das ist es nicht; es liegt daran, dass dieses Schwarzweiß so *real* ist. Im Hintergrund erahnt man ein Zimmer, das nicht die übliche Luxussuite ist, sondern ein Ort von rührender Bescheidenheit. Und *sie* ist sichtbar, strahlend schön, aber noch nicht abgenutzt, vereinfacht, erstarrt zu einer Maske. Es ist Bea, die Abweichung ihrer noch nicht der Kontrolle unterworfenen Existenz. Es ist meine traurige, wütende, undurchschaubare Freundin, mit Ohrringen vom Flohmarkt und geliehenen Kleidern.

Sie ist noch eine lebendige Person.

*

Ich komme an, meine Haare sind klatschnass. Der Präsident winkt am Eingang, er scheint gewartet zu haben, denn kaum sieht er mich, sagt er: »Signora, ich muss mit Ihnen sprechen.«

Ich aber will nicht, nicht heute. Ich entziehe mich: »Gern, das nächste Mal. Ich habe ein dringendes Telefongespräch, entschuldigen Sie mich.«

Der Regen wird stärker, aber auf dem Feld, das zu einem Morast geworden ist, rennen sie immer noch. Ich plane eine Waschmaschine mehr ein und eine mögliche Bronchitis an Weihnachten. Ich erreiche die Ränge, erspähe einen einzelnen Platz, abseits von den Fans. Keiner begrüßt mich, das bin ich gewohnt. Ich habe immer noch nicht gelernt, mich so zu verhalten, dass die anderen mich akzeptieren, und auch meine Angst noch immer nicht überwunden: vor den anderen Eltern vor allem. Andererseits interessiere ich mich absolut nicht für Fußball und habe nie kapiert, was ein Abseits ist.

Mit den Augen suche ich Valentino. Er ist mitten auf dem Feld stehen geblieben und sucht mich seinerseits. Er weiß immer, wann ich statt Rosanna, der Mama von Michele, an der Reihe bin, ihn abzuholen. Wir deuten einen Gruß an, das übliche kurze Lächeln. Kein großes Getue, keine Gefühlsergüsse, Gott behüte.

Aber ich weiß, was er denkt: Mama hat keine Ahnung, wie gut ich im Fußball bin. Und es ist tatsächlich so: Mich interessiert viel mehr, dass er in der Schule gut ist, dass er lernt, seinen Kopf zu benutzen. Wenn er trotzdem in der Serie A landet, werde ich mich wohl damit abfinden müssen. Aber ich hoffe, dass das nicht geschieht.

Ich suche Schutz unter dem Wetterdach und beginne *Das lügenhafte Leben der Erwachsenen* von Elena Ferrante. Dies sind die einzigen Momente, die ich habe, um zu lesen, worauf ich Lust habe. Ab und zu blicke ich allerdings auf und beobachte ihn. Ihm ist das wichtig, vielleicht wünscht er sich einen Vater, der ihm Hinweise gibt, ihn anspornt, motiviert. Stattdessen bin ich da.

In Gedanken sage ich ihm: Es könnte dir schlechter gehen. Eine wie deine Großmutter als Mutter zu haben, ich versichere es dir, ist der Tod. Valentino trickst schließlich den Gegner aus, schießt, aber es gibt kein Tor. Er schaut mich erneut an und breitet die Arme aus, er nimmt es gelassen. Das Einzige, was ich ihm, glaube ich, beigebracht habe, ist zu verlieren. Gino, der Trainer, wiederholt mir unablässig, dass sein Talent gefördert werden muss – ich denke, dass auch der Präsident vorhin mit mir über diese vielversprechende Zukunft sprechen wollte, die ich nicht genügend unterstütze. Jedes Mal erwidere ich, dass drei Trainings und ein Spiel pro Woche zu viel sind, dass ich eine Mutter bin, die arbeitet, und dass ich gemeinsam mit den anderen Müttern ziemliche Verrenkungen vollbringen muss, um ihn zu diesen im Winter unzumutbaren Zeiten abzuholen. Schließlich können sie nicht allein mit öffentlichen Verkehrsmitteln um halb neun, neun Uhr abends nach Hause fahren. Oder sind wir zu ängstlich? Was bedeuten zwölf Jahre? Zählt das noch zur Kindheit oder ist das schon Jugend?

»Aber hat dieser Junge denn keine Großeltern? Oder andere Verwandte?«, hatte Gino mich einmal gefragt, und ich war wütend geworden: »Er hat mich, und damit müssen Sie sich zufriedengeben.«

Es fehlen noch zehn Minuten bis zum Ende, ich setze mein Leben auf Pause und gehe mit der Ferrante nach Neapel, überschreite die Schwelle der Worte und löse mich darin auf, wo alles, auch der

Schmerz, einen Sinn bekommt. Aber zwischendurch überlege ich: Abgesehen von Rosanna und ein paar anderen laden sie uns nie zum Geburtstag ein. Dabei ist Vale so umgänglich. Vielleicht begehe ich die gleichen Fehler wie meine Mutter. Vielleicht bin ich jetzt die Mama, die alle meiden.

Das Training endet, ich bleibe sitzen und lese noch ein bisschen. Er ist jetzt groß genug, um allein zu duschen, sich anzuziehen und seine Sporttasche zu packen. Als er mit Michele zu mir kommt, nach Shampoo duftend und mit noch halb nassen Haaren, will ich ihn aus einem heftigen Impuls heraus umarmen und ihm sagen, wenn er sie nicht besser trockne, werde er eine Ohrenentzündung bekommen. Aber ich halte mich zurück. Er ist nicht mehr in dem Alter, in dem er sich umarmen lässt, erst recht nicht vor seinem Freund.

Wir steigen ins Auto und fahren Michele nach Hause. Die beiden machen sofort Sfera an und tuscheln eifrig miteinander. Als sie sich verabschieden, kreuzen sie die Arme und schlagen sich mit den Fäusten auf die Brust, ein ganzes Zeremoniell anstelle einer Verabschiedung. Es bleibt mir unverständlich, zu meiner Zeit war so etwas nicht gebräuchlich.

Als wir allein sind, fragt Valentino, was es zum Abendessen gibt.

»Keine Ahnung.« Der Kühlschrank ist leer, das Schreiben hat mich so in Anspruch genommen, dass ich vergessen habe, einkaufen zu gehen. »Eine Pizza?«

Er jubelt, und ich erinnere mich, dass Niccolò und ich manchmal mit einer Tüte Chips zum Abendessen auskamen. Dann wird er nachdenklich und zeichnet mit der Fingerkuppe Hieroglyphen auf das beschlagene Fenster, deren Sinn sich mir nicht erschließt.

Er nimmt seinen ganzen Mut zusammen. »Ma, warum kann ich Weihnachten nicht mit dir nach Biella fahren?«

»Weil es beschlossen ist. Wir verbringen Silvester miteinander.«

»So ein Mist«, schnaubt er und versucht es noch einmal. »Silvester wollte ich hier mit meinen Freunden verbringen, das weißt du doch.«

Natürlich weiß ich das, er spricht seit einem Monat von nichts anderem.

»Wenn du größer bist.«

»Aber ich bin schon groß!«

Ich schalte den Motor und das Autoradio aus und ziehe den Schlüssel aus dem Armaturenbrett. Im gelben Licht der Fahrerkabine betrachte ich ihn, und vielleicht zum ersten Mal wird mir bewusst: Er ist groß geworden. Nicht groß genug, um drei oder vier Tage allein in Bologna zu bleiben, aber seine Gesichtszüge haben sich verändert, sie haben nichts Kindliches mehr. Und er ist gut zehn Zentimeter größer als ich.

»Nächstes Jahr«, verspreche ich ihm und nehme hin, dass er mich hasst.

Die Straße ist der reinste Wildbach, wir steigen aus und rennen auf die andere Seite. Wir betreten den Pizzaservice an der Ecke der Via Fondazza. Wir bestellen. Während wir warten, betrachte ich durch die Scheibe die vom Monsun überschwemmte Stadt, während er auf Abstand geht und an einen Hocker gelehnt das Handy herausholt.

Es ist mir bis letzten Frühling gelungen, es ihm zu verbieten, ich habe auch versucht, ihn von der Nutzung der sozialen Netzwerke abzuhalten, aber er konnte es gar nicht erwarten. Ich beobachte ihn, während er über das Display wischt. Ich möchte ihn aufhalten. Ich sehe, wie er abwesend auf das Handy starrt, und kann nicht umhin, mich beunruhigt zu fragen, ob mein Sohn nicht sogar auf Beatrices Seite vorbeischaut.

24

Die Grabmode

Es ist eins, und ich kann nicht schlafen. Das Näherrücken von Weihnachten versetzt mich in schlechte Laune, und ich habe keine Lust mehr zum Schreiben. Allein schon die Vorstellung, mein erstes Jahr an der Universität zu beschreiben – das schlimmste von allen –, und jenes Morgengrauen, in dem ich erschöpft auf einem Bürgersteig der Via Canonica hinstürzte und mir die Knie aufschlug, blockiert mich. Ich werde niemals imstande sein, diese Geschichte zu beenden.

Weil sie meine ist.

Ich versinke im Sofa, greife nach der Fernbedienung und beginne, zwischen den Kanälen hin und her zu zappen, mit dem einzigen Ziel, mich zu betäuben. Ich stoße auf eine Dokumentation über die Pyramiden, die mir ziemlich einschläfernd zu sein scheint, also bleibe ich dabei und stelle den Ton leiser, damit Valentino nicht aufwacht. Er schläft selig in dem Zimmer, das bis vor einem knappen Jahr mit Dinosauriern tapeziert war, während jetzt Bilder von dem rauchenden Sfera Ebbasta dort hängen und das kleine Plakat von Massimo Pericolo im Baraccano. Das Konzert hatte ich ihm verboten, aber er hält es ein bisschen wie ich als junges Mädchen mit den Plakaten des Babylonia: Er hängt sich seine Wünsche an die Wand. Bevor er ins Bett ging, hat er mir wie üblich sein Handy ausgehändigt. Ich habe es ausgeschaltet und zusammen mit meinem in die Küche gebracht, wo ich die zwei Waffen in einem Behälter aufbewahre – damit wenigstens die Nacht ihre heilige Ruhe bewahrt. Ich gähne jetzt und verfolge unkonzentriert den Bau der Gräber, ohne mir die Anstrengung vorstellen zu können. Ich bin schon am Eindösen, als die Bilder aus Ägypten unvermittelt von denen der Toskana überlagert werden. Und ich sehe Baratti wieder.

Die Seekiefern, deren Stämme vom Wind gebeugt werden, die Zweige, ausgestreckt in einer leeren Umarmung. Der Golf, der in einem perfekten Halbkreis eingeschlossen ist und in den wir wohl an die tausend Mal gesprungen sind. Populonia, die Akropolis, zu der wir hochgeklettert waren, um das Tyrrhenische Meer zu überblicken wie ein alter Etrusker auf Wache. Die Felsen von Buca delle Fate, erreichbar über einen dichten Wald von Steineichen, der so steil abfällt, dass wir, als wir ihn mitten im August, verbrannt von der Sonne und vom Salz, wieder hinaufsteigen mussten, lieber gestorben wären. Diese Landschaften ziehen an meinen Augen vorüber, und ich kenne sie nicht nur, ich gehöre zu ihnen. Wie zu meinem Bruder, meinem Vater, meiner Mutter. Wie zu Beatrice.

Ich setze mich auf und erinnere mich gegen meinen Willen. Der Schulausflug, die Hügelgräber, die Höhlen. Sie sind die letzten unbeschwerten, strahlenden Erinnerungen. Es war noch 2005, als wir uns Ende Juli gemeinsam die Abiturergebnisse abholten. Wir waren die beiden Einzigen der Klasse, wenn nicht der Schule, die mit Auszeichnung bestanden hatten, und alle hassten uns bis aufs Blut: die drei schmächtigen Jungs, mit denen es vermutlich kein gutes Ende genommen hat, die Schlangen unter unseren Klassenkameradinnen, die immer in Begleitung ihrer Mamas unterwegs waren. Bea und ich umarmten uns und sprangen und schrien vor Freude, wir rieben es ihnen richtig unter die Nase. Aber wir würden sie sowieso nie wiedersehen. Wir hatten niemanden, der uns begleitete, wir waren uns selbst genug. Wir waren verwaist und hatten uns daran gewöhnt. Das Gymnasium war vorbei, *für immer*; wir sprangen auf die Motorroller, zogen uns die Kleider aus und fuhren im Bikini zur Nekropole. Wir parkten und stürzten uns sofort ins Meer. Als die Nacht hereinbrach, schliefen wir am Strand ein, erschöpft vom Glück und vom Alkohol, jede mit ihrem Freund, versteckt unter den Decken, aber nebeneinander. Endlich frei. Jedenfalls glaubten wir das.

Ich bin jetzt wach. Ich sage mir, dass ich mir wenigstens an Heiligabend den Luxus gönnen könnte, lange zu schlafen. Dass ich, an diesem Punkt angelangt, die Datei mit dem Namen »Roman« einfach nicht mehr öffnen könnte. Ich bin keine Schriftstellerin, ich habe eine andere Arbeit. Träume und Realität fallen nie zusammen, weil sie es nicht können. Seit dreizehn Jahren verdränge ich diese Freundschaft, mauere sie ein und verhalte mich, als hätte es sie nie gegeben. Und was tot ist, muss auch tot bleiben; es hat keinen Sinn, sie exhumieren zu wollen, sich vorzumachen, man könnte sie durch die Worte wieder zum Leben erwecken.

Aber die Dokumentation hat nicht die erhoffte Wirkung, anstatt mich zu beruhigen, putscht sie mich auf. Es geht jetzt um Eisen und die blühende Metallherstellung in Populonia im 7. Jahrhundert n. Chr., den massiven Abbau auf der Insel Elba und darum, dass es sich zwei Jahrtausende später als notwendig erwies, endlose Schichten von Mineralen abzutragen, um wieder auf die Gräber zu stoßen. Die weltberühmte Nekropole San Cerbone füllt den Bildschirm. Wir hatten sie mit der Marchi zu Frühlingsbeginn besucht, als Vorbereitung einer Arbeit in Essayform, die wir für das Abitur beherrschen sollten. Ich lächle; meine trug den Titel »Geburt der Stahlindustrie«. Ich hatte mich für die Industrieviertel der Antike, die Ausbeutung der Minen auf der Insel begeistert. Und Bea? Worüber hatte sie geschrieben? Ich erinnere mich nicht. Oder doch: darüber, wie die Etrusker die Verstorbenen herauszuputzen pflegten. Wirklich witzig. Ich lache tatsächlich, allein im Wohnzimmer meiner Mietwohnung in der Via Fondazza. Mir fallen wieder ein paar komische Szenen im Zusammenhang mit diesen *Elaboraten* ein, wie die Marchi sie nannte; und dass man wirklich verrückt sein musste, um sich für die Einkleidung der Leichname zu interessieren.

Plötzlich höre ich auf zu lachen, und das Blut gefriert mir.

Ich laufe in die Küche, zum Behälter, in dem die Handys liegen. Ich schalte meins ein, verbinde mich mit dem Internet und suche die Seite von Beatrice, das letzte Bild, das sie veröffentlicht hat: wilde braune Locken unter einem majestätischen Hut, das Gesicht leicht nach links geneigt, ein angedeutetes Lächeln. Ich schaue die Galerie durch: ohne den Hut, das Gesicht wie auf dem vorherigen, wie auf einem von vor sechs Monaten, einem anderen von vor zwei Jahren. Ich gehe bis ins Jahr 2013 zurück: Bea ist immer mit sich selbst identisch. Wie die getrocknete Rose im Schrank. Mein Geist verdunkelt sich, ein Kurzschluss, ein *Klick*, und da ist sie, klar und deutlich in meiner Erinnerung, geschützt von einer Plastikhülle, die erste Seite ihres Referats. Titel: »Die Grabmode«.

Ich sehe mich wieder, wie ich sie enttäuscht frage: »Bea, warum nur?«

Wie viele Themen konnten wir mit neunzehn wählen, in der vollen Blüte unseres Alters: die Handelsbeziehungen zwischen Griechen und Phöniziern, die Religion, die Schrift, die Fresken, wie viel Leben konnte man erforschen?

»Warum gerade die Toten?«

Und sie hatte mir in der Bibliothek mit lebhaftem Blick geantwortet: »Weißt du, was ich entdeckt hab, Eli? Weißt du das?«

Die Erinnerung sprudelt wie ein Geysir. Ich schüttle den Kopf, ich kann es nicht glauben. Wie kann es sein, dass ich in all den Jahren nie daran gedacht hatte? Eine so einfache Verbindung: Leben, Tod. Ich gehe ins Wohnzimmer, schalte den Fernseher aus, öffne die Tür meines Schlafzimmers, schalte die Nachttischlampe an und betrachte den Schreibtisch, den Computer. Verdammt, ich muss mich wieder dransetzen.

*

Es muss Ende März oder Anfang April gewesen sein. Nach dem Schulausflug zu den Nekropolen kam Bea zu mir, um ihr Referat zu schreiben. Bei dieser Gelegenheit steckte mein Vater den Kopf aus seiner Höhle, in der er sich eingemauert hatte, schlurfte in die Küche und überraschte uns, wie wir Türme prächtiger Bücher wälzten, die wir aus der Bibliothek ausgeliehen hatten.

»Das ist ja das reinste achtzehnte Jahrhundert!«, rief er und begann zu husten.

Er rauchte zwei Päckchen Zigaretten am Tag. Um die Scham abzuschwächen, die die Erinnerung an ihn im Pyjama um halb fünf in mir auslöst, will ich gleich sagen, dass Papa in jener Zeit den Höhepunkt des Kummers und der Demoralisierung erreicht hatte. Er hatte sich mit einer Frau aus Catanzaro verlobt, Incoronata, die er nie gesehen hatte, mit der er aber nächtelang wie ein kleiner Junge chattete. »Papa«, hatte ich ihn einmal getadelt, »du kannst dich nicht in eine Person verlieben, die du gar nicht kennst.« »Warum nicht?«, hatte er mich verbittert gefragt. »Verlangt sich zu kennen, dass die Körper zur selben Zeit am selben Ort sind?«

Ich stand um zwei, drei Uhr morgens auf, um ins Bad zu gehen, und hörte ihn in die Tasten hauen und allein lachen. Das Gespenst von Großmutter Regina – so hieß seine Mutter – stachelte ihn, glaube ich, immer noch an, Wiedergutmachung zu suchen, indem er sich mit uneinnehmbaren Frauen mit melodramatischen Geschichten und geheimnisvoller Erscheinung einließ. Erst in letzter Zeit scheint er davon geheilt zu sein, zum einen, weil er sechzig ist, und zum anderen, weil die Frau, mit der er seit einiger Zeit verkehrt, tatsächlich Schauspielerin ist, vielleicht die beste der kleinen Amateurtruppe *Die Brigade der Träume*, und er sie ins Theater begleiten, sich in die erste Reihe setzen und ihr applaudieren kann.

Kehren wir zum Nachmittag des Referats zurück. Als Papa auftauchte, sah Bea ihn stirnrunzelnd an, ich nehme an, sie fragte sich, wie er sich immer noch diesen Bart wachsen lassen konnte, der ihn, ergraut wie er war, wie Dostojewski aussehen ließ. Im Übrigen schickte er Incoronata, der kalabresischen Verlobten, Fotos von sich, die zehn Jahre alt waren, mit schönen glatten Wangen, und wenn sie ihn bat, die Webcam zu benutzen, fand er immer eine Ausrede.

»Mädchen, warum blättert ihr in diesen Büchern?«

»Weil es die wichtigsten Studien über Etrurien sind«, erwiderte ich gereizt, und, in dem Versuch, ihn daran zu erinnern, wer er war, fügte ich hinzu: »Geschrieben von Universitätsprofessoren.«

»Und Wikipedia? Und die unendlich vielen Websites, Filme, Dokumente, Fotogalerien, die ihr runterladen könnt? Ihr müsst keine Doktorarbeit schreiben; das Zeug, das ihr da konsultiert, ist kalter Kaffee aus T, der traurigsten Bibliothek der Welt. Für heute überlasse ich euch gern meinen Platz.«

Beatrice sprang auf; sie konnte es nicht fassen, dass sie Papas funkelnagelneuen Computer benutzen durfte. Sie folgte ihm ins Arbeitszimmer, öffnete die Fenster, und entsorgte die Berge von Kippen aus den Aschenbechern im Mülleimer. Ich folgte ihr schmollend. Ich beobachtete sie, wie sie sich, Ellbogen an Ellbogen, wie zwei Besessene auf die Jagd nach Zusammenfassungen zweifelhafter Herkunft begaben, die vor Grammatikfehlern nur so strotzten. Ich war stinksauer; mich ließ er nie in sein Arbeitszimmer, half mir nie bei meinen Recherchen, und dann kam Bea, und sofort war er da, zuvorkommend, interessiert.

»Darf ich sagen, dass die *Geschichte der Etrusker* von Mario Torelli mir etwas gründlicher zu sein scheint?«

»Ah, Elisa, du und *die Poesie des Papiers*«, spottete Bea. »Du wirst die einzige digitale Analphabetin des Planeten bleiben.«

»Wunderbar«, erwiderte ich, »dann werde ich einen Geheimbund für die fünf oder sechs überlebenden Trottel gründen, die noch ein Buch zum Freund haben möchten.« Und ich ging zurück zu Torelli, Editori Laterza 1981, vergilbte Seiten, Glanzleistung der in Sprache gegossenen lebendigen Archäologie, und währenddessen klickten, lachten und quatschten die beiden im Zimmer nebenan. Als es dunkel wurde, kehrte Bea in die Küche zurück und setzte sich neben mich, einen Stapel Ausdrucke in den Händen. Begeistert zeigte sie sie mir. Es waren lauter Bilder von Gräbern.

»Die Frauen wurden bestattet«, erzählte sie mir, »mit Spiegeln, Parfüms, Cremes und wertvollstem Schmuck, schau«, sie deutete auf ein Paar Ohrringe, »ich will mir ähnliche besorgen und ein Foto machen, auf dem ich mit geschlossenen Augen und die Arme auf der Brust gekreuzt daliege.«

»Du spinnst.«

»Das wird ein super Foto, unerwartet, schockierend!«

»Bea, bitte, beschränk dich darauf, Informationen zu suchen.«

Sie packte meinen Unterarm und drückte ihn. »Du hast nichts begriffen. Die einzige Information, die auf meinem Blog interessiert, bin ich.«

Ein Jahrzehnt später sollte ich in den wichtigsten Tageszeitungen des Landes Analysen lesen wie diese: »Aus einer marginalen italienischen Provinz, die technologisch chronisch hinterherhinkt, hat die Rossetti ganz allein die Zukunft des Internets vorweggenommen und sich in den Mittelpunkt gestellt.« Oder: »Die junge Absolventin eines Statistikstudiums hat vor den Superhirnen von Palo Alto vorausgeahnt, dass die Richtung, die das Netz nehmen wird, nicht der allgemeine Zugang zum Wissen sein würde, sondern dass man sich selbst als das einzige plausible Wissen setzt.« Ein besonders scharfsichtiger Kritiker schrieb sogar: »Rossetti antizipierte, ja inaugurierte in gewisser Hinsicht die Perversion der sozialen Netzwerke, die mittlerweile vorherrschend geworden ist: die Abschottung statt der Öffnung, den Narzissmus statt der Begegnung, ein fötaler und krankhafter Rückzug auf (falsche) Egos.« Und mein Lieblingssatz: »Beatrice Rossetti ist der letale Algorithmus.«

All diese Artikel habe ich ausgeschnitten und im Laufe der Zeit in einer Mappe gesammelt, auf die ich »BR« geschrieben habe. Denn ich saß im Vorzimmer der Geschichte und erinnere mich gut, dass Bea ein paar Tage später, zwei Fingerbreit Anti-Akne-Grundierung im Gesicht, zwei billige Goldohrringe an den Ohrläppchen und zwei wie Türgriffe hervorgehobene Wangenknochen, wie sie sie in einem Online-Lehrbuch für Thanato-Ästhetik gefunden hatte, zu mir kam und mich anflehte, das x-te Foto zu machen. Das natürlich schockierte, Wut auslöste und die Gemüter erhitzte und die Zahlen noch mehr in die Höhe schnellen ließ.

Was für eine Art Information bist du?, hätte ich ihr am liebsten in der Küche entgegnet, den Torelli in der Hand, und mich aus ihrem Griff befreiend. Wen kann es schon interessieren, wie du dich kleidest und schminkst? Etruskerin oder Odaliske, du bleibst immer ein junges Mädchen, das nichts Außergewöhnliches gesagt oder vollbracht hat. Du gehst aufs Gymnasium, du arbeitest in einem Secondhandladen, du hast keine Familie, du bist eine traurige Geschichte.

»Darf ich dich wenigstens darauf aufmerksam machen«, fragte ich sie bissig, »dass der Karneval vorbei ist und du dich, wenn du dich als Etruskerin verkleidest, lächerlich machst?«

»Ich mache mich zu einer *Ikone*, wenn du's genau wissen willst.«

Ja, ich hatte die *Vogue* nicht abonniert, ich verfolgte nicht *America's Next Top Model*. Ich bildete mir ein, dass mich al-Qaida, Bush, Putin und das prekäre politische Gleichgewicht weltweit mehr angingen als irgendwelche Oberflächlichkeiten. Ich war aufgewachsen mit zwei gegensätzlichen Eltern, die dennoch eine gemeinsame Überzeugung hatten, nämlich, dass die Ästhetik nicht existiert. Und wenn sie doch unbedingt existieren muss, enthält sie eine Schuld – Koketterie, Befreiung.

Das Wort »Ikone«, das im Vokabular der Mode Karriere zu machen begann, evozierte in meinem Gehirn, das eng der Kultur verbunden war, Heiligenbilder von Gottheiten, die Geister der Verstorbenen. Aber vom Tod sprachen wir schon seit geraumer Zeit, auch wenn ich mir dessen erst in dieser Nacht bewusst werde.

*

Für die Abfassung der »Grabmode« brauchte Bea zehn Tage, in denen sie mich ungefragt mit Details über die prunkvolle Ausstattung der Gräber zermürbte: »Sie sind mehr als ein Haus, Eli, sie sind die ewige Wohnstätte«; über die Zusammensetzung der Leichen, über die Totenbetten: »superbequem«. Ich erinnere mich, dass ihr Referat um eine Note höher als meine *Geburt der Stahlindustrie* benotet wurde. Sie war sogar mit mir in die Bibliothek gegangen, um, unersättlich, noch gründlicher zu recherchieren. Ich dachte, es handele sich um eine neue Art und Weise, die Trauer um ihre Mutter zu verarbeiten. Die Details der Bestattungen lösten erstauntes Gelächter bei ihr aus.

Ich begreife es jetzt: Sie lernte.

Nur ein Trugbild kann perfekt sein.

Ohne Krankheiten, Leerstellen, Risse.

Nur der Tod kann unsterblich sein.

Und so begann Bea bereits am Ende des Gymnasiums, sich zu begraben, ohne dass jemand es bemerkte. Sie lernte die Bestattungstechniken mit ihrem Referat und wandte sie während ihrer gesamten Karriere systematisch an. Die Rossetti kann ihre Haarfarbe nicht ändern, sie kann sich nicht, was weiß ich, ungeschminkt und in Pantoffeln fotografieren lassen oder im Jogginganzug beim Einkaufen – *pardon*, sie kauft nicht ein – oder allein im Wohnzimmer, während sie sich langweilt. Sie darf nicht zunehmen, sie darf sich nicht zu Regierungen und Präsidenten äußern, keine unbequeme Meinung haben. Sie darf allenfalls Variationen über ein Thema wagen, ein Ton-in-Ton. Sich nie, wirklich nie ändern.

Aber ich habe sie *lebendig* gesehen.

Voller Pickel aus der Dusche kommen. Wie sie vor dem Spiegel Gesichtsausdrücke probte. Mich liebevoll ansah. Mit dem Motorroller hinstürzte. Klaute. Und all diese beweglichen, tollpatschigen, fehlerhaften Beatrices bleiben für mich *sie*.

In dem Buch, das ich ihr zum achtzehnten Geburtstag geschenkt hatte, stirbt Anna Karenina. Verstört, verzweifelt. Sie stirbt, weil sie sich vorher eine wunderbare Chance zugestanden hatte: Fehler zu machen. »Daran merken wir, dass wir am Leben sind: Wir irren uns«, hat mal jemand geschrieben. Sie musste nur unbeweglich bleiben, lächeln und den Atem anhalten, um einen flachen Bauch zu haben. Wie Gin ihr beigebracht hatte und wie es Gin einst beigebracht worden war. Keine Ahnung, wer es als Erster festgelegt hat, welcher Schnappschuss für Frauen der richtige ist.

Auf einem Foto kannst du nicht altern, nicht sprechen, du kannst nicht rebellieren und deine Mutter verraten. Ich hasse Fotoalben; wenn ich in ihnen blättere, sehe ich nur, was ich verloren habe, die Personen, die nicht mehr sind, die Augenblicke, die ich zurückhaben will, meine chronische Unzulänglichkeit im Vergleich zu den Ikonen, also den Gespenstern. Und aus dem gleichen Grund hasse ich die sozialen Medien: weil ich das Gefühl habe, zwischen Grabsteinen zu wandeln.

Wir waren in der Bibliothek, saßen im Lesesaal allein am Nussbaumholztisch in der Mitte, als ich endlich den Mut aufbrachte, sie zu fragen: »Bea, warum ausgerechnet die Toten?« Und sie hob den Kopf und blickte mich voller Begeisterung an: »Weißt du, was ich entdeckt habe, Eli? Weißt du das? Es ist etwas *Fundamentales*.«

»Na, dann sag es mir.«

»1857 betreten Adolphe Noël des Vergers und Alessandro François zum ersten Mal die Tomba François, sie entfernen den Stein am Eingang und erhellen das Innere mit ihren Fackeln. Stell dir die Szene vor.« Sie fuhr mit der Hand durch die Luft, als wollte sie sie wiedererschaffen. »Zwanzig Jahrhunderte totaler Dunkelheit und Stille, und dann kommen sie plötzlich herein und stehen vor den Leichen von Kriegern, die auf Betten liegen, genau so, wie sie bestattet worden waren, Farben, Kleidung, Stoffe, alles genau wie damals, *perfekt*. Und dann ...«, sie hielt ungläubig inne, »... innerhalb einer Minute dringt die Luft von draußen ein und zerstört alles, alles! Ich lese dir die Passage vor: ›Dieses Eintauchen in die Vergangenheit hatte nicht einmal die Dauer eines Traums, und die Szene verschwand, als wollte sie uns für unsere indiskrete Neugier bestrafen.‹ Und jetzt kommt das Schöne: ›Während diese zerbrechlichen sterblichen Überreste im Kontakt mit der Luft zu Staub zerfielen, wurde die Atmosphäre durchsichtiger. Wir sahen uns jetzt umgeben von einer anderen kriegerischen Bevölkerung, die von den Künstlern hervorgebracht worden war.‹ Die Fresken! Und aus diesen Darstellungen haben sie die ganze Geschichte rekonstruiert, Eli. Die Realität zerbröckelt, die Bilder nicht!«

»Die Kunst«, korrigierte ich sie, »das Schreiben, die Gemälde.«

»Die Bilder, Elisa. Eine einzige dieser Darstellungen ist mehr wert als fünftausend deiner geliebten Worte. Wenn die Etrusker einen Fotoapparat gehabt hätten, du kannst sicher sein, sie hätten ihn benutzt.«

*

An diesem Morgen bin ich wirklich in die Salaborsa gegangen. Nach einer schlaflosen Nacht stand ich mit müdem Gesicht um Punkt zehn vor der Tür und warte darauf, dass die Bibliothek öffnete. Ich habe zwei Stunden im Archiv verbracht, um den Titel des Buchs zu suchen, an dessen Autor ich mich erinnerte: Jean-Paul Thuillier. Als ich ihn gefunden hatte, wurde ich ganz fiebrig. Und als ich wie eine Besessene darin blätterte, und die genaue Passage fand, schrie ich: »Verdammt, ja!« Ohne jede Zurückhaltung. Ich sah wieder Beatrices Hand, die einen Raum in der Luft entstehen und zweitausend Jahre alte Körper binnen Sekunden zu Staub zerfallen ließ. Wenn niemand sie angeschaut hätte, wenn niemand ihr Geheimnis verletzt hätte ...

Ich verlasse die Bibliothek. Es ist der 24. Dezember, ich muss nach Hause eilen, um das Kapitel zu beenden. Nein, vorher muss ich einkaufen, um Tortellini in Brodo zu machen und meinem Sohn wenigstens ein vernünftiges Weihnachtsessen zu servieren. Ich wanke auf die Piazza Maggiore. Wenn du wirklich etwas bewahren willst, musst du dafür sorgen, dass es niemals bekannt wird. Wenn du es retten willst, darf es keine Zuschauer geben. Und genau das hast du in all diesen Jahren gemacht, Beatrice. Du hast nie erzählt, dass deine Mutter gestorben ist. Du hast bei uns wie ein Flüchtling gelebt und dann in dieser Art von Abstellkammer im obersten Stock an der Piazza Padella. Du hast nie zugegeben, dass du unter Akne gelitten hast, dass du gezwungen warst, dir die Nase korrigieren zu lassen, dass du im Gymnasium einen armen Schlucker als Freund gehabt hast. Deine ganze Geschichte, wer du bist, hast du aus der Erzählung ausgespart. Du hast alle Zeugen aus dem Weg geräumt, einschließlich der unbequemsten: mich.

Ich bleibe vor der Basilika San Petronia stehen; sie ist herrlich, sie strahlt mit ihrem roten und weißen Marmor unter dem klaren Vormittagshimmel. Ich lächle, vielleicht verliere ich den Verstand. Oder ich begreife endlich.

So verrückt es auch klingen mag, Bea, du hast, indem du dich jeden Tag, zu jeder Stunde zeigst, nichts anderes gemacht, als dich zu verstecken.

25

Via Mascarella

Am ersten Januar 2006 schloss das Babylonia für immer, Niccolò verlor die Arbeit, der Punk starb in der ganzen Welt, die Provinz beherbergte nicht länger »den Traum von etwas«, und den legendären Schuppen kurz vor Ponderano kann man immer noch verlassen im Nebel auf den Feldern treiben sehen.

Über die Schließung sind viele Gerüchte im Umlauf gewesen, aber den wirklichen Grund hat man nie erfahren. Das Stammpublikum wurde durch eine Abschiedsmail benachrichtigt, in der ihnen für die elfeinhalb gemeinsam im Zeichen des Epos verbrachten Jahre gedankt wurde. Im Übrigen ist die Gründung des Baby ein Mysterium.

Der Mythos will, dass es am 14. Mai 1994 ausgerechnet von den Radiohead eröffnet wurde. Man stelle sich das vor: Radiohead in Biella. Aber das Konzert hat keiner gehört. Um öffnen zu können, fehlte eine Unterschrift, ein Stempel, irgendein Wisch. Ja, die italienische Bürokratie schert sich einen Dreck um Träume. Die Betreiber riskierten eine enorme Geldstrafe, aber Radiohead traten, da sie schon mal da waren, trotzdem auf – unter Ausschluss der Öffentlichkeit, für ein Dutzend Glückspilze und mit dem strikten Verbot, den Auftritt aufzunehmen. Manche Skeptiker fragen immer noch: »Wer ist Thom Yorke und den anderen im Hotel Astoria begegnet?« »Habt ihr sie überrascht, wie sie frittierte Frösche in Carisio gegessen haben?« Ich für meinen Teil habe nie daran gezweifelt, dass das alles wahr ist. Eben weil die Beweise fehlen.

Ich hätte sofort begreifen sollen, dass das Ende des Baby den Beginn eines umfassenderen Aussterbens markieren würde, das die Industrie, die Kultur, die Politik, den Westen sowie meine Freundschaft mit Beatrice betreffen würde. Aber als mich die Nachricht erreichte, lebte ich seit vier Monaten in Bologna und war so hochmütig, dass ich einen Meter über dem Boden schwebte. Mein neuer Status als Studentin schien mir das Recht zu geben, meine Vergangenheit zu verachten, als wäre sie ein abgeschlossenes, archiviertes Kapitel, jetzt, da das *wahre Leben* begonnen hatte.

Ich bedauerte es, ja. Aber im Grunde, wen interessierte schon dieser alte Hühnerstall? Ganz schön undankbar, wenn ich so zurückdenke.

Ich bin erst kürzlich reumütig zum Internet zurückgekehrt, auf der Suche nach einer verzogenen Videoaufnahme, einer unscharfen Erinnerung, dem Zeugnis von jemandem, der mit mir gepogt hatte. Ich habe natürlich nicht viel gefunden. Zwischen 1994 und 2005 gab es in Italien noch keine sozialen Plattformen, und niemand ging aus mit dem Ziel, sich unsterblich machen zu lassen, noch hatte man den Wunsch, in flagranti erwischt zu werden, während man noch lebte. Manchmal denke ich, dass wir das Baby, ein bisschen wie die Blauracke an meinem achtzehnten Geburtstag, nur geträumt haben.

Ein anderes Indiz dafür, dass die Geschichte auf dramatische Weise ihre Richtung änderte, war, dass mein Quartz nicht einen Käufer fand, weder für hundert noch für fünfzig Euro. Schließlich landete er beim Schrotthändler von T, nicht weit von Donna Vintage entfernt, wo er von Jungs auf der Suche nach Ersatzteilen auseinandergenommen wurde. Das war ein kleines Trauma für mich, das von dem neuen und glänzenden Peugeot 206, den mein Vater mir kaufte, damit ich alle zwei Wochen nach Hause kam, nicht behoben wurde. Ich erinnere mich an die Stunden, die ich in den folgenden Jahren auf der A1 zwischen Barberino und Roncobilaccio im Stau stand und den x-ten Unfall verfluchte, während ich im Schritttempo fuhr und dort oben, jenseits der Windschutzscheibe, auf dem Kamm des Apennin das Gespenst von Bea&Eli – nicht der Blog, sondern die Magie, dass wir zusammen gewesen waren – weiterhin auf dem Motorroller als ein einziges freies und verlorenes Geschöpf durch die Wälder brauste.

Kehren wir zum Baby zurück. Es war nicht der einzige Ort, der zumachte. Auch die Buchhandlung L'Incontro, dieses traurige und verstaubte Loch, das ich so geliebt hatte, zog das Rollgitter runter und wurde ein Franchise für Handyhüllen. Der Kiosk auf der Piazza Marina, bei dem ich morgens vor der Schule gerne *il manifesto* gekauft hatte, wurde einfach ausgeräumt und blieb leer. Sechs Monate später entließ die Fabrik, in der Gabriele arbeitete, die Hälfte der Arbeiter. Sogar das Donna Vintage gibt es nicht mehr. In den letzten vierzehn Jahren fand ich jedes Mal, wenn ich nach T zurückkam und über den Corso ging, ein Geschäft weniger, ein weiteres Schild ZU VERMIETEN. Ein gnadenloses Massensterben.

Und dann ist da die Pascoli, die aus Mangel an Schülern geschlossen wurde. Nicht 2006, vielleicht vier oder fünf Jahre später. Noch einmal habe ich versucht, nach Informationen im Internet zu suchen, und habe nichts gefunden. Ich frage mich, was es nützt, sich mit dem Internet zu verbinden, wenn es nichts von der Realität aufnimmt, sie nicht rettet, sich nicht um sie kümmert, sie nicht liebt. Von dem ganzen Leben, das um mich herum wirbelte, während ich ein Kind und eine Jugendliche war – eine säkulare Welt, die jäh endete –, findet sich dort keine Spur.

Mit einer Ausnahme natürlich. Einer gigantischen, kolossalen.

Eine Pumpe, die alles aufgesaugt hat.

Die Rossetti.

*

Ende September 2005 fanden wir eine Wohnung in Bologna, eine Woche bevor die Seminare begannen, in der Via Mascarella, im zweiten Stock eines der typischen roten Häuser mit Holzboden und Terrazzofliesen, sodass ich mich auf den ersten Blick in sie verliebte. Zur Uni – ich zur Italianistik, sie zur Statistik –, brauchten wir zu Fuß insgesamt nur vier Minuten. Lorenzo hatte weniger Glück, er musste den Bus nehmen, und um zur Fakultät für Ingenieurwissenschaften zu gelangen, konnte es schon eine gute halbe Stunde dauern. Aber er beklagte sich nicht.

Anfangs waren wir glücklich.

Ich bedenke das Gewicht dieses Satzes, klopfe seinen Wahrheitsgehalt ab. Aber damals war ich blind vor Begeisterung.

Ich hatte mir gewünscht, dass wir alle drei unter demselben Dach leben, uns in derselben Küche drängen, uns im selben Bad ablösen. Viertel und Wohnung hatte ich ausgesucht, ohne mir groß Gedanken über die Entfernungen zu machen, die Lorenzo zurücklegen musste. Ich hatte bestimmt, dass wir eine einzige wunderbare Familie bleiben müssten, die einzige aus T, die nach Bologna ausgewandert war, eine kuschlige Insel, ein Nabel, mit mir im Mittelpunkt und ihnen beiden an meiner Seite.

Hütet euch vor dem Ego derjenigen, die Loserinnen zu sein scheinen, denn eines Tages wird es, nachdem es sich jahrzehntelang verkrampft und eingesteckt hat, explodieren.

Bea war notgedrungen in das kleinste und in jeder Hinsicht schlechteste Zimmer gezogen. Dunkel, weil es auf eine Rückseite ohne Horizont ging. Feucht, weil darunter ein unter den Häusern begrabener Kanal lag, der die geblümte Tapete schimmeln ließ, die sowieso schon glatt und vergilbt war. Das Mobiliar bestand aus einem schmiedeeisernen Einzelbett, einem wurmstichigen Nachttisch, einem Schrank, in dem gerade mal drei Mäntel Platz hatten, und einem Schreibtisch mit wackligen Füßen. Niemand wird es mir glauben, aber Beatrice Rossetti, die im letzten Jahr einen Umsatz von fünfzig Millionen Euro gemacht hat und auf der Titelseite der *Time* gewesen ist, hat von September 2005 bis Juli 2006 wie Raskolnikow gelebt.

Lorenzo und ich schliefen dagegen im herrschaftlichen Schlafzimmer: geräumig, hell, das fröhliche Hin und Her der Studentinnen und Studenten drang durch das Fenster herauf und gab uns ständig das Gefühl, auf einem Fest zu sein. Mit Kingsize-Bett und großem Kleiderschrank. Die Vormieter hatten aller Wahrscheinlichkeit nach keine Kinder gehabt; vielleicht hatten sie das andere Zimmerchen einfach als Abstellkammer benutzt. Lorenzo und ich hatten allerdings eine Tochter: mürrisch, grantig, manchmal hysterisch, den ganzen Tag im Zimmer eingeschlossen und übers Internet gebeugt. Und außerdem geriet, arme Bea, in dieser ersten Zeit und unter diesen Bedingungen auch ihr Blog ins Stocken. Sie musste sich neu organisieren, mit dem Computer meines Vaters – ein mittlerweile überholtes Modell – als einzigem Verbündeten.

Habe ich geschrieben »arme«? Von wegen arm; diese Monate wirtschaftlicher und gefühlsmäßiger Einschränkungen taten ihr ausgesprochen gut.

Ich jedenfalls war im siebten Himmel. Ich benahm mich, als wären Lorenzo und ich verheiratet, jede Nacht in enger Umarmung, Beine und Haare miteinander verschlungen. Außerdem war ich diejenige, die abends glücklich und zufrieden nach Hause kam und sich rühmte, bei diesem oder jenem Professor geglänzt, sich mit einer mutigen Meldung, einer spektakulären Frage hervorgetan zu haben. Während die anderen beiden mich schief ansahen und nicht wussten, was sie sagen sollten, und niedergeschlagen in ihrem Essen stocherten.

Mein Gott, ich war wirklich unerträglich. Ich versuche mich wenigstens teilweise freizusprechen: Ich lechzte danach, ein wenig Leben nachzuholen nach der bisherigen Unsichtbarkeit, reagierte die im Gymnasium angehäuften Frustrationen ab. Endlich fühlte ich mich zu Hause; ich kam an die Uni, und nach einem Monat kannten mich alle. Ich lebte praktisch in der Via Zamboni 32, ging in alle Seminare, las in der Bibliothek, bis sie schloss. Machte Prüfungen über Pasolini, Moravia, Antonia Pozzi. Konnte man das *studieren* nennen?

Lorenzo hasste Mathematik, Mechanik, Thermodynamik, Strömungslehre, und doch hatte er mit nichts anderem zu tun. Worte sah er praktisch nie, nur Zahlen und Symbole, er quälte sich und verfluchte seine Eltern, fand allerdings nie den Mut, sich gegen sie aufzulehnen. Und sein Bruder – der wahre Grund, warum wir alle hier waren – war nach Brasilien zurückgekehrt, um gegen die multinationalen Konzerne zu kämpfen, die beabsichtigten, Amazonien dem Erdboden gleichzumachen. Niemand wusste, wann er zurückkehren würde.

Beatrice öffnete die Lehrbücher mit der gleichen Begeisterung wie Lorenzo. Algebra, Demographie, lineare Modelle, ihr Gesicht leuchtete nur dann auf, wenn sie auf einen direkten Zusammenhang mit der Entwicklung ihres Blogs und auf Informationen stieß, die sie nutzen konnte, um ihre Follower zu studieren, sie in Kategorien einzuteilen, besser auf ihre Anfragen zu antworten und sie exponentiell wachsen zu lassen. Im Übrigen langweilte sie sich tödlich. Und doch sollte der Studiengang, den sie gewählt hatte – die Fächer waren Wirtschaft und Unternehmen – sich als ein wahrer Glücksgriff für ihre Zukunft erweisen. Millionen verdient man nicht, ohne dafür einen Preis zu bezahlen, mit Freude und seiner Seele. Das gilt auch für Lorenzo, der heute zwar nicht wie die Rossetti mit einem Privatjet reist, aber immerhin dreimal so viel wie ich verdient. Ich spielte die Bohemienne und saß bis spätabends in den literarischen Cafés. Aus gutem Grund rackere ich mich heute ab – und noch dazu habe ich einen Sohn und muss sparsam sein. Die Ferien finden stets bei den Großeltern statt, die Turnschuhe für zweihundert Euro, um die er mich bittet, kann er vergessen.

Aber in jenen letzten Monaten des Jahres 2005 war ich unverschämt glücklich.

Ich verlor mich unter den Arkaden Bolognas; ich verliere mich im Übrigen auch jetzt noch. Mit dem Regen, der neben mir prasselte, und ich untergestellt, alle zehn Schritte von einer Kirche, einem mittelalterlichen Palazzo, einem Fresko, einer Freitreppe, einer sechshundert Jahre alten Bibliothek verzaubert. Eine wahnsinnige Ballung von Schönheit, die Beatrice allerdings nichts sagte. Im Gegenteil, ihr genügten ein paar Spaziergänge in der Via Zamboni, um zu begreifen, dass sie in der *vollkommen* falschen Stadt war.

Es ist bekannt, dass du in Bologna, wenn du in einem Vorhang gehüllt auf die Straße gehst, von niemandem schief angesehen wirst. Es steht jedem frei, herumzulaufen, wie es ihm gefällt, in Pantoffeln oder im Pyjama. Denn hier wurde die älteste Universität des Abendlandes gegründet, und man legt Wert auf das Wesentliche, darauf, wie jemand spricht, was er denkt, und schaut nicht auf die Schuhe, die er trägt. Mehr als einmal hörte ich Beatrice murmeln: »Das kann nicht wahr sein, Eli, wie kann man sich *so* schlecht kleiden.« Mein Vater hingegen würde hier leben wie ein Gott, ich sage ihm immer wieder, er soll herziehen, für mich wäre es bequem, einen Großvater zu haben, der Vale zu den Spielen fährt. Aber er ist stur, obwohl Bologna ihm gefällt. Und außerdem hängt er zu sehr an Iolanda, an ihren Tourneen im Val di Cornia, in den Theatern auf dem Land mit ihren fünfzig Plätzen, den Bruschette und den Umtrünken nach der Aufführung.

Man sollte sie sehen, wie sie Händchen haltend über die Strandpromenade spazieren.

Bea jedenfalls litt in Bologna. Samstags, wenn sie keine Seminare hatte und keine neuen Freunde, mit denen sie sich treffen konnte – die Statistik war voller Nerds, mit denen sie sich nichts zu sagen hatte –, und keine Verwandten in T, die sie besuchen konnte – auf Gabriele komme ich gleich zu sprechen –, pilgerte sie in die Via Farini und stellte sich vor das Schaufenster von Hermès. Sie packte einen Müsliriegel aus, aß einen Apfel – ihr ganzes Mittagessen – und starrte unverwandt die Schaufensterpuppen an. Ich weiß es, weil ich ihr ein paarmal heimlich gefolgt bin, und es war deutlich zu erkennen, dass sie einen Lungenflügel dafür gegeben hätte hineinzugehen. Sie verschlang mit Blicken die reichen bürgerlichen Damen, die japanischen Touristen, die mit großem Respekt empfangen und bedient und hofiert wurden wie Nabobs, mit dicken Brieftaschen voller Kreditkarten, und sie hatte nichts, nicht einmal fünfzig Centesimi, denn ihr Vater weigerte sich nach wie vor, ihr Geld zu überweisen, und die Miete bezahlte häufig ich für sie.

Ich sehe sie vor mir, wie sie stundenlang vor dem Schaufenster stand. Ich ging Kaffee trinken mit meinen neuen Freunden, kehrte zurück und fand sie immer noch reglos in derselben Position: gerader Rücken, die Hartnäckigkeit ins Gesicht geschrieben, damit beschäftigt, die Schaufensterdekoration zu studieren. Sie wünschte sich ihre Zukunft so sehr, erträumte sie sich mit aufgerissenen Augen mit einem solchen Ernst, dass ihr späterer Weg zum Erfolg der Vorfahrt eines Panzers ähneln sollte. Nicht auszudenken, wenn die Modespießer mit ihren Sticheleien und ihrem Snobismus ihren unbedingten Willen hätten ankratzen können.

Ich gebe zu, dass ich es in den letzten Jahren ein bisschen genossen habe, wenn ich sie in Cannes oder bei der Met-Gala gesehen habe, bedeckt mit Diamanten. Es führt zu nichts, dass die Kritiker immer wieder schreiben, sie habe Abkürzungen genommen, Beziehungen genutzt: Es ist einfach nicht wahr. Bea war verwaist und arm und hatte nur eine Freundin, die sie sehr gernhatte, aber damals benahm die sich – vielleicht – wie ein Miststück. Ich hasse das Konsumdenken, ich glaube nicht, dass das Shoppen die Messlatte des Glücks auch nur um einen Millimeter erhöhen kann. Aber ich weiß, wie sehr Beatrice gelitten hat. Und auch wenn ich es lieber sähe, dass sie ihr Geld dafür ausgibt, die Schulen und Krankenhäuser zu renovieren, muss ich lächeln bei dem Gedanken, dass sie, wenn sie heute in die Via Farina käme, sich alles kaufen könnte im Hermès – und die schönen schwarz gekleideten Verkäuferinnen würden bereits in Ohnmacht fallen, wenn sie nur den Laden beträte.

Im Winter 2005/2006 konnte Bea sich nicht mal eine Strumpfhose leisten. Ihre Garderobe verdankte sie den Marktständen für Secondhandkleidung in Montagnola, und um ihren Lebensunterhalt zu verdienen, Essen, Wasser, Heizung, lavierte sie sich mit Jobs als Messe-Hostess und mit Shootings für eine kleine Agentur durch. Es rührte mich jeden Abend, wenn ich sah, mit wie viel Sorgfalt sie ihre Fetzen auf dem Bett ausbreitete in dem Versuch, sie bestmöglich zu kombinieren. Jeden Morgen überraschte mich ihre Eleganz in alten Pullovern mit Zopfmuster und Jeans mit Schlag für fünf Euro.

Und Bologna ist für noch etwas bekannt: Die Stadt hat keine Modewoche, aber die Schriftsteller aus aller Welt kommen hierher. Und während Bea die Fäuste ballte und durchhielt, war ich ganz in meinem Element. Es war ein Spätnachmittag im Dezember, als ich zufällig durch die Schaufensterscheibe eine disziplinierte und andächtige Menschenansammlung in einer Buchhandlung sah. Neugierig ging ich hinein, näherte mich mit kleinen Schritten, um nicht zu stören, und wen sehe ich auf der Bühne? Auf Englisch, mit blitzenden eisblauen Augen und tiefer Stimme das Publikum verzaubernd?

Derek Wolcott! Ein Nobelpreisträger. Live. Vor mir.

Ich konnte es nicht fassen. Aber dabei blieb es nicht: Da sein Gesprächspartner ein Professor war, mit dem ich mich gut verstand, fand ich mich am Abend mit ihnen in einem Restaurant wieder, wo ich dem Dichter mit großem Pomp als »überaus vielversprechende Autorin« vorgestellt wurde. Wenn ich heute daran zurückdenke, weiß ich nicht, ob ich darüber lachen oder weinen sollte. Tatsache ist, dass ich Walcott gegenübersaß, in Hochstimmung aß und trank und so tat, als verstünde ich Englisch.

Als ich um Mitternacht betrunken nach Hause kam, schwankte ich in Beas Zimmer und fand sie wach im bläulichen Licht des Computers, finster und gereizt. Dann ging ich zu Lorenzo, auch er über seinen Schreibtisch gebeugt, voller Angst vor der Prüfung, die er in wenigen Stunden würde schreiben müssen. Unsensibel wie ein Holzklotz, schrie ich, dass ich mit einem Nobelpreisträger zu Abend gegessen hätte, einem Nobelpreisträger, einem Nobelpreisträger!

Das war ganz etwas anderes als die Buchhandlung in T mit ihren vergilbten Taschenbüchern. Ich lebte jetzt in der Literatur. Wohin ich auch blickte, gab es eine Bibliothek so groß wie der Mucrone, eine Lyriklesung, die Vorstellung eines Romans.

Wie mein Sohn sagen würde, ich flog.

*

Ende Januar 2006, nach einer großen Tournee durch Tanzlokale, Pizzerien und den Extraauftritten, die die Feiertage mit sich gebracht hatten, besuchte Mama mich mit Christian/Carmelo in Bologna.

Sie kamen beladen mit Vorräten, als würden wir Hunger leiden: Toma, Maccagno, Nocetta, Canestrelli und Ratafià, viel Ratafià, den sie sofort öffnen wollten, um auf mein neues Leben anzustoßen.

Ich erinnere mich noch an Lorenzos Gesicht, als er meine Mutter zum ersten Mal sah. Dabei sah meine Mutter damals sehr gut aus. Vielleicht hatte sie mit den Blumen hinter dem Ohr, der Rocklänge und den Holzketten etwas übertrieben, aber sie war ausgesprochen glücklich. Auch Christian war es, und er blieb sich treu: jung, mit gefärbten Haaren, zusammengebunden in einem Schwänzchen, fuchsiafarbenes Hemd, auffällige Nike. Es fällt mir wirklich schwer, ihn so zu erinnern, wie er später war: an einen Sessel gefesselt, ein Tropf an seinem Arm befestigt und an den Füßen diese Schuhe in fluoreszierendem Grün, während mein Sohn sich ihm begeistert an den Hals warf: »Du siehst zum Angstmachen aus, Opa!«

In der ersten Viertelstunde verhielt Lorenzo sich so, als fände er sich nicht zurecht. Er sah sie an, sowohl ihn als auch sie, und begriff nicht. Er wusste nicht, wie er sich bewegen sollte, was er tun sollte. Als Mama sich die Sandalen – und die Socken – auszog, sich im Schneidersitz aufs Sofa setzte und einen Gefrierbeutel, einen dieser kleinen, gefüllt mit Marihuana, hervorholte, erblasste er.

»Daran ist dein Bruder schuld«, informierte mich Christian und deutete auf sie. »Er bringt uns ständig dieses Zeug mit, und sie schafft es nicht, nein zu sagen.«

»Das kann ich mir vorstellen«, murmelte ich. Und schaute besorgt zu Lorenzo.

»Jetzt, da das Baby geschlossen ist«, fuhr Christian fort, »hat er sich auf den Anbau verlegt. Oben, in der Gegend von Graglia, mit vier anderen Wüstlingen. Und ich hab's ihm immer wieder gesagt, stimmt's, Annabella, wie oft? ›Niccolò, sie werden dich verhaften, ein Gewächshaus bedeutet Drogenhandel, das ist kein Eigenbedarf mehr.‹« Er blickte zuerst mich ernst an, und dann Lorenzo. »Aber er ist verrückt.«

Mama rollte einen Joint, zündete ihn an, reichte ihn lächelnd Lorenzo, hakte sich bei mir ein und sagte: »Na komm, zeig mir die Wohnung.«

Durch das Kiffen und das ausschweifende Leben – nie im Bett vor drei Uhr morgens – hatte sie jetzt mehr Fältchen um die Augen und um den Mund, und ihre Haut war grau geworden, aber sie war im Gegenzug noch mehr ein junges Mädchen geworden als vorher schon, sie brach wegen jeder Kleinigkeit in Gelächter aus, öffnete Schränke, die nicht ihr gehörten, und schnüffelte darin herum.

Und doch geschah an diesem Abend zu meiner großen Überraschung etwas Außergewöhnliches: Ich hörte auf, mich ihrer zu schämen.

Dort, in Bologna, in *meiner* Wohnung – die, nebenbei gesagt, von Papa bezahlt wurde –, amüsierte ich mich jetzt beinahe über ihre unangebrachten Bemerkungen, ihre kindlichen Handlungen, über alles, was mich an ihr immer wütend gemacht hatte. Das waren ihre Angelegenheiten: der Joint, der Blumenkranz, die sonnenförmigen Ohrringe. *Ich* war nicht *sie*. Und ich *wollte* ihr verzeihen.

»Du hast mir nicht gesagt, dass deine Mutter so …«, stammelte Lorenzo, kaum dass er mich in eine Ecke ziehen konnte, »so …«, gehemmt vor Verblüffung, »stark ist!«

Stark?, dachte ich. Machst du Witze? Er war erneut verstummt. Ich begriff, was er mich hatte fragen wollen: Wie ist es möglich, dass eine so exzentrische Frau dich zur Welt bringen konnte, vorhersehbar und diszipliniert, immer zu Hause oder in der Bibliothek? Aber er hielt sich zurück, und ich bedauerte es ein wenig, denn ich hätte ihm gern geantwortet, dass ich, gerade weil sie nie auch nur einen Hauch von Verantwortung gehabt hatte, so grau hatte werden müssen.

Wir kehrten in die Küche zurück. Mama hatte den Toma bereits in Würfel geschnitten und eine Flasche Wein entkorkt, während Christian, die Gitarre in der Hand, bereit war, »Siamo soli« anzustimmen. Er begann, hörte aber kurz darauf schon wieder auf, »Was meinst du, könnte ich ihn treffen, Elisa, wenn ich nach Zocca gehe?«.

»Wen, Vasco?«

»Ja, meinst du, dass sie mich zu ihm bringen, wo er wohnt? Dass ich ihn um ein Autogramm bitten könnte? Ohne ihn zu stören, natürlich. Aber wenn ich ihn umarme, ich schwöre, fang ich zu weinen an.«

Lorenzo taute plötzlich aus heiterem Himmel auf: »Wenn du willst, begleite ich dich.« Er nahm ein Stückchen Käse und probierte ihn gewollt lässig. »Morgen ist Sonntag, da muss ich nicht lernen. Es macht mir Freude, wirklich.«

Ich konnte es nicht fassen. Lorenzo war scheu, ja sogar ein wenig hochnäsig. Er spielte den Revolutionär, aber in seinem Inneren war er ein Bourgeois. Er hatte ein Abonnement im Teatro Comunale, und ich glaube, dass er in seinem ganzen Leben nie auf der Sagra della Salamella war. Und doch wurde auch er unvermeidlich von ihm angezogen und mochte ihn, während ich einerseits froh und andererseits eifersüchtig war.

Nach einem Liter Wein zog Mama den Stuhl zu Lorenzo und verkürzte den Abstand. Nach einem weiteren Liter stellte sie sich hinter ihn und fuhr mit ihren Fingern durch seine schöne blonde Mähne. »So gekämmt siehst du aus wie der Kleine Lord, dabei bist du so hübsch ...«

Und sie begann zu wühlen, zu zerzausen, mit beiden Händen mit den Haarbüscheln zu spielen, während er es sich, vermutlich überrumpelt, gefallen ließ.

»Mama«, sagte ich, »übertreib nicht, er ist mein Freund.«

Daraufhin hörte sie auf und sah mich ganz verwundert an. »Wirklich? Er ist nicht Beatrices Freund?«

Ich hatte es ihr nicht gesagt, das ist wahr. Andererseits, hatte sie mir jemals zugehört? Gesehen und ihrer Aufmerksamkeit für würdig erachtet? Ich glaubte, ich könnte es allein schaffen. Ich glaubte, ich könnte mir einreden, dass sogar eine Person wie ich mit jemandem zusammen sein könnte, vielleicht nicht mit dem abstoßendsten, aber mit dem hübschesten. Doch nein. Mein Blut geriet erneut in Wallung. Ich wollte sie erwürgen. Was sollte ich denn verzeihen? Dass sie mich mit zwei unbekannten Bibliothekarinnen allein gelassen hatte, als ich vier war?

Ich konnte es ihr aber nicht mehr unter die Nase reiben, weil Beatrice nach Hause kam.

Im Hosenanzug – nicht ihrer, geliehen –, Lackpumps, den Mantel über dem Arm, elegant, extrem geschminkt und müde. Sie kam von acht Stunden Dienst auf der Fiera zurück, in denen sie nichts anderes als »Salve« und »Guten Abend, kann ich Ihnen weiterhelfen? Turm B? Bitte dort entlang!« gesagt hatte, und ihr Gesicht drückte ganz klar aus, dass sie niemanden mehr ertragen konnte, dass sie die Menschheit hasste und am liebsten ein Blutbad anrichten würde. Aber als sie Annabella sah, veränderte sich ihr Gesichtsausdruck.

Sie lief auf sie zu und warf sich ihr mit einer solchen Freude in die Arme, dass ich erneut Unmut und Hass empfand. Sie begrüßten sich überschwänglich und begannen zu plaudern und Vertraulichkeiten auszutauschen – aber mit lauter Stimme. Wie gut sie doch beide den Stress kannten und den Umgang mit dem Publikum, die Leute, die manchmal richtige Arschlöcher seien und all ihre Frustrationen und ihre schlechte Laune an dir auslassen, und du musst einstecken und dir auf die Zunge beißen. Das sei wirklich *arbeiten*. Nicht wie ich, die ich in einer Scheinwelt aus Papier leben würde, verblödet von den Büchern, untauglich für das wirkliche Leben. Ich hätte mir gewünscht, Lorenzo würde eingreifen und mich verteidigen, aber er lachte nur, auch er bezaubert von meiner Mutter, zuvorkommend Christian gegenüber, der ein Risotto al Maccagno zubereitete, ihn in die Geheimnisse des echten Maccagno biellese einweihte und ihm sein Leben als freier Mann und Klimperer erzählte. »Es reicht mir, Vasco die Hand zu schütteln, ich schwör's. Dann kann ich glücklich sterben.«

In der Nacht, während Bea die Fotos retuschierte, die Lichtpunkte verstärkte und ihre Beine schmaler machte, während meine Mutter und ihr Mann wie Pfadfinder in der Küche kampierten, klopfte Lorenzo mir auf die Schulter und holte mich in die Gegenwart zurück. Ich drehte mich genervt um. Er lag auf der Seite, erregt, und ich wollte einfach nur weiterlesen.

»Eli«, sagte er, »wie viel Freiheit musst du als Kind gehabt haben ... Ich kenne deinen Vater nicht, aber wenn er auch nur entfernt wie deine Mutter ist, dann bist du in der authentischen Welt aufgewachsen.«

Ich legte *Stilles Chaos* auf den Nachttisch. Nie hatte ein Titel mehr meinem Gemütszustand entsprochen, übertroffen vielleicht nur noch von *Früchte des Zorns*.

»Lorenzo«, erwiderte ich, »ich habe die Kindheit damit verbracht, ein paar Berge zu betrachten, während meine Mutter ausging, keine Ahnung, wohin sie ging, und um zwei Uhr nachts nach Hause kam. Wenn ich krank wurde und es mir gut ging, setzte sie mich acht Stunden vor den Fernseher. Wenn es mir schlecht ging, das will ich dir gar nicht erzählen. Mein Bruder sorgte dafür, dass ich was zum Abendessen hatte. Ich bin mit Pizza und Fonzies groß geworden. Jahrelang bin ich wie eine Vogelscheuche rumgelaufen, ohne es zu merken, und alle haben mich ausgelacht. Einen Augenblick, ich zeig dir, wie authentisch mein Leben war.«

Ich zog das Unterhemd hoch und entblößte die stumme weiße Narbe auf der linken Seite des Rückens. »Es hat nur so viel gefehlt«, ich zeigte es ihm mit den Fingern, »*so viel*, Lorenzo, und das Jugendamt hätte sich um mich gekümmert.«

Er senkte den Blick und setzte sich auf. Er suchte meine Augen mit einem Ernst, den ich nie vergessen habe. »Ich verstehe, dass es nicht leicht gewesen ist, Elisa. Aber vielleicht wirst du eines Tages ein Buch schreiben. Während ich mit meiner vereinten Familie, den Sprachferien im Ausland und der um jeden Preis makellosen Fassade der sein werde, der ich nicht sein wollte.«

*

Verzeiht mir, dass ich nicht begriffen habe, Lorenzo und Beatrice.

Ich hätte mir früher nie vorstellen können, einen solchen Satz jemals auch nur in Erwägung zu ziehen, aber dazu dient das Erzählen: dass man sich bewusst wird.

Die erste Prüfungsphase endete mit Bestnoten für mich, Beatrice schnitt erheblich schlechter ab, und Lorenzo erreichte einen gar nicht so schlechten Durchschnitt, was für ihn allerdings einem Scheitern gleichkam, denn der perfekte Sohn darf natürlich keine so mittelprächtigen Ergebnisse nach Hause bringen. Andererseits durfte der revolutionäre Dichter auch nicht Ingenieurwissenschaften studieren. Moravia war eine ferne Erinnerung. Und ich, die ich manchmal ein Genie bin, versuchte ihn zu trösten, indem ich zu ihm sagte: »Na ja, Physik und Metallurgie sind keine einfachen Fächer. Das ist keine zeitgenössische Lyrik!«

»Ich weiß«, erwiderte er finster.

»*Am Ende* wirst du eine super Arbeit bekommen, ein super Gehalt«, sagte ich lachend, »während ich arbeitslos sein werde.«

Er lachte nicht.

Und Bea lachte noch weniger.

Ich glaube, dass sie in den ersten Monaten 2006 nur knapp an einer Depression vorbeischrammte. Lebendig begraben in ihrer Abstellkammer, blass, schmollend, mit fettigen Haaren; sie erinnerte mich an meinen Vater. Sogar von neuen Fotos wollte sie nichts hören. Sie modifizierte lieber die alten, veröffentlichte ab und zu eins und fühlte sich so, wie ich mich immer gefühlt hatte: ausgeschlossen.

Sie weigerte sich, die Wohnung zu verlassen, mit den anderen in der Bibliothek zu studieren, wie ich es tat. Sie wollte niemanden kennenlernen. Alle drei Wochen rief sie zu Hause an, um sich zu erkundigen, wie es Ludovico ging, das einzige Familienmitglied, an dem ihr lag, und weil es ihm überhaupt nicht gut ging: Probleme in der Schule, Drogen. Ihre Schwester Costanza grüßte sie nicht, mit ihrem Vater hatte sie abgeschlossen, noch kategorischer als mit der Erinnerung an ihre Mutter. Sie war allein auf der Welt. Und ich?

Ich wollte nichts sehen. Ich war zu glücklich und wollte mir die Freude von den beiden, die immer schön, bewundert, vom Glück verwöhnt gewesen waren, nicht verderben lassen. Obwohl ich behauptete, sie zu lieben.

Obwohl ich sie liebte.

Obwohl ich sie liebe.

Aber jetzt bin ich dran, dachte ich. Ich hatte immer alles geschluckt; jetzt wollte gottverdammt ich mal genießen. Zumal ich fühlte, in irgendeinem Teil der Galaxis, sehr weit von mir entfernt, dass dieser Zustand der Gnade trügerisch war und nicht lange anhalten würde. Wenn auch im zweiten Stock in der Via Mascarella ich die Königin war, arbeitete die Welt da draußen bereits für Beatrice. Ich konnte davon nichts wissen, aber in Übersee war ein gewisser Mark Zuckerberg schon seit geraumer Zeit am Werk und gab sich die größte Mühe, um der Zukunft meiner ehemaligen besten Freundin den Weg zu ebnen. Der Schimmel, in dem sie in dem Zimmerchen aus *Verbrechen und Strafe* leben musste, das knappe Geld, die durchweinten Nächte, waren nichts anderes als Faktoren, die ihr halfen, ausgehungerter denn je auf den Zug des Erfolgs aufzuspringen, der nur einmal vorbeifährt. Und sie nahm ihn sich – o ja, sie sprang auf –, das Messer zwischen den Zähnen und die Maschinenpistole im Anschlag.

Eine wie sie konnte nicht scheitern. Fragt mich nicht, warum, aber es war offensichtlich, und eine kurzzeitige Pechsträhne würde die großartige gerade Linie sicher nicht gefährden, von der jeder Kapitalist träumt: der grenzenlose Aufstieg.

Die Wende wartete auf Bea hinter der Ecke und präsentierte sich schicksalhaft am 22. Februar, dem Tag ihres zwanzigsten Geburtstags, in Gestalt einer jungen, skrupellosen Professorin, deren Seminarthema die statistische Online-Nutzung von Datenbanken war (und immer noch ist). Ihr Name ist Tiziana Sella, und ich habe vor ein paar Jahren mit ihr gesprochen, an einem melancholischen, regnerischen und dunklen Abend nach einem ungewöhnlichen Nachmittag, an dem ich getrunken hatte. Ich habe sie vor dem Institut für Statistik abgepasst und sie beschuldigt, dazu beigetragen zu haben, dass mein Leben ruiniert wurde.

Ich schäme mich dessen, natürlich.

Ich verstehe, dass Beatrice, ob mit oder ohne Sella, auf jeden Fall ihren Weg gegangen wäre, vielleicht hätte sie nur mehr Zeit gebraucht. Aber auch ich bin nur ein Mensch, und ich brauchte einen Sündenbock.

Nun, ich weiß nicht, was genau zwischen Bea und ihrer Professorin geschah, die unter anderem Beraterin für zahllose Firmen, auch im Modebereich, war. Tatsache ist, dass Bea am Morgen ihres Geburtstags mit einer Stinklaune aufwachte. Sie lehnte das Croissant mit der Kerze ab, das ich ihr zum Frühstück hingestellt hatte, schleppte sich zum Zähneputzen ins Bad, um »in diesem Scheißseminar, in dem Anwesenheitspflicht herrscht, leck mich am Arsch« erscheinen zu können. Als ich mich an ihre Tür stellte, während sie sich anzog, zitternd vor Aufregung, mit dem Geschenk in der Hand – ein außergewöhnliches Geschenk, für das ich Monate gespart hatte –, warf sie mir einen wütenden Blick zu und sagte voller Bosheit: »Ich habe nichts zu feiern, *nichts*, verstehst du? Und jetzt hau ab«, sie schob mich vom Türpfosten weg, »ich will nur noch sterben.«

Sie schlug die Wohnungstür zu und ließ mich allein zurück. Ich legte das Geschenk auf ihren winzigen Nachttisch und packte das Croissant in Alufolie. Ich ging ins Schlafzimmer, um zu lernen, denn ich war so traurig, dass mir sogar die Lust vergangen war rauszugehen. Ich rechnete damit, dass sie mittags zurückkommen würde, aber sie kam nicht. Ich wartete den ganzen Nachmittag und wurde allmählich unruhig, immerhin hatte sie gesagt, sie wolle sterben. Hatte sie es ernst gemeint, oder hatte da die Egozentrikerin gesprochen? War sie der Typ, der Selbstmord beging? Ich glaubte es nicht, vielleicht aber doch. Vielleicht hatte ich ihren Schmerz unterschätzt. Vielleicht kannte ich sie doch nicht. Ich rief sie mehrmals auf ihrem Handy an, das immer ausgeschaltet war. Als Lorenzo nach Hause kam, brach ich wegen der Anspannung, die sich in mir aufgestaut hatte, in Tränen aus und bat ihn, sie zu suchen. Wo? Ich wusste es nicht. »Aber wir müssen doch was unternehmen!« Und während ich das sagte, zog ich

Mantel und Schuhe an. Als ich gerade die Tür geöffnet hatte, kam sie angerauscht. Sie war völlig verwandelt. Die Haare frisch vom Friseur, in einem Trenchcoat, den ich noch nie an ihr gesehen hatte, fröhlich und eine Flasche teuren Spumante unter dem Arm.

»Hab ich Geburtstag oder nicht? Wir machen ihn sofort auf, wo ist der Korkenzieher?«

Lorenzo und ich wechselten einen überraschten Blick. Beatrice holte das Handy heraus, schaltete es wieder ein und bestellte Pizzas, die wir aus dem Karton aßen: das Nonplusultra des Studentenlebens.

Was war geschehen?, hätte ich sie am liebsten gefragt. Aber um sie herum hatte sich ein abweisendes Kraftfeld aufgebaut, das mich daran hinderte. Ihre Haare glänzten in einer neuen Farbe, die wunderbar mit ihrem Gesicht und ihren Augen harmonierte, es war dieses warme Schokoladenbraun, das nie mehr verändert werden sollte. Sie war den ganzen Tag weg gewesen. Ich brannte vor Neugier, spürte aber auch, dass ich es nicht erfahren konnte. Dass es einen Riss gab in dieser Pracht. Einen Spalt, der sich zwischen uns beiden öffnete.

Dann sagte Bea plötzlich: »Ich bin heute Morgen unmöglich zu dir gewesen, Eli, entschuldige. Würdest du mir jetzt dein Geschenk geben?«

Ich holte es aus ihrem Zimmer. Ich legte es auf den Küchentisch unter das Licht der Hängelampe, während Lorenzo abräumte, mit den Gedanken ganz woanders. Beatrice zerriss das Papier, öffnete die Schachtel, holte den burgunderroten Hut heraus und betrachtete ihn, stumm vor Überraschung, eine ganze Weile.

»Das ist das Eleganteste, was ich jemals bekommen habe«, sagte sie schließlich mit kaum hörbarer Stimme.

»Das ist reiner Filz«, erwiderte ich stolz. »Ich habe ihn bei meiner Mutter bestellt, und sie hat ihn eigenhändig gemacht. So einen hat niemand anders, weil es das Spitzenmodell der Hermès-Kollektion im nächsten Jahr ist. Sie lassen alles von der Hutfabrik Cervo in Sagliano produzieren.«

Sie umarmte mich ganz fest.

Wusste ich, dass dies das letzte Geschenk war, dass ich ihr machen sollte?

Nein. Ich wusste nur, dass es mich trotz Fabrikpreis ein Vermögen gekostet hatte. Ich glaubte, dass sie ihn tragen würde, auf der Straße und auf den Bildern.

Aber um der Wahrheit die Ehre zu geben, sie trug ihn nie.

*

Sie versäumte keine Sitzung der statistischen Nutzung von Online-Datenbanken, lernte die Lehrbücher und Artikel von Tiziana Sella auswendig und ging jeden verdammten Tag in ihre Sprechstunde. Dann begannen sie, sich auf einen Aperitif in der Bar zu verabreden, zu Abendessen in den besten Trattorias, und fragt mich nicht, wohin sie danach gingen. Ich weiß nur, dass Bea die Prüfung mit Auszeichnung bestand und nicht mehr dieselbe war.

Sie blühte mit ungestümer und beängstigender Kraft auf, in grellen Farben und Luxuskleidern, die diese Hyäne ihr geliehen – geschenkt? – hatte. Sie fing wieder damit an, Schönheitssalons, Kosmetikerinnen und Thermalbäder zu besuchen. Ihr Terminkalender füllte sich wieder wie der von Gin zu ihren besten Zeiten.

Aber mehr als das spontane Erblühen einer Blume war ihr Wiedererwachen ein streng ausgetüfteltes Programm, das darauf ausgerichtet war, Ziele zu erreichen, die sich mir nicht erschlossen.

Sie war nie zu Hause. Sie hatte keine Zeit mehr für mich.

Im März begann Tiziana Sella, sie zu allen Tagungen mitzunehmen – Mailand, Turin, Paris – und ihr Flüge und Hotels zu bezahlen. Und das war nicht alles. Sie stattete sie mit allem aus: neuestes Computermodell, Fotografen, Kontakte. Sie telefonierten und schrieben sich Nachrichten zu jeder Tages- und Nachtzeit, und Bea unterdrückte das Lachen, wenn ich in der Nähe war, und hielt sich die Hand vor den Mund, damit ich sie nicht hörte und nicht von ihren Lippen ablesen konnte. Sie spielten Guru und Schülerin, Pygmalion und Aphrodite. Diese Hexe hatte die Rolle der Managerin an sich gerissen, die eigentlich meine hätte sein sollen.

Und dann geschah er. Der große, mythologische Beginn. Der endgültige. Nicht die Vorgeschichte, die ich bis jetzt erzählt habe, sondern die Geschichte, die alle kennen. Beatrice ließ, eingeschlossen in ihr

Zimmerchen, in einer Nacht Ende April das »Geheime Tagebuch einer Schülerin« verschwinden, wie sie es bereits mit »Bea&Eli« gemacht hatte, als hätte es nie existiert. Und sie öffnete den weltberühmten Blog, der Zahlen erreicht, von denen die *New York Times* nur träumen kann, und wenn sie darauf für einen, keine Ahnung, Lippenstift Reklame macht, dann ist dieser sofort in ganz China innerhalb von nur vierundzwanzig Stunden ausverkauft.

An diesem Punkt angelangt, muss ich zugeben, dass meine Erinnerungen verschwimmen. Ich sehe ein Stückchen von Bea, das an einem Montag um Mitternacht nach Hause kommt, mich kaum grüßt und im Badezimmer verschwindet. Ein anderes Stück von Bea, das den Kopf ins Schlafzimmer steckt: »Entschuldigung, hast du zufällig einen Tampon?« Sie hatte es in jenen Monaten ständig eilig. Sie wurde immer schöner. Und ich begriff nichts. Ich ignorierte weiterhin das Internet. Ich war fixiert auf die Bücher. Ich gebe den Büchern sogar die Schuld inzwischen. Denn während man online ernsthaft über Bea zu sprechen begann, blieb sie in der alten Welt eine Unbekannte: meine Freundin, die mit mir in der Via Mascarella lebte.

Es gelingt mir nicht, sie scharf zu stellen, während sie sich entfernt.

26

9. Juli 2006

Dies ist das schlimmste Kapitel.

Das, in dem ich, nicht aus freien Stücken, sondern weil ich gezwungen wurde, *ich* geworden bin.

Laut meiner ehemaligen Psychoanalytikerin hätte ich es vorgezogen, erneut in meine Mutter zu schlüpfen und mich dann, während ihrer Abwesenheit, in Beatrice hineinzubohren und mich zwischen den Eingeweiden und dem Herzen einzunisten und dort zu bleiben, in Sicherheit, eingelullt von der Arbeit der Organe und vom Herzschlag, und in ihren Geweben zu versinken, ohne je geboren zu werden. Denn das echte Leben beginnt laut Dr. De Angelis erst, »wenn du den verrätst, den du liebst, um nicht dich selbst zu verraten, wenn du gehst, um zu werden, wer du bist. Aber Ihnen hat diese Spaltung immer Angst gemacht, Elisa. Noch heute verursacht Ihre Freiheit Ihnen einen abgrundtiefen Schwindel.«

In der Tat habe ich den 9. Juli 2006 nie erzählt, weder der De Angelis noch meinen Eltern, erst recht nicht mir. Sie war ein solches Trauma, *diese Spaltung*, dass ich, wenn die Ereignisse mich nicht gezwungen hätten – dreizehn Jahre, fünf Monate und fünfzehn Tage *später* –, sie zu erzählen, lieber darauf verzichtet und das Trauma chronisch hätte werden lassen.

Ich komme an diesem Vormittag – wenn man Mittag noch »Vormittag« nennen kann – mit vierhundert Gramm Tortellini und Brühwürfeln nach Haus und finde Vale im Pyjama vor, an der Nintendo-Konsole, eine Packung Kekse neben sich, aus der er sich einmal pro Minute zwanghaft bedient, die Augen starr auf das Display gerichtet, vielleicht denkt er sogar, damit sein Mittagessen bestreiten zu können. Als ich mit ihm schimpfen will, fällt mir auf, wie sehr diese Szene doch den zahllosen Abenden in der Via Trossi gleicht, an denen ich mit Niccolò allein auf dem Sofa saß. Ich beiße mir auf die Zunge, ziehe die Schuhe aus, gehe ins Wohnzimmer und verkünde: »Ich habe Tortellini gekauft!«

Vale schaut mich nicht an, er antwortet nur: »Wo warst du, verdammt noch mal.« Ohne Fragezeichen. Meine guten Absichten verflüchtigen sich sofort. »Ich mag es nicht, wenn du so mit mir sprichst, und ich mag es nicht, dass du das Ding da nicht aus der Hand kriegst, das dich nur verblödet. Du solltest lieber lesen, rausgehen, laufen, mit den anderen spielen, das täte dir gut. Aber nicht die Videospiele. Valentino, hörst du mir zu?«

»Es ist Weihnachten, und wir haben noch nicht mal den Weihnachtsbaum aufgestellt.«

Ich wusste, dass er mir das vorwerfen würde, Kinder sind alle konservativ. Ich stelle seufzend die Einkaufstasche ab und lasse mich in den Sessel fallen, ohne den Mantel auszuziehen. Er hört nicht auf zu spielen, was mich ärgert. Schließlich beschuldigt er mich: »In der letzten Zeit bist du nie da.«

Ich schließe die Augen. »Ich habe viel zu tun, tut mir leid.«

»Du hast immer zu tun.«

Ich versuche mich zu verteidigen: »Die Arbeit ist wichtig, grundlegend«, und das Schlimme ist, dass ich lüge, weil ich auch die Arbeit wegen dieser Hexe vernachlässige. »Wenn du keine Beschäftigung, keine Leidenschaft hast, bist du nicht frei, hast du nichts.«

»Ich habe jetzt schon nichts.«

Kinder haben auch einen Hang zum Dramatischen. »Das stimmt nicht: Du hast den Fußball, die Schule und viele Freunde.«

»Die ich an Silvester nicht sehen darf.«

»Die du, wenn die Zeit gekommen ist, auch an Silvester sehen wirst.«

»Gut, aber ich habe keine Familie.«

Jetzt wurde ich wütend: »So etwas darfst du nicht sagen und einem Weihnachtsbaum eine solche Bedeutung beimessen!« Ich echauffiere mich und ziehe den Mantel aus. »Du hast Großeltern, die dich lieben, einen Onkel, der ein Idiot ist, dich aber gernhat, und ...«

»Mama«, unterbricht er mich, »seit einer Woche bist du wie von Sinnen, schließt dich die ganze Nacht, den ganzen Tag ein und schreibst, vergisst Dinge, und der Kühlschrank ist leer.«

Ich bin sprachlos, denn er hat recht. Ich fühle mich als Rabenmutter, ich weiß, dass ich es immer gewesen bin. Er verdient eine Erklärung, er ist mein Sohn, er ist zwölf, er ist nicht dumm, und er ist kein Kind mehr.

»Das, was ich schreibe, ist *wichtig*, und ich muss es beenden.«

»An Weihnachten?«

»Na ja, so schnell viel möglich.«

»Was ist es, ein Artikel?«

Dass die Kinder immer mit millimetergenauer Präzision den Finger in die Wunde legen, macht mich rasend. »Oh, du hast dich nie für meine Arbeit interessiert, und heute fragst du mich plötzlich aus? Also, ich setze das Wasser für die Brühe auf, es ist eins.«

Ich lasse ihn das Spiel fortsetzen, das er mit der Pausetaste unterbrochen hat, gehe in die Küche, fülle einen Topf mit Wasser, werfe einen Brühwürfel hinein und schalte reflexartig den Fernseher ein. Die Nachrichten laufen, aber ich habe keine Zeit, sie zu verfolgen, ich bin zu beschäftigt damit, den Tisch zu decken und mir Vorwürfe zu machen, dass ich den Vormittag in der Bibliothek vor einem Buch über die Etrusker verbracht habe, anstatt mit meinem Sohn den Weihnachtsbaum aufzustellen. Ich habe meiner Mutter mein ganzes Leben lang Vorwürfe gemacht, und jetzt bin ich schlimmer als sie.

Als die Brühe bereit ist, werfe ich die Tortellini hinein und höre ihren Namen. Plötzlich *bumm*! Geschossen aus dem Fernseher. Es ist wie ein Schlag gegen das Brustbein. Ich drehe mich ruckartig um, als wäre ich aufgespürt worden. Sogar im TG2 sprechen sie von ihr, verdammt. Ein ganzer Bericht, und nicht erst zum Schluss, nach Kultur und Sport, sondern mitten in der Sendung. Ich packe die Schöpfkelle, klammere mich daran. Valentino schleppt sich in die Küche, das Handy in der Hand, setzt sich, immer noch damit beschäftigt, dann blickt er auf und betrachtet Beatrice in Großaufnahme auf dem Bildschirm. »Absurde Geschichte, stimmt's, Ma? Sie sprechen überall von ihr, aber wusstest du, dass sie aus T kommt?«

Ich wende mich wieder dem Herd zu, rühre die Tortellini um, damit sie nicht verkochen, und schwitze Blut und Wasser.

»Schon gut«, antwortet er meinem Schweigen, »du weißt ja nicht mal, wer sie ist, die Rossetti. Dabei stammt sie aus T und hat dein Alter, vielleicht seid ihr euch ja irgendwo begegnet.« Er lacht, wegen der Absurdität einer solchen Möglichkeit.

Ich will meinen Sohn nicht anlügen, daher schweige ich hartnäckig und bete, der Bericht möge möglichst schnell vorbei sein. Ich tue die Tortellini auf und stelle die Teller auf den Tisch. Als wir zu essen beginnen, sind die Nachrichten zu Ende, und die Werbung geht ins Leere. Vale isst mit Appetit, das ist sein Lieblingsessen. Irgendwann treffe ich eine Entscheidung und verspreche ihm, den Löffel mit Brühe in der Luft: »Gib mir nur zwei Stunden, mehr nicht. Ich muss *diese Sache* zu Ende schreiben, es ist von größter Bedeutung. Und dann gehen wir in den Keller, ich schwöre es dir, und holen den Weihnachtsbaum hoch.«

Er sieht mich schief an, enttäuscht, nimmt das Handy und tut so, als antworte er jemandem. »Den Baum stellt man am 8. Dezember auf, nicht am 24. ... Schreib ruhig, solange du willst.«

Ich lege den Löffel hin und seufze tief. Ich muss mich zurückhalten, die Wahrheit nicht einfach auf die Tischdecke auszugießen.

Ob ich ihr begegnet bin, der Rossetti? *Ob ich ihr begegnet bin?*

*

Am 11. April 2006 vergaß Bea meinen Geburtstag. Ein eklatantes Ereignis, das allenfalls noch übertroffen wurde von dem zweiten Verbrechen, das an jenem Abend begangen wurde: Sie verließ Gabriele am Telefon. Der Zufall wollte, dass ich, vergessen auch von Lorenzo, der wegen irgendeiner dringenden Sache nach T fahren musste, stinksauer und voller Groll das gesamte Gespräch belauschte.

Das Hin und Her zwischen den beiden ging bereits Monate, vielleicht sogar seit dem letzten September. Sie waren nicht die Art von Paar, das mit der Distanz gut zurechtkommt; abgesehen vom Körperlichen hatten sie wirklich nichts Gemeinsames. Außerdem waren sie arm wie Kirchenmäuse, hatten Mühe, das Geld für die Bahntickets zusammenzubekommen, sahen sich wenig und ungut, schliefen sofort miteinander und stritten sich dann das ganze Wochenende. Gabriele fühlte sich in Bologna verloren, und Beatrice wollte T nie mehr wiedersehen. Die Situation verschlechterte sich dramatisch, als er seine Arbeit verlor und sie genau zur gleichen Zeit depressiv wurde. Gabriele konnte ihr, sosehr er es auch versuchte, nicht helfen. Niemand hätte es gekonnt. Um da wieder rauszukommen, brauchte Beatrice eine Canon für dreitausend Euro und den ganzen Ramsch, mit dem die Sella, sie sei für immer verflucht, sie versorgte.

Beatrice war gerade am 10. April aus Paris zurückgekommen und hatte sich zufrieden und erschöpft aufs Sofa geworfen. »Ah, was für eine schöne Stadt, ich habe keine Sekunde geschlafen!« Sie trug ein Paar goldene Louboutin-Schuhe, und als ich sie gefragt hatte, wer sie ihr geschenkt habe, hatte sie mich mit ihrem schelmischen Seufzer auf die Palme gebracht. Sie habe, erzählte sie mir, in nichts Geringerem als dem Hotel gewohnt, »in dem *dein* Oscar Wilde gestorben ist«. Zu jedem Abendessen habe sie Austern gegessen. »Fünfzig Euro für vier Austern, Eli, kannst du das glauben?« Die direkte Folge der Reise war, dass Bea am nächsten Abend, nachdem sie nicht nur versäumt hatte, mir mein Geschenk zu geben, sondern sogar, mir zu gratulieren, das Handy nahm, um zu tun, was ich bereits erwähnt habe.

Sie begann damit, dass ihr Guthaben gleich zu Ende sei, und kam sofort zur Sache. Sie warf Gabriele vor, er sei ein Klotz am Bein für sie. Der sie daran hindere, abzuheben und die Welt zu erobern. Sie habe nicht die Absicht, »in diesen Scheißort zurückzukehren« und Zeit zu verlieren, sie könne sich nicht erlauben, die Wochenenden zu vergeuden, sie, die jetzt im Hotel wohne und Zugang habe zu den berühmtesten Hauptstraßen in Rom, Paris, Zürich. Sie könne nur mit visionären, reichen, skrupellosen Leuten verkehren. Er dagegen habe keine feste Arbeit, keinen Ehrgeiz, keine Ziele. Er sei einer, der in einer Höhle lebe und dem ein paar Bier, ein paar Joints und ein paar Zeichentrickfilme von Miyazaki reichten, um glücklich zu sein.

Er würde zu Asche werden, ohne die geringste Spur auf dieser Erde zu hinterlassen, aber sie nicht, sie wolle einen Krater zurücklassen.

Sie schlachtete ihn regelrecht. Sie verhinderte jede Verteidigung, jeden Gegenangriff mit kalkulierter Wut und einer solchen Kaltblütigkeit, dass ich, hinter der Tür versteckt, mehrmals den Impuls verspürte, sie aufzureißen und das Blutbad zu stoppen. Gabriele war – und ich glaube, das ist er immer noch – ein braver, anständiger Kerl, eine solche Vernichtung hatte er nicht verdient. Aber mit welchem Recht konnte ich mich einmischen? Zum Glück, oder aus Erbarmen, war das Guthaben nach zehn Minuten aufgebraucht. Daraufhin hörte ich den Plumps ihres Körpers auf das Bett, das eiserne Bettgestell schlagen, den Sprungfederrahmen quietschen und Beatrices verzweifeltes Weinen, das die ganze Nacht andauerte.

Noch einmal: Wie oft war ich kurz davor, zu klopfen? Sie zu fragen: Warum, Bea? Er war dein Freund, dein erster. Vielleicht bist du ja nicht mehr verliebt, aber immerhin hast du ihn gern, hängst an ihm, ich weiß es, ich bin sicher. Und warum musstest du ihn gerade heute verlassen? Du hast mir nicht mal zum Geburtstag gratuliert.

Stattdessen setzte ich mich stumm auf den Boden, die Schläfe an den Türpfosten gedrückt, und hörte mir lange ihren im Kissen erstickten Schmerz, das herzzerreißende Schluchzen an. »Wenn du den verrätst, den du liebst, um nicht dich selbst zu verraten, wirst du der, der du bist.« Warum klopfte ich nicht?

Weil ich wusste, dass ich der andere Klotz am Bein war.

*

Der Mai kam, der Juni kam. Da jetzt viele einen Blog hatten, begann Beas Name bekannt zu werden, mit Modenschauen und Fotoshootings verdiente sie wieder so gut wie zu Ginevras Zeiten. Mit ihrem Verhalten, ihrer Haarfarbe und ihrem vom Toskanischen bereinigten Akzent war sie fast schon *die Rossetti*. Es fehlte nur noch ein Detail, ein einziges, aber entscheidendes, damit sie es wirklich wurde, aber dafür musste sie vorher mich loswerden.

Zu Hause war sie nur noch, wenn es unbedingt nötig war, um zu duschen und sich umzuziehen. Sie erzählte mir nichts und war immer weg. Was zählte, war das Äußere; die Gedanken konnte niemand sehen, den Körper schon, und die Kleider auch. Sie verhielt sich mir gegenüber arrogant, so sehr, dass ich sie nicht mehr wiedererkannte. Und ich saß großspurig unter den Fresken des Archiginnasio, besuchte die Seminare in romanischer Philologie, überzeugt, die Schlüssel für die Zukunft in der Hand zu halten, und wollte oder konnte ein weiteres Mal nicht sehen, wie viele Kilometer mich von Beatrice trennten.

Eines Tages sagte sie es mir geradewegs ins Gesicht: »Warum studierst du nicht etwas anderes? 2020 werden alle im Internet surfen, keiner wird mehr lesen. Die Literatur wird *überflüssig*, wieso willst du das nicht einsehen?«

Aber eigentlich wollte ich etwas anderes erzählen.

Es war Mai, es war Juni; es war kurz vor dem 9. Juli, und eines Abends öffnete Bea die Tür, während ich im Badezimmer war. Sie schloss ab, setzte sich auf den Rand der Badewanne, mir gegenüber, die ich Pipi machte, und schoss mit ihren Augen spitze Pfeile auf mich ab.

»Du hast mich verraten.«

»Was?«

»Dir war dieses Jahr nur *er* wichtig und ich überhaupt nicht. Du bist immer gleich zu Lorenzo gelaufen, wenn du nach Hause gekommen bist, ohne mich eines Blicks zu würdigen. Neulich hast du Lasagne gekauft, obwohl du weißt, dass ich sie nicht essen kann, und ihr habt vor meinen Augen zu Abend gegessen.«

»Bea«, unterbrach ich sie, »du bist nie da zum Abendessen, ich wusste nicht ...«

»Du warst meine beste Freundin, Elisa. Mehr als eine Schwester, mehr als eine Familie. Du warst *ich*.«

»Das bin ich, das werde ich immer sein!«

»Nein«, sie schüttelte den Kopf, »es war deine Idee, dass wir drei zusammenleben sollen, eine Scheißidee. Das werde ich dir nie verzeihen.«

Ich sehe es noch exakt vor mir, wie ich abrupt aufstehe, ohne das Höschen hochzuziehen, sie umarme, in Tränen ausbreche und ihr bis zur Erschöpfung immer wieder sage, in einer Szene, die so pathetisch ist, dass es mir schwerfällt, sie wiederzugeben: »Bitte entschuldige, das wird nie mehr vorkommen, ich habe einen Fehler gemacht, wir beide werden allein leben, du bist der wichtigste Mensch für mich. Wenn du mich bittest, Lorenzo zu verlassen, verlass ich ihn.«

Du warst ruhig und wunderschön. Du hattest dich schon entschieden, stimmt's? Das war nur eine Inszenierung, um die Weichen zu stellen. Aber dieser Gedanke kommt mir erst jetzt, damals wäre ich im Traum nicht darauf gekommen. Womöglich hattest du sogar schon eine andere Wohnung gefunden. Und während ich dich umarmte, erwidertest du die Umarmung nicht, hattest kein Gewicht, warst nicht da, nur dein Herz konnte ich noch hören. »Wenn du werden willst, was du bist ...«

Du darfst nicht gehen.

*

Ich glaube, in jenem Sommer hatte niemand damit gerechnet, dass Italien die Fußballweltmeisterschaft gewinnen würde. Es war eine Zeit großer Skandale und Enttäuschungen; in den Bars wurde auf Manager und Spieler geschimpft, alles Gauner, schlimmer als die Politiker, die Nationalmannschaft wurde für tot erklärt, noch bevor sie zu spielen begonnen hatte. Aber vielleicht kam die Mannschaft gerade deshalb, befreit vom Druck der Erwartungen, von Spiel zu Spiel weiter, bezwang ihre Gegner, und als der Juli kam, waren alle vom Fieber gepackt.

Am Abend des Finales hängten auch wir die Trikolore aus dem Fenster. Ich, die ich grundsätzlich nie zu Feiern eingeladen wurde, wagte mich sogar daran, selbst eine zu organisieren, indem ich meine Lieblingskommilitonen einlud und im Supermarkt den Einkaufswagen mit billigem Wein, Unmengen Bier, Popcorntüten, Chips und Erdnüssen füllte. Denn Italien gegen Frankreich war ein Spiel von historischem Ausmaß, das man sich nicht allein anschauen konnte.

Da Bea mit Ausnahme von Tiziana Sella keine Freunde hatte und Lorenzo bei den Ingenieuren keinen Anschluss gefunden hatte, füllte sich die Via Mascarella mit wild gekleideten Nerds, mit Gramsci-Brille und Kufiya, ungepflegten Bärten und Expandern an den Ohren, allergisch gegen jede Art Uniform und schief beäugt von Bea und Lorenzo. Insgesamt war es ein wunderbarer Abend, und ich ging ständig zwischen Küche und Wohnzimmer hin und her, um die Gäste mit Alkohol zu versorgen und die Schüsseln, die sich schnell leerten, mit Erdnüssen aufzufüllen. In ganz Bologna, aber ich glaube, in ganz Italien, flog ab 20 Uhr 30 keine Fliege mehr. Auch durch die wegen der Hitze weit geöffneten Fenster hörte man keinen Motorroller, keine menschliche Stimme, keine Schritte unter den Bogengängen; nur das Summen der Fernseher, die alle auf denselben Kanal eingestellt waren. Einem so außerordentlichen Ereignis konnte schließlich selbst Lorenzo nicht widerstehen, sodass er sich ermuntert fühlte, den heimlichen Dichter hervorzukehren, der in ihm schlummerte. Und der Wein besänftigte Beatrice, die, obwohl sie meine Freudinnen nicht ausstehen konnte – »Sie sehen aus wie deutsche Touristinnen, die sich nach Elba einschiffen, weißt du, was ich meine?« –, nett wurde und mir mit dem Salzgebäck und dem Prosecco half. Beim Anpfiff waren wir alle betrunken.

Nun, was das Spiel betrifft, der Ablauf ist bekannt, und ich will mich damit nicht aufhalten; ich vernachlässige meinen Sohn am Heiligen Abend nicht, um ein Fußballmatch zu erzählen. Ich will nur daran erinnern, für diejenigen, die damals noch nicht geboren waren, dass in der siebten Minute Zidane ein Tor schoss und in der achtzehnten Materazzi, wonach das Spiel bei 1 : 1 vor sich hin dümpelte und in meinem Wohnzimmer, wie in jeder Wohnung Italiens, alle nur schwitzten, fluchten und vor allem tranken. Wir waren zwanzig, und vielleicht projizierte jeder seine Zukunft auf das Feld des Fußballspiels. Ich erinnere mich, dass Beatrice dem Spiel aufmerksam folgte, nicht mehr verächtlich, aber abseits – ich begreife: Sie gehörte schon nicht mehr zu uns. Lorenzo dagegen saß zusammengequetscht mit den anderen auf dem Sofa und war schon nach wenigen Minuten mit ihnen verbrüdert, wie nur Männer es können, dank des Sports. Die am wenigsten Konzentrierte war ich, die Einzige, die riskierte, ein Tor zu verpassen, weil ich Wein-Nachschub brachte. Aber wenn ich auf der Schwelle stehen blieb, bot sich mir ein bewegender Anblick: Meine

Wohnung war voller Freunde, ich lebte in Bologna, und ich hatte mein erstes Studienjahr beendet. Was wollte ich mehr?

Das Spiel schlug mit der Zeit den Weg der Kriege ein: Schützengraben, Erschöpfung, Verlängerungen. Allmählich konnten wir nicht mehr, hundertzehn Minuten sind lang. Dann geschah das Unfassbare. Zidane versetzte Materazzi einen brutalen Kopfstoß, und die Richtschnur in allen Herzen explodierte. In das Außergewöhnliche des historischen Spiels mischte sich eine gute Portion Wahnsinn, sodass niemand mehr zu Hause bleiben konnte. Eine Art Ur-Ruf verlangte, dass wir rausgingen, dass wir die anderen suchten, und als die Kommentatoren die Entscheidung durch Elfmeterschießen ankündigten, sprang Lorenzo vom Sofa auf. »Und wir gehen zur Piazza Maggiore.«

Wir folgten ihm, ohne lange zu diskutieren, und ließen Brieftaschen, Handtaschen und Handys zurück. Nackt wie Tiere liefen wir auf die Straße, vereinten uns in der Nacht, gingen die Via Zamboni hoch, und als wir die Piazza Maggiore erreichten, hatte sie sich bereits in Magma verwandelt. Taghell erleuchtet von einem Riesenbildschirm, brodelte sie vor Beinen, Armen und Schreien.

Das Elfmeterschießen begann. Ich erinnere mich an die angstvolle Stille dieses Tollhauses vor jedem Schuss, den herzzerreißenden Schrei danach. Und ich erinnere mich an nichts anderes, denn da ich klein war, sah ich wenig bis nichts jenseits der Mauer aus Schultern und Köpfen. Ich spürte nur meinen Kopf, der sich drehte, und den Geruch und das Gedränge der anderen. Ich setzte all meine Kräfte ein, um Bea, Lorenzo und die Gruppe nicht zu verlieren. Ich hatte mit dem Wein übertrieben und bereute es jetzt, und allmählich bekam ich es mit der Angst zu tun. Dann war Grosso an der Reihe, er lief los, und vom Riesenbildschirm tönte es: »Tooor! Tooor! Und jetzt sagen wir es alle zusammen ...«

Italien hatte gewonnen. Es war unglaublich, ein Zeichen des Schicksals für uns, die wir unter dem Sternenhimmel standen, mittendrin und lebendig.

»Wir sind Weltmeister, Weltmeister!« Und das erste Gesicht, das ich suchte, war das von Beatrice. Auch sie suchte meins. Einen flüchtigen Augenblick außerhalb der Zeit sahen wir uns an.

»Umarmen wir uns fest und haben wir uns gern. Haben wir uns gern«, brüllte der Fernsehreporter, »denn wir haben heute Abend alle gewonnen!«

Beatrices Augen funkelten. Jetzt sehe ich es: Jenes Zeichen galt nur ihr auf der ganzen Erde. Während ich versuchte, sie zu erreichen und zu küssen, war sie von der Raserei der Körper davongeschleudert worden.

Die Stadt brach zusammen, ging in Flammen auf. Wir waren gezwungen, uns aneinander festzuklammern, um nicht zu stürzen, nicht überrannt und zertrampelt, von zerbrochenen Flaschen und explodierenden Knallkörpern verletzt zu werden. Rauchbomben. Sirenen. Männer mit nackten Oberkörpern, Frauen im BH. Ich erinnere mich an einen Bus, der in der Via Rizzoli stand; die Leute kletterten an den Seiten hoch und sprangen auf das Dach. Ein Typ war auf ein Halteverbotsschild geklettert und schlug darauf ein.

Mit Mühe gelang es uns, von der Piazza Maggiore, die zum Schlachtfeld geworden war, zu fliehen. In Wirklichkeit gab es keine Straße, in der die Menschen sich noch zivilisiert verhielten, aber auf der Piazza Verdi entdeckten wir, dass man dort atmen und in den Pubs, den Bars noch etwas trinken konnte. Aber mit welchem Geld? Beatrice drehte sich zu mir um. »Eli, geh du und hol die Brieftaschen und mein Handy. Wir müssen unbedingt ein Foto machen!«

Vielleicht bot ein anderer sich an, an meiner Stelle zu gehen, vielleicht Lorenzo, aber Bea bestand darauf, dass ich es tue, weil ich wisse, welches Handy, welche Brieftasche ihr gehörten, weil ich am schnellsten wäre. Ich erinnere mich, dass ich dachte: Kannst du denn nicht selbst gehen, Entschuldigung? Aber ich sagte es ihr nicht. Denn tragischerweise hatte Bea mich schon seit Ewigkeiten nicht mehr gebeten, ein Foto von ihr zu machen, und ich war froh, mir erneut dieses Privileg zu verdienen.

Die Piazza Verdi und die Via Mascarella trennen dreihundertfünfzig Meter, *dreihundertfünfzig*, versteht ihr? Fast nichts, eine Kleinigkeit, und ich rannte los, ahnungslos, denn das Leben wartet immer darauf, dass du glücklich und wehrlos bist, um dir in den Rücken zu fallen.

Ich ging in die Wohnung hinauf, um Geld und Handy zu holen, und suchte Beas Sachen zwischen den Chipsresten, den leeren Flaschen und Korken, die über den Boden verstreut waren. Für einen Augenblick war ich wieder allein zwischen vier Wänden, während draußen gefeiert wurde. Nein, dachte ich lächelnd, jetzt bin ich nicht mehr ausgeschlossen.

Ich fand ihr Telefon, die Brieftaschen, steckte sie in die Tasche, trank ein paar Schlucke Wein aus einer offenen Flasche und stürmte sofort wieder euphorisch auf die Straße hinaus. Als ich die Piazza Verdi erreichte, saßen alle im Kreis auf dem Boden und spielten Bongo. Und im Zentrum dieses Spektakel sie: Beatrice und Lorenzo.

Ich sah sie. Und noch jetzt bleibt mir das Herz stehen.

Beatrice hielt sein Gesicht zwischen ihren Händen und versenkte ihre Zunge, ihre Lippen, ihre Schnute in seinem Mund.

Lorenzo erwiderte diesen obszönen Kuss und betatschte ihren Busen und ihren Arsch.

Mein Herz gibt auf, zerbricht, rollt zu Boden.

Die Lunge, der Magen, die Nerven geben auf.

Meine Augen werden trocken, bekommen Risse, vermögen sich nicht zu schließen vor diesem leidenschaftlichen Kuss, der sich vor mir entlädt und der kein Ende nimmt, als existierte ich nicht, als hätte ich nie existiert. Und dann sehe ich – aber vielleicht war es bloß eine Halluzination – für den winzigen Bruchteil einer Sekunde, dass Bea das linke Auge aufreißt und die Pupille genau auf die Stelle richtet, wo sie weiß, dass ich auftauchen muss, um zu überprüfen, dass ich angekommen bin, dass ich sie sehe. Dieses teuflisch grüne Auge fixiert mich und leuchtet auf, bevor es sich wieder schließt.

»Schließ mich ein in einen Kuss.«

*

Der Boden unter den Füßen ist verschwunden. Die Freunde sind verschwunden, die Unbekannten, die in dem Kreis spielen, das Teatro Comunale, das Oratorio di Santa Cecilia, die Basilika San Giacomo Maggiore, die Gestalten, die Geräusche.

Ich stürze, kehre zurück in den hilflosen Zustand des unerwünschten Mädchens, mit hohem Fieber, dem Paracetamol, eingemummelt und in ein Zimmer voller Bücher verstoßen. Mögen sie alle verbrennen; was haben sie mir schon genützt.

Sie haben mich nicht gerettet. Meine Sicht trübt sich. Die Stadt wirbelt um mich herum, aber ich bin nicht da. Für niemanden, von niemandem gesehen, von niemandem geliebt. Ich empfinde keine Panik, nur unabwendbare Einsamkeit. Ich bücke mich auf dem Kopfsteinpflaster. Ein einziger Gedanke geht mir durch den Kopf: Du bist nicht mehr vier, Elisa, du brauchst deine Mutter nicht mehr.

Ich bemühe mich, zu atmen, mein Herz zu beruhigen. Ich richte mich wieder auf. Gehe zu ihnen, breite die Arme aus und mit all meiner Kraft stoße ich sie. Beatrice weicht zurück, sieht mich fast erschrocken an, aber nur für einen Augenblick. Sie fängt sich wieder. Ihr Gesichtsausdruck ist – ich schwöre es – nicht zu deuten. Und ich hasse sie. Wie ich noch nie jemanden gehasst habe. Ich möchte ihr die Kleider vom Leib reißen, ihr mit den Fingernägeln die Schminke vom Gesicht kratzen, um die Pickel, die Adern, das Blut sichtbar zu machen. Du bist nur ein Bluff, eine Fälschung. Eines Tages werden alle bemerken, was für ein Nichts du bist. Aber sie hält meinem Blick stand, sieht mich herausfordernd an und macht eine Geste, die mich noch heute verwirrt: Sie streckt die Hand nach meiner Tasche aus und nimmt ihr Handy und die Brieftasche an sich. Sie sagt etwas zu mir, nur ein Wort, ohne Stimme, nur mit den Lippen. Ein Wort, das ich nicht verstehe.

Und sie geht.

Dreht sich um, entfernt sich, verschluckt von der Menge, den Rauchbomben, den Knallkörpern, in aller Seelenruhe, elegant, und ich tue nichts, um sie zurückzuhalten.

Lorenzo hingegen bleibt.

Unbeholfen, pathetisch entschuldigt er sich. Ich denke: Feigling. Er reiht unnütze Worte aneinander: »Ich hab zu viel getrunken, ich habe keine Ahnung, was mich geritten hat.« Ich denke: Memme, du warst mit der Hässlichen zusammen, hast aber immer die Schöne gewollt. Er fährt fort: »Wir haben die Fußballweltmeisterschaft gewonnen, du darfst das nicht ernst nehmen ...« Ich lasse ihn nicht aussprechen. Versetze ihm eine Ohrfeige. Er widert mich an. Ich packe ihn am Arm und schleife ihn mit mir, in die erste Seitenstraße, die auftaucht, Largo Trombetti, und dann in eine andere, zufällige, noch dunkler und versteckter, die Via San Sigismondo. Ich schleudere ihn unter den Portikus, in einen Winkel, wo niemand vorbeikommen wird. Er ist so betrunken, dass er keinen Widerstand leistet. Ich schlage auf ihn ein und schreie: »Warum?«

Warum, warum, warum? Und er ist nicht imstande, mir zu antworten. Er blickt zur Straße, nuschelt, sucht einen Vorwand, um zu den Feiernden zurückzukehren und sich von mir zu befreien. Denn dies ist eine Nacht ohne Regeln, und nur ich habe es nicht begriffen, nur ich gehe ihm noch auf die Nerven.

Ich hole das Handy hervor und drücke es ihm in die Hand. Ich befehle ihm: »Los, mach ein Foto von mir, mach ein Video von mir.« Ich fange an, mich auszuziehen. Ich bin eine wehrlose Person, oder das, was davon übrig bleibt. Ich insistiere: »Mach ein Foto von mir, los, das ich dann ins Internet stelle, damit alle mich sehen und Kommentare über mich schreiben.« Lorenzo umklammert mein Telefon, schleudert es gegen die Mauer, zerstört es. Und vielleicht ist das seine letzte Geste des Mitleids oder der Liebe mir gegenüber.

Aber ich sterbe. Also schmiege ich mich an ihn, verzweifelt, und zerstöre mich, alles. Ich ziehe ihm die Jeans runter, die Boxershorts. Ich flehe ihn an, zwinge ihn, es im Stehen zu machen, auf der Straße, an einer Säule, wie zwei Hunde, in mir zu kommen, und danach schämen wir uns so sehr, dass wir uns nicht ansehen können.

Lorenzo schwankt zur Piazza Verdi. Ich kann ihm noch hinterherschreien: »Geh ruhig zu ihr!«

Aber er dreht sich nicht um, und ich sinke zusammen. Ich ziehe mich wieder an und breche in Tränen aus. Ich lasse mich wie ein Leichnam von den Strömen forttragen, ende in der Via Petroni und gerate auf der Piazza Aldrovandi in einen Strudel. Nachdem er mich wieder ausgespuckt hat, irre ich herum. Ich weiß nicht, wo ich mich befinde. Ist da die Palazzina Piacenza? Oder die Pascoli? Ist es der Mucrone, ist es Elba? Ich gelange ins Ghetto, in der Via Canonica strauchele ich auf einem Bürgersteig und stürze ohnmächtig, vielleicht bereits eingeschlafen hin.

Als ich die Augen wieder öffne, steht die Sonne hoch über der geplünderten und schmutzigen Stadt, über den leeren Flaschen, den Knallkörpern, den Fahnen. Ich rapple mich hoch.

Mein Leben ist zu Ende.

Ich bin frei.

Ich bin geboren.

27

Die Realität verlangt, dass man auch dies sagt: Das Leben geht weiter

Als ich die Tür in der Via Mascarella öffnete, war es neun Uhr am Morgen des 10. Juli. Die Zimmer tönten hohl um mich herum, als wäre ein Orkan durch sie gefegt. Ohne mich zu waschen und zu frühstücken, geschweige denn, mich im Spiegel zu betrachten, holte ich den größten Koffer vom Schrank und begann ihn mit Kleidung und Büchern zu füllen, sorgfältig und konzentriert legte ich Pullover, BHs und Höschen hinein. Erst als ich zu Moravia und Morante kam, verlor ich die Kontrolle und warf sie wütend hinein. Ich schloss den Koffer sofort, um sie nicht zu zerreißen, zu weinen, zu schreien. Dann füllte ich einen zweiten Rollkoffer mit Handtüchern und Laken und einen dritten mit Medikamenten, Kosmetika und weiteren Büchern.

Ob ich Angst hatte, dass einer von ihnen plötzlich nach Hause kommen würde? Nein, daran dachte ich nicht. Ich war sicher, dass sie zusammen waren, eng umschlungen in irgendeiner Höhle, frei, ihre Liebe ganz offen zu leben. Ich wusste, dass sie sich nicht trauen würden, wieder aufzutauchen, und das genügte mir. Aber im Extremfall hätte ich nicht mit der Wimper gezuckt. Ich wäre nicht imstande gewesen, ihnen ins Gesicht zu blicken, sie zu erkennen, ihre Stimmen zu hören. Sie existierten nicht mehr für mich.

Nachdem die Koffer gepackt waren, packte ich Handtaschen und Reisetaschen. Ich hörte erst auf, als nichts mehr von mir da war, nicht mal ein Lesezeichen. Dann nahm ich den Hörer des Festnetztelefons

– ich hatte kein Handy mehr – und sprach eine Nachricht auf den Anrufbeantworter des Vermieters, der wie alle Italiener um zehn Uhr noch schlief. Ich teilte ihm mit, dass ich jetzt, in dieser Minute, aus der Wohnung ausziehen würde, zwei Jahre vor Ablauf des Mietvertrags, und dass er mich wissen lassen solle, was ich ihm schulde wegen dieser plötzlichen Niederlage, entschuldigen Sie, Kündigung. Ich legte auf und schleppte die Koffer aus der Wohnung, die Treppen hinunter und ein Stück die Arkaden entlang, ohne die Anstrengung zu spüren, ohne überhaupt etwas zu empfinden. Ich verstaute alles im Kofferraum und auf den Rücksitzen des Peugeot 206, überprüfte, dass ich genügend Benzin hatte, und betrachtete, bevor ich den Motor startete, das stille Bologna in einem perfekten Licht.

Du kannst nichts dafür, sagte ich zu ihm, aber ich muss gehen. Leb wohl. Ich dachte nicht an ein Wiedersehen; selbst die Zukunft existierte nicht mehr.

Ich drehte den Schlüssel und legte den Gang ein. Ich floh zwischen den schlafenden Häusern über die leere Via Stalingrado, auf die Umgehungsstraße, auf der nur ein paar Lkws aus Rumänien und Polen unterwegs waren, die müde auf der rechten Fahrspur fuhren. Ich überholte sie, erreichte die Mautstelle der A1 und sah mich einer Gabelung gegenüber: Mailand, Florenz. Was bedeutete: Biella oder T, deine Mutter oder dein Vater, wo du geboren wurdest und wo du im Stich gelassen wurdest. Fragt mich nicht nach dem Grund – es gab keine Gründe mehr –, aber ich bog nach T ab.

Ich fuhr rückwärts in Zeit und Raum: Roncobilaccio, Barberino, die Autobahn Firenze–Pisa–Livorno, Collesalvetti, betäubt von dem Schlag, wie entrückt. Ich las die Schilder: Rosignano, Cecina, mit hundertdreißig Stundenkilometern, ohne die Geschwindigkeit zu verringern, ohne anzuhalten. Ich kehrte unbeschwert zurück, wie jemand, der alles verloren hat, ja, der nie etwas besessen hat. Ich trennte mich erneut von einem Ort, staatenlos, explantiert. »Schicksal ist, das Trauma noch einmal zu durchleben, die Fehler zu wiederholen«, sollte die De Angelis mir zehn Jahre später erklären, »es sei denn, man widersetzt sich.«

Nach Cecina sah ich das Meer. Es funkelte ruhig jenseits eines Kiefernwaldes. Mir kamen fast die Tränen, so schön war es. In meinem Geist blitzte, dem Erdboden gleichgemacht, das Bild von uns dreien auf dem Ponte Morandi auf: Mama, Niccolò und ich im Alfasud, abwechselnd an einem Joint ziehend. Ich sah die Minen wieder, Marina di S, die Akropolis von Populonia, und fragte mich zum ersten Mal, was von uns an den Orten bleibt, die wir liebten, was von all den Küssen, den Bekenntnissen, der Freude überlebt, denn irgendwo muss unser Leben ja bleiben, oder? Es wäre totale Verschwendung, wenn es mit uns sterben würde.

Endlich kam ich in T an, und es nahm mich wieder auf. Ohne zu grollen und ohne zu urteilen, führte es mich über Nebenwege, Aussichtspunkte, die unversehrt geblieben waren, in die Via Bovia 53. Ich parkte unter dem Küchenbalkon, stieg aus dem Auto und klingelte an der Sprechanlage. Ich sah das Gesicht meines Vaters im Treppenhaus, erst ungläubig und dann besorgt. Ich schaffte es nicht, ihm Erklärungen zu geben, ich bat ihn nur, Mama Bescheid zu sagen, dass ich bei ihm wäre, und mir mit den Koffern zu helfen. Er nickte, betrachtete meine aufgeschlagenen Knie, die schwarz vom Bürgersteig waren. Er ging in Pantoffeln hinunter, um die Koffer zu holen, und traute sich nicht, mir Fragen zu stellen.

Ich stellte mich unter die Dusche und kratzte die vorangegangene Nacht von meinem Körper: den Staub, die Plazenta, den Schmutz, das Fruchtwasser. Danach ging ich mit an den Schläfen klebenden, noch tropfnassen Haaren zum Spiegel, öffnete den Mund und schraubte das Piercing in der Mitte der Zunge auf. Ich hielt es ein paar Augenblicke zwischen Daumen und Zeigefinger; es war nur ein kleiner Gegenstand aus chirurgischem Stahl, phosphoreszierend grün, ohne Bedeutung. Ich öffnete ruckartig die Finger und lies es hinuntergleiten in das Abflussrohr des Waschbeckens.

*

Mehr als zwei Wochen sprach ich nicht. Mein Kopf hatte sich von allen Worten befreit und nur noch das wesentliche Vokabular behalten: »ja, nein, ich gehe aus, ich komme später zurück, Fisch zum Abendessen ist okay«.

Papa beobachtete mich aufmerksam, während ich die Bücher in alphabetischer Reihenfolge auf die Regale stellte: Elsa Morante, Alberto Moravia, Sandro Penna, Vittorio Sereni, jedes wurde in seiner eigenen Grabnische bestattet, weil ich nicht die Absicht hatte, sie noch einmal zu lesen. Er half mir, mich von den Gegenständen zu trennen, die die Grenze zwischen dem Vorher und Nachher – eine unüberwindliche Mauer, mit Stacheldraht versehen und militarisiert – unangemessen oder überflüssig gemacht hatte: Geschenke, Briefe, Fotos von ihr wisst schon wem. Er gab mir große schwarze Säcke, um alles hineinzuwerfen, ohne es noch einmal anzusehen, und sie fest zu verschließen. Er begriff, dass etwas Ernstes geschehen war, aber auch, dass es besser war, nicht danach zu fragen. Daher beschränkte er sich taktvoll darauf, darüber zu wachen, dass ich morgens aufstand, frühstückte und nicht vergaß mich zu frisieren und anständig auszusehen. Und in mancher Hinsicht war es wieder wie in der ersten Zeit, als er und ich allein zusammengelebt und uns gegenseitig beobachtet hatten, uns aus dem Weg gegangen waren und uns gesucht hatten. Nur dass wir jetzt Vater und Tochter geworden waren.

Und wie ging es ihm?, wird man fragen. Nun ja, während mein Umzug nach Bologna ihn ziemlich erschüttert hatte, ließ meine Rückkehr nach T in jenem Sommer ihn wieder zur Normalität zurückfinden. In den Tagen, von denen ich spreche, lebte er noch im Pyjama und verließ die Wohnung nur, um sich mit Essen, Wasser und Waren des täglichen Grundbedarfs zu versorgen. Aber er hatte es geschafft, seine Beziehung mit Incoronata zu beenden. Auf mein Betreiben hin; dieses Verdienst muss ich für mich in Anspruch nehmen.

Ich glaube, es war ein paar Monate vorher, dass ich – da ich es müde war, mich bei meinen Besuchen mit seinem Rücken zufriedengeben zu müssen oder, schlimmer noch, mit der verschlossenen Tür seines Arbeitszimmers, während er wie ein Unglücklicher chattete – ihn offen darauf angesprochen hatte: »Papa, du kannst nicht ernsthaft glauben, eine Person zu lieben, die du nie gesehen hast und die dich obendrein in diesen Zustand versetzt.« »Seit wann ist die Liebe an das Sehen gebunden?«, hatte er erwidert. »Du bist und bleibst eine Materialistin! Das ist ein Dialog zwischen Seelen, ein Anderswo, in dem man aufrichtig sein kann!« »In dem man lügen kann, dass sich die Balken biegen, würde ich sagen. Steig in ein Flugzeug und besuch sie; seit einem Jahr trefft ihr euch schon im Computer. Wovor hast du Angst?« Daraufhin war er aufgesprungen, war sich mit den Händen durch die Haare gefahren und hatte, mit der Hand seinen Bart bedeckend, gesagt: »Incoronata hat fünf Kinder, alles Söhne. Ihr Mann sitzt seit zehn Jahren im Gefängnis. Wenn ich hingehe und sie mich auch nur an der Sprechanlage sehen, erschießen sie mich!« Darauf hatte ich die Augen aufgerissen, und vielleicht hätte mein Gesichtsausdruck ja schon gereicht. Aber ich hatte entschieden, dass er nicht reichte: »Du und die Frau vom Boss, Papa? Ausgerechnet *du*?«, hatte ich gefragt. »Ist es das, wozu das Internet gut ist?« Er hatte nicht geantwortet.

Jetzt war Incoronata zum Glück von der Bildfläche verschwunden, und zu meiner großen Überraschung war das Internet vom Kultobjekt zum Diskussionsthema geworden. Papa hatte inzwischen eine regelrechte Wut auf die Algorithmen und Suchmaschinen entwickelt. »Sie wollen uns alle gleichmachen, Elisa, zu manipulierbaren Idioten! Du hast keine Ahnung von den teuflischen Absichten, die sie aushecken. Die Demokratien werden verschwinden. Das Internet wird zu einem Supermarkt werden!« Er weissagte wie Kassandra, und 2006 konnte er damit natürlich noch niemanden beunruhigen. »Es sollte eine Abgrenzung sein, eine Befreiung, und stattdessen ... Es ist der schlimmste Verrat der Geschichte.«

Er begann wieder Marx, Hegel und Platon zu lesen, mit dem Ziel, eine großangelegte Studie über den Verrat zu schreiben. Aber so enttäuscht und empört er auch war, er musste sich noch entwöhnen, und daher kehrte er ab und zu in die Chats zurück, auf die Blogs und jene sehr bekannten amerikanischen sozialen Plattformen, die in Italien erst zwei Jahre später Fuß fassen sollten und denen er einfach nicht widerstehen konnte. »Wenn du den Feind schlagen willst, Elisa, musst du ihn von innen kennen.« Ich will aber doch erwähnen, dass er Iolanda, die einzige normale Frau seines Lebens, nicht im Internet kennenlernte, sondern im Fischgeschäft.

Wie auch immer, in den Wochen, die auf den 9. Juli 2006 folgten, weigerte ich mich, mir ein neues Handy zu kaufen und in meinen

E-Mail-Account und in den Briefkasten zu gucken. Ich wusste, dass sie mir nicht schreiben würden, aber ich wollte nicht riskieren, es nachzuprüfen und mit der Leere konfrontiert zu werden: bekräftigt, bestätigt, ins Gesicht geschleudert. Andererseits wollte ich auch nicht, dass sie mich suchten. Um mir *was* zu sagen? Dass sie sich liebten? Ich krümmte mich bei dem Gedanken daran. Ich lehnte ihn ab, weil mein Körper nicht imstande war, ihn zu dulden. Ich vermied die Bücher, weil sie mich nicht geheilt hätten, nicht in diesem Augenblick. Die Zeitungen, die Filme, die ganze Kultur würden mir nicht helfen können.

Ich ging nur spazieren, ohne Ziel und Zweck, so wie ich früher im Sattel meines Quartz herumgefahren war, nur jetzt, nach dem Schiffbruch, zu Fuß. Um fünf verließ ich die Wohnung und ging zur Strandpromenade, wo ich die Jungs beobachtete, die auf dem Strand Fußball spielten, die Mädchen, die im Badeanzug in der Bar saßen und lachten, und die glücklichen Familien, die geliebten Kinder, *die anderen*, zu deren Familie ich nicht gehören konnte. Ich kam nach Calamoresco, auf die Piazza A, und betrachtete die Inseln, die Wolken, die Schiffe, und es genügte mir, Gastfreundschaft auf der Erdkruste zu genießen, wie ein Körper kurz vor dem Ertrinken, der von einer heftigen Sturmflut ans Ufer gespült wird.

Um acht, mehr oder weniger, kam ich nach Hause zurück, aß mit meinem Vater zu Abend, hörte ihm zu, wie er gegen die verborgenen wirtschaftlichen Interessen und die undurchsichtigen Mächte wetterte. Ich half ihm, den Tisch abzudecken und die Spülmaschine einzuräumen, und dann zog ich mich in mein Zimmer zurück, wie damals, als ich vierzehn war. Ich schloss die Jalousie vor der Platane, »blühend, im Blätterkleid, einsam, allein«. Ich warf einen schnellen, verstohlenen Blick hinauf zur Schrankdecke in der rechten Ecke des Zimmers. Und es war fast angenehm, sich danach auf das Bett aus Schulzeiten fallen zu lassen.

Ich verbrachte weitere siebzehn Tage so, wie eine Amöbe.
Und dann kam die Wende.

*

Donnerstag, 27. Juli, sagt mein Tagebuch von 2006. Und nichts weiter, denn diese Seite ist, wie die neunzehn davor und alle folgenden, weiß.

Ich werde mich notgedrungen auf mein Gedächtnis verlassen müssen, aber ich glaube nicht, dass ich auf Hindernisse stoßen werde. Ich erinnere mich genau an den Mistral und den wolkenlosen Himmel und auch an das Gefühl der Nutzlosigkeit und Leere, das mich innerlich hatte erstarren lassen.

An dem Nachmittag ging ich am Strand entlang bis Calamoresca, das, ich habe vergessen, es zu erwähnen, eine wunderschöne Bucht mit einem Kiesstrand und einem Aussichtspunkt ist, von dessen Bänken aus man Elba bewundern kann und wo der Wind, der die Küste peitscht, nach Myrte, Wacholder und Erika duftet. Wie üblich wich ich den Passanten aus, in der Hoffnung, keinem ehemaligen Klassenkameraden zu begegnen, der mich erkennen und fragen würde, wie es mir gehe, als mich auf dem steilsten Abschnitt plötzlich eine gewaltige Müdigkeit überkam, wie ich sie noch nie empfunden hatte, sodass meine Beine einknickten und ich gezwungen war, mir so schnell wie möglich eine Bank zu suchen, auf der keine Pärchen saßen – sie waren überall, die Verfluchten –, um mich zu setzen und mich von der Überraschung zu erholen.

Ich betrachtete die Insel auf der anderen Seite des Meeres: klar und detailliert wie eine Weihnachtskrippe, mit den schwarzen Minen, in denen die Etrusker vor zweitausend Jahren das Eisen abgebaut hatten, den schattigen Bergrücken, den winzigen Ansammlungen von Häusern. Ich erinnere mich, dass ein Lied aus der Strandbar drang: »Applausi, applausi per Fibra«. Eine Schar Kinder stürzte sich von der höchsten Klippe, unter dem verlassenen Haus. In genau diesem Augenblick verspürte ich einen unbekannten stechenden Schmerz im Bauch. Es war nicht der Magen, sondern eine andere Stelle, auf die ich nie geachtet hatte. Und obwohl ich weder Ahnung noch Erfahrung hatte, begriff ich sofort: *sofort.*

»Das ist nicht möglich«, sagte ich laut.

Ich bitte dich, flehte ich den Gott an, der immer nur dann existierte, wenn ich ihn brauchte. Nein, nicht das, bitte. Während der Blister klar und deutlich in meinem Gedächtnis auftauchte, mit den beiden vergessenen Pillen, und dann ich, die Idiotin, die ich, als ich es bemerkte, gleich drei auf einmal schluckte, überzeugt, damit würde ich es wiedergutmachen. Der Verstand begann von ganz allein die Wochen und Tage nachzurechnen, während ich mich noch dagegen wehrte.

Nein.

Ich begann zu frieren. Ich widerstand dem Wunsch, dort auf der Bank einzuschlafen, und ging in die nächste Apotheke in einem Zustand solcher Unruhe und Anspannung, dass ich wie eine Hirschkuh war, die in einem tief verschneiten Wald lag, obwohl es in Wirklichkeit achtunddreißig Grad heiß war und die Leute mir fröhlich und sonnenverbrannt entgegenschlurften. Der Apotheker gab mir, was ich verlangte, und überprüfte mit einem Blick, ob ich einen Ring am linken Ringfinger trug, was ich nicht tat. Ich ging hinaus und lief wie betäubt die Strandpromenade entlang, während mein Herz wie wild in meiner Brust schlug. Ich schloss mich auf der Toilette der ersten Bar ein, die ich fand, nicht ohne vorher ein Glas Wein hinunterzustürzen, um mich auf das Ergebnis vorzubereiten oder mir einzubilden, es abwenden zu können. In der weiß gefliesten Hölle fragte ich mich, ob es möglich war, ein zweites Mal innerhalb von neunzehn Tagen zu sterben, und die Antwort des Tests lautete: ja, unmissverständlich ja. Du kannst unbegrenzt oft sterben, Elisa.

Papa war beim Kochen, als ich nach Hause kann. Als er mein Schluchzen hörte, kam er sofort ins Wohnzimmer und setzte sich aufs Sofa, auf das ich mich geworfen hatte. Schließlich redete ich, aber ich sagte nur verrückte und unzusammenhängende Worte. Papa nahm meinen Kopf zwischen seine Hände, befahl mir sanft, mich zu beruhigen, ihn anzuschauen und mich wie eine Erwachsene zu verhalten.

»Was ist passiert?«

»Eine Tragödie.«

»Sag es mir.«

»Ich bin schwanger.«

Er ließ die Antwort ankommen, verklingen und sich setzen. Er war mehr überrascht als schockiert, denn von allen unbesonnenen Mädchen des Planeten war ich das am wenigsten leichtsinnige. Er versuchte sich zu beherrschen und bemerkte: »Das würde ich nicht gerade eine Tragödie nennen, auch wenn ...«

»Ich bin im ersten Studienjahr!«, schrie ich. »Ich muss Prüfungen machen, ich muss einen Abschluss machen, ich will sterben!«

»Im Leben muss man vernünftig überlegen, Elisa, du kannst nicht immer impulsiv handeln oder dich umhauen lassen. Man muss abschätzen, mehrere Meinungen anhören, und ich glaube, die vordringlichste ist die von Lorenzo.«

»Erwähn seinen Namen nicht!«, schrie ich wütend. Papa begriff, dass es sich doch um etwas Ernsteres handelte und nicht um eine Kinderei. »Soll ich dann Beatrice anrufen und sie bitten herzukommen?«

Ich antwortete nicht, sondern stieß einen unartikulierten Schrei aus und fügte einen derart schrecklichen Ausdruck hinzu, dass Papa verstummte. Ich begann zu delirieren. Er bemerkte, dass ich glühte, steckte mich ins Bett und wickelte mich in Decken. Ich zitterte, er fügte weitere hinzu. Ich sah undeutlich, wie er aufgeregt umherlief und nicht wusste, was er noch tun sollte. Dann traf er eine Entscheidung: Er ging ins Bad, um sich zu rasieren.

Ich hörte lange das Geräusch des Rasierapparats unter den Decken, während ich mit den Zähnen klapperte und draußen die Zikaden wild zirpten. Ich weiß nicht, wie lange er brauchte, um sich den Bart abzurasieren, ich weiß nur, dass er auch den Pyjama auszog und, als er wieder auf der Schwelle meines Zimmers erschien, eine Cordhose und ein blaues kariertes Hemd trug, das bis zum letzten Knopf zugeknöpft war, ohne den geringsten Zweifel wieder Professor Cerruti war.

»Mach dir keine Sorgen«, versuchte er mich zu beruhigen, »wir helfen dir.«

Wir?, dachte ich. Wer wir?

Papa nahm das Handy, suchte eine Nummer im Adressbuch, führte es ans Ohr und begann, während er wartete, im Flur auf und ab zu gehen, schwitzend und ständig die Brille und sein Haar berührend. Als er stehen blieb, hörte ich klar und deutlich, wie er sagte: »Annabella, ja. Elisa ist noch hier. Nein, es geht ihr nicht gut. Sie hat Fieber, und sie sagt, dass sie sterben will. Und dass sie schwanger ist.« Schweigen. Ich versuchte, nicht zu weinen, aber es gelang mir nicht. »Du solltest vielleicht herkommen. Diesmal glaube ich, dass ich es allein nicht schaffe. Frag deinen Mann, ob er die Situation verstehen kann ...«

Nein, Papa, das kannst du nicht tun. Ich versuchte mich aufzusetzen. Wie bist du nur darauf gekommen? Ich versuchte aufzustehen und diesen Wahnsinn zu beenden, aber ich hatte keine Kraft. Ich stellte mir vor, was dieser Anruf ihn gekostet haben mochte, und hörte seine Schritte in der ganzen Wohnung. Ich hörte, wie meine Eltern meinetwegen wieder miteinander sprachen, und schlimmer konnte ich das Erwachsensein nicht beginnen. Ich war knapp, *ganz knapp* davor gewesen, mich abzulösen und mich selbst zu verwirklichen. Und jetzt?

Papa verbrachte die ganze Nacht damit, mir nasse Tücher auf die Stirn zu legen, aber sie halfen nichts. Irgendwann holte er seinen Laptop. Er wachte über mich und surfte. Wo? Wohin? Vielleicht suchte er Mittel gegen das Fieber, gegen die Fehler der Töchter. Ich stand auf der Piazza Verdi, die Augen starr auf jenen Kuss gerichtet, und schlief nicht, konnte nicht schlafen, mir war abwechselnd heiß und kalt.

Nicht auszudenken, wenn sie käme.

*

Am nächsten Tag stieg meine Mutter in die vier Züge, die nötig waren, um einen Teil von mir mit dem anderen zu verbinden, und nach endlosen Stunden der Reise öffnete sie die Tür zu meinem stickigen und dunklen Zimmer.

Sie knipste die Nachttischlampe an und setzte sich neben mich auf den Boden mit ihren langen grauen Zöpfen und einer Sonnenblume hinter dem Ohr. Die Tatsache, dass sie hier war und meine Hand nahm, erschütterte mich so sehr, dass ich das Gesicht ins Kissen drückte. Sie streichelte mich und wartete, dass ich mich wieder zu ihr drehte, um mir ihre Lippen auf die Stirn zu drücken. »Du hast neununddreißig Fieber«, schloss sie.

Sie begrüßte mich nicht, stellte mir keine Fragen. Am Ton ihrer Stimme erkannte ich, dass sie jetzt unbedingt sprechen wollte. »Ich habe es gelernt, als du klein warst. Als du ungefähr drei warst, brauchte ich kein Thermometer mehr, ich musste dich nur anschauen: Du begannst, auf dem Stuhl vor den Zeichentrickfilmen zusammenzusacken, deine Augen fingen an zu glänzen, und deine Wangen röteten sich. Und ich hätte mich jedes Mal lieber erschossen, als in der Arbeit anzurufen.«

»Mama«, flüsterte ich, »bitte erzähl mir nichts.«

Sie stand auf, ging zu meinem Vater und tuschelte mit ihm. Dann kam sie mit einem halbvollen Glas Wasser und einer Paracetamol zurück. Sie zwang mich, mich aufzusetzen, und legte mir die Tablette auf die Zunge, wie sie es früher gemacht hatte.

»Wenn ich Hilfe gehabt hätte«, fuhr sie fort, »keine Ahnung, eine Nachbarin, eine Schwester, eine Cousine, ich bin *sicher*, dass ich eine bessere Mutter gewesen wäre. Aber ich musste in der Arbeit anrufen und ...«

»Mama«, flehte ich sie an.

»Schluck die Tablette.«

Sie ging zum Fenster, öffnete es und ließ Licht und reine Luft hereinkommen. Sie drehte sich zu mir, die Hände auf die Hüften gestützt, eine so strenge Pose, dass sie mich an Oma Tecla erinnerte.

»Elisa, ein Kind ist ein Schlamassel. Aber ich schwöre dir, dass ich dir helfen werde.«

Bei dem Wort »Kind« fing ich wieder zu weinen an. Ich konnte es nicht hören, es vernichtete mich, brach mir das Herz.

»Elisa, fuhr sie fort, während sie mich von den Steppdecken befreite, »ich schwöre dir, dass du nicht wie ich enden wirst.« Sie unterbrach sich, »Paolo, entschuldige«, schrie sie, um in der Küche gehört zu werden, »ich will dich ja nicht kritisieren, aber wenn du sie zudeckst, geht das Fieber nicht runter, es steigt.«

Papa erschien in der Tür, zerknirscht. Er stammelte: »Sie zitterte, sie fror ...« Mama gab ihm die Decken. »Und erinnere dich: Das Paracetamol muss man immer und auf jeden Fall geben. Mach nicht so ein Gesicht. Du wusstest es nicht, jetzt weißt du es.«

Das Wort »Kind« bewirkte, dass ich mich einsamer und hilfloser fühlte als in jeder Einsamkeit und Ohnmacht, die ich jemals in meinem Leben erfahren hatte. Es raubte mir die Zukunft, von der ich geträumt hatte, und die Vergangenheit, der ich nicht verzieh, und war ohne Ausweg, ohne Lösung. Und dann quälte mich auch noch dies:

Papa mit dem Stapel Decken auf den Armen, der Mama verwirrt ansah, und sie, die ihm die Hand auf die Schulter legte und sagte: »Wir werden für alles eine Lösung finden, du wirst sehen.«

Mama, die an genau den Ort zurückgekehrt war, an dem sie mich im Oktober 2000 verlassen hatte, und diese Geste, die nichts wiedergutmachte, nichts flickte. Oder vielleicht doch.

Durch die Wirkung des Paracetamols schlief ich auf der Stelle ein und schlief stunden- vielleicht tagelang. Bis ich eines Morgens um elf wieder zum Leben erwachte. Ich verließ das Bett mit neuen Kräften und einem Mordshunger. Ich öffnete die Tür einen Spalt und hörte, wie meine Eltern sich fröhlich in der Küche unterhielten, und das war merkwürdig, sogar *schön*. Auf Zehenspitzen ging ich auf den Flur hinaus. Nach Jahren stand die Tür zu dem Zimmer, das Niccolòs und später Beatrices gewesen war, erneut offen. Ich näherte mich, blickte hinein und sah, dass der Koffer meiner Mutter ausgepackt war und die Jogginganzüge und Pyjamas der Liabel zusammengefaltet auf dem Bett lagen, und dieser Anblick rührte mich.

Ich ging in die Küche. Papa und Mama saßen zusammen am Tisch und tranken Kaffee. Sie sahen mich an, und ich wusste nichts: welche Entscheidung ich treffen würde, was es bedeutete, ein Kind zu haben. Aber sie lächelten mich an, und ich begriff, was es bedeutete, eins zu sein.

Sie schenkten mir eine Tasse Kaffee ein und schoben mir ein Päckchen Zwieback zu, und ich setzte mich zu ihnen, die mein Ort waren, mein erster.

Ich begann wieder zu essen, zu denken. Von dem Augenblick an ließen die beiden, der Professor und die ehemalige Bassistin, mich nicht mehr allein. Sie begleiteten mich zu jedem Arztbesuch, zu jeder Blutentnahme, zu jedem Ultraschall. Sie hörten sich aufmerksam eine überaus geschönte Version des 9. Juli an. Carmelo, der sich bereitwillig einverstanden erklärt hatte, die Tournee über die Volksfeste in der Provinz Biella allein fortzusetzen, rief jeden Abend an, um sich zu erkundigen, wie es mir ging. Mama ging jeden Nachmittag mit mir spazieren, häufig kam auch mein Vater mit. Wir waren die einzigen blassen und bekleideten Personen auf der Strandpromenade mitten im August. Uns war das egal. Uns ging es gut so, und eins hatten wir begriffen: Wir funktionierten nur auf diese falsche, arrangierte, seltsame Weise. Mochten sie uns ruhig schief ansehen, *die anderen*.

Es kam im schmerzlichsten Sommer meines Lebens sogar vor, dass wir ins Auto stiegen und um acht Uhr abends zum Eisenstrand fuhren und gemeinsam im Sonnenuntergang schwammen, ohne Zeugen, und dann, noch halb nass, nach Marina di S fuhren, um eine Pizza zu essen, und danach auf der Hauptstraße, wo immer noch die Schaufenster des Scarlet Rose leuchteten, Krokant und Brigidini kauften. Anfang September kehrten wir alle drei, das Fernglas um den Hals, in den Naturpark San Quintino zurück. Die Blauracken würden in Kürze fortfliegen. Aber es blieben immer noch genug andere Dinge, gewöhnliche und wertvolle, normale und wichtige: die Möwen, das Schilf, das Meer, Paolo und Annabella, die, vielleicht zum ersten Mal, gemeinsam Eltern waren. Und ich glaube, dass sie das zusammen entschieden hatten.

Es abzumildern, zu verkleinern, zu zähmen, das Wort »Kind«.

*

Ich muss abbrechen, die zwei Stunden sind vorbei. Ich schließe Word, verlasse mein Zimmer und klopfe an Valentinos Tür. »Darf ich?« Ich öffne sacht die Tür. Er sitzt am Computer, schnaubt genervt, aber ich weiß, dass er sich freut: Ich habe mein Versprechen gehalten.

»Na komm«, ermuntere ich ihn, »kümmern wir uns um diesen verdammten Weihnachtsbaum.«

Er lacht. Und ich verzeihe, wie immer, wenn ich ihn lachen sehe, all der Mühe, der Einsamkeit, der Unwissenheit, denn es war wirklich kein Spaziergang, ihn großzuziehen, im Gegenteil. Aber so wie ich mir im Sommer 2006 ein Leben mit ihm nicht vorstellen konnte, könnte ich es mir jetzt, da ich ihn kenne, nicht ohne die präzise Form seiner Augen, seinen fröhlichen und extrovertierten Charakter, der das Gegenteil von mir ist, diese Stimme, die sich zurzeit verändert und heiser wird, nicht vorstellen.

Wir gehen in den Keller hinunter. Der künstliche Baum ist alt, in keinem guten Zustand und riecht schimmlig. Es fehlen ihm sogar ein paar Zweige, aber wen stört das schon. Vale holt aus den obersten Regalen die Schachteln mit dem Schmuck, nimmt unseren räudigen Weihnachtsbaum über die Schulter, und wir gehen wieder hinauf. Wir schleppen einen Zentner Staub ins Wohnzimmer, und ich bemühe mich, mich nicht darum zu kümmern, nicht daran zu denken, sauber zu machen, schon seit Tagen befindet sich die Wohnung in einem erbärmlichen Zustand. Ich überlasse es ihm und seinem mathematischen Verstand, über die Position der Lichter und der Dekoration zu entscheiden, und beschränke mich darauf, ihm die Kugeln in der Farbe zu reichen, die er von mir verlangt, die Bänder und die Salzteigfiguren, die vielleicht noch aus seiner Grundschulzeit stammen. Als Soundtrack wählt er eine CD eines gewissen Tha Supreme, und ich schwöre, dass ich, wenn ich bei Sfera Ebbasta schon nicht hinterherkomme, hier überhaupt nicht mehr verstehe, was er sagt. Vale singt jedoch konzentriert mit, und ich akzeptiere, dass jetzt seine Zeit gekommen ist, die nicht mehr meine ist.

Entgegen jeder Prognose macht der Baum sich, sobald er geschmückt ist, gar nicht so schlecht. Wir schalten das Licht im Wohnzimmer aus, um zu sehen, wie er strahlt. »Du hattest recht«, gebe ich zu, »es wäre wirklich schade gewesen, wenn wir ihn im Keller gelassen hätten.«

Vale nickt, er ist gut gelaunt. Jetzt traue ich mich, ihn zu fragen, ob es unter den Rappern, die er hört, auch Fabri Fibra gibt. Und ich erzähle ihm, dass man ihn 2006, als ich mit ihm schwanger gewesen sei, überall gehört habe, sogar in T, und dass ich mir damals die Platte gekauft hätte. Vale wird ernst und beteuert, dass es über Fibra keine Diskussionen gebe, er sei immer »ein Großer«. Ich nutze die Gelegenheit, um eine weitere Frage zu stellen: »Und was hat dein Italienischlehrer dir für die Ferien zu lesen gegeben?«

»*La coscienza di Zeno.*«

»Was? In der siebten Klasse?« Ich muss lachen, normalerweise kritisiere ich die Lehrer nicht. »Sie wollen doch tatsächlich alle Leser noch vor dem Jahr 2020 in der Wiege töten. Da muss ich einer Freundin von mir recht geben ...«

»Was soll ich also tun, es nicht lesen?«

»Nein, nein, lies es ruhig. Aber hol dir in meinem Bücherregal auch Sanguinetti und die Gruppe 63, dieser Tha Supreme erinnert mich ein bisschen an sie.«

Ich umarme ihn, und er lässt sich umarmen. Das passiert nicht häufig; wie oft kämpfen wir, und ich weiß nicht, wie ich mich ihm gegenüber verhalten soll, so wütend macht er mich. Aber ich genieße diese Minute, ohne mich zu beklagen, dass es nur eine ist, und gebe ihm sogar einen Kuss, bevor die Sprechanlage klingelt.

Und die Sprechanlage klingelt, unerbittlich, pünktlich.

Valentino blickt auf die Uhr. »Mist, es ist schon sieben.«

Mein Magen krampft sich zusammen, aber ich weiß, dass es richtig ist, daher antworte ich: »Jammer nicht, am Ende amüsierst du dich mit ihm mehr als mit mir.«

»Aber an Weihnachten wäre ich lieber nach Biella gegangen.«

»Die Regel lautet: ein Jahr im Piemont und eines in der Toskana. Nicht verzweifeln, Silvester, das dir so wichtig ist, wirst du mit mir und Onkel Paolo verbringen.«

Vale blickt zur Decke, ich gehe öffnen.

Ich höre die Haustür im Erdgeschoss, die quietscht und sich wieder schließt, sein Husten, seine Schritte auf der Treppe, und es ist nie leicht, nie, ihn im Treppenhaus auftauchen zu sehen, ihn zu begrüßen, zu lächeln. »Ciao, wie geht es dir?«

»Wie üblich, und dir?«

»Mir auch *wie üblich*.«

Ich trete beiseite, und Lorenzo kommt herein. Er zieht den Mantel aus, berührt leicht meine Schulter, aber vielleicht ist es nur der Luftzug, der Schal. Wie immer ist er äußerst elegant. Ich bemerke den Schnitt seiner Jacke, den Stoff seines Hemds, das er ganz lässig über der Jeans trägt, und mir fällt ein, dass ich den ganzen Tag, die ganzen Tage nichts anderes getan habe, als zu schreiben. Ich beuge mich zum Spiegel in der Hoffnung, dass er mich nicht sieht. Ich bestätige, was ich schon weiß: Das Haar ist mit einem Gummiband zusammengebunden, das Gesicht erschöpft, der alte ausgeleierte Pullover, den ich nur zu Hause trage und der sogar ein Loch hat, und auch wenn ich keinen Grund dazu habe, erröte ich vor Verlegenheit.

Lorenzo nimmt mein Gesicht, meine Kleidung nicht wahr.

»Wo ist Vale?«, fragt er mich nur.

»Im Wohnzimmer.«

Ich folge ihm mit Abstand, bleibe auf der Schwelle stehen und beobachte, wie mein Sohn und sein Vater sich umarmen. Einen Augenblick nur, dann wende ich den Blick ab. Die Vertrautheit zwischen ihnen geht mich nichts an. Und außerdem ist es eben nicht leicht für mich. Auch wenn viele Jahre vergangen sind und ich zugeben muss, dass er immer ein Vater war, der da war, der jeden Abend angerufen hat, Geld und Geschenke geschickt hat, zu jedem Fest, Geburtstag, freien Wochenende das Flugzeug genommen und Valentino jeden Sommer auf Reisen rund um die Welt mitgenommen hat – nach Schweden, wenige Kilometer vom arktischen Polarkreis entfernt, in eine abgelegene ländliche Provinz Chinas, sogar nach Sibirien, um die Gefängnisse Mandelstams zu besichtigen –, bleibt dieser vierunddreißigjährige Mann der Junge, den ich einmal von der Feuerleiter der Pascoli aus beobachtet habe. Er bleibt Lorenzo.

Valentino läuft in sein Zimmer, um die Reisetasche mit seinen Sachen zu packen. Sein Vater steht nachdenklich im Wohnzimmer und betrachtet den Weihnachtsbaum. »Der ist aber schön«, sagt er schließlich.

»Ja, wir haben ihn gerade eben erst geschmückt«, erwidere ich.

»An Heiligabend?« Er blickt mich überrascht an.

Mich, nicht den Pullover, nicht die Haare. Und ich fühle mich, obwohl ich es nicht will, wackelig auf den Beinen, unsicher. Ich zwinge mich zu lügen.

»Ich habe ziemlich viel zu tun gehabt.«

»Ist doch gut, oder?«

»Ich habe sogar geschrieben«, entschlüpft es mir, und ich bereue es sofort.

»Was denn?«, erkundigt er sich interessiert.

Er schaut mich immer noch an. Und ich frage mich, was er sieht, welche Frau. Die Mutter seines Sohnes oder das ungeschickte Mädchen unter der Eiche, das inzwischen alt geworden ist, oder dasjenige, das wie die Morante schreiben wollte, oder eine Loserin, die nie jemanden finden wird, weil sie aufgegeben hat, es zu versuchen.

Ich bemühe mich, besser zu lügen. »Eine Studie.«

»Worüber?« Jetzt sieht er mich richtig eindringlich an, fragend.

»Über die Etrusker«, sage ich mit meinem besten Pokergesicht. Lorenzo lächelt. »Wirklich, hast du das Gebiet gewechselt?«

Und mir kommt ein Gedanke, der mich in dieser ganzen Zeit nicht einmal gestreift hatte, eine Suggestion oder eine Einbildung, an der die Worddatei schuld ist, die ich versteckt halte: Vielleicht ist die Frau, die Lorenzo sieht, besser, als ich denke.

Dann kommt Valentino aus seinem Zimmer, bereit und »frisch bekleidet« wie in dem Gedicht von Pascoli, das mich zu seinem Namen inspiriert hat. Ich hake mich bei ihm unter, wende mich Lorenzo zu und nutze die Gelegenheit, dieses Thema oder diesen Zweifel zu verdrängen. »Fahrt jetzt, sonst geratet ihr noch in einen Stau. Vielleicht wird es sogar schneien auf der A1, das haben sie vorhergesagt.«

Das stimmt nicht, es sind vierzehn Grad, in Apulien blühen die Mandelbäume. Und Lorenzo, der wie ich den Wetterbericht liest, weiß es nur zu gut. Er runzelt die Stirn und verengt die Augen zu einem Spalt; es ist, als bemerkte er, dass irgendetwas in mir geschehen ist, etwas Unerwartetes. Ich senke den Blick, versuche mich ihm zu entziehen, und es fällt mir nicht leicht zuzugeben, dass er, obwohl wir seit dreizehn Jahren nicht mehr zusammen sind und ebenso lange in verschiedenen Städten leben, immer noch in mir lesen kann wie in einem Buch.

»Frohe Weihnachten, Elisa«, sagt er schließlich.

»Frohe Weihnachten, Mama, wir sehen uns am 28.«

Ich sehe Valentino einen Augenblick an und denke: Du bist der Sohn eines Traums. Eines Fünfzehnjährigen und einer Vierzehnjährigen, die sich tausendmal vorgestellt hatten, ihren Seelenverwandten in der Bibliothek zu treffen, was dann ja auch geschehen war. Und auch wenn die Realität dem dann nicht gerecht wurde, einen Traum kann man dennoch nicht so einfach aufgeben. Du musstest zwangsläufig geboren werden.

»Bis ganz bald«, verabschiede ich sie, »und schickt mir eine Nachricht, wenn ihr angekommen seid.«

Ich schließe die Tür und höre mit angehaltenem Atem den kleinen

Ruck, den mein Herz jedes Mal macht. Ich atme ein, ich atme aus. Mir wird bewusst, dass ich die ganze Nacht schreiben kann, ohne Bedenken, ohne Hindernisse.

Ich kann mich – und mit welcher Euphorie und mit wie viel Adrenalin – weiter von dir befreien, Beatrice.

28

Der Regen im Pinienhain

Ende September stiegen Mama, Papa und ich auf die Klippen am Hafen, setzten uns auf den höchsten Fels und betrachteten die auslaufenden Schiffe, sie mit Bierflaschen, ich mit einem Fruchtsaft.
»Was hast du beschlossen?«, fragte Papa mich.

Die Optionen, über die wir seit Tagen diskutierten, waren drei: in T bleiben und als Pendlerin die nächstgelegene Universität besuchen; mit Mama nach Biella zurückkehren und mich in Turin in Philologie einschreiben, wiederum als Pendlerin; oder in Bologna weiterstudieren und eine adäquate Unterbringung für Studentinnen finden, die Mütter waren. In jedem Fall würde ich es nicht allein schaffen.

Ich saß zwischen ihnen, ohne das geringste Anzeichen von Bauch, ja sogar dünner als vorher wegen der Übelkeit, und ließ mir den Wind um die Nase wehen. Ich beobachtete die letzten ausländischen Touristen, die sich nach Elba und Korsika einschifften – sie fielen mir auf, weil sie schlecht gekleidet waren, in Pantoffeln und kurzen Hosen –, und Beatrice war immer noch überall: in meinem Blick, in der Landschaft, ich musste sie ständig vertreiben. Ich hatte nicht die geringste Ahnung, was mich erwartete: Der Schmerz der Geburt, das Stillen, die schlaflosen Nächte kamen mir übertrieben vor. Ich erinnere mich an den Scirocco, wie er über meine Jugend hinwegfegte, an den Sonnenuntergang, der das Häuschen der Küstenwache dunkelorange färbte, die Möwenschwärme, die eine Toremar-Fähre nach Portoferraio geleiteten, das Herz, das vor Mut überfloss: Nein, ich werde dich nicht triumphieren lassen, Beatrice.

»Ich kehre nach Bologna zurück«, sagte ich.

Meine Eltern saßen eine Weile schweigend da. Dann sprach Mama als Erste. »Das ist richtig, das ist die Stadt, die du gewählt hattest.«

In Wirklichkeit hatte nicht ich sie gewählt, sondern ein gewisser Genosse Davide, den ich überhaupt nicht kannte und der vielleicht mit den Indios kämpfte, vielleicht aber auch in der Via Petroni biwakierte. Meine Entscheidung war nicht wohlüberlegt, sondern reines Wunschdenken. Ich wollte in die Via Zamboni zurückkehren, wo sich mein Leben zum ersten Mal richtig angefühlt hatte, im Archiginnasio studieren, unter den freskengeschmückten Gewölben, wieder die Piazza Verdi überqueren, sie mir wiedererobern und nicht diesem Kuss überlassen.

»Am Anfang wechseln wir uns ab, ich und dein Vater«, fuhr Mama fort, »und dann werden wir einen Babysitter finden, und mit einem Jahr kannst du ihn in der Krippe anmelden. Richtig, Paolo? Hörst du mir zu?«

Papa war in Gedanken, er trank sein Bier und blickte in die Ferne. Ich dachte, er wäre enttäuscht, weil er es lieber gesehen hätte, dass ich mich in seiner Universität einschreibe, auf die Weise hätten wir jeden Morgen zusammen den Zug nehmen können, und er wäre nicht erneut allein gewesen. Ich irrte mich.

Er trank sein Bier aus, stellte die Flasche ab und sah mich streng an. »Du kannst nicht so tun, als hätte Lorenzo keine Bedeutung und keine Rolle. Und du kannst ihn in dieser Angelegenheit nicht ausschließen.«

»Ich will ihn nicht sehen«, protestierte ich sofort, auf hundertachtzig.

»Du. Aber das Kind bist nicht *du*.«

Mama schaltete sich ein. »Paolo hat recht, du musst es ihm sagen.«

»Hast du mal nachgedacht, Elisa? Wir sitzen hier und entscheiden, wo es aufwachsen wird, wer sich darum kümmern soll, und er weiß nichts davon, nichts!« Er sprach gereizt, als wäre er der ausgeschlossene Vater. »Scheint dir das gerecht? Lorenzo hat die gleichen Rechte und Pflichten wie du, vor allem, es zu erfahren.«

»Nein, weil er ein Scheißkerl ist.«

»Und du bist unbedacht und unreif.«

»Wenn ich ihn seh, bring ich ihn um.«

Papa verlor die Geduld. »Willst du, dass dein Kind mit nur einem Elternteil aufwächst? Dass es seinen Vater erst mit vierzehn kennenlernt wie du? Willst du wirklich die gleichen Fehler machen?«

Er ballte die Fäuste und schwieg. Was ich ihm erwidern wollte, vergaß ich sofort wieder, so schwach war er. Mama seufzte und zündete sich eine Zigarette an. »Eli, benutz deinen Verstand und mach diesen Anruf. Wir haben das schon durchgemacht, wir wissen, dass es zu nichts führt, nachtragend zu sein.«

Ich hätte am liebsten auch ein Bier gehabt, eine Flasche Wein, einen Joint, stattdessen trank ich den letzten Schluck Fruchtsaft, und mein ungezähmtes Herz wurde wieder schwer, die Zukunft ein Chaos und die Eventualität, Lorenzo in Bologna zu begegnen, ein statistisch gesicherter Albtraum. Beatrice hingegen war ein *Ungedanke*. Unaussprechlich und schuldig in einem solchen Maße, dass sie es verdiente, in der Hölle zu schmoren. Jetzt war ich Valeria mit dem Eimer voll Wasser in der Hand und dem Wort »Flittchen« auf den Lippen. Es ist schon komisch, wie wir in gewissen Fällen alle zu Sexisten werden und sofort die Version übernehmen, in der sie Eva ist, die unzuverlässige Verführerin, und er der Naive, der darauf hereinfällt. Ich hasste ihn, gewiss, aber sie hasste ich unvergleichlich mehr. Warum?

Weil du *ich* warst.

Du warst *alles*, Bea: der Spiegel, in dem ich mich befragte, die aufgeweckte Schwester, die ich mir immer gewünscht hatte, die Möglichkeit, zur Diebin zu werden, samstags mit großen Schritten über die Hauptstraße zu gehen, Jeans zu tragen, die wie viel kosteten? Es hatte keine Bedeutung. Du warst der helle Stern, der an jenem Ferragosto auf dem Strand aufgetaucht war – und ich habe eine ganze Menge Zeit gebraucht, um von dir zu erzählen, ohne dir dabei zu verzeihen, das nicht, aber vielleicht zu *akzeptieren*.

Im Hafen von T war der Gedanke, den ich nicht formulieren konnte, die Angst, die ich nicht aussprechen konnte, dass, wenn ich Lorenzo anrufen würde, du dich an ihn schmiegen würdest, um zuzuhören, und vielleicht würdest du über mich lachen. Ihr wart so schön, jeder für sich genommen, und erst recht zusammen. Wie hatte ich nicht bemerken können, dass ich der Eindringling war? Und daher habe ich dich gepackt, in eine Grube geworfen, mit Erde bedeckt und aufgehört zu schreiben. Denn wenn ich mich an dich erinnerte, konnte ich ganz einfach nicht leben.

Die Luft war kühler geworden, die Sonne schwebte tief über dem Meer, als ich nachgab. »Okay, ich werde ihn anrufen. Aber erst, wenn ich mich bereit dazu fühle.«

»Okay«, sagte Mama.

»Aber warte nicht zu lange«, betonte Papa.

Wir blieben auf der Klippe sitzen, trotz des Winds und der Dunkelheit, die sich nach Westen ausbreitete. Keiner von uns hatte Lust zu gehen. Unser Sommer näherte sich seinem Ende, schwere Zeiten brauten sich zwischen Cerboli, Elba und der undeutlichen Spitze Korsikas zusammen. Und die Wahrheit ist, dass es uns gar nicht gefiel, auseinanderzugehen und dieses Kind unter so ungünstigen Umständen auf die Welt zu bringen. Aber trotz allem waren wir geheilt.

*

Und so kehrte ich am Montag, den 16. Oktober, als das Studienjahr bereits begonnen hatte, im Peugeot 206 nach Bologna zurück, diesmal für immer, und nur mit dem Nötigsten: etwas Kleidung, die sechs Tagebücher mit unserer Geschichte, die ich allerdings nicht mehr öffnen würde, und mein Amulett, *Lüge und Zauberei*.

Papa war es gelungen, im letzten Augenblick ein Zimmer für mich im Studentenheim Morgagni zu finden, einem der wenigen, die »Extremfälle« wie Mütter mit Kindern aufnahmen. Es befand sich ein paar Schritte von der Fakultät entfernt, tragischerweise zwischen der Via Sigismondo und der Piazza Verdi gelegen – aber wie ich gleich feststellte, nachdem ich angekommen war, ging mein Fenster weder auf die eine noch auf den anderen. Es war natürlich nicht die Wohnung mit den sichtbaren Holzbalken der Via Mascarella, aber das Bad war in Ordnung, der Schreibtisch stand an der richtigen Stelle, und Schrank und Bücherregal waren geräumig. Ich stellte das Gepäck halb ausgepackt in eine Ecke und setzte mich auf den Bettrand, um den unbekannten Stimmen zu lauschen, die sich in den Fluren und auf den Treppen verfolgten. Der Gedanke, dass mein Bauch hier, umgeben von Studenten, wachsen würde, beruhigte mich, keine Ahnung, warum. Er entlockte mir sogar ein Lächeln.

Tatsächlich brauchte der Bauch nicht lange, um sich unter dem Pullover zu wölben und unter den freien und unbeschwerten Studentinnen aufzufallen, die mit zukünftigen Ingenieuren oder Philosophen flirteten, Beziehungen eingingen, im Hörsaal und in der Gemeinschaftsküche schmusten und sich nachts in ihre Zimmer schlichen. Ich war natürlich von alldem ausgeschlossen. Als ich nach und nach immer kugelrunder wurde, erloschen alle, ich will nicht sagen interessierten, aber einfach nur neugierigen Blicke sowohl in der Morgagni als auch außerhalb, in der Fakultät, in der Bibliothek. Andere Orte wie Feiern oder Pubs besuchte ich nicht: während der Schwangerschaft nicht, weil ich nicht trinken konnte und so viel wie möglich studieren musste, um mit den Prüfungen voranzukommen; nach Valentinos Geburt nicht, weil es mir nur mit Mühe und Not gelang, mir die Haare zu waschen, ein Buch zu öffnen und eine Waschmaschine nach der anderen mit Strampelanzügen voller Erbrochenem zu füllen.

Die Liebe lag damals für mich nicht im Bereich des Möglichen. Ich würde gern sagen können, das hätte sich geändert, aber die Wahrheit ist, dass ich weder in einer Beziehung bin noch mit jemandem zusammenlebe. Ich habe schon die eine oder andere kurze Affäre gehabt, sogar die Eventualität einer beständigeren Liebesbeziehung mit einem Kollegen, aber auch diese Geschichte ist vorbei. Eine Frau mit Kind, die obendrein noch arbeitet, hat nicht viel Zeit für anderes und ist nicht besonders reizvoll. Was immer die Rossetti auch sagen mag, es ist eben nicht alles möglich. Das Leben besteht aus Entscheidungen, aus Verzicht, und ich hatte mich, obwohl ich es mir nicht im Mindesten ausgesucht hatte, 2006 gehörig in Schwierigkeiten gebracht. Das Leben besteht vor allem aus Schwierigkeiten.

Im Dezember hatte ich Brüste, einen Bauch und Hüften, die sich nicht mehr verstecken ließen; im Unterricht, wenn ich eine Prüfung ablegte, wenn ich das Archiginnasio betrat, fiel ich auf und lenkte alle Blicke und Grimassen auf mich, auch weil ich die Einzige in diesem Zustand war. In der Fakultät behandelten mich die Freunde und Professoren, die mich auf Händen getragen hatten, kühl und enttäuscht.

Eine zukünftige akademische Koryphäe darf nicht mit zwanzig schwanger werden; das ist genau die Art von Bullshit, die man nicht macht. Ich war niedergeschlagen, ja ich bereute sogar, das Kind behalten zu haben. Dann spürte ich, wie Wut in mir hochstieg, besonders wenn ich über die Piazza Verdi ging, und diese Wut verwandelte sich mit der Zeit in Entschlossenheit: Du musst studieren, Elisa, du musst den Abschluss innerhalb der vorgesehenen Zeit machen und dir ein Stückchen Glück sichern, auch wenn es nur der allerletzte Rest ist.

Im Morgagni war die Situation eine andere. Dort wohnten junge Leute, die aus abgelegenen Gemeinden Apuliens, Kalabriens, der Abruzzen kamen und dort waren, weil sie aus finanziellen Gründen, oder weil sie begabt waren, ein Stipendium hatten und die einzige Chance ihres Lebens nutzten. Sie waren eine große Hilfe für mich, muss ich sagen, alle, wie sie da waren. Ohne sie hätte ich es nicht geschafft. Und Valentino wäre vielleicht nicht so umgänglich geworden.

Ich erinnere mich, dass an dem Tag, an dem ich aus dem Krankenhaus zurückkam, alle Schlange standen, um ihn zu sehen. Ihn im Arm zu halten, mit ihm im Kinderwagen einen Spaziergang zur Piazza Maggiore zu machen waren Beschäftigungen, mit denen jeder der fünfzig oder sechzig Studenten der Morgagni früher oder später Bekanntschaft machen sollte. Als er anfing, sich über den Boden zu rollen, und dann, sich aufzusetzen, geschah das vor Publikum. Wir stillten ihn ab mit dem Inhalt der Pakete, die sie aus ihren Heimatdörfern geschickt bekamen: Rübstiel aus San Vito dei Normanni, weiße Melonen aus Nardò, Capocollo und Clementinen aus Catanzaro. Wenn Papa und Mama nicht nach Bologna kommen konnten, wenn Lorenzo nicht mit seinen Eltern kam – über diese Besuche will ich nicht sprechen –, klopften meine Mitbewohner selbst nachts an meine Tür, wenn sie ihn laut weinen hörten.

Und Vale wuchs im Chaos auf, umgeben von Büchern, aber nie allein gelassen in einer Bibliothek. Sie passten abwechselnd auf ihn auf, wenn ich eine Prüfung hatte. Sie nahmen ihn in den Hörsaal mit oder in den Computerraum, wo er herumkrabbelte, während sie Chemie oder Geschichte büffelten, und schon mit drei konnte er Worte wie »Metaphysik«, »Imperialismus«, »Caporetto« und »Natriumchlorid«

perfekt aussprechen. Und ich schaffte es, als echte, unverbesserliche Streberin, das Studium innerhalb der vorgesehenen Zeit abzuschließen, sowohl den dreijährigen ersten Studienabschnitt als auch das Aufbaustudium. In den fünf Jahren, in denen wir dort wohnten, war es nie nötig gewesen, einen Babysitter zu rufen. Und als wir nach dem Studium gezwungen waren, das Studentenheim zu verlassen, weinte Valentino monatelang jede Nacht. Noch heute bittet er mich nach einem Streit mit einem Freund oder einem Korb von einem Mädchen, einen Ausflug in jene Gegend zu machen. Obwohl dort inzwischen andere Studenten wohnen und wir niemanden mehr kennen, ist es doch so, dass an den Orten nichts wirklich stirbt.

Aber da dies kein Roman über mich ist, sondern über Beatrice, will ich mich nicht mit Erinnerungen aufhalten, die nichts mit ihr zu tun haben. Ich will stattdessen von dem Tag erzählen, an dem ich, bereits im achten Monat, gezwungen von meinem Vater, und zwar nicht mehr auf die sanfte Tour, sondern auf die harte – »Sonst rufe ich ihn an!« –, mit Lorenzo Kontakt aufzunehmen, in den Computerraum hinunter und ins Internet ging, um ihn zu suchen.

*

Ich erinnere mich, wie es sich anfühlte, ihren Namen zum ersten Mal in eine Suchmaschine zu tippen: Beatrice, Leerzeichen, Rossetti. Als handelte es sich um Jean-Jacques Rousseau, Giulio Andreotti, Raffaello Sanzio oder Britney Spears. Der Blog erschien sofort als erstes Ergebnis, überflutet von astronomischen Zahlen, und ich war nicht wenig verblüfft.

Es war Februar 2007. Bevor ich mit der Maus auf »Suchen« klickte, hatte ich den Atem angehalten und lange aus dem Fenster geblickt, das diesmal auf die Via San Sigismondo ging, und die Gesichter der anderen Studenten betrachtet, die sich auf die Bildschirme ihrer PCs konzentrierten, die alte Modelle waren, plump und grau, und summten wie früher der meines Vaters. Ich hatte die Finger auf den Tasten verankert lassen müssen, damit sie nicht zitterten, die Angst im Zaum halten und mich zwingen müssen, diesen Blog zu öffnen, der bereits so sehr gepriesen und kritisiert wurde und der mir fremd war.

Als ich sie in Großaufnahme sah, blieb mir das Herz stehen.
Das Detail, das endgültige, war hinzugefügt worden.
Beatrice war lockig.
Lockig, ich meine, so, wie ihr alle sie heute seht, mit dieser makellosen Haarpracht, so glänzend und eindrucksvoll, dass sie wie in Marmor gehauen wirkte. Und doch ungebändigt, wild.

Das war sie, die Rossetti. Sie hatte sich, zusammen mit mir, auch von ihrer letzten Schwäche befreit. Sie tat sich keinen Zwang mehr an, unterdrückte ihre wahre Natur nicht mehr. Sie war sich ihrer selbst bewusst geworden und hatte sich verwirklicht. Niemand würde sie mehr aufhalten können.

Mir war sofort klar, schon bei diesem ersten Foto, dass ich darauf keine Spur von Bea finden würde. Da war nur eine Brünette, die in der Folge durch Antonomasie *die Brünette* werden sollte, damals noch mit Schmuck und Kleidern, über die wohl auch die Modeexperten die Nase gerümpft hätten, aber es waren natürlich auch nicht mehr jene, mit denen sie in der Schule oder auf der Piazza A geprotzt hatte.

Ich überwand den Schock, den Atemstillstand, das Loch mitten in der Brust, krempelte die Ärmel hoch und sammelte all meine Entschlossenheit, als müsste ich mich in einen Abgrund stürzen. In dieser Gemütsverfassung ging ich Hunderte von Bildern durch, die sie in meiner Abwesenheit veröffentlicht hatte. Ich las immer wieder die Bildunterschriften, Zitate, die sie hirnlos abgeschrieben hatte, Plattitüden und Maximen über das Leben und die Welt von ungemeiner Banalität – schreiben konnte sie nie, das muss gesagt werden –, und teils aus diesem »Tagebuch«, teils aus der Tatsache, dass im Hintergrund ihrer Porträts immer wieder der Dom auftauchte und das Viertel Quadrilatero della Moda, begriff ich, dass sie jetzt in Mailand lebte.

Du hast gewonnen, Gin, dachte ich, letzten Endes hast du es geschafft.

Beatrice hob sich von abgedroschenen Postkartenansichten ab, mit extravaganten Taschen und Accessoires, teuren Schuhen und Vintage-Mänteln, und sie war fast immer allein. Ich schaute mir die Fotos gründlicher an, indem ich sie vergrößerte und in den Details suchte.

Da und dort fand ich andere Gesichter im näheren oder ferneren Hintergrund. Mädchen, allesamt wunderschön. Magere athletische Männer. Nach einer Weile entdeckte ich ein Bild, auf dem sie sich an einen Mann schmiegte, der mit Sicherheit Model war und der mich durch seine Ähnlichkeit mit Gabriele überraschte. Aber das war ein Einzelfall, und es blieb unklar, ob sie Freunde waren oder mehr.

Tatsache ist, dass Lorenzo nicht dabei war.

Er tauchte nie auf, weder auf den Bildern noch in den Texten, auch nicht andeutungsweise. Die Orte, an denen die Aufnahmen gemacht worden waren, waren große Terrassen, exklusive Orte, Hallen von Luxushotels, Orte, an denen Lorenzo nicht verkehrte. Andererseits war ich ihm in den vier Monaten in Bologna nicht ein Mal begegnet. Das Institut für Ingenieurwissenschaften befand sich ein gutes Stück entfernt von der Via Zamboni, ich kam über die nähere Umgebung der Philologischen Fakultät nicht hinaus, und er war bestimmt nicht daran interessiert, mir zu begegnen. Und trotzdem. Wo war Lorenzo?

Ich suchte auch ihn im Internet. Ich tippte »Lorenzo Monteleone«, aber es gab keine Ergebnisse, die irgendwohin führten. Nur Hinweise auf Monteleones, die ganz offensichtlich nicht er waren. Wenige und beziehungslose Bilder, denen keine Informationen zu entnehmen waren. Das einzige Mal, da die sozialen Medien mir von Nutzen gewesen wären, gab es sie in Italien noch nicht. Nach zwei Stunden vergeblicher Recherche stand ich auf, zog den Umstandsmantel an und ging hinaus.

Ich ging schneller, als ich konnte, zur Via Mascarella. Ich musste unbedingt Gewissheit haben, jetzt. Meine Gedanken überstürzten sich, verhedderten sich, denn wenn die beiden nicht zusammen waren, dann ...

Was ändert das, Elisa? Nichts. Aber *vielleicht* alles.

Ich eilte zu der alten Wohnung, außer Atem und mit Beinen, die mich bereits nach vierhundert Metern schmerzten. Für einen Augenblick stellte ich mir vor, an der Sprechanlage zu klingeln und Lorenzos Stimme zu hören, ihm Absolution zu erteilen, den Sommer, die Hölle auszulöschen, die Treppen hinaufzufliegen zu ihm, vor ihm zu stehen, ihn zu umarmen: Heiraten wir, wir erwarten ein Kind! Ich war so erleichtert, dass die beiden kein Paar waren, dass ich keinen vernünftigen Gedanken mehr fassen konnte. Ich fragte mich nicht nach dem Grund für den Kuss. Ich hatte ihn verdrängt.

In der Wirklichkeit klingelte ich an der Sprechanlage. Eine unbekannte Stimme antwortete. Ich fragte nach Lorenzo Monteleone. Die Stimme teilte mir kurz angebunden mit, dass hier kein Monteleone wohne.

Ich zog mich in mich zurück. Setzte mich auf eine Stufe, weil ich einen Felsblock anstelle des Bauchs hatte. Idiotin, sagte ich zu mir. Ich holte das Handy heraus und rief meinen Vater an. »Papa, tu mir einen Gefallen. Schau mal, ob du irgendwas über Lorenzo herausfinden kannst ... Warum? Was geht dich das an? Ich will nur *etwas* wissen: Wo er ist, was er macht. Ja, ich schwöre, dass ich ihn dann anrufe, aber vorher muss ich wissen, *wen* ich anrufe.«

Wie gelähmt wartete ich zehn Minuten. Dann rief Papa zurück und teilte mir in neutralem Ton mit dürren Worten mit, dass Lorenzo Internationale Zusammenarbeit in Paris studiere.

Paris? Internationale Zusammenarbeit? Mir blieb die Spucke weg.

»Hast du Papier und Stift?«

Ich kramte in der Tasche, erschüttert. »Ja, hab ich.«

»Gut, dann schreib dir die Nummer auf. Es ist die französische.«

Er sagte sie mir, und ich schrieb sie gegen meinen Willen auf die Rückseite eines Kassenbons.

»Papa, wie hast du das rausgekriegt?«

»Ich habe das Telefonbuch geöffnet und seine Eltern angerufen.«

Ich war sauer.

»Jetzt hast du keine Ausreden mehr.«

Ich blieb noch auf den Stufen der Haustür sitzen – die zum Glück niemand öffnete –, mit dem Kassenbon eines Pizzaservices in der Hand, einer Auslandsvorwahl +33 und einem *Klick* im Kopf: dem Zweifel, ob die Nacht der Fußballweltmeisterschaft nicht nur eine Komödie gewesen war. Aber würde ich jemals zugeben können, dass ich sie ein ganzes Jahr lang verdrängt habe? 2007 nicht. Ich brauchte dreizehn Jahre und fast vierhundert Seiten, um es zu begreifen.

An dem Tag in der Via Mascarella wurde mir nur klar, dass Beatrice in Mailand lebte und Lorenzo in Paris und dass unsere drei Schicksale sich getrennt hatten. Und auch, dass ich Lorenzo sagen musste, dass ich in sechs Wochen gebären würde. Auch das war eine Geschichte, die beendet werden musste, eine Last, die ich von mir nehmen musste. Ich tippte die französische Nummer und vertraute darauf – wie Beatrice es getan hatte, als sie Gabriele verlassen hatte –, dass angesichts eines Guthabens von fünf Euro die Verbindung schnell unterbrochen würde. Ich wartete, dass er mit dem Herzen in der Hose, geschlossenen Augen und blockierte Lunge drangehen würde. Ich musste endlos warten. Valentino trat mich, und jemand öffnete die Haustür von innen und bat mich im denkbar ungünstigsten Augenblick, zur Seite zu rücken, als ich seine Stimme hörte: »Hallo?«

Er konnte nicht wissen, dass ich am anderen Ende der Leitung war. Wir hatten uns seit sieben Monaten nicht gesprochen. Er hatte mich nicht gesucht, keine Mail, kein Brief. Ich atmete tief ein und sagte in einem Atemzug: »Ciao, ich bin's, Elisa. In anderthalb Monaten gebäre ich, und das Kind ist von dir. Ich weiß, das ist ein ziemlicher Schlamassel. Aber ich will nichts von dir, wirklich nicht. Du bist in Paris? Bleib dort. Ich fand es nur gerecht, dass du es weißt.«

Ich beendete das Gespräch. In den zwanzig, dreißig Sekunden, die der Anruf gedauert hatte, hatte Lorenzo nicht einmal geatmet. Er rief sofort zurück, dann noch einmal und noch einmal, aber ich, auf der Asche meiner Jugend sitzend, konnte nicht antworten.

*

An diesem Punkt angelangt, das heißt am Ende, frage ich mich: Wie konntest du, Elisa, in all diesen Jahren Beatrice nicht vergessen?

Lorenzo, klar, ihr habt einen Sohn. Aber sie? Jedes Mädchen ist vernarrt in seine beste Freundin im Gymnasium und verliert sie dann, wenn es älter wird. Das ist ein unumgänglicher Prozess. Niemand hat jemals ein existenzielles Drama daraus gemacht.

Sicher, versuche ich mich zu rechtfertigen, wenn ein Jahr später nicht die sozialen Medien aufgetaucht wären, wenn sich nicht die digitale Revolution gerade in der Zeit vollzogen hätte, in der ich erwachsen wurde, wäre es mir vielleicht gelungen, ihr den Rücken zu kehren.

Wenn ich sie nicht jeden Tag, jeden Augenblick in all ihrer Perfektion vor Augen gehabt hätte. Aber man weiß ja, welche Richtung die Geschichte genommen hat.

Die Bücher sind überflüssig, das Internet ist unwiderstehlich geworden.

Ich bin Mutter, sie ist berühmt geworden.

Wie oft habe ich 2008, 2009, 2010 nachts geweint, Valentino im Arm, der vor Fieber glühte, daran gezweifelt, das Aufbaustudium zu beenden, mich erneut in das Leben zu verlieben, und endlich meine Mutter verstanden. Und die Rossetti, wo war sie währenddessen? In der Business Class unterwegs nach Dubai, mit Gold bedeckt, mit dem x-ten Lover, Schauspieler oder Unternehmer, den sie abküsste und mit dem sie exotische Reisen, Entspannung im Swimmingpool und literweise Champagner verewigte. Nie eine Grippe, nicht einmal eine Erkältung, kein Missgeschick, kein Riss. Nur Fluten von Licht, von Erfolgen, von Freude. Aber was war das Schlimmste? Dass ich sie suchte. Dass ich nichts wissen noch sehen wollte und dann trotzdem nicht widerstehen konnte. Und ich saß stundenlang vor ihren Fotos und fühlte mich als absolute Null.

Denn ich möchte nicht, dass man aufgrund dessen, was ich vorher erzählt habe, glaubt, meine Jahre im Morgagni seien eine Idylle oder einfach gewesen, denn ich rackerte mich zu Tode. Trotz all der Hilfen blieb ich ein zwanzigjähriges Mädchen, das ein Leben vor sich und ein Kind hatte, um das es sich kümmern musste, und das es vermasselt hatte. Abends grüßten die anderen Valentino, gingen aus und amüsierten sich, liebten sich, und ich blieb zu Hause mit ihm an der Brust, den Launen ausgesetzt, mit Bauchschmerzen, und bereitete mich auf eine Prüfung über Dante vor. Es war schwierig, mit jemandem auszugehen und sich anhören zu müssen: »Aber du hast ja ein Kind«, mit Stinklaune nach Hause zu kommen, ein soziales Netzwerk zu öffnen und Beatrice auf den Malediven zu sehen und Lorenzo, der eine andere küsste. Es war die Hölle. Denn auch Lorenzo, was glaubt ihr denn? Dass er seine Fotos von der Sorbonne nicht veröffentlichte? Mit einer Gruppe von Freunden auf der Wiese liegend vor Les Invalides? Dass er nicht zweihundert Affären in jenen Jahren gehabt hat?

Wir waren »Freunde« im Internet geworden, *Freunde*, könnt ihr euch das vorstellen? Aber da ich ihm gegenüber ein falsches Profil mit einem falschen Namen benutzte, war Lorenzo der Freund von wem? Es gab nicht ein Körnchen Wahrheit zwischen uns auf dieser Plattform. Wir sagten uns nichts, wir trösteten uns nicht, lieferten uns keinen Schlagabtausch. Ich beobachtete ihn lediglich, einseitig, und stieß gegen seine Mauer aus Lügen, denn auch er, was erzählte er? Sagte er, dass er ein Kind hatte? Dass er einen Bruder hatte? Nein. Und was für eine Art von Freundschaft ist überhaupt möglich hinter einem Schaufenster? Es ist nur ein Wettstreit, wer dem anderen mehr wehtut, jedenfalls meiner Erfahrung nach.

Ich suchte Beatrice und Lorenzo im Internet. Und je mehr ich ihre Fotos betrachtete, desto mehr verlor ich sie. Die gemeinsam erlebten Augenblicke, die Eiche, die Piazza Padella, verblassten. Es war, als seien die Erinnerungen nichts mehr wert, jetzt, da beide diese erfolgreichen Leben führten, der eine, der endlich seinen Sprössling hatte, die andere, die tatsächlich, wie versprochen, *die Königin der Welt* geworden war.

Und ich, die Einzige, die wieder am Ausgangspunkt angelangt war, immer noch asozial, hatte diese fiktiven Profile, die ich maßlos und unbedacht benutzte. Nur nachts allerdings, nachdem ich aufgehört hatte, Unterstreichungen in Büchern zu machen, und Valentino ins Bett gebracht hatte. Ich hatte nichts zur Schau zu stellen, im Gegenteil, ich studierte und Schluss, ich kümmerte mich um meinen Sohn und fühlte mich wie im Gefängnis. Aber eine Zeitlang bildete ich mir ein, dass dieses Mittel per se eine Befreiung war. Daher ging ich, obwohl ich mich schämte und es vor mir selbst fast verbarg, ins Bad und schminkte mich übertrieben, so wie ich nie aus dem Haus gehen würde. Ich zog mich aus und ahmte in Unterwäsche augenzwinkernde Posen vor dem Spiegel nach und schoss ein Foto. Ich spielte, mich von mir zu befreien, meine Identität zu wechseln, zu fliehen.

Ihr werdet nichts von alldem online finden. Diese Profile, die ich nachts fast verstohlen öffnete, schloss ich nach ein paar Monaten wieder. Ich gab mir die absurdesten Namen: Jessica Macchiavelli, Deborah Pozzi, Sharon Morante. Es handelte sich nur um Fiktionen, in denen ich mich verkroch oder betäubte, Fallen, um Männer kennenzulernen, die ich in der Italianistik nie kennengelernt hätte, Übungen, in denen ich ausprobierte, zu verführen, akzeptiert zu werden, zu existieren. Obwohl ich genau wusste, dass ich in meinem wahren Leben, in dem kleinen Zimmer im zweiten Stock des Morgagni, nicht vorzeigbar war. Ich chattete bis zum frühen Morgen, wie mein Vater. Speicherte unanständige Fotos, erfand sündige Abenteuer, die ich nie erlebt hatte. Mit Kopfschmerzen, voller Ekel vor mir, leerer als vorher.

Jetzt habe ich damit aufgehört. Seit geraumer Zeit habe ich mich mit mir selbst abgefunden und billige mir die Freiheit zu, nicht zu gefallen.

Unterdessen ist Beatrices Gesicht zu der Maske verkalkt, die alle kennen. Ihr Image hat sich von ihr abgespalten, endgültig, und ist zu diesem magischen Wesen erstarrt, das die Welt anruft oder beschimpft. Mit den immer gleichen schokoladefarbenen Locken, mit genau festgelegten Lippenstiften, Lidschatten und Neigungen des Kinns, denn so verlangt es die Welt. Ihre Geschichte dieser dreizehn Jahre kann ich nicht erzählen, nicht nur weil wir nicht mehr miteinander gesprochen haben, sondern auch weil ich, wenn ich mir ihre Bilder anschaue, die immer gleich sind, glaube, dass sie keine Geschichte mehr gehabt hat.

*

Ich habe bis sechs Uhr morgens geschrieben. Es ist Weihnachten. Ich bin erschöpft, aber ich muss mich auf die Fahrt nach Biella machen. Ich suche dich, ich schwöre es, zum letzten Mal.

Ob ich jemals eifersüchtig auf dich war? Ob auch ich insgeheim das Internet hätte erobern wollen, anstatt mäßige Gedichte zu schreiben? Kann sein.

Ich verbinde mich, beuge mich vor. Auf dem Bildschirm, zwischen meinen Händen, betrachte ich dich, und du bist Lichtjahre entfernt. In Tokio, in Paris, mit einem Kranz von Freundinnen, der dich statt meiner umgibt. Dein Blick ist professionell, dein Lächeln unverständlich. Im Hintergrund der Eiffelturm, die Karibik. Nie T, nie die Via dei Lecci oder die Pascoli, die heute verfallen ist. Und obwohl ich dich in jedem Schlupfwinkel kenne, obwohl ich weiß, wie viel Arbeit in jedem Foto steckt, wie viel geduldiges Retuschieren der Abzüge, der Waffen, weil ich dir tausend Mal dabei geholfen habe und weil wir inzwischen alle gelernt haben, wie es geht, und dich ständig nachahmen – es ist nicht zu ändern: Auch ich falle jedes Mal wieder auf dein Trugbild herein.

Du sagst nichts, du strahlst nur. Du hast Hintergründe, richtiges Licht, du blendest, gibst nichts preis. Du bist das Gedicht von D'Annunzio, dem ich meine Doktorarbeit gewidmet habe. Du, Bea, bist »Der Regen im Pinienhain«. Ich kann ganze Tage damit verbringen, es immer wieder zu lesen, ohne genug davon zu bekommen, Stunden damit, dich zu bewundern und mich zu verlieren, und Schluss. Mich vom Geräusch des Regens, von deinem Lächeln verzaubern zu lassen. »Es regnet / aus der Wolkenwand. / Regnet / auf die Tamarisken / salzverbrannt.« Das Haar, das auf deine Schultern fällt. »Auf den Ginster / licht / von blühendem Gold / auf den Wacholder, / duftströmender Beeren dicht.« Deine grünen Augen, und was für ein Grün! Ein Diamantarmband, die Haut ohne Leberflecke und keine Spur von Pickeln. Und je mehr ich forsche, desto weniger verstehe ich. Je mehr ich dich suche, desto weniger finde ich dich. Ich grabe, und mir bleibt nichts in den Händen. Weil du nicht existierst.

Du bist auf dem Schreibtischstuhl in meinem Zimmer aus der Gymnasialzeit geblieben, in dem Jogginganzug voller Teeflecken, dem abblätternden Nagellack, innerhalb dieser Frage:

»Wirke ich glücklich?«

TEIL DREI

Lektionen der Leere

(2019–2020)

29

Der Anruf

Und jetzt sind wir beim entscheidenden Punkt angekommen: Warum habe ich am 18. Dezember 2019 meine alten Tagebücher vom Staub befreit, sie bis zum frühen Morgen gelesen und sofort danach die Kontrolle verloren, mich an den Schreibtisch gesetzt und angefangen, *all dies* zu schreiben?

Ich weiß, dass ich es mehrmals »Roman« genannt habe. Tatsache ist, dass ich mir *so sehr wünschte*, es wäre einer, aber ich bin mir nicht sicher, ob man es als solchen bezeichnen kann. Und außerdem gibt es da in mir diesen schrecklichen Zensor, der, nachdem er diesen Erguss gelesen hat, es nie und nimmer für akzeptabel halten würde.

Heute ist Weihnachten. Das bedeutet, dass ich innerhalb einer Woche fast vierhundert Seiten runtergeschrieben habe. Ihr könnt euch vielleicht vorstellen, was für eine Last sich in mir, einschließlich meiner Seele, aufgestaut hatte. Seit jener Nacht auf der Piazza Verdi hatte ich keine Gedichte, keine Briefe, nichts *Persönliches* mehr geschrieben.

Jetzt muss ich los; ich bin angezogen, geschminkt, habe den Koffer und die Tüte mit den Geschenken, den Panettone, den Spumante an die Tür gestellt. Mama und Niccolò erwarten mich in ein paar Stunden, und ich bin immer noch hier in Bologna. Sie haben angerufen, um sich zu erkundigen, ob ich schon losgefahren bin. Auch Valentino hat, anstatt mir eine einfache Nachricht zu schicken, gestern um Mitternacht angerufen, um mir zu sagen, dass sie gut angekommen sind. Er hat mir Lorenzo gegeben, der mir unbedingt erzählen wollte, wie die Fahrt gewesen ist und worüber sie geredet haben. Er hat mich überrascht. Normalerweise höre ich seine Stimme immer nur im Hintergrund sagen: »Grüß deine Mutter von mir.«

Aber heute fürchte ich einen anderen Anruf. Ich werfe ständig ängstliche Blicke auf mein Handy, das jeden Augenblick klingeln könnte, und diesmal werde ich drangehen und mich nicht der Vergangenheit, sondern dem Leben draußen stellen müssen.

Also schließe ich ab: mit der, die ich bin, mit meiner Arbeit.

Mit dem, was am 17. Dezember geschehen ist.

*

In Wirklichkeit war die Nachricht über dich am Anfang – ich glaube, vor mittlerweile zwei Wochen – nur eine Pressenotiz in der Rubrik Unterhaltung, so kurz, dass ich sie leicht hätte übersehen können.

»Beatrice Rossetti schweigt seit 48 Stunden. Das Netz ist in heller Aufregung.«

Der Titel stand oben links auf Seite 40 oder 41 des *Corriere*. Im Wesentlichen ging es darum, dass du seit zwei Tagen nichts veröffentlicht hattest, nicht einmal ein Foto – ein unerhörtes Vorkommnis, das es vorher noch nie gegeben hatte. Ich musste schallend lachen. Und dann las ich den Artikel laut an der Theke des Baraccio, wo ich immer haltmache, um einen Espresso zu trinken und die Zeitungen durchzublättern. Während ich spöttisch dein Verschwinden von der Bildfläche deklamierte, ertönten um mich herum erheiterte Chöre: »Endlich!« »Sie hat sich davongemacht!« Meine Schlussbemerkung war: »Und was soll das sein, etwa eine Nachricht?«

Wir haben uns alle vor Lachen ausgeschüttet, nicht nur ich und Davide, sondern auch die anderen Stammgäste des Baraccio. Ja, ich spreche von *dem* Davide, Lorenzos Bruder. Er ist auf Dauer nach Bologna zurückgekehrt und hat eine Bar in der Via Petroni eröffnet, ein, sagen wir, *besonderer* Ort, vollgestopft mit Büchern über die politische Geschichte Lateinamerikas und den Partisanenkampf in Italien und mit gerahmten Fotos von Palmiro Togliatti, Nilde Iotti und Che Guevara, und wenn du hier reinkommst, begreifst du sofort, auf welcher Seite wir stehen.

· Du kannst dir vorstellen, wie sehr wir uns über dich lustig gemacht haben. Es hagelte Kommentare der Art: »Hm, sie hat vielleicht zwei Pickel bekommen ...« »Oder sie hat Durchfall, der Virus grassiert gerade« »Kinder, reden wir ernsthaft über sie?« »Wen interessiert schon die Rossetti!« Und dann haben wir uns den ernsten Themen zugewandt, die uns interessieren: das Überflügeln der USA durch China, die Zerstörung des Amazonasgebiets, dieser Wahnsinnige Trump und unser armes Italien.

Am nächsten Tag, wieder im Baraccio – ich schaue jeden Morgen dort vorbei, bevor ich zur Arbeit gehe, und meine und Davides »Presseschau« ist ein Moment, auf den alle warten –, schlage ich unbekümmert den *Corriere* auf und stoße schon bald auf dich. Nicht mehr auf Seite 41, »Unterhaltung«, sondern auf Seite 16, unter »Nachrichten«.

»72 Stunden ohne Fotos: Das Geheimnis um die Rossetti verdichtet sich.«

Diesmal lachte ich weniger laut und sprach auch nicht darüber, weder mit Davide noch mit den anderen Gästen der Bar. Einige sind so alt, dass sie nicht einmal wissen, was ein soziales Netzwerk ist, andere kleiden sich wie mein Bruder und tragen Dreadlocks bis zum Po. Es ist nicht so, dass du dort all diese Berühmtheit genießt. Und im Grunde waren es ja auch nur drei Tage. Tage, keine Monate. Ich legte den *Corriere* weg und nahm *Il Foglio*, las *La Repubblica*. Dass es den Kiosk auf der Piazza Verdi immer noch gibt, verdankt er auf jeden Fall uns. Schließlich ging ich wie immer zur Arbeit und dachte nicht mehr an dich.

Am späten Nachmittag des vierten Tages, daran erinnere ich mich sehr gut, ging ich mit Valentino in ein Sportgeschäft, damit er sich ein Paar dieser grässlichen phosphoreszierenden Turnschuhe aussuchte, die den Jungs so gefallen und die mich an Carmelo erinnern und daran, dass er vor drei Jahren von uns gegangen ist. Und erneut fingen sie aus heiterem Himmel an, von dir zu sprechen.

Neben meinem Sohn sitzend, der die Schuhe anprobierte, sah ich, wie eine der Verkäuferinnen sich beeilte, das Radio lauter zu stellen, und das ganze Geschäft – Kundschaft, Angestellte – hielt inne und hörte mit ernstem Gesicht zu, dabei wurde keineswegs ein Atomangriff oder der Weltuntergang angekündigt. Erst nach der Schlussmelodie der Nachrichten bewegten sie sich, atmeten sie wieder. Und an diesem Punkt hielten sie es auch für nötig, ihre Meinung zu äußern. Eine sagte, du seist ein Marketinggenie und morgen würdest du dich mit Sicherheit wieder melden, zusammen mit einem Paar Strümpfe, die innerhalb von zehn Minuten rund um den Globus ausverkauft sein würden. Eine andere vermutete, mit Tränen in den Augen, du seist entführt worden, denn »sie verrät niemals ihre Fans, sie kann uns nicht im Stich lassen«. Aber was mich am meisten erschütterte, war, dass Valentino sich die Schuhe auszog und mir zeigte – »Mama, ich nehm die hier« – und sofort hinzufügte: »Da gibt es jetzt diese chinesische App, die supertoll ist. Sie hat Videofunktionen auf höchstem Niveau. Fotos sind in der Regel statisch, ihre waren zu pedantisch, konstruiert. Auch die Zeit der Rossetti ist jetzt vorbei.«

An der Kasse holte ich die Scheckkarte heraus und bezahlte, ohne auf den Preis zu schauen. Ich war zu erschüttert, zu bestürzt; dass die Zeit der Literatur vorbei ist, dass ich strukturell *überflüssig* war, okay. Aber dass du, Beatrice, es werden könntest, diese Hypothese hätte ich im Traum nicht in Erwägung gezogen.

Am fünften Tag wurde, wohin ich auch kam, Post, Wartesaal, Bus, oder auch einfach auf der Straße von nichts anderem gesprochen als von deinem Verschwinden. Mit Ausnahme dieser glücklichen Insel, die das Baraccio ist, warst du in aller Munde, in den Chats und in den Nachrichtensendungen. Von Stunde zu Stunde wurden die Nachrichten, die dich betrafen, im Netz wie auf Papier immer mehr.

Außerhalb der Mittelschule Carducci diskutierten sogar Vale und seine Freunde, die sich normalerweise nicht für dich interessierten – du könntest wie ich ihre Mutter sein –, über deinen »diabolischen Schachzug« oder, je nach Sichtweise, deinen »Selbstmord«. Normalerweise kümmere ich mich um meine eigenen Angelegenheiten; es ist nicht gesund, wenn eine Mutter die Freundin spielt. Aber in diesem Fall fühlte ich mich betroffen und näherte mich, und so erfuhr ich, dass du *viral* gegangen warst und alle infiziertest, die Auftritte von Trump, die Handlungsmanöver von Xi Jinpeng und sogar die neuen Parfümlinien der weltberühmten Kardashians in den Schatten stelltest. Aber, wie mir ebenfalls sie erklären, die mit ihren zwölf Jahren mehr von digitaler Wirtschaft verstehen als ich, wenn du nichts veröffentlichst, verkaufst du auch nichts, und daher sei dein Verschwinden ein *zweischneidiges* Wagnis.

Bekanntlich kam auch der sechste Tag des Schweigens. Deine Seiten wurden gestürmt, überschüttet mit Fragen, flehentlichen Bitten, Beschimpfungen, überschwemmt von Herzen, Hass, Verzweiflung; permanent kontrolliert von allen deinen Usern aus allen Ländern in einer Zwangshandlung ohnegleichen. Und doch blieben sie schutzlos und stimmlos. Wie ein Grabstein.

Ausgerechnet an dem Tag kam Michele nach der Schule zum Lernen zu uns nach Hause. Ein zweifellos intelligenter Junge, wenn auch introvertiert; einer, der im Unterschied zu Valentinos anderen Freunden nicht nur Fußball spielt und Rap hört, sondern auch viel liest und malt, und wenn ich sie zusammen sehe, erkenne ich die Gefahr des Konflikts und der Symbiose.

Irgendwann verließen Valentino und Michele an dem Nachmittag das Zimmer, um eine Kleinigkeit zu essen, und setzten sich in die Küche, um sich ein Päckchen Kekse zu teilen und die Nachrichten der anderen auf dem Handy zu lesen. Sie hatten die Tür offen gelassen, ich war im Flur nicht weit entfernt, und während ich einen Essay von Cesare Garboli im Bücherregal suchte, hörte ich, wie Michele sagte: »Alle glauben alles von ihr zu wissen, und jetzt wissen sie nicht mal, wo sie sie suchen sollen. Das ist doch absurd, wie bei einem Verbrechen, wenn sie den Körper verschwinden lassen. Aber hat es überhaupt einen Körper gegeben? Meiner Meinung nach nicht.«

Ich setzte mich auf die Bockleiter, als wäre mein Blutdruck plötzlich in den Keller gegangen.

Oh, und ob es einen Körper gegeben hat ...

Sinnlos, Garboli zu suchen, ich hatte ihn verliehen und nicht zurückbekommen. Ich war mir gerade bewusst geworden, dass du, seit du aus dem Internet verschwunden warst, wieder in mein Leben zurückgekehrt warst.

Denn ich war seit geraumer Zeit nicht mehr im Internet gewesen, um dich zu suchen. Ich bin auch erwachsen geworden, was glaubst du denn. Und um ehrlich zu sein, hattest du mich auch ein bisschen angeödet: immer elegant, immer perfekt, immer glücklich. Ich musste

Valentino großziehen, Rechnungen bezahlen, versuchen, Karriere zu machen. Mich haben immer Geschichten fasziniert, mit ihren Widersprüchen, den unvermeidlichen Stürzen, den Versuchen, sich wieder aufzurappeln, der Mühe, sich zu ändern, und du bist nie gestürzt, hast nie gestritten, du strahltest und Schluss. Aber du warst nicht mehr veränderlich. Mit der Zeit hast du dich zu einem Fixstern verwandelt. Immer ferner und blass.

An dem Tag, dem 16. Dezember, während Valentino und Michele in ihr Zimmer zurückkehrten und mein Sohn zu seinem Freund sagte: »Meine Mutter ist sehr merkwürdig, achte nicht darauf«, blieb ich reglos auf der Leiter sitzen, den Kopf auf den Cassola gelegt, und sah ihnen zu, wie sie sich versteckten, den Schlüssel umdrehten, und mir war, als sähe ich dich und mich bei mir zu Hause, damals, als du mir vorgeschlagen hattest, die Unterhose runterzuziehen. Und ich dachte: Was, wenn es nicht eine Strategie wäre, um mehr Aufmerksamkeit, mehr Geld und mehr Ruhm zu scheffeln? Wenn es etwas *Reales* wäre?

Ich riss mich sofort wieder zusammen. Was denkst du denn da, Elisa? Kennst du sie nicht? Willst auch du in Beatrices Fallen tappen?

Ich hatte es endlich geschafft, dich in den Hintergrund zu drängen, und ich würde einer PR-Aktion mit Sicherheit nicht erlauben, diese Fundamente zu unterminieren.

Leck mich am Arsch, sagte ich zu dir.

Und am nächsten Tag kam schicksalhaft, pünktlich der Schlag.

*

Am 17. Dezember stand ich um 6 Uhr 30 auf, wie immer.

Ich stellte die Moka auf den Herd, hängte die Wäsche aus der nächtlichen Waschmaschine auf und weckte Valentino.

Beim Frühstück hörten wir Radio, wie immer leise, damit es ihn nicht stört. Er hatte eine Stinklaune, schmollte, antwortete nicht einmal einsilbig, nur mit Grunzlauten. Ich schlug ihm vor, Michele am Nachmittag wieder zu uns einzuladen, aber er warf mir vernichtende Blicke zu, denn sie hatten gestritten. Am Abend zuvor per SMS. Bevor ich ihn aufgefordert hatte, mir sein Handy zu geben, weil es Schlafenszeit war.

Wir gingen zusammen ein Stück die Strada Maggiore entlang, schweigend. An der Bushaltestelle setzte er sich die Kopfhörer auf und die Kapuze der Jacke und verabschiedete sich von mir, als würde er mich kaum kennen. Ich ging allein weiter unter dem Portico dei Servi, bekümmert und mit einem schrecklichen Gefühl der Ohnmacht. Ich überquerte die Piazza Aldrovandi und trauerte den Magen-Darm-Grippen nach, die er gehabt hatte, als er klein gewesen war. Und als ich die Via Petroni erreicht hatte, flüchtete ich mich ins Baraccio.

Um acht Uhr morgens sind nie viele Leute da. Im Universitätsviertel steht man bekanntlich spät auf. Davide reinigte hinter dem Tresen die Kaffeemaschine. Er hörte mich reinkommen und drehte sich um. Ich weiß nicht, wie er es macht, aber er weiß immer, dass ich es bin.

»Guten Morgen, Schwägerin.« Er schaute mich genauer an. »Was ist passiert?«

»Die üblichen Probleme.«

Nach dem Gesetz gibt es keine verwandtschaftliche Beziehung zwischen uns. Aber de facto ist Davide die einzige Familie, die wir hier in Bologna haben, die beste, die man sich denken kann; auch wenn er wegen der Bar Valentino nicht zum Fußball fahren kann.

»Was hat mein Neffe angestellt?«

»Stumm, mürrisch«, erwiderte ich, zog mir den Mantel aus und setzte mich auf einen Barhocker. »Ich glaube, sein bester Freund hat ihn verletzt und umgekehrt. Ich mach mir Sorgen.«

»Lass sie doch leben ...«

Nebenbei, er hat keine Kinder.

»Er wird sich mit irgendeinem Mädchen trösten. Schön, wie er ist!«

Davide hingegen ist immer ein Strich in der Landschaft gewesen, spindeldürr, mit einer Nase, die ich wohlwollend als *beachtlich* bezeichnen würde, und einem schwarzen, krausen Haarbusch. An dem Tag, an dem wir uns kennenlernten, vor etlichen Jahren mittlerweile, hatte er sich, während er mir die Hand schüttelte, vorgestellt mit den Worten: »Freut mich, ich bin der hässliche Bruder. Und ich bin stolz darauf.« Wir sind sofort gute Freunde geworden.

An dem Dienstag machte er mir den üblichen doppelten Espresso.

»Ach übrigens, ich habe mit Lorenzo gesprochen, und er hat mir erzählt, dass er Valentino Weihnachten zu sich nach T holt.«

»Ja, dieses Jahr ist er dran. Fährst du auch hin?«

»Machst du Witze?« Davide stützte die Hände auf den Tresen und lachte bitter. »Ich bin seit zwanzig Jahren nicht mehr dort gewesen.«

Ich verstehe ihn, auch ich kehre so selten wie möglich dorthin zurück; als ich das letzte Mal dort war, hatte ich meinem Vater gesagt, ich würde den Einkauf erledigen, aber dann war ich nachdenklich durch die Stadt gestreift und hatte mich plötzlich einen Steinwurf von der Via dei Lecci entfernt wiedergefunden. Ich war wie angewurzelt stehen geblieben, beinahe hätte ich einen Herzinfarkt gekriegt, hatte die Augen weit aufgerissen angesichts des Zebrastreifens, den Beatrice überquerte: nicht der Star, das Mädchen.

»Tja, ihr müsst euch einfach verzeihen«, entschlüpfte es mir.

»Ich und T? Ich glaube nicht.« Davide blickte nach draußen. »Ich habe in Amazonien gelebt, in Haiti, ich habe genug Ungerechtigkeit gesehen. Ich habe versucht, in den sozialen Medien davon zu erzählen, und weißt du was? Die blödesten Kommentare kamen immer von Leuten aus T, die mich verspotteten: ›Subcomandante Davide‹, ›Hilf lieber hier, in Italien gibt es auch Arme‹, ›Bequem, mit Papis Geld den Helden zu spielen?‹. ›Papi‹, der mich nicht mehr grüßt und mir den Geldhahn zugedreht hat.«

Das Glöckchen an der Tür unterbrach ihn. Zwei Philosophieprofessoren kamen herein, die ich kenne, die mich aber, da sie Ordinarien sind, ignorierten. Sie bestellten einen Espresso und begannen über Hegel und die Regierung Conte zu diskutieren. Ihre Anwesenheit hemmte mich, ich brachte es nicht fertig, mit Davide über unsere Angelegenheiten zu reden. Und daher kamst du mir wieder in den Sinn.

Vielleicht hast du ja heute etwas veröffentlicht, fragte ich mich.

Bis jetzt war ich sehr tapfer gewesen. Ich war noch kein Mal auf deine Seiten gegangen, um nachzuschauen.

Mit gefiel der Gedanke, dass alle sich dort vor Ungeduld brennend herumtrieben und Vermutungen anstellten, und ich nicht. Aber eine Sache ist das Gerede im Netz, eine andere die Informationen der Zeitungen.

Mit klopfendem Herzen streckte ich die Hand nach dem frischen Zeitungsstapel aus, den Davide für seine Gäste bereithält. Anstatt wie sonst mit dem *Corriere* zu beginnen, nahm ich *il manifesto*. Ich fühle mich in meine Jugend versetzt, fühlte mich erneut ungezähmt und mutig wie damals, als ich das Klassenzimmer mit dieser Zeitung unter dem Arm betrat. Ich blätterte sie eilig durch und bemühte mich, Aufmerksamkeit für das Amazonasgebiet und den Zollkrieg zu erübrigen. Aber leider suchte ich dich.

Und du warst nicht da, jedenfalls schien es mir so, auf keiner Seite.

Und ich atmete wieder.

War erleichtert, freute mich.

In der Zwischenzeit waren die beiden Philosophen wieder gegangen. Vito kam herein, die Nadel der ANPI, der Partisanenvereinigung, am Mantel. Er setzte sich und hörte Davide zu, der *La Repubblica* aufgeschlagen und begonnen hatte, mit lauter Stimme das übliche Bulletin der Naturkatastrophen, Grenzmassaker, Kommuniqués von Präsidenten, die den Konjunktiv ignorierten, bekanntzugeben. Alles lief wieder wie am Schnürchen. Und ich lockerte meine Verteidigung.

Ich griff nach dem *Corriere*.

Mein Blick fiel auf die riesige Schlagzeile auf der ersten Seite.

Ich glaube, ich wurde blass.

»Nein«, sagte ich.

»Nein was?«, fragte Davide. »Bolsonaro, Trump, Libyen?«

»Eine Woche …«, flüsterte ich und zerknitterte die Zeitung. »Auf der ersten Seite, das kann nicht wahr sein!«

»Was denn?«, fragte Vito.

Ich legte den *Corriere* auf den Tresen. Mit einer Mischung aus Erschütterung, Wut und, ich konnte es nicht mehr leugnen, einem Hauch von Besorgnis, erwiderte ich: »Beatrice.«

»Wer?«

»Die Rossetti.«

»Was denn«, sagte Davide verblüfft, »etwa immer noch dieser Blödsinn?«

»Wer ist die Rossetti?«, fragte Vito; er ist zweiundachtzig.

Ich drehte mich um, öffnete den Mund, schloss ihn aber gleich wieder.

»Wer ist sie?« Das war wirklich eine gute Frage. Gegen meinen Willen nahm ich wieder die Zeitung und las die Schlagzeile vor, die dich betraf:

»Eine Woche Schweigen. Die Sorge um Beatrice Rossetti nimmt zu.«

Davide warf einen Blick auf die anderen Zeitungen. »Das ist wirklich unmöglich, es steht auf allen Titelseiten mit Ausnahme des *manifesto*.«

»Ja, aber wer ist sie?« Vito wollte es unbedingt wissen. Und da ich schwieg, antwortete Davide ihm: »Eine, die Taschen und Höschen verkauft … Ein bisschen so, wie sie es früher an der Haustür gemacht haben, nur dass sie es im Internet macht.«

»Ah«, erwiderte Vito versöhnt.

»Eigentlich verkauft sie nicht genau Höschen«, entgegnete ich kaum hörbar. Dann fragte ich Davide lauter: »Weißt du, dass sie aus T ist?«

»Das überrascht mich überhaupt nicht«, erwiderte er.

Andere Gäste kamen herein, und Davide musste nun wirklich arbeiten. Ich saß erstarrt da, den *Corriere* vor mir. Der Untertitel:

»Besorgte Fans gehen in mehr als zwanzig Ländern auf die Straße.«

Ich wollte nicht weiterlesen, und ich las: »Tausende von Personen haben sich gestern an symbolischen Orten versammelt … Die Sorge ist groß …« Ich übersprang Worte aus Neugier, überwand meine Angst, mehr zu erfahren. »Nach einer komplett den Augen der anderen gewidmeten Existenz, täglich alle zwei, drei Stunden aktualisiert … Seit dem 9. Dezember nichts mehr: kein neuer Post, kein neues Foto. Keine Erklärung, kein Abschiedswort. Beatrice Rossetti hat sich von einem Augenblick auf den anderen versteckt.« Ich ging zurück, las Satzfetzen noch einmal, meine Sicht trübte sich. »… aber was am meisten gefürchtet wird, ist eine Krankheit … Es kursieren Gerüchte … grassieren … auch die ausländischen Medien … Die Mitarbeiter verschanzen sich hinter undurchdringlichem Schweigen … Entführung, Selbstmord: bloße Hypothesen im Augenblick … Von Paris bis Peking … eine rätselhafte Leere.«

Ich erinnere mich, dass ich den *Corriere* mit geplatztem Herzen zusammenfaltete.

Eine Woche ist lang, dachte ich.
Beatrice, das sieht dir nicht ähnlich.
Davide riss mir die Zeitung aus der Hand, »Australien brennt, das Mittelmeer ist ein Friedhof, und wir machen uns Sorgen um die Rossetti? Das ist nur der x-te PR-Gag, um noch mehr Höschen zu verkaufen.«
Einen Augenblick gab ich ihm nicht recht. Ja, ich ärgerte mich sogar und hätte ihm am liebsten geantwortet: Wenn es nur um Höschen ginge, würde nicht der ganze vertrocknete und geschmolzene Planet darüber reden, glaubst du nicht? Wer gibt dir das Recht zu urteilen? Du bist oberflächlich. Wir sind alle davon betroffen, begreifst du das nicht?
Aber ich beherrschte mich. Überrascht musste ich zugeben, dass Davide eine Kritik geäußert hatte, die sich gar nicht so sehr von meiner üblichen unterschied, aber sie aus dem Mund eines anderen zu hören kam mir ungerecht vor.
Ich blickte auf die Uhr: halb zehn. Ich hatte jedes Zeitgefühl verloren. Ich erhob mich rasch von meinem Hocker. »Davide, bis morgen. Schönen Tag allerseits.« Und schon war ich weg.
Draußen fiel das Sonnenlicht schräg in die Arkaden, und die Luft war mild wie Anfang April. Während ich die Piazza Verdi, so schnell ich konnte, überquerte und die Treppe des Instituts für Italianistik hinaufstürmte, immer zwei Stufen auf einmal, spürte ich die Apokalypse, die öffentliche wie meine private.
Ohne in mein Büro zu gehen, begab ich mich direkt zur Vorlesung.

*

Der Hörsaal III quoll über von zerzausten Köpfen, üppigen, seitlich frisierten Haarschöpfen, Pferdeschwänzen, fließenden Locken, Pagenköpfen. Die Gesichter konnte ich nicht sehen, weil sie alle gleichermaßen über Handys gebeugt waren, auf denen sie wie besessen tippten, während sie ungewöhnlich laut miteinander sprachen, aber ohne sich anzusehen, ohne auch nur eine Sekunde den Blick vom Display abwenden zu können.
Na gut, sagte ich mir. Und ging hinein. Ich schloss die Türen so laut

wie möglich. Keine Reaktion; niemand blickte auf und gab zu erkennen, dass meine Ankunft bemerkt worden war.

Ich legte Tasche und Mantel auf den Stuhl und setzte mich wie immer mit gekreuzten Beinen auf das Pult. Ich führte die Hände wie ein Megaphon an den Mund und schrie aus Leibeskräften: »He, ich bin hier!«

Endlich hoben die Studentinnen eine nach der anderen die Köpfe und schwiegen. Auch die Studenten, um die Wahrheit zu sagen. Nicht dass sich keine Männer in Philologie einschreiben, aber sie bleiben eine kleine Minderheit im Schatten der üppigen Mähnen und roten Lippenstifte.

»Entschuldigt meine Verspätung«, sagte ich.

Und während ich wartete, dass auch die letzten Stimmen verstummten, betrachtete ich aufmerksam meine Zuhörerschaft und versuchte, eine möglichst furchteinflößende Miene aufzusetzen. Die unterschwellige Botschaft: Wehe, wenn ihr auf das Handy schielt.

Die Mädchen haben fast alle das tragische Alter, das wir beide hatten, als wir uns stritten und ich dir unbedingt ähneln wollte. Sie kommen zum Unterricht mit einem Haarreif, seit du beschlossen hast, ihn wieder populär zu machen. Auch die Hosen tragen sie wie du, knöchellang. Sie orientieren sich an deinen Farben, deinen Posen, deinem Schmollmund. Zwanzigjährige wie mich gibt es natürlich auch unter ihnen: Schlabberpullover, Springerstiefel, Piercing, um die Unsicherheit zu überspielen. Wenn ich bei Prüfungen ihrem Blick begegne, muss ich der Versuchung widerstehen, ihnen leichtere Fragen zu stellen, die Benachteiligung auszugleichen, die sie in sich tragen und die ich gut kenne.

Am Morgen des 17. Dezember betrachtete ich meine dreihundert Studentinnen, und sie betrachteten mich, erwartungsvoll. Wir nahmen uns diese Schweigeminute, bevor wir anfingen, um die Welt draußen abzuschütteln und Leere zu schaffen im Zentrum.

Ich bin nur eine bestätigte wissenschaftliche Assistentin, ich unterrichte italienische Literatur des 20. Jahrhunderts, und mein Gehalt ist nicht galaktisch. Vielleicht werde ich nie eine Lehrstuhlinhaberin, und selbst wenn es mir gelingen sollte, könnte ich mich nie mit dir vergleichen. Aber, Beatrice, ich würde mir wirklich wünschen, dass du diesen Hörsaal siehst, wie majestätisch er mit seinem dunklen Holz, voller Licht und Erwartungen, ist. Mir zittert am Anfang immer die Stimme, weißt du das?

Nein, weil du mich nie gesucht hast. Das dachte ich an diesem Vormittag. Ich wette, dass du in all diesen Jahren nie einen Augenblick der Verzagtheit, der Melancholie gekannt hast. Dass dir nie in den Sinn gekommen ist: »Also schauen wir mal, was Elisa so macht. Was für eine Arbeit sie hat. Ob sie verheiratet ist, ob sie Kinder hat.«

Wie auch immer, du hättest nichts gefunden. Nur ein dürftiges Profil ohne Foto auf der Seite des Fachbereichs, mit dem Verzeichnis meiner Fachartikel und kurzen Essays, die ich veröffentlicht habe, und die Bibliographien meiner Kurse.

Mir zittert die Stimme, sagte ich, weil in jeder Unterrichtsstunde die Herausforderung die gleiche ist: dich fernzuhalten. Sanguineti, Moravia, Cassola, Caproni müssen zumindest in diesem begrenzten Raum und für die Dauer von zwei Stunden attraktiver, interessanter und sexyer als du sein. Ich habe immer alles gegeben, glaub mir, um die Mädchen daran zu hindern, heimlich unter der Bank nach dem Handy zu greifen und dich zu suchen, zu sehen, wo du gelandet bist, was du gegessen hast. Ich habe mich immer heiser geschrien, um ihren Geist in etwas zu entführen, das bedeutsamer ist als deine Kleider, um ihren Kugelschreiber über das Papier ihrer Hefte laufen zu lassen. Es war immer ein ungleicher und fürchterlicher Kampf, aber ich glaube, dass ich es häufig geschafft habe, das Unsichtbare über das Sichtbare siegen zu lassen, mich über dich.

Seit du allerdings beschlossen hast, ebenfalls unsichtbar zu werden, ist das ein unmögliches Unterfangen geworden.

Für diesen Vormittag hatte ich eine Vorlesung über »Il postale«, den sechsten Teil von *Lüge und Zauberei*, geplant, in dem Anna Massia di Corullo – inzwischen erwachsen und mitgenommen durch eine unglückliche Ehe, die Erbärmlichkeit der Zweizimmerwohnung, in der sie lebt – nachts Briefe an sich selbst schreibt, in denen sie sich für ihren Cousin Edoardo ausgibt. Wir befinden uns in Palermo am Ende des 19. Jahrhunderts, im Sommer. Anna sitzt bei offenem Fenster am

Schreibtisch. Ihr Mann ist nicht da, er arbeitet auf den Nachtzügen. Die Tochter beobachtet sie, während sie glaubt, sie würde schlafen. Anna stellt sich vor, dass Edoardo, der an Typhus gestorben ist, ihr Liebesworte ins Ohr flüstert, sie löst ihr Haar, lacht, lässt sich gehen. Sie schreibt diese Briefe, um sie am nächsten Tag seiner Mutter vorzulesen. Aus Rache also, aus Verzweiflung.

Vor allem aber, um Lust zu empfinden.

Ich fing an, ernsthaft über Anna zu sprechen. Normalerweise lieben meine Mädchen sie, weil sie pervers ist; sie liebt Schmuck, ist schön, stolz, reine Äußerlichkeit. »Wenn die Tochter und der Ehemann in ihr nicht das außergewöhnlichste Geschöpf der Erde sehen würden«, sagte ich, »wenn sie sie nicht so erzählen würden, was wäre diese Frau?«

Aber ich bemerkte fast sofort, dass sie mir nicht zuhörten.

Nicht einmal einer so teuflischen Person wie Anna gelang es in diesem Augenblick, sie dir zu entreißen; sie senkten den Blick alle zwei Minuten, um auf den Handys, die sie versteckt zwischen den Schenkeln hielten, nachzusehen, ob du nicht etwas veröffentlich hättest. Ich begann nervös zu werden. Ich räusperte mich, weil mein Hals kratzte. Schon in den letzten Tagen war der Unterricht eine ziemliche Herausforderung gewesen. Aber das war zu viel.

»Wenn sie sie nicht auf diese Weise erzählt hätten«, fing ich geduldig wieder an, »wäre Anna ein armes Luder, so pathetisch, dass sie sich selber Brief schreibt. ›Schlechte Prosa‹, nennt Elisa, die Erzählerin, sie. Obwohl es ihr schwerfällt, muss sie zugeben, dass der erotische Zauber, der ihre Mutter überwältigte, nichts anderes war als …«, ich nahm das Vorlesungsskript vom Pult, »ich zitiere wörtlich: ›zwanzig Briefe, ziemlich weitschweifige und lange, auf gewöhnliches Papier geschrieben … Die Tinte ist von schlechter Qualität …‹« Ich wedelte mit den Blättern in der Luft und schrie: »Die Realität ist unerträglich, Mädchen.«

An dem Punkt blickten die Studentinnen mich an. Ich las in ihren Augen ein plötzliches Interesse. Es war ein sehr schwacher, fast fadenscheiniger Halt, aber ich musste mich mit aller Kraft an ihn klammern, ihn nutzen, das Beste daraus machen.

Ich schweife nie ab, weiche nie vom Thema ab, weil ich eine »Nervensäge« bin, wie Lorenzo sagen würde, oder unsicher, was ich vorziehen würde.

Aber diesmal musste ich weitermachen. Ein bisschen Mut beweisen. »In der Vortäuschung rächt Anna sich am Leben. Was genau das ist, was wir ständig zu tun versuchen, richtig? Wenn wir ein Foto von uns machen und es mitsamt einer schönen Plattitüde veröffentlichen.«

Ich stand vom Pult auf und begann zwischen den Bänken hin und her zu gehen.

»Ich müsst wissen, dass ich drei Nachbarinnen habe, sie teilen sich die Wohnung über mir. Sie sind ein paar Jahre jünger als ich und arbeiten, eine im Büro, eine im Supermarkt, und eine studiert wie ihr. Und immer, wenn ich bei ihnen vorbeischaue, finde ich sie in Jogginganzug und Pantoffeln vor, ungeschminkt und schlecht gelaunt. Abends gehen sie fast nie aus, weil sie nach der Arbeit zu müde sind oder weil sie sparen müssen oder weil sie die Hoffnung verloren haben, jemanden kennenzulernen, in den zu verlieben sich lohnt. Aber manchmal werden sie aktiv. Sie schminken sich, sie ziehen sich gut an, gehen in der Stadt spazieren, gehen in ein schönes Lokal, stoßen mit erhobenen Gläsern und breitem Lächeln an und machen ein Foto von sich. Das natürlich sofort danach im Internet landet, eine Botschaft, gerichtet an die Ex-Freunde, die Freundinnen, die sie verraten haben, die Klatschbasen in den Provinzen, aus denen sie kommen. ›Seht ihr, wie wir uns amüsieren? Wie glücklich wir sind?‹«

Ich brach ab und biss mir auf die Lippe. Ich dachte: Wenn Claudia, Fabiana und Debora erfahren, dass ich so über sie rede, bringen sie mich um. Ich dachte auch, dass ich, im Unterschied zu ihnen, nicht mal *manchmal* versuchte, auszugehen, jemanden kennenzulernen, mein Leben zu ändern. Wenn überhaupt, saß ich auf den Rängen des Fußballfelds und las, und das war der Höhepunkt meiner Geselligkeit.

Aber jetzt hatte meine Zuhörerschaft dich vergessen, und sei es auch nur für fünf Minuten. Und ich hatte die Pflicht, die Partie gut zu spielen.

»Vor mehr als zehn Jahren hatte mir eine Person gesagt, die Literatur habe bald ausgedient, denn was machst du mit einem Buch, wenn du das Leben der anderen sichtbar und in Reichweite hast? *Echte* andere, keineswegs imaginäre, die du kennst und die du aus der Nähe zu beobachten meinst, wie durch einen Spalt. Du kannst die von ihnen präsentierte Sammlung glücklicher Momente beneiden, dich bemühen, ein ebenfalls beneidenswertes Leben zu konstruieren, dich in einem Zimmer einschließen und allein Fotos von dir machen, dir selbst Liebesbriefe schreiben wie Anna Massia di Corullo. Ich bin sicher, dass diese Person recht hatte, aber ... weder sie noch irgendjemand anders wird mich je überzeugen können, dass diese drei Fotos meiner Nachbarinnen im Internet interessanter sind als all die Tage, Monate und Jahre ihres Lebens, in denen sie nichts zu sein scheinen, niemandem ähneln und nichts gewinnen wollen.« Ich atmete tief durch und schluckte, um nicht rührselig zu werden. »Denn diese Bilder kann ich nicht lieben – die Gegenwart dieser Personen, ihre Wahrheit aber schon.«

*

Danach zog ich mich in mein Büro zurück, wütend auf mich.

Du bist wie die de Marchi geworden!, warf ich mir vor. Unverheiratet, eine Loserin, vertrottelt mit dreißig! Bezahlten Unterricht für persönliche Ausbrüche benutzen, schämst du dich nicht? Ich musste wieder an Valentino denken – ob er noch Micheles Banknachbar ist oder ob sie sich getrennt haben?

Plötzlich musste ich mir eingestehen, warum ihre Beziehung mich nie überzeugt hat, sie erinnert mich an unsere. Da ich das schon durchgemacht habe und die katastrophalen Folgen einer verkorksten Freundschaft kenne, möchte ich das meinem Sohn ersparen. Und ich erinnerte mich an Davides Satz: »Lass sie doch leben ...« Und ich musste auch das eingestehen: dass man nicht lebt, dass man nicht erwachsen wird, ohne eine verkorkste Freundschaft erlebt zu haben.

Ich aß am Schreibtisch zwei Päckchen Cracker; wegen dir hatte ich keinen großen Hunger. Ich wollte unbedingt den Artikel im *Corriere* aus dem Kopf kriegen. Ich schaltete den Computer ein, vermied wohlweislich, ins Internet zu gehen, und öffnete die Dateien oben links, fest entschlossen, mein Bestes zu geben.

Denn bevor ich begann, unsere Geschichte zu schreiben, hatte ich an einem Essay über die weiblichen Personen im Werk von Elsa Morante gearbeitet, mit dem ich bescheidene Hoffnungen verband. An dem Tag war ich, obwohl ich dienstags zwischen 14 und 17 Uhr 30 Sprechstunde habe, überzeugt, dass nach meinem hysterischen Auftritt vorhin sich niemand trauen würde, an meine Tür zu klopfen, und ich daher Zeit haben würde, mich in die warme Umarmung der Literatur zu flüchten, die, erinnern wir uns, doch auch immer eine Droge ist.

Ich hatte mich an die Arbeit gemacht und war gut reingekommen, als um 13 Uhr 55 ein Ansturm einsetzte. Studentinnen, die begeistert oder nachdenklich waren, Studenten, bei denen ich einen Nerv getroffen hatte, die zweifelten. Alle baten mich um Bücher, die sie lesen könnten, um Anregungen, um den Zwiespalt zwischen Realität und Darstellung zu vertiefen.

Unsere Wahl fiel auf Schopenhauer, natürlich, und Merleau-Ponty, *Il conte di Kevenhüller* von Caproni und *Madame Bovary*, ja sogar *Meine geniale Freundin*. Die Freundin, die du ohne jeden Zweifel nie gewesen bist. Mein armer Essay wartete vergessen auf dem Bildschirm, aber ich kümmerte mich nicht weiter um ihn, denn dass es mir gelungen war, diese jungen Leute einzufangen, zu entdecken, dass meine inneren Zweifel auch die ihren waren, hatte mich in eine Art Euphorie versetzt. Ein junger Mann, blond wie Lorenzo, fragte mich sogar, ob er seine Abschlussarbeit über dieses Thema schreiben könne. »Sind Literatur und soziale Medien Ihrer Meinung nach wirklich unvereinbar? Wer von beiden verbreitet mehr Lügen?« Aus dem Bauch heraus antwortete ich: »Ja, sie sind unvereinbar.« Aber dann korrigierte ich mich: »Aber vielleicht gibt es doch eine verborgene Überschneidung ... Versuch, sie zu finden ...«

Meine gute Laune war zurückgekehrt, es war mir gelungen, nicht an dich zu denken. Aber als sie nicht mehr klopften, ich wieder allein war zwischen den engen vier Wänden meines Büros mit dem dunklen Fensterchen zur Via del Guasto und dem Word-Cursor, der vergeblich blinkte, kehrte die Frage unerbittlich zurück.

Wo bist du, Bea?

Warum hast du dich versteckt?

Wie kann es sein, dass niemand dich findet?

Es war wie in diesen Träumen, in denen du das Gefühl hast zu fallen und es keine Möglichkeit gibt, den Fall zu stoppen. Mir fielen gegen meinen Willen ganze Sätze aus dem Artikel wieder ein, den ich im Baraccio gelesen hatte, und ich fragte mich, ob Schweigen eine Nachricht wert sein könnte, noch dazu die wichtigste. Schweigen ist ein Loch, oder? Das totale Fehlen von Inhalten. Der Gedanke, dass du wie immer bluffst, wäre sehr bequem für mich. Und sogar, dass es eine bedachte, intelligente Handlung war. Vielleicht hätte auch ich dir dazu geraten; nach dreizehn Jahren konntest du im Rhythmus von sechs, sieben Fotos pro Tag, immer von dir selbst, nicht weitermachen. Du liefst Gefahr zu langweilen. Aber irgendwie überzeugte mich das alles nicht. Und ich hatte das Gefühl zu ersticken.

Schluss, ich schaltete alles aus. Als ich den Mantel vom Kleiderständer nahm und vom Schreibtisch die Bücher, die Vorlesungsskripte und die gebundenen Abschlussarbeiten einsammelte, ließ eine Vermutung mein Blut gefrieren: Und wenn dir etwas passiert wäre?

Etwas Schlimmes?

Während ich das Büro abschloss und den Flur entlangging, spürte ich, wie mein Magen sich verkrampfte und bange Sorge in mir hochstieg. Denn Verschwinden ist eine Aktivität, in der ich mich seit dem Kindergarten überaus erfolgreich geübt habe, aber du würdest, wenn ich mich recht erinnere, nicht wissen, wo du anfangen solltest.

Ich hatte Angst, dass du nicht mehr lebst.

Du. Nicht die Tausende Ikonen, die sich auf dich beziehen und regelmäßig das Ziel verfehlen. Sondern du, die Unsägliche. Das besondere Gewicht und die Wärme deiner behandschuhten Hand auf meiner nackten auf dem Motorroller auf dem Weg nach Marina di S.

Ich verspürte den Drang, deinen Vater anzurufen. Aber nein, das hätte keinen Sinn gehabt. Soweit ich aus dem Internet und den Zeitungen weiß, habt ihr euch nie versöhnt. Besser Costanza, mit der du dich in letzter Zeit mehrmals fotografiert hattest. Oder Ludovico, er weiß bestimmt etwas. Ich wollte schon das Handy hervorholen, besann mich aber: Seit fünfzehn Jahren hast du sie nicht gesehen und nicht mit ihnen gesprochen. Dies ist dein Leben. Und ihres geht dich nichts an.

Ich ging in den ersten Stock hinunter, erneut fest entschlossen, nicht an dich zu denken. Ich betrat die Bibliothek, um die Sammlung der Essays von Cesare Garboli auszuleihen, die ich am Tag zuvor vergeblich gesucht hatte, und fand sie: *Il gioco segreto*. Im Erdgeschoss begegnete mir der Kollege aus der Komparatistik, ein wissenschaftlicher Assistent mit befristetem Arbeitsvertrag wie ich, und wie gewöhnlich sprachen wir über die mögliche Emeritierung von Fracci, einer runzligen Koryphäe, dass er sich endlich verziehen und seine Stelle frei machen solle, verdammt noch mal.

Nachdem wir uns verabschiedet hatten, hielt mich eine kleine Gruppe von Studentinnen auf, und wir diskutierten erneut die Frage, wie viel Lüge und wie viel Zauberei im Akt des Sicherzählens in Form von Texten und Fotos steckte. Und wie viel Schmerz es mit sich brächte, wenn man sich spaltet und sich von außen betrachtet, ob eine noch so geringe Objektivität überhaupt möglich sei. Und während wir redeten, hatte ich das Gefühl, dass ich mich wieder in den Griff bekommen hatte, nachdem ich ins Schleudern geraten war, dass ich mein Leben gut verteidigt hatte. Denn auch wenn es ziemlich normal und unbedeutend war, hatte es mich doch beträchtliche Mühe gekostet, es mir aufzubauen.

Um halb sieben trat ich auf die Via Zamboni hinaus, mit dem sehnlichen Wunsch, Valentino wiederzusehen und in die Arme zu schließen. Ich hatte es so eilig, dass mir die Vorlesungsskripte aus den Händen fielen. Und wie immer klingelte im ungünstigsten Moment das Handy.

*

Das wird er sein, dachte ich. Hoffen wir, dass es ihm wieder besser geht, dass seine Stimme nicht dramatisch klingt. Angespannt, wie ich war, hatte ich Mühe, meine Tasche zu öffnen. Das Handy klingelte hartnäckig immer weiter. Als ich es endlich gefunden hatte, sah ich, dass es nicht Valentino war, und beruhigte mich.

Auf dem Display blinkte eine unbekannte 340, vielleicht der Techniker für den Heizkessel, den ich letzten Freitag gesucht hatte. Ich ging zerstreut, etwas genervt dran; um halb sieben abends, im Winter, und angesichts der Dunkelheit und der Feuchtigkeit, die mir in die Knochen drang, hatte ich nur den Wunsch, nach Hause zu fahren.

»Hallo?«

»Elisa Cerruti?«, hörte ich eine männliche Stimme fragen.

»Ja, wer spricht?«

»Guten Abend, ich bin Corrado Rebora.«

Die Stimme verstummte, als wäre es nicht nötig, nach einem solchen Vor- und Nachnamen noch etwas hinzuzufügen. Aber ich fragte, das Handy zwischen Ohr und Schulter geklemmt, während ich die Blätter vom Boden aufhob und einem Studenten zulächelte, der stehen geblieben war, um mir zu helfen: »Bitte?«, in einem Ton, der eindeutig zu verstehen gab, dass ich nicht wusste, wer er war.

Daraufhin betonte er jede Silbe: »Rebora, Corrado Rebora. Personal Manager von Beatrice Rossetti.«

Alle Skripte und Bücher, die ich in der Hand hatte, fielen erneut herunter, auch die, die ich gerade aufgehoben hatte. Der nette junge Mann, der mir geholfen hatte, schüttelte den Kopf und ging.

Ich war allein unter dem Portikus voller Studenten.

»Ich glaube, Sie können sich denken, warum ich Sie anrufe. Aber zuerst muss ich Sie bitten, den Inhalt dieses Gesprächs vertraulich zu behandeln.«

Ich erstarrte. Ich atmete langsam, wie ein Tier, das jeden Augenblick von einem größeren oder durch eine Klinge oder einen Schuss getötet wird. Die Frage, die mir auf der Zunge lag, lautete: Lebt sie? Aber im ersten Augenblick brachte ich nicht einen Ton heraus.

Die Stimme im Telefon fuhr fort: »Die Situation ist, wie alle wissen, und ich denke, auch Sie, kritisch. Wir reden von Hunderten gefährdeten Arbeitsstellen, von Unternehmen, die in dieser Woche enorme Verluste gemacht haben. Wenn noch eine weitere verstreicht ...«

Ich unterbrach ihn: »Was habe ich damit zu tun?«

Corrado Rebora schwieg. Vielleicht um abzuwägen, was er mir mitzuteilen hatte. Ich war nur noch ein Klumpen Angst. Ich dachte an einen Tumor, wie bei deiner Mutter. Tumore sind erblich, wie

Fehler, wie Verurteilungen. Vielleicht ist sie krank, vielleicht hat sie durch eine Chemotherapie die Haare verloren und will sich in diesem Zustand nicht zeigen, der, sosehr man auch versuchen mag, ihn zu vergolden, schlimm, schrecklich ist. Vielleicht ist sie schon tot.

»Sie haben damit zu tun, Elisa«, erwiderte Rebora, der unglücklicherweise den Namen eines Dichters hatte, »weil Beatrice mich beauftragt hat, Ihnen zu sagen, dass sie Sie treffen will. Und dass sie ihre Aktivitäten erst wieder aufnimmt, wenn sie mit Ihnen gesprochen hat.«

Ich setzte mich.

Besser, ich ließ mich auf den Kiesboden des Portikus fallen, umgeben von einem Kranz aus Essays und Referaten. Ich schloss die Augen und dachte: Sie lebt. Ich fürchte, ich lächelte. Mein Herz fing wieder zu schlagen an, das Blut zu fließen und Sauerstoff zu transportieren. Ich öffnete die Augen wieder, und mein Blick fiel ausgerechnet auf die Stelle des Platzes, wo du Lorenzo geküsst hattest, und ich versuchte, mich an deine Lippenbewegung zu erinnern, an das Wort, das ich nicht verstanden hatte. Und dann wurde ich stinksauer.

»Sagen Sie ihr, dass ich nicht interessiert bin.« Ich rappelte mich wieder hoch und erhob die Stimme. »Dass sie mich nach dreizehn Jahren von ihrem Manager anrufen lässt, ist typisch für sie, aber ich falle nicht mehr darauf herein und akzeptiere es nicht.«

Während ich schreibe, muss ich lachen, denn ich stelle mir das Gesicht vor, das Rebora am anderen Ende der Leitung gemacht haben muss. Er wechselte sofort von »Elisa« zu »Signora Cerruti«: »Entschuldigen Sie, aber vielleicht sind Sie sich der Situation nicht bewusst.«

»Oh, ich bin mir der Situation sehr wohl bewusst«, erwiderte ich erregt, während ich meine Sachen einsammelte, entschlossen, sie nicht noch mal fallen zu lassen. »Leben Sie wohl.«

»Hören Sie«, hielt er mich erschrocken zurück.

»Ich glaube nicht, dass ich Ihnen irgendwie helfen kann, wirklich nicht.«

»Signora«, seine Stimme wurde heiser, »ich versichere Ihnen, die Situation ist ernst. Ich bitte Sie, wenigstens ein paar Tage darüber nachzudenken.«

»Nein.« Ich fühlte mich nach so langer Zeit lebendig.

»Sie können diese Nummer speichern, es ist meine Privatnummer, und mich jederzeit zurückrufen …«

»Und warum will sie mich treffen, und wann?«

»Wenn Sie erlauben, werden Sie so schnell wie möglich über sichere Kanäle informiert.«

»Hören Sie, ich habe einen Sohn, ich arbeite, ich muss mich organisieren, ich kann nicht einfach zur Rossetti eilen, sobald sie mit dem Finger schnippt.« Was sagte ich da? Machte ich ihm etwa einen Schimmer Hoffnung? »Sie können Beatrice sagen, dass es spät ist, sehr spät.«

»Denken Sie darüber nach, wägen Sie gut ab, bevor Sie eine Entscheidung treffen. Benutzen Sie Ihren Verstand, handeln Sie nicht impulsiv. Wenn Sie sich nicht zuerst melden, werde ich Sie wieder anrufen, spätestens in einer Woche.«

»In einer Woche ist Weihnachten …«

»Wir arbeiten dreihundertfünfundsechzig Tage im Jahr, vierundzwanzig Stunden. Ich bitte Sie, sich an keine Zeitung zu wenden, nicht mit Freunden, Verwandten darüber zu sprechen …«, sagte er erneut nachdrücklich.

Ich beendete das Gespräch, bevor die Leier aufhörte.

Ich warf das Handy in die Tasche und machte mich mit schnellen Schritten auf den Weg, wobei ich ungeordnete Stapel von Blättern und ausgeliehenen Büchern umarmte. Stolz, aufgedreht und lächerlich.

Vor dem Kloster San Giacomo Maggiore blieb ich plötzlich stehen und begriff.

Du hast mich also nicht vergessen.

Du erinnerst dich noch an mich.

30

Eine Familie

Ich durchschneide die Ebene und begegne kilometerlang keinem Menschen, fahre vorbei an leeren Autobahnraststätten und dem geschlossenen Outlet von Vicolungo, vereinzelten Bauernhöfen, unbefestigten Straßen; nichts bewegt sich, mit Ausnahme der rauchenden Schornsteine.

Sie werden alle bei Tisch sitzen, denke ich, sie werden die Geschenke ausgetauscht haben und mit den fernen Verwandten telefonieren, gut gekleidet für das Erinnerungsfoto. Aber ich hadere nicht mehr mit dem Weihnachten der anderen. Es kommt mir so vor, als hätten sie sich zurückgezogen, um die Welt uns beiden zu überlassen, den Einzigen, die nicht an ihrem Platz sind.

Ich versuche zu erraten, wo du sein könntest. Das Handy liegt eingeschaltet auf dem Beifahrersitz, als würdest du neben mir sitzen. Weit vorn beginne ich durch die Windschutzscheibe meine Berge zu erkennen. Natürlich kehre ich zurück, weil Weihnachten ist und weil ich diese Geschichte nicht beenden kann, ohne an den Anfang zurückzukehren.

Am Mauthäuschen von Carisio verlasse ich die Autobahn, nehme die Provinciale 230, und der Mucrone taucht vor mir auf. Halb verschneit, der Gipfel präzise geformt, als Kind erinnerte er mich an eine Brustwarze. Ihn zu betrachten fühlt sich für mich immer genauso an wie damals, als ich mich am Fenster der Palazzina Piacenza festklammerte, um nicht zu versinken. Wie ein stummer, grundlegender Buchstabe, der allen anderen des Alphabets vorausgeht.

Denn dieser Berg ist meine Mutter.

Und während ich zu ihr zurückkehre, stelle ich mir vor, dass du auf dem Grabstein deiner Mutter liegst, das Ohr am Marmor, als wolltest du ihr Herz hören, unter einem Himmel wie dem jetzt über mir, während ich aus dem Auto steige, weil ich in der Via Trossi angekommen bin.

Ich klingele an der Sprechanlage, und die Haustür öffnet sich sofort. Mir wird klar, wie sehr sie mich erwartet haben, und ich fühle mich schuldig und werde nervös. Ich betrete den Aufzug und betrachte mich im Spiegel. Bin ich wirklich, frage ich mich, die fast vierunddreißigjährige Frau, mit den immer noch roten Haaren, einem Hauch Schminke, wenig elegant, wenig Busen, aber einem Bauch, der nicht mehr trocken ist und drückt unter dem Rock, breiteren Hüften – ich öffne den Mantel, um es zu überprüfen – und verhärteten, müden Gesichtszügen?

Was sagt dieses Spiegelbild über mich aus?

Dass Zeit vergangen ist.

Die Türen öffnen sich, und ich drehe mich um. Im Treppenhaus steht Mama, im Morgenrock an den Türpfosten gelehnt, man sieht, dass sie sich seit geraumer Zeit nicht mehr die Haare färbt. Sie ist einundsechzig, wirkt aber zehn Jahre älter. Ihr Mund ist faltig, ihre Haut ist nicht mehr mit Sommersprossen übersät, sondern wirkt grau. Im Übrigen qualmt sie nach wie vor wie ein Schlot. Die Wahrheit ist, dass ich sie nicht wiedererkenne, während ich auf sie zugehe und mich zwinge zu lächeln. Und ich erkenne auch meinen Bruder nicht wieder, der hinter ihrem Rücken auftaucht, in einer Trainingshose aus Acetat und einem T-Shirt der Rancid. Er trägt immer noch einen Irokesenschnitt, auch wenn er jetzt grau meliert ist, und Piercings in der Oberlippe und an der Augenbraue, obwohl er Falten hat. Ich umarme beide und spüre, wie zerbrechlich Mamas Knochen sind und dass Niccolò aufgrund der Medikamente erneut aufgeschwemmt ist. Und was würde ich darum geben, Bea, was, in die Zeit zurückkehren zu können, in der wir klein waren, auch wenn wir durcheinander und verwahrlost waren, aber Mamas Körper war wie ein Fels, und sie konnte uns beide auf einmal hochheben, um uns zu kitzeln.

Ich trete ein, ich ziehe den Mantel aus, stelle die Geschenke hin und

Traurigkeit überkommt mich. »Nimm«, sage ich zu meinem Bruder, »tu ihn in den Kühlschrank«, und gebe ihm den Spumante. Die Anordnung der Möbel, die Teppiche, der Wandspiegel, alles ist wie damals, als ich aus der Grundschule nach Hause kam. Aber die Zeit hat ganze Arbeit geleistet und sich bemüht, alles auf die richtige Dimension zu reduzieren und allem die Maske runterzureißen, sogar der Glaskugel von Oropa mit dem Schnee aus Polystyrol auf der Kommode im Eingang. Und ich sollte auch aufhören, mich an dich zu wenden, als wärst du eine imaginäre treue Freundin. Im Gegenteil.

Ich werde deinem Manager bestätigen, dass ich dich nicht sehen will. Und sollte er darauf bestehen, werde ich ihm die Wahrheit sagen: dass du mir den Freund weggenommen hast, dass ich Valentino allein großziehen musste. Wegen dir.

*

Als wir uns zu Tisch setzen, ist es nach halb zwei. Dieses Jahr, warnen sie mich gleich, gibt es nichts von der Rosticceria. Niccolò hat die Nudeln selbst gemacht, den Braten geschmort und den Mangold für die Füllung, und Mama hat ihm geholfen, die Agnolotti einen nach dem anderen zu schließen. Sie sind sehr stolz, als sie die Gerichte servieren. Ich entkorke den Spumante und fülle die Gläser. Im Hintergrund lassen wir die Fernsehnachrichten laufen, um etwas Festtagsstimmung aufkommen zu lassen und die Leere zu überspielen, obwohl Weihnachten nicht ohne Kinder gefeiert werden sollte, und wir sind drei Erwachsene, die, von außen gesehen, ziemlich geschädigt sind. Ich weiß, wie man uns aburteilen würde: eine Witwe, die mit ihrer Trauer nicht fertigwird, eine Single-Mutter, die es nicht schafft, mit einem Mann auszugehen, und ein ehemaliger Drogendealer.

Aber wir sind auch eine Geschichte oder das, was man *eine Familie* nennt. Deswegen mache ich ihnen ein Kompliment nach dem anderen für das Mittagessen und suche auf Mamas Gesicht nach dem Beweis dafür, dass es ihr besser geht. Sie hebt mit der Gabel ein Agnolotto hoch, betrachtet es, und ihr Gesicht leuchtet auf. »Ich frage mich, warum ich nicht früher versucht habe zu kochen, es erfüllt einen mit solcher Befriedigung.« Und sofort kommt wieder Carmelos Abwesenheit hoch: »Ich habe ihm, solange er lebte, nie ein vernünftiges Essen gemacht, das bedaure ich sehr.«

Niccolò stellt den Fernseher lauter. Mama schwelgt in Erinnerungen: die Volksfeste, die Abendessen nach den Konzerten, vielleicht erst um drei Uhr nachts, aber in den Küchenzelten hielten sie ihnen immer zwei Teller warm. Auch an Großmutter erinnert sie sich: »Sie machte sonntagvormittags immer diese Agnolotti, während Papa Zeitung las.« Die Küche füllt sich mit Toten. Ich beginne auf dem Stuhl herumzurutschen, als wollte ich unsichtbare Fesseln lösen. Ich bin dir erneut böse, weil du mich nicht genügend von diesem Ort befreit hast.

Niccolò verkündet, ich glaube, um uns aus dem Jenseits wieder in die Gegenwart zu bringen, dass er eine neue Freundin hat, eine neue Marina, die DJ ist. »Ich hab ihr gesagt, sie soll gegen Abend vorbeikommen, so kann ich sie euch vorstellen.« Mama zeigt einen Anflug von Freude. Ich habe Mühe, einen kleinmütigen Gedanken zu unterdrücken: Alle, sogar mein Bruder, schaffen es, sich früher oder später wieder zu verlieben. Und das Telefon klingelt.

Es ist nicht mein Handy, sondern das Festnetztelefon. Mama steht auf, um dranzugehen, und schlurft in die Diele. »Hallo?« Niccolò und ich hören auf zu kauen und lauschen, wie wir es als Kinder gemacht hatten.

»Oh, ciao, Paolo. Wie geht es dir? Frohe Weihnachten.«

Sie reden lange. Mamas Ton wird nach und nach immer leichter, fast quirlig. Der Sommer, in dem ich schwanger war, hat sie verändert. Und ich glaube, dass die gemeinsame Großelternrolle sie auf neue Art wieder einander angenähert und ihnen die Unsicherheit und Hektik genommen hat. Sie waren nicht für die Ehe geschaffen, sondern für andere, anarchischere Formen der Zuneigung. Niccolò dagegen beschränkt sich auf das Nötigste und reicht ihn weiter an mich. Sie haben keinen Draht zueinander gefunden, und das ist schade. Ich halte den Hörer ans Ohr. »Frohe Weihnachten, Papa. Was hast du Schönes gemacht?«

»Ich bin gerade aus Cesari zurückgekommen«, erwidert er. »Da Iolanda mit ihren Kindern zu Mittag gegessen hat, wollte ich mich verwöhnen. Derselbe Tisch mit Ausblick wie an deinem Geburtstag.

Dem achtzehnten oder siebzehnten, ich erinnere mich nicht mehr ... Ich habe eine fabelhafte Portion Linguine mit Meeresfrüchten gegessen.«

»Wirklich?« Ich stelle ihn mir vor, wie er allein im Restaurant sitzt und das Tyrrhenische Meer betrachtet und sich einen Teufel um Weihnachten schert. Und endlich bringe ich es fertig, mir zu sagen, dass ich glücklich bin: darüber, dass ich in jenem Sommer nach T gezogen bin, über all die daraus folgenden Brüche und Traumata, weil sie mir erlaubt haben, diesen Mann kennenzulernen: meinen Vater.

»Ich werde ein bisschen die Vögel beobachten, solange noch Licht ist. Auch wenn es mir ohne Valentino nicht so recht Spaß macht.«

Ich habe vergessen zu erwähnen, dass mein Sohn eine geradezu fanatische Leidenschaft für Vögel hat, die er auf geheimnisvolle Weise geerbt hat, nämlich jene, die eine Generation überspringt. Und jedes Mal, wenn er in T ist, bittet er darum, in den Park San Quintino mitgenommen zu werden, und beginnt sofort, sein Fernglas zu polieren; er gibt seinem Großvater die Befriedigung, die ich ihm nicht geben konnte.

»Heute Abend fange ich an, die Zimmer für dich und für ihn vorzubereiten, ich kann es kaum erwarten, dass ihr kommt.«

»Es sind noch zwei Tage bis dahin, Papa.«

Als ich auflege, wird mir bewusst, dass ich hier nur achtundvierzig Stunden habe und dass ich sie nicht einfach so verstreichen lassen kann. Dass es meine Pflicht ist, sie zu füllen. Ich bin diejenige, die studiert hat, all diese Bücher müssen schließlich unser Leben verbessern. Ich kehre in die Küche zurück, öffne die Schachtel mit dem Panettone, entkorke eine weitere Flasche Spumante und bringe einen Toast aus: »Auf uns und die Zukunft!«

Es klingt nicht sehr überzeugend, aber bei der zweiten Flasche fällt uns das Lachen schon leichter. Wir trinken sie aus und bleiben sitzen, schaukeln auf den Stühlen. In den Nachrichten war nicht von dir die Rede, und ich bin dankbar dafür. Uns erwartet ein langer, langweiliger Nachmittag, wir sind eher schläfrig als beschwipst. Ich stehe vom Tisch auf und sage: »Geht ins Wohnzimmer und ruht euch aus, ich räum ab.«

Sie akzeptieren, ohne zu protestieren, weil sie, das sehe ich, müde sind. Aber müde wovon, da sie nicht mehr arbeiten und, wenn ich mich so in der Wohnung umsehe, auch nicht viel vom Aufräumen halten. Ich glaube, davon, morgens aufzustehen und diese Tage zu leben. Ich beginne die Tischdecke auszuschütteln, das Geschirr abzuwaschen, und dann juckt es mich, und ich bringe auch noch den Herd auf Hochglanz. Schließlich fülle ich die Moka und stelle drei Tassen von dem guten Geschirr auf das Tablett. Als der Kaffee hochsteigt, fülle ich sie bis zum Rand und durchquere den Flur, zuversichtlich, dass diese Geste uns wieder wenigstens ein bisschen munter macht.

Stattdessen sehe ich, als ich ins Wohnzimmer komme, dass an dem mickrigen Weihnachtsbaum, den sie nur meinetwegen mit den alten Kugeln geschmückt haben, nicht einmal die Lichter brennen. Und darunter liegen unsere Geschenke, sechs kleine, zerknitterte Päckchen. Und sie fläzen auf dem Sofa, so verwahrlost, dass ich ausnahmsweise mal nicht anders kann, als dem Aussehen eine nicht unbeträchtliche Bedeutung beizumessen. Und mir ist weh ums Herz. Wegen der vertrockneten Zimmerpflanze. Wegen des Fernsehers, in dem einer dieser uralten Filme läuft, die sie immer an Weihnachten senden, wie *Eine Braut für sieben Brüder*. Wegen des DVD-Players, der unter Staubschichten begraben ist, und des Videorekorders aus unserer Kindheit, der immer noch da ist, aber ob er noch funktioniert, keine Ahnung. Was ich in Wirklichkeit sehe, auf der Schwelle des Wohnzimmers, unfähig, sie zu überschreiten, ist mein Spiegelbild im Aufzug.

Kann es sein, frage ich mich, dass das Beste schon vorbei ist?

Weil ich einen halbwüchsigen Sohn habe, der schon bald seinen eigenen Weg gehen wird und ich allein sein und abends an eine Liebe denken werde, die 2006 geendet hatte, an eine im selben Jahr verlorene Freundschaft und an die Gedichte und Romane, die ich nicht geschrieben habe, und das mit einer unsicheren Karriere, die vielleicht keine Zukunft hat?

Mein Blick fällt wieder auf den Videorekorder und verweilt auf ihm.

Ich antworte mir: Nein, verdammt.

Ich schreite über die Schwelle. Stelle mich vor das Sofa.

»Mama«, frage ich und stelle das Tablett auf das Eisentischchen, *das* Tischchen, und ich fühle ein Brennen in meinem Körper, »was würdest du dazu sagen, dass ich die VHS-Kassetten der Violaneve hole, die du in der untersten Schublade der Kommode aufbewahrst, und wir sie uns zusammen anschauen?«

Mama wird blass. Sie schaut mich an, runzelt die Stirn, die Augenbrauen, die Lider und wird zu einem Klumpen aus Runzeln und Schreck, als wäre sie hundert. »Woher weißt du ...«

»Ich hatte im Oktober deine Kamera weggeräumt, wegen des Jahreszeitenwechsels. Erinnerst du dich?«

»Du bist verrückt, wenn du denkst, man sollte dieses alte Zeug hervorkramen«, wehrt sie sich.

Niccolò beobachtet uns verwirrt, während er ein Kügelchen Haschisch zwischen Daumen und Zeigefinger weich macht. Er versteht nicht, wovon wir sprechen. Und ich denke, dass es unglaublich ist, dass ausgerechnet er, der sich nie von ihr gelöst hat, der mit vierzig immer noch bei ihr lebt, die Geschichte der Violaneve nicht kennt.

»Mama spielte in ihrer Jugend den E-Bass in einer Rockgruppe«, erkläre ich ihm, »und sie hat die Aufnahmen der Konzerte aufbewahrt.«

Er macht große Augen. Mama ringt die Hände vor Verlegenheit.

»Lass sie, wo sie sind«, beharrt sie.

Aber ich lasse mich nicht beirren. »Ich glaube, das wäre schön«, sage ich in dem Ton, den ich im Hörsaal III benutze, wenn sie mir nicht zuhören wollen, »wenn wir, anstatt den üblichen Film anzugähnen, den wir ohnehin auswendig kennen, uns heute etwas Sinnvolles anschauen.«

»Nein«, wiederholt Mama und verschränkt die Arme. Ich lese in ihrem Gesicht die Gefühle, die sich in ihr aufbäumen: Angst, Bedauern, Versuchung. Ich beobachte sie, während sie mit sich selbst kämpft, und ihre Augen werden zu Stückchen dunklen Himmels mit plötzlichen Explosionen.

»Wir sind deine Kinder«, ermutige ich sie, »und wir haben dich nie in dieser Band spielen hören. Findest du das gerecht?«

Sie sperrt sich immer noch. Aber dann breitet sie plötzlich die Arme aus.

»Na gut.« Sie steht auf, mit geradem Rücken. »Aber das Konzert will ich aussuchen.«

*

Die VHS hat einen Aufkleber, der sich an den Ecken ablöst und auf dem steht: GATTINARA, 17. AUGUST 1978. »Ich wette, dass da nichts drauf zu sehen ist«, sagt Mama, als sie sie mir gibt und sich wieder aufs Sofa setzt.

Ich schalte den Videorekorder ein und lege die Kassette ein, die sofort eingezogen wird, und bete von ganzem Herzen, dass es funktioniert.

Kurz darauf wird der schwarze Bildschirm grau und beginnt zu rauschen. Ich drehe mich lächelnd zu Mama und Niccolò um, aber sie zeigen keinerlei gefühlsmäßige oder erwartungsvolle Reaktion; er beendet seinen Joint, sie zündet sich eine Camel an. Sie sind zwei Mauern. Daraufhin zögere ich, bereue es: Was machst du da, Elisa? Das Zimmer stinkt nach Haschisch, was mich einerseits stört und andererseits an den Alfasud auf dem Ponte Morandi erinnert.

Das rote Anzeigelicht der Powertaste leuchtet nach wie vor, das alte und schwere Gerät scheint sich in Gang zu setzen, die Spulen anzunehmen, das Band zu transportieren, und ich hoffe das Beste. Ich lasse schnell die Jalousien herunter, um den Raum abzudunkeln. Das Wohnzimmer wird zu einem weihnachtlichen Behelfskino, wie diejenigen, die in den Dörfern nach Feierabend in den Mehrzwecksälen organisiert wurden. Ich nehme die Fernbedienung und setze mich neben Mama, die sich jetzt auf die Unterlippe beißt. Ich spüre ihre Anspannung.

»Man wird nichts sehen«, sagt sie, vielleicht hofft sie es.

Ich drücke auf Play, und ein gelber, dann roter Fleck erscheint, zersplittert, verschwindet. Das Schwarz, das Grau kehren zurück. Habe ich mir was vorgemacht? Ein Geräusch ertönt, wie Stimmengewirr. Nein, das analoge Kreischen kehrt zurück. Eine grüne Pfütze drängt auf den Bildschirm, versucht, Bild zu werden. Ich warte, erschauere; es sind Blätter, ja, es sind Bäume. Ich kreuze die Finger. Köpfe einer Menschenansammlung, schief aufgenommen. Dann rückt das Objektiv sich gerade, bewegt sich nicht, und wie von Zauberhand taucht endlich deutlich und scharf Mama auf.

Wären da nicht die roten Haare und die Sommersprossen, ich würde sie nicht wiedererkennen. Sie ist auf einer Bühne zusammen mit drei anderen Mädchen mit Kabeln und Verstärkern zugange. Die Kamera fährt auf sie zu, der Ton passt sich den Gestalten an, und ich erkenne die Gitarren, die klimpern, die Mikrophone, die pfeifen. Ein plötzlicher Zoom, und Mama erscheint in Großaufnahme, zwanzig und den E-Bass umgehängt.

Sie trägt einen gestreiften Rock in grellen Farben, ein dünnes, tief dekolletiertes Unterhemd, das die Schultern nackt lässt. Die Fernsehkamera fährt auf sie zu, erforscht sie, spielt mit ihr. Eine Stimme schreit aus dem Off: »Annabella, warum ziehst du so einen Flunsch! Na komm, lächle mal.«

Mama, der alten Frau neben mir, meine ich, entschlüpft ein leises Lachen. Die andere, das Mädchen in dem Video, macht eine so kindliche Grimasse, dass ich Zärtlichkeit für sie empfinde. Sie trägt einen schönen fuchsiafarbenen Lippenstift, das in der Mitte gescheitelte Haar, das bis zur Mitte des Rückens reicht, fällt zu beiden Seiten des Gesichts herab. Sie trägt ein lila Stirnband. Sie probt mit den anderen Violaneve, alle jung und frech. Die Off-Stimme schreit erneut: »Anna, schick mir einen Kuss!« Aber sie ist zu sehr damit beschäftigt, den E-Bass zu stimmen, und dreht ihm den Rücken zu. Daraufhin ist er, der wahrscheinlich ihr damaliger Freund ist, eingeschnappt und fängt an, die Menge, die sich vor der Bühne versammelt hat, aufzunehmen. Sie sind alle zwanzig, einige mit nacktem Oberkörper, mit Zigaretten und Bier in der Hand, es ähnelt mehr Woodstock als Gattinara. Doch je mehr die Kamera sich auf den Hintergrund richtet, erkennt man, dass es nur die Provinz Vercelli ist: Man sieht die Küchenzelte, die langen Holztische mit den Bänken, an denen Kinder und alte Leute Panissa essen.

Schließlich dreht Mamas Freund sich schroff zu ihr: »Seid ihr endlich fertig mit der Probe, ja oder nein?« Andere Stimmen schließen sich ihm an und rufen: »Viola-neve! Viola-neve!« Die Sonne geht unter, und auch auf dieser Seite des Bildschirms kann ich das Kribbeln der mit Feuchtigkeit und Mücken gesättigten Luft spüren, getränkt vom Schweiß der Körper und von Verlangen.

Die Violaneve nicken sich zu. Ein paar Augenblicke hört man Schreie und Lachen. Dann beginnen sie zu spielen, und sie spielen so gut, mit einer solchen Sicherheit, dass die große, aber zurechtgemachte Bühne, die da zwischen den Platanen aufgebaut worden war, sich verwandelt und zum Mittelpunkt der Welt wird.

Ich drehe mich vorsichtig zu Mama und sehe, dass sie still zu weinen angefangen hat. Auch Niccolò ist bewegt und zündet sich die x-te Zigarette an. »Bist das wirklich du?«, fragt er sie.

Mama rührt sich nicht, lässt sich nicht ablenken. Mit tränennassen Wangen deutet sie ein Lächeln an und erwidert überzeugt: »Ja, das bin ich.«

Ich muss es zur Kenntnis nehmen: Annabella Dafne Cioni ist nicht nur meine Mutter gewesen, die impulsive, unsichere, chaotische, immer zu traurige oder zu aufgedrehte Frau, die uns geliebt und unzählige Male im Stich gelassen hat. So wie ich nicht nur die Person bin, die Valentino sich vorstellt, die arbeitet und Schluss und die für ihn da ist; er weiß nichts von Beatrice, so wie ich nichts von den Violaneve wusste.

Mama ist zuallererst, und wird es vielleicht immer sein, das großartige Mädchen gewesen, das sich vor meinen Augen auf der Bühne austobt, frei unter dem weißen Lichtkegel, den Kopf wild schüttelt, lacht und eindeutig begabt ist.

Und ich, wer bin ich?

Instinktiv schiebe ich meine Hand auf dem Rücken unter den Pullover. Ich taste nach der Narbe, finde sie sofort, fahre mit der Fingerspitze über ihre ganze Länge und kehre von dem Konzert in Gattinara hier in diesem Wohnzimmer zurück, zu einem Nachmittag 1991, Mama und ich allein, bei geöffneten Fenstern.

Ich habe mich an so vieles erinnert, dass ich auch diesen letzten Kraftakt noch leisten und akzeptieren lernen kann.

Ich war an dem Tag sauer, unduldsam, hatte es satt, zu Hause zu bleiben oder krank zu sein. Woran ich mich erinnere, ist, dass ich fünf war und meine Mutter wollte. Auf ihrem Arm sein, von ihr liebkost werden, sie küssen. Ich hinderte sie am Putzen, am Fernsehen, daran, ins Bad zu gehen, an allem, weil sie bei mir bleiben sollte, immer und nur das, jede Sekunde. Deswegen quengelte ich, drückte sie, erstickte sie. Dann bekam sie einen Anruf.

Ich sehe mich selbst wieder, um eines ihrer Beine gewickelt: »Mama, Mama, Mama.« Während sie die Worte, die aus dem Hörer drangen, zu verstehen und darauf zu antworten versuchte; es war offensichtlich ein wichtiges Gespräch. Aber ich zog am Telefonkabel und rief die ganze Zeit: »Mama, Mama.« Und sie hatte aufgelegt und war blass, besorgt ins Wohnzimmer zurückgekehrt. Und ich immer hinter ihr her: »Mama, Mama.« Daraufhin hatte sie sich umgedreht. Mich angeschaut, als würde sie mich nicht erkennen. Als würde sie mich hassen. Ich hatte erneut einen Teil ihres Körpers umklammert. Und sie hatte etwas Schreckliches geschrien, an das zu erinnern mein Gedächtnis sich weigert – etwas wie: »Stirb!«, oder: »Ich werf dich jetzt aus dem Fenster!« –, meine Arme gepackt und mich heftig von sich weggeschleudert, so weit weg wie möglich, und ich war gegen die Kante des Eisentischchens geprallt.

Die Kante war spitz, scharf; sie war so tief in mein Fleisch eingedrungen, dass wir *danach* in die Notaufnahme hatten eilen müssen, wo ich genäht worden war, und später hatten wir den Teppich wegwerfen müssen, weil das Blut ihn so sehr durchtränkt hatte, dass kein Reinigungsmittel die Blutflecken herausbekommen hatte. Aber *vorher*, während die Spitze mich aufgerissen hatte und der Schmerz erst noch kommen musste, hatte ich mit weit aufgerissenen Augen entgeistert in die starren Augen meiner Mutter geschaut und darin eine abgrundtiefe Müdigkeit gelesen, eine Überdrüssigkeit mir und allem gegenüber, eine unerträgliche Gefangenschaft, ein dringendes Bedürfnis, sich zu befreien, zu fliehen, diese erschöpfte Frau loszuwerden, die es satthatte, allein zwei Kinder großzuziehen, die von den Schichten ausgelaugte Arbeiterin, die Zwangsjacke, die das Leben ihr angelegt hatte, anstatt ihr zu erlauben zu spielen.

Dann hatten ihre Lider sich geschlossen und wieder geöffnet, und mit mehreren Wimpernschlägen hatte sie das Blut, mich und den Schmerz bemerkt, der jetzt gekommen war.

»O Gott, oh Gott«, hatte sie gestammelt. »Das hab ich nicht gewollt. Das hab ich nicht absichtlich gemacht.« Sie war auf mich zugestürzt, hatte mich in die Arme genommen, mich hochgehoben und mit Küssen bedeckt. Mit den Worten »Liebling, entschuldige, entschuldige« hatte sie die Wunde mit der Hand geschlossen, mit Verbandsmull bedeckt und mich, als sie erkannt hatte, dass eine Behandlung im Badezimmer nicht reichen würde, angekleidet, in den Wagen gesetzt und ins Krankenhaus gebracht, während ich, auf dem Sitz zusammengekauert, sie immer noch ungläubig angestarrt hatte, so überrascht, dass ich Leere empfunden hatte.

Die gleiche, vor der ich den ganzen Nachmittag zu fliehen und die ich mit ihr zu füllen versucht hatte, indem ich ihre Gegenwart eingefordert hatte. Diese Leere war ins Maßlose gewachsen, zu einem Abgrund, einem freien Fall geworden. Allerdings hatten sie in der Notaufnahme einen Haufen Fragen zu diesem Unfall gestellt, unzählige Male gefragt, ob es wirklich ein Unfall gewesen sei, und ich hatte gesagt: Ja, ja, ja, weil ich die Gefahr gespürt hatte, dass sie mich von ihr trennen würden.

Es ist nicht deine Schuld gewesen, denke ich dreißig Jahre später.

Und auch nicht meine.

Es war niemandes Schuld, wir waren so allein.

»Du hast wirklich gut gespielt«, sage ich und suche ihre Hand.

Ich nehme sie, drücke sie zart, und ihre Finger reagieren, haken sich in meine, halten sie.

Niccolò nickt. »Ja, du warst sehr gut. Im Babylonia hätten sie dich gebeten, jeden Abend zu spielen.« Ich höre ein leichtes Bedauern in seiner Stimme. Aber Mama beeilt sich zu antworten: »Es ist nicht wichtig, Nic, wirklich nicht. Wir haben so viele Dinge miteinander erlebt.«

Erledigt und dankbar betrachten wir weiter diesen halb ruinierten Amateurfilm, den außer uns niemand je gesehen hat oder jemals sehen wird. Dieses Geheimnis, nur für eine Privatvorstellung im engsten Familienkreis bestimmt. Wir sind drei Fremde, die sich gegenseitig im Weg standen, sich wehgetan haben, aber jetzt sind wir hier, und ich erkenne, dass wir uns nichts zu verzeihen haben. Ich entscheide, was letztlich mehr zählt in dieser Geschichte. Und es zählt das Gute, das wir uns gegeben haben.

Ich höre Mama am E-Bass zu; es ist schade, dass sie nicht werden konnte, was sie sich gewünscht hat, vielleicht sogar berühmt. Ich hoffe, dass die Wahrheit dieses Augenblicks sie wenigstens ein wenig für die entgangenen Anerkennungen entschädigt und dass ihre Leidenschaft für den E-Bass in ihr, in einem Teil ihrer Seele, weiterbrennen möge.

Ich erkenne sie auf dem Bildschirm, während sie sich dem Mikrophon nähert und den Refrain mitsingt:

>»*How I wish, how I wish you were here.*
> *We're just two lost souls*
> *Swimming in a fish bowl,*
> *Year after year,*
> *Running over the same old ground.*
> *What have we found?*
> *The same old fears,*
> *Wish you were here.*«

Ich denke an dich, Bea.
Ich wünschte, du wärst hier.

*

Als ich die Jalousien wieder hochziehe, ist es auch draußen dunkel geworden. Biella gleicht einer kleinen Weihnachtskrippe am Fuß der Berge, und ich finde die mit normalen Zügen nicht erreichbare Insel wieder, auf der ich aufgewachsen bin, bevor ich T, Papa und Beatrice kennenlernte. Ich öffne die Fenster und lasse die frische Luft herein. Es klingelt an der Sprechanlage, und Niccolò springt auf. »Das muss Marina sein«, sagt er erleichtert und läuft zur Tür.

Ich hatte bemerkt, dass er vorhin gerötete Auge hatte. Ich glaube, er hat während der Filmvorführung heimlich geweint. Ich höre, wie die Wohnungstür sich öffnet, und denke bei mir, dass diese Marina ein ausgezeichnetes Timing hat. Sie kommt ins Wohnzimmer und stellt sich zuerst Mama und dann mir vor, ihr Haar ist fuchsiafarben, der Lippenstift schwarz, der Hals tätowiert, und sie ist über den Daumen gepeilt fünfzig. Aber ich nehme mir vor, nie mehr jemanden nach dem Äußeren zu beurteilen, nicht bevor ich die ganze Geschichte gehört habe.

Mama fragt sie, ob sie einen Kaffee oder einen Amaro möchte, und sie erwidert: »Einen Amaro, danke.« Wir trinken und plaudern über Dinge, die ich mir nicht merke, weil ich noch Pink Floyd in den Ohren, die Mücken um mich herum und den Panissa-Duft in der Nase habe, und der Amaro versetzt mir den Gnadenstoß. Nachdem Niccolò und Marina sich verabschiedet haben, um eine Runde zu drehen – am Abend des 25., keine Ahnung wohin –, ziehe ich mich ins Bad zurück, um mich abzuschminken, suche in Mamas Schrank nach etwas Bequemem, strecke mich dann auf dem Sofa aus und lege meine Füße auf ihre Knie.

Es ist schön, allein zu sein. Ich schließe die Augen und denke amüsiert, dass wir noch nicht mal die Geschenke ausgepackt haben. Was macht das schon, wir haben Besseres zu tun gehabt, und jetzt könnte ich sogar einschlafen. Wäre da nicht Mama, die, glaube ich, die wunderbare Vertrautheit zwischen uns spürt und den Mut findet, mich zu fragen: »Ich habe von Beatrices Verschwinden gehört ...«, sie zögert, »ich hoffe, dass ihr nichts passiert ist. Weißt du etwas?«

Wir hatten seit jenem Sommer nie mehr von dir gesprochen. Ich wusste, dass sie dir wie Papa begeistert im Internet folgte, es mir aber definitiv nicht erzählte.

Zu meiner Überraschung bin ich weder verärgert noch unangenehm berührt. Im Gegenteil, ich antworte fröhlich: »Was soll der denn schon passieren, Mama? Nicht mal ein Kanonenschuss würde sie umbringen. Wenn die Welt explodieren, zusammenbrechen, von einem Meteor getroffen würde, kannst du sicher sein, dass sie immer noch da wäre, in der Poleposition, unbesiegbar ...«

»Aber hast du es dir richtig angesehen«, unterbricht sie mich, »das letzte Foto, das sie veröffentlicht hat?«

»Warum?« Ich lache. »War sie nicht lockig, elegant und perfekt wie auf allen anderen?«

Mama streckt den Arm nach ihrem Handy aus und schüttelt den Kopf. »Eben nicht, meine Liebe, komm, schau es dir an.«

Ich setze mich und nähere mich. Mama öffnet deine Seite, vergrößert das Foto, das du am 9. Dezember veröffentlicht hast, und deutet mit dem Zeigefinger auf das Detail, das sie mir zeigen möchte, und ich reiße ungläubig die Augen auf, und das Lachen vergeht mir. Mir stockt der Atem. Wie kann es sein, dass ich das nicht bemerkt habe?

»Erkennst du ihn wieder?«

Hermès, Kollektion Herbst/Winter 2007. Burgunderrot. Reiner Filz. Das letzte Geburtstagsgeschenk, das ich dir in der Via Mascarella gemacht habe; natürlich erkenne ich ihn wieder. Ich erinnere mich, wie enttäuscht ich war, weil ich in meinem ganzen Leben noch nie so viel Geld ausgegeben hatte und du es nicht für nötig erachtet hast, ihn auch nur ein Mal zu tragen.

»Er ist mir sofort aufgefallen«, fährt Mama fort, »augenblicklich. Denn diesen Hut und den ganzen Auftrag von Hermès in dem Winter hatte ich ausgeführt. Ich hatte mich um jeden einzelnen Arbeitsschritt gekümmert, vom Filz bis zum Nähen.«

Ich spüre, dass sie mich aufmerksam beobachtet, um zu erkennen, was ich empfinde, daher verberge ich mein Gesicht, ohne den Blick von dem Foto abzuwenden, von dir, die du in der gewohnten Weise lächelst, so sehr im Vordergrund, dass du jeden Ort, jeden Hintergrund, jede Landschaft auslöschst, und das Burgunderrot des Hutes springt einen dermaßen an, dass ich mich frage, warum er mir nicht sofort in die Augen gestochen ist oder jedes Mal, wenn ich das Bild in den Zeitungen oder im Fernsehen gesehen habe. Ich frage mich, was ich in all den Jahren von dir gesehen habe.

»Meiner Meinung nach ist das ein Zeichen für dich, Elisa, zwangsläufig. Sie hat diesen Hut aufgesetzt, bevor sie verschwand, um dir etwas zu sagen.«

Ich hebe den Kopf zu meiner Mutter und denke, dass sie recht hat. Ich bin erschüttert, aufgewühlt, wie ich es im Gymnasium gewesen wäre, wenn Lorenzo ELISA, ICH LIEBE DICH auf eine Wand geschrieben oder mir im Radio ein Lied gewidmet hätte. Auch wenn niemand auf der Welt deine Erklärung lesen konnte, hast du sie mir zugedacht, Beatrice. Du hast sie mir in aller Öffentlichkeit gemacht.

»Reiner Filz«, wiederholt Mama, »ein super Luxushut.«
»Was ist Filz?«, frage ich sie.

Ich weiß es nicht, aber plötzlich scheint es mir wichtig, zu wissen, woraus der Hut gemacht ist, seine objektive Realität, sein Material zu kennen.

»Willst du es wirklich wissen?« Mama bricht in Gelächter aus. »Das fragt sonst nie jemand …«

»Ja«, beharre ich, »sag es mir.«

»Er ist verfilztes Kaninchenfell.«

*

Als das Telefon klingelt, und diesmal ist es meins, stehe ich ganz ruhig auf, nehme es, ohne nachzusehen, wer mich anruft, denn das muss ich nicht, und gehe in die Küche.

Ich schließe die Tür hinter mir und stelle mich an die Balkontür. Während ich die Lichter der Eisenbahn, den Hof aus Beton, meine ganze Kindheit betrachte, sage ich: »Guten Abend, Rebora.«

»Guten Abend«, erwidert er höflich. »Was haben Sie entschieden?«

Endlich fühle ich mich sicher. Ich weiß, was ich tun will. Ich folge dem letzten Methanzug, der den Bahnhof von Biella in Richtung der schwarzen und reglosen Ebene verlässt, und höre, wie meine Stimme diese Ungeheuerlichkeit äußert: »Ja, ich will sie treffen. Aber sie muss mich persönlich darum bitten.«

»Gut«, stimmt Rebori zu, »ich werde es ihr sofort ausrichten.«

Das Gespräch ist beendet. Ich bleibe an der Balkontür stehen, das Handy in der Hand. Der Himmel ist sternenklar. Ich beginne die Sterne zu zählen, komme aber nicht bis hundert. Das Telefon klingelt erneut.

»Unbekannte Nummer« erscheint auf dem Display.

Die Unbekannte bist du.

Ich stelle fest, dass du nicht gezögert hast.

Und dass ich nicht bereit bin.

Während ich den Anruf annehme und das Handy meinem Ohr nähere, bin ich vollkommen unvorbereitet darauf, wieder deine Stimme zu hören, die zu mir spricht.

»Ciao, Eli.«

Ein Schluchzer bildet sich in meinem Hals, ohne dass ich ihn daran hindern kann.

Ich halte ihn zurück. Ich erwidere: »Ciao, Bea.«

»Hör zu«, fährst du fort, und deine Stimme ist wie immer, scheint direkt aus der 9. Klasse zu kommen, aus dem Festnetztelefon meines Vaters. Aber jetzt hältst du inne, lässt dir Zeit, und das bedeutet, dass wir wirklich nicht mehr zwanzig sind.

Ich höre dich atmen, mir stockt der Atem. Ich spüre, wie schwer es dir und auch mir fällt, und das Einzige, was es mir etwas leichter macht, ist, dass du mich nicht sehen kannst, denn ich zittere.

»Hör zu«, wiederholst du, um dir mehr Sicherheit zu geben. Aber da du immer noch du bist, fängst du dich sofort, zögerst nicht länger und lässt die Bombe platzen: »Was machst du an Silvester?«

Ich sollte mich verteidigen, aber du machst mich wehrlos, noch bevor ich es bemerke. Ich bin nackt und erwidere: »Ich habe keine Pläne.«

Was im Grunde die Wahrheit ist, abgesehen von der Tombola mit Papa und Valentino, während wir darauf warten, dass es Mitternacht wird.

»Gut, dann mach ich dir einen Vorschlag: Wir treffen uns am 31. und begrüßen gemeinsam das neue Jahr, du und ich.«

Blitzartig tauchen die tausend pompösen Feste auf, die du in den vergangenen Jahren organisiert hast, in Sankt Moritz, auf den Malediven, in Beverly Hills, jede Menge Seiten in den Illustrierten in den Tagen danach, gefüllt mit deinen Kleidern, deinen Gästen, und ich muss lachen. »Du willst, dass wir den letzten Tag des Jahres gemeinsam verbringen? Machst du Witze?«

»Nein, überhaupt nicht«, kühlst du mich gereizt ab. Und die Distanz in deiner Stimme ist so groß, dass sie mich auf meinen Platz verweist, mich daran erinnert, dass du Beatrice Rossetti bist, die berühmteste Frau der Welt, und dass ich niemand bin.

»Und wo soll das Fest stattfinden?« Ich werde wieder ernst.

»In der Höhle.«

»In der Höhle?«

»Sie haben sie nie verkauft, nie leer geräumt. Sie haben nicht einmal die Siegel entfernt. Sie ist noch genau so wie 2003.«

»Dann bist du also in T?«

Sie überhört meine Frage und sagt nur: »In der Höhle um 21 Uhr.« Aber bevor sie das Gespräch beendet, fügt sie noch schnell hinzu: »Ich freue mich, dich wiederzusehen.«

Ich stehe da, das Handy in der Hand, sehe es an und sage mir: Bravo, Elisa, gratuliere. Mehr als zehn Jahre kämpfst du gegen sie, führst über mehr als vierhundert Seiten Nahkampf mit ihrem Gespenst, und dann? Kapitulierst du so schnell?

Ja, hast du zu ihr gesagt, sofort, als hättest du auf nichts anderes gewartet. Aber müsstest du dich nicht rächen? Ihr die Rechnung präsentieren?

Ich lege das Handy auf den Tisch, ich habe keine Lust, zu Hause zu bleiben. Die Worte »Ich freue mich, dich wiederzusehen« kribbeln in meiner Brust, wandern im ganzen Körper umher. Es ist ein schmerzvolles, aber schönes Kitzeln.

Ich kann es nicht leugnen: Ich bin glücklich. Schluss damit, sich zu verstellen. Wer von uns beiden hat in diesen dreizehn Jahren mehr gespielt? Es interessiert mich nicht, das ist kein Wettstreit. Ich weiß nur, dass mir nicht danach zumute ist, den Tisch zu decken, zu kochen, abzuwaschen. Ich gehe ins Wohnzimmer und schlage Mama vor: »Fahren wir ins Lucciola und essen eine Pizza?«

Sie lächelt, und für einen Augenblick ist sie wieder die junge Frau, die mich als Kind samstagabends in die Pizzeria mitnahm, und die Illusion genügt mir. Wie ziehen uns an, schminken uns und schlüpfen in Stöckelschuhe, als gingen wir wer weiß wohin. Dann steigen wir ins Auto, und diesmal fahre ich.

Denn jetzt bin ich erwachsen.

31

Wiederannäherungsübungen

Der Meeresarm, der das Festland von der Insel in diesem Küstenabschnitt trennt, ist großartig und blendend, als wäre er gerade erst geschaffen worden.

Das Blau des Wassers wirkt dunkel wegen der Tiefe, wird aber von der Sonne bestickt, die auf die Oberfläche brennt und sie mit Licht bespritzt. Darüber blicken die Vorgebirge von Elba und des Kontinents sich an, so nah, dass es nicht viel bräuchte, um sie zu verbinden. Ich beuge mich über die Brüstung, wie viele Kilometer mögen es sein? Drei, vier? Es ist die lächerliche, unüberwindliche Distanz, die das Leben, das du hast, von dem trennt, das du dir wünschst.

Ich sitze auf der Piazza A und fühle mich in der Schwebe zwischen dem, was ich bis jetzt geschrieben habe, und der Zukunft. Es ist neun Uhr morgens am 31. Dezember, dem letzten Tag dieses Jahres und, wie mir scheint, der ganzen Vergangenheit. Valentino ist früh aufgewacht, er hat darauf bestanden, dass wir alle drei in der Bar frühstücken, »dieses eine Mal«. Ich habe es nicht fertiggebracht, nein zu sagen, aber ich habe gleich bemerkt: »Vorher muss ich noch was erledigen, ich komme später nach.« Er setzte sich aufs Fahrrad, um zu seinem Vater zu fahren, und ich ging zu Fuß los, mit einem leichten Schuldgefühl.

Denn das, was ich zu »erledigen« hatte, war nichts anderes, als mich hier hinzusetzen, auf eine der Bänke für Verliebte, die mich im Gymnasium so geärgert hatten, und den Kanal und die Schiffe, die ihn durchqueren, zu betrachten. Zuzulassen, dass mir die Etrusker, Homer und die Mythen wieder in den Sinn kommen, die die Marchi uns in der Stunde der Epik erklärte, und die Nachmittage, an denen ich sie auf dem Bett mit Beatrice wiederholte.

Erwachsen werden ist ein Verrat, ich wiederhole es.

Es fällt mir schwer, mich von dem Anblick zu lösen. Ich gehe über den Platz und den Corso Italia entlang. Jede Gasse mit dem Meer dahinter, jedes hochgezogene Rollgitter, jedes Schild erinnert mich an das Wir, das wir waren. Als ich die Tür der Bar Corallo öffne, die wir als Treffpunkt ausgemacht haben, ist der erste Tisch, auf den mein Blick fällt, der unbesetzte, an den wir uns, den Vorhersagen Beas zufolge, die noch nicht berühmt war und gern angab und deren Managerin ich werden sollte, hätten setzen sollen, um Champagnerflaschen mit dem Säbel zu köpfen. Erst auf den zweiten Blick bemerke ich Lorenzo und Valentino, die mich begrüßen und anlächeln.

»Wie gut, dass du deinen Vater selten sehen wolltest«, beginne ich scherzhaft und setze mich ihnen gegenüber. Ich beuge mich vor, um Valentino zu küssen, aber er weicht mir aus, denn er mag es nicht vor Lorenzo.

Der ist immer wie aus dem Ei gepellt: Wolljacke, Samthemd zur Jeans; höflich. Er schiebt die Hände nach vorn. »Du hast ihm gefehlt, auch wenn er es nicht zugeben will. Hat er dir erzählt, dass wir eine Bootsfahrt gemacht haben?«

Ich bin nie elegant, aber immer höflich. »Ja, er hat es mir erzählt, er war ganz begeistert.« Ich sollte uns beglückwünschen zu den besonnenen und diplomatischen Eltern, zu denen wir geworden sind, wäre da nicht ein Dämon in mir an diesem Morgen imstande, eine Flasche Wodka zu kaufen und ihm vorzuschlagen, sie unter der Eiche zu trinken.

Valentino schaut mich an. »Jedenfalls kannst du dich nicht beklagen, Mama. In der Woche vor Weihnachten war der Kühlschrank leer, die Wohnung ein Schweinestall, und du hast nichts anderes gemacht, als zu schreiben, immerzu nur zu schreiben. Sogar nachts hab ich dich in die Tasten hauen gehört. Ich hätte in das Konzert von Massimo Pericolo gehen und um sechs Uhr morgens nach Hause kommen können, und du hättest nichts mitbekommen.«

»Ach ja?«, sagt Lorenzo amüsiert. »Dann stimmt es also, dass du etwas vor uns verbirgst. Ich hatte es sofort begriffen an dem Abend bei dir …«

Ich erstarre. Ich weiß nicht, wie ich die Andeutungen abwehren kann, daher drehe ich mich zum Tresen. »Was nehmt ihr?«

Ich stehe auf und fliehe an die Kuchenauslage. Hinter meinem Rücken höre ich ihre Bestellungen, vermischt mit Gelächter und Vermutungen darüber, was in meinem Computer stecken könnte. Ich starre auf die Croissants, die Crostate. Ich denke über Valentinos Stimme vor nicht allzu langer Zeit nach; es lag kein Vorwurf darin, aber eine Spitze, die mich doch getroffen hat. »Du hast mich vernachlässigt«, hatte er zu mir gesagt und das auch durchaus so gemeint. Dabei ist er beinahe dreizehn, keineswegs fünf, und hört jemanden, der Pericolo heißt. Aber so sind Kinder: Sie müssen gehen, sich entfernen, während du es nicht kannst, nicht einmal einen Millimeter.

Der Barmann nähert sich, ich deute auf die Brioches und füge zwei Espressi und einen frisch gepressten Saft hinzu. Mir wird bewusst, dass ich meinen Sohn in den letzten zehn Tagen zum ersten Mal nicht über mich selbst gestellt habe. Ich hatte anderes zu tun, Wichtigeres. Und dass es *wichtiger* für mich war, klingt wie eine Ungeheuerlichkeit für mich.

Ich muss wieder an die VHS der Violaneve denken, sehe wieder, wie sie auf der Bühne alles geben.

Und wie oft frage ich mich, habe ich, auch wenn ich nicht so weit gegangen bin, ihn gegen eine Kante zu schleudern, Unduldsamkeit, ja sogar Wut Valentino gegenüber verspürt? Weil ich das Gefühl hatte, zu ersticken, im Zaum gehalten zu werden? Weil ich verzichten musste? Worauf?

Ich nehme das Tablett und ermesse, wie viel Angst ich vor der Antwort habe.

*

Nach dem Frühstück schlägt Lorenzo vor, einen Spaziergang zu machen. »Es ist ein zu schöner Tag, um das nicht auszunutzen.« Er überrumpelt mich, und ich kann mich, wie ein paar Stunden vorher meinem Sohn gegenüber, nicht herausreden. Ich lasse mich von ihnen auf den Corso führen, den wir nebeneinander entlanggehen, als wären wir eine echte Familie mit allem, was dazugehört, was wir natürlich nicht sind, und hin und wieder erkennt uns jemand und wirft uns einen bösen Blick zu, denn es ist immer noch ein Skandal, in keine Schublade zu passen.

Wir begeben uns in die Gässchen hinein. Ich verlangsame den Schritt, um die steinernen Häuser der Fischer zu betrachten, die mich bei meiner Ankunft in T elektrisiert hatten. Die Balkons, wo Jeans, Socken und Laken wie Fahnen flattern; Kinder, die dicht gedrängt auf Terrassen zu fünft um ein Handy spielen. Ich bleibe zurück. Und als ich den Blick wieder der Gasse zuwende, sind Valentino und Lorenzo schon weit vor mir. Sie scheinen sich sehr zu ähneln.

Die blonde Haarfarbe ist die gleiche, und auch die Größe, die breiten Schultern, der Gang. Ich erkenne die Affinität zwischen ihnen, die Komplizenschaft zwischen den Männern. Ich fühle mich nicht ausgeschlossen. Lorenzo ist der schöne Vater, der in Paris lebt, präsent, wenn auch fern, leicht zu idealisieren. Ich bin die nervige Mutter, der man immer gehorchen muss. Die seine Schnuten ertragen, Schimpfworte und Türenschlagen einstecken muss. Aber wenn ich mich mit seinen Augen sehe, muss ich lachen. Wie oft täuschst du dich in mir, möchte ich ihm sagen.

Wir finden uns auf der Piazza Marina wieder. Als mir das klar wird, drehe ich mich zur Pascoli um, ich hatte schon gefürchtet, sie verloren zu haben. Aber sie ist immer noch da, eine Ruine, der die Unbilden des Wetters und das Leerstehen ziemlich zugesetzt haben. Lorenzo deutet darauf und bricht in Gelächter aus: »Elisa, erinnerst du dich?«

Was für eine Frage. Ich antworte mit einer Grimasse.

»Mir ist, als sähe ich immer noch deinen Quartz mit dem Mittelfinger auf dem Rücklicht.«

Ich betrachte die Trostlosigkeit des Parkplatzes für die Motorroller, und gegen meinen Willen macht es mich schwermütig. Valentino macht sich über uns lustig, er weiß nicht mal, was ein Quartz ist. Er kann sich uns nicht als Jugendliche in dieser Schule vorstellen. Auch wenn wir nur etwas über dreißig sind, sind wir für ihn zwei Überbleibsel aus dem vorigen Jahrhundert, die nichts begreifen. Jetzt geht er zu dem kleinen Hafen und lässt uns allein. Ich hebe den Kopf und betrachte eins nach dem anderen die Fenster des Gymnasiums im ersten Stock, auf der Suche nach unserem Klassenzimmer.

Ich kann mich nicht beherrschen und sage zu Lorenzo: »Ich bin keine Schriftstellerin geworden, das stimmt. Aber vielleicht, wer weiß?« Ich verspüre einen Schauer, weil ich mich ziemlich vorwage. »*Vielleicht* habe ich ja etwas geschrieben.«

»Etwas?«, fragt er und kommt näher. »Meinst du den Roman, den du immer schreiben wolltest?«

Er steht ganz nah vor mir, aber ich trete nicht zurück. In all diesen Jahren habe ich mir jede Vertraulichkeit mit ihm verboten, habe nie die Kontrolle über die zu wahrende Distanz gelockert. Nur dass ich das jetzt nicht mehr will, es nicht mehr brauche.

»›Roman‹ ist ein großes Wort. Sagen wir, ich habe meinem Herzen Luft gemacht, das ja, und das Schreiben ist eine Befreiung gewesen.«

»Wovon?«

Ich zögere, weil ich mir nicht ganz sicher bin. Wir drehen uns um, um zu sehen, wo Lorenzo ist; auf einer Bank sitzend, hantiert er mit Netzen herum, versucht einen Fischer in ein Gespräch zu verwickeln. Ich gehe zu ihm hinunter, Lorenzo folgt mir. Es ist ein Feiertag, der letzte des Jahres 2019, und der Hafen füllt sich allmählich mit Menschen, die in der Sonne spazieren gehen wie wir. Der Fischer schickt Valentino nicht weg, im Gegenteil, er lädt ihn ein, auf sein Boot zu kommen, zeigt ihm die Gerätschaften seines Berufs. Ich beschließe, ihn nicht zu rufen.

Stattdessen beobachte ich die Menschen, wie sie unbeschwert und ruhig spazieren, die Jacke um die Taille gebunden oder über der Schulter, denn die Luft ist trotz des Winters mild, bis ich eine mir vertraute braunhaarige, sehr große Gestalt auszumachen glaube. Ich bleibe stehen. Während sie näher kommt, wird mir klar, dass ich sie kenne. Er hat sich einen Bart wachsen lassen und hält an einer Hand eine junge Frau und schiebt mit der anderen einen Buggy mit einem etwa zweijährigen Mädchen, und neben ihm hüpft ein weiteres, nicht sehr großes Kind.

Instinktiv winke ich. »Gabriele!«

Er bleibt ebenfalls stehen und kneift die Augen zusammen. Dann erkennt er mich und erwidert mein Lächeln. Vielleicht sollte ich es dir nicht sagen, aber ich freue mich, dass er immer noch so fröhlich und unbeschwert ist, wie ich mich an ihn erinnere, und dass er eine Familie gegründet hat; dass das Leben weitergegangen ist, Bea, auch ohne dich.

Wir umarmen uns.

»Elisa, du siehst immer noch so aus wie früher.«

»Du hast dich auch überhaupt nicht verändert.«

Wir lügen, denn aus der Nähe ist nicht zu übersehen, dass wir nicht mehr die Dummerchen von damals sind. Lorenzo kommt zu uns, sie klopfen sich freundschaftlich auf die Schulter. Gabriele stellt uns Gisella, seine Frau, vor. Seine Kinder, ich erinnere mich nicht, wie sie heißen, ähneln ihm sehr. Er erzählt uns, dass er jetzt in der Coop arbeitet, dass er immer noch in der Altstadt wohnt, »aber nicht mehr an der Piazza Padella«, und er wirft mir einen langen, vielsagenden Blick zu. Schalkhaft, aber sauber, vollkommen frei von Beschuldigungen, Bedauern.

Er ist über dich hinweggekommen, Bea. Das habe ich sofort begriffen. Wir erwähnen dich nicht, es hätte keinen Sinn. Wir sind hier, in unseren normalen Leben, und sagen uns, dass wir es auf die eine oder andere Weise geschafft haben. Wir sprechen über Darlehen, Ferien, Kinder. Was weißt du von diesen Dingen? Was weiß das Model mit der Wasserwelle davon, das vor ein paar Tagen im Fernsehen von dir sprach und so tat, als hättest du ihm das Herz gebrochen? Wir bleiben noch eine Weile im Hafen. Ich zeige ihm Valentino in der Ferne, der in der Zwischenzeit mit anderen Fischern neugierig auf ein Boot geklettert ist und mir wie ein junger Odysseus vorkommt.

Ich denke, dass Gabriele ein Zeichen sein muss. Denn all die Male, wenn ich nach T zurückgekehrt bin, bin ich ihm nie begegnet. All die Male vor diesem einen habe ich die Piazza Marina und den Corso wohlweislich gemieden, weil ich nicht den Mut hatte, mich an dich zu erinnern.

Ich blicke mich um; die Sonne steht hoch, die Altstadt leuchtet über dem Meer, und die sonnenbeschienene Pascoli wirkt beinahe, als wäre sie neu gestrichen. Und es stimmt, ein Teil von mir hat sie nie verlassen. Aber ich spüre, dass der Augenblick gekommen ist, sich zu ändern.

*

Später schlendern Lorenzo und ich zwischen den Booten und den Katzen umher, die auf Deck vor sich hin dösen, häufig schweigend oder über Valentino plaudernd, während er sich gar nicht um uns kümmert und immer wieder aus unserem Blickfeld verschwindet.
Wir lassen ihn gehen.
Ich verweile zwischen den Molen, obwohl Mittag ist und Papa uns zum Mittagessen erwartet, obwohl mit Lorenzo spazieren zu gehen merkwürdig ist und ich mich unbehaglich fühle, weil ich keine Lust habe, nach Hause zurückzukehren. Ich fürchte, dass die Zeit in meinem alten Zimmer stehengeblieben ist. Dass ich mich verhaspele, während ich auf einundzwanzig Uhr warte.
Ich habe panische Angst vor der Zeit nach dem Mittagessen, vor dem Nachmittag, davor, vor dem Kleiderschrank zu stehen und nicht zu wissen, was ich anziehen soll. Was für eine Kleidung soll ich wählen, um die Königin des Stils zu treffen? Wie kannst du ihr gegenübertreten? In Hosen, im Rock? Ich sollte mir vielleicht in letzter Minute ein Kleid kaufen, etwas Elegantes. Ja, dann kann sie denken: Sieh an, sie hat ein Etuikleid mit Pailletten gewählt, das gar nicht zu ihr passt, weil sie unsicher ist. Oder soll ich mich anziehen wie immer? Aber wie kann man nach zwanzig Jahren immer noch die gleichen Pullover tragen? Ich verfluche dieses Gerede über die Mode, weil die Kleidung mich weder enthüllt noch erklärt. Ich sollte nur über mich schreiben, nicht mich kleiden.
Über uns, auf der Straße, fährt ein Auto mit übertrieben lauter Stereoanlage vorbei und hält an einer Ampel. Aus dem halb offenen Wagenfenster höre ich deutlich eine Strophe von »Sally«, und das nimmt mir meine Angst.
Ich sehe Lorenzo an und erkenne, dass wir das Gleiche gedacht haben, weil er mich einen Augenblick später fragt: »Vielleicht können sich nach dem Tod die Versprechen auflösen. Was meinst du?«
»Welche Versprechen?« Ich gehe weiter.

»Christian. Erinnerst du dich, als er mit deiner Mutter in die Via Mascarella gekommen ist und ich ihm angeboten habe, mit ihm nach Zocca zu fahren, um Vasco Rossi zu suchen?«

Ich bleibe stehen. »Natürlich, der Abend, an dem ich wütend geworden bin. Am nächsten Morgen seid ihr losgefahren, aber Mama und ich hatten genug mit unseren Konflikten zu tun und haben nicht nachgefragt.«

Lorenzo lächelt. Leider ist er immer noch schön, und die Schönheit ist eine Lüge, der man nicht entrinnen kann. »Willst du wissen, wie es gelaufen ist?«

»Ihr habt ihn doch nicht wirklich getroffen?«

»Wir haben Zocca Zentimeter für Zentimeter durchkämmt, es ist zwar keine Großstadt, aber eine gute Stunde hat es uns doch gekostet, und Christian ...«

»Nenn ihn Carmelo.«

»Und Carmelo fragte jeden: ›Wo wohnt Vasco? In welcher Bar verkehrt Vasco?‹ Es war klar, dass wir ihn nicht treffen würden. Aber, ich schwör dir, bevor wir in den Wagen gestiegen sind, um nach Hause zu fahren, haben wir ihn gesehen.«

»Machst du Witze?«

»Dann würde ich es dir nicht erzählen nach so vielen Jahren. Er ist, keine Ahnung woher, aufgetaucht und hat den Parkplatz überquert, wie eine Erscheinung. Und ich, ich schwör's dir, habe noch nie einen Mann gesehen, der so gerührt war. Carmelo hat ihn umarmt, hat irgendwas zu ihm gesagt und ihm die Hand geschüttelt. Ich habe mich im Hintergrund gehalten, weil es eine zu intime Szene war. Und als wir dann im Wagen saßen, hat er mir gestanden, dass das ein so großes Geschenk gewesen sei, dass er in ebendiesem Augenblick ruhig sterben könnte. Ich glaube, er wusste bereits, dass er krank war. Und ich musste ihm versprechen, es niemandem zu sagen, denn eine so wichtige Sache konnte nur geheim bleiben.«

Ich würde Lorenzo gern umarmen, auch wenn es verrückt wäre. Aber ich nehme seine Hand. Er schaut mich an. Ich denke, dass es in gewisser Weise absurd ist. Wir haben einen Sohn, wir haben unter der Eiche unsere Jungfräulichkeit verloren, und er wollte in den Kreißsaal mitkommen und meinen Kopf halten. Aber jetzt ziehe ich meine Hand zurück, weil wir verlegen sind.

»Hör zu, warum trinken wir dieser Tage nicht mal einen Kaffee zusammen? Du und ich allein, und du erzählst mir, was du geschrieben hast?«

Früher hätte ich gar nicht darüber nachgedacht, ich hätte sofort nein gesagt. Ich muss arbeiten, ich muss meinen Vater zu einer Untersuchung fahren. Jetzt aber denke ich weniger als eine Sekunde nach und sage: »Okay. Aber vorher musst du mir einen Gefallen tun.«

Lorenzo nickt. »Alles, was du willst.«

»Du müsstest den heutigen Abend mit Valentino verbringen. Und auch mit meinem Vater, falls es dir nichts ausmacht, damit er nicht allein ist.«

Er sieht mich so überrascht an, dass er nicht antwortet.

»Könnt ihr Silvester zusammen verbringen?«, beharre ich.

»Ja, ich hätte zu einem Abendessen gehen sollen, aber das kann ich absagen, das ist kein Problem. Was musst du machen?«

Ich spüre einen Adrenalinstoß, als hätte ich einen Diebstahl, eine Flucht, eine Revolution vor.

»Das kann ich dir nicht sagen. Es ist ein Geheimnis.«

32

Freundinnen für immer

Wir hatten die Höhle zufällig entdeckt, als wir heimlich spazieren gingen, dicht an den Hecken der Via dei Lecci entlang, an einem Nachmittag, an dem Bea nicht die Erlaubnis bekommen hatte, mit dem Motorroller herumzufahren – eine Strategie der Mutter, um sie daran zu hindern, zu mir zu kommen.

An dem Tag hatte ich zwei Straßen entfernt geparkt, um sicher zu sein, dass der Quartz nicht gesehen würde, und sie hatte den Vorwand des Joggens benutzt, um nach draußen schlüpfen zu können. Wir hatten die letzten fertigen Reihenhäuser hinter uns gelassen und kamen zu etwa zehn im Bau befindlichen Häusern, ein leeres Viereck aus Gestrüpp mit einer Betonmischmaschine in der Mitte.

Und dann hatten wir es gesehen: halb verborgen von der Baustelle, ein altes, freistehendes Haus, mit der Via dei Lecci durch einen schmalen Weg verbunden. Instinktiv waren wir ihn entlanggegangen, ohne uns abzusprechen. Als wir angekommen waren, hatten wir uns auf die Zehenspitzen gestellt und über die Einzäunung hinweg den Garten bewundert, der der reinste Dschungel war, und die mit Siegeln versperrte Tür.

Dass wir hineingehen mussten, war uns sofort klar. Unsere Freundschaft entwickelte sich damals – im Spätfrühling 2002 – gerade und war begierig darauf, zu erobern. Allerdings hatte Bea vorgeschlagen, Gabriele anzurufen, und alles ruiniert.

Sie sahen sich weniger, seit es Gin schlecht ging, und eine Höhle in der Gegend wäre ihnen sehr gelegen gekommen. Aber ich konnte nicht zulassen, dass jemand anders ein Versteck mit *meiner* Freundin teilte, und hatte ihr eine Szene gemacht. »Ruf ihn nicht an«, hatte ich von ihr verlangt. »Es soll unser Geheimnis sein, andernfalls bedeutet es das unwiderrufliche Ende unserer Freundschaft.« Sie, ich erinnere mich gut, hatte mit sadistischer Genugtuung gelächelt. »Und was gibst du mir dafür?«

Ich hatte nachgedacht und ihr feierlich geantwortet: »Ich steige als Erste hinüber.« Ich hatte noch eins draufgelegt: »Ich schlage mit einem Stein eine Scheibe ein und klettere durch das Fenster.« »Wenn wir beschließen einzuziehen«, hatte ich im letzten Moment hinzugefügt, weil ich sah, dass sie noch nicht überzeugt war, »mache ich sauber.«

Erst jetzt, als ich mit den Scheinwerfern des Peugeots die Reihenhäuser anstrahle, die, alle gleich, in Dunkelheit gehüllt und schon gealtert sind, obwohl sie in etwa unser Alter haben, wird mir bewusst, dass die Tatsache, mich in dieses Haus zu wagen, mit dem Kopf gegen Spinnweben zu stoßen und mir das Herz bei jedem Knarren in die Hose rutschen zu lassen, der schamloseste Liebesakt war, den ich je in meinem Leben vollzogen habe.

Ich fahre in den schmalen Weg, verringere die Geschwindigkeit, um den Schlaglöchern auszuweichen, und schalte die Scheinwerfer aus, weil mir einfällt, jemand könnte mich bemerken; eine kindische Albernheit, ich weiß, aber von Gewissenhaftigkeit diktiert. Ich parke vor dem Gittertor und finde nicht den Mut, den Motor abzustellen.

Die Höhle liegt reglos da, in tiefer Stille. Ich kann nicht glauben, dass die ganze Welt dich sucht und du wirklich hier bist.

Ich denke an einen Scherz, wie damals mit der Jeans; es wäre dir zuzutrauen. Der Mond ist eine schmale Sichel und beleuchtet weder die Landschaft noch das Haus. Ich betrachte aufmerksam die Mauern, die Fenster, bis ich in der Nähe der Fensterflügel gelbe Lichtsplitter bemerke; ein Zeichen, dass dort drinnen Lampen, Kerzen sind. Dass du da bist.

Ich drehe den Schlüssel, und der Motor verstummt. Ich starre in die Leere vor der Windschutzscheibe und sage zu ihr: »Ciao, Bea.« Es klingt irgendwie ernst, traurig. Das Komma markiert eine zu deutliche Pause, das passt nicht. Du darfst nicht sofort erkennen, dass ich in kriegerischer Absicht gekommen bin.

»Ciao, Bea!« Ich probiere es erneut, und diesmal lächele ich zu sehr, das Ausrufezeichen klingt übertrieben. Ich habe noch nie spielen können, wenn es nötig war. Ich mache noch ein paar weitere Versuche und füge den Satz hinzu, den ich seit Tagen oder, besser, seit Jahren mit Bedacht für dich aufgespart habe. Aber inzwischen ist es 20 Uhr 57, Schluss jetzt mit den Dummheiten. Ich schalte das Licht über dem Armaturenbrett ein und werfe einen letzten Blick in den Rückspiegel; ich habe Augenbrauenstift und Wimperntusche benutzt, ich habe sogar etwas Lidschatten aufgetragen, wie du es mir gezeigt hast. Ich habe mich in meinem ganzen Leben nie viel geschminkt.

Ich steige aus. Eine eisige Windbö lässt mich erschauern. In der Hand halte ich zwei Einkaufstüten, eine mit dem besten Spumante, den ich im Rahmen meines Budgets finden konnte, in der anderen Backwaren, mit einer Mischung aus Minipizzas und Salzgebäck, wie das, das ich immer für Valentinos Geburtstagfeiern bestelle.

Das Gittertor ist offen, ich gehe hindurch. Ich höre meine Schritte auf dem schmalen Weg, dieselben, die vielleicht auch du hörst. Ich erreiche die Tür, die uns trennt, und mir kommen Zweifel: dass die Minipizzas als Abendessen ein wenig lächerlich sind, dass der Cuvée Brut nicht gerade das Nonplusultra ist, verglichen mit dem, den du zu trinken gewohnt bist.

Ich vergegenwärtige mir noch mal, wie ich gekleidet bin: ausgeschnittener schwarzer Pullover, eng anliegende Jeans. Ich betrachte die roten Schuhe, die einzigen mit einem anständigen Absatz, die ich besitze. Letzten Endes habe ich meine Ambitionen so weit wie möglich heruntergeschraubt und mich auf eine einzige beschränkt: dich nicht auf den ersten Blick an die Marchi zu erinnern. In der Sorge, dich zu enttäuschen, dich zu provozieren. Mit einem Mal habe ich Angst. Vor dir, vor der Realität. Aber ich hasse dich auch, so sehr, dass ich es dir ins Gesicht sagen will: Du bist nur Schein, Bea, ein Berg.

Ich klopfe und warte.

*

Die Tür ist dünn, ich müsste dich hören, während du dich näherst, irgendeine Bewegung von dir wahrnehmen, aber nichts. Ich blicke mich um, um mir das Warten zu verkürzen und die mit diesem Ort verbundenen Erinnerungen in der Dunkelheit wieder aufleben zu lassen. Der Mistral, der in den Zweigen pfeift, der Geruch nach Wildheit und Rost erinnern mich an dich, als ich dich zum letzten Mal hier gesehen habe. In Jogginganzug und Turnschuhen, ungeschminkt, mit dem einen weißen Haar, gezeichnet vom Schmerz wegen der Krankheit deiner Mutter. Und mein Herz schlägt unregelmäßig.

Du bist seit fast einem Monat verschwunden, wofür es zwangsläufig einen tragischen Grund geben muss: Depression, Drogen, eine furchtbare Diagnose. Ich denke, dass ich dich im Grunde immer noch gernhabe. Dass ich über die Instrumente verfüge – die Literatur, nicht den Flitter –, um dir wirklich zu helfen. Ich fühle mich stärker. Ich mache diesen schweren, wirklich schlimmen Fehler.

Die Tür öffnet sich unerwartet, und wer mir öffnet, das bist nicht du.

Es ist Beatrice Rossetti.

Und das reicht nicht: Die reale Person mir gegenüber, die mich um gut zwanzig Zentimeter überragt und strahlt, ist nicht irgendeine Rossetti, sondern ihre beste Version, diejenige der Met-Gala, von Cannes, die der großen Anlässe. Und nicht als Foto, in echt. In Lebensgröße. Ich spüre, wie ich schrumpfe, überwältigt, vollkommen unvorbereitet auf den Anblick der langen Wimpern, die schlagen, der Gesichtsmuskeln, die sich zusammenziehen, des Mundes, der die Starrheit des Lächelns aufbricht, während ihre Stimme ertönt: »Elisa, wie schön, dich wiederzusehen!«

Es fällt mir schwer, ruhig zu bleiben.

Meine Hände umklammern die Einkaufstüten.

Beatrices Ton wird sanfter: »Komm rein, nicht dass du frierst.«

Ich trete ein und schließe die Tür. Als ich in den Raum gehe, den ich als die Küche wiedererkenne, habe ich das Gefühl, auf diesen Trittbrettern mit Rollen in den Spukhäusern der Vergnügungsparks zu gehen und wegzurutschen. Ich nehme ein diffuses Licht wahr, eine Wärme, die mich nicht wärmt, aber die Details bleiben undeutlich, weil mein Blick auf sie fixiert ist.

Von Jogginganzug und Leid, von Depression keine Spur. Du hattest es insgeheim gehofft, hm, Elisa? Sie hat dich mal wieder ganz schön angeschmiert. Zum x-ten Mal.

Auch sie beobachtet mich. Sie sieht mich wieder mit ihrem alten unergründlichen Lächeln an. Ich sollte etwas sagen, glaube ich, eine Bewegung machen, um mich zu befreien. Aber ich kann es nicht, ich bin wie gelähmt. Live habe ich ein solches Schauspiel noch nicht erlebt.

*

Jetzt sage ich euch, wie sie gekleidet ist. Besser, wie sie sich verborgen hat. Oder offenbart. Wie diese unwiderstehlichen Blumen, die im Frühling explodieren. Oder die wilden Tiere, die plötzlich ihre Krallen ausfahren, ihre Fangzähne zeigen, das Fell sträuben, den Schwanz heben. Und ich kann nicht erkennen, ob es sich um Schönheit oder Gewalt handelt.

Die Kaskade brauner Locken fällt auf ihre Schultern und den vollkommen nackten Rücken. Denn die Rossetti friert nie, nicht einmal in einem verlassenen Haus mitten im Winter; und während ich den Mantel fester um mich ziehe, sind ihre Arme ganz locker und entspannt, einer hängt an ihrem Körper herunter, den anderen stützt sie auf das Sofa, in einer teils spontanen, teils einstudierten Pose. Die einer Diva jedenfalls.

Ihr Gesicht ist ein Kunstwerk. Von Schminke zu sprechen wäre eine Untertreibung. Es wirkt wie eine der spektakulärsten Masken Venedigs, eine überaus feine Porzellanpuppe, das magische Geschöpf, das früher immer wieder in ihr aufblitzte, ist jetzt ein strahlendes Licht, das blendet. Goldener Lidschatten. Diamantenstaub auf den Wangenknochen. Scharlachroter Lippenstift. In einem Kontrast von Licht und Schatten, von Anmut und Macht, der mich nur an literarische Heldinnen erinnert, die nicht existieren.

Und dann das Kleid. Was für ein Kleid. Wie soll ich es beschreiben? Es scheint aus von Sonne und Wasser in Brand gesetzten Meerjungfrauenschuppen zu bestehen, auf die Haut gestickt wie eine zweite Haut und aus dem gleichen schrecklichen Smaragdgrün wie die Augen. Ein Schlitz entblößt ihr linkes Bein vom Knöchel bis zur Leiste. Eine Andeutung von Schleppe verlängert ihre extrem große Gestalt.

Wenn wir uns auf einem roten Teppich befänden, wäre sie reinste Übertreibung. Erst recht hier in der Höhle. Und die Schuhe sind aus Kristall. Natürlich nicht wirklich, aber sie wirken so mit dem Pfennigabsatz, der dreimal so hoch ist wie meiner, sodass sie jene tödlichste Version von Aschenputtel auf dem Ball ist, während ich mit meinem mittelhohen Absatz die kleine Dorothy Gale bin, die vom Wirbelsturm hinweggefegt wird.

»Bemerkenswert, hm? Ich weiß. Es ist schade, es nicht in den sozialen Medien zu posten, es würde zwischen drei und vier Millionen Likes bekommen. Ihr Lächeln wird noch unergründlicher, ich habe das Gefühl, all ihre schneeweißen Zähne blitzen zu sehen. »Aber ich habe es nicht für die anderen gewählt, ich hab es für dich angezogen.«

Ich zwinge mich zu einer Geste, irgendeiner.

Ich bemerke, dass ich immer noch den Mantel anhabe und die Einkaufstausche in der Hand, und versuche, einen Platz zu finden, wo ich sie abstellen kann. Aber sie kommt mir zuvor. »Du kannst sie auf den Tisch stellen, danke.« Ihr freundlicher Reibeisenton verletzt mich.

Sie hat wahrscheinlich ein Jahresgehalt von mir am Leib, und ich habe noch kein Wort herausgebracht. Du unterrichtest an der Uni, sage ich mir, du kannst nicht nachgeben, ohne gekämpft zu haben. Ich stelle den Wein auf den Tisch und den Karton mit den Minipizzas, die, jetzt, wo ich darüber nachdenke, die gleiche Schnapsidee sind, die mein Vater für unseren ersten, bereits komplizierten Nachmittagssnack gehabt hatte. Ich ziehe den Mantel aus und sage, jede Silbe betonend: »Du bist sehr schön, Bea. Aber du weißt, es sind andere Dinge, die für mich wichtig sind, nicht die Kleider.«

Ihr Lächeln fängt Feuer. »Aber du hast dir für heute Abend ganz schön Mühe gegeben. Du hast sogar Lidschatten auf die Innenseite der Lider aufgetragen. Wie ich es dir damals gezeigt habe, erinnerst du dich? Als du heimlich bei mir warst, vor dem Treffen.«

Wie kann sie sich an solche Dinge erinnern? Ich versuche mich wieder zu fassen, indem ich mich im Raum umblicke. Ich betrachte den Tisch; es ist immer noch der Sperrholztisch von 2002, aber jemand – es fällt mir schwer, mir vorzustellen, dass es die Rossetti persönlich war –

hat Stühle hinzugefügt. Er ist auf eine Weise gedeckt, die mir zugleich beiläufig und protzig vorkommt. Die Servietten sind aus Papier, aber die Tischdecke ist aus Leinenbatist. Die Teller sind aus Plastik, die Kelche aus Kristall. Neben meinen Minipizzas bemerke ich eine Schale mit Sushi, das ich noch nie probiert habe, womit Valentino und Lorenzo mich immer necken. Auf dem Etikett der Flasche im Eiskübel steht: »Dom Pérignon 2000 Rosé«.

Ich stelle fest, dass die Küche sich nicht verändert hat: zerbrochene Fliesen, kaputtes Sofa, aber es sind Kissen und Drucke an den Wänden hinzugefügt worden. Ich betrachte die Stehlampen, die im Raum verteilt sind, und den glühend heißen elektrischen Heizkörper und folge dem Verlauf ihrer Kabel bis zum Stromgenerator, der in einer Ecke neben dem Herd steht.

Ich strecke die Hand nach meinem Cuvée aus; jetzt, da ich den Dom Pérignon gesehen habe, möchte ich ihn verstecken. Sie liest erneut meine Gedanken. »Du kannst ihn auf dem Fensterbrett kühl stellen.« Sie deutet auf das Fenster, das undeutlich im Badezimmer zu erkennen ist, dasjenige, das ich eingeschlagen hatte, als ich das erste Mal hier eindrang. Die Scheibe ist immer noch mit Nylon zusammengeflickt, geht aber auf die Nacht, auf die Venus, die strahlt, im Unterschied zu den Küchenfenstern, die mit dicker Pappe verdunkelt sind.

»Beatrice«, frage ich sie fassungslos, »hast du dich wirklich hier versteckt wie ein untergetauchter Boss?«

Sie bricht in Gelächter aus. Nähert sich dem Karton, den ich mitgebracht habe, und hebt den Deckel hoch, um hineinzuschauen. Sie seufzt, als wollte sie sagen: »Nur du konntest auf Salzgebäck kommen.« Dann sieht sie mich an und erwidert seelenruhig: »Ich komme nur tagsüber hierher. Das ist ein Ort, der mich entspannt, der mir hilft nachzudenken. Ich habe ihn etwas eingerichtet, um ihn bewohnbarer zu machen, aber ohne den ursprünglichen Geist zu verändern«, sagt sie und zwinkert mir zu. »Aber oben gibt es keinen Strom, deswegen verbringe ich die Nacht bei meiner Familie, ich schlafe in meinem alten Zimmer. Wer hätte das jemals gedacht?«

»Du lebst bei deinem Vater?«

»Vorübergehend. Er ist krank, er hat einen Tumor. Als Costanza mir das gesagt hat, habe ich es für meine Pflicht gehalten, einen Waffenstillstand zu schließen.« Ihr Gesicht verfinstert sich für einen Augenblick. »Jedenfalls bin ich nicht seinetwegen zurückgekehrt. Bis vor zehn Tagen war ich noch im Warmen in einem phantastischen Resort in Oman.«

»Das mit deinem Vater tut mir leid.«

Ich weiß nicht, was ich noch sagen soll, und gehe daher ins Badezimmer, um den Spumante auf das Fensterbrett zu stellen. Dass Oman, der Tumor und die Höhle sich in einer einzigen Geschichte überlagern, verwirrt mich. Langsam bereue ich, dass ich gekommen bin. Ich und diese Person haben nichts gemeinsam, wir haben uns nie gekannt. Und doch schuldet sie mir nach zwei Wochen des Schreibens eine Erklärung. Also kehre ich entschlossen in die Küche zurück. Und sehe, dass sie mit dem Champagnerkorken kämpft.

Sie klemmt den Dom Pérignon zwischen die Knie, damit die Flasche sich nicht bewegt. Das Glas gerät in Kontakt mit dem Gewebe – metallisch? Woraus mag das Kleid bestehen – und die Flasche rutscht weg. Um ein Haar wäre sie zu Boden gefallen. Bea pustet sich mit einer amüsierten Grimasse eine Locke aus dem Gesicht.

»Vielleicht sollten wir sie für Mitternacht aufsparen«, sage ich zu ihr.

»Ich habe noch eine, keine Angst.«

»Ja, aber die ist von 2000.«

Beatrice schaut mich an. »Bravo, du hast immer noch einen Sinn für Details.«

Sie übt erneut Druck auf den Korken aus, aber es ist offensichtlich, dass den Champagner immer andere für sie geöffnet haben. Ihre Ungeschicklichkeit hat eine solche Anmut, dass ich nervös werde. Auch wenn sie etwas nicht schafft, ist sie immer noch schön. Sie verliert nicht die Ruhe, die Selbstironie. Das ärgert mich so sehr, dass ich zu ihr gehe und ihr zu helfen versuche, um diese Komödie zu beenden und endlich zu trinken, denn das brauche ich jetzt.

Aber ich habe die Nähe ihres Körpers unterschätzt. Wir streifen uns leicht, legen die Hände übereinander auf dem Hals der Flasche, verschränken die Finger, und die Berührung ist plötzlich intensiv, vertraut. Der Korken springt raus, der Champagner läuft über, und wir bekommen nasse Füße. Meine roten Wildlederschuhe sind im Eimer. Aber nicht deswegen explodiere ich.

Was mache ich eigentlich hier? Bin ich hergekommen, um mich verarschen zu lassen? Dass sie mir ins Gesicht sagt, dass sie die Schönste auf der Welt ist, die Reichste, die Berühmteste?

»Warum hast du mich gesucht, Beatrice?«

Meine Stimme klingt sehr hart.

Ich rühre mich nicht, aber ich bin so angespannt, dass ich zerbrechen könnte.

Sie verzieht keine Miene. Gießt Champagner in zwei Kelche und reicht mir einen, der randvoll ist. Sie deutet auf das Sofa, dessen Schaumgummi sichtbar ist. »Elisa, es ist Silvester ... Setzen wir uns und trinken wir, *zuerst*.«

Sie wirft mir einen Blick zu, den ich deute: »Du glaubst doch nicht etwa, dass du hier das Sagen hast?« Und sie schlägt die Beine übereinander.

*

Ich greife mir einen Stuhl – einen von den durchsichtigen aus Polykarbonat, die jetzt so in Mode sind – und setze mich ihr gegenüber, auf Abstand. Ich bin wütend. Auf sie und auf mich, weil ich akzeptiert habe sie wiederzusehen, weil ich meinen Sohn ihretwegen vernachlässigt habe und weil es mir durch das Schreiben sogar gelungen ist, sie zu verstehen, mich liebevoll an sie zu erinnern. Und vor allem, weil ich sie zum Thema meines ersten Buchs gemacht habe.

Wir stoßen nicht an, wir trinken nur, einen langen Schluck der Traube, die reifte, während wir uns an Ferragosto am Strand kennengelernt haben.

Dann blickt Beatrice von ihrem Glas auf. »Weißt du was? Ich habe dich in den letzten Jahren oft gesucht, aber ich habe dich nie gefunden, nicht mal auf einem Gruppenfoto.«

»Dann hast du mich also gesucht!« Ich bin so überrascht, dass ich mich nicht beherrschen kann. Und ich hasse mich sofort dafür, dass ich so naiv war.

Beatrice zuckt gleichgültig die Schultern. »Ich habe immer wieder nachgeschaut, ob du eine Website, eine Homepage eröffnet hast. Ich habe nie etwas über dich gefunden, bis du wissenschaftliche Assistentin geworden bist. Du hättest wenigstens deinem Uniprofil ein Foto hinzufügen können. Dafür konnte ich die Bibliographien deiner Kurse lesen. Du hast die gleichen Bücher gewählt, die du in Physik und Mathe heimlich unter der Bank gelesen hast.«

Vielleicht liegt es an dem Glas, das ich gerade geleert habe, aber ich spüre, dass meine Verteidigungsstrategien bereits Risse bekommen. Wie stark unterschied sich die Realität von dem, was ich mir vorstellte?

»Und als er dann in der Liga aufstieg«, fährt sie fort, »konnte ich deinen Sohn auf der Homepage von Bologna Calcio sehen. Ich habe ihn sofort erkannt. Er sieht genau wie Lore aus.«

Lore. Ich stelle das Glas ab. Ein Wutanfall lässt mich erstarren. »Wer hat dir gesagt, dass ich einen Sohn habe?«

»Lorenzo«, antwortet sie, als wäre es das Selbstverständlichste der Welt. Ich hasse sie für die Gelassenheit, mit der sie seinen Namen sagt. »Ein paar Wochen nach der Geburt hat er mir eine Nachricht geschrieben. In der ersten Zeit hatte ich noch Kontakt mit ihm. Dann haben wir uns aus den Augen verloren.«

Die Wut nimmt zu, drängt in meinen Hals, will heraus. Der Groll von dreizehn Jahren steigt hoch, und ich will ihn nicht unterdrücken, im Gegenteil, ich will ihn über ihr ausgießen, den Satz aussprechen, den ich Dutzende Male vor dem Spiegel geprobt habe, auch vorhin im Wagen.

»Du hast mein Leben ruiniert, Beatrice.«

Ich habe ihn gesagt. Aber ich habe nicht den richtigen Ton getroffen, die Worte klingen lächerlich.

»Das ist nicht wahr«, wendet sie ein. »Du lehrst an der Uni, du hast einen wunderschönen Sohn ...«

»Wir hätten eine Familie sein können«, unterbreche ich sie. »Du hast nicht die geringste Ahnung, was es heißt, einen Sohn allein großzuziehen, worauf man alles verzichten muss. Du mit deinem glänzenden Leben und der einzigen Sorge, immer mehr zu sein, jeden Tag mehr, immer perfekter. Aber was für Probleme hast du schon? Wenn du ihn nicht geküsst hättest«, die Erinnerung macht mich noch wütender,

»wenn ihr beide mich nicht auf diese Wiese verraten hättet ...« Ich stehe auf und betrachte den Mantel über der Stuhllehne, den Champagner auf dem Tisch. Ich greife nach der Flasche und schenke mir noch etwas ein. »Nein, ich kann dir nicht verzeihen.«

Beatrice steht ihrerseits auf, nimmt mir sanft den Dom Pérignon aus der Hand und füllt auch ihren Kelch. Die Flasche ist leer, sie schüttelt sie, weil sie es nicht glauben will. Sie verdreht auf drollige Weise die Augen. »Wenn du nichts dagegen hast, hole ich den Wein, den du mitgebracht hast. Wir müssen einfach trinken in einer solchen Nacht, meinst du nicht?«

Sie geht munter, leicht an mir vorbei, als hätte ich gerade nichts Wichtiges gesagt. Und ich will mich auf sie stürzen, sie an den Haaren ziehen, ihre Haut zerkratzen, wozu ich an jenem Abend auf der Piazza Verdi nicht den Mut gehabt hatte.

Stattdessen setze ich mich wieder. Ich trinke und höre nicht auf zu trinken. Als Beatrice mit meinem Cuvée aus dem Bad zurückkommt, wäre sie beinahe gestolpert. Sie hält sich an einem Stuhl fest und lacht. Mir ist nicht nach Lachen zumute. Aber mir wird klar, dass wir eine Flasche auf leeren Magen hinuntergestürzt haben. Meine Gedanken fangen an, in meinem Kopf umherzuwirbeln. Ich muss etwas essen, um wieder klar zu werden, bevor es zu spät ist.

Beatrice muss den gleichen Gedanken gehabt haben, denn sie öffnet die Schale mit den Sushi. Als ich aufstehe, wird mir für einen Augenblick schwindlig. Ich packe das Salzgepäck aus. Wir bedienen uns am Tisch wie an einem Büfett. Wir wirken wie Kinder, während wir uns die Plastikteller füllen. Zu sehen, wie sie sich ein Salatino al würstel genehmigt, stimmt mich milder – weil es mich daran erinnert, wie sie sich damals bei mir zu Hause vollgestopft hatte. Doch es besänftigt meine Wut nicht: Ich will Antworten.

Aber Beatrice beschließt, während sie eine Minipizza zum Mund führt, dass erst einmal sie dran ist.

»Du warst die einzige Glückliche in Bologna«, kühlt sie mich ab. Ihr Ton ist immer noch ruhig, aber leicht angespannt. »Allerdings hast du das nicht begriffen, du hast uns nicht gehen lassen. Wir haben auf jede mögliche Weise versucht, dir zu sagen, sowohl ich als auch Lorenzo, dass unsere Wege andere als deiner waren, dass sie anderswo waren, aber du wolltest nicht hören.« Ein Tropfen Tomatensauce fällt auf ihr Kleid. Sie achtet nicht darauf. »Dieser Kuss geschah intuitiv, er war eine Idee, die mir spontan gekommen war. Ich wusste nur, dass ich nicht bleiben konnte, ich hasste das Zimmer in der Via Mascarella mehr als alles andere.«

»Du hättest mit mir reden können.«

Sie nimmt die Flasche und entkorkt sie diesmal ohne Probleme. »Eben nicht. Du warst wie eine Wand. Wenn ich versuchte, ›Mailand‹ oder ›Rom‹ zu sagen, hast du nicht mehr zugehört. Ich habe dich gehasst in dem Jahr.« Sie füllt die Kelche, verzieht das Gesicht und schnaubt: »Aber reden wir wirklich darüber? Über eine Geschichte, die ... wie lange her ist? Zwanzig Jahre?«

Ich kenne die genaue Zahl, aber ich schweige.

»Wie auch immer«, schließt sie, macht es sich wieder auf dem Sofa bequem und zieht die Aschenputtelsandalen aus, »Lorenzo ist zwar ein hübscher Junge, aber er ist nicht wirklich mein Typ. Ich weiß nicht, warum du geglaubt hast, wir könnten zusammen sein. Er war deine Liebe, nicht meine.« Sie schaut mich an. »Meine warst du.«

Ich stecke es ein. Setze mich. Und trinke.

»Was hast du mir zugeflüstert, bevor du gegangen bist, an dem Abend der Fußballweltmeisterschaft?«

Sie versteht nicht, was ich meine.

»Es war ein Wort. Du hast es zu mir gesagt, bevor du dich umgedreht hast.«

Beatrice konzentriert sich und holt aus ihrem Gedächtnis, was für mich ein wichtiges Detail ist, für sie aber nebensächlich. »Leb wohl, habe ich zu dir gesagt. Denn ich wusste, dass ich dich verlassen würde.«

»Und wohin bist du danach gegangen? Mit ihm?«

»Schon wieder Lorenzo?« Sie reißt ungläubig die Augen auf. »Aber ich habe Lorenzo seitdem nicht wiedergesehen! Wir haben uns von Zeit zu Zeit in den sozialen Netzwerken geschrieben ... In der Nacht bin ich zu Tiziana gegangen, erinnerst du dich an sie? Tiziana Sella.«

»Wie könnte ich sie vergessen, die Hexe. Ab und zu begegne ich ihr sogar in der Via Zamboni.«

»Ich habe ein paar Nächte bei ihr geschlafen. Sie hat mir geholfen, eine neue Wohnung zu finden, einen Studiengang zu finden, der besser meinen Bedürfnissen entsprach, und mein Unternehmen in Gang zu bringen.«

Und sie erzählt mir von diesem Unternehmen, von diesem triumphalen Eroberungsmarsch. Ich blicke auf die Uhr; es ist fast 23 Uhr. Wir sind seit zwei Stunden hier. Wer ist diese Beatrice, die ausgerechnet mir mit Begriffen der digitalen Wirtschaft kommt? Da ist nichts an ihr, was mich auch nur von fern an meine ehemalige Freundin erinnert. Sie schert sich einen Dreck um unsere Freundschaft. Ich will gehen, diese Geschichte beenden.

»Du hast mir noch nicht gesagt, warum du mich gesucht hast.«

»Es ist der gleiche Grund, aus dem ich verschwunden bin.«

»Warum?«, bohre ich nach.

»Ich will es dir sagen, das versichere ich dir. Aber ich habe es nicht eilig.«

»Ich aber schon.«

»Bist du sicher?«

Sie steht auf. Geht barfuß zum Küchenschrank, öffnet eine Schublade und nimmt etwas heraus. Sie kommt zu mir und lässt es vor mir auf den Tisch fallen.

»Weil von uns beiden du die Verräterin bist.«

*

Ich spüre, wie ich im Boden versinke.

Dieses Ding anzuschauen verbrennt mir die Augen, erstickt mich.

»Erkennst du es wieder? Das ist der Terminplaner meiner Mutter.«

Ich kann nicht sprechen, mich nicht rühren.

»Ich hab dich ganz schön überrascht, hm? Bea, das Miststück, Bea, die Egoistin, die Beziehungen zerstört, die nur an den Erfolg, an Kleider denkt. Aber am Ende hat sich herausgestellt, dass das Miststück immer nur du gewesen bist.«

»Ich habe es für dich getan«, stammle ich. Und es klingt sogar für mich falsch.

»Dass ich nicht lache.« Sie setzt sich nicht, bleibt stehen. Trinkt ein weiteres Glas und wütetet unbeirrt weiter. »Du hast mir meine Mutter weggenommen. Und damit hast du über meine Zukunft entschieden, du hast sie mir geraubt. Denn wenn ich ihr Tagebuch früher gelesen hätte, vielleicht ... Ich bin diejenige, die dir nicht verzeiht.«

Ich spüre, wie mir die Tränen kommen.

Ich fühle mich wie ein Wurm.

»Ich habe diesen Terminplaner nie geöffnet.« Von Tränen und Scham habe ich einen trockenen Mund, meine Stimme klingt weinerlich und zu schrill. »Du musst mir glauben. Ich bin feige gewesen und bitte dich um Entschuldigung, aber ich dachte nicht, dass es ein Tagebuch ist ...« Dann macht es *Klick* in meinen Kopf. Ich stehe ebenfalls auf. Der Wein nimmt mir jede Scham. »Bea, welche Zukunft habe ich dir denn geraubt? Diejenige, die abends in der Küche steht, allein wie ein Hund, nicht existent, mit dem Handy in der Hand, bin ich. Und ich sehe dich am Rand eines Swimmingpools, auf der Jacht, die vor den Faraglioni liegt, und habe zu knabbern angesichts deines unermesslichen Glücks. Du hast keine Ahnung, wie es sich anfühlt, auf der anderen Seite zu sein.«

Sie lässt sich nicht beirren. Ihr Gesicht ist angespannt. »Jetzt frage ich dich: Warum?«

Ich zwinge mich, mit festem Blick dem ihren standzuhalten. »Weil ich dich nicht verlieren wollte.« Ich wünsche mir, dass sie mir glaubt. »Und weil ich nicht wollte, dass du nur der Traum deiner Mutter bist.«

Beatrice nimmt ihr Glas, leert es.

Sie ist stinksauer.

»Du bist ein neidisches Miststück, verkleidet als Streberin, Elisa.«

Die Locken fallen ihr immer wieder ins Gesicht, was sie stört. Sie nimm den Draht des Cuvée-Korkens und benutzt ihn, um sie festzubinden. Ihr Lippenstift ist verschmiert, der Glanz auf ihren Wangenknochen erloschen, Tränen der Wut zittern an den Rändern ihrer Augen. Ich sehe, dass die Maske schwankt, ich will, dass sie fällt, und gehe aufs Ganze.

»Da war noch etwas anderes in dir. Ich habe es gesehen. Etwas, wodurch wir uns ähnelten.«

Sie wirft mir einen wütenden Blick zu. »Erzähl mir nicht, was wirklich im Leben zählt, wenn du nicht willst, dass ich dich ohrfeige.«

»Wie hast du ihn bekommen?«, frage ich und deute auf den Terminplaner.

Ihr Gesicht erhellt sich ein wenig. »Von deinem Vater.«

Sie trocknet ihre Tränen, die das Kajal um ihre Augen aufgelöst haben. »Er hat ihn gefunden, als er die Möbel in deinem Zimmer verrückt hat, um es zu streichen. Er hat ihn geöffnet, als er erkannt hat, worum es sich handelte, und hat Corrado über die Website angeschrieben.« Sie lacht. »Oh, die Mail war ein Meisterwerk. Corrado hat sie sofort an mich weitergeleitet, weil klar war, dass sie *für mich* war und dass dieser Paolo Cerruti mich gut kennen musste.«

Ich bin meinem Vater dankbar und erneut eifersüchtig auf ihn.

»Ich habe mir ein Auto schicken lassen und bin noch am selben Abend nach T gefahren. Es war Ende November. Es war sehr schön, zu dir nach Hause zurückzukehren, gemeinsam zu Abend zu essen. Er hat eine Dorade im Ofen für mich gemacht, an die ich mich heute noch erinnere ...« Sie hört auf zu lächeln. »Und dann habe ich das Tagebuch gelesen. Und habe Dinge über meine Mutter erfahren, die ich nicht hätte wissen wollen. Die Werbeauftritte in Latina, um eine Stelle bei den Modenschauen zu bekommen. Die unerfreuliche Ehe mit Papa, der sie von Anfang an betrogen hat. Und irgendwann bin ich auf eine Beschreibung von mir gestoßen, die so genau war, dass sie mich erschreckte. Nicht wie ich war, sondern wie ich als Erwachsene sein würde: auf dem Titelblatt der *Vogue*, mit einem roten Kleid, das dem sehr ähnelt, das ich dann tatsächlich für das erste Titelbild trug ...«

Sie öffnet den seitlichen Reißverschluss des Kleids, das sie inzwischen kneift. Sie lässt sich auf einen Stuhl fallen, mit weichen Knien, das Glas in der Hand.

»Sie hatte alles vorhergesehen«, fährt sie fort, »die Werbekampagnen, das Fernsehen. Jedes Ziel, das ich erreicht habe, hatte sie schon aufgeschrieben. Am Morgen, nachdem ich das Tagebuch gelesen hatte, sollte ich einen Spot drehen, und ich habe ihn platzen lassen. Es war das erste Mal, dass ich einen Auftrag abgesagt habe. In den folgenden Tagen habe ich versucht, zu den Terminen zu erscheinen, wieder in mein normales Leben zurückzukehren, aber ich habe es nicht geschafft. Es war, als hätte sich alles für immer geändert. Ich meine«, sie versucht zu lachen, aber es gelingt ihr nicht, »ich habe jeden ihrer Wünsche exakt erfüllt. ›Was willst du machen, wenn du groß bist?‹ Das fragte sie mich immer, andauernd. Als hätte ich die Wahl gehabt.«

Sie schweigt, blickt mich unverwandt an.

»Du hast mir gefehlt, Eli. Das Gymnasium, als wir auf dem Motorroller an den Eisenstrand fuhren und uns wie Verrückte benahmen. Ich habe hier«, sie berührt ihr Brustbein, »eine quälende Leere gespürt. Also bin ich am 9. Dezember in den Keller hinuntergegangen und habe in den alten Umzugskartons den Hut gesucht, den du mir geschenkt hast. Und als ich ihn fand, in verstaubtes Zellophan gehüllt, war ich sehr überrascht. Denn ich hatte vergessen, wie schön er war. Ich habe ihn aufgesetzt, ein Foto gemacht und es gepostet. Dann habe ich Corrado angerufen und ihm mitgeteilt, dass ich mir eine Auszeit nehmen würde.«

Wir hören jetzt die Knallkörper. Eine Aufeinanderfolge von Detonationen, Schreien und Kreischen auf jedem Balkon in T, in jeder Gasse, in jedem Garten, und das Feuerwerk auf der Piazza A, auf der Bank unter dem Leuchtturm.

Bea und ich sehen uns an. Wir befinden uns allein zu zweit in einem stillen Raum, der ein Atomschutzbunker, ein Partisanenversteck sein könnte. Die ganze Welt feiert dort draußen, und vielleicht fragt sich in diesem Augenblick niemand mehr, was aus der Rossetti geworden ist, wo sie ist.

Wir machen einen Schritt aufeinander zu und riskieren, das Gleichgewicht zu verlieren.

Ich weiß nicht so recht, was ich tun soll, und du weißt es vielleicht auch nicht. Ich fühle mich ungeschickt, unsicher. Ich weiß nur, dass ich diesen Krieg nicht mehr will.

Wir fallen aufeinander und umarmen uns.

Wir tauschen einen Kuss aus, ohne zu wissen, auf welche Wange, und küssen uns schließlich, verwirrt, auf die Lippen. Es ist zugleich merkwürdig, peinlich und zärtlich, denn wir sind keine kleinen Mädchen mehr.

»Alles Gute, Eli.«

»Dir auch alles Gute, Bea.«

»Warte …« Du gehst zu einem Fenster und öffnest es, um vom Fensterbrett die dritte Flasche zu nehmen, einen Dom Pérignon von 1986, unser Geburtsjahr. »Ich mache die Dinge gern im großen Stil, auch in der Höhle.«

»Sag mir nicht, was er gekostet hat.«

Wir stoßen an, keine Ahnung, auf was. Wir lassen nur die Gläser klingen.

»Ich habe Silvester immer gehasst«, sagst du; du sprichst jetzt schleppend. »Auch Weihnachten, ist ja klar. Aber seit Mama nicht mehr da ist, erspare ich mir wenigstens die Samtröcke und die Posen vor dem Kamin. Ich fahre Ski mit einem gut aussehenden Lover. Aber an Silvester habe ich nichts zu tun, und das deprimiert mich.«

Wir beobachten durch das Fenster die Feuerwerkskörper in der Ferne, die detonieren und ins Meer fallen.

»Wie kann das sein?«, widerspreche ich. »Du hast doch immer epochale Feiern organisiert.«

»Sicher, aber das war alles nur eine ausgeklügelte Strategie.«

»Eine Strategie wofür?«

»Um mir nicht eingestehen zu müssen, dass ich Angst hatte.«

»Wovor?«

Du trinkst einen weiteren Schluck und wägst die Möglichkeit ab, es mir zu sagen.

»Vor den Veränderungen, der Zukunft.«

Ich schlüpfe ebenfalls aus den Schuhen, ziehe den Pullover aus und kehre zu meinem Stuhl zurück. Ich möchte dir sagen, dass wir alle Angst vor Neuem haben, aber ich beiße mir auf die Lippe. Denn eigentlich hoffe ich an jedem ersten Januar, mich zu ändern. Und dass die Zukunft besser als die Vergangenheit ist. Dass ich mir nicht mehr ähnle.

Als das Geknalle nachlässt, traue ich mich: »Was wirst du jetzt machen?«

»Gute Frage!«

Du ziehst dich aus, lässt das Kleid auf den Boden fallen wie eine

Haut, die nutzlos geworden ist. Du ziehst ein weites T-Shirt an, das du aus dem Badezimmer geholt hast. Das Zimmer ist ein Brutofen geworden, die Fensterscheiben sind beschlagen. Du setzt dich auf das Sofa, lehnst den Kopf zurück und sprichst zu mir. »In all den Jahren habe ich nichts anderes gemacht, als immer gleich zu sein. Nie ein Kilo mehr, ein anderer Haarschnitt oder eine andere Haarfarbe, nie ein Gesichtsausdruck, der nicht fotogen ist, nie ein Freund, der nicht in der Serie A spielt oder kein Filmschauspieler ist. Und all das wofür? Ich könnte ganz plötzlich aufhören, Eli, von einem Augenblick auf den anderen. Von Paris nach T im Bruchteil einer Sekunde. Was würde mir bleiben?«

Du greifst ungeschickt nach dem Glas und verschüttest die Hälfte auf dich.

»Willst du die Wahrheit wissen?« Sie seufzt. »Ich habe mich genug damit abgequält, immer die gleichen Fotos zu machen. Australien brennt, vom Amazonasgebiet wollen wir gar nicht reden. In Syrien hören die Massaker nicht auf. Trump trennt die Kinder von ihren Eltern an der Grenze zu Mexiko. Und all die Menschen, die ertrinken bei dem Versuch, das Meer zu überqueren, namenlos, als hätten sie nie existiert. Ich lese Zeitung. Eine Katastrophe folgt der anderen, und ich blicke lächelnd in die Kamera … Das genügt mir nicht mehr.«

»Wenn Davide dich so hören würde, er würde es nicht glauben …« Ich versuche mich gerade hinzusetzen, denn ich habe plötzlich einen Geistesblitz, aber vielleicht bin ich einfach zu betrunken. »Du solltest in die Politik gehen, Bea.«

»So weit kommt's noch!« Und du bist noch betrunkener als ich. »Die Politik spaltet, ich würde die Zustimmung verlieren.«

»Was kümmert dich das? Du machst, was du willst!«

Du drehst dich zum Badezimmerfenster, durch das eine Handvoll Sterne scheint, veränderlich, changierend. »Ich hatte es dich gefragt, erinnerst du dich? Auf der Feuerleiter der Schule. Als ich wollte, dass du dein Schneckenhaus verlässt, deinen Mut zusammennimmst: Was willst du? Nicht, was die anderen angeblich von dir erwarten, wie du gern von den anderen beurteilt werden willst. Sondern was wünschst du dir im Leben?«

Du schaust mich an, dein Gesicht ist nackt, während du bekennst: »Ich weiß nicht, was ich will. Außerhalb des Blicks meiner Mutter, der Bilder. Ich weiß nicht, wer ich bin.«

*

T ist wieder still geworden. Es wird ein Uhr sein. Die Höhle treibt in der Dunkelheit wie ein erfundener Ort.

Ich gehe schwankend zum Sofa. Setze mich neben dich. Wir sitzen so dicht nebeneinander, dass wir gezwungen sind, die Beine ineinander zu verflechten, unsere Seiten ineinanderzupassen, obwohl wir erwachsen sind und nicht mehr eins werden können.

»Das wirst du mit der Zeit entscheiden. Wer du bist.« Die Worte entgleiten mir. »Du kannst nach der Versuch-und-Irrtum-Methode vorgehen, Fehler machen wie alle. Du kannst deine Meinung ändern, dich in Frage stellen.« Ich bekenne: »Wer bin ich, deiner Meinung nach? Ich bin wissenschaftliche Assistentin, Mutter, die Unverheiratete und werde immer noch für die ewige Streberin gehalten. Aber ist es so?«

Wir sind halb nackt, zerzaust, zerknittert, und das eigentliche Geständnis, das ich dir machen will, ist: Ich habe einen Roman geschrieben. Er erzählt von dir, von uns. Ich möchte dir auch sagen, dass ich es ohne deinen Ansporn, ohne deine Kritik, deine Wahrheit nicht geschafft hätte, genau wie damals im Gymnasium bezüglich des Briefs an Lorenzo. Ich möchte dir sagen, dass ich, vielleicht, immer dieser Wunsch gewesen bin.

Aber du lässt mir keine Zeit dazu, du holst, keine Ahnung woher, dein Handy hervor: »Komm, lass uns ein Foto machen.«

Du streckst die Arme aus, bewegst das Handgelenk, neigst es ganz präzise und richtest das Display direkt auf uns. Das ist die Geste, die du meisterhaft beherrschst, seit die Handys mit integrierter Kamera erfunden wurden. Du drückst auf den Auslöser, und der Blitz blendet mich.

Als wir uns vorbeugen, um das Foto zu betrachten, ist mein Gesicht zu einer Grimasse verzerrt, und du wirkst zum ersten Mal hässlich.

Du schüttelst den Kopf. »Siehst du? Freundschaft kommt auf Fotos schlecht rüber.«

Wir hören, wie der letzte Knallkörper in der Ferne explodiert, und trinken den letzten Schluck Champagner zu tausend Euro. Während da draußen alle an die Zukunft denken, sitzen wir hier, betrunken und erschöpft, nachdem wir den Abend damit verbracht haben, uns dreizehn Jahre alte Dinge an den Kopf zu werfen.

Wie kann das sein?, frage ich mich. Ist das nicht lächerlich?

Du denkst vielleicht das Gleiche, weil du mir ein letztes ganz neues, ein wenig bitteres Lächeln schenkst, bevor du die Augen schließt und dich auf dem Schaumgummi zusammenrollst. Auch ich habe keine Kraft mehr und auch keine Lust, mir irgendetwas zurechtzumachen. Aber ich warte noch einen Augenblick. Um dich anzuschauen.

Das Gesicht auf der Armlehne, die Lippen halb geöffnet, regelmäßiger Atem, etwas Spucke im Mundwinkel. Bevor ich mich füge, meinen Kopf auf die gegenüberliegende Armlehne lege und mich, so gut es geht, zwischen den Kissen und dir zusammenfalte, denke ich, dass unendlich interessanter und bewegender ist, wer wir sind, als das, was wir um jeden Preis scheinen wollen.

Eine Freundschaft

T, 2. Januar 2020

Ich denke über den unbestimmten Artikel dieses Titels nach: »Eine Freundschaft«. Er ist natürlich eine vorübergehende Möglichkeit, sie scheint mir aber einen wichtigen Aspekt zu erfassen. Denn ich glaube nicht, dass das zwischen mir und Bea *die* Freundschaft war. Mit bestimmtem Artikel, als müsste sie zwangsläufig diese und keine andere sein. Und ich glaube auch nicht, dass wir beide nur und notwendigerweise die Diva und die Streberin, die Siegerin und die Unsichtbare sein könnten. Mehr noch: Ich weiß jetzt, dass wir nie nur ein Wort gewesen sind.

Gestern, am 1. Januar, hat Bea, als wir mittags aufwachten und die Reste vom Sushi und der Minipizzas frühstückten, mit schmerzendem Hals und Rücken wegen der Nacht auf dem Sofa, für einen Augenblick das Handy eingeschaltet und die Homepage ich weiß nicht welcher Zeitung geöffnet mit der Bemerkung: »Sieh an, ich bin schon keine Nachricht mehr.« Und sie brach in Gelächter aus.

»Und das missfällt dir wirklich nicht?«

»Nein«, erwiderte sie und biss in ein Stückchen Lachs, »das war meine größte Angst, ich konnte nicht schlafen aus Furcht, der Untergang würde hinter der nächsten Ecke lauern, aber du siehst ja, es ist passiert, ich bin hier mit dir, und ich lebe noch.«

Zum ersten Mal sah ich sie anders. Ja sogar neu. Beatrice ist nicht mehr meine beste Freundin, aber auch nicht die Rossetti. Sogar ich habe mich an diesem Sperrholztisch, an dem schlechten Kaffee nippend, den sie unbedingt hatte machen wollen, als eine andere gefühlt. Leicht, gleichsam wiedergeboren. Oder wie jemand, der erwachsen geworden ist und die Grenzen, die Leeren akzeptiert hat. Und da ist mir bewusst geworden, dass alles, was wir bis jetzt erlebt hatten, nur eine mögliche Freundschaft war. Eine herbe Ausgestaltung und obendrein voller Fehler. Aber dass wir andere hätten erproben können.

Wir sind jetzt nicht mehr dieselben.

Nachdem wir uns verabschiedet hatten, blieb Beatrice noch einen Augenblick träumerisch auf der Schwelle stehen und bewegte mit dem nackten Fuß ein welkes Blatt, und ich hatte beinahe das Gefühl, dass sie lächelte.

Wer weiß, was sie ab morgen machen wird.

Was mich betrifft, ich sitze hier in meinem alten Zimmer an dem Schreibtisch, an dem ich Latein und Griechisch lernte, neben dem weißen geräumigen Kleiderschrank für romantische kleine Mädchen. Vielleicht, überlege ich, ist das Erwachsenwerden doch kein Verlust, wie ich dachte. Sondern im Gegenteil eine Befreiung.

Aus dem Wohnzimmer dringen die Stimmen meines Vaters und meines Sohns zu mir. Sie spielen Scala 40, aber vor allem höre ich sie über diese neue chinesische App diskutieren, die sich gerade großer Popularität erfreut. Valentino lobt sie über den grünen Klee, mein Vater erwidert, dass auch diese wieder verschwinden wird, ohne Spuren zu hinterlassen. Und ich sitze hier und tippe in den Computer, obwohl ich jetzt nichts mehr zu schreiben habe, und denke, dass das Einzige, was die Macht hat, zu bleiben und anzudauern, letztlich die Worte sind, die eine Bedeutung in sich tragen. Dass es keine andere Möglichkeit gibt, das Leben festzuhalten.

Ich hebe den Blick zum Fenster, zu der Platane in der Mitte des Hofs. Sie ist immer noch sie: »einsam«, »alt«. Ich stelle mir vor, wie sie mir zuzwinkert: Tja, nachdem du nun die tiefe Dunkelheit durchquert und gesehen hast, dass sie nur eine Abstellkammer war, hast du es geschafft, dir deinen Traum zu erfüllen, einen Roman zu schreiben.

So ist es. Aber ich frage mich, was jetzt das Richtige wäre.

Soll ich ihn veröffentlichen? Zulassen, dass alle über mich und Beatrice Bescheid wissen? Riskieren, dass unsere Geschichte von Hand zu Hand geht und beurteilt, vielleicht sogar verdreht wird, in Gefahr gerät? Oder das Geheimnis bewahren, es mir selbst genug sein zu lassen?

Hat das Leben es wirklich nötig, erzählt zu werden, um zu existieren?

Ich danke Michele Rossi und Arianna Curci.

Zitierte Texte

S. 7: Franzen, Jonathan: *Die Korrekturen*, übersetzt von Bettina Abarbanell, S. 559 © 2003, Rowohlt GmbH Hamburg.

S. 17: Szymborska, Wisława: »Katze in der leeren Wohnung«, in Wisława Szymborska: *Die Gedichte*, übersetzt und herausgegeben von Karl Dedecius, Frankfurt am Main: Suhrkamp Verlag 1997, S. 280.

S. 50: Szymborska, Wisława: »Abschied vom Ausblick«, in Wisława Szymborska: *Die Gedichte*, übersetzt und herausgegeben von Karl Dedecius, S. 282–283. © der deutschen Ausgabe Suhrkamp Verlag Frankfurt am Main 1997. Alle Rechte bei und vorbehalten durch Suhrkamp Verlag Berlin.

S. 55: Pascoli, Giovanni: »November«, in *Italienische Lyrik. 50 Gedichte, Italienisch / Deutsch*, übertragen und herausgegeben von Jürgen von Stackelberg, Stuttgart: Reclam 2004, S. 68.

S. 74 und 77: Penna, Sandro: *Poesie, prose e diari*, Mailand: Mondadori 2017.

S. 82–83: Homer: *Odyssee*. Übersetzt von Anton Weiher, Berlin: Akademie Verlag 2013, S. 163 und 167.

S. 93: Sereni, Vittorio: »Domenica dopo la Guerra«, in Sereni, Vittorio: *Poesie e prose*, Mailand: Mondadori 2020.

S. 107: Pascoli, Giovanni: »X Agosto«, in Giovanni Pascoli, *Myricae*, Mailand: Rizzoli 2015.

S. 137: Morante, Elsa: *Lüge und Zauberei*, übersetzt von Hanneliese Hinderberger, Frankfurt am Main: Suhrkamp Taschenbuch 1981, S. 180. © der deutschen Ausgabe Insel Verlag Frankfurt am Main 1968. Alle Rechte bei und vorbehalten durch Suhrkamp Verlag Berlin.

S. 148: Sophocles: *Des Sophokles Antigone*, übersetzt von August Boeckh, Berlin: De Gruyter 1843 / 2019, S. 20.

S. 186: Thukydides: *Der Peloponnesische Krieg*, übersetzt von Georg Peter Landmann, dtv: München 1991, S. 36.

S. 217: Morante, Elsa: *Lüge und Zauberei*, S. 10.

S. 223: Morante, Elsa: *Lüge und Zauberei*, S. 241 und 242.

S. 261: Dostojewski, Fjodor: *Der Idiot*, übersetzt von Swetlana Geier, Frankfurt am Main: S. Fischer 1996, S. 9.

S. 298: Merleau-Ponty, Maurice: *Das Sichtbare und das Unsichtbare*, übersetzt von Regula Giuliani und Bernhard Wendenfels, München: Fink 1994, S. 63.

S. 320: Morante, Elsa: *L'isola di Arturo*, Turin: Einaudi 2014.

S. 346: Roth, Philip: *Amerikanische Idylle*, übersetzt von Werner Schmitz, München: Hanser 1998, S. 47.

S. 347: Thuillier, Jean-Paul: *Gli etruschi. Il mistero svelato*, Mailand: Electa Gallimard 1993.

S. 399: Pascoli, Giovanni: »Valentin«, in Pascoli, Giovanni: *Die ausgewählten Gedichte*, übersetzt von Benno Geiger, Leipzig: Wolff, 1913, S. 43.

S. 415: D'Annunzio, Gabriele: »Der Regen im Pinienhain«, in D'Annunzio, Gabriele: *Alcyone*, übersetzt von Ernst-Jürgen Dreyer und Geraldine Gabor mit Hans Krieger, S. 105. © der deutschen Ausgabe Elfenbein Verlag Berlin 2013.

S. 432: Morante, Elsa: *Lüge und Zauberei*, S. 761.